ANIS NAFFATI

LITANIA DI UNA RIVOLTA

LE CRONACHE DI ARKADES
VOL. IV

Anis Naffati 2024 ©
Litania di una Rivolta
Le Cronache di Arkades
di: Anis Naffati

Editing a cura di: Lorena Pilotto
Correzione bozze a cura di: Monica Spadaccini

Illustrazione di copertina: Brian Flores
Cover Graphics: Germancreative Studio
Illustrazioni grafiche: Jamie Hall
Art work e impaginazione: Anis Naffati

Prima edizione: marzo 2024 ©
Instagram: cronache.di.arkades

"Perché dovremmo guardarci alle spalle,
se vogliamo sfondare le porte dell'Impossibile?
Il Tempo e lo Spazio morirono ieri."

- Filippo Tommaso Marinetti

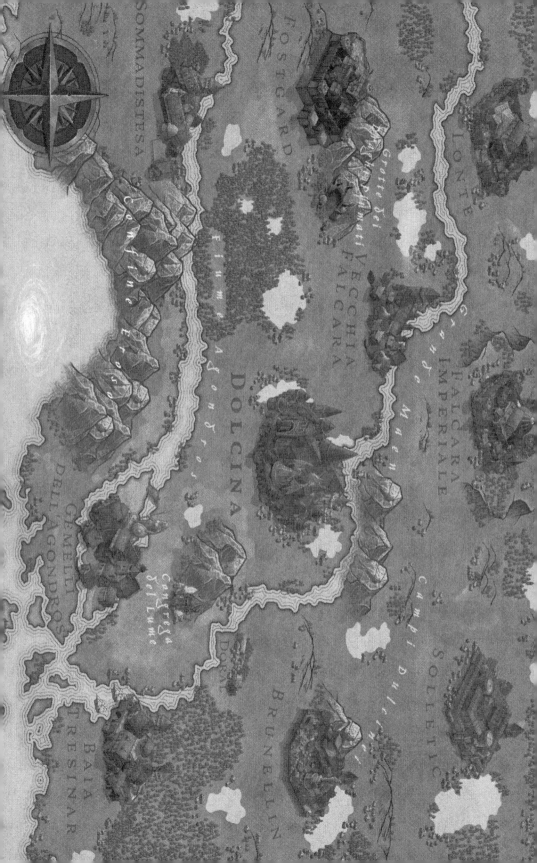

"Nel nome di Fabiano De Frel, Principe della Dolcina e lord di Dolcina, io, Remigio Foconero, Colonnello della Dolcina, scrivo a voi lord per rassicurarvi sugli scontri avvenuti nella fortezza di Engaddi.

Il sangue bagna le nostre terre. Quelli che consideravamo amici si sono rivelati dei traditori. È un giorno buio per tutti. Non basteranno le lacrime di mille vedove per esprimere tutto il mio cordoglio di fronte allo spreco di vite a cui ho assistito.

I lord traditori Hansel Kandoriel di Castel Gigante e Marco Aurelio Potrik di Bastion Forte sono stati imprigionati e sconteranno la loro pena come concordato con il Principe, il Presidente della Corte dei Notabili Kerselmo Bai e con il Reggente del Concilio di Salvaguardia Vinicio Foconero.

Sono tempi difficili per la nostra terra. La guerra logora l'Impero e gli animi delle persone sono cupi. Ma non per questo permetterò che il germe del tradimento continui a diffondersi impunito nella Dolcina. Difenderò voi e la mia casa finché avrò fiato in corpo, e mai permetterò che la corruzione faccia appassire il più bel fiore che Arkanthill abbia mai colto: la nostra bella Dolcina.

Siate tutti forti, siate tutti integri, perché se lo saremo insieme, mai nulla potrà sfiorarci. Nessun dolore ci raggiungerà, nessuna luce verrà spenta. Io combatterò e lo stesso farete voi. Per il futuro.

Fino a quando la Corona di Arkanthill non disporrà diversamente, io veglierò su di voi e con me ci saranno gli uomini e le donne che hanno consacrato la loro vita alla stabilità e allo splendore di questa nostra bella terra.

La Dolcina non cadrà mai. Il più bel fiore di Arkanthill sarà per sempre appuntato all'occhiello del nostro Imperatore Tecnho Valazdar.
Vostro.

Remigio Foconero

Colonnello della Dolcina

LUCRETIO

Scegli me fra i miliardi di stelle

Engaddi era un cimitero. Non solo di uomini, ma anche di stendardi. Quelli viola dei Vezarium marcivano fra polvere e sangue senza che il Colonnello Remigio Foconero dicesse nulla. Monosiklo aveva più volte provato a far ragionare Remigio, ma lui non aveva sentito ragioni.

Tutti avevano abbandonato l'Arcipelago Morte Nera: Versantius, Gabriel e Sefiro si erano diretti a Silverknowes; Monosiklo e Pieros erano partiti per fare ritorno alla capitale.

Tutti sembravano avere le idee chiare. Tutti con un piano in testa.

Solo Lucretio era rimasto e continuava a tardare la sua partenza con la speranza di scorgere Ennika da un momento all'altro. D'altronde aveva detto che Engaddi per lei era casa, no? Lo aveva dipinto sulle spiagge di Baia Tresinar e Lucretio aveva imparato a capire che tutti i suoi quadri nascondevano un fondo di verità. Se lei aveva detto che Engaddi era casa, lo era davvero.

Troppe domande balenavano nella mente di Lucretio. E se fosse morta? Cercava in tutti i modi di scacciare quel pensiero, eppure aveva sempre un certo timore a far visita alle pile di corpi rinvenuti dopo la battaglia. Per quanto aveva potuto vedere, Ennika non era fra i caduti del massacro di Engaddi. Forse era fuggita, o ancora meglio, non era mai stata a Engaddi durante l'assedio.

Lucretio non riusciva a togliersi dalla testa l'immagine dei quadri in fiamme nella biblioteca. Erano di Ennika, non c'erano dubbi. Avrebbe riconosciuto quelle pennellate fra altre mille, avrebbe riconosciuto i suoi assurdi paesaggi anche se fosse stato bendato. Perché lei aveva un dono, aveva qualcosa di speciale. Ormai Lucretio non si curava nemmeno più di come quella ragazza avesse scombussolato il suo cuore. Sperava solo di avere un'altra possibilità, per vederla, per capire che cosa stava succedendo. Voleva metterla al sicuro e proteggerla contro il male del mondo perché un animo buono come il suo meritava solo di essere custodito.

"Arriveranno i tempi migliori. Arriveranno." Si ripeteva.

«Cavalier Ciel, ancora qui?» Demetrius lo colse di sorpresa mentre passeggiava. Da quando Remigio se ne era tornato a Dolcina insieme a Vinicio Foconero, era lui il più alto in comando e non mancava occasione per interrogare chiunque.

Lucretio continuò a camminare, come se niente fosse. «Questioni private».

«Che c'è in quel lenzuolo?»

«Vetri rotti.» Lucretio proseguì in direzione dell'ormai dismesso accampamento di Hansel e Marco Aurelio. Non aggiunse altro. Monosiklo gli aveva chiesto di mantenere la massima discrezione.

Demetrius alzò le mani e non lo seguì. Aveva capito che non erano affari suoi?

Lucretio poteva anche capire il significato simbolico del gesto che gli aveva chiesto Monosiklo. Riconsegnare i resti della falce di Izalin al mare era un segno di rispetto nei confronti della Dea.

Non aveva capito molto sulla natura di Jacopo, sapeva solo che era stato il combattente più forte che avesse mai visto. Non perché non poteva essere scalfito, ma perché per quanto venisse trafitto si rialzava come se niente fosse. Soccombeva eppure si rialzava con lo stesso sguardo spento di sempre. Era un certo tipo di tristezza che Lucretio faticava a descrivere con precisione, eppure la sentiva sua.

Erano più simili di quanto non avesse pensato. I lord di Arkanthill e le ipocrisie di tutti annullavano il senso della morale di Lucretio, ma lui continuava a rialzarsi, con gli stessi ideali. Si sentiva vuoto, come Jacopo. Ma combatteva e sapeva di farlo per la cosa giusta.

Lucretio raggiunse la scogliera schivando i soldati della Dolcina e gli ultimi ufficiali mercenari trattenuti per la loro insubordinazione. Il vento fra i capelli, l'odore di salsedine gli penetrava le narici e lo faceva stare bene. Aveva sempre trovato nauseante l'odore del mare mescolato al tanfo della fuliggine. Per fortuna il vento spirava in una direzione favorevole rispetto alle pire dei morti.

Si toccò involontariamente la cinta. Sorrise. Non aveva più bisogno di alcuna via di fuga, di nessun sorso di Nebbia del Cuore. Ennika era la sua nuova droga, la sua vera salvezza. L'amore e la necessità di salvarsi, salvare. Essere salvezza.

Aveva ritardato sempre di più quel momento. Sapeva che se avesse gettato in mare la falce di Jacopo nulla lo avrebbe più trattenuto a Engaddi, nulla avrebbe più garantito per lui. Consegnare alle acque la falce significava darsi per vinti nella ricerca di Ennika.

Non voleva andarsene senza averla vista. Non voleva tornare da Monosiklo senza la certezza che fosse viva.

Lucretio aprì il lenzuolo e contemplò l'asta della falce spezzata in quattro. I riflessi dei raggi del sole sui frammenti di vetro sembravano piccoli smeraldi luminosi sulla roccia della scogliera.

Lucretio fece un lungo sospiro prima di sporgersi con i resti di Jacopo. Il mare era calmo, il mare sembrava giudicarlo.

«Ciò che nasce dall'acqua, all'acqua deve fare ritorno.» Monosiklo aveva insistito molto con quella frase. Forse per lui aveva un significato, per Lucretio era semplicemente un omaggio, la conclusione di una storia. La fine di un ciclo con tanti sconfitti e nessun vincitore.

Gettò il lenzuolo in mare e senza troppo clamore i pezzi della falce si inabissarono. Una folata di vento scombussolò i capelli di Lucretio e lo costrinse a socchiudere gli occhi. Per qualche istante gli sembrò di intravedere oltre il velo d'acqua una mano afferrare i pezzi dell'asta, ma la spuma del mare celava tutto. Doveva essere solo uno scherzo della sua testa.

Finalmente lo aveva fatto. Ci aveva messo due giorni, ma lo aveva fatto. Ora nulla poteva trattenerlo. Una stretta al cuore lo colse. Non poteva che riprendere il suo cavallo e fare ritorno ad Arkanthill. Forse un giorno si sarebbe dimenticato di Ennika e di tutta quella storia. Era stato un idiota a pensare che le cose potessero andare in modo diverso.

Raggiunse di nuovo l'accampamento. C'era lo stesso caos di sempre. Cumuli di ferraglia costringevano i soldati a fare turni doppi per caricare ciò che restava degli armamenti nemici sulle imbarcazioni. File interminabili di tende di infermeria non erano che l'anticamera della morte per molti dei soldati rinvenuti sotto le macerie di Engaddi. Sul lato ovest della fortezza, i resti delle macchine d'assedio erano stati dati alle fiamme e alimentavano i roghi delle pire funebri. Erano le conseguenze della guerra, quelle per cui tutti se ne stavano in silenzio e che spesso si dimenticavano al sorgere di un nuovo conflitto.

Erano passati due giorni e le cose non erano cambiate per niente. L'unica differenza stava nell'assenza di Remigio. Con lui tutti prendevano coraggio: sia i vincitori che i vinti. Lucretio aveva da sempre ammirato il Colonnello e ne aveva fatto della figura la sua massima aspirazione. Era un eroe di guerra, ma non di quelli spavaldi e insignificanti come Gabriel. Remigio era diverso. Era pacato, leale e giusto. Viveva per Dolcina, era lo scudo della sua gente. Anche Lucretio avrebbe voluto essere come lui, essere l'esempio dei giusti, l'aspirazione dei giovani.

Sembrava proprio che nessuno si curasse di questi valori. Che persone come lui e Remigio fossero lo strumento di ipocriti giocolieri pronti a far di tutto per sedersi su un trono.

Per un momento ripensò a Versantius. Aveva senso lasciarsi guidare dalle sue intuizioni? Non conoscevano quasi niente, eppure Monosiklo sembrava fidarsi. Anche Lucretio si fidava, ma poco per volta li stava trascinando verso azioni sempre più discutibili. Che cosa sarebbe successo una volta che il Principe Fabiano De Frel fosse giunto a conoscenza della visita di Monosiklo a Silverknowes per prendere accordi con suo fratello?

La Corona di Arkanthill aveva fatto finta di nulla quando Fabiano aveva preso con la forza il titolo di Principe a suo fratello Tiberio. Ora che erano passati più di cinque anni e le cose erano cambiate, aveva senso sostenere ancora la pretesa di un vecchio stanco come Tiberio? Lucretio aveva sentito che l'ormai esiliato fratello del Principe si era rassegnato a una vita di agio e tranquillità a Silverknowes. Davvero Versantius pensava che quell'uomo senza carisma potesse compromettere Fabiano e fare un danno a Lourentius?

Per quanto Fabiano fosse un bastardo, aveva governato Dolcina nel migliore dei modi, aveva messo pace all'eterna diatriba fra le famiglie Bai e Foconero e aveva dato un futuro a molti.

Creare un altro fronte di guerra dopo quelli in Ambracia ed Evegwall, per di più nei territori imperiali, era pura crudeltà.

Forse Versantius stava azzardando troppo.

Lucretio era pronto a salutare tutti, fare rapporto a Demetrius e tornarsene in direzione di Arkanthill il prima possibile, ma non prima di aver fatto un ultimo giro nell'accampamento.

Vagò per un'ora come un'anima in pena alla ricerca di qualcosa che non esiste.

Sembrava un miraggio, uno scherzo di cattivo gusto. Sporca di sangue e con i capelli rossi a infrangersi sulla schiena. Anche di spalle l'avrebbe riconosciuta. Per un momento la terra sotto i piedi divenne un gorgo. Lucretio mise un piede davanti all'altro, ma quasi non ci credeva. Contemplava da lontano e non appena Ennika si voltò per cambiare l'acqua al secchio alla sua destra, il cuore di Lucretio cominciò a battere all'impazzata.

Era lei ed era reale.

Strinse il pugno e le unghie gli si conficcarono nei guanti. Non per la rabbia, ma per tutte le volte che aveva dubitato di se stesso, di non rivederla mai più. Aveva aspettato quel momento per settimane e ora non sapeva cosa fare. Doveva raccogliere il coraggio che aveva e andare da lei. Forse non era una questione di coraggio, ma doveva comunque appellarsi a quello.

Lucretio si avvicinò alla tenda, una delle tante che componevano l'infermeria da campo dopo la battaglia. Se non ci fossero stati i lamenti dei mutilati e dei feriti sarebbe stata la visione più celestiale che Lucretio avesse mai visto. Ennika, con una spugna in mano e una veste sozza, intenta a sussurrare qualcosa all'orecchio di un pover'uomo ormai morente. Era quello il ritratto più bello che avrebbe mai visto?

Lucretio si avvicinò. Non si curava nemmeno delle parole che avrebbe detto, probabilmente sarebbero state un'idiozia e si sarebbe vergognato poco dopo, ma qualcosa doveva dirla. Non fece nemmeno in tempo a entrare nella tenda che Ennika lo riconobbe, fece cadere ogni cosa dalle mani, gli andò incontro e lo abbracciò.

Il profumo dei suoi capelli era sempre quello: menta e limone. Anche se coperto dall'odore del sangue, anche se fuorviato dal sudore e da tutti gli altri miasmi che la guerra le aveva lasciato. La strinse forte senza dire niente. Non doveva dire niente perché quel momento era già il paradiso così.

«Sei tornato».

Non sembrava una domanda, nemmeno un rimprovero. Era più un modo per suggellare la loro appartenenza, per ribadire che il destino li aveva uniti ma non aveva più alcun potere per poterli separare.

«Sono tornato» sussurrò Lucretio.

Ennika riprese la spugna e tornò ad assistere i malati. Lucretio si sentiva sempre a disagio di fronte alle difficoltà degli altri. Non riusciva a sopportare gli ultimi istanti di vita delle persone in difficoltà, si sentiva impotente, fuori luogo.

«Hai visto?» domandò Ennika. Sembrava rivolgersi a lui, anche se aveva occhi solo per il malcapitato ormai privo di sensi.

«Cosa?» Lucretio si chinò per starle accanto. Doveva resistere alla tentazione di fuggire. Doveva resistere per lei.

«Ogni vita ha un senso».

Lucretio non capiva, ma ormai ci era abituato. Ennika parlava per enigmi, era strana, ma soprattutto era vera.

«Non parli?» domandò lei.

Lucretio sorrise. Era strana come se la ricordava. «Non sapevo sapessi curare le ferite».

«Di solito sono più brava con le ferite del cuore».

«Curi i tuoi amici?»

«Curo tutti, perché tutti hanno bisogno di me».

Non c'erano distinzioni, non c'erano stendardi. Lucretio riconobbe feriti di tutti gli schieramenti: soldati di Dolcina, mercenari, uomini di Castel Gigante, perfino un civile venuto a prestare soccorso.

Ennika immerse la spugna nell'acqua per lavarla dal sangue e la passò nuovamente sul petto del ferito. Lucretio le prese il polso per accompagnarla nei movimenti. «Più piano...»

16

Ennika sorrise, i suoi muscoli si distesero e si lasciò trasportare da quel moto. Era il loro primo ballo. Fare del bene insieme era bellissimo. Perché il mondo non poteva essere questo invece che dolore e morte?

Ennika e Lucretio passarono ore a prendersi cura dei feriti. Con Ennika vicino tutte le paure di Lucretio scomparvero. Non c'era più vergogna, non c'era più quel senso di inadeguatezza nell'accompagnare un uomo nell'ultima tappa della sua vita. C'era una dignità così dirompente negli occhi grati di coloro che provavano a salvare che tutto passò in secondo piano.

Lucretio ne era certo: era nel posto giusto, al momento giusto, con la persona giusta.

«Perché mi hai lasciato da solo, Ennika?»

Quella domanda gli aveva ronzato nella testa per giorni. Era stupido pronunciarla così, stava facendo la figura della fanciulla sedotta e abbandonata. D'altronde si conoscevano così poco...

«Ho avuto paura».

«Di che cosa?»

«Di quel tuo amico. Quando ho paura io... succedono cose strane».

Lucretio le prese le mani. Erano umide, raggrinzite per il contatto con l'acqua del catino. «Non dovevo tirare fuori la spada. Non dovevo spaventarti».

«Ci pensi mai che siamo solo quello che diciamo?»

Lucretio faticava a trovare il nesso. «Dici cose troppo criptiche per me».

«Diciamo di voler fare del bene e siamo buoni. Diciamo di volere il male e siamo cattivi».

«Siamo più complicati di così».

«Forse non lo siamo così tanto, ma vogliamo farlo credere. Tu dici di volere la pace, no?»

«Ennika.» Lucretio lasciò andare i suoi palmi. «Io voglio la pace con tutto me stesso, ma molte volte non basta volere le cose. Si combatte per ottenerle».

«E hai qualcuno per cui combattere?»

Aveva lei, ma forse era troppo presto per dirlo. In mezzo all'orchestra dissonante di dolore, all'umidità e alle zanzare si sarebbe potuto dire di tutto, ma non un "ti amo".

«Lucretio».

«Dimmi».

«Io sono confusa».

«Anche io».

«Sono confusa perché le cose sono strane. Più strane di me».

Lucretio sorrise, ma non appena intravide il volto serio di Ennika smise subito. «Perché sei triste, Ennika?»

«Perché so cosa voglio, ma tu non lo sai».

Quella frase poteva essere tutto come poteva essere niente. Era sia una dichiarazione, sia un'accusa. Lucretio trattenne il fiato; solo così si sarebbe reso conto dei secondi che passavano senza che lui aprisse bocca. Era vero che lui non sapeva cosa voleva. Era maledettamente vero.

«So cosa voglio, ma non so quanto sia giusto. Forse... non so come si vive».

«Io lascio gli altri a parlare di come si vive. Io vivo».

«Vorrei fosse sempre così...»

Lucretio si alzò e andò a cambiare l'acqua al secchio e a prendere qualche panno pulito. Era l'occasione per riflettere un po', per capire che cosa stava succedendo. La distanza da Ennika gli aveva scombussolato il cuore, ma a lei aveva fatto la stessa cosa. Erano impacciati, titubanti come dei ragazzini. Che cosa diavolo gli prendeva?

Immerse il secchio nella botte e lasciò le mani nel gelo dell'acqua per qualche secondo. Forse Ennika aveva paura di perderlo come ne aveva lui. Era tutto un gran caos, tutto nuovo per entrambi.

Lucretio tornò al capezzale di una donna. Ennika era già china su di lei a sussurrarle qualcosa.

«Ho portato l'acqua».

«Ma hai portato anche la morte» sibilò Ennika. Non lo degnò di uno sguardo.

Lucretio si sentì mancare. Era ancora una volta la verità, una di quelle verità da nascondere, una di quelle che cercava in tutti i modi di mascherare. Aveva ucciso negli ultimi giorni decine di uomini e ora si trovava in un'infermeria a soccorrerne altri come se nulla fosse successo. Avrebbe potuto dire che era costretto, che era necessario, ma sapeva che era soltanto una bugia.

«Ennika, io…»

«Perché combatti, Lucretio?»

«Te l'ho già detto.» Sembrava non capire. Sembrava non voler accettare la sua giustificazione. Lucretio aveva paura, perché in cuor suo sapeva quanto fosse fragile quella motivazione. «Non basta volere le cose. Si combatte e molte volte per ottenere qualcosa che non puoi scegliere».

«Non puoi scegliere? Tutti possiamo scegliere» si sorprese Ennika.

«Io no, io non ho scelta» disse secco Lucretio. «Odio quello che faccio, non lo capisco. Difendo la pace con la mia spada e provo a salvare quante più vite posso. So che sembra un controsenso, Ennika, ma per salvare qualcuno si devono fare dei compromessi. Ho scelto di difendere chi non riesce a farlo da solo e…»

«E quindi uccidi».

«Ennika…»

«Uccidi. Io non capisco».

Lucretio sospiro. Nemmeno lui capiva. Ma che diavolo stava provando a giustificare?

«Io lo so che non è giusto, ma qualcuno deve pur farlo. È quello che provo a fare io…» Nemmeno lui sapeva come continuare.

Ennika restò in silenzio per i minuti successivi. Continuarono a prendersi cura dei feriti, come se niente fosse. Un muro di silenzio si frappose fra loro. Lucretio si sentiva un'idiota, temeva di aver perso Ennika per sempre con quelle parole. Non poteva sopportare quel silenzio devastante. Stavano insieme, ma i veri feriti in quella tenda erano loro due.

«Dì qualcosa, qualunque cosa.» Forse Lucretio era stato troppo brusco, ma doveva sentire qualcosa oltre al ronzio nella sua testa.

«La pace non ci sarà mai. Perché il mondo è crudele e ci vuole crudeli.» Abbassò lo sguardo dopo un primo moto di coraggio. Non sembrava delusa, solo rassegnata, solo intimidita da quello che erano le cose. Aveva ragione. Lucretio sapeva che aveva ragione, ma avere ragione non bastava.

«Ennika, il mondo…»

«Il mondo è crudele!» insistette lei. Non voleva sentire ragioni. «Ci costringe a fare cose che non vogliamo. Ci costringe a essere come non siamo. Non sei stanco di vivere come dicono gli altri? Di essere un camaleonte sotto al sole in attesa di essere bruciato?»

Il paragone spiazzò Lucretio, ma non abbastanza da farlo sorridere. Quella domanda. Quella maledetta domanda.

«Sono stanco di combattere per gli altri».

«E allora per chi combatti?»

«Ancora questa domanda?»

Ennika sbuffò. «Ancora questa domanda».

«Forse combatto per te».

«Per me?»

Le guance rosse di Ennika valevano tutto l'imbarazzo di quelle parole. Era come un bocciolo da custodire fra le mani. Non voleva stringere troppo forte, né voleva che rovinarlo con la sua presa.

Quel silenzio stava diventando insopportabile. Non sapeva cosa fare. Abbracciarla forse? Troppo. Lucretio cambiò discorso. «Che cosa devo fare?»

«Passeggiamo?»

«E i feriti?» Lucretio aveva appena finito di pestare delle erbe medicinali nel mortaio.

«Siamo noi i feriti».

Anche lei lo aveva capito.

Ennika abbandonò la tenda e Lucretio la seguì. Passeggiare sulla spiaggia era il loro modo per entrare in comunione, per essere veri come non mai. Il blu del mare, il canticchiare di lei e le nuvole a forma di cose improbabili che forse erano solo frutto della loro mente. Era il loro momento.

«La senti come è fine?» Ennika si chinò per afferrare con il pugno la sabbia. Anche Lucretio si chinò. Non poteva fare a meno di restarsene lì a guardarla e replicare tutti i suoi gesti.

«Io non so cosa fare, Ennika. Pace, guerra, morte, vita. Non so niente e...»

«Noi possiamo fare solo una cosa: avere le idee chiare e vivere a pieno».

«La fai sempre così facile».

«Sei tu che sei difficile».

«Sei strana».

Ennika scoppiò a ridere. Era bellissima anche quando non faceva la pazza. «E tu sei triste.» Per la seconda volta quella frase. Anche Lucretio scoppiò a ridere. Era vero. Maledettamente vero.

«Hai mai pensato di vivere lontano da qui?»

«Lontano dove? La nostalgia è un vortice, ti acchiappa sempre».

Ennika disegnò sulla sabbia un cerchio. «Questo è il mondo».

Lucretio annuì. Non capiva cosa voleva dire.

«Qui» Ennika indicò un punto fuori dal cerchio. «Potremmo vivere qui?»

«Fuori dal mondo? Siamo già abbastanza strani così...»

«Non siamo strani!» Ennika si sedette e lo stesso fece Lucretio. «Se questo mondo non ci merita scappiamo via insieme».

Lucretio scosse la testa. Lo fece senza pensarci, ma Ennika aveva già mutato espressione. Conosceva Ennika così poco e le aveva già confessato di essere in confusione per lei. Questo era amore, ne era sicuro, ma faceva paura abbandonarsi all'incertezza. Faceva paura mostrarsi con le proprie fragilità e i propri timori. Non era il tipo da lanciarsi in avventure e voltare le spalle ai doveri. Aveva sempre criticato quel genere di eroi delle ballate. Tutti egoisti, tutti venerati per la loro codardia.

«Ennika, quello che dici non è possibile».

«E se fosse possibile? Se fosse possibile che un raggio di sole si trasformi in luna e se fosse possibile che le montagne si muovessero? Sarebbe tutto più bello, no?»

Lucretio prese la mano di Ennika e spostò il dito all'interno del cerchio da lei disegnato. «Perché questo mondo non può bastare?»

«Perché non ci accetterà mai per quello che siamo».

«Però possiamo combattere perché ci accetti! Possiamo salvarci».

«Ci ripetiamo che in qualche modo ci salviamo tutti.» Ennika tirò indietro la mano e folgorò Lucretio con lo sguardo. «Sarà davvero così? Forse…» Ennika abbassò lo sguardo e si portò le ginocchia al petto. «Forse siamo al mondo solo per appartenerci gli uni gli altri. Solo le mie mani nelle tue mani».

Tutto divenne quiete. I soldati, il via vai degli stendardi, le voci di tutti e la risacca del mare. Quiete di fronte a quelle parole di Ennika. Allora era davvero amore. Era davvero qualcosa di reale. Combattere per lei era l'unica cosa che lo faceva sentire vivo, che gli suggeriva che ci fosse un senso a tutto il male e a tutto il bene su quel mondo.

Lucretio abbracciò Ennika. Una morsa liberatoria. Menta e limoni ancora una volta. I capelli di lei che gli sfioravano la faccia, le guance calde, il battito del loro cuore che muoveva i petti e li sincronizzava. Nessuna veste madida di sangue e nessuna corazza avrebbero potuto separare i loro cuori. Erano abbracciati loro, ma lo erano anche le loro anime. Poteva esserci sintonia più forte? Fuga più bella di quella? Per un momento, uno solo, erano in quel puntino nella sabbia solcato dal dito di Ennika: lontano dal mondo. Estranei.

«Ennika».

«Dimmi».

Lucretio la guardò negli occhi e le prese le mani. Aveva paura. Era una cosa nuova. «Tu non mi conosci».

«Non ho bisogno di conoscere la tua maschera. Quello che indossi non ha significato per me. So chi sei, Lucretio. So chi puoi essere perché conosco il tuo cuore».

Lucretio sorrise. «Sei una specie di strega?»

«No. Non ho nulla da nascondere.» Sembrava seccata per l'interruzione di quel momento. Talmente vicini da poter quasi sentire il respiro dell'altro sul proprio viso. Nessuno osò ridurre quella distanza.

«Tu per me sei vera.» Lucretio aveva occhi solo per lei, nonostante il caos che li circondava. «Sei il mio più dolce pensiero».

Nessuno dei due staccò gli occhi di dosso dall'altro. Lucretio avrebbe voluto che quel momento fosse infinito. Voleva l'infinito, ma non quello del potere o dell'inconscio, desiderava quello racchiuso in momenti semplici: un abbraccio sulla spiaggia, una vita che sembrava possibile, un futuro che poteva anche sorridere e non solo prenderlo a calci. Non era un filosofo, né un esperto in nessun campo, ma sapeva quando stava bene e quando stava male. Forse non avrebbe potuto spiegare a parole le sensazioni di quegli attimi, eppure mai aveva provato una gioia più grande di quella. Poter star vicino alla donna che amava. Non sapeva come sarebbe finita quella storia, né se fosse bene nutrire delle speranze, ma ora era lì e tutto il resto passava in secondo piano.

«Hai paura».

Lucretio aggrottò la fronte. «Tu no?»

«Certo, ma vale la pena uccidere un po' del nostro io per un più bel noi. Vale la pena essere le stelle in questo cielo terso».

«Ci sarà mai un noi, Ennika?»

«Se fuggiamo insieme».

«Dove?»

«Lontano».

«Da dove?»

«Da tutto.» Ennika indicò ancora il punto fuori dal cerchio. «Questo mondo non ci salva».

«Possiamo progettare fughe in capo al mondo, anche oltre il confine di Arkades, ma saremmo sempre al punto di partenza. Nessuno può...»

Basta dubitare, basta porre sempre dei freni! Doveva smetterla di comportarsi sempre come il solito Lucretio. La rigidità non lo aveva mai portato da nessuna parte. Se Ennika voleva sognare, chi era lui per impedirglielo? Andarsene da Arkades, verso un mondo che avrebbero potuto chiamare solo loro. Era un idillio. Anche Lucretio avrebbe voluto avere la stessa innocenza di Ennika e sperare che potesse un giorno diventare realtà: varcare la Porta Spirale, essere liberi finalmente.

Il mondo li avrebbe inghiottiti, come tutti. E lui doveva impedirlo continuando a combattere.

«Non devi niente a questo mondo, Lucretio».

Era vero, ma con che dignità poteva anche solo pensare di voltare le spalle a quello che era? Al sogno che da bambino continuava a fargli illuminare il volto.

«Ma non per questo posso starmene a guardare.» Lucretio si alzò da terra e si pulì dalla sabbia. Fece il saluto militare ad alcuni uomini che passavano di lì. Lo aiutava a distrarsi dalla situazione che si era venuta a creare. Come poteva svegliare Ennika dal suo sogno? Come poteva dirle che quello che aveva nella testa era impossibile? Non voleva ferirla, ma nemmeno illuderla.

«Ora devo andarmene?»

«Sei tu ad abbandonare me ora».

«Non ti abbandonerò mai. Combatterò».

«Per me?»

«Sì».

«E per te?»

Lucretio restò in silenzio per qualche istante. «Per noi».

Ennika fece qualche passo. Quasi inciampò nei granelli dorati della spiaggia fino a crollare nelle braccia di Lucretio. La sua testa scavava nell'incavo della spalla del cavaliere. Ancora una volta i loro battiti erano sincronizzati.

«Quando tutto questo sarà finito, io ti troverò. Ma ora non posso tirarmi indietro, non posso barattare la salvezza degli altri senza sentirne il peso io».

«Tu sei buono, Lucretio».

«Non so se sono una persona buona.» Non era l'unica cosa che non sapeva. Non sapeva se amava o se odiava, sapeva solo che voleva davvero bene a Ennika, quella ragazza così strana che rendeva il mondo meno folle. Forse l'amava come idea. Forse tutti questi dubbi lo costringevano a pensare di non essere nemmeno nel giusto.

«Dove ti troverò?»

«Da mio padre».

«Dove?»

«Vecchia Falcara. Ora è quella la mia casa. Spero solo che non mi portino via anche quella».

«Non lo permetterò».

«Lucretio?»

«Dimmi».

«Lo vedi il cielo?»

Era meraviglioso. Un tramonto rosa che si mescolava all'orizzonte azzurro. «Sembra uno dei tuoi quadri».

«E le vedi le stelle?»

«Quali stelle? Si intravede la luna che sorge ma non le stelle».

«Il cielo è fatto di frammenti. Non ti sembrano l'eternità?»

«Sì. Ed è proprio come il mondo che sta da questo lato del cielo».

«Miliardi di stelle forse... forse sono come noi» sospirò Ennika. Restò in contemplazione degli astri che vedeva solo lei. Lucretio sapeva che c'erano, che sarebbero spuntate, ma non vedeva nulla. Ennika sapeva sempre come anticipare il futuro, come dire la verità anche quando si provava a nasconderla sotto ogni velo di menzogna.

Ennika smise di osservare la volta celeste. «Forse questo cielo ci cadrà addosso. E anche se lo farà, resterà intatto».

«Come può cadere il cielo?»

«Il cielo cade quando tutte le nostre idee non riescono più a sorreggerlo».

«Per quanto possa andare a pezzi questo cielo, ci sarà sempre un punto su cui non cadrà».

«Quale punto?»

«Noi. Il mio cielo non ci schiaccerà mai».

«Neanche se non sono una stella?» domandò Ennika con aria divertita. Come se non fosse lei a fare sempre accostamenti bizzarri...

«Forse non sei una stella, ma per me sei l'amore al microscopio».

«Cos'è un microscopio?»

«Un aggeggio che usano al C.R.S. per vedere le cose troppo grandi o troppo piccole, oppure distanti. Per contare le stelle del cielo. Tu sei l'amore che è sempre stato distante, ma sei qui, sei vicina».

Sorrisero entrambi. Era così bella quando non capiva. Lucretio ci provava in tutti i modi a distruggere la sua normalità perché era infinitamente più soddisfacente indossare gli abiti della follia di Ennika.

Ennika si allontanò. Le sue orme sulla sabbia sarebbero scomparse a breve. Non voleva che l'ultimo ricordo di lei fosse la sua schiena e i suoi passi cancellati dal vento. Lucretio le corse dietro.

«Ennika!»

Lei si voltò. Lui le prese il volto e la baciò. Nessuna resistenza, solo il viaggio lontano dal mondo che auspicava Ennika. Lucretio aveva resistito fino a quel momento, aveva titubato, aveva fatto della sua mente un teatro di battaglia per le sue paranoie, ma la paura lo aveva convinto. La paura di non avere più la certezza di rivedere Ennika, l'angoscia che tutte le loro promesse non fossero che belle bugie da rifilare prima della dipartita.

«Scegli me...» sussurrò Lucretio.

«Cosa?»

«Fra i miliardi di stelle, scegli me».

Fu Ennika ad abbracciare Lucretio. Aveva già scelto da tempo. Così come aveva finalmente scelto lui.

Aveva la sua ragione per combattere, aveva il suo sogno, il suo cielo che non sarebbe mai crollato. Quella stella, quell'amore che doveva proteggere ad ogni costo. Ecco per cosa combatteva Lucretio.

Ecco perché tutta questa storia doveva finire in fretta, perché finalmente aveva una ragione.

«Tornerò, ma tu scegli me» ripeté Lucretio.

«Ti ho già scelto. Ma dovrai accettarmi con tutti i difetti che ho, con il tempo che giocherà a rovinarmi, convivere con tutti i problemi del caso. E...»

«Veglierò su di te. La tua sentinella, il tuo sostegno. Toccherà a te guardarmi fra le luci, perché non cada nell'ombra».

Non aveva mai usato parole simili. Era davvero una ballata d'amore, una di quelle che aveva sempre trovato assurde. Ora era realtà.

«Non dimenticarmi, Lucretio. Non dimenticarmi».

«Mai».

Tutta quella guerra, Lourentius, i piani di Versantius e le macchinazioni di Monosiklo non avevano più alcun senso, così come non aveva più spazio nel suo cuore cosa pensasse la gente di lui. Ci aveva provato a essere un esempio per gli altri, ma aveva trovato davanti a sé solo dei mostri in abiti eleganti.

Perché continuare a curarsi del mondo morente? Era questa la vera fuga di cui parlava Ennika? Se così fosse non ci avrebbe pensato due volte: sarebbe fuggito con lei. Avrebbe ricominciato tutto.

Un altro bacio, l'ultimo prima di partire per Arkanthill.

"Arkanthill, pagina 551

Pensavo che questo potesse essere un bel viaggio, per lo meno per le premesse, e invece mi sono sorpreso ad avere ragione ancora una volta. Avrei dovuto avere qualche sospetto nel vedere l'immotivato entusiasmo di Tristan Foconero. Di solito è sempre smorto, serio e quello che rinuncia a divertirsi. Se non ci fosse stata Catherine Sdayl con me oggi di certo mi sarei buttato contro la prima scogliera visibile dalla città.

Non credo di aver mai visto niente di più finto di noi alla locanda a brindare per la nuova avventura di Tristan. Addirittura Marco Aurelio Potrik ha passato l'intera serata appiccicato a lui a lodarlo.

Cosa mi resta da dire se non fare le mie congratulazioni al nuovo Grande Taumaturgo di Arkades. Imbarazzante come Boris Raffreddalama si sia fatto rubare anche questo titolo. Per di più con un nome del genere. Parliamoci chiaro: ti chiami Boris Raffreddalama e ti fai battere nelle arti del ghiaccio da uno che porta nel cognome la parola "fuoco"?

A mente più lucida e senza i festeggiamenti che mi martellano la testa posso però dire che la mia invidia cela delle paure, senza dubbio. E che queste paure sono sicuramente condivise anche dagli altri. La verità è che Tristan sa cosa fare della vita, ha una prospettiva e noi no. Noi siamo ancora distrutti dai dubbi e ci guardiamo bene dal condividerli con gli altri.

Ho provato in più occasioni a manifestare tutto il mio malessere di questa sera lanciando occhiate a Hansel Kandoriel, ma lui è uno che in serate come queste preferisce non farsi problemi e vomitare tutto il suo disappunto una volta conclusasi la serata.

E come è finita questa serata fatta di invidia? Nella noia, talmente tanta che abbiamo dovuto inventarci di essere stanchi per chiuderci ognuno nella propria stanza.

Non so perché, ma proprio non riesco a esultare per i successi di un amico. Forse Tristan non è nemmeno un amico. Allora chi lo è?"

VERSANTIUS

Dolce rivalsa

Ancora una volta Monosiklo aveva assicurato per loro. L'ennesima lettera firmata da lui aveva consentito a Versantius, Gabriel e Sefiro di viaggiare nei territori imperiali senza conseguenze.

La sella era scomoda, il vento non dava tregua e la fretta di Gabriel, il più delle volte, faceva sbagliare strada. Si ritrovarono presto in una grande pianura, probabilmente oltre le campagne di Brunellin.

«Puoi ammettere di non sapere la strada» borbottò Versantius.

«Sciocchezze. Non ho mai sbagliato strada in vita mia» replicò Gabriel. Doveva sempre avere l'ultima parola, eppure non era il solo a creare problemi.

Versantius non capiva Sefiro. Silente e spesso perso nei suoi pensieri. Era quel tipo di silenzio preoccupante con il quale Versantius avrebbe dovuto fare i conti prima o poi, ne era sicuro.

«Ti ho visto a Engaddi...» Gabriel continuò sul sentiero polveroso senza mai voltarsi.

Aveva capito cosa intendesse, ci aveva pensato a lungo. Versantius voleva togliere dalla testa di Gabriel una volta per tutte quel pensiero.

«Non potevo fare altrimenti».

«Quindi fingevi? Anche quando hai promesso ad Hansel che lo avresti salvato?»

«No».

«Allora fingevi con me».

28

«Mi aspetterei queste scenate di gelosia da un'amante, non da Gabriel Gariboldi, l'eroe di Aeternam Clipeus».

Gabriel sbuffò. «Voglio solo sapere con chi sto cavalcando. Con chi sto rischiando la vita. Con Versantius, il reggente senza amici che crede in qualcosa di buono, o con il figlio di Lourentius che manipola gli altri come se fossero bestie».

«Gabriel, ne abbiamo già parlato» disse secco Versantius. «Hansel e Marco Aurelio ci servivano e ci servono. Ho un legame con loro, una cosa del passato, ma non voglio più pensare al passato».

«Dimmi che tutto questo bordello di Silverknowes che stai progettando non è solo per liberare quei due».

Versantius sorrise. Sembrava una domanda spinosa senza che nemmeno Gabriel se ne rendesse conto. «Ti aspetti che io dica che lo faccio perché voglio bene a qualcuno o che dica che è più importante un bene superiore?»

«Non mi aspetto niente. Solo che tu sia sincero».

«Allora sarò sincero: possiamo fare entrambe le cose. Con le truppe dei due lord che tanto detesti potremmo dare l'assalto a Naviglio, senza siamo in difficoltà».

«Quindi lo fai per loro?»

«Lo faccio per i numeri.» Versantius lanciò uno sguardo a Sefiro. Sembrava estraneo alla conversazione ma sperava che capisse il suo punto di vista. «Dolcina è la culla degli sgherri di mio padre, se riusciamo a togliere dalle sue grinfie quel feudo e allo stesso tempo liberare i nostri alleati, allora…»

«Allora abbiamo fatto scacco matto» concluse Gabriel. Sembrava comunque poco convinto.

«Esatto».

Era un ragionamento lineare, uno di quelli che non ammetteva repliche. Andare a Silverknowes, prendere accordi con Tiberio e destituire il Principe della Dolcina era la cornice di quello che era il piano. Poco importava delle truppe, di chi governasse su Dolcina, degli alleati di Lourentius. A malincuore Versantius si ritrovò a mettere in secondo piano anche Hansel e Marco Aurelio. A Dolcina doveva andare per forza, se non altro per recuperare gli ultimi oggetti che mancavano. Non poteva commissionarli ad Aliros e Quentin aveva smesso di comunicare con lui da mesi.

Una distesa di verde e azzurro accompagnò i tre nella loro ennesima giornata di viaggio. Alloggiare nelle locande lungo la via era stato più facile del previsto. Di sicuro tutti avevano sentito parlare di Gabriel o di Sefiro, ma pochi potevano vantare il fatto di riuscire a riconoscerli. Solo i capelli argentei di Sefiro destarono qualche imbarazzante intermezzo nel loro viaggio, nulla che non si potesse risolvere con qualche parola per allontanare i curiosi. Sefiro era abile a nascondersi, quando voleva. Versantius giurava che fosse insuperabile anche a mostrare le sue reali intenzioni. Non credeva alla storiella di liberare il Reame dalla minaccia che era comparsa.

Forse cercava potere, come tutti.

Era passato un altro giorno. I confini dell'Arkanthill erano ben presidiati. Versantius consegnò al comandante di un reggimento la lettera firmata da Monosiklo. Ancora una volta l'autorità del Granduca sovrastava l'odio degli imperiali per i ducali. Un cartello in legno indicava Culla di Arkantha, un altro Guado del Flaerio. Erano vicini.

«Se è famosa come dici tu, perché questa Silverknowes non compare da nessuna parte sulle mappe?» Gabriel era rimasto imbambolato di fronte al crocevia a leggere le altre indicazioni.

«Credo sia una questione legata alle decisioni dei cartografi, oltre che a scelte a livello politico» specificò Sefiro.

«Molti castelli non sono segnalati» continuò Versantius.

«Non sulle vostre mappe...» Sefiro sibilò con voce calante.

Una folata di vento li paralizzò davanti al crocevia. Sefiro e Gabriel erano incerti sulla loro direzione e Versantius non capiva il motivo di quella pausa. Forzare la mano sarebbe sembrato sospetto. Si concesse un po' di tempo per scendere da cavallo e fare qualche passo per sgranchirsi le gambe.

«Beh?» Gabriel scese a sua volta. «Riposo? Di già?»

Sefiro alzò le spalle e scese a sua volta. «Non manca molto, non c'è fretta».

«E come fai a capirlo?»

«Sono già stato a Silverknowes».

Versantius si mise sull'attenti. Poteva essere un'informazione rilevante.

«Pensavo non mettessi naso fuori dai tuoi laboratori.» Gabriel diede una pacca sulle spalle a Sefiro, che si scostò con garbo per non mostrarsi troppo infastidito.

«Essere Archivista ha le proprie vicissitudini».

«Vicissitudini?»

«Nel senso che ho dovuto mediare per limitare i danni».

Versantius si avvicinò a entrambi. «Intendi dopo il tradimento di Fabiano? Mi chiedo il perché».

«Non sei l'unico a chiederselo...» Sefiro si tirò su i guanti che stavano per scivolargli dalle mani. «L'Imperatore aveva insistito affinché anche noi andassimo a rassicurare Tiberio dopo la presa di Dolcina del fratello».

Gabriel sorrise. «Non ti facevo così attaccato alla politica».

«In ogni caso non servì a molto. Tiberio non aveva alcuna intenzione di riprendersi ciò che gli spettava e accettò di restarsene confinato a Silverknowes».

«Dunque chiediamo aiuto a un pavido?» domandò Gabriel.

«Chiediamo aiuto a chi verosimilmente potrebbe darcelo» puntualizzò Versantius. «Mi piacerebbe dire che Fabiano non sia un problema, ma arrivati a questo punto sono più che certo che mio padre farà di tutto pur di fare delle truppe della Dolcina il suo nuovo esercito».

Gabriel alzò lo sguardo al cielo. Sembrava non capire e Versantius era stanco di dovergli spiegare ogni singolo risvolto. Il suo era un piano sensato, lineare e fattibile. Perché continuava a dubitare?

«Ti fidi di questo Tiberio?»

Perché Gabriel insisteva sempre con quella domanda? La fiducia era un concetto labile. Nessuno si sarebbe dovuto fidare di nessuno: questo era quello che avrebbe voluto rispondere. Ma una risposta simile non solo era controproducente, ma anche poco netta. E aveva imparato a capire quanto Gabriel fosse un uomo diretto.

«Non ancora».

«E se ci consegnerà agli imperiali?»

«Se non c'è riuscito Remigio, dubito che possa farlo lui. Ricordati che non andiamo in un presidio militare. Paragonerei Silverknowes a una gigantesca reggia di nobili annoiati».

«Grandioso…»

Sefiro si schiarì la voce. «Ufficialmente che carica ricopre Tiberio?»

«A quanto ne so, nessuna» rispose Versantius.

«Come te» scherzò Gabriel.

Versantius si sforzò di sorridere. Lui non sarebbe mai stato nessuno. Il modo di fare di Gabriel iniziava a dargli fastidio.

«Dispersi nel territorio nemico, attaccati alla vita grazie a questo pezzo di carta.» Gabriel indicò il lasciapassare di Monosiklo tenuto gelosamente da Versantius. «E per di più dobbiamo fidarci di un… quanti anni avrà? Sessanta? Settanta? Beh, in ogni caso di un vecchio che non ha alcuna intenzione di combattere.» Gabriel montò a cavallo, con un sorrisetto sul volto. «Che stiamo aspettando?»

Versantius non rispose. Lo preferiva quando era in lutto per la morte della moglie.

Montarono tutti a cavallo e continuarono in direzione di Culla di Arkantha. Da lì avrebbero poi deviato fino a Silverknowes. Era curioso come i De Frel avessero una residenza estiva in un territorio che storicamente ritenessero inferiore.

Sarebbe stata l'ultima volta che Versantius si metteva in mezzo a questioni politiche che non gli interessavano. Tiberio era solo un mezzo, una scusa per poter arrivare a Dolcina, lasciarsi la devastazione alle spalle e fingere che fosse per una buona causa. Cosa poteva andare storto? Nulla, se solo le persone avessero smesso di fare domande inutili.

«E sentiamo, Versantius.» Gabriel tornò in testa. I raggi del sole sbattevano sulla sua chioma dorata. «Quale altro spettro del tuo passato ci farai incontrare a Silverknowes?»

Versantius strinse le redini. Capiva dove voleva arrivare Gabriel. Avrebbe voluto avere più tempo per formulare una risposta, ma ogni secondo che passava amplificava il divario fra lui e Gabriel. Doveva essere sincero.

«Conosco un illusionista».

«Un illusionista?» domandò Sefiro.

«Sì, diciamo un'artista, un prestigiatore. Si fa chiamare illusionista ma è un bardo. È una persona particolare».

«Come si chiama?» Gabriel non si voltò nemmeno. Versantius avrebbe volentieri studiato il suo volto, se non altro per capire quanto fosse in linea con il tono di voce nervoso.

«Joseph Lerrant».

«Mai sentito.» sibilò Gabriel. «E dimmi, questo Joseph è uno stronzo come gli altri tuoi amici?»

Versantius scoppiò a ridere. «Non penso. Però noto che abbiamo standard diversi in quanto a simpatia».

Gabriel si lasciò trascinare dall'ironia. «Meno male!»

Tutto si era concluso così, con una risata. Ma Versantius sapeva che c'era ben poco da ridere: si sentiva come controllato, sotto processo. Da quando doveva giustificarsi? Da quando quello che diceva era sotto attenta valutazione? Quelle parole di Gabriel... i silenzi di Sefiro. Non poteva accettarlo. La questione era semplice: lui faceva i piani, muoveva le pedine e decideva. Gli altri eseguivano.

Non vedeva prospettive differenti.

Il viaggio fu tutto sommato piacevole. Nessuna preoccupazione, il sole tiepido sulla schiena e la consapevolezza che la loro meta non era una squallida taverna, bensì un palazzo. Versantius non aveva mai visto Silverknowes. Nemmeno sapeva se fosse il suo vero nome.

«Ma si chiama Silverknowes perché a Dolcina il castello si chiama Goldenknowes?» aveva domandato Pieros prima che si dividesse dal gruppo di Versantius. Quella domanda lo aveva fatto sorridere, non tanto perché era inutile, quanto perché nemmeno Versantius riusciva a dare una risposta.

Per come la gente aveva descritto Silverknowes, non sembrava riservare qualcosa di diverso dal trambusto dei mercati di Nuovo Passaggio. Versantius se la immaginava come un enorme rione chiassoso e infestato di zanzare. Forse con più nobiltà, ma non con meno squallore. Si può coprire di profumo un ammasso di letame, certo, profumerà di fiori, ma sempre letame rimarrà.

Una volta arrivati Versantius dovette ricredersi. Se Sefiro non era per niente stupito, lo stesso non si poteva dire di Gabriel. Un alto palazzo si ergeva di fronte a loro, le sue pareti chiare riflettevano la luce al pari delle decorazioni d'argento che sembravano ammonire chiunque avesse cattive intenzioni. La spianata sulla quale sorgeva la reggia era curata nei minimi dettagli: campi verdissimi, siepi intagliate, corsi d'acqua che convogliavano nel fiume che costeggiava il retro del palazzo. Chissà se era decorato anche là dietro, dove nessuno avrebbe mai guardato. Versantius era pronto a giurare di sì. Tende dai colori sgargianti erano disseminate attorno al castello e portavano i colori di diverse casate. Probabilmente appartenevano ai familiari dei lord coinvolti nella guerra, sebbene a giudicare dallo scenario di fronte a loro nessuno si preoccupasse che i contingenti ducali fossero a meno di una settimana di marcia da Silverknowes.

Nessun albero e nessun dislivello. L'unica ombra era proiettata dal palazzo e tutt'attorno, nell'immenso giardino di fronte a loro, tavoli e divanetti erano posti sotto a delle tettoie di stoffa dai colori variopinti, probabilmente per dare ristoro ai nobili intenti a rilassarsi e a bere.

Un'esplosione di colori lasciò Gabriel a bocca aperta. Erano semplici trucchi di prestigio per attirare le attenzioni dei nobili e provocare esultanza. Nemmeno qualche secondo che il clamore delle persone si tramutò in scroscianti battiti di mani.

«Che è questa buffonata?» domandò Gabriel perplesso.

«Silverknowes» rispose Sefiro.

«Mi sembrava di essere stato chiaro» replicò Versantius. Anche lui aveva i suoi dubbi su Tiberio. Ma non poteva darla vinta a Gabriel.

«Pensavo fosse uno scherzo. Come pensiamo di scomodare dei grassoni appollaiati al sole e convincerli alla rivolta?»

«Ma non dobbiamo convincere loro. Questi sono solo di passaggio.» Versantius proseguì. Forse arrivando a Silverknowes e conoscendo direttamente Tiberio avrebbe avuto più rassicurazioni. Per ora sembrava più un bordello d'alta classe che la residenza del legittimo Principe della Dolcina.

34

Non fecero nemmeno in tempo ad avvicinarsi al primo tavolino che due paggi, vestiti in maniera fin troppo elegante, insistettero affinché i loro cavalli fossero lasciati fuori nelle scuderie.

Gabriel storse il naso. Sefiro sembrava quello più a suo agio. Farsi servire era parte del suo carisma, questo Versantius lo aveva capito.

La terra sotto i loro piedi era umida, soffice e innaturale, come se fosse stata trapiantata da altri luoghi. Sembrava di camminare su un materasso per quanto fosse curato. Ogni tanto si intravedevano dei fiori, ma in lontananza aveva scorto dei giardinieri intenti proprio a reciderli per lasciare il prato immacolato. Era strano, ma quella sensazione di rigore e armonia metteva Versantius di buon umore.

Se Tiberio avesse avuto la stessa cura anche per la riconquista di Dolcina non ci sarebbero stati problemi.

«Vedo una marea di guardie» sussurrò Gabriel.

Versantius si guardò intorno. Non ci aveva fatto caso, ma fra le tende, le siepi e gli ingressi del palazzo, l'afflusso di uomini in armatura era continuo.

Versantius continuò a camminare sul prato con passo deciso. Ogni tanto sorrideva a qualcuno, ma veniva ignorato. «Sembrano non portare paramenti diversi».

«Da quel che so, sono pagati da Tiberio, o meglio, dai proventi di Silverknowes.» Sefiro faticava a tenere il passo.

Versantius rallentò, non tanto per il compagno in difficoltà, quanto per approfondire quel concetto. «Mercenari?»

«Immagino proprio di sì».

«Pensavo che mio padre pagasse di più».

«Tuo padre non può promettere il lusso durante il servizio. Questi soldati vivono in condizioni più che agiate».

Gabriel scosse la testa. «Quindi damerini e buoni a nulla. Non ci servono viziati fra le nostre fila».

Versantius lo folgorò con lo sguardo. «Per come siamo messi, Gabriel, ci servono tutti gli aiuti di cui abbiamo bisogno».

«Non abbiamo il sostegno della fottuta Corona Imperiale?»

Versantius aspettò un paio di secondi prima di rispondere. Non voleva sembrare infastidito dall'ingenuità di Gabriel. Era come parlare a un sasso. «Certo, ma non forzerei troppo la mano quando si tratta di truppe imperiali provenienti da Arkanthill. Avremo il loro appoggio militare, ma non credo lo ammetteranno mai pubblicamente. O almeno è quello che mi aspetto da Monosiklo, perché è quello che farei anche io».

«Puttanate!» Scrollò la testa.

Gabriel accelerò il passo, sbattendo contro un prestigiatore intento a far tramutare picche in carote facendole passare per il suo cilindro. Versantius lo seguì, Sefiro sembrava più in pena per il povero cilindro che per il fallimento del numero di magia.

Il palazzo di Silverknowes era davanti a loro, più si avvicinavano, più sembrava imponente e stracolmo di persone. Chiunque entrava e usciva senza alcun controllo. Camerieri vestiti in abiti di pizzo, stormi di nobildonne dagli ombrelli abbinati al vestito e ragazzini ammantati di seta che correvano con in mano pergamene. Nessuno si curava degli altri, nemmeno i servitori che pulivano il prato non appena qualcuno osava sporcarlo.

«Ehi, voi».

Versantius si voltò per vedere chi avesse parlato. Era più che certo che si stesse rivolgendo a loro.

«Sono qui!»

Una ragazza dai lunghi capelli rossicci e un elegante vestito ambrato agitava il braccio con volto raggiante. Versantius non aveva mai visto Mirandolina con quel sorriso.

«Mirandolina Bai… sei sempre la più bella!» Versantius si inchinò a lei e lanciò uno sguardo a Gabriel per intimargli di fare altrettanto. Solo Sefiro si mostrò abbastanza elegante da fare un baciamano.

«Ci conosciamo?»

«Ci siamo visti qualche anno fa. Sono Sefiro Majeskorm.» Si tolse il cilindro e restò immobile, quasi offeso per non essere stato riconosciuto.

Anche Versantius ci rimase male. Se per giorni aveva sperato di non essere additato come nemico e traditore, a Silverknowes sperava se non altro di far valere i suoi rapporti.

Mirandolina restò interdetta per qualche secondo, gli occhi più simili a fessure che ai consueti smeraldi. Proprio non ricordava.

Il momento di imbarazzo fu spezzato da un signorotto con abiti color limone che accorse tutto tronfio al fianco di Mirandolina. «Che succede, Mirandolina, che succede?» La sua voce era tanto acuta da essere assolutamente sgradevole.

«Niente, lord Gunter. Consuete presentazioni per i nostri illustri ospiti».

«I miei omaggi, allora...» Gunter prese un lembo del suo mantello giallo e si inchinò avendo cura di eseguire il gesto nel modo più plateale possibile. Il suo volto era disteso, ma non nascondeva il sudore probabilmente derivato dal troppo alcol in corpo. «Gunter Freyas, lord di Guado del Flaerio, al vostro servizio, messeri...» Si bloccò con aria interrogativa.

«Sefiro Majeskorm, Governatore di Elorin».

«Versantius Vezarium, reggente del Duca».

«Gabriel Gariboldi, figlio di cagna di Aeternam Clipeus o quello che voi chiamate schifoso traditore. Scegli pure tu».

Gunter scoppiò a ridere, Mirandolina sembrava invece perplessa dall'ironia di Gabriel. E non era la sola.

«Che bello rivederti, Versantius!» Mirandolina sorrise e fece cenno di seguirla. «Come vedete in questi giorni a Silverknowes non c'è tanta gente, posso farvi accomodare vicino al palazzo e portarvi qualcosa con cui rinfrescarvi. Servitù! Presto!» Un cameriere corse da lei. «Tavolo dodici, vino, birra, tartine, arrosto. Solita cottura, solite cose. Veloci, veloci!» Il giovane cameriere scattò senza guardare in faccia a nessuno.

Gabriel e Versantius si scambiarono un'occhiata perplessa. A quale delle due versioni di Mirandolina dovevano credere? Quella cordiale e ingenua o quella che avevano appena visto?

«Posso aiutarti in qualche modo, Mirandolina?» Gunter non staccava gli occhi di dosso dalla ragazza. Per Versantius la situazione stava diventando strana.

«Sì, Gunter, mi piacerebbe davvero tanto...»

«Cosa? Parla e il mio cuore sarà sollevato».

«Quella collana di cui parlavi. Perle, topazio e...» Mirandolina sospirò languida. «Una vera bellezza. Sei sicuro che non è un problema?»

«Quella cianfrusaglia è roba da straccioni».

Versantius si voltò. Era stato un altro uomo a parlare. Alto, smilzo, viso scavato e con un mantello d'ermellino talmente lungo da scivolare sul manto d'erba.

«Alcide!» Mirandolina gli andò incontro e lo abbracciò. «Spero che la mia torta sia pronta».

«Pronta e buonissima come sempre.» Alcide si ricompose e osservò i nuovi arrivati. A differenza di Mirandolina sembrava sapere chi si trovasse di fronte.

«Sono i nostri nuovi ospiti. Staranno al tavolo dodici» disse Mirandolina.

«In realtà vorremmo poter parlare con Tiberio al più presto.» Versantius scambiò un'altra occhiata con Gabriel e Sefiro. Forse era sembrato scortese, ma non avrebbe perso la giornata a fare presentazioni e fingere cordialità con lord sconosciuti.

«Vi presento Alcide Marti, lord di Medioborgo. È un vero tesoro…» Mirandolina schioccò un bacio sulla guancia di Alcide per poi separarsi da lui in modo freddo. «La torta puoi lasciarla fuori dalle mie stanze».

«E la collana? La mia, intendo, la vuoi?» domandò Gunter.

«Ma certo!» Mirandolina sorrise a Gunter e gli prese la mano. «È la cosa più bella che abbia mai visto!»

Alcide si avvicinò ai due per attirare l'attenzione. «Lascia stare quella ferraglia, domani ti porterò qualcosa di più affascinante e che si addica di più ad una signora».

«Davvero?»

«Oro e diamanti».

Le attenzioni di Mirandolina balzavano da un uomo all'altro senza alcuna vergogna. Versantius ne aveva viste di donne così sfacciate, ma non pensava che Mirandolina potesse diventare una manipolatrice simile. Quasi aveva voglia di stringerle la mano, ma la situazione era già abbastanza bizzarra così.

«Siete tutti così gentili. Però dovete scusarmi.» Mirandolina si staccò da entrambi gli uomini e sorrise a tutti. Forse sperava di avere attenzione anche dagli altri tre, ma non ottenne che silenzi imbarazzati. «Il lavoro mi chiama. Un cameriere vi porterà presto al tavolo.» Una fila di camerieri si era creata poco lontano dall'ingresso di Silverknowes.

«Posso aiutarti!» Gunter seguì Mirandolina.

«No, goditi il soggiorno, lord Gunter. Arriverò presto. E non dimenticare la collana».

«Mirandolina, ricordati la torta».

Mirandolina gridò per farsi sentire, ormai lontana. «Grazie Alcide. Sei sempre fantastico».

Gabriel incrociò le braccia e fece una smorfia. Nonostante tutto era stato bravo a non dire cose compromettenti. Un autocontrollo invidiabile vista l'assurdità della situazione.

«Dove cazzo ci hai portato…»

Versantius alzò le spalle e raggiunse Mirandolina prima che potesse allontanarsi troppo. «Mirandolina?»

Lei si voltò, raggiante come prima ma visibilmente contrariata. «Sì?»

«Dobbiamo davvero parlare con Tiberio».

«Se è per qualcosa che non è andata bene, a nome di tutti i servitori di Silverknowes, ti chiedo scusa… Per tutto il resto puoi rivolgerti a me, sono io che gestisco tutto».

«E so che sei bravissima, non ho dubbi, ma dobbiamo per forza parlare con Tiberio».

«Tiberio per ora non vuole essere disturbato».

«È urgente».

«Mi dispiace.» Mirandolina si mostrò avvilita, ma la sua espressione durò solo pochi secondi. «Però potete godervi Silverknowes. Per i pagamenti ci mettiamo d'accordo dopo. Consideratevi ospiti per oggi, per il disguido».

Versantius le si affiancò. Non voleva demordere ed era stanco delle solite risposte di cortesia. «Consegna a Tiberio questa. Il prima possibile».

Mirandolina prese la lettera fra le mani e fece un sorriso. «Ma certo! Ma ora ho tanto lavoro da fare. Per favore, Versantius, goditi questa attesa».

Avrebbe voluto davvero godersi la brezza, i profumi e il buon cibo di Silverknowes, ma sapeva che il tempo scarseggiava e che dietro a quell'aura di caos ed equilibrio che Mirandolina provava a preservare c'era qualcosa che non andava.

«Mirandolina, posso farti un'ultima domanda? Sono sicuro che tu sappia tutto di Silverknowes».

«Io so tutto!» squillò lei. «Chiedimi qualcosa».

«Joseph canta e suona ancora qui da voi?»

«Certo! Ma ora è impegnato. Non vuole essere disturbato quando scrive canzoni. Ti farò chiamare anche lui».

«Certo, non vuole essere disturbato...» poi sussurrò. «Nemmeno lui...»

Versantius smise di seguire Mirandolina. Non la salutò nemmeno e questo non sembrò turbarla in alcun modo. Pareva che nessuno avesse voglia di essere disturbato. O forse era solo la scusa che Mirandolina usava per accantonare le richieste dei nobili. Lo faceva anche Versantius, quando aveva troppi lavori da fare contemporaneamente.

Ancora non aveva capito se Mirandolina fosse ingenua come voleva far credere o una vipera pronta a mordere. Sapeva solo che doveva affidarsi a lei e sperare di non dover attendere troppo nell'agio di quel paradiso che tutto sembrava tranne che un luogo pronto ad armarsi.

Gabriel e Sefiro raggiunsero Versantius. Sui loro volti due tipi diversi di delusione. Gabriel la arricchiva anche con una nota di recriminazione e impazienza. Fece per aprire bocca ma un cameriere si presentò di fronte a loro con un vassoio e tre calici di vino.

«Miei signori, per di qua...»

Dovevano tutti avere pazienza. Molta pazienza.

Sefiro sembrava l'unico a godersi la mondanità del momento. Gabriel si era chiuso nel suo solito broncio e beveva ogni liquore che i camerieri portavano. Versantius provava a restare lucido.

Silverknowes sapeva come far svagare le persone con i suoi spettacoli, le sue sinfonie e il buon cibo, ma Versantius ringraziò il cielo quando finalmente arrivò la convocazione di Tiberio. Di solito era Versantius a fare aspettare le persone, non il contrario. Per quanto Tiberio si fosse ritirato nella sua reggia continuava a comportarsi come un arrogante lord imperiale. Non era per niente un buon inizio.

Non appena entrarono nel palazzo si ritrovarono a bocca aperta. Era una torre gigantesca con infiniti piani. Tutti bianchissimi e adorni di arazzi e tele dipinte dei colori più sgargianti. La luce filtrava da tutte le direzioni e le vetrate creavano giochi di luce che si infrangevano sulle scale di marmo bianco. Nel pianterreno la ressa rendeva il palazzo più simile a un magazzino che a una residenza estiva. Servitori e sguattere uscivano da una porta ed entravano da un'altra come se si materializzassero e smaterializzassero all'improvviso. Forse era il più bel trucco di prestigio che Versantius aveva visto a Silverknowes. Notarono Mirandolina in lontananza, sempre con un sorriso ostentato sulle labbra, circondata da uomini e in fibrillazione per tutti gli ordini da dover dare ai responsabili delle cucine. Era meglio non disturbarla e seguire le indicazioni della ragazza che li stava accompagnando da Tiberio.

Salirono al primo piano e per un istante Versantius si affacciò dal piccolo balconcino che dava sul pianterreno. Era decorato d'oro e sembrava progettato per staccarsi dal pavimento e adagiarsi al pianterreno come una delle piattaforme del C.R.S.

«A che serve?» Gabriel non mise piede sul terrazzo. «Sembrano simili a quelle del C.R.S».

«Un piccolo favore da parte nostra per l'inconveniente di Dolcina...» aggiunse Sefiro.

«Non lo chiamerei inconveniente.» La ragazza che li stava accompagnando parlò per la prima volta. «Lo chiamerei tentato omicidio».

Versantius si degnò per la prima volta di analizzare la ragazza. Ampio abito blu, capelli neri raccolti in un nastro rosso e un volto duro e stanco. Conosceva quello sguardo, era quello dell'insoddisfazione.

Sefiro e la ragazza continuarono a discutere dell'incidente di Tiberio fino ad arrivare a una porta.

«Ci farete aspettare ancora?» domandò Gabriel.

«No, Tiberio vi aspetta qui» rispose lei.

«Decine di piani e fa del primo i suoi alloggi personali?» Gabriel si grattò la testa, come per processare il conteggio dei piani.

Versantius abbozzò un sorriso. Forse Gabriel non aveva capito o non aveva prestato troppa attenzione ai dettagli. Era uno dei suoi tanti difetti, quello che amava di più.

41

«Entriamo…» La ragazza aprì la porta senza degnare nessuno di uno sguardo, nemmeno Sefiro che provò con un cenno a scusarsi per il mancato tatto di Gabriel.

Una volta varcata la soglia dell'ampia e illuminata sala, tutto fu molto più chiaro. Gabriel si fece rosso per la vergogna.

Ad andar loro incontro un giovane dal sorriso splendente. Spingeva una sorta di sedia meccanica con delle ruote. Il nuovo trono di Tiberio, quello lasciato in dono da Fabiano il giorno il cui lo gambizzò nella fuga da Dolcina.

«Non capita spesso di avere ospiti così illustri a Silverknowes.» Tiberio si sistemò i capelli color cenere e tese una mano ingioiellata. Sefiro fu il primo a stringerla, seguito da Versantius. Gabriel mutò espressione non appena realizzò di aver fatto una pessima figura.

«Spero che il mio prototipo ti abbia aiutato, Tiberio.» Sefiro diede un'occhiata alla sedia meccanica.

«Non posso lamentarmi. Avrei preferito qualcosa di un po' più spazioso, ma il mio fondoschiena ci ha fatto l'abitudine».

«Posso sempre parlarne con i ricercatori per avere un modello più nuovo».

«Non ti disturbare, Sefiro. Hai già fatto abbastanza…»

Sefiro consegnò delle fialette a Tiberio. «Un omaggio da parte mia. Per i dolori».

La ragazza prese in consegna le fialette e fra Sefiro e Tiberio ci fu un tacito accenno di gratitudine. Versantius odiava essere tenuto all'oscuro delle relazioni degli altri. E ultimamente tutti lo stavano allontanando.

«Accomodatevi pure» squillò Tiberio. «Spero che Mirandolina vi abbia offerto del vino, perché io l'ho appena finito. Anzi, Ortensia?»

«Ne porto altro?» domandò la ragazza.

«Non ce ne sarà bisogno» replicò Versantius. «Avremmo invece piacere di poter parlare con te da soli».

Tiberio fece cenno al ragazzo che subito spinse la sedia fino all'altra estremità di un tavolo sul quale erano sparse numerose candele profumate e libri rilegati.

«Non ce ne sarà bisogno. Lui è mio figlio Fabrizio, e lei è la più cara amica che Silverknowes abbia mai ospitato».

Versantius si prodigò in sorrisi a entrambi. Avrebbe voluto comunque parlare da solo con Tiberio, ma forse questo poteva aprire diverse possibilità.

Si accomodarono sulle sedie imbottite poste all'altro capo del tavolo. Ortensia andò a recuperar altre due sedie, una per lei e l'altra per Sefiro che aveva ceduto a Gabriel la sua. In quell'interminabile lasso di tempo, Versantius studiava l'interlocutore. Tavolo disordinato, sinonimo di stanchezza, paralisi delle gambe, sinonimo di sconfitta, sguardo spento e borse sotto gli occhi, presagio di debolezza. Sapeva già quale risposta avrebbe dato Tiberio, ma non poteva accettare di andarsene con un rifiuto.

«Hai ricevuto la nostra lettera?» domandò Versantius, non appena tutti si furono sistemati. Fare le presentazioni sarebbe stato superfluo. Sapeva che Mirandolina li aveva già introdotti.

«Se ti riferisci a questa, sì». Tiberio prese dal tavolo la lettera con il sigillo del toro di Arkanthill spezzato. Calò il silenzio. Versantius si aspettava una risposta. Forse doveva ribadirlo a parole. Forse Monosiklo non era stato abbastanza diretto.

«Significa riprendersi Dolcina, Tiberio. Tornare al potere».

«Non mi importa più del potere. Il potere porta solo guai».

Versantius avrebbe voluto ridere. Era tanto che non sentiva una frase così stupida. Tutti gli uomini erano alla ricerca del potere, perché significava fare un passo avanti verso il cammino che portava alla felicità.

Gabriel si inarcò in avanti. «Non hai nemmeno un minimo risentimento per quello che ti ha fatto tuo fratello?»

«Quello è il passato. Se dovessi vivere pensando sempre a quello che ormai non c'è più non vivrei affatto».

«Bella filosofia...» Gabriel scosse la testa.

Tiberio sistemò le carte sul tavolo, sotto gli occhi attoniti di Fabrizio. «Lord Gariboldi, sono forse uno dei pochi che non ti venderebbe ai tagliagole, abbi l'accortezza di non criticare le mie scelte».

Forse era così debole e sprovveduto come pensava Versantius. Poteva comunque forzare la mano.

«E dimmi, Tiberio.» si intromise Versantius. «Che ne è dell'amore che tuo padre aveva per la sua terra? Lo ha forse ereditato tutto Fabiano?»

«Io amo la mia terra».

«E non sei il solo, per fortuna. Monosiklo ha bisogno di te».

Tiberio continuò a scarabocchiare sui fogli di carta. «Il mio tempo è finito, Versantius. Finito. Mio fratello ha fatto quel che doveva fare. Senza odio, senza niente. Non posso odiare mio fratello come non posso odiare nessuno. Lui ha fatto cose grandiose a Dolcina. Terribili quanto eccezionali. Hai idea di quanto sia complesso riuscire a tenere in piedi la pace nella Dolcina? Sono secoli che le famiglie si odiano e farebbero di tutto pur di governare al posto dei De Frel. Bai e Foconero si scannano per le posizioni di potere in attesa di qualcuno che possa un giorno portarli sul seggio di Dolcina. Dunque, Versantius, se mi chiedi se mio fratello abbia fatto un buon lavoro, ti dirò di sì. Io non mi ripresenterò dopo sette anni a reclamare ciò che dovrebbe spettarmi. Perché ho un futuro qui.» Alzò lo sguardo al figlio. «E una nuova casa».

«Il futuro è di chi se lo prende.» Versantius non poteva far cambiare idea a Tiberio, non poteva accusarlo di essere un codardo, né insinuare niente, ma poteva spingerlo a valutare un'altra opzione. «E noi possiamo prenderlo.» Guardò Fabrizio. Era perfetto per quello che aveva in mente. Forse era azzardato, ma ci aveva pensato per giorni.

Sefiro aveva capito. Gabriel era invece intento quanto Tiberio e Fabrizio nel decifrare quelle parole.

«Lo ripeto, il mio tempo è finito».

«Il tuo sì, Tiberio, ma non quello di tuo figlio».

Fabrizio si sentì chiamato in causa e smise di sorridere. Per la prima volta si separò dai manici con cui spingeva la sedia del padre e incrociò le braccia. «Il mio futuro è affar mio».

Tiberio smise di tergiversare con la penna e scrutò Versantius dritto negli occhi. Prendeva tempo.

Versantius sapeva di aver indovinato. «Non crederai che pensi che tutto questo sia un caso…» Ne aveva parlato con Sefiro ed erano arrivati alla stessa conclusione. Era la loro arma in più.

«Ci penso da anni. Ho tutto in mente» ammise Tiberio.

«A cosa pensi?» domandò Versantius. «A trascinare i Bai dalla tua parte? Quello che ti stiamo offrendo è molto di più di quello che pensi»

«Non sarebbe la prima volta che De Frel e Bai si uniscono in matrimonio».

«E forse per la prima volta sarebbe qualcosa di sincero» intervenne Fabrizio.

Gabriel sorrise, ma Versantius non scoprì mai se fosse per il comportamento libertino di Mirandolina o per la rapidità con il quale Tiberio era crollato. «Parlami di Mirandolina. È lei la Bai di cui parlate, giusto?».

«Esatto, unica figlia di Kerselmo Bai, Presidente della Corte dei Notabili di Dolcina. È una donna meravigliosa» disse Tiberio. «Dolce, a volte ingenua e testarda, ma è una lavoratrice instancabile. Sicuramente la migliore».

«E come mai si trova qui e non a Brunellin o a Dolcina? Se non sbaglio il lord di Brunellin è Hazel. Spiegati meglio…» Versantius aveva capito perfettamente, ma far uscire altre informazioni dalla bocca di Tiberio non avrebbe fatto male.

«Hazel è un debole e per di più entrambe le sue figlie femmine sono disperse. Persephone è morta giovane e Laura è ancora prigioniera. Sembrerebbe che l'Imperatore si sia dimenticato di lei ma si ostini a mandarmi pezzi di carta per riprendermi Dolcina. Adesso. Sette anni dopo…» Tiberio prese fra le mani un bicchierino di liquore. «Mirandolina è il miglior partito e a mio figlio aggrada. Inizialmente è stata mandata per darmi la speranza che questo periodo di isolamento fosse temporaneo. Una sorta di promessa fatta da Kerselmo per mostrare la sua vicinanza nei miei confronti. Poi ha preso in mano Silverknowes e l'ha resa come è oggi».

«Anche mio padre ti ha fatto la stessa promessa» intervenne Ortensia. Sul suo volto la solita diffidenza, ma nella sua voce si nascondeva il germe dell'invidia.

«Mia cara, questo non lo dimenticherò mai. Fabian è un uomo accorto e saggio e tu sei la mia salvezza.» Tiberio non la guardò nemmeno. Voleva tagliar corto.

Ortensia non replicò. Preferì il silenzio di chi aveva già affrontato troppe volte quel discorso e sempre con gli stessi risvolti. Versantius avrebbe sfruttato questa informazione più avanti.

«Mirandolina sa del matrimonio?» domandò Versantius.

«Lo sa, lo accetta e non vede l'ora!» Fabrizio sembrava entusiasta. Chissà come avrebbe reagito alla notizia che la sua amata civettava attorno a metà dei lord imperiali. Gabriel trattenne un sorriso. Sefiro finse di sistemarsi i guanti per non dover guardare negli occhi nessuno.

«Abbiamo un accordo con Kerselmo. Mio fratello non ha eredi, non potrà governare in eterno; perciò, l'unica speranza è che un De Frel torni sul trono con un appoggio valido. E quell'appoggio valido sono i Bai» disse Tiberio.

«Nessun erede?» si sorprese Gabriel.

«È sterile come nostra sorella Hannette. Solo io ho avuto la benedizione di un figlio».

Versantius si scambiò un'occhiata con Sefiro. Voleva ricostruire i pezzi del confuso piano di Tiberio. «Per cui se ho ben capito, la tua intenzione è quella di aspettare».

«La mia intenzione è quella di non rischiare».

«Eppure lo hai già fatto, scegliendo di affidare il tuo futuro ai Bai e non ai Foconero. Sai benissimo che per Kerselmo significa fare incetta di titoli per la sua famiglia. Per non parlare delle dubbie relazioni che quella famiglia ha avuto in passato».

Lo diceva più per vedere la reazione di Ortensia che altro. Ancora una volta, lei guardava per terra senza accennare a nulla. Ogni tanto lanciava uno sguardo a Fabrizio, che neppure la degnava. Era tutto complicato, soprattutto l'amore.

«Sarò un Principe giusto. Darò la giusta importanza a tutti».

Versantius annuì a Fabrizio. Le sue parole potevano anche essere sincere, ma la realtà dei fatti era diversa da come la voleva vedere lui.

«Non lo metto in discussione, ma ci sono dinamiche che non si possono controllare. Come ha detto tuo padre, è stato un miracolo per la vostra famiglia fermare l'astio fra quelle due famiglie, soprattutto dopo la morte di... avete capito». Non aveva voglia di parlarne. Sefiro alzò lo sguardo come un falco predatore.

«Questo lo sappiamo benissimo, Versantius, non penso ci sia bisogno che me lo venga a dire tu. E sappiamo anche quanto tu fossi in buoni rapporti con Leroy Bai e Tristan Foconero. Pace all'anima loro... So anche quanta fatica ha fatto mio padre e tutti i compromessi che Fabiano ha dovuto accettare. Bai e Foconero si spartiscono i titoli della Provincia come se fossero monete. Sapremo farci trovare pronti anche questa volta».

Sefiro prese appunti. Sul suo blocco note c'erano due nomi: Leroy e Tristan. Versantius avrebbe voluto strapparglielo dalle mani e pestarlo. Come aveva potuto scrivere quei due nomi, apparentemente inutili, dopo tutto quello che si erano detti?

«Perciò volete tenere fuori Arkanthill da questo piano e agire con le truppe dei Bai?» Sefiro scrisse la parola "Remigio" sul suo blocco degli appunti.

«Quella è l'idea. Perché credi che Silverknowes sia così trafficata?» Tiberio sorseggiò un liquore. «Qui vengono lord da tutto l'Impero. Sperano di fuggire dai loro doveri e di non dover parlare di politica o di influenze e puntualmente finiscono con lo spifferare tutto. Credi che sia solo un bordello per ricchi stanchi? Potrebbe sembrarlo, ma i nostri servitori hanno le orecchie ben aperte e noi moriamo dalla voglia di intrattenere amicizie con i lord. Sai perché? Perché le amicizie, Versantius, non quelle inutili e disinteressate, ma quelle con un valore strategico, sono le uniche armi per costruire questo benedetto futuro.» Tiberio si concentrò sulla risposta. «Per cui, sì, Sefiro, i Bai saranno i nostri sostenitori perché si sono dimostrati i più "amichevoli"».

Versantius sapeva benissimo quello di cosa stava parlando Tiberio. Quasi ne ammirava l'arguzia, ma per dovere nei confronti dei suoi compagni doveva mostrare una faccia impassibile e sconcertata. Era bellissimo: erano tutti dei figli di puttana che avevano il dovere di scandalizzarsi quando qualcosa non era eticamente accettabile. Eppure la sostanza non cambiava.

«Un'idea folle» borbottò Gabriel. «Se ho capito qualcosa negli ultimi anni, scommetterei che i Foconero si schiereranno con Fabiano al primo proclamo del matrimonio fra i due vostri rampolli. E a quel punto cosa farete? Mi sembra di capire che tu, Ortensia, non sia d'accordo».

Lei non rispose, ma i muscoli della sua mascella parlarono al suo posto. Era ovvio che non fosse d'accordo.

«La situazione è critica, ed è per questo che penso che sia opportuno che Monosiklo vi dia una mano» disse Versantius.

«Ultimamente Arkanthill fa solo disastri. Preferirei che le questioni della Dolcina restassero nella Dolcina» replicò Tiberio.

«Sei astuto, Tiberio» sogghignò Versantius, «ma cosa farai quando il Colonnello dei Foconero si schiererà contro di voi?»

«Remigio non lo farebbe mai».

«Remigio fa quello che il Principe comanda. E il Principe è Fabiano».

«Di questo parleremo meglio quando Kerselmo darà il suo via libera. Per il momento, nessun proclama di matrimonio, nessun fidanzamento ufficiale.» Tiberio piegò un foglio di carta e lo consegnò al figlio. «Toglietemi una curiosità. Non capisco come mai tutta questa urgenza di aiutarci. Soprattutto visto che a poche miglia da qua la battaglia infuria e la colpa è solo vostra. Concorderete con me che il matrimonio di mio figlio e le scaramucce della Dolcina non siano la priorità, eppure…E tu, Sefiro… Mi sorprende vederti immischiato in questioni così losche. Di solito chi si mostra così pressante non nasconde buone intenzioni».

Tiberio non era un idiota. La vita gli era stata avversa e aveva avuto infinite occasioni per smascherare le ipocrisie di chi provava a farlo fesso. Silverknowes, con i suoi ambienti artificiosi e gli incontri fra nobili boriosi, non aveva fatto altro che rendere più sottile il suo intelletto. Aiutarlo a covare la sua rivalsa ormai sopita da sette lunghi anni. Versantius sapeva cosa significava aspettare senza poter intervenire.

«Certe volte, Tiberio, le cose sono solo come appaiono.» Sefiro prese parola. Era curioso come riuscisse sempre a intervenire nei momenti in cui Versantius si sentiva più in difficoltà. «Accetta il nostro aiuto per il bene della Dolcina. Se la tua terra sarà in pace, lo sarà anche il Reame. Piccoli passi alla volta».

«Ho smesso da tempo di credere nel Reame…»

«Però credi nel futuro, come noi».

Tiberio giunse le mani facendo tintinnare i suoi anelli d'oro e rubini. «Credo nella rivalsa. Dolce o amara che sia».

«E la nostra sarà dolce» concluse Fabrizio.

Erano arrivati con un piano ben chiaro nelle loro teste. Versantius sperava di convincere Tiberio ad accettare l'aiuto di Monosiklo, ma non aveva fatto i conti con il risentimento che anni di prigionia avevano plasmato. Silverknowes era più di uno snervante e trafficato polo di artisti e uomini pronti a spendere tutti i loro denari, era la l'alveo di quella che sarebbe stata la più grande cospirazione della Dolcina.

«Questo matrimonio basterà?» domandò Versantius. Ormai si era affidato completamente. Non poteva fare altro che sperare che il vecchio De Frel avesse architettato il tutto senza errori.

«Basterà, non devi preoccuparti di nulla».

L'ultima volta che qualcuno aveva rivolto quelle parole a Versantius, era finita male. La fiducia era il principale responsabile del fallimento. Quella di Tiberio per Kerselmo e i Bai era pericolosa, così come era pericoloso il silenzio di Ortensia. Tiberio aveva assicurato della sua cieca lealtà, ma difficilmente la ragazza avrebbe tenuto la bocca chiusa sapendo che la sua famiglia, che suo padre Fabian e tutti i Foconero potessero perdere influenza nella sua casa natale. C'era troppa fiducia.

Le questioni della Dolcina erano spinose, forse molto più di quanto non si aspettasse. E Versantius lo sapeva già: le cose si sarebbero aggravate ancora di più. Perché un matrimonio poteva essere l'inizio di quel piano a lungo studiato, ma di certo non la fine.

La fine richiedeva una risoluzione. E nessuna rivalsa si poteva chiamare tale senza restituire tutti i torti ricevuti in passato. Tiberio ci aveva rimesso il titolo, la casa, la gamba e molto altro. Ma probabilmente ignorava che aveva ancora moltissimo da perdere.

Non sarebbe stato semplice. Dolce o amara che fosse quella rivalsa.

«E va bene.» Gabriel si alzò e prese la lettera di Monosiklo. La strappò davanti a tutti, sotto gli occhi increduli di Fabrizio. «Facciamo a modo tuo allora!»

"Doràl, pagina 639

Il torneo si è fermato. A deciderlo è stato Mirius Foemar insieme agli altri Responsabili degli Scudi. Pensavo che questa pausa avrebbe dato l'occasione a me e a Lucille Vega di incontrarci. Ero sicuro che anche Raphael Carold si sarebbe inventato qualcosa e saremmo sgattaiolati nelle campagne come sempre. Invece è stato tutto più complicato del previsto.

Le ferite che ci legano a Lorenzo Deferlay sono ancora profonde. Sensi di colpa che bruciano ad ogni sguardo. Lucille non riesce a reggere la pressione, anche con la consapevolezza di averlo fatto per noi. Che altro potevamo fare? Farci scoprire? Fuori discussione!

Ci sono quelle giornate in cui non voglio parlare con nessuno, in cui mi isolo e leggo queste stesse pagine. So che è uno spreco, che finirò con il rimpiangere di non aver vissuto veramente questi momenti. Per leggere e autocommiserarmi ho tempo per tutta la vita, di tornei a Doràl ce ne saranno solo fino a quando mio padre continuerà a pagare.

Sulle sponde del fiume, con il mio diario in mano, mi faccio del male a rileggere certe frasi. Mi sorprendo a vedermi cambiato rispetto a quello che ero l'anno scorso. Cresciamo tutti, no?

Daisy Civitas e Cecilia Deferlay hanno provato a coinvolgermi in qualcosa di losco. Se fossi stato più di buon umore non avrei esitato nemmeno un secondo a mettere i bastoni fra le ruote a quella spia di Mary Foster come avrebbero voluto le ragazze, ma preferivo starmene da solo.

Anche Raphael, da lontano, faceva di tutto per farsi notare. Se l'ho notato vuol dire che ci è anche riuscito. Come potrei distogliere lo sguardo dalla creatura più bella e fragile che il mondo mi abbia mai messo davanti? Mi dispiace tanto Raphael, non so cosa mi prenda, non so perché non ti vengo incontro, ma oggi non è una buona giornata.

È una di quelle buie. E non so il motivo. Forse sono io."

ALICIA

Frammenti

C'era un'abitudine che Alicia non riusciva a cambiare: cenava sempre nelle proprie stanze per evitare di dover essere sommersa da inutili discorsi. Non si era ancora abituata alla sua permanenza a Estur, quella che tutti chiamavano "Gemma dal fascino rurale"... Quel castello le sembrava più una trappola silenziosa che l'ultimo baluardo per la stabilità di Rolando. Ogni tanto si affacciava alla finestra e se ne stava ore a osservare le increspature dell'acqua del Lago Montano. Troppa quiete non era mai un buon segno.

Non riusciva a spiegarsi il perché, ma il freddo che penetrava nelle ossa era ancor più pungente di quello del Castello Nanico. E nonostante l'altitudine più modesta. Gli alloggi di Alicia erano il riflesso della sua parabola discendente: prima l'intero mastio di Forte Mor, poi una lussuosa camera al Castello Nanico e ora la semplice stanza degli ospiti di un castello inospitale. Chiunque con un briciolo di amor proprio avrebbe chinato la testa e si sarebbe fatto da parte, ma Alicia non poteva. Dentro di lei era in corso una guerra, aveva paura e continuava a lamentarsi di tutto. Ma non crollava.

«E poi che cosa ti ha detto?» Laila era seduta di fronte a lei e sorseggiava brodo. Era stata in silenzio fino a quel momento, come ad ogni pasto, ma la curiosità era troppa anche per lei.

«Dici Rayla?» Alicia alzò la testa dal piatto. Era sicura che Laila volesse sapere qualcosa di più sulle vicende dell'Evegwall.

«Sì, ci hai parlato a lungo».

«A lungo non significa con successo.» Alicia ingoiò un boccone di montone. Uno dei primi da quando erano sedute.

«Alicia, ci saranno pur delle buone notizie?» sospirò e scosse la testa con fare mesto. «Ma a giudicare da come anneghi i tuoi dolori nel vino, forse mi sbaglio».

«I dolori non annegano, anzi, nuotano piuttosto bene. Semplicemente sono di colore rosso e quando li mando giù sono più buoni.» Alicia sfiorò con le labbra la sua coppa. «Comunque diciamo di sì. Rayla mi ha raccontato di come si sia ricongiunta con l'esercito di suo padre. Insieme sono riusciti a spezzare l'assedio di Aeternam Clipeus e ricacciare le forze imperiali dietro il confine di Valleombrosa. Qualche lord sta cercando di eliminare le ultime sacche di resistenza e spezzare la rete di guerriglieri nella steppa. Tanti morti, poche ragioni per esultare».

«Ma questa è un'ottima notizia!» Laila era fin troppo entusiasta. «Cos'è quella faccia? Possibile che tu non riesca a essere tranquilla nemmeno con le buone notizie?»

«Sono buone notizie a metà».

«Non farmi ridere, queste sono ottime notizie. Basta pessimismo!»

«Lo sarebbero se tutto fosse normale. Ma il Duca è in fuga e noi siamo costretti a restare in questa città. Dalir e i lord dell'Evegwall si chiedono cosa fare. Rayla ha insistito tanto affinché convincessi il Duca della cosa giusta».

«E quale sarebbe la cosa giusta?» Laila mandò giù un altro cucchiaio di brodo.

«Bella domanda…» Alicia sorrise. «Secondo me o secondo Rayla?»

«Secondo te».

«Secondo me è bene che ognuno faccia quello che deve fare. Anche se non serve a niente».

«Figliola, almeno a cena potresti essere meno fatalista e spiegarmi come stanno le cose senza troppi giri di parole…»

«Come stanno le cose? Lo sai benissimo, Laila!»

Entrambe abbandonarono il cucchiaio nei piatti di porcellana. Alicia ci provò a sostenere lo sguardo penetrante di Laila, ma resistette solo qualche secondo. Quel volto disteso e duro allo stesso tempo sapeva sempre come ammonirla. Era come una sacerdotessa severa pronta a bacchettare chiunque pur di far vedere al mondo che la propria opinione contasse qualcosa.

«Dunque?» Laila incrociò le braccia. Si era stancata di quel silenzio.

«Ho detto a Rayla di mantenere la posizione. Insisteva per portare l'esercito qui e marciare su Derenhalle. Ma non possiamo permetterci che gli imperiali oltrepassino i nostri confini una seconda volta. Ci siamo fatti trovare impreparati una volta, sarebbe inaccettabile una seconda scorribanda. Il popolo dell'Evegwall ha sofferto abbastanza e…»

«E a noi? Ci pensi?»

«Certo, che ci penso. Ma la nostra guerra è un'altra. Dalir ha il suo compito. Io il mio. Quando il Cavaliere delle Lucciole tornerà con l'esercito di Mauritius, tutto cambierà. Marceremo noi su Derenhalle senza bisogno di scomodare Dalir. Intendo portare a termine questa storia una volta per tutte, Laila. Sono stanca di essere presa in giro, sono stanca di combattere da sola, di continuare a essere ragionevole in un mondo folle.» Alicia si alzò da tavola. Non aveva più appetito e stare seduta non faceva che farla innervosire di più. Si guardò allo specchio per tranquillizzarsi, per capire se l'immagine riflessa fosse d'accordo con quello che stava provando in questo momento. Perché doveva sempre avere paura? Perché non tirava fuori quella rabbia lontano dalla sua camera?

«Sono sola, Laila. Lo sono sempre stata e non mi sono mai lamentata di questo. Ma c'è gande differenza fra l'esserlo per scelta e l'esserlo perché non c'è alternativa. Ora sono sola perché mi hanno abbandonato tutti. Combatto una guerra che dovrebbe essere cruciale e che riguarda tutti noi e cosa ottengo? Nulla, solo indifferenza da parte di quei lord che dovrebbero solo leccarmi le scarpe e stare muti per tutto quello che ho fatto per loro!»

«Versantius ha sempre provato…»

«Versantius è il re dei figli di puttana» sibilò Alicia. Quelle parole dette davanti allo specchio fecero ancor più eco nel suo cuore. «Se sono in questa situazione è solo colpa sua. Dovevo restare a Forte Mor, dovevo ignorare tutto e invece… sono solo una stupida dal cuore d'oro che crede che facendo la cosa giusta il mondo sarà un posto migliore».

«Alicia...» Laila si alzò e andò a rincuorarla con una mano sulla spalla. Il suo tocco lieve fece rabbrividire Alicia. Non sapeva se fosse imbarazzo o sdegno. Sapeva solo che smuoveva in lei qualcosa di strano. «Tu sei un fiore... bellissimo ma resistente. La tempesta infuria e tu rimani in piedi. Le erbacce appassiscono e tu rimani rigogliosa. Sei più forte di quanto tu creda».

«Un fiore sa cos'è l'invidia?»

Laila farfugliò qualcosa, ma Alicia si divincolò dalla sua morsa gentile e gridò. Con tuta la forza che aveva represso in quei giorni colpì lo specchio di fronte a sé mandandolo in frantumi. Schegge di vetro si sparsero per tutta la stanza e Laila fece appena in tempo a coprirsi con i veli del suo solito vestito di seta ingombrante. Alicia si guardò la mano sanguinante. Non tremava, era immobile, come rassegnata a quel gesto di stizza. Si sentiva vuota, ma circondata da una rabbia sorda che ovattava anche lo scoppiettio delle braci nel camino. In condizioni normali avrebbe provato vergogna, avrebbe chiesto scusa a tutti, avrebbe giurato che non era in sé, ma la verità era una: non doveva scusarsi con nessuno, ma soprattutto non doveva dimostrare nulla a Laila.

Aveva tutto il diritto di crollare lontano dagli sguardi maligni di chi le aveva fatto tutto questo. Aveva il diritto di essere debole.

Scoppiò a piangere subito dopo e Laila fu di nuovo lì, pronta ad abbracciarla, a sostenerla come aveva sempre fatto. Quella vecchia tanto fragile e allo stesso tempo sua unica fortezza. Era lei quella forte. Era lei quella che riusciva a resistere.

«Non so cosa fare...» singhiozzò Alicia. «Ogni cosa, ogni maledettissima cosa con un po' di buon senso non fa che farmi del male. Perché la giustizia non vince? Perché chi fa del bene soffre e chi fa del male resta sempre con il culo incollato al proprio seggio? Basta gridare e puntare il dito su un poveretto per sembrare forti? Io... non capisco. Io ho sempre fatto...»

«Non ci pensare.» Laila strinse ancor più forte. Il suo abbraccio era come un balsamo per l'anima. Il suo profumo di cannella l'avvolgeva, la proteggeva. Stava bene.

Non ci pensò. Per lo meno provò a non pensarci. Ma se non pensava a quelle ingiustizie pensava a Isotta. Era così lontana, così impalpabile che ogni giorno il suo ricordo svaniva sempre di più. Era come un affresco corroso dal tempo: bellissimo ma destinato a sbiadire. Non voleva che il futuro fosse così. Non voleva dimenticare.

«Io sarò sempre con te».

Laila aveva ripetuto quella frase fin troppe volte. Alicia l'aveva sempre intesa come qualcosa di circostanziale, una spalla su cui piangere, un'amica con cui condividere la pressione. Non credeva veramente a quelle parole. L'avrebbe abbandonata, come tutti.

Alicia tornò a sedere a tavola. Le lacrime sul volto si erano seccate e il bruciore agli occhi era scomparso. Sentiva caldo e il vestito le si era appiccicato alla pelle.

«Ti sono sempre stata accanto» disse Laila.

«Grazie».

«Capisci?»

«Sì».

«No.» Laila la ammonì con lo sguardo. «Non capisci fino in fondo. Quando intendo che sono stata sempre al tuo fianco, non mento».

«Lo so. Ma avrei bisogno di qualcosa di più».

«Di più di quanto non abbia già fatto?»

«Non capisco…»

«Alicia, tutte le morti…»

Alicia scattò dalla sedia e passeggiò nervosa per la stanza. «Non voglio parlarne.» Si rifiutava anche solo di pensarlo.

«E invece ne parliamo».

«Di cosa?» Alicia smise di andare avanti e indietro come se fosse in fuga. La sovrastava in altezza, in stazza, in tutto, ma era solo un'illusione. Era sempre la solita Alicia. «Mi dirai che sei il cannibale di Derenhalle? Che lo hai fatto per me? Che lo hai fatto per Rolando? Che non sei malvagia e che non sei una schifosa bestia malata? Dimmi, Laila, di cosa vuoi parlare?»

«Eri in difficoltà».

«Dunque lo ammetti!» Alicia ci aveva pensato a lungo. «Mi fai schifo…» Tornò a sedere. Non avrebbe retto un minuto di più. Si era sempre rifiutata di credere a quelle voci, di dare credito alle menzogne di Carolina. Come poteva essere plausibile che la buona e vecchia Laila si aggirasse per i corridoi del Castello Nanico e uccidesse uomini per poi mangiarli? Era troppo anche per quel mondo infame.

«Ho solo cercato di fare la cosa giusta. Se non avessi fatto niente ti avrebbero uccisa! Tu non sai...»

«No!» Alicia scattò di nuovo dalla sedia. La confusione si era impossessata di lei. Avrebbe voluto fuggire il più lontano possibile, ma che cosa sarebbe cambiato? Il senso di colpa delle morti e quella sgradevole sensazione di nausea l'avrebbe seguita per sempre perché erano parte di lei. «Tu non sai cos'è la cosa giusta! Uccidere per salvarmi la vita è la cosa giusta? Fosse solo quello potrei ancora guardarti negli occhi... Ma quello che hai fatto...»

«Non possiamo cambiare chi siamo».

«E cosa sei? Un mostro?»

«Sono solo Laila» disse rassegnata. «Non cambia niente».

Alicia scosse la testa. Come poteva pronunciare quelle parole con così tanta innocenza? Cambiava, eccome. Perché per quanto di fronte a lei ci fosse sempre quella vecchietta cordiale, dietro quella maschera si nascondeva il vero mostro. Perché tutti dovevano indossare una maschera?

«Tu... non mi hai aiutata».

Laila avanzò di un passo. «Io ci ho provato... sono sempre stata gentile. Devi credermi».

Alicia arretrò di altri tre passi. Ora il cuore batteva all'impazzata e non per la rabbia. «Quel che fai... è sbagliato».

«Lo so. Ma non riesco a controllare quel che sono. Non lo so controllare e sale quella voglia di... non so. Sale come il desiderio di fare del male. Come il desiderio di...» Sul volto di Laila il volto rugoso mostrava la solita espressione benevola. «Perché non puoi semplicemente accettarmi?»

«Tuo figlio lo sa?»

«Gabriel lo sa».

Per un momento il gelo nella stanza passò in secondo piano. Alicia si pietrificò. Non avrebbe mai perdonato un gesto del genere. Non avrebbe mai barattato la decenza per un pasto in compagnia del peggiore dei mostri. Se si concentrava sentiva l'odore dei cadaveri disseminati per i corridoi del Castello Nanico. Se doveva combattere da sola, lo avrebbe fatto fino in fondo.

«Vattene».

«Alicia...»

«Ho detto vattene».

Laila rimase a guardarla a lungo, ma Alicia restava immobile e non incrociava lo sguardo. Voleva solo stare da sola. Voleva che tutto avesse fine.

Quando Laila la superò, restò immobile fino all'istante in cui non sentì il rumore della porta chiudersi. Avrebbe accettato tutto in quel momento, anche essere tramortita e divorata da quella bestia. Sarebbe stata una fine accettabile.

La rabbia fece posto alla rassegnazione. E la rassegnazione si trasformò presto in stanchezza. Alicia crollò a terra. Con un ginocchio sfiorò uno dei frammenti dello specchio. Si specchiò, come per cercare di capire quale parte di sé avesse perso quel giorno. Scoppiò a piangere, e questa volta non aveva nemmeno una spalla su cui asciugare le guance. Era in frantumi anche lei.

«Il concilio è nei bagni. Nudi».

«Stai scherzando, spero.» Alicia sgranò gli occhi, ma era evidente che Ingvar non stesse scherzando.

Non lo faceva quasi mai su queste cose.

«Raramente scherzo» confermò Ingvar. «È stata una richiesta del Duca».

«Una richiesta singolare. Ad ogni modo non intendo lasciare Rolando da solo con Roderick. Sia mai che lo convinca di qualche assurdità in virtù di qualche cameratismo fra maschi. Fai strada».

Ingvar e Alicia si incamminarono per raggiungere i bagni di Estur. Roderick gliene aveva parlato come il vanto del suo castello, un luogo sicuro e confortevole nel quale ritrovare se stessi. Alicia non lo credeva così confortevole da ritenerlo un toccasana mentre parlavano di guerra e tradimenti. Avrebbe superato anche quell'imbarazzo.

Nei corridoi le persone si inchinavano al suo passaggio e lei cercava sempre di avere anche solo uno sguardo gentile per chiunque. Correre il rischio di sembrare altezzosi a casa di altri non era mai una buona idea. Superarono una schiera di armature decorative e imboccarono la scalinata che portava al piano sotterraneo. Curioso come in un posto storicamente adibito alle prigioni Roderick avesse deciso di far costruire la sua sauna personale.

«Sfruttiamo al meglio la falda acquifera sotto il castello» aveva detto Roderick in più occasioni. Quell'uomo non faceva che ribadire sempre e con insistenza quanto fosse più intelligente degli altri, anche quando le sue intuizioni non erano che semplice buonsenso. I due si erano scontrati in passato, ma sempre e solo per questioni di poco conto. Ora era in ballo il futuro del Ducato. E Alicia avrebbe di buon grado accantonato i suoi dissapori personali se Roderick avesse mostrato la maturità di fare lo stesso. Era fiduciosa.

«Se vuoi potrei dire che ci serve un tavolo e una mappa...» Ingvar provò in tutti i modi a rassicurare Alicia.

«Non ti preoccupare, non mi crea alcun problema».

Certo, sarebbe dovuta rimanere nuda a parlare di fronte a un uomo e a un ragazzino, ma la consolava il pensiero che forse lo stesso imbarazzo lo avrebbero provato gli altri. Se Roderick pensava di metterla a disagio in quel modo, aveva fatto centro, ma non per questo si sarebbe tirata indietro. Chissà se il calore del vapore avrebbe nascosto il suo rossore una volta nuda.

«Hai aggiornamenti da Agavia?»

Alicia aveva aspettato a lungo prima di porre quella domanda. Aveva bisogno di distrazioni. La luce delle torce generava subbuglio al minimo movimento. Le ombre volteggiavano nei corridoi che conducevano ai bagni, mentre il vapore rendeva scivoloso il pavimento piastrellato di esagoni neri. Ogni tanto Ingvar cozzava contro la parete per quanto fosse angusto il posto.

«Ci sono aggiornamenti. Ma non ti piaceranno».

«Quasi mai mi piacciono.» Un nodo in gola bloccò le altre parole di Alicia. Iniziava a temere il peggio e con lo sguardo intimava a Ingvar di andare avanti. Rallentò il passo. Non avrebbe corso il rischio di avere informazioni a metà.

«L'assedio di Agavia non va bene. Già il malumore era alto fra i ranghi di Isotta, ora che la città non accenna a cedere, qualcuno si sta facendo qualche domanda. Troppe negoziazioni, pochi risultati.» Ingvar si asciugò il sudore sulla fronte. La pesante armatura e i fumi caldi che provenivano dai bagni lo mettevano più in difficoltà di quanto non lo facesse la verità. «Anche le voci da Derenhalle non aiutano».

«Cosa si dice di Derenhalle al fronte?»

«Niente, i gesti parlano da soli. Nel silenzio si scovano molti più traditori che nei discorsi illuminati. Carolina ha trovato parecchi lord inclini al suo modo di fare e qualcuno di questi ha deciso bene di levare le tende e abbandonare l'assedio lasciando Isotta sempre più sola. Altri invece se ignorano gli ordini e si spingono nei territori imperiali come se fossero le praterie dei loro feudi. Non hanno il minimo senso del rispetto. Credono che la forza nel numero basti…»

Alicia scosse la testa. «Saranno i primi a essere spazzati via».

«Se ne fregano anche di questo. Ma c'è dell'altro».

«Dimmi quante più cose sai».

«Dicono che Merol Coltrane sia stato inviato da Carolina per intercettare la ritirata delle truppe imperiali in fuga dall'Evegwall. L'idiota si è lasciato sfuggire Teresa Valin, ma è tornato tutto trionfante con quel bastardo di Pianeo Colli e lo ha portato come una bandiera davanti alle mura di Agavia».

«Che sperava di fare? Impietosire Tullio? Sperava che gli aprisse le porte della città chiedendo perdono?»

«Non so cosa passi per la mente di Merol, so solo che ovviamente non ha funzionato e ha deciso di decapitare Pianeo per lanciare un segnale. Non tanto un segnale alla Principessa dell'Ambracia, quanto ai suoi. E sembrerebbe che ci sia riuscito».

«In che senso?» domandò perplessa Alicia.

«Nel senso che Isotta è stata costretta a fare l'unica cosa sensata: abbandonare il comando e fuggire prima che la prossima testa a rotolare fosse la sua».

«Sta bene?»

«Non abbiamo sue notizie».

«Trovatela».

«Isotta è sempre stata brava a non farsi trovare».

Alicia si immobilizzò. «E allora cercate meglio!»

Ingvar la scrutò dall'alto al basso, come si farebbe con un condannato a morte.

«Scusa, Ingvar...» Ripresero a camminare. «Ma niente va come dovrebbe andare e...»

«Lo so».

Restarono in silenzio fino alla fine. Alicia sudava e non per il caldo. Isotta era in pericolo e lei non poteva farci niente. Si sentiva una stupida. Chissà che cosa sapeva Ingvar.

Davanti a lei un arco di pietra la divideva dai bagni di Estur. Delle piccole lucertole di pietra sbuffavano vapore dalle narici e Alicia si ritrovò presto ricoperta da goccioline d'acqua. Si congedò con Ingvar e superò la coltre di vapore togliendosi le scarpette di velluto. La roccia era porosa, ma ben levigata. Le pareti dell'ampia sala termale erano grezze ma levigate. Era come stare al centro della terra, lontano da tutto e tutti. Nessuna guardia sorvegliava il Duca. Meglio, meno occhi sulle sue nudità.

«Alicia!» Roderick si alzò dalla grande vasca rettangolare e si inchinò. «Unisciti. Un bel bagno caldo saprà conciliare tutti i nostri dubbi».

Rolando se ne stava immerso nell'acqua, ad occhi chiusi e con le braccia dietro la testa.

Si immerse trattenendo il dolore iniziale per l'acqua bollente. Non il minimo accenno di vergogna, nonostante la situazione fosse singolare. Alicia si sfilò il vestito e avanzò senza dire nulla. Non avrebbe passato un secondo di più nuda davanti a Roderick.

«Scelta interessante per un concilio di guerra...» Alicia si passò una mano sulle spalle e sui seni per abituarsi al calore.

«Il Duca ha insistito perché gli facessi vedere il gioiello di Estur. L'ho fatto costruire per mettere a tacere quella gallina di mia moglie».

«Non sapevo fossi sposato».

«Lo ero. Prima che mi tradisse con il castellano».

«Mi dispiace...» Era in acqua da pochi secondi e già si sentiva logorare dalla vergogna.

«Dispiace più a lei.» Roderick sghignazzò, si portò le mani al collo e fece finta di strangolarsi. Non c'era bisogno di aggiungere altro: Alicia aveva già capito.

Rolando sembrava più interessato a rilassarsi a occhi chiusi che a contemplare le statue e i catini d'acqua imperlati di vapore.

Lo scorrere dell'acqua versata da Roderick sulle pietre ardenti era il solo sfrigolio che spezzava il silenzio. Difficilmente Alicia si era trovata in una situazione così bizzarra. Non si copriva nemmeno, ma dentro di lei la vergogna stava vincendo incontrastata. Era immersa in una vasca da bagno con un uomo dieci anni più vecchio di lei, con il quale aveva sempre e solo condiviso dissapori, e con un ragazzino che ancora non aveva peli sotto le ascelle ma pretendeva di governare il regno più forte di Arkades. Chiunque si sarebbe sentito di troppo.

«È arrivata una lettera da Derenhalle» disse Roderick.

Rolando aprì gli occhi per la prima volta ma restò immobile.

«Che cosa vuole Carolina questa volta?» Alicia si spostò i capelli. Non voleva bagnarli ma già sapeva che sarebbero diventati crespi ugualmente.

«Niente. Solite urla, minacce. Insomma, niente di diverso.» La sagacia di Roderick non le era mai andata a genio. Lo fulminò con lo sguardo.

«Sono lontani i tempi in cui con fare pacato ci chiedeva di liberare Rolando e farlo tornare alla capitale…» sospirò Alicia.

«Ci tengo alla mia testa» commentò il Duca.

«Anche noi.» Roderick prese una boccetta di vetro e se la versò sui capelli. Sembrava olio profumato dall'odore, ma non avrebbe aiutato a domare i ciuffi ribelli incattiviti dall'umidità di quel posto.

«La lettera dice che Destos Caramont verrà per trattare la liberazione di Rolando. Quest'altro invece dice tutt'altro e allude al tradimento del Duca stesso.» Roderick passò un pezzo di carta umido e fragile ad Alicia. «Attenta! È l'originale».

Scelta stupida, ma la curiosità prevalse sulla prudenza.

Alicia sogghignò. «Da quando si firma come Lady di Derenhalle?»

«Da quando crede di poter fare quello che vuole. Passa dai deliri sulla prevaricazione del popolo di Apharos a minacce dirette. Sapevi che ha nominato la nipote Lady Governatrice del Tianamor?».

Rolando, a occhi chiusi, faceva finta di non sentire. Sul suo volto disteso e lucido le preoccupazioni rimbalzavano e finivano col trafiggere Alicia.

«Ornella Caramont?»

«Esatto.» Roderick frugò fuori dalla vasca alla ricerca della missiva giusta. «A detta di Carolina: "perché per ragioni di necessità e urgenza sarà costretta a risolvere la questione del rapimento di Rolando…"» Scoppiò a ridere senza finire la frase.

Alicia restò impassibile. L'odio nei confronti di Carolina superava ogni cosa.

«E non finisce qui…» Roderick mostrò ad Alicia un'altra lettera.

La lesse e finalmente scoppiò a ridere anche lei. «Quella strega non finisce mai di sorprendermi! Crede davvero di essere dalla parte del popolo e di rappresentare i lord? Osa accusarci di tradimento. Lei… Guarda, Rolando».

Il Duca si sollevò dal ciglio dell'acqua e si mise al fianco di Alicia. «Cosa? Ha scritto davvero questo?»

«Prima o poi doveva succedere…»

«Il burattino dell'Impero sarà poi lei!» Rolando si alzò di scatto schizzando tutti. «Penso alla guerra ogni giorno! Se non ci fosse lei tutto sarebbe più semplice! Lord Roderick, procediamo con il piano. Uccidiamo Carolina».

Alicia squadrò entrambi.

«Altezza, il piano non è più attuabile…» Roderick abbassò lo sguardo. «Yuri si è mostrato parecchio reticente».

«Come sarebbe a dire?» Rolando tornò a coprirsi sotto l'acqua.

«Quale piano?» insistette Alicia. Odiava restare all'oscuro di tutto.

«Il piano» ribadì Rolando, come se fosse ovvio. «Come sarebbe a dire che non è più attuabile? Yuri deve obbedire al suo Duca».

«Yuri non obbedisce nemmeno a se stesso, figuriamoci se ascolta gli altri» disse Roderick.

«Allora perderà il titolo di Lord Protettore di Estur!» Rolando era furioso, ma si convinse a immergersi nuovamente in acqua.

Alicia era infastidita dalla situazione. Le idee di tutti erano vaghe e confuse. «Qualcuno vuole spiegarmi cosa sta succedendo?»

«Avevo accennato al Duca dell'eventualità che Yuri potesse assassinare Carolina, ma le nostre spie ci suggeriscono che sarebbe troppo complicato fare breccia a Derenhalle» spiegò Roderick.

«Non era questo il piano prudente che dovevamo seguire…» Alicia distese i nervi e i muscoli al contatto con la pietra della vasca.

«Il tuo piano è valido, Alicia» commentò Rolando. «Ma stiamo perdendo tempo. E con il tempo la corona scivola dalla mia testa».

«Altezza, chiedo di pazientare ancora. Sono sicura che presto Mauritius arriverà con l'esercito del Pindels. A quel punto i traditori avranno quel che si meritano».

«Spero che anche gli amici avranno quel che si meritano…»

«Roderick, sai che la Corona ti sarà sempre riconoscente.» Rolando sorrise. Probabilmente non aveva ben capito a cosa alludesse il Lord Governatore dell'Estur. Alicia se ne restò in silenzio. Voleva proprio vedere come Roderick avrebbe tirato in ballo l'argomento.

Ci fu un attimo di silenzio. Rolando si versò un unguento profumato dal forte odore di erbe sul corpo.

«Sai cosa intendo, Altezza».

Roderick scrutava il Duca con sguardo serio. Aveva optato per la via diretta e questa volta Rolando tentennò.

«Lo so. Ma non destituirò il legittimo lord di Estur in tuo favore. Le leggi sono chiare e la discendenza dice che il figlio del Marchese Flores debba succedere al trono quando avrà l'età. Cosa direbbe la gente se togliessi di mezzo Orfeo per piazzare uno dei miei alleati? Inizierebbe a chiedersi come mai nessuno lo abbia fatto con me. No, Roderick, posso darti tutto ma non Estur».

Un ghigno assorto si dipinse sul volto di Roderick. Aveva occhi solo per l'acqua fumante, tanto che Alicia accavallò le gambe con il timore che stesse fissando proprio lei.

«Rendi l'essere benevoli nei tuoi confronti maledettamente difficile…» Roderick alzò lo sguardo, ancora impossessato da uno strano tipo di delusione sul volto. Poi tirò indietro la testa e sghignazzò. «Scherzavo. Il mio Duca non ha bisogno di comprare la mia lealtà».

«Hai ragione» intervenne Rolando. «Non ha bisogno, ma lo farà ugualmente. La tua ospitalità per me è importante e questo gesto leale merita di essere premiato. Una volta finito tutto questo ti nominerò castellano di Derenhalle e ti dimenticherai di Estur».

«È un modo cordiale per farmi perdere ogni terra?»

«No, Roderick. Perché ti consegnerò le terre di Castel Cobalto. Lord Pellegrino è morto. Lo stesso i suoi figli. Come non ho alcuna intenzione di lasciare il titolo e le terre di Estur a te, non ho intenzione di lasciare il controllo di Castel Cobalto a un lontano parente dei Velochiaro».

Alicia annuì, come se tutte quelle decisioni fossero frutto di una contrattazione con lei. In realtà Rolando stava agendo per conto suo, e lo stava facendo bene. Non aveva dubbi: sarebbe stato un sovrano ancora più saggio di Boris.

«Che ne dici?» Alicia ammiccò a Roderick. «Non è generoso il nostro Duca?»

«Più che generoso!» Roderick si alzò dalla vasca e andò al tavolo a prendere tre calici e una brocca. «Brindiamo?»

«Non posso.» Rolando lanciò un'occhiata ad Alicia.

«Suvvia, hai quasi tredici anni. Sei un uomo».

«Quasi...» sussurrò Alicia.

«Falle vedere che sei un uomo!» sghignazzò Roderick.

Rolando si alzò dall'acqua e si mise in posa davanti ad Alicia. Una scena imbarazzante, che venne subito interrotta da Alicia con fare frettoloso. «Va bene, ho capito».

Roderick versò da bere a tutti e tre. «A proposito, dobbiamo pensare alla tua festa... Sarà la più grande festa che Estur abbia mai visto».

«Al Duca.» Alicia alzò il calice, ancora rossa in viso per tutta quella bizzarra situazione.

«Al Duca» rispose Roderick.

Rolando sorseggiò il vino. E come tutti finse che fosse buono.

Tempesta. Vento che sbatte contro le vetrate. Qualcosa si muove nell'ombra, una spada trafigge un velo. La ragazza corre, la ragazza inciampa. La ragazza è sola contro il mondo e continua a scappare. È armata, non ha paura, ma scappa lo stesso. Un mostro la insegue. Gronda sangue dalla bocca e lo sparge nei corridoi con le sue vesti nere. Un grido. La polvere strozza le parole in gola. Vincono le tenebre e inghiottono Isotta. Frammenti, frammenti ovunque e sono tutti parte di una vita. Alicia si sente a pezzi, si sente sparsa, si sente vetro.

Qualcuno bussò alla porta e Alicia si alzò di scatto con in pugnale in mano. La notte era la regina. Le federe dei cuscini erano madide di sudore, come ogni notte. Non trovava pace. Bussarono di nuovo. Non se lo era immaginato.

«Mia signora, è urgente!»

Alicia scattò in piedi, si sistemò la vestaglia da notte e corse allo specchio. Si asciugò il volto per rendersi presentabile, si mise uno scialle alle spalle e andò alla porta. I piedi a contatto con la roccia fredda erano la cosa più confortevole in quella notte maledetta. Aprì la porta e si ritrovò di fronte una guardia armata. Per un momento la mente la riportò ai giorni degli omicidi a Derenhalle.

«Che succede?»

«Il Duca…»

Una stretta al cuore. Una voce interiore le gridava il peggio, come presagio di sventura. «Il Duca, cosa?» riuscì a dire la sua bocca.

«Qualcuno ha provato ad ucciderlo. Ha fallito e il Duca è al sicuro, ma… Roderick vuole che tu venga a vedere».

La guardia fece strada nei corridoi. C'era fibrillazione fra gli uomini della ronda notturna, come se dovessero stare allerta e allo stesso tempo non allarmare chi era nel dolce abbraccio della notte. Ovunque passasse Alicia, tutti la guardavano con sospetto. Ci era abituata, ma continuava a non capire. Non c'era nemmeno più il bisogno di mostrarsi cordiali. Di notte i corridoi di Estur erano più simili a quelli di un castello infestato. La mancanza di luce metteva in risalto la polvere nelle poche strisce di pietra illuminate dai raggi lunari. Le armature decorative sembravano nascondere mostri per quanto inquietanti. Una finestra sbatteva per il vento, una cicala accompagnava la marcia di Alicia con fare incessante. Non aveva alcuna intenzione di chiedere altro alla guardia ammutolita che la stava scortando. Se avessero voluto giustiziarla l'avrebbero fatto senza troppi inganni. No, c'era qualcosa che non andava. Lo sentiva nell'aria, se lo sentiva nel cuore.

Appena salì le scale e raggiunse il piano degli alloggi del Duca, tutti gli occhi puntarono nella sua direzione. Ingvar incrociò le braccia e bisbigliò qualcosa ai suoi uomini più fidati. Tutti si ammutolirono e fecero spazio a quella vista raccapricciante.

La porta della camera da letto del Duca era insanguinata. Sulla soglia una guardia armata era riversa per terra con una gamba mozzata, e poco più distante un groviglio di vesti e sangue coronava ciò che restava di Laila. Lo sguardo spento, il viso pallido e sfigurato, la mannaia nel pugno. Era un quadretto di morte, la naturale conseguenza di quello che prima o poi sarebbe successo. Ma un conto era farselo raccontare, credere che i protagonisti della tragedia fossero lontani, un altro era vedere la morte far parte della propria vita.

Alicia provò a deglutire. Non ci riuscì. Qualcosa la bloccava. Non solo la gola, anche le gambe, la mente. Voleva mostrarsi preoccupata, distrutta, umana. L'unica cosa che riuscì a fare era girare attorno a quello spettacolo raccapricciante e guardare la rovina da più angolazioni.

«Io lo avevo detto che era una pessima idea...» Roderick, anche lui vestito da notte, sprecava fiato. Lo aveva ripetuto fino alla nausea che liberare Laila era una pessima idea, che un cannibale doveva morire di fame rinchiuso in una segreta e basta, che il mondo avrebbe dovuto applaudire mentre quella schifosa bestia scompariva giorno dopo giorno corrodendo se stessa. Alicia non lo aveva ascoltato, anzi, si era opposta. E ora eccola lì. A contemplare altri frammenti di sé mescolati con il sangue.

«Il Duca sta bene?» Alicia distolse lo sguardo e fissò Ingvar. Cercava aiuto, cercava una distrazione.

«Sta bene. È al sicuro in un'altra sala».

«Io...Non ci credo che...»

«Questa puttana ci ha rovinato la vita!» Una guardia tarchiata, ancora sporca di sangue sputò sul cadavere di Laila. Lacrime e imprecazioni reclamarono il loro spazio nel silenzio della notte. «Schifoso mostro!»

«Cosa è successo?» Alicia si rivolse a Ingvar.

Ci furono attimi di silenzio spezzati dal singhiozzo dell'uomo. I suoi compagni provarono inutilmente a consolarlo.

«Ti prego, cosa è successo?» Alzò la voce e tutti tornarono a squadrarla.

Quegli sguardi erano fendenti, occhiatacce ricorrenti di invidia e pietà. Non era quello che Alicia cercava. Voleva solo risposte, capirci qualcosa per essere meno distrutta dal dolore.

«Ci ha attaccato!» gridò la guardia insanguinata. «Insisteva per raggiungere il Duca e quando lo abbiamo impedito ci ha attaccato!»

«E voi l'avete uccisa...» Alicia si perse negli occhi vitrei di Laila.

«Hanno fatto la cosa giusta!» Roderick sbatté i pugni contro la parete. «Avemmo dovuto lasciarla marcire nelle prigioni di Derenhalle, ma tu hai insistito».

«Lei sembrava... innocente».

«Dillo a lui...» Roderick indicò la guardia dilaniata e tutto crollò nel silenzio. Alicia non avrebbe potuto giustificare quel gesto. Non conosceva la vittima, ma era consapevole del fatto che mettersi contro un martire non le avrebbe giovato.

Ingvar fece chiamare una barella e la guardia ferita fu portata lontano dalle stanze del Duca. Le loro imprecazioni svegliarono mezzo palazzo e l'altra metà era già accorsa a difendere il Duca da eventuali ripicche. La bestia era morta. Un altro dei frammenti dell'anima di Alicia era morta. Isotta fuggiva e lei si trovava in un posto ostile, confusa e senza speranze. Carolina era il male, ma anche ciò che circondava Estur sembrava esserlo. Laila era un mostro, ma era il volto più umano che avesse visto. L'unica che l'aveva sempre sostenuta. Alicia si odiava un po' di più dopo l'ultimo loro incontro. Non condivideva le ragioni del suo essere, non ne capiva gli impulsi, ma non sembrava malvagia.

«Sistemate questo macello e triplicate la guardia» ordinò Roderick. «Voglio che nessuno si avvicini al Duca, che nessuno sappia dove dorme se non gli ufficiali. Veloci!»

Alicia si sistemò lo scialle e se ne tornò in camera. Nessuno la fermò, nessuno la interpellò. Roderick si dimenticò di lei. A poco a poco si trascinò lontano nei corridoi freddi di Estur. Perché Laila avrebbe dovuto vedere il Duca? Non lo aveva mai fatto e si era sempre tenuta distante. Forse voleva dimostrarle qualcosa, forse lei stessa sapeva qualcosa e aveva intenzione di mettere in guardia il Duca. Oppure era semplicemente il desiderio di morte che l'aveva accompagnata per tutta la vita. Non lo avrebbe mai scoperto.

Sapeva solo che si sentiva sola. Ancora. Sempre.

Alicia si chiuse nella sua stanza, si accasciò a terra con la schiena contro il muro e rimase a fissare il soffitto. *"Isotta, dove sei?"*

Molto lontano da lì. Forse morta, forse alla ricerca di un'altra vita. Come darle torto? Insieme non avevano futuro, lo sapeva e lo accettava. Non chiuse occhio per tutta la notte: i rimorsi, i soliti rimorsi, non le diedero pace. Restò immobile nell'oscurità e non versò nemmeno una lacrima.

Non c'era più Laila ad asciugarle le guance con il tocco della sua veste. E non ci sarebbe stato nessun altro.

"Derenhalle, pagina 4198

Le problematiche della politica si capiscono solo una volta che il danno è ormai irrimediabilmente fatto. Non è una frase mia, ma di Alicia Mor. Mi ha fatto un certo effetto sapere che Gwail Tricket avesse fatto leggere la missiva sulla presa di potere nella Dolcina a lei prima che a me. Pensavo di avere la piena fiducia del Mastro degli Editti.

La notizia in sé non mi sorprende. È da quando mio padre ha sposato Hannette De Frel che tutti si aspettavano questo risvolto. Alla morte del Principe Alberto De Frel, era più che scontato che Fabiano non si facesse mettere i piedi in testa dal fratello maggiore storpio.

Persone come Fabiano non se ne stanno semplicemente zitte in regge lussuose a farsi versare vino nelle coppe di famiglia. E questo mio padre lo sapeva benissimo. Mi domando se abbia anche contribuito con la sua proverbiale generosità a rovesciare l'ascesa di Tiberio De Frel e appoggiare il suo stupido amico. Sarebbe stato un investimento remunerativo, a lungo termine.

La cosa che più mi sorprende è il silenzio con il quale tutto questo sta succedendo. L'Imperatore Tecnho Valazdar non parla della questione, così come non lo fa il suo galoppino Monosiklo Von Moria. Dalla corte di Surad, Re Jaden IV se ne frega di ogni cosa succeda al di là dei suoi confini e continua a leccarsi le ferite dopo il crollo del potere della sua dinastia.

Boris Raffreddalama predica calma ai suoi Lord Governatori, ma so già che di questa notizia non se ne farà nulla. O peggio: la userà per provocare la corte imperiale e sembrare sempre più impazzito. Ormai è veramente questione di poco prima che anche il Duca perda le staffe e giuri vendetta contro chiunque in virtù di un ben poco precisato orgoglio del popolo di Apharos. Tutto questo orgoglio non l'ho mai visto, eppure sono qui da parecchio tempo.

Sai cosa vedo, invece? Una massa di stupidi che non capisce le mosse di mio padre. E ne sono contento."

GABRIEL

Il ballo della vita

Il solito brusio, il solito sole che picchiava sulla nuca e le solite perdite di tempo. Ormai erano passati due giorni dal loro arrivo a Silverknowes e le uniche cose che avevano fatto erano state chiacchiere con signorotti vanitosi e sedersi a lunghe abbuffate sul prato.

Sefiro si trovava a suo agio e stringeva mani con chiunque gli capitasse a tiro, ma a Gabriel tutta questa situazione iniziava a star stretta. Tutti parlavano di Mirandolina, non solo Versantius e Tiberio, ma anche i nobili che passavano a ristorarsi per qualche ora. Gabriel non aveva ancora capito cosa ci trovassero in quella ragazza. Certo, era bella, determinata e solare, ma a giudicare dai suoi comportamenti ammiccanti e dalla frenesia di tutti i suoi gesti destava più che qualche sospetto.

Ammantati da una leggera brezza calda, all'ombra di un padiglione che non faceva ombra e davanti a una tavola imbandita per la colazione, Gabriel sorseggiava birra nonostante l'orario. Era già la terza coppa. Sefiro ogni tanto gli gettava qualche occhiata, ma era l'unico modo per scampare ai discorsi idioti dei due lord che avevano insistito per sedersi al loro tavolo.

«Mirandolina è una donna fantastica.» Alcide Marti, lord di Medioborgo, lo ripeteva sempre. «Non mi sorprende che riesca a fare tutto da sola».

«E invece dovrebbe sorprenderti, mio vecchio amico.» Gunter Freyas, lord di Guado del Flaerio, si portò un boccone di torta di pere alla bocca. «Ogni suo passo, ogni sua parola è una sorpresa continua».

Gabriel strinse la sua coppa e buttò giù ciò che rimaneva. Sefiro gli lanciò un'altra occhiata ma lui alzò le spalle.

«Da quanto tempo siete qui?» domandò Sefiro.

«Io sono qui da tre settimane, ma il più delle volte faccio avanti e indietro per rispondere alle missive a Guado del Flaerio» rispose Gunter. «Ho approfittato di qualche affare con alcuni mercanti per trattenermi. Poi Mirandolina mi ha convinto a rimanere più a lungo. Da quando c'è lei Silverknowes è diversa. Non ci sono più solo viandanti, saltimbanchi e pittori. C'è un certo tipo di arte che non so spiegare».

«L'arte della perfezione.» Alcide annuì e si sistemò la mantellina dietro lo schienale. «La conosco bene. Io sono qui da ben più tempo di te.» Si rivolse a Sefiro. «Voi? Cosa vi porta a Silverknowes?»

«Nulla di particolare.» Sefiro mangiò un tortino al limone con forchetta e coltello. «Siamo in cerca di pace».

«Finalmente qualcuno che non si sporca le mani con queste diavolerie!» esultò Gunter. «Sono mesi che sento parlare di guerra. Tutti mi ordinano qualcosa o vogliono qualcosa in cambio: porta le tue truppe qui, fai questo, per favore dacci una mano. E insomma! Fate godere la vita a questo pover'uomo e fateglli inseguire l'amore!»

Gabriel si perse in un lungo sospiro, mentre Sefiro continuava a conversare con Gunter e Alcide. Non sapeva quanto avrebbe resistito con quei due. Il desiderio di ribaltare la tavola, andare a prendere Versantius per il colletto e lanciarlo sulla prima carrozza in direzione di Dolcina era alto. Se non altro la birra era buona.

«E dimmi, lord Gabriel.» Alcide lo interpellò. Lui si versò altra birra. Era sicuro che ne avrebbe avuto bisogno. «Ti piace la lirica?»

Ma cosa stava facendo? Ad Aeternam Clipeus si combatteva e si moriva fra le incudini e le macchine d'assedio e lui se ne stava lì a conversare di lirica?

«Gabriel non è un'amante dell'arte.» Sefiro sorrise ai due lord. «Ho provato più volte a convincerlo del contrario, ma sembra apprezzare di più altri tipi di intrattenimento».

«Spade?» domandò Alcide. «Adoro le collezioni di spade. Ne ho una appartenuta a un cavaliere della Chiesa del 347. Arte pura».

Gabriel annuì, ma dovette buttar giù tutto d'un fiato il quarto boccale di birra per non esplodere di rabbia. Dannazione, reggeva troppo bene per dimenticarsi il fastidio delle voci dei due lord.

Il copione non cambiò per le successive ore. Alcide e Gunter imbastivano discorsi idioti e Sefiro assecondava le loro curiosità. Chiacchiere, pettegolezzi e altre inutili discussioni su quale pietra preziosa fosse la più rinomata, quale seta fosse consona per un regalo a un'amica e quale a un'amante. Arrivarono addirittura a conversare sul significato simbolico dei minerali. Come faceva Sefiro a starsene con le mani in mano mentre tutto il mondo crollava a pezzi? Silverknowes era un'illusione. Un luogo dove chi poteva spendere il proprio oro riceveva in cambio chiacchiere e poco altro. Era questo quello che facevano i lord imperiali? Mangiare dolci, ascoltare musica e sfoggiare i loro imbarazzanti abiti stretti in vita? Alcide sembrava un giullare vestito di abiti troppo succinti. Un limone ambulante ammantato da una pelliccetta di ermellino che gli bloccava i movimenti, eppure si sentiva potente, si sentiva l'uomo più forte del mondo mentre mescolava il tè con un cucchiaino d'argento. Gli uomini erano ben altra cosa.

Gabriel tentò in tutti i modi di attirare l'attenzione di Sefiro. Gli avevano detto che era un maestro a liquidare le conversazioni noiose e sfuggire dai petulanti che continuavano ad ammorbarlo. Eppure se ne stava rigido a sorseggiare bevande colorate, a sistemarsi la giacchetta e il cilindro e a fare ogni tipo di riverenza ai nobili che incrociavano il suo sguardo. Era ovvio che si trovasse a suo agio al tepore del sole, ma non erano lì per perdere tempo. In realtà nemmeno Gabriel sapeva perché fossero lì. Fece per alzarsi e andarsene. Aveva sopportato con fin troppa pazienza gli inutili discorsi, ma non appena si alzò in piedi, Sefiro troncò il discorso con Gunter e lo squadrò.

«Ti stiamo per caso annoiando, lord Gabriel?» domandò Gunter. «Non ti capiterà spesso di ritrovare la pace che Silverknowes sa donarti. Tieni, questa viene direttamente dalla mia gran riserva.» Gunter tirò fuori da un taschino interno del corpetto un liquore e se ne versò un dito in un bicchierino d'argento. Una boccetta dorata che nascondeva un liquido trasparente dal forte odore di frutta. Poteva dargli un'occasione.

«Grazie…» Gabriel prese il bicchierino e si sforzò di sorridere. Con un rapido sguardo, Sefiro gli intimò di mettersi a sedere e lui tornò a sedere.

Rigirò il liquore e lo tracannò. Il bruciore alla gola gli fece dimenticare l'affronto di Sefiro e non ebbe nemmeno il tempo di sentire il sapore amaro delle erbe di quel distillato che tutti lo guardavano con aria divertita.

«Forte, vero?» sogghignò Gunter.

«E anche buono.» Gabriel infilò il dito nel bicchiere per raccogliere le ultime gocce del distillato. Quando se lo portò alla bocca, Sefiro nascose il suo imbarazzo dietro a un fazzoletto di stoffa fingendo di pulirsi la bocca.

«Mi fa piacere!» Gunter sorrise. «È un liquore di famiglia. Ho già il nome: "Il Frutto dell'Amore"».

«Che nome di merda».

Sefiro intervenne subito. «Sono sicuro che Gabriel non intendesse dire…»

«No, no, intendevo proprio dire quello!»

Gunter restò un attimo interdetto, poi scoppiò a ridere anche lui. «Un nome di merda, hai ragione. Potrei chiamarlo "Mirandolina" in omaggio a quando ci sposeremo».

«Ma chi pensi che voglia sposare un tocco come te? Lei ha occhi solo per il sottoscritto» disse Alcide.

Gunter quasi si soffocò dalle risate. «Questa è divertente! Ti prego, raccontami un'altra delle tue idiozie».

«Non sono idiozie, merita un uomo vero che sappia ricoprirla di oro e amore».

«E quell'uomo sono io!»

«Povero illuso, conosco Mirandolina da troppo tempo e posso confermarti che con te sta solo fingendo.» Alcide mostrò un anello tempestato di rubini. «Quando le regalerò questo, cadrà ai miei piedi».

«Mirandolina odia il rosso. Vedi che non la conosci per nulla?»

«Bada a come parli. Perché sono io ad aver fatto una passeggiata con lei al largo del fiume, questa mattina».

Gunter fece spallucce. «E allora? Noi abbiamo cenato insieme, abbiamo bevuto dalla stessa coppa e… dovevi vederla come mi guardava».

Alcide sogghignò. «Ti guardava come si guardano i muli…»

«Ha occhi solo per me ti dico, sei tu l'allocco».

«No, sei tu!»

Gabriel fu costretto a sopprimere un sorrisetto davanti a quel quadretto surreale. Finalmente un po' di divertimento. *"Come si guardano i muli? Davvero? Poveri idioti innamorati…"*

«Miei signori, non mi sembra il caso di…»

Sefiro fu interrotto immediatamente. Alcide e Gunter erano passati dalle offese velate agli insulti. Entrambi convinti di essere in diritto di reclamare Mirandolina per sé. Chissà quanti uomini aveva abbindolato quella donna. Chissà quanti altri allocchi erano disposti a farle dei doni, ammaliati dalla sua persona. L'unica cosa che non capiva Gabriel era se Mirandolina fosse cosciente di tutto questo e se ne stesse approfittando o se fosse davvero ingenua come tutti dicevano. La verità era una: era quel fascino ad attirare l'attenzione. Per un momento Gabriel pensò a Viola. Ricacciò quel pensiero. Faceva ancora troppo male.

«Ortensia!» Alcide si alzò e agitò la sua coppa vuota. «Ortensia! Vieni qui!»

La ragazza accelerò il passo fingendo di non sentire, ma non appena anche Gunter si mise a urlare per attirare la sua attenzione, fu costretta a raggiungere il loro tavolo. Gabriel le sorrise. La capiva: nemmeno lui voleva stare lì.

«Ortensia! Che ti è preso, ci ignori?» Alcide si alzò e la strinse in un abbraccio. Lei si abbandonò a quel rito senza troppa convinzione finendo con il baciare l'aria di fianco alle guance del lord di Medioborgo.

«Vi serve qualcosa?» domandò lei.

«Una caraffa di quel succo di pompelmo che Mirandolina ha millantato. Sono giorni che ce le promette…» Gunter svuotò la coppa e sorrise. «Hai già conosciuto i nostri ospiti? Lord Gabriel Gariboldi e il Governatore Sefiro Majeskorm. Due persone affabili ed eccezionali. Lei invece è la figlia minore di Fabian Foconero, una gran lavoratrice, brillante e precisa. Quando si sposerà con Fabrizio farà la fortuna del vecchio Tiberio regalandogli tanti bei nipotini. Non è vero, Ortensia?».

Gabriel e Ortensia si guardarono trattenendo gli sbuffi. Si erano già presentati e sembravano gli unici a non avallare tutte le false riverenze di Silverknowes.

Ortensia si voltò. «Ve ne porto subito…»

«Ti prego, Ortensia, fermati un attimo» squillò Gunter. «Stavamo giusto raccontando ai nostri ospiti quanto Mirandolina sia fenomenale nella gestione di Silverknowes».

«Ma che dici, fenomenale? È una Dea!» alzò la posta Alcide.

«Una Dea, giusto. Una vera e propria Dea. La mia Dea. Bellissima, mai una virgola fuori posto e addirittura è solo grazie a lei se Silverknowes continua ad andare avanti».

«Certo che è grazie a lei. Ma quando io e Mirandolina ci saremo sposati, al diavolo Silverknowes, lei merita di meglio, non di lavorare e coordinare questi servitori, non è vero, Ortensia?»

La situazione era già abbastanza imbarazzante. Ortensia restò immobile con un'espressione bizzarra e le braccia incrociate. Probabilmente non era la prima volta che assisteva a una simile caduta di stile. Gabriel si meravigliò solo che Sefiro non fosse intervenuto per salvare la situazione. Di solito era lui a salvare le donzelle in difficoltà. Fosse stato per Gabriel, avrebbe già impiccato per le palle entrambi e offerto da bere alla povera ragazza.

«Se non serve altro…» Ortensia provò a fuggire, ma le malelingue la inchiodarono sul posto.

«Hai sentito parlare del nuovo ospite?» domandò Gunter. «Ma si, dai, il cavaliere, quello burbero che si lamenta sempre. Insomma, quello a cui non vanno mai bene le lenzuola… Che si dice di lui?»

«Parli di Cavalier Girolam Tutcker?» domandò Ortensia.

«Credo si chiami così».

«È un tipo strano. Non è mai contento, è scontroso e non fa che offendere se gli tocchiamo la roba o se non riempiamo il cesto di frutta nella sua stanza ogni giorno».

«Oddio, sì!» Ad Alcide venne un colpo di genio. «Quello a cui Mirandolina porta di persona ogni sera la cena e lui non si degna nemmeno di aprirle. Spero che vada in fretta. Maleducato...»

«Lo speriamo tutti...» disse Ortensia. «Voi invece? Quanto starete qui?»

Sefiro abbozzò un sorriso, ma deviò il discorso prima che potesse degenerare in una nuova lite. «Mirandolina cosa pensa di questo nuovo ospite?»

«Qualunque cosa pensi, questo Cavalier Tutcker non riuscirà mai a sottrarmi la mia Mirandolina!» disse Alcide.

Gabriel sbuffò. Si parlava sempre di Mirandolina...

«Parla, parla...» Gunter scoppiò a ridere. «Mirandolina sposerà me».

Ortensia alzò le spalle. Era ovvio che c'era dell'astio fra le due nobili ragazze, e se Gabriel era stato attento poteva scommettere che fosse per conquistarsi l'amore di Fabrizio. Fabrizio amava Mirandolina, Ortensia amava Fabrizio e Mirandolina amava... non si era ben capito chi. Solo una cosa non capiva: perché Alcide e Gunter continuavano a sperare di sposare Mirandolina? Forse Tiberio non aveva ancora ufficializzato alcun fidanzamento per paura che i suoi tanti spasimanti abbandonassero Silverknowes? Forse Tiberio e Versantius avevano pensato a un ruolo anche per i due ingenui lord promettendola a più persone per avere la forza necessaria a legittimare Fabrizio nella Dolcina. Ma quanto sapeva Mirandolina? A giudicare dal suo fare baldanzoso e dallo stuolo di uomini che la circondavano, sembrava proprio che anche lei fosse all'oscuro di tutto. E se avesse rifiutato? Non sembrava il tipo di persona da accettare di buon grado un matrimonio imposto. Dannazione, perché stava pensando a queste cose? Forse era l'alcol a parlare.

Sefiro si intrattenne a parlare con Alcide e Gunter. Ortensia subiva passivamente tutto e trovò l'occasione per sgattaiolare. Ci riuscì con la scusa di dover controllare la cucina. Gabriel sbatté il pugno sul tavolo e fece trasalire Gunter per lo spavento. Ritirò indietro la mano. Che cosa gli era preso?

«Scusate...» Gabriel aveva occhi solo per Sefiro. «È che non sono abituato a starmene con le mani in mano mentre ci sono altri che combattono».

«Siamo ospiti…» si giustificò Sefiro. «Godiamoci il momento».

«Sì, godetevi il bel sole e il buon cibo» fece eco Alcide. «Non dureranno per sempre».

«Al diavolo!» Gabriel si alzò da tavola. «Non sono il tipo di uomo che gozzoviglia e parla di amori»

«Che hai contro l'amore, Gabriel?» domandò Gunter.

«Io niente, ma voi dovreste farvi qualche domanda. L'amore non è ovunque. E chiedete scusa a Ortensia!»

«Per cosa?» domandò Alcide. «Abbiamo solo detto che è una donna da sposare. Fabrizio sarà molto fortunato».

Gabriel scosse la testa. «Tutto questo non ha senso…»

«È il ballo della vita, Gabriel.» Sefiro si sistemò gli occhiali. «Lasciamo che i nostri animi danzino fra amore, sentimenti e altre amenità degli uomini. Perché il finale è uguale per tutti».

Gabriel scolò il quinto boccale di birra e lo sbatté sul tavolo. «Vado a pisciare.» Non aveva bisogno di metafore o fottute spiegazioni sul come dovesse andare la vita. Quello non era amore. Non era la vita e non era nulla se non un farsi travolgere da turbe adolescenziali. Non si aspettava di doversi sorbire discorsi del genere da uomini che avevano da tempo superato i trent'anni.

Aveva sopportato fin troppo quello squallido teatrino. Bere tè e degustare pasticcini era più nelle corde di Sefiro. Non aveva alcuna voglia di fingere davanti a dei lord fannulloni che si azzannavano per contendersi la mano di una ragazza già promessa ad altri. L'euforia dei nobili di Silverknowes gli faceva rabbia e basta. Non succedeva niente. Solo il suono delle risate e dei musicisti, solo il trambusto dei giocolieri e il via vai dei servitori. Odiava la cura maniacale con la quale Mirandolina gestiva il tutto, odiava che Tiberio, oltre che non avere le gambe, non avesse nemmeno le palle per prendere in mano la situazione. Era molto simile a Versantius. A proposito… dov'era?

Gabriel lo aveva visto parlare con uno dei musicisti. Probabilmente quel suo amico, Joseph qualcosa… Da quando erano stati a parlare con Tiberio, nei giorni successivi Versantius non aveva fatto altro che parlare con estranei, bisbigliare con fare losco e sorridere proprio con la stessa falsità di Sefiro. Gabriel si coprì il volto dai raggi del sole per vedere meglio la distesa verde affollata di tavoli lussuosi e servitori vestiti tutti uguali intenti a servire uomini e donne dai più bizzarri abbigliamenti. Dove cazzo era capitato? A un ballo in maschera?

«Mio signore, tutto a posto?» Una nobildonna dal pomposo abito color crema agitava un ventaglio di piume per farsi aria. Lo guardava con fare attonito. «Stai intralciando il percorso dei camerieri…»

«Fottiti.» Gabriel se ne andò pestando le aiuole del parco sotto gli occhi scandalizzati di tutti. Doveva parlare con Versantius del piano, perché stare fermo a non far niente lo stava facendo impazzire. Altro che ballo della vita! Se avesse continuato avrebbe fatto lui stesso una strage. Incrociò Mirandolina, ancora una volta sorridente e circondata da uomini. Era difficile credere che avrebbe mantenuto la sua promessa di sposare Fabrizio. Davvero tutto il piano di Versantius e Tiberio girava attorno a una donna così?

Si incamminò dentro Silverknowes schivando tutti i camerieri e andando a sbattere contro le coppiette di nobili che sfilavano nei loro abiti sfarzosi.

«Gradisci qualcosa da bere?» gli domandò un cameriere. «Posso consigliarti di accompagnare un buon vino dell'Ambracia con…»

Gabriel tirò dritto senza nemmeno rispondergli. Basta idiozie.

Una volta dentro ci mise un po' a orientarsi. Sapeva che doveva superare la prima rampa di scale e l'ascensore, ma non aveva idea di dove avrebbe trovato Versantius. Nei giorni scorsi era passato di saletta in saletta a parlare con gli ospiti di Silverknowes. Mai nello stesso luogo. Gabriel spalancò qualche porta, all'inizio con rabbia, poi con sempre più insofferenza nei confronti degli sguardi attoniti delle persone. Ogni saletta era diversa dalle altre, ma i tavoli intagliati e le sedie foderate di porpora erano una costante. Si poteva dire tutto di Silverknowes, tranne che fosse poco curata.

Salì al piano successivo. Niente. Solo camere da letto, vassoi d'argento posati fuori dalle porte e domestiche che spazzavano negli angoli più nascosti dal mobilio. Gabriel trattenne gli insulti e salì un altro piano. Perché diavolo doveva fare la caccia all'uomo ogni volta?

Al quarto piano incontrò Mirandolina con dei panni in mano. I due si incrociarono e lei sorrise, sebbene sul volto ci fosse rassegnazione. «Ciao Gabriel.» Non disse altro. E forse era meglio così.

Meno vedeva quella donna e meglio era

Percorse tutto il lungo corridoio illuminato da lampadari di cristallo fino ad arrivare all'incrocio che portava alla scalinata a est del palazzo, quella che conduceva all'altra ala. Riconobbe Versantius che discuteva animatamente con un altro uomo. Il confronto di statura era impietoso. L'interlocutore del reggente era alto e grosso e agitava le braccia come se stesse contestando qualcosa. Versantius se ne stava immobile, ogni tanto girava la testa da un'altra parte e ripartiva con le sue sfuriate, altre volte si portava le braccia alla vita con fare dispiaciuto. Gabriel si appoggiò al muro, distante, con la speranza di essere notato e di mostrare tutta la sua disapprovazione. Non sentiva cosa i due si stavano dicendo, ma non avrebbe aspettato che si chiarissero per trascinare Versantius fuori da lì e gridargli di darsi una svegliata.

Con passo pesante, Gabriel si avvicinò ai due. L'uomo gli lanciò qualche occhiata, Versantius, girato di spalle, continuava a guardare per terra.

«Non mi presenti i tuoi amici?» Gabriel si inserì nel discorso, incrociò le braccia. Versantius sembrava stizzito, l'uomo invece si sistemò il corpetto.

«La nostra conversazione è finita. Accetto le tue scuse, Versantius, ma sparisci.» L'uomo si congedò con un volto rabbioso e né Gabriel, né Versantius fecero nulla per fermarlo. Mirandolina gli andò incontro correndo con una bottiglia di vino in mano, ma scacciò anche lei imprecandole contro.

L'uomo svoltò l'angolo e scomparve. Versantius incrociò le braccia. «Era così importante questa interruzione?» Il volto era teso, le mani stringevano la veste marrone per non dare a vedere la rabbia, ma era la prima cosa che Gabriel notò dall'espressione di Versantius.

«Lo era. Mi sono rotto il cazzo di aspettare te che vai in giro a sussurrare alla gente. Dobbiamo muoverci!»

«E cosa pensi che stia facendo?» Versantius sbottò. Ora erano loro due a litigare in mezzo al corridoio.

«Vuoi sapere davvero che cosa penso o lo chiedi solo per cortesia? Perché Sefiro di solito lo chiede solo per cortesia. Devo solo inquadrare meglio quale tipo di figlio di puttana sei, se non quello borioso...»

«Gabriel... devi darmi tempo».

«Tempo per cosa? Per preparare le nozze di Mirandolina e Fabrizio? Non pensavo che ti fossi ridotto a questo».

«Sto cercando alleati. O la tua piccola testolina pensava che avremmo deposto Fabiano solo con dei brindisi e la forza dell'amore?»

«Lascia perdere l'amore. Soprattutto se riguarda Mirandolina. Quella non è affidabile».

«Pensi che sia cieco?» Versantius attirò l'attenzione di altri nobili. Prese Gabriel per il braccio e insieme si incamminarono verso l'uscita. «Pensi che non sappia cosa sta succedendo qui? È un vero bordello, per parafrasare le tue parole, e per questo sto sentendo in giro per capire come posso contenere Mirandolina. Tiberio pensa che la bella Mirandolina non veda l'ora di sposare suo figlio, ma è difficile se ammicca ad ogni signorotto che passa».

«Chi era quell'uomo, un altro dei tuoi fantomatici alleati?» domandò Gabriel.

«Girolam Tutcker. Un cavaliere».

«Un cavaliere e...» Gabriel lo fulminò con lo sguardo. «Di solito sei molto più prolisso. Sembravate abbastanza arrabbiati. Sentiamo, di cosa dovresti farti perdonare».

«Queste non sono cose che ti riguardano».

«Mi riguarda ogni cosa, dato che mentre guardo Sefiro mangiare pasticcini Kaarl e i miei combattono al mio posto dall'altro lato del Reame».

Versantius si fermò e puntò il dito contro Gabriel. Il suo sguardo suggeriva che avesse perso la pazienza. «Combattiamo anche noi, ma tu sei troppo cieco per rendertene conto».

«Ah, e così sono troppo stupido per capire...» Gabriel fece una smorfia, poi tornò serio. «Sono stanco di vederti vagare per il Reame alla ricerca dei tuoi amici. Sono stanco di seguirti, sono stanco di te!»

«E che cosa pensi di fare? Senza di me sei niente».

Gabriel strattonò Versantius e lo sbatté al muro. I sussulti dei domestici facevano da sfondo a quella situazione surreale. Gabriel sentiva solo un caldo atroce, un formicolio alle mani e l'irresistibile voglia di sfondare la faccia di Versantius a cazzotti. Ma lui se ne stava immobile, contro il muro. Non abbassava lo sguardo.

«Ah, io sarei niente? Io sarò sempre qualcuno» sibilò Gabriel.

«Sei quello che gli altri dicono che tu sia. E ora ti dico di essere paziente e smetterla di fare il solito attaccabrighe che rovina tutto. Non hai la minima idea di cosa tu stia facendo e la tua unica soluzione è alzare la spada e gridare contro il nemico. Sei il migliore a farlo, te lo riconosco. Ed è proprio per questo che quando c'è da ammazzare e combattere io taccio. Ma ora, ora che sto cercando di mediare e cercare alleati, mi aspetto che sia tu a tacere. Tutto quello che abbiamo fatto, tutto quello che abbiamo passato e che abbiamo vissuto l'ho programmato affinché tutto vada per il meglio. Perciò, Gabriel...».

«Perciò cosa? Ci proponi di andare a Dolcina solo per sentirti meno in colpa nei confronti di quegli idioti che chiami amici. Curioso che tu mi dica di stare muto e subire. Ma non dovrei stupirmi, è il tuo concetto di amicizia».

Gabriel lasciò la presa a malincuore.

«L'amicizia non c'entra niente, Gabriel».

«Giusto. Perché mi stai solo usando...»

«Di nuovo con questi discorsi?»

«Sì, Versantius, di nuovo con questi discorsi. Perché per me sono importanti. Engaddi mi ha aperto gli occhi. Come ci guardi dall'alto in basso, come ridi e scherzi con Marco Aurelio e Hansel... a che gioco stai giocando?»

Il silenzio ebbe la meglio per qualche istante. Per la prima volta Gabriel poteva dire di aver zittito Versantius. Nessuna risposta pronta, nessuna stupida giustificazione

«Engaddi è stato quello che è stato.» Versantius si tirò le dita per il nervoso. «Ma se non fosse stato per me, ora mio padre poggerebbe il culo sul trono di Arkanthill. È questo quello che vuoi? Che il bastardo che ha ucciso tua moglie vinca?»

«La vecchia tecnica di trovare un nemico...» Gabriel avrebbe voluto scoppiare a ridere per il nervoso. «È sempre colpa di altri, vero?»

«Di chi dovrebbe essere la colpa? Ma soprattutto, colpa di cosa?»

Gabriel scosse la testa. «Lascia stare».

«Come pensavo: nemmeno tu sai cosa stai dicendo».

«So solo una cosa.» Gabriel sbarrò la strada a Versantius prima di potersi avvicinare alle scale. Erano nel bel mezzo del piano e molti occhi erano puntati su di loro. Un cameriere li invitò a togliersi dal centro. Lo fecero per non destare nell'occhio. «So che non avrei mai dovuto ascoltarti. Non avrei mai dovuto seguirti, ma soprattutto, non avrei mai dovuto credere che ci fosse qualcosa di umano in te. Il Ducato va a pezzi e tu stai qui a parlare di vino e di vestiti nella speranza di elemosinare qualche fante a supporto del tuo piano per... per cosa? Cosa ti ossessiona di tuo padre? Perché tutto questo giro assurdo e non un assalto diretto a quel castello di merda?» Gabriel urlava, imprecava e non aveva paura di farlo. «Mi chiedi di pazientare e intanto il nostro Duca è fuggito a Estur, una pazza siede sul trono di Derenhalle e io che faccio? Mi rimangio tutte le promesse fatte... Dovrei essere al fianco di Orfeo e Rolando, difenderli contro chi li vuole morti. Era la mia parola. È la mia parola. E vale ancora qualcosa».

Il volto di Versantius si fece scuro, rassegnato. Ancora una volta sapeva qualcosa che non voleva condividere.

«Di' qualcosa!»

Nel via vai generale, avvolti nei profumi e nel calore di Silverknowes, se ne restavano immobili. Tutto scorreva, tutto era rumore. E l'unica arma che sapeva maneggiare Versantius era il silenzio. Codardo...

«Versantius!» gridò una voce dalle scale.

Era Fabrizio, affacciato al parapetto del primo piano e con un'euforia in volto non condivisa da tutti i nobili che si erano voltati nella sua direzione. Corse incespicando sui gradini e raggiunse Gabriel e Versantius. Gli abiti eleganti lo ingombravano al pari di una recluta nella sua prima armatura in piastre.

«È successa una cosa incredibile!»

«Ti prego, dammi buone notizie» supplicò Versantius.

«Mio zio è morto.» Fabrizio lo disse piano per non allarmare gli altri. «Il Principe Fabiano De Frel è morto, così dice uno dei signori che vengono da Dolcina. Dicono sia stato ucciso con una daga in pancia con su scritto "Saluti dalle Bande Nere"».

Versantius si fece mesto. «Non va bene… siamo in ritardo».

«Ma che stai dicendo?» sbottò Gabriel. «Era proprio quello che volevamo, no? Che il bastardo si levasse di mezzo e che tu prendessi il suo posto.» Puntò un dito al petto di Fabrizio. «Io la vedo come un'ottima notizia!»

«Non capisci proprio niente…» Versantius scosse la testa. «Lourentius ha già agito».

«Ehilà! Pronto!» Gabriel agitò le mani davanti a Versantius con fare provocatorio. «Marcello non è più al soldo di Lourentius. Per una volta che non ci crea problemi dovresti saltare di gioia».

«Lourentius sta usando Marcello, senza che lui se ne accorga.» Versantius si mise una mano sul volto. «Com'è possibile che io sia circondato sempre da idioti? Dov'è Sefiro?»

«A noi che importa? Il Principe è morto, Lourentius non ha più il suo amichetto a cui chiedere aiuto e noi possiamo continuare con il matrimonio» disse Gabriel. «O forse hai paura che il tuo piano perfetto sia totalmente inutile?»

Fabrizio si irrigidì, probabilmente si sentiva di troppo.

«Te lo ripeto: non capisci niente!» disse Versantius. «Se Lourentius ha manovrato Marcello facendogli credere che Fabiano fosse indispensabile è perché lo voleva morto. E l'unico motivo per voler morto Fabiano è quello di sostituirlo con qualcuno ancor più vicino a lui. Possibile che non ci arrivi?»

«Stronzate».

Gabriel e Versantius restarono qualche istante a scrutarsi negli occhi. Se mai c'era stata amicizia fra loro, stava iniziando a sgretolarsi. Gabriel non avrebbe mai fatto un passo indietro. Era stanco della prepotenza di Versantius, era stanco di tutte le sue mezze verità.

Puntò un dito contro Versantius. «Io e te non abbiamo finito. Ricordatelo.» Si voltò e si diresse verso il giardino di Silverknowes. Odiava quel covo di poppanti annoiati, ma in quel momento odiava di più la spocchia di Versantius.

«Fa' come vuoi, Gabriel» gli gridò Versantius. «Ma preparati. Fra poco andremo a Dolcina...»

"Fottiti, era la mia idea".

«... troviamo questo accordo con Kerselmo e chiudiamo la questione una volta per tutte, prima che la situazione degeneri».

La situazione era già degenerata. Forse non quella della Dolcina, ma fra loro sì. Dov'era finito il Versantius comprensivo, deciso e onorevole che aveva conosciuto a Derenhalle? Chi diavolo era quell'idiota che si teneva le cose per sé e faceva un errore dietro l'altro scaricando la colpa sugli altri? Perché Sefiro non faceva nulla? Cosa c'entrava lui in questa storia?

Gabriel passò il resto della giornata lontano dai tavoli imbanditi nel giardino. Doveva stare da solo, lontano dai sorrisi falsi di tutti per placare la sua rabbia. Possibile che nessuno mostrasse la sua vera faccia? Tirava sassi dentro al fiume e pensava a nuovi tipi di dolore da far sperimentare a Valeria e Lourentius. Viola avrebbe avuto giustizia. Era l'unica sua certezza.

Ora che Fabiano De Frel era morto non c'era motivo di preoccuparsi di Dolcina, vero? Lanciò un altro sasso.

No, non c'era motivo di preoccuparsi. D'altronde era il ballo della vita, no?

"Brunellin, pagina 165

Proprio non riesco a starmene con le mani in mano. Voglio fare, correre, gioire ed esultare per questo torneo che inizia. Finalmente potrò portare alla vittoria lo Scudo della Foce come quando combattevo io.

D'accordo, non sono mai stato un bravo combattente, né un trascinatore, ma credo che come passione che ci metto non ci sia nessuno di superiore a me. Leroy Bai e Tristan Foconero potranno anche avere i nomi ed essere invischiati nelle trame di Hazel Bai e del Governatore Alberto De Frel, ma io ci metterò tutto me stesso.

E poi posso rivedere Lucille. Se fosse per me ci sarebbe un torneo tutto l'anno e giocheremmo con le vite degli altri per sempre. Giocare e vivere sono le mie parole chiave di oggi.

Qui a Brunellin l'aria è di festa. Mio padre è ospite di lord Hazel Bai ma sarà in partenza domani, nel giorno dell'inaugurazione. Ha portato casse intere di monete d'oro con la sola raccomandazione di non sprecarle. Lui odia gli sprechi, anche se quei forzieri sono un briciolo di quello che è nella tesoreria di Valleombrosa.

Vivere, anche solo per una notte, sotto lo stesso tetto di Leroy mi fa capire meglio che cosa sia una famiglia. Loro sono tutti uniti, tutti fieri di potersi insultare e poi fare la pace quando intendono farlo. Ci si offende, si ride, si scherza e non c'è imbarazzo a condividere la stessa stanza. Per me che sono così affezionato ai miei spazi personali è davvero dura anche solo passare qualche ore a condividere un tavolo nella lettura.

Mi piacerebbe davvero sapere che cosa passa nella testa di Julian Bai o di capire che cosa spinge Kerselmo Bai ad essere così naturale con tutti. Forse è così che si diventa padri.

Se mi chiedessero se voglio fare a cambio con mio padre tentennerei. D'altronde Kerselmo ed Hazel sono limitati, senza genio, senza quel guizzo di violenza e intelligenza che mi fa sempre tentennare quando il mio cuore mi pone questa domanda.

Basta pensare a mio padre. Domani è il grande giorno!"

MARCHI

L'orfano e la dama triste

Ci aveva messo fin troppo tempo a trovare il coraggio per entrare nella camera da letto dei suoi genitori. Aveva sempre avuto quel senso di distacco, come se temesse di svelare un segreto. Marchi se ne stava immobile a contemplare la polvere sugli armadi, ad annusare l'aria alla ricerca degli stessi odori della sua infanzia, a cercare di rivivere quei frammenti del passato. Ne aveva bisogno, qualche moto dentro glielo gridava. Ma ora che era lì, non sentiva niente. Si sentiva un corpo estraneo.

Il pavimento in legno scricchiolava. Marchi passò la mano sul tavolo coperto da un polveroso telo bianco. Lo tolse. Era il solito tavolo in mogano. Passò le dita sulle incisioni che con suo fratello Yulius aveva fatto. Un brivido gli scosse la testa al solo pensare alle botte che aveva preso da suo padre. Ricoprì il tavolo con il telo e passò oltre. Doveva lasciare andare il passato, lo sapeva. Aveva fatto tutto questo viaggio solo per riabbracciare quelle sensazioni. Ma quel momento non si sarebbe mai ripetuto.

La luce filtrava dalle finestre e un raggio di sole pregno di pulviscolo colpiva il letto. Era imponente, ancorato alla parete e dalle sponde intagliate di decorazioni floreali incise. Ai lati del letto c'era uno sgabello in legno e un appendiabiti. Era tutto troppo spoglio.

Marchi si sforzò di ricordare come fossero le lenzuola, quale veste fosse esposta con orgoglio sull'appendiabiti, quali scartoffie ci fossero sparse nella stanza quando suo padre portava tutte le missive in camera. Ora c'era solo polvere e rovina. La decadenza lo avvolgeva in quel

86

quadretto spoglio, ma non lo lambiva. E non capiva perché. Forse non era più parte di quella famiglia, non come quando coi suoi fratelli ci si stringeva nel letto per far star tutti. Doveva provarci…

Marchi si sdraiò nel letto. Umido e dall'odore nauseante. Restò immobile per qualche secondo con gli occhi chiusi nella speranza di veder passare davanti i ricordi del passato. Nulla. Ancora una volta il vuoto ebbe la meglio. Nessuna emozione, nessun senso di ritrovamento. Era cambiato troppo e non apparteneva più a nessuno.

La sua famiglia era in rovina, come tutto il mondo, ormai.

Scese dal letto e aprì il baule ai piedi della finestra. Trovò qualche ampolla vuota, un gagliardetto con l'araldica di Surad e libri. Ne sfogliò uno dal quale caddero delle pagine ingiallite. Sembravano lettere e tutte avevano lo stesso destinatario: "Al Gran Maestro della Congregazione di Fostgard Darren Sdayl".

Marchi restò perplesso. Suo padre non si chiamava così. Forse erano lettere vecchie o qualche scherzo di suo padre per non rivelare la sua identità. Una volta, a tavola, aveva raccontato di come un pazzo lo volesse morto e fosse stato costretto a camuffarsi e a cambiare nome.

Sentì bussare alla porta. Per istinto, Marchi piegò una delle lettere, la nascose in tasca e gettò tutto dentro al baule chiudendolo.

«La nostalgia non ha mai ucciso nessuno, Lucciola».

Foca avanzò nella stanza tenendo la veste sollevata per non farla sporcare. «Diamine! Dovremmo dare una bella ripulita».

Marchi era ancora concentrato sulle prime parole di Foca. Erano un tarlo che lo aveva assillato per anni. Potevano essere vere come false, ma si sentiva comunque logorare dal senso di vuoto che la sua famiglia gli aveva costruito attorno. Che il mondo gli aveva costruito attorno.

«Credi che questa sia nostalgia?» domandò Marchi.

«Se hai accarezzato il legno polveroso e ti sei rotolato nelle lenzuola, allora sì.» Foca gli mise una mano sulla spalla. «Sai cosa diceva quella buon'anima di mio marito ogni volta che dopo il nostro matrimonio rimpiangevo casa? Diceva che parlare del passato è consolatorio, ma che è nel futuro che si diventa grandi. Ma grandi davvero, eh!»

«È come se non fossi mai diventato grande. Come se non potessi».

«Perdere la famiglia è qualcosa di devastante. Non posso capirlo. Ma posso capire cosa significa non avere futuro».

«Perché dici così?» Marchi si alzò da terra. Non poteva più sopportare il tocco della mano di Foca sulla spalla. Non si sentiva degno, si sentiva violato nel luogo e nel tempo sbagliato.

«Te lo dico perché so che la nostalgia serve. Ma a piccole dosi. Non correre il rischio di chiuderti in te stesso».

«Forse è quello che desidero».

«Cosa senti adesso?»

«Non sento niente. Non sento mai niente».

«Sicuro? Nemmeno un caldo dentro, il cuore che batte forte o un forte senso di pesantezza? Niente di niente?»

Marchi guardò il viso perplesso di Foca. Le sue rughe erano la consolazione più forte di tutto il viaggio. La cura contro ogni paranoia.

«Niente di niente».

Foca aggrottò la fronte, come per giudicarlo. Aveva ragione ad essere perplessa. Era per lui che avevano fatto tutto quel viaggio, si erano accampati in un castello in rovina per una sola intuizione nostalgica. Per cosa? Per sentire l'aridità dell'aria e il degrado del suo cuore?

«Foca?»

«Non sono arrabbiata. Se è quello che stai pensando».

«Io non diventerò un uomo che si chiude in se stesso».

Foca sorrise. «Questo lo so! Non sei il tipo di persona che si ostina e rimane soffocato dalle macerie del proprio passato».

Era proprio quello che voleva evitare. Per tutta la vita era scappato da qualcosa, aveva cercato la pace e un senso in tutti i luoghi del mondo. Aveva cercato nella pace degli altri la propria solo per fuggire da spettri che non lo inseguivano, da un senso di colpa che non avrebbe mai dovuto fargli compagnia. Ora che era tornato alla fonte, che si era armato e aveva deciso di combattere se stesso, si rendeva conto di una cosa: quel nemico non era mai esistito. Era sempre stato solo. Abbandonato anche nella lotta contro se stesso. Combatteva da solo, contro qualcosa che non esisteva. Era per questo che non riusciva a vincere, che non riusciva a perdere. Che non aveva pace. Foca lo aveva capito, ma non glielo aveva detto. Lui si avvicinò a lei. Doveva superare anche questo. L'abbracciò di sua spontanea volontà, come non aveva mai fatto prima. Senza resistenze, senza paure. Era difficile accogliere l'altro, farsi carico dei pesi altrui, condividere le preoccupazioni quando ci si vergognava del proprio battere del cuore, del proprio respiro sulla pelle dell'altro, degli odori che si mescolano e del calore che ha la meglio su un più rassicurante gelo.

«Ce ne hai messo di tempo...» Foca lo strinse ancor più forte.

«È come se una parte di me fosse sempre una parte di te».

«Poetico. Forse troppo per una contadina come me. A parte gli scherzi, grazie. Perché mi insegni la vita».

Restarono a lungo abbracciati. Il tempo non aveva più senso. C'erano solo i loro problemi che si mescolavano in quell'abbraccio. Nessuna morte, nessuna nostalgia. Il futuro si costruiva cancellando ogni cosa, mettendo al centro le sensazioni, la rapida successione delle emozioni che nessuno capiva. Marchi era il migliore in questo, in balia di ogni cosa.

«Questo posto...» Marchi si staccò per primo dall'abbraccio. Faticò nel guardare negli occhi Foca e distolse subito lo sguardo. «Questo posto non mi trasmette quello che pensavo».

«Ancora nulla?»

«Ora sento tristezza».

«È normale. Non dovresti aver paura di dirlo, di farlo vedere. Siamo fratelli, Lucciola. Sarò anche vecchia, stupida e volgare, ma sono tua sorella.» Foca si avvicinò di nuovo, ma Marchi fece un passo indietro. Non era pronto per un altro abbraccio. Non voleva rovinare il momento.

Foca si fece scura in volto e passò in esame il mobilio della camera da letto. «Com'è successo?»

Un gelo improvviso colpì Marchi, ma doveva buttarsi. Condividere qualcosa. «Durante la Ribellione di Tecnho. Avevo quattordici anni. Fostgard si era schierata con il Re e venne conquistata dai ribelli. Quando Fostgard bruciava io ero fuori città, nel bosco. Ho sentito parlare del fumo delle fiamme incrociando delle persone in fuga, così sono rimasto nel bosco tre giorni. Non ricordo molto, è come se la mia mente si rifiutasse di mettere insieme i pezzi. So solo che quando ho visto la mia famiglia fatta a pezzi non ho provato niente. Ho preso la spada, l'armatura e un cavallo e me ne sono andato.» La voce di Marchi si fece calante. «Non ho provato niente come non provo niente ora. Forse c'è qualcosa di sbagliato in me».

«Non c'è niente di sbagliato in te. Non pensarlo mai più».

«Forse è per questo che non so cosa fare della mia vita. Pensavo che tornando a Solindesti le cose sarebbero state più semplici, pensavo di liberarmi da un peso che sentivo dentro. Ma non è così».

«Sei già cambiato tanto, Lucciola.» Foca lo guardò con un senso di pace che Marchi non avrebbe mai potuto avere. «Ripeti di non essere il salvatore, ma ti posso garantire che mi hai salvato. E se salvi una vita salvi il mondo intero. E non fare quella faccia! So che stai pensando che un giorno morirò e che ti dannerai perché non siamo stati in grado di trovare una cura. Non mi importa, te lo ripeto, ho vissuto infinite vite al tuo fianco. E ti assicuro che nessuno degli zotici che conosco, nemmeno Leone, sapeva cosa fare della vita prima che arrivassi tu».

«E se vi perdo? Io…»

«Non pensarci. Noi vivremo per sempre».

«Come?» Marchi sembrava perplesso.

«Nelle cose che abbiamo fatto, in quelle che faremo. Dannazione, Lucciola! Che problemi inutili ti fai? Mi hai accompagnato nella sede dei più dotti e stronzi studiosi dell'Impero, mi hai dato l'occasione di gridare contro Percival Draconis, ci hai fatto fare viaggi incredibili, abbiamo vendicato Klea e dato pace a Toro. Devo continuare? Abbiamo visto le luci oltre le fottute Duecentoquaranta Miglia combattendo contro dei vortici di sabbia e ora eccoci qui, nella camera polverosa dei tuoi genitori, idolatrati dai disperati e con ancora il sangue di uno dei Colonnelli Imperiali sui nostri stivali. Vivremo per sempre perché queste azioni vivranno al posto nostro quando tutto sarà finito».

Era una prospettiva che Marchi aveva spesso considerato, ma tutto quello a cui pensava ora era il presente. Era ancora perso, orfano di un obbiettivo, e dunque della vita. Nessun segno era venuto in suo soccorso, nessun simbolo strano o nessuna epifania. Ogni tanto andava a contemplare il simbolo sul dorso del suo cavallo nella speranza che gli comunicasse qualcosa. Ancora niente.

«Hai trovato qualcosa?» domandò Foca.

«Alcune lettere, ma non sono di mio padre».

«Di chi sono?»

«Sono di un certo Darren Sdayl».

«Il Gran Maestro morto dieci anni fa?»

Era più che convinto che fosse suo padre, che quel nome non fosse che un alter ego, una scappatoia. «Esatto…»

Foca si fece scura in volto e lo fissò con insistenza. «Riposati. Se riesci qui, visto che gli uomini stanno riparando le altre stanze. Se intralcio ancora i lavori Gufo non me lo perdonerà mai. Quel vecchio pignolo crede di essere ancora a Pindel Kor…»

«E gli altri?»

«Solite cose. Leone fa quello che gli riesce meglio: prende a mazzate i ragazzini con la scusa degli addestramenti. Medusa sta mettendo insieme ciò che rimane del nostro oro per prendere quel che ci serve per riparare il castello e permettere ai Pariah di vivere in pace. Ho notato che il nostro burbero Medusa si è preso una bella infatuazione per la bella Falco, forse…»

«Di' a Toro di non riparare la Torre Spezzata».

Era un ricordo d'infanzia. Quella torre sgangherata e aperta in cima era così da prima che avesse memoria. Solindesti poteva cambiare, ma non quella torre. Gli ricordava i tramonti visti da lassù, l'immensità del cielo. La gioia di essere vivi e normali.

«Non credo che Toro mi ascolterà. Sai com'è fatto. Appena vede qualcosa fuori posto gli sale un impulso che lo costringe a mettere ordine. Credo sia una patologia.» Foca scoppiò a ridere in modo sguaiato.

Tutti si erano messi all'opera per ripopolare Solindesti. Sembrava la fine di un viaggio per molti, ma non per Marchi. Cercava la speranza nelle vite degli altri, ma non poteva per sempre rincorrere i sogni altrui con la pretesa di avere un'intuizione. Quello di possedere un castello e dettare legge era il sogno di Medusa, non il suo. E non importava se tutti lo acclamavano, se il suo sogno di riprendere Solindesti era diventato parte delle vite degli altri. Ora che si trovava lì, in quel castello, tutto gli sembrava tremendamente riduttivo. Cosa doveva fare? Perché non riusciva a essere in pace come Toro e Leone dopo la loro vendetta? Perché non aveva la stessa espressione di gioia di Cervo sul volto.

Un rumore improvviso e la porta si spalancò. Marchi e Foca si girarono di scatto. Era Leone, che con un'espressione dura e un volto paonazzo aveva accompagnato un soldato dalla bizzarra armatura d'acciaio. Spallacci con rotelle di bronzo, un mantello blu e una corazza a scaglie azzurre e d'argento con sopra impresso un simbolo che assomigliava a una porta sbarrata con una catena. Era l'Ambasciata.

«Lucciola, sembra proprio che siamo diventati famosi…» riuscì a dire Leone, piegato in due.

L'emissario non batté ciglio, né parlo. Si limitò a tendere una lettera a Marchi. Appena Foca provò a intercettarla l'emissario la tirò indietro. L'avrebbe consegnata solo a Marchi.Lui la prese e la aprì.

"Alla cortese attenzione degli illustri signori di stanza a Solindesti.

Apprezzo la lodevole iniziativa di rendere il castello un luogo agibile, così come apprezzo i tentativi di rendere tale castello nuovamente ospitabile, ma sono costretta a domandarvi di prendere tutto ciò con cui siete arrivati e abbandonare la posizione. Solindesti è un possedimento dell'Ambasciata, riconosciuto mediante atto firmato dall'Archivista Sefiro Majeskorm in data 4 Ancella del 696.

Vi ringraziamo per il lavoro già svolto e sarei grata di poter conoscere la tanto famosa Fratellanza, della quale si parla in lungo e in largo a seguito dell'impensabile obiettivo raggiunto nelle Duecentoquaranta Miglia, ma sono costretta a intimarvi di andarvene per preservare la stabilità del territorio sotto il nostro controllo.

La nostra organizzazione ha un compito antico e nobile. Non posso permettere che venga distratta dalle questioni minori, ma allo stesso tempo non ignorerò questa occupazione illegittima.

Pertanto vi sono concessi tre giorni per recuperare tutti i vostri possedimenti e abbandonare Solindesti. Avremo modo di parlare approfonditamente delle vostre gesta qui all'Ambasciata, ma per il momento vi intimo di abbandonare la posizione.

Grazie per la cortese attenzione.

Vanessa Eyers
Presidente dell'Ambasciata."

Marchi lesse velocemente una seconda volta. Non ci pensò un secondo di più. Strappò la lettera davanti all'emissario dell'Ambasciata e lasciò cadere i pezzi di carta sul pavimento polveroso.

«Questo castello appartiene alla mia famiglia. Non lo lasceremo».

Foca annuì con la testa, con un volto che trasudava orgoglio. L'emissario rimase attonito e immobile, con sguardo di sfida, ma Leone gli diede una pacca sull'armatura.

«Sentito, piccoletto?» Leone gli indicò la porta. «Fuori dai piedi, tu e la Presidente. Al diavolo i vostri luridi "atti firmati"! Ti accompagnerei, ma so che hai studiato, di sicuro troverai la strada da solo grazie al tuo ingegno».

L'emissario varcò la soglia senza fiatare, lasciando tutti nel silenzio.

Marchi non sapeva perché avesse strappato la lettera. Aveva scoperto che Solindesti non significava più niente per lui, eppure voleva difenderla perché era l'ultimo luogo che poteva permettersi di poter chiamare casa. Si sentiva meno orfano, si sentiva meno perso. Forse ricercava lo scontro per cercare un senso a tutto questo viaggio. Forse tutto si sarebbe deciso lì, nello scontro con l'Ambasciata. Perché era certo che ci sarebbe stato uno scontro.

«Beh, mio giovane amico…» sospirò Leone, un ghigno dipinto sul volto. «Vado ad avvisare gli altri e a preparare le merdose difese di questo castello, perché per quanto buona e cara sia la Presidente dell'Ambasciata presto qui dentro ci sarà il finimondo».

«Proveranno a negoziare» disse Foca.

«Certo!» esclamò Leone. «E noi proveremo a non scoppiargli a ridere in faccia durante le negoziazioni. Ha già deciso cosa fare.» Fece un cenno a Marchi. «E sono contento che abbia mostrato un po' di palle. Non ti preoccupare, Lucciola, il tuo, ma che dico, il nostro castello resterà nostro».

Finalmente Marchi provò qualcosa, ma non era quello che sperava. Era forse paura quella che gli faceva battere più forte il cuore nella stanza dei suoi genitori? Forse sì, ma non poteva più tirarsi indietro. Non avrebbe rinunciato a scoprire la verità su suo padre. Quella che era sempre stata una figura fumosa, mutata dalla sua mente, meritava di avere una fisionomia. Se non altro che diventasse un misto di come era e di come Marchi avrebbe voluto che suo padre fosse.

Aveva un po' di tempo per leggere le missive e farsi un'idea. Ma aveva paura. Non dello scontro, ma di sapere la verità. E se tutto questo fosse stata un'illusione frutto della sua mente da bambino?

Passò un solo giorno, non tre, poi la delegazione dell'Ambasciata entrò a Solindesti per le negoziazioni. Tutto si fermò: i lavori, la riparazione del castello, gli addestramenti e la costruzione delle baracche esterne per le quali Toro e gli altri stavano tagliando alberi a ripetizione.

Il corteo che accompagnò quella che con ogni probabilità era Vanessa Eyers fino al cortile interno era guidato da un portabandiera alto e robusto che sventolava un'asta dalla quale pendevano pezzi di metallo e sfere luminose di ogni sorta. La bandiera dell'Ambasciata sventolava, mossa da uno strano vento alimentato da una turbina legata all'asta. Tutti ne restarono affascinati, anche i più testardi come Cervo e Leone.

Dietro al portabandiera, due file di cavalieri adorni di corazze decorative sgargianti e da spallacci in tessuto nei quali erano incastonati degli ingranaggi bronzei. Marchi aveva sentito spesso quanto i cavalieri dell'Ambasciata ci tenessero a ribadire di essere parte integrante del C.R.S., e quella messinscena gridava quell'intenzione da ogni costume, da ogni comportamento, da ogni passo compiuto con saccente trionfo.

Marchi scambiò un'occhiata con Gufo, poi con Falco. Entrambi erano d'accordo sul fatto che dovesse essere Marchi a parlamentare con la Presidente, nonostante lui avesse più volte provato a convincerli del contrario.

Non appena i cavalieri si allinearono in semicerchio nel cortile, Vanessa avanzò insieme a quello che doveva essere il suo comandante delle truppe. Mani giunte, veste scura e un volto abbattuto, come se stesse andando lei stessa in processione. Per quanto l'acconciatura fosse curata e i suoi capelli neri tirati indietro, qualche ciocca sfuggiva al fermaglio dorato sulla testa e svolazzava cullata dalla flebile corrente. Marchi si concentrò su quel moto pur di non concentrarsi sullo sguardo di Vanessa.

Se Vanessa poteva vantare al suo fianco dei veri e propri guerrieri, Marchi esibiva con convinzione quegli uomini e quelle donne che fino a qualche ora prima avevano imbracciato scalpelli, pale e seghe.

Gli ultimi contro le élite. Gli umili contro coloro che non avevano fatto altro nella vita che pretendere e sentirsi superiori.

«Lieta di conoscerti, Cavaliere delle Lucciole.» Vanessa si inchinò e si sforzò di fare un breve sorriso per poi tornare la triste dama di prima. «E ancora complimenti per il traguardo raggiunto. Hai fatto la storia».

«Noi abbiamo fatto la storia» replicò lui, indicando tutti gli altri alle sue spalle. Cervo gli sorrise.

«Chiedo scusa se ho offeso, allora.» Per qualche secondo calò il silenzio. Probabilmente Vanessa si aspettava che Marchi dicesse qualcosa, ma la situazione lo metteva così in imbarazzo che l'unica cosa che avrebbe voluto fare era rinchiudersi nella camera di suo padre e nascondersi sotto la nostalgia delle lenzuola.

«Sono venuta a sapere, mio malgrado, che avete rifiutato il mio invito all'Ambasciata… Un vero peccato».

«Quello non era un invito! Era più un "andatevene e non rompete i coglioni"!» Leone gridò da dietro. Marchi sapeva che prima o poi lo avrebbe fatto. Aveva resistito anche più del dovuto.

Vanessa alzò un sopracciglio, poi continuò a rivolgersi a Marchi. «Con chi dovrei parlare? Giusto per avere l'accortezza di non fare ulteriori brutte figure».

«Con me» replicò Marchi.

«Bene, allora».

«Bene…» ripeté Marchi.

Ci fu un breve silenzio nel quale Vanessa restò immobile, come paralizzata. «Sei di poche parole, la cosa mi consola. Per quanto ami disquisire su questioni di interesse reciproco mi prenderò la briga di andare direttamente al dunque.» Vanessa, sempre con glaciale distanza, si guardò intorno ruotando solo la testa per poi posare il suo sguardo nuovamente su Marchi. «Rinnovo la mia richiesta: abbandonate Solindesti. Non ho idea di che accordi abbiate preso, né quali siano le vostre reali intenzioni, ma ora questo castello è di proprietà dell'Ambasciata».

«Questo castello è nostro» replicò Marchi. «Apparteneva alla mia famiglia. Apparteneva al Gran Maestro della Congregazione di Fostgard, mio padre».

Un mormorio si levò nel cortile interno. Gufo si avvicinò con passo claudicante a Marchi e gli consegnò una lettera, prima di dileguarsi con un inchino a Vanessa.

«La nostra proposta è questa.» Marchi aprì la lettera e la tese a Vanessa. «Noi ci stabiliremo a Solindesti, la ripareremo, la ripopoleremo e collaboreremo con voi dell'Ambasciata. In cambio chiediamo solo di essere lasciati in pace e di non sottostare alle leggi dei regni».

Vanessa prese la proposta scritta dalle mani di Marchi e la lesse velocemente. Consegnò la lettera al comandante al suo fianco che la strappò come Marchi aveva fatto con la precedente proposta dell'Ambasciata.

«Sono costernata, ma le vostre richieste sono irricevibili.» La sua voce si fece perentoria. «Questo castello è nostro».

«Questo castello cade a pezzi!» Falco fece un passo in avanti puntando il dito contro Vanessa. «E voi non avete fatto niente fino a questo momento».

«Già» rincarò la dose Medusa. «Ora che l'Ambasciata vede il suo giocattolino nelle mani di un altro si mette a frignare perché lo rivuole?»

Marchi incrociò le braccia e provò a far ragionare Vanessa. «Solindesti era magnifica. Ora che è ricoperta di muschio e polvere lasciatemi riportarla a come era prima».

Vanessa restò impassibile, lo sguardo fisso su Marchi e le mani giunte sul vestito, come se fosse troppo largo e lei facesse di tutto per non farlo scivolare a terra. «Dici che questo castello apparteneva al Gran Maestro?»

«Sì».

«E tu saresti il figlio?»

«Esatto».

«Lo dubito fortemente.» Vanessa aprì la mano e subito un soldato le porse un rotolo di pergamena. «Questa che ho fra le mani è una copia esatta certificata del testamento di Darren Sdayl, il Gran Maestro prima della nomina dell'attuale, Tesar Goich. Lascia tutti i suoi averi alla moglie perché privo di eredi. Sentiamo, Cavaliere delle Lucciole, potresti gentilmente farci capire come potresti essere il figlio?» Vanessa inclinò la testa. Stava aspettando come si aspettava una risposta ad un esame, con insistenza.

Marchi si perse nella calligrafia curata del testamento. C'era tutto, anche una miniatura dell'immagine di Darren Sdayl. Per un momento tutto gli crollò addosso.

Quello non era suo padre.

Se Darren Sdayl era il Gran Maestro della Congregazione di Fostgard e non un'alter ego di suo padre stesso, chi era suo padre? Forse gli aveva sempre mentito, forse Marchi era arrivato talmente tanto a idealizzare il padre da crederlo l'uomo che non era. Tutto questo era impossibile! Le giornate a Solindesti, i momenti a tavola a Fostgard, tutti i privilegi che solo il Gran Maestro poteva avere... se suo padre non era il Gran Maestro, come poteva essere stato possibile tutto questo? Quei momenti erano stati reali!

«Non parli più?» domandò Vanessa. «La verità viene sempre fuori. E contrariamente a quanto dicono i detti popolari, non sta nel mezzo. La verità è la verità».

«La verità, Presidente, non si costruisce con pezzi di carta.» Gufo tossì e attirò l'attenzione di tutta la delegazione dell'Ambasciata con la sua voce cantilenante. «Ci ho messo un po' a capirlo nei miei lunghi anni a Pindel Kor, ma alla fine me ne sono convinto anche io».

«La verità è quella che decidono i vincitori...» bofonchiò Toro.

«Noi siamo l'Ambasciata.» Vanessa si rivolse a tutti. «Una delle più antiche delle organizzazioni di questo Reame. E, per quanto mi secchi dover essere brusca, dirò che non ci facciamo mettere i piedi in testa da un manipolo di straccioni con buone intenzioni. Grazie per le vostre buone intenzioni, ma ve ne dovete andare».

«Noi non ci muoviamo da qui...» Marchi restò con lo sguardo fisso a terra. Quelle parole gli uscirono controvoglia. Forse stava sbagliando, forse per davvero non aveva nessuna pretesa su quel castello. Forse tutta la sua storia era solo un'illusione dettata dal trauma della morte dei genitori. Chiunque essi fossero stati. La cosa divertente era che nemmeno ne ricordava i volti. Anzi, li ricordava ed erano anonimi, come anonimi erano i loro vestiti, le loro movenze. Solo le parole di suo padre avevano un senso, solo i suoi insegnamenti con la spada e le sue lezioni di vita, come se avesse sempre saputo che prima o poi Marchi avrebbe dovuto camminare da solo. E forse anche Vanessa non era poi così diversa da lui, a giudicare dal poco che aveva visto.

Ora erano lì. Uno davanti all'altra. L'orfano e la dama triste, pronti a dare avvio a una delle battaglie più assurde di tutta Arkades. Ognuno con le proprie convinzioni illusorie. Che storia strana...

«Non mi piaci, Cavaliere delle Lucciole» disse Vanessa con un tono di voce pacato. «Ovunque vai porti con te problemi e instabilità. L'Ambasciata non conosce questi termini. È stata istituita proprio per contrastarli».

«Lo ripeto ancora una volta.» Marchi restò immobile. «Noi non andremo da nessuna parte».

L'uomo al fianco di Vanessa borbottò qualcosa facendo un passo avanti.

«No, Calimon» Vanessa intervenne bloccandolo, «noi non agiamo così.» Si rivolse a Marchi con un inchino. «Mi rammarica il fatto che le vie pacifiche non sempre riescano a trarre delle conclusioni. Siamo venuti a farvi ragionare e non ci siamo riusciti, ma sono sicura che quando verranno altri, ben meno disposti di noi, a farvi cambiare idea, ripenserete a questo momento come un'occasione sprecata. Odio avere torto, soprattutto perché mi avevano detto chi eravate. Peccato...»

«Peccato...» fece eco Marchi. Quelle minacce ricamate di parole non avevano alcun effetto.

«Ero venuta a offrirvi una via pacifica, ma sembra proprio che la Fratellanza conosca solo la guerra...» Vanessa tornò scura in volto, dispiaciuta come se consapevole che le sue parole fossero un'ammissione di colpa.

Fischi e insulti si levarono dal cortile di Solindesti e la voce di Leone sovrastava le altre. Come era successo con Heinrich Missul a Kyest, ancora una volta la Fratellanza mostrava il suo dissenso nei confronti dell'operato del C.R.S. e delle sue organizzazioni. C'era chi bruciava vessilli dell'Ambasciata rinvenuti a Solindesti, chi lanciava dalle finestre libri dati alle fiamme, altri facevano solo baccano. Il tutto mentre i cavalieri dell'Ambasciata guidati da Vanessa abbandonavano le negoziazioni in due file ordinate, come se niente fosse.

Gufo, Leone e Falco ebbero un rapido confronto, Cervo provava a far ragionare le persone più rabbiose nei confronti degli uomini dell'Ambasciata, mentre Foca restava immobile a guardare Marchi. Se ne accorse solo quando incrociò il suo sguardo.

Queste negoziazioni erano state un fallimento. Né Marchi né Vanessa erano stati in grado di proporre nulla. Lui non avrebbe mai ceduto casa sua, lei non avrebbe mai ammesso il suo fallimento nel mandarli via. Per quanto Marchi fosse circondato dai dubbi nella sua vita, doveva accantonarli per un po', perché un nuovo nemico avrebbe presto bussato alla sua porta. Un nemico più debole di quello che aveva dentro di sé, ma comunque da affrontare.

«Leone?» Marchi si passò una mano sul volto stanco.

«Così ti voglio!» Leone gli diede una pacca sulla spalla e quasi lo stritolò in una morsa. «Fermo. Deciso. Convinto e inamovibile con la tua idea!»

«Leone…»

«Che c'è? Cos'è quella faccia».

«Quanti uomini possono combattere?»

«Seicento riescono a tenere in mano una daga, una mazza o qualcosa. Ma combattere… beh, non lo chiamerei combattere quello».

«Toro? Cervo?»

«Eccoci»

«Voglio tutti dentro a Solindesti. Il portone è riparato?»

«Quasi» disse Toro.

Gufo si avvicinò al gruppetto aggirando l'esuberanza di Leone che quasi lo fece cadere. «Lucciola, è davvero quello che vuoi?»

Restò a lungo in silenzio a fissare un sasso poco distante dai suoi stivali. Perché non poteva essere quel sasso? In pace e senza preoccupazioni…

«Non lo so.» Marchi tirò fuori un'altra missiva, questa volta vuota. Nessuna firma, nessuna scritta se non un simbolo. Lo stesso che vedeva da sempre. «Ma sento che questo ha un senso».

"Doràl, pagina 305

Mi prenda un colpo se sto anche solo capendo lontanamente quello che sta succedendo! Si mormora nell'ombra, si tiene tutto nascosto e io non lo riesco a sopportare. Come sta Edward? Perché se ne sta chiuso in infermeria da giorni e nessuno può fargli visita se non a certi orari?

Questa cosa mi mette tristezza. Non voglio che stia male. Forse perché solo io ho visto quanto sia buono e quanto non si meriti di essere escluso. Tutti continuano a chiedermi che cosa c'è che non va in me? Ma vi state vedendo voi? Ignorate un ragazzino che ha disperatamente bisogno del vostro aiuto e venite a fare la morale sui valori cavallereschi.

Poi ci si mettono anche Lucille Vega e Raphael Carold. Sembra che lo facciano apposta a strattonarmi da una parte e dall'altra, a giocare con le mie emozioni. Lo volete capire che non sto bene e che vorrei solo che mi foste vicino? Entrambi! Non solo uno dei due. Ma questa cosa non si può fare. Sarebbe fin troppo ambiguo chiedere a Lucille di sperimentare qualcosa di nuovo e allo stesso tempo non penso di poter sentirmi in pace con me stesso se mai questa cosa dovesse venire fuori.

Sono finito in una trappola emozionale gigantesca, una ragnatela dalla quale mi divincolo sperando di non uscirne divorato. Dovrei pensare a me, al mio benessere, a fare una scelta e mantenerla alta senza paura di giudizi morali. Dovrei pensare un po' più a me stesso e meno agli altri. Fanno tutti così, d'altronde, perché non dovrei farlo io?

E invece ora sono qui, al chiaro di luna, ancora una volta con Raphael che dorme sul prato, che trema per il freddo dopo il bagno. Penso più alle condizioni di Edward Finrél in infermeria che a Lucille. Chissà se anche lei sta pensando a me?

Sicuramente Raphael sì. Così come Lucille stessa. Ma perché io non riesco a pensare solo a loro? Non sono abbastanza egoista? Lo sono troppo?"

MONOSIKLO

Il Metodo Arkanthill

«Piano, piano, piano. Fatemi capire.» Monosiklo era seduto al suo solito posto, e come sempre aveva sonnecchiato alla riunione del Concilio dei Duchi. «Partiamo per gradi. Perché Alessandro manca?»

«L'ho già detto…» Casimiro sospirò. «Come dovresti sapere, sta organizzando l'attacco al Tianamor. Bucefalo Bronte ha portato le sue truppe a Porto Agios e si attendono solo le navi da guerra della Drosera. Presto partiranno».

«Giusto, giusto.» Monosiklo annuì. «E Carlo Maria?»

«Lo fai apposta?» Lia non nascose il fatto di essere spazientita.

«È a Meliede.» continuò Casimiro. «Sta provando a convincere Percival a collaborare con Linda Brendel. Se ci riesce possiamo ricacciare i ducali nelle loro terre».

«Anche questo è cosa buona! Come sta l'Imperatore?» chiese Monosiklo.

«Come al solito…» Osvaldo bevette un goccio d'acqua, forse per ricacciare in gola le parole che avrebbe invece voluto dire. «Non lo vediamo mai».

«Beh, quasi mai.» intervenne Casimiro. «L'ultima volta sono andato a trovarlo nelle sue stanze. Pensate che mi ha anche aperto per prendere quegli unguenti che…»

«Aspetta!» Licio alzò la voce, non lo faceva mai. «Tecnho ha aperto la porta? A me parla e basta»

«Ma che diavolo...» Lia si infuriò a sua volta. «A me non risponde nemmeno se busso!»

Monosiklo non si sorprese, si limitò a sorridere e a guardare gli altri attoniti. «Signori miei, Tecnho apre e conversa solo con me».

«Di questi tempi non lo posso nemmeno biasimare...»

«Sentiamo, Osvaldo, perché mai?» domandò Monosiklo.

«Si dice che ci sia un sicario a corte».

«Ci mancava solo questo...» disse Lia.

«Perdite gravi?» domandò Monosiklo.

«No.» Osvaldo e Casimiro concordarono su quella risposta. Almeno una volta tanto concordavano su qualcosa.

Monosiklo sapeva della misteriosa morte di Ellina. Tutti i suoi timori a Engaddi erano dunque fondati: Lourentius l'aveva tolta di mezzo. Una ripicca che sapeva molto di caduta di stile. Monosiklo non apprezzava coloro che non sapevano perdere e Lourentius era fin troppo simile a un prestigiatore che distrugge il suo castello di carte quando il trucco non funziona.

«Magari è quella nuova Duchessa ad aver infiltrato a corte un assassino» ipotizzò Osvaldo.

«Impossibile.» Fu categorico Casimiro. «Percival lo avrebbe scoperto».

«E Antares sarebbe intervenuto» continuò Licio. «E non dimentichiamoci che, se le cose non cambiano in via ufficiale, il nostro intermediario per il nemico è il reggente del Duca o il poppante stesso».

«Un poppante che sta diventando grande...»

«Che c'è Lia, inizi ad avere paura?» domandò Monosiklo.

«Paura mai. Buonsenso sempre».

Osvaldo scoppiò a ridere. «Giuro che non potevi dire stronzata più grande!»

«Duca Osvaldo Chripson!» Monosiklo si alzò dalla sedia, ma un dolore alla schiena lo ammonì troppo tardi. Non poteva comunque mostrarsi dolorante, altrimenti sarebbe stato comico oltre che surreale. «Manteniamo il decoro in questa sede decisionale».

«E quando mai l'abbiamo mantenuto?» Lia fece tintinnare tutti i suoi bracciali per il nervoso.

«Dai...» Licio prese fra le mani uno degli innumerevoli fogli posti con cura di fronte a lui. «Basta con i soliti battibecchi e andiamo avanti. Ne abbiamo di questioni importanti da discutere».

«Licio ha ragione. Votiamo.» Monosiklo non sapeva nemmeno di che cosa stavano parlando prima che la situazione degenerasse ma continuò comunque con la solita formula ufficiale.

Tutte e quattro le mani dei Duchi presenti si alzarono. Quattro favorevoli, nessuno contrario. Monosiklo tirò un sospiro di sollievo, già temeva di dover chiedere un riassunto a Casimiro per poter dare la sua opinione in caso di pareggio.

«Bene, proseguirei.» Osvaldo strappò un foglio di carta, come se sottolineasse che la precedente questione fosse ormai morta e sepolta.

Licio lesse il prossimo punto sulla lista. «Dovremmo decidere che cosa fare della fortezza di Engaddi».

«Forse prima di decidere cosa fare sarebbe meglio capire come mai il motivo di tutto quel caos» Casimiro stava già azzardando ipotesi.

«Ce lo può spiegare il Granduca» gracchiò Osvaldo, «visto che ultimamente sembra così attivo sia alle riunioni, sia quando c'è da andare a fare disastri nel Reame».

«Posso spiegare.» Monosiklo sorrise a Lia. «Anche se non...»

«Ma che ti è saltato in mente?» Lia lo interruppe.

Se c'era una cosa che Monosiklo non poteva sopportare di Lia era che lo interrompesse sempre. Inaccettabile. Soprattutto perché spesso quello che usciva dalla sua bocca erano solo cose sconsiderate e pareri non richiesti.

«Precisamente, cosa ti fa infuriare?» Monosiklo mantenne il suo solito sorrisetto. «Il fatto che ho sventato la più grande congiura ai danni della capitale o il fatto che quando c'era da decidere di mandare al fronte le truppe di stanza ad Arkanthill mi sono opposto? Perché se non mi fossi opposto le nostre teste sarebbero su una picca e i traditori a brindare con i nostri nemici».

«Vedila come vuoi, Monosiklo, ma non abbiamo fatto una bella figura...» Casimiro sembrava sconsolato. «Noi non agiamo in questo modo».

«Sono io a decidere come agiamo. L'operazione doveva essere condotta con la massima riservatezza, ma qualcosa è andato... come dire?»

«Male?» ipotizzò Licio.

«Più che male» commentò Osvaldo. «Malissimo».

«Solo perché non riesci a vedere il lato bello delle cose, Osvaldo» ribatté Monosiklo.

«E sarebbe?» domandò Osvaldo. «Noi abbiamo fatto la figura degli idioti, Antares tiene il broncio perché lo hai tenuto all'oscuro di tutto e lo hai distratto con la questione delle armi magiche del C.R.S. e i lord iniziano a perdere fiducia nella Corona».

«Alcuni dicono che tu abbia perso il lume della ragione.» Licio prese un pezzo di carta.

«E cosa dicono, sentiamo...»

Licio si schiarì la voce e iniziò a leggere. «Dicono che tu sia un egocentrico narcisista, fissato sulle tue convinzioni, maniaco del controllo, perfido manipolatore che gioca con la vita delle persone pur di mantenere il culo di Tecnho incollato sul trono.» Lesse parola per parola una lettera, probabilmente di uno dei lord del Foprad dopo la disdicevole morte del Colonnello Doroteo Fasolaro.

Monosiklo rimase qualche secondo immobile trattenendo una risata. Tutti i Duchi restarono in apprensione nell'attesa di una reazione che non tardò ad arrivare.

«Sì, ma i difetti?» domandò Monosiklo.

Lia scosse la testa. «Sei sempre il solito».

«La cosa ti disturba?»

«No, mi disturba di più il fatto che tu sia così attivo nella riunione di oggi. Che ti prende?»

«Niente, sono solo contento di passare un po' di tempo con i miei amici più cari».

Osvaldo e Lia si scambiarono un'occhiata perplessa. Licio non accennò a nessuna reazione.

«Andiamo avanti...» Casimiro provò a salvare la situazione. «Vediamo che altro abbiamo».

«Si parlava di Engaddi» disse Monosiklo, orgoglioso di sapere, forse per la prima volta in vita sua, di che cosa si stesse parlando al Concilio dei Duchi. «Ma se non vi dispiace parleremo dopo di Engaddi».

«Ecco il Monosiklo che conosco. Campione di procrastinazione» commentò Lia.

«È solo per dare priorità alle questioni importanti.» Monosiklo le fece un occhiolino. Amava dare quel tipo di conferme senza però ammettere le proprie colpe. «Dunque, Licio, quali sono i temi principali di oggi? Ti prego, qualcosa che non siano le solite lagne dei lord o i piagnistei dei comandanti».

«Oggi ci si diverte.» Licio lesse una delle sue carte e la passò a Casimiro.

«Ci si diverte proprio» gli fece eco Casimiro. «Dobbiamo nominare un nuovo Colonnello del Foprad».

«Che noia...» Monosiklo sprofondò sulla sedia. «Non possiamo aspettare ancora? Tanto lo sappiamo che dobbiamo nominare uno degli invasati dell'Ordine di San Flores».

«Abbiamo questa lista di nomi. Ce li ha fatti pervenire il Principe Dimitri Raen.» Casimiro passò ai colleghi delle pergamene con i nomi e i riassunti di vita, morte e miracoli dei possibili candidati al titolo di Colonnello. Monosiklo non ne conosceva nemmeno uno.

«Io avrei pensato a qualcuno di diverso...» ammise il Granduca.

«Qualcuno che faccia incazzare sia Dimitri che il fratello? Almeno i due sarebbero d'accordo su una cosa, ogni tanto!»

«Osvaldo!» Fu Lia ad ammonirlo questa volta, e la cosa sorprese Monosiklo più di ogni altra cosa fino a quel momento.

«Dico solo la verità».

«A chi avevi pensato?» domandò Casimiro.

«Avevo pensato a Lucretio» disse Monosiklo con aria innocente.

Nessuno lo contestò, ma le facce dei membri del Concilio dei Duchi erano più simili a quelle delle statue in basalto. Licio aveva addirittura perso colorito.

«Non un nome così autorevole» commentò Casimiro. «C'è da dire però che è originario di Foprad. E questo è un punto a suo favore ma...»

«Sicuro di voler rimanere con solo il novellino?» domandò Osvaldo.

«Intendi Pieros?» chiese Monosiklo. «Saprà cavarsela anche da solo».

«Come vuoi allora. Manderemo una missiva al Principe del Foprad.» Licio prese appunti e si segnò ogni parola.

«Io sono convinta che rifiuterà...» Lia aveva sempre la solita vena polemica.

Monosiklo sorrise. «Su questo non ho dubbi. Ma non ho mai dato troppa importanza al parere dei Principi».

«A proposito di Principi...» Casimiro tossì e bloccò la frase guardandosi con fare circospetto con i colleghi. Monosiklo restò in attesa che qualcuno gli spiegasse la situazione.

«Per Dio! Qualcuno vuole spiegarmi che succede?» La pazienza di Monosiklo terminò ben presto e la sua voce spezzò il silenzio. Non capitava spesso al Concilio dei Duchi. Il silenzio era spesso il suo miglior alleato per alzare il deretano dalla sedia e andarsene.

Casimiro ci impiegò un'ora a spiegare la situazione.

«Allora, allora.» Monosiklo non poteva credere a quanto aveva appena sentito. Gesticolava e provava a fare schemi mentali per districare la verità dalle opinioni personali degli altri. «Andiamo per punti: Fabiano De Frel viene provocato con una lettera che minacciava l'assalto a Lonte».

Casimiro annuì. «Corretto».

«Poi arma l'esercito, dice al suo Colonnello Remigio di guidarlo fino al confine e svuota mezza città».

Questa volta non ci fu bisogno di conferma. Monosiklo cercava di ripercorrere i punti spiegati da Casimiro nella speranza che tutte quelle assurdità fossero solo materiale per una bella storia.

«Ma cosa gli è saltato in mente?» Monosiklo alzò la voce. «Mesi a bighellonare nella sua città e poi decide di intervenire. Perché proprio adesso?»

«Forse perché si sentiva minacciato. I ducali non si erano mai spinti con convinzione nei territori della Dolcina» disse Osvaldo.

«E così con Dolcina mezza vuota qualcuno riesce a intrufolarsi a Goldenknowes. Questo dimostra solo quanto fosse malmessa e disorganizzata la sua difesa».

«E così Fabiano muore...» commentò Casimiro.

«Da perfetto idiota» sibilò Monosiklo.

«Muore» ripeté Casimiro.

«Dunque immagino che questo sia il tema principale di oggi» sospirò Monosiklo. Se non altro poteva dire di aver tolto uno dei traditori dell'Impero dal suo seggio di potere. La morte di Fabiano era una benedizione, per quanto lo potesse essere la morte di un uomo. Non aveva mai considerato la pena capitale come la soluzione a tutto, ma nel caso di Fabiano, a guerra finita, nessuno gli avrebbe tolto un'ascia dal collo. Meglio così dunque. Avevano vinto tutti.

«Esatto» confermò Casimiro. «Qui entriamo in gioco noi. Prima che si instauri un pericoloso vuoto di potere dovremmo intervenire nominando un commissario della Corona in attesa che venga scelto un nuovo Principe».

«Non lo possiamo scegliere direttamente da una lista di nomi che possiamo ignorare?» Licio sorseggiò altro vino.

«Sono d'accordo con Licio» disse Lia. «Che ci importa di chi si siede sul seggio di Dolcina, tanto risponde sempre a noi».

«Ci metteranno mesi a decidere un lord.» La voce di Osvaldo era sporcata da una sempreverde sfumatura di disprezzo. «Siamo a guerra inoltrata, in una probabile situazione di stallo coi due fronti spaccati. Io non lascerei la Dolcina in balia dei manipolatori di folle».

«Ho sentito che Tiberio ha un figlio...» Monosiklo si introdusse nel discorso. «Perché non lui?»

«Lo accetteranno?» domandò Casimiro guardando tutti con fare interrogativo.

Nessuno rispose.

Tornò il silenzio. Ognuno aveva proposto la sua soluzione e dopo altri giri di consultazioni, nomi e discussioni la situazione non sembrava smuoversi minimamente. Lia e Licio concordavano sul lasciare libertà ai lord della Dolcina e valutare un eventuale nome, Osvaldo e Casimiro insistevano per nominare un commissario temporaneo per superare la guerra e decidere con più calma.

Due contro due. Con le assenze di Alessandro e Carlo Maria, gli occhi erano tutti puntati su Monosiklo, che con un sorriso si alzò dalla sedia.

«Direi proprio che tocca usare il Metodo Arkanthill».

«Non vedo altra soluzione» annuì Casimiro.

«Il modo più saggio per prendere le decisioni» fece eco Lia.

Licio alzò le spalle, Osvaldo tirò fuori dalla tasca un dado di legno e lo consegnò a Monosiklo.

Il Granduca si avvicinò il dado al volto e lo squadrò come se fosse una perla preziosa. «Allora… se prendiamo in considerazione solo i consiglieri del defunto Fabiano, abbiamo tre opzioni: Louise Foster, Cristian Carold e Giovanni De Nillis.» Monosiklo lesse i nomi da una delle carte che gli passò Licio. «Ovviamente escluderei il Colonnello Remigio Foconero e il referente della Chiesa Mirco Sdayl».

«Perché il referente della Chiesa no?» domandò Licio.

«La Chiesa tende a essere… come dire…» Monosiklo provò a cercare parole che non offendessero Licio e il suo attaccamento religioso.

«Diciamo troppo espansiva» intervenne Casimiro.

«Non ci piacciono.» Fu più diretta Lia.

«Dunque…» Monosiklo scuoteva il dado fra i palmi delle mani. «Se esce uno o due nominiamo Louise, se esce tre o quattro nominiamo Cristian.» E non doveva succedere neanche per sbaglio. «Se invece esce cinque o sei il vecchio De Nillis avrà svoltato».

«D'accordo» dissero all'unisono.

Monosiklo sentì il legno fra le mani. Non avrebbe mai creduto che un oggetto tanto piccolo potesse racchiudere così tanto potere. Spesso lo aveva aiutato in situazioni ben più semplici. Non lo aveva mai tradito nel momento del bisogno. Il Metodo Arkanthill era sicuramente la metodologia decisionale più fine che un regno potesse adottare.

Monosiklo lanciò il dado. Attimi infiniti. Tutti gli occhi erano puntati sul tavolo. Uscì quattro.

«Dunque Cristian Carold…» Casimiro attese la conferma di Monosiklo.

No, non poteva nominare Cristian. Sapeva del legame stretto fra suo padre Roy e Lourentius e la situazione non sarebbe cambiata se avesse consegnato la Dolcina a lui invece che a Fabiano.

«Bisogna tirare di nuovo.» Fu categorico Monosiklo.

«Perché?» domandò Lia.

«Il numero uscito è quattro ma il dado è in bilico».

«Monosiklo... sono tre fogli.» Licio tirò indietro le pergamene sulle quali il dado era andato ad adagiarsi. «Sarebbe uscito comunque quattro».

«Chi può dirlo. Magari l'attrito, la forza del lancio...» Era palese che Monosiklo si stesse inventando una scusa ma nessuno osava ammetterlo. E la cosa lo divertiva tantissimo.

«E ritiriamo questo dado...» sospirò Osvaldo.

Monosiklo riprese il dado e ripeté i numeri. Uno e due Louise. Tre e quattro Cristian. Cinque e sei Giovanni.

Lanciò il dado con troppa forza. Rimbalzò sul tavolo, prese lo spigolo e cadde a terra dal lato di Monosiklo finendogli fra i piedi. Si chinò. Uscì ancora quattro.

"Dannazione, andiamo! Non puoi deludermi ora".

Con uno scatto che Monosiklo non faceva da tempo, raccolse il dado voltando la faccia sul cinque e lo mostrò ai colleghi. «Cinque.» Restò imbambolato davanti a loro con la stessa faccia furba di un bambino che credeva di averla fatta ai genitori.

«Non ritiriamo? Nessun bilico? Nessuna regola strana?» chiese Lia.

«Che c'è, Lia?» Monosiklo tese la faccia del dado verso di lei. «Non ti fidi?»

«No, no, mi fido...» Lo disse senza convinzione. A nessuno importava niente di chi fosse il commissario da nominare per la Dolcina. A Monosiklo invece interessava eccome.

«Dunque è deciso.» Monosiklo posò il dado al centro del tavolo, sotto gli occhi di tutti. «Casimiro redigerà l'atto di nomina di Giovanni De Nillis e Licio lo invierà a Dolcina secondo le direttive. Ne discuteremo appena possibile».

«Cioè ora?»

«No, Osvaldo. Dopo la pausa. Ho bisogno di sgranchirmi le gambe. Il Metodo Arkanthill lascia sempre quella sensazione di spossatezza che mi devasta ogni volta. Facciamo una pausa di due ore».

«Mezz'ora» rettificò Casimiro.

«Va bene mezz'ora» concordò Monosiklo. Era comunque di più che nessuna pausa.

Ancora una volta il Metodo Arkanthill aveva funzionato. Il vecchio Giovanni De Nillis era un patriota dell'Impero, una persona equilibrata e con ogni certezza la persona più lontana dagli ideali di Lourentius. Cosa poteva andare storto?

Nell'aria c'era un insolito profumo zuccherato. Il vento tiepido scaldava e faceva svolazzare l'ingombrante vestito di Monosiklo nell'enorme parco del Palazzo Imperiale. Sentiva sempre un senso di pace quando passeggiava lì, quando fingeva che il contatto con la natura gli piacesse e quando provava ad apprezzare il canto degli uccelli appollaiati sui rami degli alberi in fiore.

Monosiklo era lì, mani sui fianchi, a contemplare il lavoro di scalpello di uno degli architetti che stavano incidendo la targa commemorativa per la tomba di Ellina Weis.

«E così, amica mia, alla fine è toccato anche a te...»

Parlava con Ellina. Non poteva dire che fosse dispiaciuto per la sua morte, ma sentiva come un senso di riconoscenza nei suoi confronti. Ci voleva coraggio a sfidare Lourentius apertamente e a pentirsi di tutto quanto. Lei lo aveva avuto, nonostante quel suo modo di fare timoroso e quella costante aura di inadeguatezza che l'aveva abbracciata per tutta la vita.

Jano, dietro Monosiklo, restò a mani giunte in contemplazione. Seguiva il Granduca come un'ombra e non fiatava. Solo il rumore dello scalpello sulla lastra in marmo era una costante.

Quando lo scultore ebbe finito fece un inchino e si congedò farfugliando qualcosa a Jano. Monosiklo aveva occhi solo per la targa commemorativa sulla tomba.

-Ellina Weis-
"Un eroina silenziosa, una donna dedita allo splendore imperiale."

«Forse non doveva andare così, avevo promesso protezione, ma...» Monosiklo si avvicinò alla lapide. «Guardati ora, in pace, in mezzo alle tombe dei Governatori di Arkanthill del passato. Io non mi lamenterei».

Monosiklo si accorse delle parole imbarazzanti che aveva appena pronunciato e provò a correggersi. «Insomma, voglio dire... l'Impero non ti dimenticherà».

Era sempre in soggezione quando doveva fare delle commemorazioni, soprattutto di persone che non conosceva. Eppure era stato lui a voler dare tutta questa importanza a Ellina. Solitamente firmava una lettera di condoglianze generica e si faceva scivolare la questione addosso. Per Ellina era diverso. Forse perché aveva dato prova di vera lealtà, forse perché iniziava a considerarla un'amica. Sciocchezze. Un'amica lei? No, no, no.

«Ellina».

Silenzio.

«So che sei delusa. Che alla fine hai perso. Che passiamo la vita a dirci che in qualche modo ci salviamo tutti. Ma sarà davvero così? Io ormai non so più a cosa credere. Sei l'ennesima vittima di coloro che non vogliono un futuro luminoso.» Monosiklo si avvicinò alla lapide, sfiorò la targa per qualche istante ritirando la mano e pulendosi le dita impolverate dal marmo. «Finché c'è vita c'è speranza, dicono. Frase per poetucoli, dico io. Finché c'è vita non c'è speranza. Noi uomini siamo più attenti alle questioni stupide. Al senso di ripicca che prevale sulle cose belle, sulla continuità degli eventi. Mi vergogno ad appartenere a questa specie in decadenza. Quasi ti invidio, lo sai?» Monosiklo sorrise. Il vento gli spostava i capelli e lui faceva di tutto per non farseli scombinare. «D'accordo, d'accordo. Non ti invidio. Ma capisco la tua delusione».

Non si sarebbe fermato. Avrebbe combattuto per il suo Impero. Perché aveva grandi progetti che non si sarebbe fatto rovinare dal primo lord decrepito che passava. Lourentius sarebbe crollato e lo avrebbe fatto in grande stile, ma prima o poi sarebbe crollato.

Restò ancora sulla tomba di Ellina. Non più per senso di rispetto, quanto perché sapeva che doveva rispettare il canonico minuto di silenzio e finta commiserazione. La solita roba, quello che i sacerdoti della Chiesa spesso imponevano, come se pensassero che la morte fosse la fine di un viaggio e l'inizio di un altro.

Fu un minuto lungo. Interminabile.

«Jano».

«Sì, Granduca?»

«Fammi chiamare Pieros e Lucretio. Siamo di nuovo in partenza».

Doveva scoprire se la morte di Fabiano era opera di Versantius o meno. Iniziavano a essere troppe le cose sospette. E lui non era di certo un fesso.

«Li convocherò appena possibile».

«Che è quella faccia, Jano? Noto della perplessità».

«Mi domandavo solo se fosse consono seppellire Ellina qui nel palazzo…»

«Perché?»

«Con tutto il rispetto, Granduca, non è eccessivo?»

«Assolutamente no. Leggi la targhetta. Anni e anni a idolatrare gli eroi e poi non diamo loro una giusta collocazione? No, Jano. Questo è il suo posto, che riposi in pace qui.» Monosiklo si voltò e iniziò a camminare a tutta fretta nel giardino seguito da Jano. «E non immagini neppure che mausoleo ho fatto progettare per quando Ruffo dovrà lasciarmi… Ma non voglio pensarci ora. Anzi, probabilmente ci seppellirà tutti e non dovrò pensarci io. O almeno questa è la mia speranza».

Monosiklo scoppiò a ridere. Jano restò impassibile e rigido.

Solito copione. E Monosiklo aveva previsto anche quello.

"Derenhalle, pagina 4476

Ora capisco tutto. Ha senso. Dannatamente tanto senso che quasi mi sento in imbarazzo a non averlo capito prima. Come potevo arrivarci, visto che mio padre parla una lingua tutta sua fatta di non detti e di manipolazioni?

Ora però l'offerta si fa allettante. Dopo un primo periodo di assestamento in cui ho dovuto lottare con tutto me stesso per non farmi mettere i piedi in testa dagli odiosi lord del Ducato posso finalmente emergere. Emergere io, non l'ombra di me.

Posso solo immaginare che cosa possa significare essere Duca. Guidare le schiere di Apharos, decidere della vita e della morte delle persone. Sarei la persona giusta e me lo meriterei.

La mia coscienza potrà perdonarmi se penso in grande, se ammazzo un bambino per avere la gloria eterna. Che saranno una manciata di anni di vita in confronto alla magnificenza degli anni che mi vedrebbero come Duca? Niente. Un sacrificio più che accettabile. Lo scrivo qui e lo griderò se ce ne dovesse essere bisogno.

Conosco il Ducato, più di quanto Roderick Flores o Alicia Mor non vogliano ammettere. So che se proponessi un'idea, anche folle, di grandezza e rinascita, ci sarebbero lord e lady pronti a rinnegare tutto per seguirmi.

Le ubriacature di potere sono un classico della storia del nostro mondo, così come nelle storie degli altri. Non dirò che ne sarei immune e che non mi farei sommergere dal mio stesso ego. Conosco i miei limiti e so perfettamente che costruirei tutto su di me, sulla mia concezione di giusto e di sbagliato. Perché solo io so cosa è giusto. Solo io so cosa deve essere portato avanti e cosa deve morire nell'indifferenza generale.

Rolando Raffreddalama è il burattino che ho manovrato fino a questo momento. Se mi chiedessero se sono pronto a tagliare i fili e smettere di giocare tentennerei, ma alla fine la risposta sarebbe solo una: sono pronto".

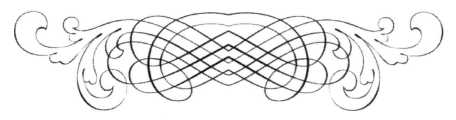

ALICIA

La fine, gli inizi

Roderick aveva fatto un ottimo lavoro. Aveva chiamato cuochi, servitori e bardi da ogni angolo del Reame per il tredicesimo compleanno di Rolando. Da giorni non parlava d'altro e tutte le preoccupazioni sembravano passare in secondo piano.

La sala dei banchetti di Estur era gremita. Una lunga tavolata costeggiava le pareti adorne di armi decorative, pellicce e stendardi dei lord dell'Estur. A ogni nuovo arrivo il lord o la lady di turno affiggeva il suo gagliardetto alle spalle dell'imponente sedia di legno intagliato sulla quale Rolando era adagiato da ore.

Alicia aveva sempre pensato che la cultura culinaria dell'Estur fosse rappresentata da un'accozzaglia di interiora macinate e mischiate a spezie. Si sorprese a vedere la tavola imbandita. Tortini ripieni alti un palmo e traboccanti carne, cinghiali ripieni di datteri, arrosti addolciti dal caramello e zuppa fumante. L'unico difetto era l'assenza del pane, ma da come si abbuffava la gente non sembrava essere un problema. Se nel Tianamor l'eleganza era tutto, lì a Estur anche i lord vestivano abiti sobri per potersi muovere a loro agio nella sala. I posti erano stati assegnati dal castellano di Estur, ma nessuno li aveva rispettati. Più che un banchetto sembrava un continuo via vai di persone che brindavano e si davano pacche sulle spalle come se fossero a un raduno militare. Ma questo non creava alcun problema, anzi, il Duca sembrava addirittura divertirsi in mezzo alle dimostrazioni di forza dei lord.

C'era chi gli giurava fedeltà, chi continuava a sorprendersi di quella situazione assurda, chi invece portava in dono corni di animali troppo grossi per non essere di una chissà quale bestia dell'epoca precedente allo sterminio dei non umani.

Tutto sembrava andare per il meglio e per almeno una giornata Alicia poteva riposare. Con un bicchiere in mano, nel suo abito verde troppo stretto per accompagnarla ad un'abbuffata, si guardò intorno. La musica era ancora tenue: i musicisti stavano rimediando ad una corda spezzata di un violino. I profumi del cibo stemperavano gli odori nauseanti degli unguenti che tutti si erano versati addosso in quell'occasione. Era un po' il riflesso della società di Apharos: ognuno si spruzzava una fragranza diversa pensando di coprire gli odori degli altri, ma la commistione dei profumi creava solo un tanfo insopportabile.

Qualcuno aveva incominciato a ballare nonostante la musica. Proprio davanti a Ingvar, che per qualche strana ragione non aveva preso molto bene la sua collocazione proprio di fronte a Yuri Venn, Lord Protettore dell'Estur. Alicia li osservò per minuti interi e i due non si scambiarono neppure una parola. Addirittura Yuri non aveva parlato con nessuno. Sembrava l'unico a mangiare con disinvoltura senza curarsi delle relazioni sociali.

La festa era cominciata tre ore prima e stentava a decollare. Sicuramente avrebbe raggiunto il suo apice non appena tutti fossero stati abbastanza ubriachi da reputare divertente anche il rutto dell'ultimo degli invitati.

Ogni tanto Rolando, al suo fianco, le sorrideva, come se volesse tranquillizzarla almeno in quel giorno di festa. Da quando Laila era morta non faceva che vedere nemici ovunque. E ancor più sospetto era il fatto che Mauritius Hansen non fosse presente alla festa. Erano passati quasi due mesi da quando aveva ingaggiato il Cavaliere delle Lucciole per guidare Mauritius e il suo esercito fino a Estur.

Lord Michail Dekerovic fece un leggero inchino, irrigidito dalle decorazioni in argento sul suo corpetto e dai pendenti che gli tenevano i capelli legati all'indietro. Dietro di lui c'era Orfeo Flores. Alicia se lo immaginava più piccolo. Doveva avere due anni in meno di Rolando eppure sembrava più grande. Con Roderick ne avevano parlato spesso e lui lo aveva sempre descritto come un ragazzino malaticcio vivo solamente perché figlio del Marchese Flores. Sembrava tutt'altro che malaticcio.

Finalmente la musica iniziò a ritmo serrato. Era stanca di sentire il chiacchiericcio delle persone. Il suono dei cembali era decisamente più rassicurante delle parole che tutti avevano nei confronti di Rolando. Alicia credeva poco a quello slancio di fedeltà incondizionato.

«Riporteremo la bandiera a Derenhalle» diceva qualcuno.

«Lunga vita a Rolando Raffreddalama!» C'era chi gridava battendosi i pugni al petto. Un'usanza rozza che Alicia non aveva mai capito.

Eppure quelle parole le aveva pronunciate anche Carolina a suo tempo e se la situazione era così tesa era anche colpa di chi aveva strumentalizzato quelle prole per prendersi gioco di tutti.

Fu il turno di Krugo Rastell. Anche lui era venuto al banchetto e si era inchinato a Rolando. Roderick aveva alla fine acconsentito alla richiesta di Carolina di inviare due lord suoi sostenitori per assistere all'evento del tredicesimo compleanno di Rolando. Avevano discusso a lungo sulla questione, ma alla fine le parole di Carolina avevano in qualche modo addolcito il cuore di Roderick.

«In un simile evento i dissapori andrebbero accantonati» aveva detto Roderick. In realtà aveva accettato a condizione che venissero solo in due e che portassero un dono anche al lord di Estur. E così fu.

Krugo, agghindato di sete marroni e decorazioni in osso, si inchinò nuovamente a Rolando. «Altezza, Carolina ti porta i suoi migliori auguri, nell'attesa di rivederti a corte».

Alicia si strinse il braccio sotto al tavolo per sfogare la frustrazione, ma al tempo stesso mantenere la calma.

Rolando precedette una sua qualunque risposta. «Dille che li accetto. E ricordale che da oggi lei non è più la reggente».

Krugo si allontanò. Non era mai stato bravo a fingere e interpretare un ruolo, ma Alicia notò come l'angolo della sua bocca si fece tremante per la rabbia.

116

«E ricordati» disse Rolando, prima che Krugo si perdesse fra gli invitati. «Questo è un ultimatum».

Krugo si voltò, prese il calice di un invitato distratto da una conversazione e lo alzò per brindare a nome del Duca. Non disse nulla e nemmeno bevve. Vederlo andar via con la coda fra le gambe era una vittoria per Alicia. Si vergognava di essere stata sostenuta da un idiota simile, in passato.

Rayla arrivò al banchetto quando ormai la birra appiccicava gli stivali al pavimento. Si sedette al fianco di Alicia. «Tranquilla che presto tutto sarà finito».

«Odio queste cose».

«Tutti le odiamo».

«Non mi sembra».

Spintoni, risate e cibo a non finire. Sembrava il paradiso per gli uomini e le donne della tavolata. Solo Alicia e pochi altri se ne stavano per le loro in attesa che Rolando si stancasse e chiedesse di ritirarsi nelle sue stanze. E a giudicare da come accumulava regali e dalla sintonia con Orfeo, le possibilità di Alicia di fuggire da quel caos si riducevano con il passare del tempo.

«Chi è quel tizio?» domandò Rayla. «Mi sembra di non averlo mai visto».

«Uno dei nipoti di Carolina».

«Un altro? Quanti sono?»

«Tre. Jovar, Ornella e lui. Carolina lo aveva nominato guardia del Duca. Non mi sembra troppo sveglio, ma meglio tenere gli occhi aperti».

Rayla cominciò a mangiare. «Rilassati, Alicia. Siamo a una festa».

Destos era di fronte al Duca e maneggiava la statuetta che aveva preso nelle sue stanze a Derenhalle. L'aveva dipinta e gli aveva aggiunto una mantellina di stoffa. Un sorriso illuminò il volto di Destos quanto quello di Rolando. Per quanto Alicia potesse trovare insopportabile l'ingerenza di Carolina a quella festa, vedere il Duca sorridere la faceva sentire meglio.

Si incupì. E se avesse sempre sbagliato? Se Rolando non fosse in pericolo e Carolina volesse davvero il suo bene? Si spiegherebbe il perché dell'insistenza di far partecipare qualcuno dei suoi a quella festa, delle sue parole dure nei confronti di tutti e dei suoi continui deliri. No, era impossibile. Lei stessa si era proclamata lady di Derenhalle ed era arrivata addirittura ad additare Rolando di tradimento. Alicia non si sarebbe fatta fregare da una statuetta colorata, da una manciata di buone intenzioni e dal sorriso di Destos.

Le portate cominciarono a moltiplicarsi, i servitori farsi sempre più insistenti nel proporre cibi diversi. I loro volti stanchi erano l'altra faccia della medaglia di una festa che di sicuro si sarebbe protratta fino al giorno successivo. Un lord dai capelli rossicci, probabilmente Maliner Spadaforte, teneva banco con alcuni trucchetti di magia organizzando veri e propri giochi alcolici, altri conversavano con Roderick urlando da un capo all'altro della tavolata. Ricordavano i vecchi tempi e parlavano di guerra con nostalgia come se adesso regnasse la pace. Per quanto a parole tutti proclamassero la pace, la guerra aveva il potere di smuovere qualcosa nelle viscere degli uomini che sapevano di essere grandi solo portando la rovina nelle vite degli altri.

Alicia restò a lungo a guardare, a farsi travolgere dai canti sguaiati, a rigirare nel piatto la catasta di cibo che si accumulava. Portata dopo portata. Era tutto troppo per lei. Nemmeno a stare al passo con il cibo. Figuriamoci nella vita…

Terminò un'altra canzone. A poco a poco le voci si zittirono e i servitori cominciarono a consegnare calici di vetro e vino bianco a tutti gli invitati.

«Vorrei un attimo di attenzione, miei signori.» Roderick si fece vivo alla festa, invitando gli altri a rimanere seduti. Tutti gli occhi erano puntati su di lui. «Vorrei proporre il primo di molti brindisi per il nostro Duca. Tredici anni sono un traguardo importante. Ormai sei un uomo!» Anche Alicia ricevette il suo calice. Lo osservò a lungo e lo rigirò per vedere le incisioni sul fondo. A differenza degli altri era vuoto.

«Ricordo come se fosse ieri il giorno in cui tuo padre Boris arrivò a Estur» continuò Roderick. «Mio fratello non ci ha pensato due volte ad arrendersi e a marciare con lui in direzione di Rea. E lì ho pensato: come può quell'uomo di ghiaccio incutere tanto rispetto. Poche parole, tanti fatti. Lui era quello giusto, mi sono detto. E ho avuto conferma quando alla morte di mio fratello, mi è stato affidato il compito di guidare l'Estur».

Alicia si aspettava un applauso, un'esultanza. Qualcosa. Invece tutti erano attenti, incuriositi sul dove Roderick volesse andare a parare.

«Mi sento fortunato. Mi sento come se facessi parte di un qualcosa di più. Dei vincitori. Ieri Boris, oggi tu, Rolando. Siamo destinati alla grandezza, perché tu sei sinonimo di grandezza. Ma ora basta parlare di me o di cose inutili. Brindiamo al futuro».

I servitori consegnarono il calice anche a Rolando. Fu Roderick in persona a servire il vino ad Alicia e al Duca. Alicia si sforzò di sorridere a Roderick.

«Non credo che sia consono che Rolando beva».

Il Duca si limitò a fissare le bollicine nel calice di vetro. «È solo un goccio».

«Alicia…» Roderick scoppiò a ridere in modo nervoso. «Tu sei davvero il male per le feste».

«E va bene. Solo una».

Rolando sorrise. Probabilmente perché avrebbe comunque fatto di testa sua senza ascoltare Alicia. D'altronde non era sua madre.

«Alla tua salute, Alicia.» Roderick posò la caraffa sul tavolo e si sistemò la gorgiera. Aveva gli occhi arrossati e la fronte lucida, come tutti gli altri lord nella calca del banchetto. Eppure sul suo volto c'era un qualcosa di strano. Non lo aveva mai visto così spensierato e teso allo stesso momento.

«Alla tua salute…» Alicia si portò il calice alla bocca, ma da sotto al tavolo qualcosa la colpì. Si voltò e lo sguardo di Rayla confermava i suoi sospetti. Posò il calice e si alzò di scatto. Con una manata colpì il calice dalle labbra di Rolando nella speranza che fosse abbastanza. Il vetro andò in frantumi. Le spade vennero sguainate, sibili e rantoli seguirono.

Era tutto organizzato. Il vino, il veleno, i colpi di balestra. Tutto stava accadendo di fronte a lei e i lord fedeli al Duca che non erano stati stroncati dal vino venivano passati a fil di spada. Qualcuno con la faccia sul piatto, altri riversi in pozze di sangue e vomito.

«Proteggete il Duca!» Rayla si era posta come scudo di fronte a Rolando e aveva chiamato a sé quante più persone possibili, ma dietro di loro c'era solo il muro e davanti l'inferno.

Alicia prese la mano di Rolando e insieme si rifugiarono sotto al tavolo nella speranza che nessuno li vedesse. Forse scomparire alla vista avrebbe fatto pensare ai traditori che erano già scappati. Eppure da quella sala non scappava nessuno. Erano i molti contri i pochi. Gli usurpatori contro chi era nel giusto. E chi era nel giusto soccombeva sempre.

Roderick si era già dileguato con la testa di Orfeo. Krugo partecipava al massacro colpendo con la sua accetta tutti gli invitati accasciati sul tavolo per accertarsi che fossero morti per davvero. Yuri continuava a mangiare come se niente fosse successo, mentre intorno a lui il cibo si mescolava al sangue e agli altri mutilati. Non c'era più spazio per i profumi e per le portate sfarzose. Ora c'era solo l'odore della morte, le grida e le suppliche.

«Resta come me.» Rolando le strinse la mano. «Ti prego resta con me».

«Io non ti lascio.» Alicia aveva le lacrime agli occhi. Rayla cadde di fronte al loro tavolo, raggiunta da due dardi che le si conficcarono nel petto. Anche Ingvar era morto. Ora erano soli.

«Non guardare.» Alicia strinse Rolando a sé. L'ombra era rassicurante. Sotto quel tavolo, rannicchiati e avvinghiati, stavano perdendo la speranza.

«Isotta dove sei?» sussurrò Alicia.

Rolando la strinse con ancor più decisione. Tremava, ma non per questo sembrava meno forte. «Non possiamo morire».

Alicia lo sguardò negli occhi. Ora erano solo due esseri umani. Deboli, spogliati di tutte le vesti costruite dalla società. Due persone che avevano fatto il nido in mezzo alla tempesta. Intente a domandarsi il perché di tutte le loro scelte. Forse Rolando non aveva avuto altra scelta nella sua vita che raccogliere l'eredità di Boris. Ma Alicia di possibilità ne aveva avute. Poteva rinunciare a tutto, poteva essere felice, lontana da tutte le preoccupazioni. Poteva avere coraggio, dire basta e non rinnegare più se stessa. Eppure aveva scelto di essere debole, di far vincere la paura, di non dire "Ti amo" alla persona più importante della sua vita. Ripensava ai momenti felici. Erano veri, erano figli di un tempo lontano. Tutta questa esigenza di fare la cosa giusta…

«Rolando».

Lui non rispose.

Non era il momento di abbattersi. Forse potevano ancora salvarsi. «Se ci muoviamo adesso, forse…»

«Proviamo».

Gattonarono sotto il tavolo nella speranza di allontanarsi dal centro della stanza. Le ginocchia le facevano male, le lacrime agli occhi le impedivano di vedere con lucidità e più andava avanti più sapeva che non si sarebbe mai salvata. Ma doveva comunque restare aggrappata alla speranza. Lo doveva a Rolando.

A poco a poco il caos nella sala si placò. Gli ultimi invitati vennero fatti a pezzi e da sotto al tavolo si vedevano solo gambe andare avanti e indietro alla ricerca dei superstiti. Fuggire sarebbe stato impossibile.

Il tavolo venne scoperchiato lasciando Alicia e Rolando circondati da lance e balestre. Alicia estrasse il coltello da sotto al vestito, lo puntò in avanti e con il braccio libero strinse a sé Rolando.

«Roderick!» gridò con tutte le sue forze. Ancora non si capacitava di quella follia. «Poni fine a tutto questo!»

I soldati restarono impassibili. Krugo, con fare trionfante, assieme a Destos, sembrava essere rimasto ferito nella carneficina.

Roderick non rispondeva, se ne stava immobile nel suo vestito perfetto a guardare la devastazione nella sua stessa casa. Neanche il più codardo degli uomini avrebbe avuto il coraggio di fare quello che aveva fatto lui oggi.

«Quanto ti hanno offerto?» gridò Alicia. «Rispondi! Quanto? Poni fine a tutto questo e riceverai il triplo!»

Roderick fece cenno alle guardie di fargli spazio e si mise a due passi da Alicia e Rolando. «Sentiamo…»

«Vuoi essere lord di Estur per sempre? Te lo concederemo. Ti daremo tutto l'oro che vuoi, le terre di Castel Cobalto, la nomina a castellano. Tutto questo solo se tornerai in te. Dimentichiamoci questa follia!»

Roderick scoppiò a ridere. «Voi non mi concederete un bel niente! Tu, ragazzino, non hai più nulla da offrirmi. Ci piscio sopra la fedeltà nei confronti del Duca. Che cosa mi ha portato? Solo disprezzo e malelingue. Io ero destinato a governare su Estur, io sono il fratello del Marchese Flores, io! E voi avete deciso di confinarmi, di usarmi come fantoccio in attesa che un ragazzino prendesse il mio posto.» Roderick indicò la testa di Orfeo adagiata su un tavolo. «Visto com'è andata a finire? Può succedere di tutto oggi, ma una cosa è certa: non tornerò strisciando da chi mi ha sempre ritenuto un reietto. Da chi mi ha sempre guardato con sufficienza».

Alicia strinse Rolando ancor più forte e distolse lo sguardo. Il cuore batteva all'impazzata, la testa le girava.

«Guarda, Alicia!» Roderick sbraitò ancor più forte. «Guarda cosa hai deciso. Guarda cosa avete deciso».

«Possiamo ancora rimediare. Ti offriamo…»

«Taci, puttana, non hai nulla da offrirmi! Un nuovo potere si è costituito! Hai idea di cosa mi sta dando in cambio Carolina? No? Beh, lei mi dà tutto quello che hai detto: le terre di Estur, quelle di Castel Cobalto e il titolo di Castellano. Mi sposerò con sua nipote Ornella e il nostro erede succederà al trono di Derenhalle non appena la vecchia si sarà levata di torno. Allora, Rolando? Che è quella faccia? Pensi di non potermi offrire tutto quello che mi offre Carolina?»

Alicia scosse la testa. Non poteva più fare nulla. Gli occhi balzavano di volto in volto nella speranza di carpire il pentimento di qualcuno dei loro aguzzini. Niente, tutti tenevano in mano un'arma e lo facevano con convinzione, come se fossero i protagonisti di una storia destinata a cambiare il corso naturale del mondo. Era tardi per spezzare l'ideologia violenta che si era fatta largo nei cuori delle persone a lungo ignorate dal Duca. Alla fine, Carolina aveva sempre avuto ragione: la pacatezza non vince, la giustizia non vince. Solo la violenza ingiustificata governava, ma per quanto lo avrebbe fatto? Quel castello di carte sarebbe crollato se Carolina non fosse stata in grado di cercare sempre un nuovo nemico. Perché di quello si trattava: inventarsi nemici pur di distrarre le persone. Poco importava di tutto il resto, delle parole pronunciate, del futuro. A Carolina non importava del futuro. Il futuro era lì, sotto scacco, con una dozzina di balestre puntate contro.

Roderick sorrise. «E ora portate via il Duca.».

Destos diede l'ordine e gli uomini separarono Alicia e Rolando. Il Duca non batté ciglio, forse si era convinto a non mostrare la sua paura, ma il suo non reagire non aiutava in nessun modo. Alicia scalciò, si dimenò e venne disarmata. Il coltello la ferì alla coscia e uno squarcio le si aprì nel vestito. Eppure lottava. Perché glielo aveva insegnato Isotta. Lottava come avrebbe dovuto fare sempre, come avrebbe dovuto insegnare a Rolando.

Il Duca fu condotto lontano da Alicia e posto contro la parete. Alicia provò a raggiungerlo e a mettersi fra lui e i balestrieri.

«Se volete ucciderlo, dovrete prima uccidere me!»

Destos la trascinò via di peso. Alicia scalciò, ma non poteva niente.

«Con te non abbiamo ancora finito…» sibilò Krugo.

Le forze abbandonarono Alicia. Sapeva come sarebbe andata a finire, ma non lo avrebbe mai permesso. Piuttosto la morte.

Il Duca alzò gli occhi al soffitto e giunse le mani. Sembrava in contemplazione di qualcosa che vedeva solo lui. Farfugliava parole sconnesse e ogni tanto un sorrisetto gli spezzava l'espressione contratta dalla paura. Era questa la fine di una dinastia? Nata nella conquista e morta nelle congiure?

«Per gli Dei…»

I dardi di balestra lo colpirono sbalzandolo all'indietro e facendolo rovinare contro la parete. Silenzio. Tutti gli occhi erano puntati sul corpo del Duca. Alicia urlò e cogliendo l'occasione raccolse la spada di Ingvar. La conficcò nel petto di Roderick. Una volta, due volte, tre volte. Alzava e abbassava il braccio dolorante con tutta la foga in corpo. Lei sopra di lui, tutti gli altri sullo sfondo, quasi attoniti.

Per Rolando! Per Isotta! Per il Ducato! Per se stessa!

La luce negli occhi di Roderick scomparve. Un lago di sangue bagnò le vesti del Lord Governatore dell'Estur dando ad Alicia quel senso di estasi che mai aveva provato prima. Se tutto doveva finire, che finisse nel più spettacolare dei modi. Se tutta la sua vita era stata un fallimento,

123

perché non riscattarsi alla fine e trascinare con sé almeno uno dei bastardi che aveva rovinato tutto?

Questo era il suo dono al Ducato, al mondo intero: un doppiogiochista in meno. L'insegnamento che i giusti non sempre rimangono a guardare subendo e basta.

Il portone della sala del banchetto si spalancò. Una fiumana di persone in armatura dilagò nella sala dando battaglia ai presenti. Forse era per quello che nessuno l'aveva ancora uccisa.

Sgranò gli occhi. Impossibile.

Quei capelli color rame, quegli occhi di smeraldo e quell'armatura d'ebano…

Una manata la raggiunse. Alicia batté con la testa contro il lato del tavolo e la vista le si annebbiò. Davanti a lei un brutto ceffo con una daga in mano. I suoni erano ovattati, le tempie pulsavano, il sangue scorreva dalla ferita. Poi ci fu il colpo. Deciso e incattivito dalla paura. Alicia si portò le mani al ventre per tamponare la ferita.

Nessuno pensava più a lei. Erano tutti impegnati a combattere. Perché tutti si curavano della morte e non della vita? A poco a poco le palpebre si fecero pesanti. Sarebbe morta guardando Isotta fare a pezzi i suoi nemici e questo sarebbe bastato per sentirsi meno inadeguata.

Una lacrima cadde sulla guancia di Alicia. Tutto si fece nero.

Forse era morta. Il volto di Isotta era il paradiso. Parlava ma Alicia non sentiva nulla se non la preoccupazione. Tutti erano morti: Rolando, Ingvar, Rayla, anche i traditori. Era ancora macchiata del sangue di Roderick, poco più lontano i cadaveri di Destos e Krugo vennero trascinati via.

Isotta prese Alicia fra le sue braccia, avendo cura di non farle del male. Non c'era alcun pericolo: non sentiva niente.

Le lacrime rigarono il volto di Isotta. Finalmente Alicia sentiva di nuovo.

«Io non ce l'ho fatta…»

«Non sforzarti. Stai perdendo troppo sangue e poi…»

«Isotta…»

Si guardarono a lungo. Sapevano entrambe cosa dire. Avevano sbagliato a tacere, avevano sbagliato a dar peso al pensiero degli altri. Avevano sbagliato a combattere senza chiedere nulla in cambio. L'amore era libero, senza vincoli. Avrebbero dovuto tutti tacere come loro in questo momento. Guardarle da lontano e provare a osare a dire che quello non era amore. Lo era.

«Risolveremo ogni cosa.» Isotta tirò sul col naso. I capelli ramati le si appicicavano alle guance, le sue labbra tremavano.

Alicia inarcò la bocca. Sorridere le faceva male a tutti i muscoli della faccia. «Non voglio ricordarti così. Voglio che tu sia diversa. Voglio che tu sia speciale».

«Non morirai».

«Forse è meglio così».

Isotta scoppiò a piangere. «Non dirlo neanche per scherzo».

«Sai che non scherzo quasi mai».

«Alicia...»

«Diciamolo almeno una volta. Gridiamolo al mondo... Scriviamolo sui muri... Facciamo tutto. Siamo questo: tremiamo insieme, viviamo insieme. E non c'è niente di male. Non vogliamo farci del male. Vogliamo solo amarci...» Alicia si sforzò. Le forze la stavano abbandonando. «Ti amo. E ci ho messo troppo tempo per dirlo senza paura. Per dirlo davanti a tutti. Per far vedere che è giusto così».

Intorno a loro si era creato un capannello di gente. Il loro amore aveva finalmente dei testimoni dopo tante menzogne, tante smentite per non sentirsi sbagliata. Quello era un mondo malato: che condannava l'amore ed esaltava la morte. Ora poteva morire serena, perché aveva fatto ancora una volta la cosa giusta.

«Ti amo.» Isotta strinse a sé Alicia con delicatezza, senza farle alcun male. Ormai non sentiva niente, ma quel tocco... quello era il lasciapassare per la vita eterna.

«Ti ricordi... quel giorno. Nel giardino del Tempio...» Alicia chiuse gli occhi. «Le mie mani... le tue labbra...»

I singhiozzi di Isotta erano l'unica risposta a quelle parole appena sussurrate. Un gridò di dolore squarciò la sala, ma nulla avrebbe più potuto fare del male ad Alicia.

Ora era là, in quel giardino rigoglioso, sotto gli occhi degli studiosi e dei Campioni di Apharos. Alicia teneva una mela nella mano sinistra e l'altra ciondolante lungo il suo vestito. Anche Isotta era là. Le prese la mano e se la portò alle labbra baciandola.

Era l'inizio della loro storia. Era la fine perfetta.

"Rocciafissa, pagina 1034

Entro ed esco dalla vita delle persone come un ladro. Ho paura di molte cose: degli amici che mi scordano, di quelli che scordo io. Ma temo soprattutto dire addio.

Temo le lacrime degli altri. Odio fare del male alle persone che amo. Odio vedere Raphael Carold piangere, così come odio dover separare il suo pugno chiuso dalla mia veste. Sono scoppiato anche io a piangere. Ne avrei fatto volentieri a meno, ma ai sentimenti non posso comandare niente.

Quello che abbiamo vissuto insieme è stato un errore. Una confusione emozionale che alla lunga farà del male a me e a lui. Non voglio più fare del male a nessuno, per questo è giusto che io gli dica addio.

In lacrime mi ha chiesto di non andare via, che avrebbe fatto qualsiasi cosa. Mi si spezza il cuore, soprattutto perché so che le cose non possono durare per sempre e perché so che oggi probabilmente mi ama, ma quando passeranno gli anni finirà con l'odiarmi. Finirà con l'odiarmi anche se è stato lui a decidere per entrambi in quella sera a Doràl.

Raphael, io ti prometto che farò di tutto per mantenere vivi i ricordi che ho con te. Per riuscire a non dimenticare nemmeno uno dei tuoi abbracci, nessuno dei tuoi tremori quando salivi nudo dall'acqua e ti aggrappavi a me per avere un po' di calore. Ricordo tutto l'imbarazzo di quei momenti. Mi scalda il cuore.

Vorrei che potessimo tornare nuovamente estranei per poterci conoscere di nuovo. Vorrei poterti custodire per sempre.

Addio."

RAPHAEL

La Convenzione di Dolcina

Polvere ovunque, eppure Raphael continuava a passare il dito su ogni decorazione sulle finestre di Brunellin. Seguiva gli intarsi in legno e i rinforzi in acciaio per ingannare il tempo. Cristian aveva detto che l'incontro sarebbe iniziato di lì a poco, si era raccomandato di arrivare per tempo e vestito in maniera sobria, ma non aveva specificato niente di più.

Raphael si pulì la mano impolverata sul corpetto verde senza farci caso. Proprio in quel momento spuntò fuori Cristian dall'altro lato del corridoio.

I due si sorrisero e si scambiarono qualche cenno.

«Tutta questa fretta e poi mi lasci aspettare?» Raphael si spostò i capelli su un lato. «Veramente divertente!»

Cristian indicò il corpetto di Raphael. «Puliscti, dobbiamo andare».

«Hai davvero così tanta apprensione per questo incontro? Sono degli idioti e lo sai anche tu».

Cristian si legò i lunghi capelli neri in una coda, lanciò un'occhiataccia a Raphael e lo invitò a seguirlo.

«Non puoi tenermi quel musone per sempre!» squillò Raphael. Si avvinghiò al braccio di Cristian e continuò a camminare al suo fianco. «Non mi dirai che...» Raphael scoppiò a ridere. «Tu hai paura!»

«Solo gli incoscienti non hanno paura».

«Lo prendo come un insulto».

«Tu prendi tutto come un insulto. E la cosa divertente è che non ti importa quasi mai».

Raphael fece spallucce. «Una filosofia di vita che dovresti provare».

Cristian scosse la testa. «Non penso che a Kerselmo interessino queste cose».

«Se ti conosco un minimo posso dire che nemmeno a te interessano».

Cristian abbozzò un sorriso. Era teso, difficilmente si abbandonava alla leggerezza. Ed era un vero peccato vederlo così sotto pressione. Loro padre gli aveva tirato davvero un brutto scherzo, ma Raphael era sicuro che ne sarebbero usciti al meglio. Cristian era furbo, avrebbe trovato una soluzione anche questa volta. Per tutti e due.

«E così siamo qui…» Raphael spezzò il silenzio.

«Già» confermò Cristian. La situazione stava diventando imbarazzante. E quando succedeva, Raphael si divertiva sempre tantissimo.

«Nella casa natale dei Bai a discutere con i Foconero. Le cose devono essere davvero uno schifo se nemici giurati si radunano sotto lo stesso tetto…»

Cristian si limitò a fissare di fronte a sé e a continuare a camminare con passo spedito. «Puntare il dito contro un nemico comune è una delle cose più facili che si possa fare».

«Soprattutto se questo nemico è un rigido vecchio senza cuore come Giovanni De Nillis. Davvero ad Arkanthill non sono riusciti a trovare di meglio?»

«Dovremmo ringraziare Arkanthill… Non c'è niente di meglio che un burocrate inflessibile che pensa di sapere tutto per aizzare le persone. Sai cosa dobbiamo fare, e sai benissimo che questa è una delle poche occasioni d'oro che abbiamo per prenderci la Dolcina».

Raphael sospirò. Ci stava riflettendo da tanto. Non trovava un senso nel prendere il potere. Da quando Fabiano De Frel era morto tutto stava andando a rotoli, tutti guardavano il seggio di Dolcina con apprensione, compreso Cristian. Non voleva vederlo così preoccupato, ma soprattutto, non voleva vederlo accecato dal potere.

«Bai e Foconero reclameranno per sé il potere. Ci sarà una guerra civile senza precedenti e noi rimarremo con il culo per terra. Come sempre, oserei dire...»

Cristian si fermò e puntò i suoi taglienti occhi marroni contro Raphael. «Se siamo qui anche noi un motivo c'è».

«Anticipare Kerselmo e Fabian?» ipotizzò Raphael.

«No, osservarli volare per poi applaudire nel momento in cui si schianteranno. Vedi, Raphael, prima o poi tutti coloro che volano più in alto delle loro capacità cadono. Vuoi per il vento, vuoi per qualche manovra sbagliata. Giovanni De Nillis cadrà, colui che verrà dopo cadrà e anche quelli dopo».

Raphael gli strinse il braccio e lo guardò con fare provocatorio. «E tu? Cadrai anche tu?»

Cristian mise il braccio sulle spalle del fratello. «Io no».

Faceva di tutto per mostrarsi sicuro di sé, ma Raphael lo conosceva: il dubbio lo stava divorando dall'interno, così come la paura di non farcela. Raphael lo strinse a sé con ancor più forza e insieme raggiunsero la sala del trono di Brunellin.

Se non poteva dare manforte a Cristian con le parole, poteva se non altro fargli capire che gli sarebbe stato sempre vicino in quella scelta maledetta. Certo, era la loro occasione per emergere, ma Raphael si era sempre accontentato di quello che aveva, che era sempre di più di quello che la vita aveva riservato per lui.

Per quanto potesse non condividere alcune scelte di suo padre Roy, gli doveva tutto.

«Dai, andiamo a questo noiosissimo incontro...»

Cristian aprì la porta della sala del trono. Erano tutti riuniti. Raphael non aveva mai visto tante brutte facce insieme, e per di più ricoperte di trucchi, vestiti appariscenti e sorrisi ostentati. Si mise in disparte insieme alle altre guardie armate. Avrebbe lasciato a Cristian l'ingrato compito di annoiarsi in quel concilio fatto di vipere. Sperava almeno di vedere qualcuno di carino, ma niente. Fece qualche occhiolino ad alcune guardie, che distolsero lo sguardo il prima possibile.

Non si erano nemmeno degnati di aspettare Cristian! Sembravano essere capitati nel bel mezzo di un discorso, anche perché, per quanto Raphael si sforzasse di seguire il filo logico degli sproloqui di Fabian Foconero, non riusciva a trovare riferimenti. Raphael sbuffò e si mise a giocherellare con i suoi capelli sorridendo ogni tanto a chiunque incrociasse lo sguardo con lui. Sperava di rassicurare Cristian con qualche faccia buffa, ma suo fratello non lo guardava mai. Da piccoli ci riusciva sempre, anche nelle situazioni meno appropriate bastava una smorfia per far tornare il sorriso a Cristian. Quel sorriso valeva più di tutte le grida e le sferzate di loro padre.

«Devi smetterla di mettermi in imbarazzo davanti al lord!» oppure «Mi hai fatto fare una brutta figura al cospetto del Governatore!»

Raphael si era divertito tantissimo da bambino. E non avrebbe mai smesso di ricercare quella gioia. Ma non oggi. Oggi toccava a Cristian. E Raphael non poteva in alcun modo permettersi di fargli fare brutta figura. Per quanto adorasse l'idea di far crollare tutto quel pomposo incontro. Tutti seduti a un tavolo rettangolare, tutti con la faccia preoccupata. Che noia…

Lord Hazel Bai era ancorato al suo seggio di legno come se il destinatario delle mormorazioni di quell'incontro clandestino fosse proprio lui. Nei suoi occhi piccoli c'era la stessa apprensione di tutti. Lui era il lord di Brunellin, ma a dettare legge era sempre Kerselmo, tanto che la gente aveva iniziato a chiamarlo con il simpatico nomignolo di "Principe". Forse era davvero grazie a lui se Fabiano non aveva mandato la Dolcina allo sfascio. Raphael non si ricordava un solo momento nel quale il defunto Fabiano non avesse avuto in mano un bicchiere di vino o una mano sul culo di una delle cortigiane. Gli scappò un sorriso, ma non appena Cecilia Deferlay gli fece una smorfia si portò la mano davanti alla bocca per soffocare la risata.

«E come pensi di farlo?» domandò Mirco Sdayl.

«Abbiamo uomini» rispose Hazel.

«E non dovreste» ribadì Louise Foster. Anche lei, nonostante il trucco a tenerle in piedi la pelle decadente, era pallida come gli altri.

«Se dovessimo attenerci alle sole regole degli editti di De Nillis faremmo prima ad andare sulla forca di nostra spontanea volontà.» Kerselmo Bai prese parola, e come sempre Hazel annuiva.

Da quando Giovanni De Nillis aveva smantellato gli eserciti delle casate della Dolcina, tutti erano come impazziti. Forse anche Giovanni era pazzo, o semplicemente stava anche lui volando troppo in alto, come diceva Cristian, e l'incontro di oggi non era altro che il primo passo per organizzarsi e decidere il luogo per ammirare la sua rapida caduta. Eppure non era l'unico errore che aveva commesso Giovanni: ritardare il momento della nomina del Principe aveva contribuito a unire i malumori, ma ancor più grave era stata l'assurda decisione di accentrare i poteri su di sé per contrastare l'emergenza bellica.

Le discussioni continuarono e Cristian non aveva ancora aperto bocca nel caos generale: Mirco e Louise discussero per tutto il tempo della città di Dolcina, Cecilia parlava delle coste e del commercio, Kerselmo e Fabian muovevano i fili della discussione senza dimenticare la loro rivalità, mentre Hazel e Cristian erano poco più che spettatori.

Raphael era certo: sarebbe stata una lunga discussione. Meglio mettersi comodi.

«Abbiamo tutte le carte in regola per cambiare la situazione. Dobbiamo solo mettere da parte le nostre rivalità per il bene della Dolcina» disse Kerselmo.

«La Corte dei Notabili dovrebbe gestire l'emergenza secondo le leggi vigenti.» Fabian accarezzò gli intrecci del suo bastone e si pizzicò la barba grigiastra. «Non a caso De Nillis ne ha assorbito molte delle competenze».

«Se è per questo non è il solo organo della Dolcina che ha perso potere...» Mirco consegnò a Fabian e a Kerselmo un estratto delle sue pergamene. «Sapete come è andata a finire a Lonte?»

«Lo sappiamo fin troppo bene» commentò sprezzante Kerselmo.

«Povera Valerie... e povera Tamara.» Louise scosse la testa, sconsolata.

«Non credo sia il momento di piangersi addosso per la morte di una persona.» Cristian aveva finalmente aperto bocca. E aveva detto la cosa che Raphael non avrebbe mai pensato di sentire dalle sue labbra.

«Valerie era uno dei tre membri del Concilio di Salvaguardia, la figlia della lady di Lonte, non una persona a caso» continuò Louise. «Vi sembra normale che per editto una persona del suo calibro venga fatta giustiziare, per le sue idee, soprattutto? Io lo trovo semplicemente inaccettabile. Arkanthill dovrebbe riconoscere l'errore, destituire De Nillis e permetterci di scegliere il nostro Principe».

«Parole sacrosante» disse Kerselmo. «Ho parlato personalmente con Vinicio Foconero e Demetrius Bai. La loro iniziativa di resistere a Lonte contro la soppressione del Concilio è da sostenere».

«E come?» Mirco incrociò le braccia. «Possiamo anche trasgredire agli editti e riarmare i nostri eserciti, ma vi ricordo che le milizie della Corona sono più armate, più organizzate e hanno dalla loro la legge. Fra non molto invaderanno Lonte e metteranno a tacere tutti».

Louise si alzò dal tavolo e stese una mappa. Tutti si misero attorno per vedere. Raphael non aveva ancora aperto bocca, per quanto fosse tentato di mettere Cristian in imbarazzo.

«Le truppe di Remigio pullulano nelle campagne.» Louise puntò il dito in un punto imprecisato della mappa. «Sembra onnipresente. Ovunque ci sia qualcuno che trasgredisce l'editto di De Nillis si ritrova davanti a sé il Colonnello e i suoi uomini. In poche parole: Giovanni sta usando Remigio per punire i feudi che non si adeguano alle regole imposte da Arkanthill. Dunque… idee?».

«E dire che dovrebbe difendere la Dolcina, non aiutare il suo oppressore ad ammazzarla…» commentò Kerselmo.

Fabian lanciò un'occhiataccia a Kerselmo. «Remigio non ha colpe».

«Già, continuiamo pure a fingere che lui non abbia mai colpe. Il povero ragazzo venuto dal niente… l'Uccisore del Drago…» Kerselmo incrociò le braccia.

«Curioso il tuo modo di negoziare facendo emergere i soliti battibecchi del passato» commentò Mirco. «Pensavo fossimo qui per mettere da parte i nostri egoismi e dare un futuro alla Dolcina».

Tutti gli occhi erano puntati sui due capostipiti di Bai e Foconero. Kerselmo e Fabian non risposero alla provocazione.

«Battibecchi o no, Lonte rischia di essere rasa al suolo mentre noi parliamo.» Kerselmo si alzò in piedi, nella sua veste olivastra e la sua coroncina di bronzo a racchiudere i capelli color paglia. «Dispiace dirlo, ma i drammi di Tamara e di Lonte possono essere anche un'occasione. Se Vinicio, Demetrius e Tamara resistessero abbastanza, tutto il castello di sabbia di Giovanni crollerebbe. È più facile combattere un simbolo come Remigio con un altro. Se Lonte riesce a resistere, lancerà un messaggio a tutti gli altri feudi».

«E con il passare del tempo...»

Hazel fu interrotto ancor prima di continuare la frase. Raphael sorrise, proprio perché era stato Cristian a interromperlo. «Possiamo sfruttare il malumore di tutti. Il nostro, per cominciare».

«Siamo ancora troppo deboli» constatò Kerselmo.

«E divisi. Non tutti i lord si schiereranno» concordò Mirco.

«Dovevamo insistere, almeno con lord Aristei» disse Fabian

«Ha deliberatamente ignorato il nostro invito» rispose Kerselmo.

Louise scosse la testa. «Senza Giacomo Aristei non andiamo da nessuna parte».

«Speravo di morire prima di sentire questa frase!» Kerselmo scoppiò a ridere. «D'accordo. Falcara Imperiale ha uno degli eserciti più grandi ed è a due passi da Lonte. Se solo volessero potrebbero allearsi con i difensori di Lonte e mettere in ridicolo De Nillis. Ma sappiamo tutti che carattere ha Giacomo. È un menefreghista egocentrico».

«Come molti di noi qua in mezzo.» Mirco strabuzzò gli occhi e sistemò le sue carte.

Raphael soffocò una risata. Non aveva mai visto Mirco così assennato. Di solito faceva del rigore religioso e della contemplazione il suo mantello. Insomma, un noioso cerimoniere al servizio del Vescovo Mirius Foemar. Oggi sembrava straordinariamente di buon umore.

Cristian prese parola. «Ho parlato personalmente con Giacomo».

Tutti gli occhi furono puntati su di lui. Hazel era rimasto con la solita faccia da cane bastonato, come se stesse soffrendo l'attesa.

«Buone notizie?» domandò Kerselmo.

Cristian scosse il capo. «Non ci aiuterà. Non ha troppa voglia di opporsi alla Corona. Sono riuscito a convincerlo a non prendere parte allo scontro, nel caso in cui dovesse scoppiare».

«Figlio di...»

«E poi» continuò Cristian. «Chiede oro nel caso in cui decidessimo di passare per Falcara Imperiale con un esercito. La chiama precauzione».

«E si traduce opportunismo» sibilò Fabian.

Kerselmo chinò il capo e si abbandonò alla meditazione. «Forse so come convincerlo a schierarsi».

Cristian si voltò in direzione di Raphael. Per tutto il tempo gli aveva mostrato le spalle. Fece un occhiolino e si voltò nuovamente. Raphael sorrise e gli fece una smorfia.

«Ho un piano» esordì Cristian.

Kerselmo e Fabian si scambiarono un'occhiata.

Mirco si mise a sedere. «Ti ascoltiamo, d'altronde siamo punto e a capo».

Restarono chiusi in quella stanza per ore. Ma Raphael avrebbe passato anche giorni interi ad ascoltare la voce di suo fratello. La più bella voce che avesse mai sentito. E la più arguta.

Era tutto pronto, ancora Raphael non capiva come questo sarebbe andato a loro vantaggio.

Il piano era stato un successo, ma non tutto il susseguirsi di eventi che erano accaduti erano frutto dell'acume di Cristian. Avevano avuto molta fortuna, anche se suo fratello odiava ammetterlo.

L'avidità delle persone aveva avuto un ruolo da protagonista. La città di Vecchia Falcara, da anni sotto il diretto controllo di Dolcina, aveva colto l'occasione del trambusto di Lonte per ribellarsi e dichiararsi indipendente. Occasione d'oro per la vicina Falcara Imperiale e lord Giacomo Aristei, il quale si era sentito legittimato a muovere il suo esercito per provare a conquistare la città e riunificare dunque i due feudi. Il caso volle che proprio in quel momento la spedizione punitiva di Remigio Foconero fosse di passaggio per quei territori. Le perdite per tutti e tre gli schieramenti furono ingenti e non appena gli eserciti imperiali di Remigio avevano raggiunto Lonte si erano ritrovati impossibilitati ad agire. Alla fine Tamara, Demetius e Vinicio ce l'avevano fatta a resistere.

Il fallimento delle truppe di Remigio fu solo il primo dei disastri orchestrati da Giovanni De Nillis, sempre più solo e sempre più odiato.

Nelle campagne e lungo il fiume Agondros le truppe dei Bai e dei Foconero avevano preso d'assalto le milizie e le ronde locali organizzate da De Nillis per tenere sotto controllo l'est della Dolcina, mentre sulla costa, a Baia Tresinar, lady Cecilia Deferlay aveva bloccato i porti per tagliare i rifornimenti da Arkanthill. Cristian aveva insistito molto su questo punto, e Sommadistesa, il feudo più fedele alla linea di De Nillis, era caduta sotto i colpi della fame e delle armi d'assedio. Gemelli dell'Agondros si era arresa senza fare storie, mentre a Fostgard il lord sostenitore di Dolcina era stato linciato in piazza per aver assecondato l'assurdo decreto di De Nillis di non prestare soccorso ai cittadini al di fuori della città. Ora era Mirco Sdayl a governare Fostgard. Le cose erano andate a meraviglia, forse più di quanto Cristian si aspettasse, ma Raphael faceva ancora fatica a vedere un lieto fine per loro due. Si sarebbe tutto tramutato in una lotta fra Bai e Foconero, come sempre.

La guerra civile durò tre settimane e si concluse con l'isolamento della città di Dolcina e i lord di tutti i feudi riuniti a marciare contro Goldenknowes per richiedere la testa di Giovanni De Nillis.

Un classico di come vanno a finire queste cose…

La città cadde in mezza giornata, le porte vennero spalancate e la fiumana di soldati invase la città acclamata dalla folla come dei liberatori. Non era rimasto nessuno a difendere Goldenknowes e non appena Kerselmo Bai raggiunse le porte del palazzo, Giovanni era già in ginocchio, con le mani legate e consegnato dai suoi stessi sottoposti.

Giovanni fu scortato nelle segrete in attesa di essere giustiziato, mentre i lord e le persone più influenti della Dolcina si chiusero nel palazzo di Goldenknowes per decidere le sorti dell'intera Dolcina.

Passarono due giorni. Due giorni in cui tutti coloro che erano rimasti esclusi dalle trattative restarono con il fiato sospeso. Due giorni senza Cristian. L'attesa iniziava a fiaccare anche Raphael. Non gli importava che cosa avrebbero deciso. Aveva solo il timore che la storia di De Nillis potesse replicarsi. E che questa volta potesse essere Cristian a fare tutti quegli errori ed essere accompagnato alla forca.

No, doveva scacciare quei pensieri. Lui era brillante, spietato. Non poteva essere paragonato a un vecchio idealista con un paraocchi al posto degli occhiali.

Per scacciare la tensione, Raphael passeggiava per la città e i suoi mercati rionali. Gli ricordavano la sua infanzia. Prima che Roy Carold lo salvasse, ovviamente. Nei volti delle persone vedeva lo stesso male e le stesse perversioni che vedeva da bambino. Le persone non cambiano. Le persone sono sempre uguali. Era su questo che aveva giocato: sul fatto che nessuno fosse complicato e che fare del male fosse l'unica cosa in comune a tutti gli esseri umani. Raphael sorrideva a tutti, perché si nutriva di quell'illusione di superiorità degli altri. Amava prendere in giro le persone.

Da bambino tutti pensavano di avere il controllo su di lui, sul suo corpo. Gli avevano chiesto di fare qualsiasi cosa. E lui l'aveva fatta. All'inizio per poter sopravvivere, ma dopo... dopo era una continua ricerca per vedere quanto potesse spingersi oltre. Ed era giunto alla conclusione che non ci fosse un limite.

Raphael amava tutto. Soprattutto il buio delle persone.

Suonarono le campane della Cattedrale di Dolcina. Era il segnale.

Raphael tornò ai piedi del palazzo, sgomitando fra la folla per riuscire a superare le prime cerchie. Con la lettera firmata da Cristian riuscì a superare i controlli del quartiere mercantile e arrivare fino al ponte che collegava Goldenknowes al resto della città. L'odore degli aceri era pungente. Era un peccato che dovesse far spazio a quello del sangue.

Erano tutti pronti, tutti con vestiti ancor più solenni del solito. Fra i lord sul ponte c'era chi esultava, chi sorrideva, chi stringeva mani o si fingeva un Dio. Kerselmo arrivò su una carrozza dorata trainata da sei stalloni bianchi. Gli stendardi blu e bianchi di Brunellin sventolavano da un lato mentre quelli rossi della Dolcina dall'altro. Quell'entrata era una pagliacciata, ma faceva ben capire l'esito delle trattative.

«Ci avete messo un'eternità! Se avete passato gli ultimi due giorni a fare orge potevi almeno invitarmi.» Raphael raggiunse Cristian. Lui gli fece spazio, con sguardo basso e uno strano sorriso dipinto sul volto.

«Si può sapere perché ridi! Non mi dirai...» Raphael lo strattonò.

«Rido perché tutto va per il meglio».

«Non mi sembra. Kerselmo si atteggia come se fosse l'Imperatore. Che diavolo ti è saltato in testa?»

«Sta a sentire. Presto parlerà e capirai tutto...»

«Che fastidio...» Raphael non era per niente convinto. Cristian sembrava troppo sicuro di sé. Che si fosse abituato a restarsene all'ombra degli uomini di potere per gestirne le trame? Visto e rivisto... Con Fabiano aveva funzionato, e anche bene. Se la Dolcina non era caduta nel caos fra debiti, crisi e oscillamenti dei prezzi del pane e del pesce lo doveva anche a Cristian. Ma un conto era gestire la tesoreria della Provincia, un conto essere ritenuti responsabili di tutti gli errori. Forse Cristian non era pronto per questo. E nemmeno lui.

Due guardie armate, una con i paramenti dei Bai di Brunellin e una con quelli dei Foconero di Solletic. Il bianco e il blu dei Bai messo in contrasto con il rosso e il nero dei Foconero. Kerselmo e Fabian ci avevano messo del loro per far vedere all'intera Dolcina che le sorti dell'intera Provincia dipendevano da loro. Raphael lanciò un'occhiata divertita a Cristian. «Complimenti per aver messo nella stessa gabbia leone e iena!»

Arrivò anche Fabian Foconero. A piedi, seguito da una colonna di uomini in armatura color pece che faticavano a stare al suo passo claudicante. Tutti gli occhi erano puntati sul suo bastone sul quale si reggeva e con il quale illudeva tutti di essere ormai al tramonto della sua esistenza. Dietro di lui il fratello Celestino, lord di Solletic, e Vinicio, ormai ex Presidente del Concilio di Salvaguardia. Alle loro spalle i rampolli di casa: Fred e Sacrin. Anche loro agghindati di superbia. Raphael adorava il loro sorrisetto compiaciuto, ma se Fabian manteneva una faccia seria, a tratti delusa, forse erano loro gli idioti a non aver capito bene la situazione. E probabilmente lo era anche Raphael, visto che nemmeno lui ci stava capendo granché.

Arrivarono altri lord con i loro modi di fare trionfali e appariscenti. Sembrava un ballo in maschera più che un'esecuzione. Raphael era arrivato a immedesimarsi in Giovanni. Fosse stato al suo posto avrebbe chiesto di farsi ammazzare per non doversi sorbire altri imbarazzanti entrate di stile senza stile.

Poi arrivò Remigio. Senza mantello, senza armatura cerimoniale. Senza niente. Solo lui e la sua alabarda. Tutti si ammutolirono.

Raphael cercava spiegazioni fissando Cristian con insistenza, ma lui continuava imperterrito a guardare in direzione del Colonnello, come tutti. Quando Remigio si portò accanto al ceppo tutto fu più chiaro. Giovanni sussurrò qualcosa al Colonnello, ma nel rumore della piazza le sue parole si persero. L'unica cosa che rimaneva era la vergogna di Remigio, il suo sguardo basso e le sue mani strette attorno all'alabarda. Sembrava più un allievo in punizione che un eroe di Arkades.

Ancora una volta Raphael strinse il braccio di Cristian. «Un vecchio porco un giorno mi disse: chi non muore si ripete…»

«Era "si rivede"» lo corresse Cristian.

«No, no, mi ricordo bene. Era "si ripete". Proprio come Remigio.» Raphael fece un cenno in direzione del Colonnello. «Gli idealisti sono i miei burattini preferiti. Ti piacciono?».

«Molto.» Cristian giunse le mani tempestate di anelli. Era bellissimo quando andavano d'accordo. Succedeva sempre meno di frequente, ma era bello come la prima volta. Cristian era sempre stato quello calcolatore dei due. E in fondo gli piaceva anche per quello.

La folla aveva smesso di essere irrequieta e festosa. C'era ancora qualche sbandato che sventolava i sacchi di iuta del pane per protesta e chi lanciava monetine finte contro il patibolo di Giovanni, ma il clima si distese non appena Kerselmo alzò il braccio e fece qualche passo avanti. La sua espressione compiaciuta era la stessa che aveva Roy quando faceva indossare a Raphael quegli abiti imbarazzanti alle serate di gala. Lo stesso senso del potere, la stessa illusione di controllo.

«Popolo della Dolcina. Fratelli miei.» Per quanto ci mettesse enfasi, Kerselmo non riusciva a togliersi quell'espressione falsa dal volto. «Consegniamo a voi questa terra, consegniamo le chiavi della città ai legittimi proprietari, e lo facciamo insieme alla testa del traditore per eccellenza!» La folla scoppiò in un boato. Insulti e risate riempirono l'aria sotto lo sguardo compiaciuto dei lord che avevano già scritto il copione di quanto sarebbe successo. «Arkanthill, la stessa Arkanthill che avrebbe dovuto tutelarci in questo momento critico, ci ha mandato la peggiore delle sciagure: un uomo accecato dal potere! Giovanni De

Nillis.» Kerselmo si rivolse al condannato, che per tutto il tempo non aveva battuto ciglio di fronte allo scherno. «Ti abbiamo conosciuto sotto un'altra veste. Dio solo sa cosa ti sia passato per la testa per affamare i nostri stessi fratelli e reprimere nel sangue le voci giuste. Le tradizioni della Dolcina non si spezzano per decreto, così come non si spezzano le convinzioni di uomini e donne che farebbero di tutto per la propria terra!»

Raphael lanciò un'occhiata a Cristian. Kerselmo aveva detto fin troppe idiozie e sperava di trovare in Cristian un appiglio per rendere meno pesante la situazione. A poco a poco la sua soglia dell'attenzione diminuiva. Arrivò addirittura a strofinare con il dito il suo elmo di bronzo e a passare il palmo sulla lama della sua spada. Faceva ancora un certo effetto vedere la pelle contrarsi di fronte a un qualcosa di tangibile ma invisibile.

«Cosa hai da dire in tua discolpa, Giovanni?» domandò Kerselmo. Il suo sguardo giudicante doveva incutere rispetto e compassione allo stesso tempo, ma di certo Raphael non si sarebbe fatto prendere in giro come la massa di straccioni per i quali tutta questa pagliacciata era stata costruita.

«Questa è una follia…» Giovanni chinò il capo. Forse sconsolato, forse provato dalla prigionia degli ultimi giorni.

«Follia?» Fabian picchiettò il suo bastone sul legno del patibolo. «L'unica follia che merita tale epiteto è stata la scelta di reprimere nel sangue la richiesta di essere governati da un nuovo Principe. Arkanthill lo sa bene. E lo sapevi anche tu».

Giovanni scosse il capo. Non era contrariato. Forse si sentiva ancora superiore con quell'aria da intellettuale e quegli orecchini di metallo tintinnanti. «Eseguivo solo gli ordini».

«Stronzate.» Un uomo basso, agghindato di sete preziose e pellicce di ermellino gelò Kerselmo. «Lo facevi per potere. Come tutti».

Nessuno fiatò. Era ovvio che tutti agivano per quello.

Raphael si avvicinò a Cristian per sussurrargli qualcosa all'orecchio.

«È Giacomo Aristei. Fa' silenzio» lo bloccò Cristian. Ancora una volta aveva predetto la sua domanda.

Raphael ubbidì. C'erano ancora altri drammi a cui assistere. Drammi che avrebbero coinvolto Remigio in prima persona. Chissà come avrebbe reagito l'intrepido Uccisore del Drago? La situazione iniziava a farsi intrigante…

«La nostra storia.» Kerselmo riprese la parola dopo l'intervento di Giacomo. «Il nostro orgoglio e i nostri eroi non si possono corrompere.» Indicò Remigio e la sua alabarda. Raphael trovava curioso come avessero scelto di giustiziare Giovanni con un'arma così poco pratica. Quasi gli faceva pena.

«Procedi.» Fabian fece un cenno a Remigio. Il Colonnello ci mise più di qualche istante per reagire. Era come se fosse stordito, come se nemmeno lui avesse capito bene la situazione. Era lo strumento perfetto, proprio come diceva Cristian. Muso solenne, sguardo perso, cuore indeciso: le caratteristiche perfette per il piano.

«Ti sono concesse delle ultime parole…» disse Kerselmo con sdegno.

Giovanni e Remigio si osservarono a lungo, poi il condannato sospirò: «Dio ti abbia in gloria, Remigio.» Chinò il capo e trattenne il fiato. Forse sperava nella benedizione del Vescovo Mirius Foemar. Sperava invano, visto che non si era nemmeno presentato.

«Io, Remigio Foconero, Colonnello della Dolcina e Figlio dell'Impero, ti condanno a morte nel nome dell'Imperatore Tecnho I».

«Io, Kerselmo Bai, Presidente di Convenzione e Figlio dell'Impero, ti condanno a morte nel nome dell'Imperatore Tecnho I».

Cosa? Convenzione? Convenzione di Dolcina?

Nemmeno il tempo di guardarsi attorno e chiedere spiegazioni, che l'alabarda di Remigio tranciò di netto il collo di Giovanni e la folla si scordò dell'affermazione di Kerselmo. Aveva preso lui il potere, e ancora nessuno aveva storto il naso. Tutti sorridevano ed esultavano. Tutti tranne Fabian. Tutti tranne i Foconero. C'era da aspettarselo.

«I nostri nemici sono il passato» esordì Kerselmo dopo essersi fatto un segno di croce. «Ora è nostro compito guardare al futuro.» I lord e i nobili della Dolcina sciolsero i ranghi e si affiancarono a Kerselmo. Scesero dal patibolo e raggiunsero una pedana sopraelevata. Raphael, spaesato, seguì Cristian. Lui sapeva tutto e ancora non aveva intenzione di dirgli niente. Quando diavolo pensava di vuotare il sacco?

Mirco Sdayl consegnò a Kerselmo una pergamena. Il portavoce dei Bai si guardò intorno compiaciuto. «Abbiamo passato giorni e notti chiusi a Goldenknowes per prendere una decisione.» Kerselmo srotolò la pergamena e iniziò a leggere.

«Noi, qui riuniti nel centro del potere della Dolcina, il nobile palazzo di Goldenknowes, viste le subdole macchinazioni di uomini infidi che hanno tradito la fiducia del nostro splendente Imperatore Tecnho I, giungiamo a una decisione sofferta quanto necessaria per tutta la popolazione. Da questo momento, fino alla data dell'indicazione di un candidato a Principe della Dolcina da sottoporre al giudizio dell'Imperatore, a governare la Provincia sarà un ristretto numero di persone con il compito di traghettare il popolo, oppresso e diviso dalla guerra, verso la formazione di un governo stabile e duraturo. Per questo noi, qui, di fronte a voi, leggiamo le disposizioni condivise dai lord della Dolcina e dai sostenitori della lotta alla follia di De Nillis. Tali disposizioni sono state firmate in un documento.» Kerselmo indicò un'altra pergamena, nelle mani di Fabian. «Disposizioni che prendono il nome di Convenzione di Dolcina, la quale rimarrà in vigore fino al raggiungimento di un accordo fra i lord per l'indicazione di un nome da sottoporre ad Arkanthill, nella speranza che la Capitale capisca l'importanza di non insinuarsi mai più nelle questioni dirette della nostra terra».

Il popolo esultò. Esulta sempre, il popolo. Soprattutto quando non capisce. E Raphael trovava quell'incoscienza e quella fiducia cieca come un qualcosa di affascinante. Erano così teneri quando si fidavano degli altri…

«Sarà mio onere prendere in mano la situazione quale Presidente di Convenzione. Sarò abbastanza saggio da tendere l'orecchio sia alle preoccupazioni dei lord sia a quelle della gente comune. Nell'interesse esclusivo della Dolcina».

Raphael diede qualche colpetto con il gomito a Cristian. «Divertente, non credi? Gli do due settimane e poi ci rivedremo qui su questo patibolo».

142

Cristian non rispose. E la cosa poteva essere preoccupante. Poteva voler dire che le cose non erano andate secondo i suoi piani, oppure poteva significare solo un'altra cosa: che il bello doveva ancora arrivare.

«Ok, se non vuoi parlarmi basta che me lo dici subito… Ad ogni modo: qual è la mossa ora?» Raphael si scostò un ciuffo di lato, quasi offeso dalla mancata risposta.

«Per il momento nessuna».

«Ah, grandioso! Dunque legittimiamo Kerselmo e la finiamo qui?»

«No. Leggi i firmatari della Convenzione…»

Raphael lesse da una lettera nelle mani di Cristian una lista interminabile di nomi. Anche i più insospettabili. Era assurdo come Giovanni fosse stato in grado di unire nemici giurati come Bai e Foconero. Ma ancor più incredibile era come anche esponenti di altre casate, persino di uomini rispettabili come Tesar Goich, Garrett Duster e Loris Klander avessero deciso di unire le forze per instaurare un regime del terrore a Dolcina. Perché di questo si trattava, se qualcuno non lo avesse capito.

Raphael aveva sentito abbastanza storie da intuire come quella sarebbe andata a finire. Le persone fingono sempre di andare d'accordo con le altre. Presto o tardi tutta quella storia della Convenzione di Dolcina si sarebbe trasformata in una caccia infinita al traditore. Forse era proprio quello in piano di Cristian: mettere le persone le une contro le altre per sfoltire la concorrenza. Fabian e i Foconero non avrebbero mai accettato di consegnare la Dolcina ai Bai di Brunellin. Sfruttare la loro secolare diatriba era la chiave per il seggio di Dolcina.

«Sei geniale.» sussurrò Raphael.

«Lo so.» Cristian abbozzò un sorriso, poi si ricompose immediatamente per far vedere il suo solito lato freddo.

Era quello che amava di più di suo fratello.

Kerselmo, dopo essersi dilungato in noiosi tecnicismi, lesse le nomine della Convenzione:

"Kerselmo Bai, Presidente di Convenzione
Fabian Foconero, Vicepresidente di Convenzione
Cristian Carold, Membro della Corte di Convenzione
Mirco Sdayl, Membro della Corte di Convenzione

Louise Foster, Membro della Corte di Convenzione
Tamara Veridiani, Membro della Corte di Convenzione
Ludovico Dest, Membro della Corte di Convenzione
Remigio Foconero, Colonnello di Convenzione
Tesar Goich, Alto Rappresentante alla Salvaguardia
Cabar Grey, Tutore al Benessere del Popolo della Convenzione.

Lord e lady riconosciuti dalla Convenzione e legittimati a governare sui feudi della Dolcina:

Tamara Veridiani, lady di Lonte
Hazel Bai, lord di Brunellin
Celestino Foconero, lord di Solletic
Ludovico Dest, lord ad interim di Vecchia Falcara
Giacomo Aristei, lord di Falcara Imperiale
Stephan Indral, lord di Sommadistesa
Giosué Tutcker, lord ad interim di Fostgard
Paride Hirasol, lord di Gemelli dell'Agondros
Cecilia Deferlay, lady di Baia Tresinar"

Nessun Concilio di Salvaguardia, nessun Garante del Benessere, nessuna Corte dei Notabili. E per di più i Foconero non ottenevano nessuno dei ruoli di potere nella nuova Convenzione. Kerselmo aveva stravolto tutto e il bello era che lo aveva fatto con le firme delle stesse persone che adesso, a poco a poco, iniziavano a intuire di aver fatto un errore madornale.

Raphael si compiacque ancora di più. Manovrare i fili della politica non era difficile come lo aveva raccontato Cristian.

«Presto avremo un nuovo tiranno» sussurrò Cristian.

E lo disse con quella voce magnifica che Raphael avrebbe ascoltato per l'eternità. La stessa che usava quando tutto stava andando per il meglio e nulla poteva creare problemi.

Sarebbe andato tutto per il meglio? Finché c'era Cristian a pensare per entrambi, sì.

I festeggiamenti continuarono. La Convenzione di Dolcina era nata, ma Raphael era sicuro solo di una cosa. A causa sua sarebbero morti in migliaia.

Benvenuto periodo del terrore. Benvenuta caccia ai traditori.

"Doràl, pagina 311

Marco Aurelio Potrik continua a tenere un certo distacco da me e da tutti gli altri. Ma guardiamola dal lato opposto. Sono io che in realtà prendo sul serio il torneo. Io che passo tutti i minuti della mia giornata fra lotte e addestramenti. Dal risveglio fino al tramonto. Sono sempre io quello che deve avere tutto sotto controllo.

Hazel Bai è contrario al gran baccano che riusciamo a fare e viene sempre ad ammonirci quando sono tutti a dormire e noi ci aggiriamo per le campagne a scombinare tutto. Dopo aver passato qualche giorno con i fratelli Carold i miei timpani stanno risentendo degli effetti delle loro urla.

Loro non parlano, urlano. Non so il motivo, lo fanno anche quando sono a un metro da loro e per parlarmi, ovviamente, devono sempre crollarmi addosso così che io debba tirarmeli su dai piedi. Sono strani, ma mi piacciono per questo.

La scena più indecente che abbia mai visto oggi, e no... non è Marco Aurelio che sbava dietro ad Alexa da Safes, è la permalosità di Aliros. In chissà quale discussione, fra scherzi e risate, Lorenzo Deferlay ha inavvertitamente preso contro ad Aliros scusandosi subito dopo. Come se fosse caduto il mondo, Aliros ha messo un broncio incredibile e se ne è tornato alla tenda mettendosi sul letto con la faccia rivolta contro il cuscino.

Arrivai addirittura a sentirmi così in pena per lui che andai a chiedere spiegazioni a Lorenzo. Alla fine scoppiò a piangere anche lui sentendosi accusato. Non riuscivo a vedere Aliros in quelle condizioni, lo consolai anche se nettamente nel torto. Ma se devo essere sincero, torto o meno, io avrei sempre dato ragione a lui, perché per me Doràl è soprattutto prendere posizione. A Lucille questo non piacerà, ne sono sicuro.

Sono arrivato al punto di dar ragione ad Aliros per qualcosa che era sicuramente un suo capriccio, è incredibile, ma vero."

VERSANTIUS

Apparenze

Quando Versantius era venuto a conoscenza dei fatti di Dolcina era già stato troppo tardi. I piani dovevano cambiare, ma questo improvviso passaggio di potere poteva essere un bene insperato. Giovanni De Nillis era stato l'agnello sacrificale di tutti: di Arkanthill, dei lord della Dolcina e dello stesso Versantius. L'uomo indicato per addossarsi tutte le colpe in attesa di un nuovo Principe.

A lui importava meno di zero di chi alla fine avrebbe governato sulla Dolcina. L'importante era arrivare in città e prendere il Libro Tomo di Mirius Foemar. E ancora una volta stava giocando la carta della previdenza e del bene comune per convincere gli altri a fare quello che voleva lui.

«Questa Convenzione è ancora peggio dei bagni di sangue di De Nillis.» Tiberio spostò un pedone. Aveva deciso di ingannare il tempo giocando a scacchi con Versantius nei suoi alloggi privati.

«A quanti siamo oggi?» Versantius aveva occhi solo per la scacchiera, come sempre.

«Qualche decina. Più di ieri. Anche Kerselmo si diverte a tagliare teste, ma questo non è una novità.» Tiberio fece la sua mossa. Stava sacrificando il cavallo. Che strategia aveva in mente?

«Posso dire che non mi sorprende?»

«Puoi dirlo».

«E tu vuoi comunque far sposare Fabrizio con Mirandolina.» Versantius si prese il tempo per pensare a quale pezzo muovere. Tiberio lo osservava come se fosse più concentrato a formulare una sua eventuale risposta che a muovere il prossimo pezzo.

«Non dovrei spiegartelo io il perché».

Parole decisamente astute. Per quanto i Foconero ce la mettessero tutta a gonfiare il petto, i Bai erano la scelta giusta, la via più semplice per arrivare a Dolcina.

Tiberio tentennò di fronte all'ultima mossa di Versantius. I due si guardarono e a poco a poco l'espressione seria di Tiberio si smorzò. Un sorriso smagliante illuminò quel volto pensoso. Tiberio afferrò il suo re e lo capovolse sulla scacchiera. Aveva perso.

«Andiamo a prendere un po' d'aria?» Versantius si alzò, soddisfatto. Non era stato facile vincere la partita, ma alla fine ce l'aveva fatta. Ce la faceva sempre.

«Dovrai aiutarmi a fare il gradino.» Tiberio picchiettò la sua mano sulla ruota della sua sedia. Versantius fece spallucce e i due si misero a ridere.

Versantius spinse la sedia a rotelle di Tiberio fino al terrazzo della camera. Non fu facile far passare le ruote oltre il gradino che portava all'esterno, ma ce la mise tutta pur di mostrarsi premuroso e attento. Nella vita aveva imparato che apparire misericordiosi e buoni pagava molto di più della prepotenza. Non c'era bisogno che Versantius fosse empatico davvero, bastava anche solo dire di esserlo.

L'aria soffiava di fronte a loro scombussolando le vesti di entrambi. La luce illuminò il volto di Versantius. Chiuse gli occhi per abbandonarsi al tepore del sole. Sotto di loro la grande distesa erbeggiante di Silverknowes, con i suoi tavoli, le sue compagnie itineranti e i nobiluomini che ciondolavano da tavolo a tavolo.

«Non ti stanca mai questa festa perenne?» Versantius si appoggiò al parapetto in marmo con i gomiti. Da lì tutto sembrava insignificante.

«Non penso che mi stancherò mai della vita».

«Questa non è propriamente vita. Sembra più una grande miseria che crolla su se stessa».

«Perché dici così, Versantius?»

«Mirandolina è brava a costruire qualcosa che non esiste. Un luogo felice nel quale le ipocrisie tengono insieme tutto».

«Questo è quello che vogliono tutti. Pace».

La risposta di Tiberio lo mise in crisi. Si sforzò di non girarsi nella sua direzione, ma avrebbe voluto vedere la sua espressione mentre diceva quella frase. Era una verità assoluta. Il mondo voleva questo, ma allora perché alimentare questa idea? Cosa ne ricavava Tiberio? Forse il fatto di non sentirsi più solo? Non funzionava così la solitudine. E lui dava tutta l'impressione di essere solo in mezzo a tanta altra gente attorno a lui. Versantius non avrebbe mai provato la sensazione dell'esilio, o forse sì. Forse tutta questa storia sarebbe finita in un nulla di fatto, forse un giorno sarebbe tornato a Derenhalle a chiedere perdono per averli abbandonati e sarebbe stato ricacciato indietro. Si sentivano strane voci dal Ducato. C'era chi sosteneva che Rolando Raffreddalama fosse morto, altri che fosse fuggito, altri ancora che avesse deciso di abdicare e scomparire.

Non sapeva perché, ma ogni tanto ripensava ad Alicia. E se c'era una persona che incarnava esattamente quello che Versantius non voleva essere, era proprio Alicia. Lui avrebbe avuto il coraggio di fare qualsiasi cosa, di vincere, di andare contro tutto e tutti pur di non restare nell'ombra. Lei no.

«I tuoi amici proprio non riescono a stare fermi.» Tiberio indicò in direzione di un gazebo. Pieros e Gabriel stavano combattendo. Attorno a loro un gruppetto di nobili affascinati dallo scontro li osservava con interesse. Da quando Monosiklo era arrivato con i suoi uomini, Gabriel era diventato più sereno. Almeno lui.

«Puoi chiedere a Gabriel di stare fermo un'ora.» Versantius si sporse per vedere meglio. «Puoi chiedere a Gabriel di stare fermo un giorno. Ma non puoi chiedere a Gabriel di stare fermo per sempre. Soprattutto quando fuori c'è la morte e lui è costretto a vedere le dame disperarsi perché il biscotto inzuppato è affondato nella tazzina del tè».

«Se non sbaglio è stata una tua idea attendere.» La voce di Tiberio si fece più marcata.

Aveva ragione. Attendere era stata una sua idea. Doveva farsi una panoramica della situazione nella Dolcina e ora c'era riuscito.

Lo scontro fra Gabriel e Pieros raggiunse il culmine. Pieros cadde a terra, Gabriel gli puntò la lama al petto e tutto si concluse sotto scroscianti applausi. Pieros si sbracciò e spintonò Gabriel, sopraffatto dall'umiliazione. Ma come sempre, tutto finì con una pacca sulle spalle, risate e loro due che insieme se ne andavano a bere qualcosa per ristorarsi. La sintonia che Pieros e Gabriel stavano costruendo poteva diventare un problema.

«A cosa stai pensando?»

Quella domanda colse Versantius alla sprovvista. Di solito era lui a spiazzare gli altri con quelle parole.

«Niente...»

«Insisto» disse secco Tiberio.

Versantius gonfiò il petto e sorrise. Guardò negli occhi di Tiberio per la prima volta dopo tanto tempo. «Provo invidia».

«Per l'ebrezza della lotta?»

«Per l'incoscienza» lo corresse Versantius. «Se fosse così semplice... Menar fendenti contro il nemico per proteggere dal male chi amiamo...»

«Sarebbe tutto più veloce, non credi?»

«Sarebbe anche tremendamente noioso».

Tiberio non rispose. E il suo silenzio era significativo. Taceva ogni volta che era in disaccordo. Il più delle volte era un vantaggio, ma in quell'occasione poteva essere pericoloso rimandare la questione.

«Ad ogni modo ho piena fiducia nei miei amici.» Versantius continuò a guardare l'orizzonte. «Io faccio la mia parte. Loro fanno la loro. È così che funziona».

Il silenzio si riprese la scena. Tiberio non aveva nulla da dire. Lo sguardo di Versantius balzava da un tavolo all'altro del prato, da uno spettacolo di magia a un'esibizione di giocoleria. Gli dava fastidio il modo in cui Tiberio stava provando a metterlo in difficoltà. Perché parlare di amicizia? I suoi amici ora erano in chissà quale prigione a Vecchia Falcara, lo volevano morto o erano sepolti sotto metri di terra. Forse era stato stupido tirare fuori quell'argomento.

Era di questo che voleva parlare Tiberio? Del fatto che Versantius se ne fosse dimenticato? Oppure che stesse giocando con i sentimenti degli altri per manovrarli, esattamente come suo padre muoveva i suoi burattini?

Non aveva problemi ad ammettere a se stesso che Gabriel, Pieros, Sefiro e tutti gli altri erano solo marionette, solo il modo più semplice per raggiungere Dolcina e Naviglio. Era il suo dono: convincere le persone di star facendo la cosa giusta per guidarle dove voleva lui.

Nessuno ci avrebbe rimesso. Ed era proprio per questo che l'illusione della loro amicizia doveva rimanere viva. Spezzarla avrebbe fatto male a tutti.

Nell'immenso giardino di Silverknowes, Mirandolina continuava ad andare avanti e indietro come una staffetta. Quei due puntini colorati che Versantius vedeva in lontananza erano Alcide e Gunter. Due dei molti che ronzavano attorno a Mirandolina senza ritegno.

«Mirandolina è brava…» esordì Versantius.

«So dove vuoi arrivare. Taglia corto.» Se non altro Tiberio non si faceva illusioni.

«Non mi sembra per niente pronta a sostenere un matrimonio. Sembra non preoccuparsene. A volte penso che nemmeno sappia che deve sposarsi.» Versantius si voltò in direzione di Tiberio. «Lo sa, vero?»

«Certo che lo sa».

«E nonostante questo…»

«Non giudico il comportamento di Mirandolina.» Tiberio tossì per la velocità con la quale aveva sputato quelle parole. «Nemmeno se si tratta di difendere mio figlio. I matrimoni sono fatti così: il mio ne è stato un esempio. Fabrizio se ne farà una ragione».

Versantius si voltò nuovamente. Se per Tiberio non era un problema vedere il figlio innamorato perso di una donna che non aveva le minime attenzioni per lui, nemmeno lui doveva farsi carico di queste preoccupazioni.

«Non ti disturba nemmeno un po' la cosa?»

«No.» Tiberio si accese la pipa. I due restarono a lungo a godersi il tepore del sole e il clima di festa. Vissuto da lassù, senza il caos dei camerieri e dei nobili molesti era ancora meglio.

«Mirandolina è la donna giusta.» Tiberio riaccese la discussione. «Capace, astuta, intelligente. So che potrebbe non sembrare tale dai suoi comportamenti, ma fidati…»

«Lo so benissimo».

Versantius era sempre più convinto dell'arguzia di Mirandolina. Non era da tutti riuscire a fingere per tutto il giorno tutti i giorni. La parte della ragazza ingenua, pretenziosa e manipolabile le si addiceva. Tutti, anche Versantius, sarebbero sempre rimasti con il dubbio se fossero loro a prendersi gioco di Mirandolina o viceversa. Versantius aveva puntato tutto sulla bella e ingenua donzella. Sul fatto che fosse lei a ridere degli altri nel segreto delle sue stanze.

«E ora che Kerselmo guida la Dolcina, sono sempre più convinto della mia scelta» disse Tiberio.

«Tua scelta? Pensavo che fosse l'amore di Fabrizio per Mirandolina a guidare questo piano».

«L'amore non è ovunque» cantilenò Tiberio. «Soprattutto non è nelle questioni dinastiche. Ad ogni modo sono convinto che mio figlio provi davvero qualcosa per Mirandolina. Come dargli torto, del resto.» Tiberio sbuffò del fumo e sogghignò. Si ricompose. «Il sodalizio con i Bai di Brunellin è retaggio della mia famiglia e deve continuare. Il mio sogno sarebbe ricreare l'alleanza fra Dolcina e Brunellin che aveva guidato la Provincia ai tempi di mio padre Alberto e del Colonnello Rosalinda Bai. Quelli sono stati i tempi migliori. Volevi una spiegazione sul perché non avessi spinto per far sposare mio figlio con Ortensia? Ora ce l'hai».

«I Foconero non se ne staranno zitti».

«Fanno baccano da sempre, sono intraprendenti e di sicuro non accetteranno di buon grado questa alleanza. L'avevo messo in conto. Ma se non sbaglio a guidare la Convenzione è Kerselmo e non Fabian. Dunque, credi ancora che abbia fatto la scelta sbagliata? Io credo proprio di no».

«La scelta sbagliata non di certo. Spero solo che per noi sia la più lungimirante».

La logica dietro al ragionamento di Tiberio era lineare: i Bai erano i favoriti, perciò conveniva stare dalla loro parte. Tutte le belle parole sul patto fraterno fra i De Frel e i Bai erano solo un nobile tentativo di giustificare il ritorno alle origini. Il ritorno al potere.

Non capitava spesso che Versantius si fidasse degli altri senza aver preparato prima una via di fuga sicura. Questa volta doveva per forza affidarsi alle decisioni di Tiberio e Fabrizio.

«Le sorti della Convenzione sono mutevoli.» Versantius era preoccupato. «Spero solo di far in tempo a parlare con Kerselmo prima che l'escalation di repressione porti a una nuova guerra civile. Se so come vanno a finire queste cose, ho paura che Kerselmo ci prenda gusto a restare ancorato al potere. Diventiamo sempre chi abbiamo giurato di combattere».

«Non ho dubbi che ci riuscirete. Kerselmo non potrà rifiutare l'offerta».

Versantius si lasciò scappare un sorrisetto. Per un momento aveva creduto di aver avuto di fronte a sé una persona ragionevole. Fece un inchino e si congedò.

Aveva sopravvalutato Tiberio. Era come tutti gli altri.

«Siamo pronti.» Versantius non si annunciò nemmeno. Si presentò ai bordi del fiume nel quale Gabriel stava facendo il bagno e aveva annunciato così la loro partenza.

«Stai scherzando, vero?» Gabriel emerse dall'acqua scuotendo i suoi lunghi capelli, proprio come farebbe un cane bagnato. E forse lo era.

«No, con Tiberio abbiamo pensato che sia il momento giusto per andare nella Dolcina».

«Abbiamo? Tu e chi altri, esattamente?» Lo sguardo torvo di Gabriel si posò su Versantius. Uscì dal fiume e si coprì con un telo per proteggersi dalle folate di vento. Probabilmente avrebbe tremato per il freddo se solo la rabbia non lo avesse tenuto al caldo.

«Non eri impaziente di intervenire?» Versantius alzò un sopracciglio.

Gabriel incrociò le braccia e continuò a scrutare Versantius con sospetto.

«Gabriel, se c'è qualcosa che devi dirmi, dimmelo subito».

«Oh, niente! Vorrei solo sapere il piano che tu e Tiberio avete partorito. Se per te non è un problema, sia chiaro… O forse sono troppo stupido per capirlo».

«Ma che stai dicendo?»

«Non mi prendere per il culo».

«Gabriel...»

«Parla».

Versantius scosse la testa. Continuava a mal sopportare gli scatti d'ira di Gabriel. Presto o tardi gliel'avrebbe fatta pagare.

«Kerselmo è in viaggio per le città della Dolcina per ascoltare le proposte dei nomi per il prossimo Principe. Se facciamo in tempo riusciremo ad arrivare a Lonte proprio mentre lui è in città. Partiremo io, tu, Pieros, Lucretio e Fabrizio».

«Hai già deciso tutto tu, quindi?»

«Ne ho parlato con Monosiklo».

«Stronzate. Mi ha detto che non vi siete messi d'accordo su nulla».

Versantius si bloccò. Era vero. Ma come faceva Gabriel a saperlo? Da quando lui e Monosiklo si scambiavano anche solo la parola?

«Pensa quello che vuoi, ma dobbiamo agire comunque. Personalmente non credo che Kerselmo darà ascolto alle voci dei rappresentanti delle città. E questo è un bene. Ci permetterà di dialogare con lui, corromperlo e organizzare il matrimonio fra Fabrizio e Mirandolina».

«Lonte è la più lontana delle città della Dolcina...»

Povero e ingenuo Gabriel... proprio non capiva.

«Lonte è la nostra occasione per avere un colloquio con Kerselmo prima che questo cambi città. Andare a Dolcina sarebbe troppo pericoloso, Lonte invece è in una situazione ambigua di conflitto. È il primo campo di battaglia fra Bai e Foconero».

«Tutto si riduce a questi bastardi che vogliono farsi la guerra da sempre».

«Vedo che inizi a capire...» Versantius sorrise. «Neanche il tempo di essere nominato che Tesar Goich è stato assassinato. Ed ora è una continua lotta per chi ottiene più incarichi. Visto che i Foconero non possono ambire alla Presidenza della Convenzione finché c'è Kerselmo, il vecchio Concilio di Salvaguardia, o meglio, Vinicio Foconero, prova a riprendersi il suo posto con l'aiuto della sua famiglia».

«E quindi?»

«Beh, Gabriel, il problema è che anche i Bai stanno provando a mettere le mani su quel titolo. Demetrius Bai proverà a giocarsi le sue carte vincendo a Lonte».

«Dunque Kerselmo andrà a Lonte e risolverà la questione».

«Esattamente» disse compiaciuto Versantius.

«Queste cose non potevi dirmele prima?»

«Ho preferito pensarci su».

«Come no… e sentiamo, perché Monosiklo non dovrebbe venire a Dolcina? Non è lui il Granduca?»

Versantius placò uno spasmo alla bocca simile a un sorrisetto. «Dimmi che non stai parlando seriamente… Monosiklo rappresenta l'Impero, la Corona di Arkanthill.» Gesticolava. «Devo ricordarti io che fine ha fatto l'ultima persona che ha rappresentato l'Impero a Dolcina? Te lo ricordo, perché sembra che tu abbia la memoria corta: è stato linciato.» Si era fatto prendere dalla foga. «Giovanni De Nillis è stato giustiziato.» Scandì come se stesse parlando con un ubriaco.

«Cazzo, Versantius!» Gabriel lanciò il telo sul prato ed esplose in uno scatto d'ira. «Perché continui a ripetermi le stesse cose? Le stesse identiche scuse per giustificare tutto!»

«Ma che stai dicendo?» Senza volerlo, Versantius fece un passo indietro. Non avrebbe mai dovuto farlo.

«Hai deciso tutto tu e ora vieni anche qui a vantarti di come sei astuto e pragmatico. Pronto a usare i tuoi soldatini per salvare il culo di Tiberio. E ancora non sappiamo perché…»

«Cosa? Ancora questa storia?»

«Sì, Versantius, ancora questa storia».

«Sai benissimo perché dobbiamo prendere la Dolcina».

«A te non frega un cazzo della Dolcina. E non fare quella faccia tutta scossa. Non te ne frega un cazzo nemmeno di noi. Dimmi, tutto questo bordello è per quei due idioti imprigionati?»

Versantius iniziava a innervosirsi. Le accuse di Gabriel erano fondate, ma non poteva ridurre tutto a una questione personale. Gli aveva messo davanti agli occhi motivazioni oggettive: la pace, la vendetta, l'equilibrio di tutte le cose. Perché si ostinava a pensare a lui? Perché continuava a fare domande? Doveva solo tacere ed eseguire. Ringraziare che ci fosse qualcun altro a risolvere i problemi al posto suo, perché se fosse stato per Gabriel, sarebbero tutti sepolti sotto metri di terra a fare compagnia a Viola Hansbert.

Aveva pensato anche troppo. Gabriel lo trafiggeva con lo sguardo. Doveva dare una risposta.

«Perché?» Versantius abbassò lo sguardo. La sua voce era flebile e faceva di tutto per essere tale. «Dobbiamo davvero continuare a litigare?»

I muscoli di Gabriel si distesero, le sue vene cominciarono a scomparire alla vista. A poco a poco il clima di distese lasciando spazio solo per i rumori naturali di Silverknowes, del fiume che scorreva, del cinguettio degli uccelli.

«No. Non dobbiamo.» Gabriel si rivestì. «Sarebbe tutto più facile se tu mi dicessi che cosa ti passa per la testa».

«È complicato, Gabriel. Non voglio aggiungere preoccupazioni a nessuno di voi».

«Di me ti puoi fidare».

«Lo so.» Versantius fece un lungo sospiro. «Lo so benissimo. Ma...»

«Scusa se ho fatto lo stronzo.» Gabriel tese una mano a Versantius. «So cosa significa perdere degli amici. E hai la mia parola che tireremo fuori Hansel e Marco Aurelio da questa situazione di merda».

Versantius afferrò la mano. E ancora una volta, legati da un vincolo indissolubile, i due si guardarono negli occhi. Ancora una volta Versantius era riuscito a far leva sui sentimenti. Era così soddisfacente quando qualcuno crollava sotto il peso delle emozioni. Per anni aveva giocato con i pensieri, con le opinioni e con le sensazioni della gente. Ogni volta era qualcosa di diverso, nuova linfa per Versantius.

«Non ti preoccupare. Amico».

Quella parola apriva sempre molte porte. Anche le più imponenti e dure. Anche Gabriel.

«Versantius».

Erano ancora immobili. La mano di Versantius imprigionata nella forte stretta di Gabriel.

«Dimmi».

«Lo so che tutta questa storia è una merda, ma ho bisogno di saperlo…»

«Cosa?»

«Voglio che tu mi dica che ci tieni a noi. Dopo tutto questo tempo, dopo tutto quello che abbiamo passato… Qualcosa dovrà pur contare. Dimmi solo che non sei l'ennesimo stronzo egoista».

Versantius scoppiò a ridere, poi tornò serio. «Siete la cosa più bella che mi sia capitata nell'ultimo anno. Siete la mia liberazione. Tu, Gabriel, mi hai salvato.» Abbassò la testa: era il momento del colpo di grazia, delle parole che avrebbero fatto breccia nel cuore di Gabriel. «Non sei solo l'eroe di Aeternam Clipeus. Sei il nostro eroe. Il mio, sicuramente».

Gabriel lo squadrò per qualche istante. Forse confuso da quelle parole, forse ancora titubante. Versantius non credeva a una sola parola di quello che aveva detto. Poteva considerare quel dialogo come una vera e propria esibizione teatrale. Era bravo a interpretare un ruolo. Fin troppo bravo. La sincerità era qualcosa di sopravvalutato. D'altronde era una questione di apparenze da sempre.

Gabriel si abbandonò a un sorriso luminoso e a una pacca sulle spalle. «Sei il mio bastardo preferito!»

Si diressero verso Silverknowes. C'era un viaggio lungo da organizzare e dovevano dividersi i compiti. Chi era in partenza per Dolcina doveva fare attenzione al precario equilibrio della Provincia. Gli altri avevano invece un compito altrettanto importante: tenere sotto controllo Mirandolina ed evitare che facesse danni. A Versantius non piaceva il suo comportamento. Così come non piaceva il suo continuo volteggiare attorno a Girolam Tutcker e allo stesso tempo tenere per il guinzaglio i lord di mezzo Impero. Poteva essere un problema organizzare un matrimonio senza la sposa.

Il clima che permeava nel prato di Silverknowes iniziava ad essere nauseante anche per Versantius. Camerieri forsennati che facevano avanti e indietro fra i tavoli e ubriaconi che gridavano per attirare la loro attenzione. C'era chi si scannava per l'ultimo pezzo di torta, sebbene tutti sapessero che, tempo mezz'ora, un'altra torta ancor più grande sarebbe uscita da Silverknowes per ordine di Mirandolina.

Monosiklo era seduto a uno dei tavoli nel prato. Versantius lo riconobbe nel marasma dei lord solo perché si era fatto costruire appositamente un gazebo rosso con lo stemma dell'Impero per ripararlo dal sole. Era solo al tavolo. Forse era l'occasione giusta per fugare i suoi dubbi.

«Potresti andare a chiedere a Sefiro di incontrarci?» domandò Versantius. «Dovrebbe essere da Tiberio. Passa spesso il suo tempo nella biblioteca con lui».

Gabriel non fece storie. Si congedò con un cenno e passò con noncuranza in mezzo ai tavoli degli altri. Nonostante la scenata di prima era contento anche lui di andarsene da Silverknowes.

Versantius strinse i pugni: un problema in meno.

Si avvicinò al tavolo di Monosiklo. Il Granduca si stava facendo aria con un ventaglio. Nonostante l'ombra pativa il caldo come un animale, ma di togliersi le sue sfavillanti vesti ornate in pelliccia di ermellino non se ne parlava nemmeno.

«Versantius! Ti offrirei da bere ma...» Monosiklo capovolse il suo calice e sogghignò.

Anche Versantius abbozzò un sorriso. «Non mi sei mai sembrato quel tipo di persona».

«Ma che hai capito?» Si sorprese Monosiklo. «Sempre a pensar male... Comunque se aspetti un po' qualcuno ci porta una caraffa. Ho mandato Lucretio a lamentarsi nelle cucine».

«Lucretio?» Non era per niente la persona adatta a lanciarsi in sfuriate nei confronti di cuochi e camerieri.

Monosiklo scoppiò a ridere. «Gli farà bene. Lo vedo un po' distratto ultimamente».

«E Pieros?»

«A lavarsi. Finalmente.» Monosiklo indicò una sedia di fronte a lui. «Siediti pure. Così mi fai sembrare scortese se te ne resti in piedi con quella faccia da pesce lesso. Mi piace che gli altri guardino in questa direzione, ma tu stai facendo sembrare il tutto più strano».

«Grazie per l'invito, ma sono venuto solo a dirti che siamo in partenza».

158

«Ah, sì…» Monosiklo rigirò il calice vuoto, quasi per noia. «Tiberio mi ha accennato qualcosa. Spero solo che non vi ficchiate nei guai con quella… come diavolo si chiama?»

«Convenzione di Dolcina».

«Convenzione?» Monosiklo strinse il pugno e contrasse i muscoli della mascella. «Sai dove gliela ficco quella Convenzione a Kerselmo Bai e a tutti quegli ingrati?»

Monosiklo non doveva aver preso molto bene la brutta figura che la corte di Arkanthill aveva fatto nella Dolcina. Ne era uscita più debole. E così anche lui. Era l'occasione perfetta per sfruttare il momento.

«Non ti chiederò di venire con noi» disse Versantius.

«Ci mancherebbe anche che tu abbia l'indecente ardire di chiedermi di venire a Lonte. Fareste prima a impiccarmi qui a questo gazebo».

«Però devo chiedere a te e a Sefiro di fare una cosa».

«Si tratta di Mirandolina?» Monosiklo afferrò il punto. «Parlano tutti di lei e del suo presunto matrimonio con Fabrizio. A vederla non mi sembra così sicura di voler cercare marito e di fare la donna fedele e casta».

«Ed è proprio quello che voglio che facciate tu e Sefiro. Fino al nostro ritorno dovreste tenere sott'occhio Mirandolina. Non possiamo permetterci che tutto vada a rotoli solo perché non riesce a tenere chiuse le gambe».

Monosiklo sghignazzò e si mise una mano davanti alla bocca per coprirsi i denti. «Santo cielo. Cosa mi sono ridotto a fare!»

«Monosiklo. È importante. Quasi quanto convincere Kerselmo a unire De Frel e Bai».

Il Granduca si fece serio. «Non mi fido di lei. Ci sono troppe questioni sentimentali in questa storia. E io non sono il più bravo in questo».

«Nessuno si fida di lei».

Il silenzio calò per qualche istante. Versantius era ancora impalato di fronte a Monosiklo che lo guardava dall'alto al basso senza il minimo disagio. C'era ancora un'ultima questione da risolvere. E per la prima volta non sapeva come tirarla fuori.

«Vedilo come un periodo di riposo mentre noi cerchiamo di risolverti l'ennesimo problema.» Versantius si sforzò nell'avere in volto l'espressione più cordiale possibile. «Potresti addirittura dedicarti alla lettura. I servitori dicono che tu legga spesso nelle tue stanze».

Monosiklo ebbe un fremito. Impercettibile. Solo per qualche istante. Ma Versantius lo colse. Allora Joseph aveva ragione. Tutto aveva più senso.

«Leggo solo di cose noiose. Sai, lettere, pergamene, contratti. Roba così…»

Versantius trattenne per un attimo il respiro, poi distese i muscoli della faccia. «Davvero? Nessuna lettura interessante? Speravo di ricevere da te consigli in merito».

«No, niente di interessante. Posso consigliarti "Fiore" di Eshan Yerec. Forse è un po' caotico all'inizio ma fidati che continuando ti piacerà. Finale strano, sia chiaro. Potrebbe piacerti».

Poteva essere una menzogna, oppure la verità. Ma in quel momento qualcosa in Versantius stava scattando dentro. Era ansia, era terrore, ma anche rabbia.

«Ci penserò su.» Versantius annuì. Non aveva più il coraggio di guardare Monosiklo negli occhi.

«Dimmi cosa ne pensi, se lo leggi».

Forse era solo un dubbio, ma tutti i pensieri portavano alla stessa conclusione: Monosiklo aveva il suo diario. Lo suggeriva il suo intuito e lo confermavano i continui rapporti di Joseph che lo spiava dalla serratura della sua stanza.

Aveva senso. La notte ad Alto Rifugio aveva avuto con sé il diario. Lui era stato avvelenato e al suo risveglio non c'era più. Versantius non aveva mai fatto domande in merito, non voleva attirare l'attenzione e nessuno aveva mai accennato a nulla. Solo Monosiklo avrebbe potuto tacere su una questione del genere, solo lui sarebbe stato abbastanza astuto da non farne parola con nessuno. Poi quelle parole dopo lo scontro con Jacopo in mare aperto e molte altre occasioni lo avevano convinto di una cosa: Monosiklo lo conosceva troppo bene, lo provocava, lo incalzava sempre nel momento giusto. Sapeva troppo. E se c'era una cosa che Versantius aveva imparato a Meliede e a Derenhalle era che la conoscenza non veniva dal nulla, dalle intuizioni.

Ad ogni modo una cosa era certa: Monosiklo non aveva fatto parola con nessuno nemmeno lui. Era certo che sarebbe stato l'unico in grado di mantenere il segreto, a continuare a fingere che tutto fosse normale anche dopo aver letto quelle pagine.

Era stato intelligente da parte sua. Ma non abbastanza.

Silverknowes non si fermava mai, ma per quel momento anche Mirandolina aveva deciso di mettere da parte i suoi impegni per salutare Fabrizio. Un abbraccio e un bacio. Fra i due c'era sintonia, ma meno di quanto lo sguardo perso di Fabrizio voleva far trasparire.

Versantius notò subito la smorfia di Ortensia e lanciò un'occhiata a Sefiro. Aveva chiesto anche a lui di tenere gli occhi aperti sulla questione.

I cavalli erano pronti. Pieros e Lucretio erano già in sella con in mano le redini di alcuni muli con le provviste. Avrebbero viaggiato senza scorta e avrebbero alloggiato all'aperto fino ad arrivare a Lonte. Fabrizio aveva rassicurato tutti dicendo che conosceva la Dolcina come le sue tasche. Nessuno ci credeva, ma screditare il futuro Principe davanti a tutti non era una scelta saggia.

Anche Joseph, con il suo immancabile cembalo, arrivò per salutare Versantius. Non si era mai presentato agli altri. Era come se Versantius volesse tenerlo nascosto dalle occhiatacce di Gabriel. La gelosia di quell'uomo in termini di amicizie era senza senso, al pari dei ragazzini paurosi. Versantius non voleva che anche Joseph catalizzasse su di sé la rabbia di Gabriel come avevano fatto Hansel e Marco Aurelio.

Quella volta però Versantius non aveva alcuna intenzione di fingere che non tenesse a Joseph. Prima di salire a cavallo, andò incontro a Joseph e lo abbracciò. «Sai cosa fare» sussurrò.

«Ne sei sicuro?»

«Sì, uccidilo».

Versantius si separò da Joseph e salutò con un cenno Monosiklo e Sefiro. Al suo ritorno tutto sarebbe cambiato.

"Doràl, pagina 342

Sono in estasi. Sono parte di un amore più grande. Sono parte di Lucille Vega e Raphael Carold. E loro sono parti di me.

Siamo liberi. Liberi di amarci nelle campagne, liberi di rotolare e ignorare i dettami dell'etica. Il torneo è finito, Lucille ha vinto, io non ho perso nessuno dei due. Ho passato gli ultimi giorni con il terrore di questa fine, di scoprire che dopo questi giorni non ci sarà niente. Ma noi non saremo mai niente. Non ci dimenticheremo mai e saremo sempre un tutt'uno come questa sera.

Vorrei che questi momenti rimanessero impressi nella mia testa per sempre. Vorrei che si vivesse questo giorno all'infinito, per sempre, senza possibilità di cambiare nemmeno una delle cose che abbiamo fatto. Perché questo è quello che siamo. E quello che siamo è la cosa migliore che il mondo, che Doràl, potrà mai vedere.

Gli occhi grandi di Raphael, le mani di Lucille, il vento che fa rabbrividire, la pelle di Lucille che si ritrae lambita dalle spighe di grano, i piedi gelidi di Raphael che comunque mi scaldano il cuore a contatto con i miei. Siamo un fremito. Siamo la vita e nessuno ce lo toglierà mai. Non abbiamo parlato, non abbiamo condiviso i nostri problemi, perché noi eravamo sempre la soluzione. Non c'era bisogno di cercarla, era sempre stata lì, di fianco a noi.

Ora a mente lucida posso dire che questo è quello che voglio. Ora, domani, per tutta la vita. Non voglio più le paranoie, le mille domande, voglio il silenzio, i respiri, gli sguardi, gli abbracci nel fiume, l'umanità. È l'unica cosa che conta.

Da domani sarà tutto un viaggio alla ricerca di questo. Giuro su tutto quello che il mondo mi chiederà di giurare che sarò sempre vostro. Perché questo amore ha senso, anche se vi guardo con lo stesso sguardo che hanno i demoni quando guardano gli angeli".

MARCHI

Questo e molto di più

La torre spezzata. Lì il vento era liberatorio, spazzava via tutte le ansie e acuiva i ricordi dei momenti d'infanzia passati a Solindesti. Ogni folata muoveva le chiome degli alberi al pari delle preoccupazioni del cuore di Marchi. Era come osservare una distesa verde in costante mutamento, un continuo lamento naturale che scuoteva e riassemblava tutto. Prima a destra, poi a sinistra. Tutto.

Toro aveva chiesto di poter riparare la torre o se non altro fissare delle barriere per poterla usare come difesa nel caso in cui i cavalieri dell'Ambasciata fossero riusciti a far breccia nel cortile inferiore. Marchi aveva risposto sempre di no. Non voleva che Solindesti cambiasse. Non voleva che nulla cambiasse.

Tutto quello che cambiava lo faceva in peggio.

Immobile, avvolto dal gelo del mattino, Marchi si faceva cullare dai ricordi felici. Gli stessi ricordi che lo avevano condotto fino a Solindesti e che si erano rivelati falsi. Chi era suo padre? Ma soprattutto, chi era lui? La risposta era una sola: erano nessuno, proprio come tutti.

Più ripensava alle parole scritte sulle lettere di Darren Sdayl, più Marchi si sentiva perso. Se non poteva nemmeno essere un cavaliere errante alla ricerca del passato, cosa poteva essere?

Marchi posò lo sguardo sull'Ambasciata. Le sue guglie spuntavano dalla vegetazione, non troppo lontane da Solindesti. Lì c'era la Porta Spirale. Suo padre non ne parlava mai. Aveva taciuto ogni volta che lui o i suoi fratelli avevano fatto domande al riguardo. Quel portale verso l'ignoto aveva sempre affascinato Marchi. E ora si trovava lì, attratto da quell'impossibile desiderio di ignoto che lo aveva accompagnato da tutta la vita. Un continuo fuggire, anche adesso, anche quando poteva dire di essere tornato finalmente a casa. E poco importava se era un'illusione, se quel castello non era veramente suo, se Darren Sdayl non era suo padre e suo padre era chissà chi. Era comunque qualcosa.

Un tocco leggero fece rabbrividire Marchi. Qualcuno gli posò una coperta sulle spalle.

«Non ci servi se ti prendi un malanno.» Gufo si mise al suo fianco a guardare la Foresta Folta. Come aveva fatto a non sentirlo arrivare?

Marchi strinse la coperta con le mani. Il tepore lo riportò alla realtà: c'era un castello da difendere. Ma lui non voleva. La realtà era scomoda, costringeva a farsi delle domande, a darsi delle risposte e confrontarsi. Odiava confrontarsi, odiava anche solo l'idea di dover condividere con gli altri i suoi pensieri. Quello che aveva lui nel cuore era qualcosa di veloce, che non si fermava a chiedersi il perché delle cose. Erano sensazioni a caso che venivano sparate sulla gente.

«Leone mi ha chiesto di venire a parlarti.» Gufo era serio. Lo era sempre.

«Perché?»

«Pensa che fra poco Vanessa Eyers ordinerà l'attacco. Vuole che ci sia anche tu a elaborare una strategia».

Marchi sospirò e continuò a fissare in direzione dell'Ambasciata.

«Affascinante, non credi?» Gufo cambiò discorso.

Marchi avrebbe voluto rispondere. Fare a Gufo tutte le domande che suo padre aveva a suo tempo ignorato. Voleva capirci qualcosa, parlare di tecnicismi, di possibilità. Ma l'unica domanda che gli premeva era sempre quella: «Perché sento che qualcosa al di là di questo mondo mi stia attraendo a sé?»

«È insito nella natura umana. Cerchiamo sempre una chiamata. Qualcuno che abbia costruito per noi un qualcosa di grande».

«Gufo».

Il vecchio si voltò. Nessuna delle rughe del suo volto sfigurava il tatuaggio. Quando non faceva smorfie era sinonimo di preoccupazione. Marchi aveva imparato a conoscerlo.

«Pensi ancora a quelle lettere».

Ci pensava. Notte e giorno. Dal momento in cui le aveva lette. Ma non era solo una questione d'identità. Marchi avrebbe accettato che suo padre fosse solo uno scudiero al servizio del Gran Maestro e che gli avesse mentito per tutta la vita, ma non si spiegava il perché di quel maledetto simbolo che compariva anche nelle lettere di Darren Sdayl.

Forse suo padre era ancora vivo, forse tutto quel viaggio era per comunicargli qualcosa. Ma che stava dicendo? Suo padre era morto, riverso in una pozza di sangue a Fostgard e Marchi non aveva versato nemmeno una lacrima quel giorno.

«Ci pensi ancora…» giunse a conclusione Gufo.

«Ho trovato lo stesso simbolo su quelle lettere».

«Davvero?» Gufo si mostrò sorpreso.

«Non so cosa pensare».

«Potresti pensare, anche solo per una volta, che qualcuno ha disegnato un futuro per te. Hai già fatto la storia, Lucciola. Perché fermarti ai confini del deserto delle Duecentoquaranta Miglia?».

«Perché non me lo merito».

«Tu meriti molto di più di quanto tu creda.» Gufo si voltò di nuovo nella sua direzione. Marchi gli lanciò un'occhiata per poi continuare a fissare dritto davanti a sé. Quei momenti di confidenza erano utili, ma ogni volta ne usciva sempre più a disagio. Un contatto visivo lo avrebbe distrutto.

«Vedi in me il salvatore, anche tu?»

«Vedo la meraviglia. Fin dal giorno in cui ti ho incontrato in quell'arena. Tu spezzi il modo di pensare che abbiamo, ribalti il destino e lo divori. Forse è proprio questo il tuo destino. Forse è a questo che sei chiamato. Quei simboli… sono solo delle tracce da seguire».

«Tracce lasciate da chi? Chi mi chiama?»

«Questo lo dobbiamo scoprire, ma se senti che sia la strada giusta, il tuo compimento, continua a camminare. Tu cammina, e noi ti seguiremo».

«Sento che tutto questo è più grande di me».

«E probabilmente hai ragione.» Gufo lo gelò. «Siamo niente. Siamo una marmaglia tenuta insieme dalle speranze. Ultimi e figli di nessuno.

Né buoni né cattivi. Tutto è più grande di noi, ma continuiamo comunque a sfidare il mondo. Sfida il mondo, Lucciola».

«Non voglio».

«Non importa cosa vuoi».

«Perché?»

«Perché con destini così non c'è spazio per la volontà».

«Io non l'ho scelto».

«No, ma qualcosa ti chiama. Senti dentro una chiamata e la segui. La segui da sempre. Non ho mai creduto che tutta questa storia potesse finire così, con noi che conquistiamo un castello e ce ne stiamo qui a credere di essere meglio del mondo che ci ha ridotto in questo stato.» Gufo sospirò. «Quando ti ho raccontato la storia del Gufo e della Volpe non stavo cercando di impressionarti. Ci credevo davvero. Credo davvero che tu possa fare la differenza».

«Fare la differenza...» ripeté Marchi. Non pensava di esserne in grado. «Ho deciso di venire a Solindesti per far luce sul mio passato, ma mi sono ritrovato a sbattere contro il futuro».

Gufo si coprì le spalle dal vento. Probabilmente continuava a guardarlo con ammirazione, ma Marchi aveva occhi solo per il frusciare delle chiome degli alberi.

«Quei simboli sono importanti. Non puoi più ignorarli» disse Gufo.

Non lo aveva mai fatto, anzi, ne aveva fatto un'ossessione fin da quando aveva trovato il suo cavallo nella radura.

«Vorrei sapere di più. Vorrei...»

Gufo sghignazzò. «Ci credo, ma prova a seguire l'istinto. Fino a questo momento non ti ha mai tradito».

Restarono in silenzio, fianco a fianco. Marchi non avrebbe mai pensato di provare tanto disagio come in quel momento. Gufo non lo stava toccando, né guardando, eppure la sua presenza era ingombrante, lo costringeva a riflettere sul perché delle sue azioni. Tutto sembrava un gioco, un sadico scherzo di qualcuno che si divertiva a indossare i panni del destino. Cercava suo padre, cercava se stesso. Cercava. Ma non trovava che simboli lasciati in giro come briciole di pane. Ora che non aveva nemmeno un obiettivo, nemmeno Solindesti, cosa doveva fare?

«Voglio vedere cosa c'è oltre».

«Oltre a cosa?» domandò Gufo.

«Oltre all'impossibile. Sempre che non vi abbia condannato tutti a morte in questa battaglia».

Oltre… Ma chi stava prendendo in giro? Fra non molto i cavalieri dell'Ambasciata sarebbero venuti a riprendersi ciò che spettava loro.

«Leone ci salverà».

Marchi sperava che fosse davvero così. E più ci pensava, più si domandava il perché fosse lui quello speciale. Leone era un comandante militare, Toro aveva spaccato legna da tutta la vita e aveva dimostrato con la sua vita l'importanza della costanza, Foca combatteva sempre con il sorriso sulle labbra contro un male incurabile, Cervo aveva avuto il coraggio di sognare, Medusa quello di non giudicare mai nessuno, Gufo aveva lasciato la corte di Pindel Kor per seguire un'intuizione e Falco aveva dato speranza a un popolo vessato dai pregiudizi. Marchi non era niente in confronto a loro, eppure tutti quei segni erano rivolti a lui. A lui e basta.

Il tocco di Gufo sulla spalla destò Marchi dai suoi pensieri.

«Ricordati: non ignorare mai i segni. Perché qualcosa o qualcuno ti ha condotto fin qui. Le cose non accadono mai per caso, Lucciola. È una delle cose più importanti che ho imparato nella mia vita.» La mano rugosa di Gufo si staccò dalla coperta sulle spalle di Marchi. «Non prendere troppo freddo».

Il vecchio scese le scale malmesse della Torre Spezzata.

Un'altra folata di vento scombinò i capelli di Marchi. La coperta cadde dalle sue spalle mentre con il dito replicava il simbolo che lo perseguitava. Polvere dei detriti della torre e sudore erano la sua tela e il suo pennello. Ora aveva paura. Paura di non farcela, di aver condannato tutti alla morte. Era una sensazione che aveva imparato a sopire nel tempo, ma da quando aveva conosciuto i suoi compagni di viaggio aveva preso più vigore. Era una bestia feroce difficile da contenere, che gli faceva tremare le ginocchia, che gli scavava il cuore e gli lasciava un buio dentro. Era meglio quando non sentiva nulla, quando niente riusciva a toccarlo, quando tutto era solo un vagare alla ricerca di niente, senza illusioni.

Avrebbe seguito i segni e l'istinto. Perché era l'unica cosa che potesse fare. L'unica cosa che lo rendeva vivo.

La sala dei banchetti era stata riconvertita nel quartier generale della Fratellanza. Erano giorni che Leone non usciva da quella sala ancora polverosa. Stava ideando la miglior strategia per difendere Solindesti dall'attacco dell'Ambasciata e per farlo si era barricato dentro chiedendo che ogni suo ordine fosse rispettato. Anche a suon di pugni, quando ce ne era stato bisogno. Era l'unico con esperienza militare e stando ai suoi racconti era uno dei migliori tattici che le forze di Tecnho potessero vantare durante la Ribellione. Marchi aveva perso la cognizione del tempo e del senso di urgenza da quando aveva scoperto di suo padre. Perciò si era occupato di tutto Leone.

Erano tutti riuniti nella sala dei banchetti. Leone sfogliava carte e sbuffava. A giudicare dal pallore del suo viso e dalle mani secche doveva essere rimasto sveglio tutta la notte a pensare a come salvare Solindesti.

«Tutta la mia gente è dentro il perimetro del castello o a meno di cento metri.» Falco fece rapporto. Era un'esperta di guerriglia quasi quanto Leone lo era di strategia. I due si erano confrontati a lungo escludendo Marchi da ogni decisione. Non se l'era presa. Capiva che non poteva essere d'aiuto in quelle circostanze. E nel profondo non voleva nemmeno esserlo.

«Potremmo lasciare qualcuno all'esterno per colpirli alle spalle» ipotizzò Medusa.

«Setacceranno la foresta e stabiliranno il loro campo base.» Leone aveva già preso in considerazione quell'opzione. Ne aveva parlato con Marchi la sera prima. «Perciò sarebbe solo uno spreco di forze. Molto meglio tenere nascoste alcune delle nostre truppe fino al momento in cui la battaglia si sarà concentrata sul castello. Dobbiamo attirarli in una cazzo di trappola. O almeno questo è quello che sto provando a fare...»

«Che c'è Leone, non credi nelle tue capacità?» Foca incrociò le braccia. «Se è così dillo subito che smettiamo di sentirti farneticare».

«Io sono il migliore. Sia a lamentarmi, sia a guardare in faccia alla realtà.» Lanciò un'occhiata a Falco.

«E sentiamo, quale sarebbe la realtà?» domandò Falco.

«Non prenderla sul personale, dolcezza» cantilenò Leone. «Tu e i tuoi amichetti sarete anche migliaia ma… C'è un ma: potrei stimare che meno di cento sappiano tenere in mano qualcosa di tagliente o che fracassi le ossa. Se ci aggiungiamo il fatto che Vanessa Eyers farà di tutto pur di non sfigurare, posso immaginare che sia andata a frignare sotto la sottana dell'Archivista. E in quel caso sono cazzi».

«Funzionano sempre così i concili di guerra?» Cervo si guardò intorno, divertito.

Foca gli diede una manata sul braccio. «Zitto tu».

Cervo non se lo fece ripetere.

«Fantastico!» esordì ironico Toro. «Quindi bruceremo vivi? O magari verremo sciolti insieme alla fortezza».

«Non dire cazzate, Toro». A parlare era stato Leone.

Ormai Marchi non ci stava capendo più niente. Era convinto di non sapere nulla dei ruoli e delle strategie ideate da Leone. Era ovvio che Foca si sarebbe occupata dei feriti, così come era intuibile che Toro avrebbe coordinato alcuni uomini nella sistemazione delle barricate, delle provviste e delle munizioni. C'erano pietre su tutte le mura. Nel dubbio avrebbero sepolto gli aggressori sotto le macerie stesse di Solindesti se ce ne fosse stato bisogno.

«Medusa, sei andato a fare quello che ti avevo chiesto?» domandò Leone.

«Sì. Detta così sembra che tu la stia facendo passare come una tua idea».

«Ma lo è».

«No, non lo è. Comunque sì.» Medusa si avvicinò alla mappa della Foresta Folta. «I nostri vicini si stanno mobilitando. Fin qui niente di strano. Sono però riuscito ad infiltrarmi per qualche ora all'interno dell'Ambasciata senza che nessuno mi vedesse».

«Difese scarse…» commentò Toro.

Medusa gli lanciò un'occhiataccia. «Ho notato qualcosa di strano. Vanessa passa più tempo con una donna anziana che a pensare all'attacco».

«Dunque non guiderà lei l'attacco? Non mi sorprende. Chi è dunque il comandante nemico?» Leone prese nota di tutto sui suoi fogli scarabocchiati dai quali avrebbe potuto capire solo lui.

«Non è questo il punto».

«E qual è il punto? Illuminaci.» Foca era tutt'orecchi. Forse non contribuiva al dibattito, ma aveva sempre quell'energia tale da convincere tutti a fare di più.

Marchi sperava solo che nessuno lo chiamasse in causa. Non sapeva cosa dire e non aveva alcuna idea su come migliorare la situazione. Si sentiva in colpa per quello che sarebbe successo da lì a poco. E la cosa che più gli creava problemi era che nessuno gli recriminava niente.

«Il punto, cara la mia erborista pretenziosa, è che se catturiamo e usiamo la vecchia come ostaggio forse Vanessa abbasserà la cresta e ci lascerà in pace». Medusa aveva già tutto in testa, Marchi ne era sicuro.

«In guerra non si tratta mai con i bastardi come te. Ma può essere una buona idea.» Leone lo disse sospirando, come se la proposta di Medusa avesse fatto riaffiorare un ricordo nella sua mente. Marchi preferiva cogliere queste sfumature piuttosto che prendere parte alla discussione.

«Dunque ci mettiamo a colpire gli innocenti, adesso?» Toro non ci stava. E a giudicare dal mutismo di Gufo e Cervo, nemmeno loro volevano abbassarsi a quell'infamia.

«Che ne pensi?» Medusa si rivolse a Marchi. Nessuno lo aveva ancora fatto, ma sapeva che presto o tardi quel momento sarebbe arrivato.

Calò il silenzio. Tutti gli occhi erano puntati su di lui. Ogni tipo di sguardo era presente in quella stanza. Quello stanco ma deciso di Leone, quello timoroso di Foca, quello orgoglioso di Gufo. Tutti avevano un modo diverso di guardarlo. La cosa lo metteva a disagio soprattutto perché nemmeno lui sapeva come definirsi. Chi era se tutti avevano un'idea diversa di lui?

«A me sembra una buona idea».

«Cosa?» Foca si sorprese, ma lo stupore lasciò presto il posto alla delusione.

«Non prendiamoci in giro.» Toro si mise a braccia conserte. «Vanessa è una ricercatrice e persone così venderebbero anche la loro madre per evitare il tanfo del fallimento».

«E in questo caso, vendere la madre sta proprio nel significato letterale del termine. Ma il capo ha parlato, no?» Leone stava ancora continuando a scrivere. Fece un cenno a Medusa e a Marchi. La questione poteva chiudersi lì.

Da quel momento fino alla fine del concilio, Marchi passò il suo tempo a guardare le piastrelle distrutte del pavimento. Si perdeva nei motivi geometrici spaccati dal tempo. Chissà come sarebbe stato se quelle linee perfette avessero preso velocità e si fossero intersecate con i loro corpi. Avrebbero sicuramente spazzato via l'incertezza per far posto all'istinto, diradato le nubi dei discorsi che Leone stava portando avanti e che Marchi ignorava. Marchi non sapeva nemmeno come i suoi compagni si sarebbero preparati all'imminente scontro. Aveva rinunciato a seguire i ragionamenti di Leone, ad ascoltare come voleva rinforzare le barricate e a piazzare gli uomini a difesa dei punti chiave. Si fidava di lui. Non poteva fare altrimenti.

Parlarono per ore sul come difendere al meglio Solindesti. Anche Cervo e Medusa diedero il loro contributo alla discussione. Solo Marchi taceva, solo lui sentiva di non poter aiutare in nessun modo. Ogni tanto qualcuno provava a chiedere il suo parere e quando succedeva, Marchi si risvegliava da un sonno catartico, orfano dei suoi ragionamenti contorti e inutili. Essere cullato nella prigione della sua mente era l'unica gioia in momenti come quelli.

Arrivò il buio e loro erano ancora lì. Leone sudava e dava indicazioni dettagliate a tutti dopo aver congedato Medusa per la sua missione.

«Toro, tu starai sulla Torre Spezzata. Come procede la riparazione della ballista?»

«Dammi mezza giornata e quella stronza sarà bella pronta a fare i buchi alle montagne».

«Mi piace il tuo spirito!» Leone diede una pacca al compagno. «Foca, hai raccolto abbastanza intrugli?»

«Le erbe non mancano qui nella Foresta. Abbiamo scorte per gli impacchi medicamentali per un esercito. Ma solo quelli basilari».

171

«E noi siamo un cazzo di esercito, no?» Leone fece un cenno a Falco. «Tu starai nel cortile inferiore. Tieni la posizione e dì ai tuoi uomini di usare le feritoie che abbiamo costruito forando i muri del castello. Voglio una fottuta pioggia di pietre sulle teste di quei topi di biblioteca! Ah, a proposito di topi di biblioteca!» Leone sfogliò qualche libro in modo sgraziato. «Avete detto che qualche trucchetto magico lo conoscete, giusto?»

Gufo e Cervo si scambiarono un'occhiata fugace e risposero all'unisono. «Sì».

«Torrione centrale tu.» Leone indicò Gufo. «Mura occidentali tu.» Passò il dito su Cervo. «Se ve la vedete male, scappate come se aveste del peperoncino spalmato sul culo e l'unica pozza d'acqua fosse all'interno del Mastio. Usate le botole. E se le usate togliete le scale subito dopo. Mi raccomando. Pensi di farcela, vecchio?»

Gufo non rispose. Il che era già una risposta.

«Benissimo!» Leone sembrava avere tutta la situazione sotto controllo.

«E io?» Marchi parlò per la prima volta dopo ore. La bocca gli si era impastata. Le parole gli uscirono a fatica.

«Tu stai con me. Cortile superiore. Porta la tua spada, le tue lucciole e aiutami. Fa' quello che ti riesce meglio: sorprenderci. Magari non come adesso che sei rimasto zitto tutto il tempo senza nemmeno darci una mano».

Marchi si perse a lungo in quelle parole. Erano un complimento o un modo gentile per dire che era inutile? Arrivò alla conclusione che non gli importasse veramente sapere la risposta.

«C'è altro? Se non c'è altro vado volentieri a mangiarmi qualcosa!» Leone chiuse l'enorme librone polveroso posto di fronte a lui.

Foca alzò la mano.

«Che diavolo c'è ancora?» disse esasperato Leone.

«Sai che quando non sei ubriaco sei molto intelligente?»

Le rughe sul volto di Leone si contorsero in un'espressione compiaciuta ma titubante. «Questo è sia un complimento che un insulto, lo sai?»

«Ovvio che lo so».

Finì così. Con le risate di tutti. Solo Marchi continuava a guardare il pavimento e le sue linee. Il panico lo aveva assalito, eppure continuava a restarsene immobile. Era come sentire il vento delle campagne fra i capelli, gli odori delle campagne dell'Ambracia e il nitrire di Frumento. La nostalgia si mescolava alla paura e la cosa peggiore era che nonostante quelle sensazioni si sentiva vuoto. Avrebbe voluto piangere, esplodere di rabbia e gridare che non era degno, che non avrebbe condotto nessuno alla morte, che era stanco degli occhi di tutti puntati su di sé. Ma non ci riusciva. Proprio non riusciva ad abbandonarsi a queste emozioni.

Chi era veramente?

Marchi se ne andò senza spiegazioni. Non disse nemmeno una parola, né diede un parere. Tutto quello che aveva ideato Leone era al di là della sua comprensione. Che ne sapeva lui di come si combattesse una battaglia?

«Dove stai andando?» domandò Cervo.

Nessuna risposta. Marchi varcò la soglia e si ritrovò nel corridoio affollato. Tutti i Pariah e i seguaci della Fratellanza erano stipati a Solindesti. Ormai non era più solo la casa di Marchi, era il rifugio di tutti, la speranza di salvezza dopo una vita passata a fuggire. C'era una storia da ricostruire, al pari delle pareti incrostate del castello.

Provviste, coperte e ceste affollavano i bordi dei corridoi. Marchi si fece largo fra le persone. Cercava di guardare in basso e di pensare ad altro ma non ci riusciva. Non riusciva a sostenere lo sguardo di speranza di tutti. Li avrebbe condannati, avrebbe deluso le loro aspettative e sarebbero morti. Ma la cosa peggiore era che questo non gli avrebbe lasciato niente. Nemmeno una ruga sull'anima. Tutto sarebbe tornato come prima: un grande nulla, un grande grigio. Un peregrinare alla ricerca di qualcosa. C'era davvero qualcosa?

«Aspettami!»

Marchi sentì la voce di Foca in lontananza. Accelerò il passo. Non era per niente il momento.

«Ti ho detto di aspettarmi, mannaggia a te!»

Marchi non si voltò, continuò a camminare. L'unica meta sicura era la camera di Darren Sdayl. Aveva smesso di pensarla come la camera dei suoi genitori, eppure sembrava l'unico rifugio nel quale chiudersi nel proprio silenzio senza farlo vedere a tutti.

Salì le scale nel disagio. L'aria gli mancava, le voci si fecero più ovattate e la testa gli girava.

Perché lui? Perché questo?

Chiuse la porta dietro di sé, ma non passò molto prima che anche Foca la spalancasse e si mettesse a braccia conserte di fronte a lui. Marchi si aspettava un'espressione rabbiosa, un'ammonizione per non aver dimostrato nulla al concilio con gli altri. Niente di tutto ciò.

Il volto di Foca era disteso, i suoi occhi lucidi erano così eloquenti da diventare pozzi nei quali annegare. Il respiro affannoso per la fatica e le rughe sul volto facevano trasparire quanto fosse vera Foca.

I due si guardarono a lungo. Marchi era pronto a crollare. Forse lì, all'ombra di tutti e sotto lo sguardo di Foca si sarebbe potuto permettere di far uscire i suoi sentimenti. Ancora niente. Cosa c'era che non andava in lui?

«Io non ce la farò» riuscì a dire.

«Non dire sciocchezze».

«Morirete tutti e sarà solo colpa mia».

«Non dirlo neanche per scherzo!»

«Non so nulla su come si combatte in una battaglia».

Foca si avvicinò di un passo. «Leone ci tirerà fuori da questo guaio».

«Non voglio perdervi.» Era difficile ammettere la verità. Marchi si liberò di un peso, ma era solo uno dei tanti.

«Non ci perderai, stai tranquillo.» Un altro passo. Ora Foca era lì. Il suo respiro continuava ad essere affannoso tanto da far sentire Marchi troppo vicino. «La Fratellanza fa questo: si prende cura. Lucciola, lascia che io mi prenda cura di te».

«Forse non lo merito neanche».

«No, ti meriti questo e molto di più.»

Ancora una volta quelle parole…

Foca gli prese le mani. Era una sensazione nuova. Non c'era più la repulsione di sempre, c'era solo il desiderio di trovare conforto per l'anima. «Chiunque qui morirebbe per te, per la tua idea. So che non hai ben capito cosa sta succedendo, che cosa pensa di te la gente o quello che succederà. Nemmeno io lo capisco, ma viviamo nel presente e siamo proiettati al futuro. Sii proiettato al futuro. Se ce la fai tu, ce la faremo tutti noi».

Marchi non sapeva cosa rispondere. Davvero tutti si ostinavano a sacrificare le loro vite per lui? Qual era il limite? Dove li avrebbe portati quell'idea di futuro? Il futuro era qualcosa di veloce e inafferrabile. Restarsene immobili a pensare ai risvolti delle cose era già un rimuginare al passato. Foca glielo aveva sempre detto e ora con quelle parole non faceva che riconfermarlo.

«Lucciola» sussurrò Foca.

«Forse…»

«So che non ti piacciono gli abbracci, ma ora devi venire qui.» Foca aprì le braccia. «Abbracciami».

Non se lo fece ripetere due volte. Marchi si tuffò in quell'abbraccio spezzando ogni tipo di barriera che lo paralizzava. Quelle braccia erano il rifugio che tanto aveva immaginato, un fuoco che scaldava, un inno che liberava. Era avvolto dall'amore. C'era qualcosa di strano in quella sensazione di gratuità: sapeva di non meritarla ma gli scaldava il cuore. Davvero funzionava così? Foca aveva distrutto il suo sistema emozionale con la sua presenza ingombrante e ora lo stava curando nel silenzio terapeutico.

Le trombe squillarono. Foca sussultò per qualche istante. «Sono qui».

Marchi non lasciò la presa. Aveva bisogno di starsene lì, immobile e avvolto nel calore di Foca ancora per qualche istante.

«Lucciola, sono qui».

Marchi si staccò a poco a poco. Anche quello era un segno.

«Stai piangendo?» Foca sorrise, asciugandosi anche lei le lacrime dal volto.

«No».

«Dai, asciugati. Andiamo a prendere a calci nel sedere un po' di topi di biblioteca».

«Andiamo a costruire il futuro.» Marchi si asciugò il volto e uscì dalla camera per primo. Era finito il tempo della nostalgia.

Ora era il tempo del futuro.

"Valleombrosa, pagina 790

Non ho mai mandato giù le sconfitte. Forse perché non sono abituato ai fallimenti. Troppo concentrato dagli avvenimenti che stavano disintegrando tutto il mondo che avevo costruito intorno a me, ho finito per non concentrarmi sul lavoro che dovevo fare: capire il perché delle cose.

La cosa che mi fa ancora più rabbia è che avevo già fatto dei programmi, avrei finalmente deciso di uscire da Valleombrosa per andare a sbloccare la tensione. Danmos De Nillis mi aveva proposto una settimana di vacanza sulle montagne vicino a Hallstone e qui di fianco a me rimane esattamente la valigia aperta con le cose dentro. Non posso scappare ora.

Quello che ho fatto non deve emergere e una mia fuga con Danmos non solo potrebbe creare sospetti, ma va completamente fuori dal personaggio che mi sono costruito. Devo restare e soffrire per la morte di Leroy Bai e Tristan Foconero. O almeno fingere che queste morti mi abbiano segnato. No, non sto dicendo che non mi lasceranno crepa alcuna sul cuore, dico solo che mi voglio bene più di quanto non ne abbia mai voluto a quei due.

Per non parlare di Aliros Carold. Come potrei abbandonarlo dopo quello che ha fatto? Non gliel'ho chiesto io, ma ora ho tutta la responsabilità di non vederlo crollare per i miei sbagli. Ho promesso che gli sarei rimasto accanto e così farò.

Si vocifera che il Governatore Alberto De Frel stia per prendere la decisione che a giorni farà crollare tutto il nostro mondo. Se il torneo di Doràl dovesse essere sospeso e mai più riproposto, cosa ne sarebbe di noi? È anche una questione logistica. Come vedrei i miei amici sparsi per le province Reali? Come rivedrei Lucille senza la scusa del torneo? Ancora una volta ho agito d'impulso e vedo quello per cui ho faticato tanto sciogliersi come burro al sole.

Pensavo davvero che tutto potesse andare bene. Ma ora?".

GABRIEL

Figli dell'Impero

L'odore del fumo era la loro stella polare. Dalle campagne di Lonte si scorgeva la grande pira che avvolgeva la città. Gabriel aveva trovato una situazione tutto sommato tranquilla attraversando la Dolcina, dovette ricredersi in fretta di fronte al cordone di civili che abbandonava le proprie case date alle fiamme.

Lo stupore aveva mozzato la lingua a tutti: Versantius non parlava da un po', Pieros se ne stava assorto nei suoi pensieri e Fabrizio mormorava qualcosa al fianco di Lucretio. Quella che doveva essere una semplice visita esplorativa per Kerselmo si era trasformata in una guerra civile.

Gabriel colpì con lo stivale i fianchi del suo cavallo e si mise in testa alla spedizione. Scese con un balzo al primo posto di blocco della città. Curioso come, nonostante la devastazione, ci fosse ancora qualcuno a mantenere l'ordine. Doveva trattarsi di un qualche tipo di tregua fra gli schieramenti.

Fabrizio lo raggiunse e si rivolse ai soldati. «Che sta succedendo in città?»

La guardia dai paramenti neri e rossi si mostrò più sconsolata che sull'attenti. «Succede di tutto da giorni».

«Possiamo parlare con Kerselmo?»

«Non in queste condizioni».

«Spiegaci che cosa succede» si intromise Gabriel.

«Lady Tamara non ha preso molto bene la decisione della Convenzione» disse la guardia.

«Devi essere più specifico, non ho la minima idea di che cosa tu stia dicendo.» Gabriel si mise a urlare per far svettare la sua voce fra il caos degli afflussi di gente che continuava ad abbandonare Lonte. «Succedono così tante cose e tutte in fretta che non ci sto più capendo un cazzo».

«Kerselmo ha intenzione di nominare Julian Bai come Alto Rappresentante alla Salvaguardia».

«Non era stato nominato Tesar Goich?» Versantius si avvicinò. Forse aveva più consapevolezza dell'assurda situazione che aveva costruito la Convenzione.

«Morto» sibilò la guardia.

«Come?» domandò Versantius. Sapevano già tutto.

«Ucciso».

Gabriel sbuffò. «E quindi? Tutto questo caos per una nomina?»

«Tutto questo caos perché Tamara si è resa conto che Lonte non vale più niente nella Dolcina senza il Concilio di Salvaguardia. E tutto questo accentrare i poteri nelle mani di un unico bastardo può essere un problema, soprattutto se quel bastardo è il cugino di Kerselmo. Si scambiano le nomine e pensano che noi resteremo a guardare!» La guardia sputò per terra e imprecò.

«Kerselmo è in città?» domandò Fabrizio.

«Sì, ma stanno solo guardando il massacro fra i Bai e i Foconero. Vinicio e Julian combattono strada per strada sotto lo sguardo attento di Tamara e Kerselmo».

«Bel modo di intendere la giustizia…» Gabriel scosse la testa. «Perché diavolo la vostra lady ha fatto entrare questi assassini?»

«Perché spera che Vinicio riesca a vincere contro Julian.» Ancora una volta Versantius saltò a conclusioni affrettate. «Se Julian muore è una sconfitta per Kerselmo e per la Convenzione e Lonte può alzare la voce».

«Pensatela come volete.» La guardia restò impassibile, con tutti gli occhi puntati addosso. «Secondo me la nomina di Julian è stata programmata così come la morte di Tesar. Alla fine siamo passati da un bastardo senza cuore a un altro bastardo senza cuore. Kerselmo non è meglio di Giovanni. Che intenzioni avete? Entrare in città? Quello che vi consiglio è di girarvi e scappare il più lontano da questa merda prima che le fiamme si portino via tutti quei bastardi in un solo colpo».

Gabriel era più confuso di prima. Gli sembrava che la questione politica della Dolcina fosse esasperata fino all'inverosimile. Non si era mai interessato di quelle scaramucce fra signorotti, tantomeno di quelle in terra straniera. Era passato dall'annoiarsi seduto a un tavolo ad ascoltare i discorsi pretenziosi dei lord imperiali al sentire gli stessi discorsi a pochi passi da una città in fiamme. Oltre ai due fronti nella guerra contro il Ducato, ora l'Impero doveva anche sostenere una guerra civile. Un vero e proprio bordello.

«Beh, che dire…» Pieros spezzò l'imbarazzante silenzio con una sonora pacca sulle spalle di Fabrizio. «Significa che rimanderemo la benedizione del paparino».

«Nemmeno per sogno!» rispose Gabriel.

«Non possiamo permettercelo» concordò Versantius. «Kerselmo è qui a pochi passi da noi e non penso avremo altre occasioni di incontrarlo. Non dopo tutto quello che sta succedendo nella Dolcina».

«La tua idea è quella di andare là dentro e prendere a calci nel culo tutti? Bai, Foconero, Tamara e i soldati della Convenzione?» Gabriel sogghignò. L'idea poteva apparire interessante. Sfrontata e impulsiva, ma interessante.

Versantius alzò le spalle. «Adesso o mai più. Anche perché potrebbe essere questione di tempo prima che qualcuno tagli anche la testa di Kerselmo.» Era la risposta perfetta. Gabriel odiava ammetterlo, ma non avrebbe trovato parole migliori.

«Non lo so…» Lucretio era scettico. Durante il viaggio era stato quello più silenzioso del gruppo e la stanchezza sul suo volto spesso parlava al posto suo. «Forse non dovremmo immischiarci in queste cose. Potremmo cercare una via diplomatica con Tamara. Posso parlarci io».

La guardia scoppiò a ridere e anche Gabriel fu sul punto di voltarsi e denigrare il suo compagno.

«Non c'è una via diplomatica.» Ci pensò Versantius a far ragionare Lucretio e farlo desistere dal fare il pacifista a tutti i costi. «Ormai Tamara ha sfidato la Convenzione, e se ci ho capito qualcosa su questa Convenzione è che chi disubbidisce o ostacola l'accordo vede il cappio ancor prima di poter vedere altro».

Lucretio non rispose. Si eclissò come suo solito nel suo volto mesto. A Gabriel persone così non sarebbero mai andate a genio.

Lo spirito di Pieros era quello giusto, invece: «Allora è deciso: andiamo in città, scegliamo uno dei quattro eserciti e spacchiamo la faccia agli altri».

«Sei troppo ottimista» lo rimproverò Versantius.

«Sono solo diretto».

«Sono persone.» Versantius sembrava averla presa sul personale. Era ormai palese che fossero arrivati fino a Lonte perché voleva incontrare i suoi amici. Era come se Versantius conoscesse l'intera Dolcina e provasse a glissare ogni domanda che durante il viaggio Gabriel gli aveva rivolto.

Non c'era cosa che lo faceva arrabbiare come le continue mezze verità che Versantius propinava loro. Perché Versantius continuava a pensare più a quegli stronzi che gli avevano voltato le spalle che a loro? Gabriel aveva rischiato la vita per lui, si era messo contro il mondo intero e quello che riceveva in cambio era solo una parola ogni tanto, come se fosse un mastino al quale gettare un pezzo di carne di tanto in tanto per non farlo morire di fame. A volte pensava a come sarebbe stato abbandonare tutto e tornarsene nel Ducato da sua madre, Rolando e Alicia. Forse lì avrebbe risolto tutti i problemi e avrebbe scaraventato Carolina giù dal seggio di Derenhalle.

«Allora? Se volete morire quella è la strada.» La guardia fece un cenno con la capo in direzione della città in fiamme. «Ma vi avverto: Remigio è lì e non mi è sembrato particolarmente clemente».

«Si fotta.» Gabriel superò tutti e si incamminò, facendo a spallate con i rifugiati che abbandonavano la città.

Fabrizio si mise subito dietro di lui. Anche gli altri lo raggiunsero. Lucretio fu l'ultimo ad aggregarsi. C'era da aspettarselo.

«Tieni d'occhio Fabrizio.» Versantius gli sussurrò nell'orecchio. «Ci serve».

Gabriel lanciò un'occhiataccia a Versantius, per poi squadrare Fabrizio nella sua armatura di bronzo e cuoio. Quello che aveva bisogno di protezione non era Fabrizio, ma Versantius. Forse stava sopravvalutando la sua capacità oratoria. Non tutti si sarebbero fatti abbindolare dalle parole velenose che uscivano dalla sua bocca.

Gabriel ignorò il consiglio e tirò dritto. Nessuno poteva dirgli che cosa doveva fare. Neanche indirettamente.

«Remigio! Dove sei?» si mise a gridare nel caos. Agli occhi degli altri poteva sembrare un gioco, una provocazione, ma per Gabriel era una resa dei conti importante. Eroe contro eroe, Impero contro Ducato. Non c'era lotta più emozionante che avesse mai fatto di quella contro Remigio nella Guerra delle Ali dell'Aquila.

Nelle strade della città c'era quiete. Qualche barricata ostruiva le vie principali e dispiegamenti di forze della Convenzione setacciavano le abitazioni alla ricerca di chissà cosa. Nessuna casa era data alle fiamme, eppure il fumo faceva lacrimare gli occhi nei vicoli più stretti. Gabriel non aveva ancora capito a cosa avessero dato fuoco. Forse ai corpi, oppure alle palizzate. La guerriglia era fatta così: quiete apparente e lotta casa per casa. Eppure la situazione sembrava diversa, come se a Lonte fosse sopito uno spirito irrequieto pronto a portare il caos da un momento all'altro.

Tennero gli occhi aperti per non essere colti di sorpresa. Per quanto Gabriel si sforzasse di capire la situazione, ancora non aveva ben individuato quali fossero i loro nemici. Con Zaltys impugnata con entrambe le mani, avanzava folgorando con lo sguardo tutti quelli che incontrava.

«Perché nessuno ci ferma?» Fabrizio si era messo al suo fianco, anche lui allerta.

«Hanno altri problemi adesso. Meglio così».

I razziatori avevano fatto male il loro lavoro. Qualche coppa di metallo e qualche collana di bronzo costellavano la via di cimeli di poco conto. Succedeva sempre così: nelle sciagure a vincere erano gli speculatori e i ladri. Una volta dimenticata tutta quella storia i figli di puttana sarebbero stati così ricchi da non saper dove nascondere l'oro.

Proseguirono con apprensione nelle vie di Lonte. Il vento gelido disperse il fumo, mentre qualche rimbombo allarmò più di una volta l'intero gruppo. Versantius aveva sussultato ad ogni scoppio. Gabriel ancora non si spiegava il perché Versantius non fosse rimasto a Silverknowes a badare a Mirandolina. Sarebbe stato decisamente più nelle sue corde.

«Non succede niente…» commentò Pieros.

«Siamo in una fase di stallo.» Gabriel non abbassò la guardia nemmeno un secondo. «Probabilmente ognuno aspetta il passo falso dell'altro schieramento per sfruttare al meglio le proprie forze. Tamara è la lady, giusto?»

Versantius annuì.

«Allora ha sicuramente un vantaggio tattico. È per questo che i soldatini di Remigio setacciano casa per casa» concluse Gabriel.

«E perché non fermano anche noi?» domandò Pieros.

Gabriel sogghignò. «È il bello di questo tipo di conflitti: nessuno sa mai da che parte sta chi».

Versantius non sembrava d'accordo con questa conclusione. Lo dimostrava il suo mancato intervento. Gabriel aveva capito che se Versantius era in disaccordo su qualcosa, spesso taceva. Con lui faceva sempre così.

In una piazza nella quale erano sparse bancarelle abbandonate e frutta marcia incontrarono il primo e vero gruppo armato. Erano una cinquantina e portavano gli stessi colori delle sentinelle che stavano gestendo i flussi di popolani all'esterno della città.

Versantius e Lucretio mormorarono qualcosa fra loro.

Il comandante del plotone di ricognizione di Lonte li fermò in quella piazza. «Che ci fate qui a zonzo? Stiamo per istituire il coprifuoco».

Lucretio fece qualche passo avanti. «Aggiornatemi sulla situazione».

«E perché mai?»

«Sono il più alto di rango qui.» Lucretio tirò fuori dalla tasca un frammento di pergamena e lo mostrò al comandante.

«Il Granduca può anche baciarmi il culo per quanto mi riguarda!» sbottò il comandante.

Lucretio si scambiò un'occhiata preoccupata con Pieros, ma il comandante di Lonte si placò e fece cenno ai suoi di abbassare la guardia.

Era incredibile come fossero bravi gli imperiali a inscenare simili pagliacciate.

Fabrizio si fece avanti. «Vogliamo parlare con Kerselmo.» Lo disse così timidamente che qualcuno trattenne una risata.

«E io voglio fare il bagno nel latte e nel miele per togliermi tutta questa merda di dosso!» enfatizzò il comandante. «Siate seri: nessuno sa dove si nasconde quel ratto in città. Non lo sa Tamara e tantomeno i Foconero. Se provate ad andare da quel bastardo di Julian forse saprà aiutare anche dei cani ducali come voi».

Gabriel strinse il pugno e si avvicinò a muso duro contro il comandante. Lo sovrastava in altezza e stazza. Era sempre bello vedere come gli urlatori si mettessero a ritrattare il proprio comportamento per preservare la mascella. Anche in quell'occasione, il comandante glissò.

«Tu non mi piaci, ma abbiamo altri problemi a cui pensare».

«Meglio...»

«Dove possiamo trovare i Bai e i Foconero?» Versantius fece finalmente una delle sue domande utili.

«Julian si è rintanato con i suoi assassini a Piazza del Ruggito. Hanno distrutto le vie di accesso laterali facendo crollare il campanile della chiesa. Non c'è via di accesso se non quella attraverso il sistema fognario o attraverso la Via Maestra. Si stanno difendendo bene i bastardi».

Versantius provò a prendere la parola, ma Gabriel lo intercettò subito. «E gli altri bastardi? I Foconero, intendo».

«Loro si stanno riorganizzando a Piazza Fortezza» continuò il comandante. «Non è molto lontana da Piazza del Ruggito. Vinicio ha scelto quella posizione per poter avere un contatto diretto sia con Tamara che con Julian nel caso decidesse di abbandonare la folle idea di prendere il potere».

«Bene, andremo a parlare dai Foconero».

«No» sibilò Versantius. «Conosco Julian. Saprò farlo ragionare».

«Sinceramente?» Gabriel si avvicinò a Versantius. Non aspettava altro che quel momento. «Mi sono rotto il cazzo delle tue continue prese di posizione che ci mettono nella merda ogni volta».

«Dì pure quello che ti pare, ma andremo da Julian. Se la tua intenzione è negoziare con Vinicio significa che non hai capito proprio niente del perché siamo qui. Avremmo più possibilità a comunicare con un cavallo».

La rabbia prese il sopravvento. Gabriel diede un calcio a una botte di legno mandandola in frantumi. Versantius, nonostante il sussulto e il volto contratto dallo spavento, non fece nemmeno un passo indietro. Forse aveva ragione lui: se volevano fare una buona impressione su Kerselmo dovevano sostenere il suo fantoccio. Fosse stato per Gabriel, avrebbe massacrato tutti e ficcato la corona di Dolcina nel cranio di Fabrizio a forza di cazzotti, ma non si poteva fare così.

«E va bene!» sbottò Gabriel. «Decidi tu allora!»

Sperava di trovare approvazione da parte di Pieros o di Fabrizio, ma tutti sembravano d'accordo con Versantius. Odiava non poter decidere.

«Ripeto: sono il più alto in comando.» Lucretio si rivolse alla guarnigione di Lonte. «Scortateci fino a Piazza del Ruggito. L'Impero ha necessità che...»

«E io ti ripeto che l'ultima volta che un emissario dell'Imperatore ha messo piede qui nella Dolcina si è ritrovato senza testa in piazza. Abbiamo i nostri problemi senza che veniate a darcene altri!» tuonò il comandante. «E ora andate a farvi fottere, da qui non ci muoviamo: la nostra lady ha parlato».

Gabriel fu il primo ad abbandonare quel mercato rancido. La frutta e la verdura non erano le sole cose marce. Sputò a terra e fece roteare la spada per poi cercare la direzione giusta. «Dove si esce da questo posto di merda?»

Pieros scoppiò a ridere e si affiancò a lui per fargli strada. Tutti lo seguirono. Se andare dai Bai e vedere Versantius scambiare quattro chiacchiere con Julian avrebbe significato avvicinarsi a Kerselmo, Gabriel non poteva opporsi. Eppure iniziavano ad essere troppe le persone con le quali Versantius aveva intrattenuto un rapporto in passato.

Non ci voleva un genio a capire che questo non avrebbe portato che sciagure in futuro.

Gabriel era sereno. Se avesse dovuto alzare Zaltys e massacrare qualcuno, di certo non si sarebbe fatto impietosire dalla faccia da cane bastonato di Versantius.

Questo era poco ma sicuro.

Pieros conosceva la strada per arrivare a Piazza del Ruggito, ma perdere la rotta sarebbe stato impossibile: era sufficiente seguire la scia di cadaveri. Soldati della Convenzione, dei Bai, dei Foconero o di Lonte. Gabriel non faceva alcuna distinzione quando li superava. Non era la sua guerra, era soltanto la solita seccatura prima di arrivare a Naviglio. Ormai Versantius ci stava prendendo così gusto a temporeggiare che quasi sembrava che non avesse alcuna intenzione di punire suo padre.

Uno scoppio, poi un altro. Nelle strade laterali la guerriglia infuriava. C'era chi aveva appeso striscioni e bandiere alle finestre. "Morte ai traditori" oppure "A chi conviene le Convenzione?" Gabriel passò oltre, ma Lucretio rimase indietro per un attimo. Dannato idealista...

Arrivarono a Piazza del Ruggito. Tutto intorno era distrutto. I Bai avevano fatto crollare gli edifici per garantire un'unica via di accesso al loro campo base. Versantius non fece nemmeno in tempo ad aprire bocca per annunciarsi che decine di frecce erano puntate contro di lui. Al di là della barricata in legno, gli uomini dei Bai sembravano decisamente più prudenti della milizia di Lonte.

«Aprite!» gridò una voce.

I soldati dai paramenti bianchi e blu dei Bai sollevarono di peso le due barricate principali per formare un varco minuscolo. Se Versantius ci passò senza problemi e senza il minimo ripensamento, Gabriel dovette sforzarsi per non venir ferito dal filo spinato arrotolato attorno al legno.

Erano nella tana del leone e tutti gli occhi erano puntati su di loro. Quelli che difendevano la posizione sembravano uomini esperti. Gabriel lo riconobbe dalla fattura dell'equipaggiamento posto nelle rastrelliere ai bordi delle abitazioni. Nessun coscritto si sarebbe potuto permettere una corazza a piastre o un fodero in pelle di vacca.

«Julian!» Versantius andò incontro a un ragazzo smilzo dai capelli a caschetto color del grano. Sembrava troppo giovane sia per avanzare pretese di nomine sia per essere il responsabile di tutto questo caos.

Julian e Versantius si abbracciarono, come se il loro incontro fosse stato programmato da tempo. Gabriel continuava a non capire. Si scambiò qualche occhiata con Pieros ma l'unica risposta da parte del compagno fu un'alzata di spalle. Non sapeva il perché ma tutto questo lo faceva arrabbiare. Trattenne il fiato per non esplodere, poi si abbandonò a un sospiro liberatorio.

«Non ci credo» esclamò Julian dopo l'abbraccio.

«Sì, sono proprio io. È stato difficile incontrarti in queste circostanze ma non potevo far finta di niente».

Cosa avrebbe dovuto pensare Gabriel dopo quelle parole? Che Versantius fosse un bugiardo?

«Che cosa ti porta qui?»

«Siamo venuti per darti una mano».

Gabriel ebbe un fremito. Questo era troppo. Fece un passo in avanti, ma Lucretio lo trattenne prima che potesse mandare tutto all'aria. Riuscì comunque a parlare: «Vedo che hai deciso di barricarti sotto la magione della lady».

«Tamara non esce se non sul balcone per osservare dall'alto la situazione. Ucciderla non ci porterebbe a niente, ma vederla lì, sperare che i Foconero vengano a massacrarci, dà fastidio».

«Ora sono qui.» Versantius tese la mano a Julian in uno dei gesti simbolici più imbarazzanti che Gabriel avesse mai visto.

«Non ti ho mai capito...» Julian sorrise. «Prima mi ignori, poi mi odi, poi ti ritrovo qui a combattere una battaglia che non ti vede coinvolto. Versantius, sei strano».

«Lo prendo come un complimento. Ma dobbiamo parlare di Kerselmo».

«So cosa vuoi dirmi.» Il volto disteso del giovane Bai si fece serio. «Kerselmo non è mai stato un despota. Non ha mai pensato di accentrare tutto il potere nelle mani della nostra famiglia. Era sempre contrario...»

«Non mi importa, Julian.» Lo interruppe Versantius. «Io sono qui per te. Ti ricordi? "Quando vuoi noi ci siamo" lo diceva tuo padre. E ora voglio esserci. Con o senza Kerselmo. Fuggiamo insieme».

Fuggire? Cosa diavolo stava dicendo Versantius? Loro dovevano combattere!

«Io non posso» titubò Julian.

«Tu puoi tutto».

La situazione stava prendendo una piega troppo sentimentale per i gusti di Gabriel. Aveva concesso fin troppo tempo alle manipolazioni mentali di Versantius.

«Tutto molto interessante, davvero» disse sprezzante Gabriel. «Però ora ci porti da Kerselmo e ci fai parlare con lui».

Nemmeno il tempo di mostrare il suo disappunto, che Gabriel fu zittito dal suono di un corno. Si voltò e si accorse che proveniva da una gigantesca magione alle spalle della piazza. Un edificio austero, sul quale sventolavano gli stendardi di Lonte sorretti da statue in metallo di guerrieri. Portone di ottima fattura, marmi lucidi e marziali. Julian e i suoi uomini non avrebbero mai potuto prendere quella magione senza arieti.

Tamara si affacciò al balcone della magione. Osservava tutto dall'alto. Gabriel non l'aveva mai vista prima d'ora e si sorprese nel vedere una donna di mezz'età ricoperta da un vestito elegante in acciaio e pizzo che sovrastava l'intero balcone. Al suo fianco due alfieri con delle trombette in mano. Altri squilli poi il silenzio. Tutti gli occhi erano puntati su Tamara, eppure lei non disse una parola.

La terra tremò, le orecchie si riempirono del tonfo degli stivali di un battaglione in marcia. I Foconero erano arrivati.

«In posizione!» Julian scostò Versantius, come se credesse che fosse stato lui a condurre il nemico fino alla loro posizione. Si vedeva che non era adatto a comandare. Avevano una posizione privilegiata e avrebbero potuto combattere alla pari contro un esercito che si prospettava essere più numeroso.

Un muro di scudi avanzò a ritmo serrato nella via che conduceva a Piazza del Ruggito. In mezzo, a cavallo, un uomo dalla mantellina grigia e dal volto spigoloso tese una mano al cielo stellato. Un bagliore scaturì dal braccio.

«Che diavoleria è mai questa?» si allarmò Pieros, con il naso all'insù.

La luna sembrava una sfera luminosa sopra le loro teste, così vicina che se qualcuno avesse avuto l'ardire di salire sul tetto e allungare la mano sarebbe riuscito a toccarla. Tamara restò immobile, a contemplare la luna come un lupo solitario. I riflessi di luce annientarono le ombre della notte. Versantius e Fabrizio vennero sbalzati nelle retrovie dal concitato serrare le righe dei soldati di Julian, mentre Gabriel e Pieros fecero a spintoni per restare in una posizione favorevole di lotta.

Non si sarebbe concluso tutto con quattro chiacchiere e una stretta di mano. Chi si presentava sbattendo in faccia la volta lunare al proprio nemico non poteva che avere intenzioni di lottare.

Gabriel incrociò lo sguardo per la prima volta con Tamara. Sapeva che prima avrebbero dovuto risolvere una questione per volta.

Julian sembrava l'unico a non preoccuparsi di quell'illusione magica. «I tuoi trucchetti non mi hanno mai impressionato, Vinicio» estrasse la spada e serrò i ranghi.

Sotto la luce della luna artificiale di Vinicio lo scontro infuriò.

La barricata resistette fino al momento in cui una forte esplosione non la squarciò. Le schegge di legno e di acciaio rimbalzarono contro le prime linee dei Bai. Urla di dolore si aggiunsero a quelle di battaglia. Gabriel fece appena in tempo a nascondersi dietro al muro di scudi del plotone di Julian.

Come una serpe strisciante, l'unità di Vinicio fece breccia. Erano in superiorità numerica ma crollavano come carne da macello. Colpo dopo colpo Gabriel mieteva vittime. Finalmente dopo tanto chiacchiericcio era tornato a fare quello che gli riusciva meglio.

L'odore acre del sangue, la sensazione di vertigine e di superiorità lo facevano sentire in pace con il mondo. Il rumore di un corpo quando cade a terra era il suono che più rendeva giustizia a tutti gli attimi di tensione prima della battaglia. Ne aveva vissute a centinaia di situazioni simili, immerso nel fango, nello sterco e nel marasma dei corpi, eppure non si sarebbe mai annoiato di fronte a uno scontro armato.

Zaltys sgocciolava sangue. Gabriel era più che certo di aver abbattuto anche dei soldati dei Bai. Stemmi bianchi e blu o stemmi neri, per lui non faceva alcuna differenza.

Nel caos perse di vista i suoi compagni. Lucretio e Pieros se la sarebbero cavata, ma Fabrizio e Versantius? Il primo era arrivato baldanzoso in una città in fiamme nella speranza di governare su tutti, il secondo continuava a pensare che la morte fosse un vecchio ubriacone da ingannare con parole forbite.

Mentre abbatteva nemici, in un guizzo di foga, quasi sperava di trovare fra i cadaveri quello di Versantius. Sarebbe stato tutto più semplice.

Doveva essere tutto semplice: spada contro spada e il più forte ammazzava l'altro. Invece Piazza del Ruggito venne invasa da altri soldati. Fanteria leggera, lance imbracciate e daghe corte alla cinta. Tutti uguali e disciplinati alle spalle di Remigio Foconero. Gabriel colpì con ancor più foga il suo sciagurato avversario mozzandogli il braccio.

Ancora una volta, il guastafeste era arrivato nel momento più di merda.

Bai e Foconero si arresero. Gli ultimi esaltati vennero sgozzati come maiali e lasciati marcire nella distesa di cadaveri e sangue che costellava la piazza. Il tanfo di morte aleggiava fra i sopravvissuti. Solo quando Julian e Vinicio gettarono a terra le armi la battaglia smise cessò.

Il portone della magione si spalancò. Due file di cavalieri scortarono Tamara fino al centro della Piazza. La lady si presentò fiera, con uno strano sorriso compiaciuto sul volto. Austera e allo stesso tempo sfrontata nel suo vestito da principessa guerriera e uno scialle violaceo sulle spalle. Con il mento all'insù applaudiva al suo salvatore.

«Colonnello, ce ne hai messo di tempo.» Tamara si rivolse a Remigio ignorando la faida fra Vinicio e Julian.

«Ordini dalla Convenzione» rispose Remigio.

Gabriel odiava tutto di lui. La sua finta umiltà, il suo modo di porsi sempre cordiale, il fatto che non riuscisse a pensare con la propria testa e se ne andasse in giro con la sua alabarda a credersi il salvatore del mondo. Lo chiamavano Uccisore del Drago per essere inciampato con la lancia dalla parte della punta su un drago ormai moribondo. Se quelli erano gli Eroi che l'Impero vantava, Gabriel avrebbe potuto tranquillamente atteggiarsi come Dio.

«Che aspetti?» Tamara sembrava impaziente. «Giustiziali tutti!»

«Non vorrei farlo…» Remigio si avvicinò a Julian e con un cenno fece segno ai suoi di legarlo per le mani e preparare il ceppo. Allo stesso modo anche Vinicio fu catturato fra strattoni e imprecazioni.

«Traditore! Mi vergogno di essere sangue del tuo sangue.» Vinicio sputò sullo stivale di Remigio, ma venne raggiunto da un pungo da parte di un soldato della Convenzione. Gabriel fece una smorfia, altri restarono con il fiato sospeso. L'unico a non essere scosso da quelle parole e da quei gesti era Remigio stesso. La solita spocchia...

Tutto era pronto per l'esecuzione. Gabriel cercava Versantius con lo sguardo nella speranza che avesse un piano per uscire da quella situazione. Di solito ci riusciva sempre, ma era difficile giustificare l'aver combattuto fianco a fianco con dei rivoltosi. Forse potevano approfittare del fatto che si fossero schierati dalla parte giusta. Ma a giudicare dall'impazienza di lady Tamara nel veder ampliata la sua collezione di teste mozzate nella sua piazza principale, sarebbe stato difficile uscirne. Gabriel non poteva accettare che fosse sempre Remigio a decidere per tutti. Ancora non sopportava l'esito della battaglia a Engaddi.

«Ti senti Dio, immagino.» Gabriel applaudì con fare sarcastico facendosi largo fra gli sconfitti. Era stremato dallo scontro, sudato e dolorante nei movimenti, ma la possibilità di umiliare Remigio lo faceva sentire rinvigorito. «Arrivi quando ci siamo già massacrati a vicenda e sgozzi i sopravvissuti come agnellini. Ti piace, non è vero?»

Remigio si accorse per la prima volta di Gabriel. Il suo atteggiamento cambiò subito. «Non mi piace mai uccidere il mio popolo. Non sono come te».

«Guardati attorno e smetti di fare il santarellino. Sei uno stronzo come lo sono io».

«Cerco solo la pace».

«Stai sbagliando a cercare allora».

«Non prendo lezioni da chi a parole si professa un eroe e poi se ne va in giro per il mondo ad ammazzare la gente».

«Almeno non ho la museruola. Dimmi, puoi almeno andare a pisciare senza che ci sia un editto della Convenzione che te lo permetta?»

Remigio gli diede le spalle, infastidito dalle parole di Gabriel.

«Sto parlando con te!» Gabriel gli puntò un dito contro.

«Metteteli in ginocchio e legategli anche i piedi.» Remigio si rivolse a uno dei suoi sottoposti. Che intenzioni aveva? Ignorarlo completamente?

«Tu non giustizi proprio nessuno a meno che non siamo noi a deciderlo!» sbraitò Gabriel.

Versantius si avvicinò con allarmismo a Gabriel. «Che stai facendo?» gli sussurrò.

«Sto per dare una sonora lezione a questo buffone.» Gabriel scattò contro Remigio e fece partire un fendente con la sua Zaltys. Il Colonnello intercettò il colpo con l'asta della sua alabarda. Non appena le due armi si incrociarono tutti si misero sull'attenti e Gabriel venne circondato da punte di lance. Bastò un cenno di Remigio per convincere tutti i soldati della Convenzione ad abbassare le armi.

«Andiamo, marionetta, fammi vedere come balli bene.» Gabriel fece un occhiolino a Remigio. Non fece in tempo a fare altro che un colpo d'asta di Remigio lo colpì alla gamba. «Così ti voglio. Combattivo».

Sotto gli occhi attoniti di tutti, i due incrociarono le lame. Nelle battaglie Gabriel si divertiva a schivare i colpi di lancia e disarmare i picchieri. Guardare il loro volto contratto dalla paura era sempre un attestato di superiorità per lui. Con Remigio era diverso. Era sempre stato diverso. Per quanto pensasse che fosse scomodo combattere con un'alabarda e questo lo mettesse su un piano di superiorità rispetto al Colonnello della Dolcina, Gabriel non era mai riuscito a spezzare la sua guardia. Ci aveva provato nella Guerra delle Ali dell'Aquila, ci aveva provato a un torneo ad Aliara, e ci stava provando ora.

Niente da fare. Ogni colpo veniva parato e deviato dall'asta imbracciata da Remigio e per quanto potesse puntare sulla forza bruta, Gabriel non riuscì mai a costringere Remigio a indietreggiare fino a fare un passo falso.

Nemmeno con la magia avrebbe potuto avere la meglio. Gli strani trucchetti di Remigio attingevano potere dalla volta celeste. Ad ogni sua magia, le stelle nel cielo sembravano lampeggiare. Era come se attirasse potere dal cosmo e lo liberasse in saette o in cupole protettive.

Gabriel saettò in avanti per spezzare la guardia a Remigio, ma venne sbalzato all'indietro da una barriera luminosa. Un fendente dall'alto lambì i capelli di Gabriel che schivò il colpo d'alabarda del Colonnello rotolando per terra. Si rialzò con una piroetta, ma ancora una volta Remigio deviò il colpo. Ad ogni tintinnio delle loro lame la rabbia ribolliva sempre di più nel cuore di Gabriel. Non poteva accettare che ci fosse qualcuno abbastanza forte da resistergli.

Con il fiatone, entrambi continuarono a combattere sotto gli occhi di tutti. L'apprensione aveva zittito i presenti, ma nessuno dei due condannati a morte aveva provato a fuggire. Le guardie della Convenzione avevano creato un circolo attorno alla lotta. Solo Pieros sgomitava per vedere il proseguimento dello scontro. Lo vedeva solo perché era di fronte a lui.

Altri colpi di lama a vuoto, altre schivate, altre magie inutili dissipate dal potere stellare del Colonnello. Gabriel aveva sentito parlare di quegli strani incantesimi. Forse erano frutto di quelle diavolerie che i ricercatori chiamavano Libri Tomi.

Gabriel e Remigio incrociarono le lame. Il primo con cattiveria, il secondo con una tranquillità che non avrebbe mai attecchito con Gabriel. Remigio non poteva ingannare nessuno con il suo fare da paladino dei disperati. Era solo una pezza da piedi funzionale ai potenti. Un uomo senza dignità né spina dorsale.

«Basta così!» gridò Versantius. Il circolo di soldati si spezzò. Remigio ricacciò di lato Zaltys e fece roteare l'alabarda ponendo fine allo scontro. Era un pareggio. Ma Gabriel non poteva accettare un pareggio. Fece un passo in direzione di Remigio, ma venne immediatamente contenuto da Pieros e Lucretio.

«Lasciatemi!»

«Ragiona, non fare l'idiota!»

Detto da Pieros faceva ancora più male.

Versantius gli passò accanto e sussurrò: «Ragiona.» Lo superò e si rivolse a Remigio. Che intenzioni aveva? Parlare ancora a nome di tutti?

«Posso spaccargli la faccia quando voglio!»

«Taci» sibilò Lucretio.

«Taci a me non lo dici!» Gabriel si divincolò, ma quando si rese conto che era ormai troppo tardi per fermare Versantius, si mise l'anima in pace tenendosi tutto il rancore per sé. Sperava solo che fosse un buon piano e che valesse l'umiliazione appena ricevuta.

«Remigio, non siamo venuti per mettere in dubbio la tua autorità, né quella della Convenzione».

Già dalle prima parole, Versantius partiva molto male con il suo discorso. Gabriel strinse i muscoli, ma a contenerlo ora c'era anche Fabrizio. Avrebbe potuto spaccare il naso a Pieros e divincolarsi, ma tutti gli sarebbero stati addosso in meno di due secondi.

«Questa non è la vostra terra, non è la vostra lotta e quello che muore nelle strade non è il vostro popolo» disse perentorio Remigio.

«Vorrei poterti dire che hai ragione, ma questa storia ci riguarda».

«No, non vi riguarda».

«Che intenzioni hai, giustiziarli entrambi?»

«Questi sono gli ordini del Presidente... può sembrare strano ma io ho ordini importanti che mirano più in alto di quello che può essere l'arrestare o il condannare qualcuno. Io devo mantenere insieme una Provincia intera. La Convenzione crede in me ed io non lascerò che la mia terra si sfaldi».

«Non mi sembri molto convinto, Remigio».

«Non devo convincere voi, né me stesso. La pace è più importante di quello che ritengo giusto o sbagliato. I problemi di Dolcina li risolve la gente di Dolcina. Non avete fatto altro che creare scompiglio. Il Concilio di Salvaguardia non c'è più e chiunque lo sostenga fa un torto alla Provincia stessa».

«Basta filosofeggiare!» tuonò Tamara. Si erano scordati tutti di lei.

«Tamara ha ragione.» Versantius sbuffò, stanco. «Basta filosofeggiare. Vuoi giustiziarli entrambi? Fa' pure».

Cosa? Tutto questo bordello per poi rinunciare? A Gabriel non importava un accidente delle dinamiche della Dolcina, ma perdere così faceva male. Che intenzioni aveva Versantius? E quali intenzioni aveva Kerselmo? Perché condannare a morte anche il proprio burattino? Si poteva arrivare anche a uccidere un membro della propria famiglia pur di restare ancorati al potere? Tutto questo non aveva senso.

Remigio fece un cenno ai suoi e Julian e Vinicio, già bendati e legati, vennero gettati in mezzo alla piazza, inermi e furibondi allo stesso tempo.

Versantius si scostò per l'imbarazzo. «Colonnello, chiedo solo di poter parlare un'ultima volta con Julian Bai prima che venga giustiziato».

Remigio fece un cenno d'assenso e si fece da parte.

Versantius si chinò. Glielo si leggeva in volto che quel gesto lo faceva stare male. Sussurrò qualcosa a Julian, ma a giudicare da come il condannato si contorceva per la rabbia non dovevano sembrare parole di aiuto.

«Non volevo che si arrivasse a questo. Mi dispiace.» Versantius chinò il capo. Sembrava dispiaciuto. Veramente dispiaciuto.

Julian sputò in direzione di Versantius sporcandogli gli stivali. Si calmò subito dopo. «Mi sono fidato ancora una volta e scopro solo ora che non avrei mai dovuto farlo in vita mia. Che tu possa morire».

Versantius accusò il colpo con stoica rassegnazione. Forse il suo cuore era già abbastanza in frantumi per poter sentire qualcosa di più di un qualche rimorso passeggero. «La gente impara a darsi obiettivi, Julian. Non guardo in faccia a nessuno. Guardo solo il fine».

Quelle parole fecero rabbrividire anche Gabriel.

Versantius strappò dal collo di Julian un ciondolo con appeso un cristallo rosa simile al quarzo. Ammantato di sudore, brillava nella notte. Versantius se lo legò al polso e si allontanò con sguardo basso. La collana non sembrava avere chissà quale valore, non sembrava neppure essere magica, eppure Versantius l'aveva conservata. Forse per ricordo o forse perché in fondo voleva avere sempre con sé una parte di Julian.

«Sei sempre stato così. E morirai così» sentenziò Julian.

Versantius lo abbandonò al suo destino. «Addio Julian. Dì a Leroy che c'è ancora chi combatte in questo mondo».

Calò il silenzio, come quando qualcuno rinfaccia a qualcun altro un evento passato che crea ancora imbarazzo. Gabriel non aveva idea di quali fossero le intenzioni di Versantius con quella frase, ma Fabrizio sembrava aver capito molto bene a giudicare dall'espressione attonita.

L'imbarazzo colse anche Remigio, che si limitò a trattenere le mani salde sulla sua alabarda. Tamara, vestita di ferro e seta, gli si avvicinò con fare trionfante. Non bastava coprirsi di ferraglia e avere uno sguardo fiero per nascondere tutto il marcio fatto in vita. Gabriel di donne e uomini così ne aveva visti a centinaia.

I soldati della Convenzione spostarono il ceppo dell'esecuzione ai piedi di Remigio e Tamara. Con qualche calcio ben assestato zittirono le proteste di Vinicio. Ad ogni colpo, Remigio sussultava per la violenza dei suoi sottoposti.

Fu tutto sistemato. Gabriel, come tutti, era spettatore passivo di quel teatrino imbarazzante. Ancora non capiva molte cose, ma confidava che gli altri avessero capito al suo posto.

Remigio sfilò la benda dagli occhi di Vinicio e la gettò a terra. Quest'ultimo, in ginocchio sul ceppo, provò a reagire ma un soldato lo inchiodò a terra con una pedata in pancia facendogli sputare sangue.

«Io, Remigio Foconero, che rappresento Dolcina per mezzo dell'Imperatore Tecnho I, ti condanno a morte per tradimento.» Passò qualche secondo, forse di ripensamento. «Hai delle ultime parole?»

Vinicio esplose di rabbia. Dalla sua bocca uscirono ingiurie, sangue e saliva. «Tu non rappresenti nessuno! Tu rappresenti la distruzione di un sistema che non vedi e di cui fai parte. Che ne è del giovane ragazzo che ha ucciso il Terrore di Dolcina? Che ne è del valoroso Uccisore del Drago? Non c'è più Fabiano e qualcuno è già pronto a manipolarti facendoti credere che sei tu a rappresentare l'Impero. No! Tu non rappresenti me, non rappresenti lei» fece un cenno a Tamara. «Non rappresenti loro! Tu, uomo fantoccio pronto a morire per i bicchieri di vino altrui, per qualche soldo che non vedrai mai in vita tua. La corruzione è già in mezzo a noi e tu non fai altro che difenderla. Questo impero soffoca i suoi figli! Evviva!» Vinicio scoppiò in una risata isterica. «Porta i miei saluti a Kerselmo, perché la prossima volta che lo rivedrò sarà all'inferno ed io sarò già là con il mio boccale di birra a ridergli dietro da un pezzo».

Remigio non si scompose a quelle parole, fissava costantemente il terreno senza mai togliere la mano dal cuore, e quindi dallo stemma imperiale cucito su di esso. Quando vide che Vinicio aveva smesso di parlare prese la parola. «Io, gendarme e figlio dell'Impero condanno quest'uomo.» poi girandosi verso Tamara aspettò.

A fatica la lady prese la parola. «Io, lady di Lonte e figlia dell'Impero, condanno quest'uomo.» Non appena Tamara finì di dire quella frase Remigio decapitò Vinicio, rimanendo poi immobile a guardarlo sempre con la mano sul cuore. Pochi istanti dopo, anche Julian venne giustiziato. Non aveva detto nemmeno una parola prima di morire.

«Tutto bene signore?» Si avvicinò un soldato.

«Tutto bene.» Remigio guardò Tamara con incertezza. «Ho altri ordini».

A poco a poco i soldati incominciarono ad accerchiare Tamara. Lei indietreggiò spegnendo il sorriso compiaciuto sul suo volto. Aveva già capito che la prossima testa a cadere sarebbe stata la sua.

«Non può essere. Non ho fatto nulla!» Tamara si divincolò, ma i soldati l'avevano già immobilizzata e legata con gli stessi lacci blu che avevano usato per contenere Julian e Remigio.

«Hai cospirato ai danni della Convenzione» disse Remigio.

«No!» Lo scialle di Tamara cadde a terra, pestato dai soldati della Convenzione. «Forse mi è sfuggita la situazione dalle mani e mi assumo le mie responsabilità, ma avevo dei debiti di onore nei confronti di Vinicio Foconero. Gli avevo offerto la benevolenza di Lonte, così come lui aveva fatto con il suo duro lavoro gli anni scorsi».

Remigio pulì l'alabarda dal sangue di Vinicio e Julian con un panno. «Non esiste più il Concilio di Salvaguardia. E il tuo continuo provare a instaurarlo non è passato inosservato a Dolcina. Il tradimento non è contemplato per nessuno, neanche per te».

«Io ho firmato la Convenzione di Dolcina! Io!»

«Sì, e hai accettato anche questo.» Remigio batté con l'asta dell'alabarda per terra e due soldati risposero al segnale azzoppando Tamara e costringendola a crollare sul ceppo in un grido di dolore.

Gabriel distolse lo sguardo per qualche istante per concentrarsi sulle espressioni dei suoi compagni. Lucretio sembrava aver perso interesse da tempo, Fabrizio seguiva con attenzione tutti i dialoghi e i mormorii dei soldati sconfitti, mentre Versantius fissava con sguardo spiritato lo scialle di Tamara ormai ridotto a pezza da piedi.

«Cavalier Ciel» Remigio chiamò Lucretio, che si mise sull'attenti, «hai intenzione di concludere la sentenza? I miei uomini dicono che sei il più alto di grado dopo di me».

Lucretio scosse la testa. «Io non mi macchio di questi scempi…»

Anche in quell'occasione, Lucretio si dimostrò un codardo senza speranza. Almeno aveva avuto la coerenza di non abbassarsi a questo schifo.

Remigio sussurrò qualcosa e chinò il capo. «Lady Tamara, io, Remigio Foconero, che rappresento Dolcina per mezzo dell'Imperatore Tecnho I, ti condanno a morte per tradimento.» Ancora una volta l'attesa si fece opprimente. «Hai delle ultime parole?»

«A morte?» bisbigliò Pieros. «Pure lei? Evidentemente "ammazza il Concilio di Salvaguardia uscente" sembra uno sport molto apprezzato da queste parti. L'Imperatore quando lo giustiziate? Giusto perchè così non prendo impegni...»

Gabriel sorrise. Se non altro qualcuno che sapeva smorzare la tensione in tutto quel noioso melodramma con protagonista Remigio.

Tamara farfugliò qualcosa e si divincolò con il collo sul ceppo. Alzò lo sguardo alla ricerca dei suoi uomini ma nessuno mosse un dito. Si accorse anche lei che la Convenzione aveva accumulato troppo potere. Non ci voleva un genio a capire dove tutto questo li avrebbe portati: a una stupida caccia al traditore fino all'implosione della Dolcina in una guerra civile. Cosa che i Bai e i Foconero avevano già fatto scoppiare.

Un altro sibilo d'aria, un'altra testa che rotolava lontano dal proprio corpo. Con Tamara erano a tre i morti illustri di quella notte gelida. Lonte non si sarebbe mai ripresa. Sicuramente non avrebbe mai più rivisto la luce il Concilio di Salvaguardia.

Remigio si allontanò senza dire una parola. Fu Fabrizio a bloccargli il cammino frapponendosi fra lui e l'uscita della piazza.

«Dobbiamo parlare con Kerselmo».

«Non potete».

«È urgente».

«Mandate una missiva a Dolcina, se è urgente.» Remigio indicò la porta della Magione di Lonte. «Usate pure la Sala delle Comunicazioni di Lonte. Appena arriveremo a Dolcina, il Presidente leggerà tutto quello che volete e valuterà insieme alla Corte di Convenzione. Nel frattempo, non voglio più vedervi in giro. Lasciate in pace la mia gente».

Il Colonnello non aggiunse altro, aggirò Fabrizio e portò con sé il suo battaglione. Gabriel gliel'avrebbe fatta pagare. Avrebbe sognato da quella notte fino al momento del loro prossimo incontro l'esatto istante in cui la vita avrebbe abbandonato lo sguardo di Remigio. Non poteva sopportare che un uomo così si piegasse al volere degli altri ponendosi a giustiziere dei tiranni. E la cosa peggiore era che non se ne rendeva nemmeno conto.

«Scappa codardo!» gli gridò dietro Gabriel. «La prossima volta ti apro in due!»

Remigio non lo degnò di nessuna risposta. Scomparve inglobato dalle corazze dei suoi soldati. Voltagabbana che fino a un istante prima banchettavano insieme a coloro che ora concimavano la terra. Figli dell'Impero, come amavano farsi chiamare, che ammazzavano altri figli dell'Impero. Fratricidi: questo erano.

Tutto si fermò a Piazza del Ruggito. L'odore di morte non avrebbe abbandonato quella terra per molto tempo, così come non lo avrebbe fatto la rovina e le fiamme che a poco a poco bruciavano la città. Il fuoco della rivalsa del popolo contro lo strapotere della Convenzione. A Dolcina avevano creato un abominio.

Mentre tutti cercavano di metabolizzare quanto fosse appena successo, Versantius si avvicinò al luogo dell'esecuzione di Tamara e raccolse lo scialle. Lo piegò e lo nascose sotto alla sua veste.

«Che te ne fai?» gli domandò Gabriel.

«Niente. Mandiamo questo messaggio a Kerselmo. A Dolcina non potrà ignorarci».

Pieros si intromise. «Ma avevi detto...»

«So cosa avevo detto, Pieros. Grazie» sibilò Versantius, irritato. «Ma non sempre va tutto come programmiamo. È una pessima idea non parlare a voce e senza prove scritte con Kerselmo? Dici che è stupido sbandierare ai quattro venti che offriamo ai Bai una posizione privilegiata se acconsente di unire le casate con i De Frel? Dici per caso che se qualcuno lo venisse a sapere potrebbe pensare che Kerselmo voglia accentrare tutto nelle sue mani e dunque proverebbero in tutti i modi ad ammazzarlo nel nome di questa santa alleanza che chiamano Convenzione di Dolcina? Perché è esattamente quello che penso che succederà. Ma dimmi, Pieros, hai idee migliori?»

Tutti si zittirono. Gabriel stava riformulando i pensieri di Versantius per cercare di capire se fossero preoccupazioni sensate o semplici paranoie. Non aveva tutti i torti. Erano nel bel mezzo di una Provincia sull'orlo del collasso e non potevano fare molto se non mostrare le proprie carte di fronte a tutti.

C'era ancora speranza che Kerselmo rinsavisse e accettasse di farsi da parte pur di favorire la sua famiglia, eppure, se aveva ordinato a Remigio di eliminare anche Julian…

Era tutto troppo complicato. Ma chiedere spiegazioni lo avrebbe fatto sentire più stupido del dovuto. E lui non voleva sembrarlo.

«Scriviamo a Kerselmo.» Fabrizio fu il primo del gruppo a varcare la soglia della Magione di Lonte lasciandosi alle spalle la devastazione della piazza.

Era un errore, lo riconoscevano tutti, ma non c'era altra scelta.

"Meliede, pagina 1345

Trovo davvero ingiusto che tutti stiano trovando la propria strada tranne me. Questa forma di egoismo dovrebbe essere moralmente accettata anche quando si tratta di volere il male degli altri.

Questi pensieri mi vengono in mente solo quando esco per le strade e inizio ad osservare. Sempre più spesso mi capita di vagare a guardare gli altri sempre più spesso. Volti anonimi che con sguardo basso vanno da un punto prestabilito a un altro senza che io sappia nulla di loro. Mi piace comunque immaginarmi le loro storie, provare a capire il perché per me la vita non può essere semplice come la loro.

Credo di aver visto per le vie della città anche Julian Bai. Lui non mi ha visto o peggio, non mi ha riconosciuto. Vederlo avvinghiato a quella che con ogni probabilità sarà la sua futura moglie mi fa infuriare ancora di più e il peggio è che non so il perché. Per un qualche disastroso pensiero di possesso? Per il fatto che al mio fianco ci dovrebbe essere Lucille e invece ci siamo detti addio? Per il fatto che non si merita di essere felice eppure quello che soffre sono sempre e solo io?

Non lo so. So solo che dovrei accettare tutto questo e basta. Ho visto anche Limpid Foconero oggi. Lei mi ha riconosciuto, mi riconosce sempre lei. Guardarla negli occhi mi da sempre quella sensazione di colpa che merito di provare. Avrei dovuto avere più cura di lei al torneo, rendermi conto delle risposte che davo e riconoscere il talento di quella ragazza. Ma lei non è brava solo a menar fendenti. Sa anche essere umana, sa stare al fianco delle persone e sa non fare domande. Detta così sembra una cosa molto riduttiva, ma quello che intendo dire è che non aveva bisogno di intromettersi per capire come stavano le persone. Né si faceva influenzare dagli umori degli altri. Per certi versi era più matura di tutti noi messi assieme. Lei, una ragazzina che aveva fuso metallo per tutta l'infanzia...

Ho deciso di recidere i rapporti con tutti, ma con lei no".

MONOSIKLO

Il tempo degli amori

Un'altra piacevolissima giornata immerso nel verde di Silverknowes era all'orizzonte. Il sole splendeva alto e scottava tutti coloro che non avevano avuto l'accortezza di ripararsi all'ombra di un tendone, mentre una lieve brezza fresca allietava più dei musicisti che erano arrivati quella mattina da Culla di Arkantha. Monosiklo ne aveva sentiti di migliori, ma non poteva lamentarsi finché pagava tutto Tiberio.

Seduto al tavolo a lui dedicato, sorseggiava tisane dalla mattina alla sera per fuggire dall'idea che dei pazzi potessero sottrargli un pezzo del suo Impero. Non aveva avuto notizie da Lonte e da Dolcina, ma tutto questo desiderio di autarchia di Dolcina gli faceva venire il voltastomaco.

«È disgustoso! Disgustoso, dico. Avevo lasciato in mano a Casimiro la questione della Dolcina nel caso si fosse complicata e non ha risolto un bel niente!» Monosiklo avvampò di rabbia davanti a un impassibile Sefiro. «Sempre pronti a lamentarsi e parlare di stupidaggini per ore e poi quando viene il momento di risolvere le questioni importanti si comportano tutti come dei poppanti. Mi chiedo cosa aspettino ad alzare la voce e a mandare un ultimatum a Dolcina. Forse pensano che questo possa indebolirci ancora di più? Per l'amor di Dio, oltre alla guerra anche la sciagura dei borghesi annoiati al potere…».

Sefiro sorrise per cortesia. Il solito sorriso fatto per suggerire all'altro interlocutore che l'argomento stava prendendo una piega noiosa. E forse era vero, dal punto di vista di Sefiro, ma Monosiklo avrebbe ignorato anche quel segnale e si sarebbe comunque abbandonato a una filippica interminabile su quanto la cosa potesse dargli fastidio.

D'altronde non aveva molto di meglio di cui occuparsi se non fare da balia a Mirandolina.

La musica si interruppe e un tonfo costrinse tutti a voltarsi per lo spavento. Era Alcide. Stava sfasciando gli strumenti dei bardi e inveiva contro tutti i camerieri che incrociava. Il baccano si fece insostenibile e presto tutti gli occhi furono puntati su di lui e i suoi servitori.

Non appena Alcide raggiunse il loro tendone, Sefiro si alzò per salutarlo, forse nella speranza di fare cosa gradita. A giudicare dall'espressione furente di Alcide, sembrava proprio che nulla in quel momento potesse farlo ragionare. Anzi, continuava a dare calci alle sedie e pestare ogni sorta di leccornia caduta dai vassoi dei camerieri.

«Mi è consentito sapere cosa ti turba, lord Alcide?» domandò Sefiro con un filo di voce.

«Cosa mi turba? Cosa mi turba?» gridò Alcide. «Chiedetelo a quella meretrice di Mirandolina cosa potrebbe turbarmi. Forse lei saprà spiegarvelo meglio. Ah, ma io non mi faccio di certo prendere in giro, nossignori! Me ne vado e la lascio qui senza pensarci due volte».

Monosiklo sprofondò nell'imbarazzo più totale. E ora che cosa aveva fatto Mirandolina che lui non aveva notato? L'aveva tenuta d'occhio tutto il tempo e oltre a lavorare come se fosse il suo unico scopo nella vita aveva solamente ammiccato a una ventina di uomini. Diciassette per l'esattezza, ma la cosa si era fermata lì.

«Sei in partenza?» domandò Monosiklo. «Sarebbe un vero peccato se…»

«Sai cosa sarebbe un vero peccato, Granduca?» Alcide era diventato paonazzo. «Se restassi al matrimonio a fare la figura dell'allocco come ho fatto fino a questo momento. Meglio che me ne vada, prima che mi metta a defecare sulla torta nuziale. Portate i miei saluti a Fabrizio, spero che quella puttana non lo deluda!»

A grandi falcate, Alcide si diresse verso le scuderie inveendo contro tutti. Nemmeno l'intervento di Ortensia bastò per farlo calmare. Fu questione di minuti: tutti ripresero i festeggiamenti con fare lascivo, come se scenate del genere fossero all'ordine del giorno.

Monosiklo e Sefiro si fissarono per qualche istante. Il primo scoppiò a ridere, il secondo si limitò a tornare seduto e ad appuntarsi sul taccuino ciò che aveva appena visto.

«Ci ha messo fin troppo a scoprirlo.» Monosiklo sorseggiò dalla sua tazza.

«Lord Gunter non ha fatto tutta questa sceneggiata quando è venuto a scoprirlo. Sinceramente trovo di cattivo gusto tutto questo esibizionismo».

«Mio caro Sefiro, se dovessi elencare le cose che trovo di cattivo gusto qui a Silverknowes non ci basterebbero nemmeno queste due caraffe di vino».

«Sai cos'altro è di cattivo gusto?» Sefiro si sporse dalla sedia.

«Sentiamo».

«Il fatto che nonostante sia trapelata la notizia del matrimonio di Fabrizio e Mirandolina ci sia gente che provi in tutti i modi a farla desistere».

«Ah, questo tu lo trovi di cattivo gusto?» sogghignò Monosiklo. «Anche più del comportamento di Mirandolina? Ti ricordo che è la stessa che se ne va in giro a negare tutto pur di continuare a farsi corteggiare».

«Lo vedo con i miei occhi ogni giorno…» concluse Sefiro. Non riusciva a non massacrarsi le unghie per l'imbarazzo.

«Sempre meno persone però continuano a farsi trattare come pezze da piedi da lei. Sembrerebbe che stia perdendo i propri spasimanti. Sai, è difficile corteggiare una donna vestita già da sposa».

Sefiro sospirò e si sistemò gli occhiali con fare stanco. Forse nel suo grande piano che ancora non aveva condiviso con Monosiklo non c'era spazio per i pettegolezzi fra nobili e la noia degli amori. Sefiro aveva una strana concezione dell'amore, forse arretrata. Non parlava mai di Ilary, eppure Monosiklo sapeva che avrebbe fatto di tutto per sua moglie. Certe relazioni proprio non le capiva, ed era il motivo per il quale aveva deciso di sposare l'Impero e la sua causa. Almeno l'Impero non si sarebbe comportato come una bisbetica impertinente o come una vanitosa senza vergogna.

«Mi preoccupa qualcosa...» esordì Sefiro. Se iniziava una frase in quel modo non poteva che essere una cosa seria, ma Monosiklo sapeva come distruggere anche quel momento.

«Che cosa? Il fatto che la Dolcina stia bruciando o le scappatelle di Mirandolina davanti alla camera da letto di Cavalier Tutcker? È proprio vero che l'amore è cieco!»

Sefiro lanciò un'occhiata vuota a Monosiklo e richiuse il taccuino subito dopo. «Nessuna delle due, se devo essere sincero.» Si alzò e fece un inchino di riverenza.

«Dunque mi lasci così?» Monosiklo finse apprensione. «Tutto solo e con due caraffe di vino da svuotare? Pensavo fossimo amici».

«Chiedo scusa, Monosiklo, ma è meglio che io vada a parlare con Tiberio. Abbiamo molte cose di cui discutere e ho come l'impressione che nella biblioteca di Silverknowes possano esserci i tomi giusti per capire qualcosa di più sulla pergamena trovata fra i resti di Corvo».

«Ah, giusto. Mi ero quasi dimenticato di quella pergamena. Ancora non capisco perché tu ci dia così tanta importanza».

«Tutto ciò che sfugge alla nostra comprensione merita la giusta attenzione».

Monosiklo celò un sorrisetto con la mano. «Profondo... Me lo farò incidere sulla lapide quando tirerò le cuoia».

«Inoltre» Sefiro mostrò la mano guantata, «ho un conto in sospeso con una signorina ben più bizzarra di Mirandolina».

Monosiklo si sforzò di comprendere quell'ultima allusione. Conoscendo Sefiro forse parlava della signorina che portava il nome di Conoscenza oppure Sapere, ma mettendo assieme frammenti dei discorsi passati fatti con Sefiro, forse intendeva una vera donna. Il fatto che non si togliesse mai i guanti poteva significare solo che le voci che gli erano giunte da Pieros fossero vere. Monosiklo non aveva mai chiesto direttamente a Sefiro per non metterlo in imbarazzo, ma qualcosa non andava con la sua mano.

«E va bene. Vorrà dire che proverò a ingannare il tempo cercando di capire che cosa si mangerà a questo tanto chiacchierato matrimonio. Magari Ortensia ne sa qualcosa. Posso approfittarne anche per tenere sott'occhio Mirandolina. Sono pronto a scommettere la mia gorgiera migliore che se entro a Silverknowes la trovo davanti alla porta al terzo piano a sinistra, quarta stanza».

«Camera di Girolam Tutcker?»

Monosiklo annuì. «Camera di Girolam Tutcker».

Anche il Granduca si alzò da tavola. Il diario di Versantius nelle sue larghe tasche cozzò contro la sedia attirando per un attimo l'attenzione di Sefiro. L'ex Archivista si sistemò gli occhiali, lo gelò con uno sguardo e con un altro inchinò, ben più svogliato del precedente, se ne andò.

Monosiklo si guardò intorno alla ricerca di Mirandolina. Forse era l'ora di intervenire. Restarsene a sorseggiare bevande prelibate e ironizzare sui lord che venivano a fargli riverenze stava iniziando ad annoiarlo.

Nella distesa interminabile di tavoli, il via vai dei camerieri era l'unico moto distinguibile. Tutti vestiti sempre di bianco, con vassoi d'argento fra le mani. Mirandolina aveva addestrato in maniera eccellente ognuno di loro. Chissà se sarebbe riuscita a rendere meno indisciplinato anche Pieros. Le giornate senza di lui erano più noiose.

Monosiklo si mise a passeggiare fra i tavoli lanciando sorrisi qua e là nell'intento di non scontentare nessuno. Appena qualcuno gli faceva cenno di avvicinarsi e bere qualcosa mostrava la sua solita faccia da pesce lesso che fa finta di non sapere le cose. Una delle sue armi migliori per sfuggire a conversazioni indesiderate. La seconda era sicuramente la canonica frase: «Non capisco.» Usata anche quando qualcuno alludeva a qualcosa che avrebbe potuto metterlo in una situazione scomoda.

Intercettò Ortensia al tavolo di due signore accaldate che sventolavano freneticamente i loro ventagli. Attese che la ragazza si allontanasse per poi accostarsi a lei con le mani dietro la schiena, come se il loro incontro fosse stato un caso.

«Bella giornata oggi, non credi, Ortensia?» Si dipinse un sorriso smagliante sul volto del Granduca.

«Vero» si limitò a dire Ortensia, con il solito tono infastidito. «Però potrebbe anche...»

«Sai dove posso trovare Mirandolina?»

Ortensia bloccò il discorso e passò qualche secondo prima che dicesse altro. Monosiklo non sapeva se a disturbarla fosse stato l'essere interrotta o l'aver parlato di Mirandolina. Ad ogni modo, gli importava ben poco.

«Sarà a progettare il suo matrimonio indimenticabile... Vuole fare tutto lei, come al solito».

«Noto delle punte di invidia nel tuo tono».

«Non mi importa niente di quello che fa Mirandolina. Ha per la testa solo il suo matrimonio. Vuole che venga perfetto. Ogni cosa: addobbi, invitati, cibo, balli. Lo accetterei se solo non fosse così...»

«Così come, Ortensia?» Monosiklo si incuriosì.

«Così falsa».

«Falsa?»

«Sì, Granduca, falsa. Fabrizio non merita una donna che non lo degna nemmeno di uno sguardo. Tutto questo grande amore che li lega, come vuol far credere lei, non esiste».

«La solita storia dell'arrampicatrice sociale, dunque?»

«Magari fosse solo quello. È come se Mirandolina avesse una sorta di delirio di onnipotenza, una rara forma di mania del controllo. Non sai le urla e i pianti che si sentono nelle cucine quando anche solo un piatto non va bene ad uno degli ospiti. Mirandolina prende sul personale anche uno sformato di patate venuto troppo liquido».

Monosiklo apprezzò il paragone, eppure poteva affermare con abbastanza sicurezza che non fosse poi così lontano dalla realtà. Il desiderio di perfezione di Mirandolina era sotto gli occhi di tutti, così come la genuinità che provava a ostentare. Tentava in tutti i modi di mostrarsi sensibile e semplice, ai limiti dell'ingenuità. Ma poteva ingannare i lord straccioni venuti in cerca di ristoro, non di certo lui.

«Questo matrimonio serve a tutti» sospirò Monosiklo. Aveva capito fin da subito che Ortensia non poteva accettare che Fabrizio la considerasse solo un'amica. L'amore era strano e Monosiklo non voleva averci nulla a che fare. Lo avrebbe reso imbarazzante di fronte agli altri proprio come lo erano stati Alcide e Gunter.

«La situazione nella Dolcina si metterà a posto da sola.» Ortensia ne era sicura, forse troppo. «Nessuno vuole la guerra. Mio padre si sta impegnando affinché Kerselmo la smetta di giocare al despota e indica il conclave per le nomine. Possiamo anche fare questo matrimonio, se Arkanthill è più serena, ma dovresti aver imparato che nessun nome calato dall'alto verrà accettato come Principe».

Monosiklo non sapeva se prendere quell'ammonizione come una critica a sé o come un consiglio. Ortensia era sicuramente di parte, a maggior ragione se figlia di Fabian Foconero. Avrebbe fatto di tutto per essere lei al posto di Mirandolina, sposare Fabrizio e governare su Dolcina. Quasi era imbarazzante il fatto che non si fosse ancora messa in ginocchio a supplicarlo di combinare il matrimonio fra lei e Fabrizio. Lui era l'unico che avrebbe potuto forzare la mano.

«È spiacevole da dire, me ne rendo conto, ma all'amore non si comanda» disse Monosiklo.

«No, ma sembra proprio che a comandare siano i Bai».

Monosiklo si fece serio. Quella frase era inaccettabile. «A comandare è Tecnho. Sempre e ovunque».

Ortensia distolse lo sguardo e cambiò argomento. «Se è l'amore a comandare, come dici tu, magari dovresti ricordarlo anche a Mirandolina, visto che passa le giornate a lavorare e a sbavare davanti alla porta di Cavalier Tutcker. Ma sai, un po' godo per il fatto che lui non la degni nemmeno di uno sguardo. Finalmente qualcuno che sappia dirle di no».

«Cavalier Tutcker, dici?» Monosiklo finse di non saperne nulla.

«Già, quel burbero che ha solo pretese e non esce quasi mai. Quando Mirandolina si fissa su qualcosa non c'è modo di farle cambiare idea. Forse nemmeno prova qualcosa per lui, ma vorrebbe che fosse adorata da tutti».

«Andrò a parlare con questo cavaliere».

Ortensia corrugò la fronte. «Buona fortuna, è odioso».

«Il mio genere di persona preferita!»

Sarebbe stato divertente vedere il matrimonio di Mirandolina andare in frantumi ancor prima della cerimonia a causa di un semplice capriccio, ma Monosiklo non poteva permettersi che il cavaliere in questione mettesse in pericolo l'accordo fra Kerselmo e Tiberio. Ne andava della stabilità della Dolcina, e dunque dell'Impero stesso.

Monosiklo si congedò da Ortensia con fare baldanzoso, ma appena si fu allontanato a sufficienza riprese il suo passo serio e il suo volto austero. Mille pensieri vorticavano nella testa. Possibile che si fosse ritrovato a fare da spettatore ai problemi di cuore di due ragazzine vanitose? Ortensia e Mirandolina erano come due signore al forno cittadino che si spintonavano nel tentativo di prendere l'ultima pagnotta, con l'unica eccezione che il forno era provvisto di molti altri prodotti. Se qualcosa fosse andato storto nei preparativi del matrimonio di Mirandolina e Fabrizio e le due si fossero messe a litigare e a strapparsi i capelli l'una con l'altra, Monosiklo sarebbe stato in prima fila a guardare con gaudio.

Per ricapitolare: Ortensia amava Fabrizio, Fabrizio amava Mirandolina, Mirandolina era promessa sposa di Fabrizio, eppure aveva un concetto di fidanzamento molto libertino. E poi c'era questo Cavalier Tutcker, che non faceva altro che trattare a pesci in faccia Mirandolina e tutte le sue attenzioni. Il tempo degli amori era davvero un bel teatrino goliardico!

Vagando per Silverknowes, Monosiklo si intrattenne per poco con tutti coloro che avevano avuto l'ardire di fermarlo e annoiarlo con le loro questioni personali. Quando la discussione si faceva imbarazzante per tutti, si inventava una scusa per abbandonare l'interlocutore.

«Di questo me ne parlerai la prossima volta.» concludeva ogni volta.

Non ci sarebbe stata nessuna prossima volta.

Raggiunse Silverknowes e salì le scale. Incrociò Joseph Lerrant intento ad accordare il suo cembalo. Monosiklo gli fece un cenno con il capo e il musicista pizzicò alcune corde in segno di risposta.

Ancora non capiva il motivo per il quale Versantius non glielo avesse presentato, né il legame che univa i due. Aveva letto molte volte il suo nome sul diario, ma non era mai associato a nulla d'importante. Che stesse manipolando anche lui?

Salì la seconda rampa di scale, poi la terza. Alla visione di quel volto asciutto e truce, Monosiklo si immobilizzò.

Impossibile. Semplicemente impossibile. Monosiklo provò a sgranare gli occhi, a chiuderli e riaprirli. Niente, quello adagiato sul corrimano delle scale con un bicchiere in mano era proprio Rodwel. Come aveva fatto un farabutto simile, ricercato in tutta l'Ambracia, a passare inosservato a Silverknowes.

Rodwel bevve un sorso e gli fece un occhiolino. Ora era un buon momento per farsi prendere dal panico.

Monosiklo sudava, sotto le sue vesti il calore reclamava il suo spazio e il cuore batteva all'impazzata. Nella sua testa si sforzava di costringere il proprio cervello a mantenere la calma, ma non poteva convincere le proprie funzioni vitali a non reagire all'ipotetico pugno in faccia che Rodwel gli avrebbe rifilato nuovamente. D'istinto si toccò il fianco. Non aveva abbastanza oro per pagare Rodwel.

Si fece coraggio e decise di ignorarlo. Passò oltre al corrimano, salì le scale fino a superarle lasciandosi alle spalle Rodwel e la sua faccia tosta. Aveva sofferto ogni singolo gradino. Il timore di essere fermato o colpito da Rodwel gli aveva tolto il fiato, ma non abbassò mai lo sguardo, fisso davanti a sé. Se non lo vedeva non esisteva, no?

Monosiklo voltò a sinistra nel pianerottolo e imboccò il corridoio degli alloggi. Neanche il tempo di realizzare ciò che aveva appena visto che davanti a sé si presentò una scena pietosa quanto esilarante.

Mirandolina teneva fra le mani una zuppiera fumante e supplicava fuori dalla stanza di Cavalier Tutcker di poter entrare. Bussò alla porta. «Ho portato la tua preferita: lenticchie, asparagi e manzo».

«Lasciamela qui fuori, donna» tuonò il cavaliere da dietro la porta.

«Ho anche le tue lenzuola nuove» mentì Mirandolina.

«Ancora una volta mi è stato portato qualcosa che avevo espressamente detto di non volere. Lo fai apposta».

«Mi sono già scusata per questo. È colpa di Ortensia. Se posso fare qualcosa per farmi perdonare, io...»

«Cosa non capisci di "lasciami in pace"? Voi donne siete brave solo a lamentarvi e a fare confusione. Tornatene in cucina e portami quello che ti chiedo. Il tuo compito finisce qui».

«Hai bisogno di altro?»

Imbarazzante, Mirandolina era semplicemente imbarazzante.

«Di pace, donna, di pace».

«Dimmi quando posso passare. Cambio il cesto di frutta e mi racconti della tua ultima avventura».

«Non ti riguarda ciò che faccio per il Reame».

«Andiamo...» piagnucolò Mirandolina. «Fallo per me».

«No».

«Beh, sappi che non mi darò per vinta fin quando non ti avrò tolto quel musone e ti avrò fatto tornare a casa con il sorriso fra le labbra».

«Tu sei pazza...»

Mirandolina alzò le spalle e sospirò. Bisbigliò qualcosa ma Monosiklo non riuscì a sentire. Era difficile capire se Mirandolina accettasse di farsi trattare in quel modo per amore o perché non accettava il fatto che ci fosse un uomo pronto a respingerla con così tanta irruenza.

Mirandolina, rassegnata, adagiò la zuppa a terra e si allontanò dalla camera numero quattro. Saltellava di qua e di là con immotivata gioia. Durò poco, perché appena incrociò Monosiklo il suo volto solare si trasformò in un ghigno furente.

«Mirandolina, è bello vederti» esordì Monosiklo con fare giocoso.

«Lo so perché sei qui, non sono mica stupida, eh!»

Su questo Monosiklo avrebbe avuto parecchio da ridire. Ci avrebbe potuto fare anche una lezione magistrale a Meliede su quanto aveva visto in quelle settimane di amoreggiamenti imbarazzanti fra Mirandolina e qualsiasi cosa avesse un battito vitale.

«Passavo per caso e mi domandavo...»

«No, ti ha mandato Ortensia. La sento quando mormora alle mie spalle e mi giudica. Mi meraviglio che tu ti stia abbassando al suo livello».

«Dev'esserci un'incomprensione, io...»

«Nessun'incomprensione. Solo invidia.» Mirandolina interruppe per l'ennesima volta il Granduca con la sua voce melodiosa e in netto contrasto con le accuse sputate fuori. Monosiklo iniziava ad essere infastidito dal comportamento della ragazza. Forse Girolam aveva ragione. «Ma adesso mi sente quella megera di Ortensia. Solo perché lei non può essere felice non vuole dire che tutti noi dobbiamo piangerci addosso. La vedo come guarda Fabrizio, lui è cosa mia».

«E come tu guardi gli altri lord?»

«Io?» si sorprese Mirandolina. «Io non ci penso nemmeno agli altri lord. Il mio cuore è per il mio amato!»

Monosiklo avrebbe voluto sbatterle in faccia la realtà, ma non sapeva che effetto avrebbe avuto. Di solito si prodigava in umiliazioni plateali di simili idioti intenti a fare i finti tonti, ma mettere alla gogna Mirandolina davanti a tutti avrebbe portato a un possibile ripensamento di Fabrizio o di Tiberio nell'ufficializzare il matrimonio.

«Sono venuto a parlare con il Cavalier Tutcker» cambiò discorso Monosiklo.

«È stanco. Sono appena stato da lui e mi ha confidato che è un periodo difficile. Non vuole essere disturbato per il momento».

Pure falsa, oltre che egocentrica. L'unione perfetta. Kerselmo aveva davvero creato un mostro, non una donzella innocente.

Monosiklo si finse dispiaciuto. «Spero niente di grave».

«Ehi, non cambiamo discorso!» si adirò Mirandolina. «Ortensia deve darmi delle spiegazioni prima di subito. Altrimenti… oh, non so nemmeno che cosa potrei farle!»

Ad ampie falcate, Mirandolina sfrecciò nel corridoio lasciandosi dietro la scia del suo lungo vestito azzurro. Seguirla era stato un vero inferno. Nonostante le scarpe con i tacchi, si muoveva con una leggiadria invidiabile fra le scalinate. Monosiklo aveva il fiatone e lei continuava a scendere le scale come se conoscesse ogni singolo centimetro di quella reggia. Ignorava tutti i camerieri che andavano da lei a chiedere consiglio e congedò in modo sbrigativo anche i nobili ospiti che avevano provato a intercettarla.

Non appena vide Ortensia, diede inizio a una scenata imbarazzante.

«Si può sapere che cosa stai facendo? Che intenzioni hai?» Mirandolina si mise a braccia incrociate. Erano al centro del pianterreno, nel via vai di tutti gli inservienti che a poco a poco avevano imparato a lasciare libero quello spiazzo per il diverbio che sarebbe nato. Anche Monosiklo era nell'occhio del ciclone, ma avrebbe preferito farsi trascinare dalla fiumana di camerieri, bardi e cantastorie che andavano e venivano con una logica quasi meccanica.

«Facendo cosa?» domandò acida Ortensia. «Il mio lavoro? Almeno c'è qualcuna fra noi due che lo fa».

«Senti, carina, io so gestire Silverknowes anche senza di te. Non ho bisogno che mi dica cosa non va e cosa va e soprattutto non ho bisogno di essere spiata.» Lanciò un'occhiataccia a Monosiklo. «Ti stai comportando molto male, Ortensia, molto male!» Ad Arkanthill aveva giustiziato gente per molto meno.

«Molto male? Che dire di te che continui a fare la tirapiedi di quel viziato? Ripigliati!»

«Fa parte del mio lavoro soddisfare le esigenze dei nostri clienti».

«Certo, certo. Non le tue di esigenze, certo…» Ortensia roteò gli occhi.

«Sei solo una stronza invidiosa!»

«E tu una puttana senza vergogna!»

Le due vennero quasi alle mani e Monosiklo era immobile, rigirava gli anelli dietro la schiena sudata per l'imbarazzo. Non avrebbe mai pensato di ritrovarsi in una situazione del genere. E anche se nessuno stava prestando loro attenzione perché presi dal loro lavoro, Monosiklo sentiva come se il mondo intero lo stesse giudicando per essersi fatto mettere in mezzo a quella scaramuccia fra donne.

«Dillo, avanti!» provocò Ortensia. «Le tue sono tutte scuse!»

«Sono io qui che prendo le decisioni, o devo per caso chiamare Tiberio?» Mirandolina si mise sulla difensiva. «Di certo non ho bisogno di scuse visto che ho ragione io.» Se ne andò borbottando qualcosa e passandosi una mano fra i capelli. Ci mise dell'impegno ad architettare un'uscita di scena che potesse mantenere un po' della sua dignità, peccato che fosse ormai sottoterra.

Ortensia scosse la testa. «Guardala… appena c'è qualcosa che non va e qualcuno che non la riempie di regali e attenzioni impazzisce. È così ossessionata dal successo e dal controllo, che non riuscire a soddisfare qualcuno la sta facendo impazzire.»

«Questo sì che è divertente!» provò a sdrammatizzare Monosiklo.

«No, non lo è. Mirandolina non merita di sposare Fabrizio. Lui merita di meglio».

"E immagino che quel meglio sia tu, Ortensia. Suvvia, basta girarci intorno…"

Monosiklo sospirò. «Ah, i giovani…» Si chiuse nella sua stanza per trovare finalmente la pace. Era stufo di tutte quelle questioni da adolescenti mai cresciuti.

C'era ben altro in gioco che i capricci di una maniaca del controllo e l'invidia di una ragazza perennemente relegata al ruolo di amica del cuore. E tutto questo per permettere a Fabrizio di regnare sulla Dolcina.

Bah. Che brutta fine l'Impero…

La stanza che Mirandolina aveva fatto preparare appositamente per il Granduca per il suo soggiorno a Silverknowes era degna di essere ricordata. Monosiklo non aveva mai sentito un materasso in piume più morbido, nemmeno ad Arkanthill. Avrebbe ucciso chiunque per portarselo nella capitale. Jano avrebbe dovuto prendere esempio da Mirandolina, sotto certi aspetti.

Monosiklo se ne stava sdraiato sopra lenzuola di cotone e pelli di linci bianche a leggere il diario di Versantius. Più leggeva quelle pagine più si meravigliava di quanto l'ormai ex reggente del Duca fosse un'opportunista senza cuore. Era arrivato a uccidere anche i suoi più cari amici per questioni di cuore. Monosiklo poteva benissimo intuire le motivazioni di Versantius. Se la storia discutibile fra lui, Lucille e Raphael fosse venuta fuori, così come tutte le altre violenze compiute nella sua giovinezza, tutta la sua immagine sarebbe crollata come un bignè alla crema di scadente fattura posto sotto al sole cocente di Shamas.

In un certo senso, i dissapori fra Bai e Foconero erano anche colpa di Versantius. Tiberio aveva più volte raccontato di come le due famiglie si fossero avvicinate grazie alla profonda amicizia fra i rampolli delle due casate. Peccato che sia Leroy Bai che Tristan Foconero fossero stati trovati "misteriosamente" morti senza troppe spiegazioni a Doràl.

Monosiklo non si era mai interessato troppo alle questioni dinastiche delle casate minori, soprattutto se di casate minori della Dolcina. Se c'era un difetto che contraddistingueva tutte le casate della Dolcina quello era l'orgoglio. Ognuno pretendeva qualcosa e credeva di poter regnare per diritto divino. Un pensiero comune anche alle altre Province, con l'unica differenza che i lord della Dolcina si legavano al dito anche quando durante i banchetti soffiavi sotto al loro naso le ultime bruschette con il salmone sopra.

Roba da non credere.

Qualcuno bussò alla porta. Al sentire quel suono lo stomaco di Monosiklo brontolò.

Richiuse con forza il diario e lo gettò sotto al cuscino. «Avanti».

Nessuno entrò.

«Ho detto avanti! Non farti pregare».

Niente. Monosiklo sbuffò e andò ad aprire la porta. Lanciò uno sguardo a destra e uno a sinistra nel corridoio deserto e raccolse la ciotola della zuppa che aveva ordinato. Era fredda, mancavano i pomodorini e per di più era stata appoggiata per terra senza nemmeno un vassoio o un coperchio. Decisamente una caduta di stile da parte dell'impeccabile servizio offerto da Silverknowes. Monosiklo storse il naso e prese la zuppa fra le sue mani. Iniziava a capire le motivazioni che spingevano Girolam Tutcker a lamentarsi per ogni cosa.

La posò sul tavolo con poca enfasi. Non c'erano nemmeno le spezie che aveva richiesto. Una delusione totale.

Nemmeno il tempo di tornare a letto e riprendere in mano il diario che qualcuno spalancò la porta. Monosiklo scattò, preso di soprassalto farfugliando qualcosa. Distese i muscoli solo quando si rese conto della situazione.

«Sefiro! Che modi sono?» Il cuore gli batteva a mille, ma i timori iniziali si dissiparono. Poteva benissimo essere Rodwel intento a spaccargli la faccia.

Sefiro non rispose, si diresse a passo spedito verso il tavolo e prese la zuppa.

«Ma che fai?» domandò Monosiklo.

Sefiro la prese e la versò nel vaso della pianta che decorava il centrotavola floreale. Non pronunciò parola alcuna, si limitò a guardare la ciotola vuota e ad attendere.

«Certo, faceva schifo ed era fredda, ma il tempo che me ne portino un'altra…»

Sefiro gli fece cenno con la mano di fare silenzio. Subito dopo uno sfrigolio attirò l'attenzione di tutti. Anche Monosiklo raggiunse Sefiro e ciò che era sotto i loro occhi lo sconvolse. La pianta stava iniziando a corrodersi dall'interno, le foglie ad appassire e a emanare un disgustoso odore di marcio. Monosiklo si coprì il naso con uno dei suoi fazzoletti profumati.

«Diceva il vero…»

«Chi, Sefiro? Cerca di non essere così criptico una volta tanto. Chi voleva farmi secco?»

Sefiro si spostò gli occhialetti con fare elegante. Riusciva ad esserlo anche in una situazione così tesa. «Ho più di qualche idea, ma se sono venuto qui è perché un uomo con la cicatrice mi ha fermato e mi ha avvisato di quello che sarebbe accaduto».

«Quel farabutto! Mi vuole uccidere!» Monosiklo ebbe quasi un mancamento. «Che ho fatto di male? Lo sapevo che avrei dovuto farlo fuori prima».

«Ti sbagli.» Sefiro prese fra le mani la ciotola e iniziò a raschiare il fondo con un coltello da formaggi. «Il ragazzo con la cicatrice in faccia ti ha salvato la vita. Mi ha detto di dirti queste precise parole: "Lascia fuori dalla porta tremila monete d'oro o sarò io la prossima volta a entrare e finire il lavoro".

«Santo cielo! Sono la metà delle monete che ho portato!»

«Fossi in te le investirei».

«D'accordo, ma chi mi voleva morto?»

«Lo sappiamo tutti, Monosiklo, inutile che continuiamo a nascondercelo».

«Non è possibile. Non arriverebbe a tanto!»

Sefiro lo guardò di sottecchi e rimase in silenzio ad analizzare il particolare veleno che avrebbe dovuto stroncare il Granduca.

«Forse non è stato saggio.» Sefiro indicò il letto.

«Cosa?» Monosiklo si voltò. Fra le coperte sfatte e le pellicce raggomitolate di lato spuntava il diario di Versantius. Come faceva Sefiro ad aver capito? Se lo aveva capito lui, di sicuro anche Versantius sospettava qualcosa.

«Dannazione, si vedeva così tanto?» si sorprese Monosiklo.

«Non sei stato abbastanza discreto. Già a Castel Gigante hai iniziato a comportarti in modo strano. Credo che Versantius lo abbia scoperto».

Non poteva più mantenere il segreto e continuare a divertirsi con la disastrata vita di Versantius. Era arrivato il momento di affrontare la questione con gli altri e giocare a carte scoperte. Se non altro per salvare la pellaccia.

«A proposito di Versantius…» Monosiklo prese fra le mani il diario e lo aprì sul tavolo. «Credo di aver scoperto parecchie cose strane su lui e Dolcina».

"Doràl, pagina 667

Molte persone non mi guardano più negli occhi e passano oltre come se non ci fossimo mai conosciuti. E i pochi che venivano da me come Girolam Tutcker, Milo Melner e Limpid Foconero passavano e mi chiedevano: «Dov'è Marco Aurelio?» Io rispondevo e senza nemmeno dire nulla mi lasciavano lì come un cappotto logoro e mai più ripreso. Iniziamo bene. Come se non bastasse, un po' avvilito e sempre più confinato nello Scudo che non ho scelto io ma mio padre, Quentin Moyer mi guarda e sbuffa: «Ahh.... anche oggi ci sei?» Credo che questa frase sia stata la mazzata più grande che potessi ricevere.

Ho sorriso cercando di cogliere l'ironia per poi andarmene lontano. Avevo bisogno di starmene da solo per un po'. Forse più per vedere se Lucille Vega o Raphael Carold mi fossero venuti a cercare che altro. Inutile dire che nessuno mi venne a cercare...

Non riuscivo nemmeno a leggere, avevo sempre in mente la vista di Leroy e Tristan e quasi tutti gli altri impegnati e ricercati. Addirittura c'era chi faceva la fila per starsene con Demetrius Bai a imparare le nuove tecniche magiche che per giorni aveva sbandierato in giro. Mi sentivo decisamente messo da parte. Come se non bastasse, a monopolizzare la scena oggi ci pensò Catherine Sdayl con l'annuncio del suo ufficiale primo contratto con la Corona Reale. Credo qualcosa legato alle grotte sotterranee a Surad, ma solo interessarmi a queste idiozie mi fa venire il voltastomaco. Il clima di festa mi dava la nausea. Quasi sempre.

A salvarmi da quell'apatia fu Aliros Carold. Si mise a sedere vicino a me sull'altura. Ricordo ogni parola di quel dialogo.

«Cosa leggi?».

Rigirai la domanda in maniera che si cambiasse argomento: «Qualcosa di utile e che contiene delle vere emozioni, non come le cose che leggi te».

«Guarda che sono successe veramente quelle cose».

Lo guardai. «Anche le cose che leggo io sono successe veramente.» Feci una cosa che non avevo mai fatto prima, gli confessai che non mi sentivo bene, che era come se ormai il mio tempo fosse finito: «Hai presente? All'inizio tutti volevano me, volevano che insegnassi qualcosa, ero un simbolo, mi applaudivano tutti. Ora è come se nessuno si ricordasse di me, come se nessuno mi volesse più».

Non ero solito fare queste scenate, soprattutto davanti a qualcuno che non era Hansel Kandoriel o Lucille Vega. Quello che mi disse mi sconvolse.

«Ma ci sono sempre io».

Non ce la feci, e i miei occhi diventarono lucidi. Non parlai più, avrei rischiato di scoppiare in lacrime e non sarebbe stato dignitoso. Aliros mi sorrise e si sdraiò accanto a me.

«Non pensarci, bastano le persone importanti no?»

Avrei voluto rispondere ma trattenevo tutto per non far vedere quanto fossi riconoscente. Poi arrivarono Leroy e Tristan. Tutto cambiò. Il resto è capitato e basta. Senza controllo, senza alcun senso. Forse il senso è nel mio cuore e non lo riesco nemmeno a interpretare. Forse lo sfolgorio e la lotta con Leroy e Tristan mi ha cancellato tutto. Ricordo solo che quando sembrava che ci fosse una situazione di stallo, con Tristan morto a terra e l'unica arma ancora integra in mano a uno sconvolto Aliros, lui non ci ha pensato due volte a consegnarla a me e non a Leroy. Forse era così che doveva andare. Ma ancora non mi spiego come. Come abbia avuto il coraggio di trovare un senso a tutto questo.

Buio più profondo. Guardo la luna con le lacrime agli occhi e lo sconforto nel cuore. Non sono triste. Sono solo arrabbiato. Aliros Carold mi guarda. Sento il battito del suo cuore lontano metri. Era l'unica cosa che faceva rumore nell'intera radura. Aveva paura ma non fuggiva. Ai nostri piedi i corpi e il sangue di Leroy Bai e Tristan Foconero bagnavano il campo verde. Niente Paradox questa volta. Siamo immobili e ci guardiamo. Nessuno ha il coraggio di parlare".

RAPHAEL

Regole per il tradimento

Raphael cercava sempre l'eccesso. Per lui era la valvola di sfogo dopo qualsiasi cosa. Mentre tutti i vincitori della battaglia erano riuniti nella tenda di Kerselmo a festeggiare, lui se ne stava nelle scuderie, sporco di paglia a rotolarsi per terra con uno stalliere di cui si sarebbe scordato il nome al tramontare del sole.

Le gambe gli facevano male, il torpore stava avendo la meglio sulle sue braccia, ma non per questo si sarebbe fermato. Era la stessa estasi che provava da sempre, quando gli uomini facevano di tutto per averlo e lui si divertiva a dargli false speranze. Per Raphael era un gioco, una sfida, ma anche una necessità. Lui era quello e non avrebbe mai permesso a nessuno di dirgli che fosse sbagliato.

Da bambino non si era fatto nessuno scrupolo e quello che era diventato un incubo, a poco a poco si era trasformato nel suo vanto più grande. Aveva scoperto di essere bello a sette anni. E aveva scoperto anche quanto le persone potessero dare il peggio di sé. Mercanti stimati, uomini di chiesa, manovali senza ambizioni nella vita. Raphael era stato con tutti e aveva illuso chiunque. Prima per necessità, poi per sentirsi vivo.

Arrivò l'apice e Raphael si abbandonò sul pagliericcio. I capelli gli coprivano il volto, il petto si alzava e si abbassava a ritmo del suo respiro affannoso. Non riusciva a non pensare a quanto questo momento fosse solo un altro gioco che presto sarebbe finito. Ma lo era tutta la guerra civile nella Dolcina, d'altronde. Tutto un gioco.

218

Lo stalliere si accasciò sul lato, esausto. «Non ho idea del perché... ma è stato incredibile!»

«Lo so.» Raphael si portò le mani dietro la testa e restò in contemplazione del soffitto della stalla pieno di ragnatele. Tutto intorno a lui vorticava, la sola cosa che lo teneva sveglio era la brezza che gli lambiva il corpo immobile. Asciugava il sudore e toglieva i pensieri per la testa. Era la cosa più simile al paradiso che potesse immaginare.

«Com'è andata la battaglia? Il Presidente ha vinto?» domandò lo stalliere.

Era arrivato quel momento. Quello in cui finito il sesso le persone incominciavano a realizzare che era meglio tenersi vicino Raphael.

«Non saremmo qui adesso».

«Non è così scontato, di questi tempi».

Raphael inclinò la testa e si morse il labbro. «Parli dei traditori?»

«Ovvio. Ma chi muore non sa che esistono delle regole».

La discussione sembrava più interessante del normale. «Che regole?»

«Regole per il tradimento» sibilò lo stalliere. «Punto primo: mentire, sempre. Punto secondo: trovare un nemico immaginario. Punto terzo: dare l'impressione di essere la soluzione. Trova soluzioni semplici a problemi complessi. Solo così puoi farcela. Chi non segue queste regole sa già che finirà decapitato».

«Come sei intelligente... Ricordami come sei finito a fare lo stalliere.» Raphael tornò a guardare il soffitto. Pensava di sentirsi dire le solite banalità, e invece...

«E tu ricordami, come sei finito a fare la puttana della Convenzione?»

Per quanto ci fosse malizia in quelle parole, Raphael non se la prese. «Mi piaceva. E sembra che sia piaciuto anche a te».

Lo stalliere abbozzò un ghigno. «Hai ragione, è una domanda stupida».

«Secondo la mia esperienza, non c'è niente di stupido.» Raphael sorrise. Non aveva alcuna intenzione di distogliere lo sguardo dalle travi impolverate del soffitto.

«Perché non mi guardi?»

Raphael scattò e fu subito sullo stalliere. Con le braccia fece forza sulle sue costringendolo a terra. Passarono pochi secondi e la situazione si ribaltò. Immobilizzato, costretto a guardare negli occhi dello stalliere. Sottomesso e allo stesso tempo padrone della situazione. Era esattamente quello che Raphael aveva fatto per tutta la vita.

«Ecco perché» disse con un filo di voce.

«Ecco cosa?» Lo stalliere non accennava a lasciare la presa. Il suo corpo caldo lo proteggeva dalla cattiveria del vento.

«Ora sei tu a guardare me.» Raphael girò la testa di lato per spostarsi i capelli lontano dagli occhi. «Solo me».

Erano pronti a ricominciare.

Le trombe squillarono ancor prima che Raphael potesse staccarsi dalla morsa del robusto stalliere. Suonavano sempre nei momenti peggiori.

«Devo andare.» Raphael raccolse le sue cose in fretta e furia. Si rivestì con i primi vestiti che trovò e raccolse il resto dei suoi paramenti da battaglia in una sacca di tela. Si cinse alla vita Nonspada e picchiettò due volte sulla lama invisibile per assicurarsi che non lo trafiggesse mentre camminava.

«Hai davvero una spada strana, lo sai? Non ti infilzi?» domandò lo stalliere, rivestendosi.

«Me l'ha regalata un cavaliere della Chiesa quando avevo circa dodici anni.» Raphael posò la mano sulla sottile elsa di Nonspada. «C'è da stare attenti, ma fa la sua bella figura».

«Sei stato anche con quel cavaliere?»

«Ho perso il conto. Perché?» Raphael lanciò un'occhiata languida. «Sei geloso?»

«Raramente i cavalieri della Chiesa lasciano doni così preziosi senza avere nulla in cambio. Dev'essere stata davvero una notte... significativa» provocò lo stalliere.

«Scherzavo. Non ha voluto nulla in cambio».

Lo stalliere scoppiò a ridere. «Raccontala a qualcun altro!»

Anche Raphael si accodò al clima ilare che si era instaurato. Finalmente un po' di leggerezza. «Diciamo che è una storia buffa che ancora non capisco».

«Cioè?»

«Quell'uomo credeva davvero che io fossi l'incarnazione dell'Arcangelo Raffaele».

Lo stalliere lo prese per il collo e lo trascinò a sé. Una mano sulla guancia mentre con il pollice passava i contorni della bocca di Raphael. «E tu lo credi?»

Raphael si avvicinò all'orecchio dello stalliere e sussurrò: «Posso credere a quello che vuoi, se questo può farti venire».

Un altro squillo di trombe. Era l'ora di andare. Purtroppo.

«Rifacciamolo qualche volta.» Raphael prese fra le mani il suo elmo a forma di ariete e si congedò con un'alzata di spalle. Quella era la parte che preferiva: quella in cui l'uomo che aveva sedotto iniziava a realizzare che non avrebbe mai più potuto fare a meno di lui.

Le tende dell'accampamento non erano ancora state fissate. I soldati della Convenzione spostavano i corpi in fosse comuni per permettere ai compagni di piantare i picchetti e seguire le direttive degli ufficiali. Raphael non si era mai interessato al funzionamento della logistica militare, di solito ci pensava suo padre o Aliros a gestire tutte le scocciature dei soldati. Lui preferiva restare ai margini a contemplare le conseguenze o a prevedere quello che sarebbe successo al primo impatto della cavalleria.

La battaglia nelle campagne di Solletic era stata una vittoria senza precedenti. Nessuno dei Foconero si sarebbe immaginato che Kerselmo potesse spingersi così vicino alla città di Solletic con l'esercito principale. E questo errore aveva portato alla cattura di lord Celestino Foconero e di Fabian Foconero proprio nel loro territorio. Kerselmo non aspettava altro che trovare un pretesto per giustiziare entrambi e togliere di mezzo i nemici di sempre. Sembravano dei bambini capricciosi!

Raphael non ci stava capendo molto delle questioni politiche della Dolcina. C'era chi sosteneva la Convenzione, chi la ripudiava come se fosse il male del mondo e c'era chi, pur non capendo, eseguiva gli ordini per amor della propria terra. Questo era quello che gli aveva riassunto Cristian nei pochi momenti in cui ancora si vedevano. E ogni volta era sempre più noioso.

Non era cambiato poi tanto dalla solita Dolcina: Bai e Foconero si odiavano, i lord accampavano pretese e Remigio risolveva ogni cosa nella Provincia. C'era chi addirittura sosteneva di averlo visto in due posti contemporaneamente. Già era esasperante un solo Remigio Foconero, figuriamoci due!

Le scaramucce a Lonte erano state solo l'inizio dell'infinito conflitto fra Bai e Foconero. E una cosa era certa: la morte di Celestino, e anche quella di Fabian, non avrebbero cessato le ostilità, anzi.

Raphael sospirò a pieni polmoni. Odore di morte, di bruciato e di delusione. Non era il massimo, ma era la realtà. Una realtà che aveva assaporato per parecchio tempo ma che aveva sempre diluito prendendola con spirito di iniziativa. Ironizzare sulle disfatte proprie e altrui, indossare i panni di chiunque tranne che di se stessi era l'unico balsamo per il cuore che conoscesse.

Si destreggiò fra le tende in allestimento fino a raggiungere quella di suo fratello. Cristian non usciva mai, restava sempre nel suo tugurio a rimuginare il piano perfetto per scalzare Kerselmo e prendere il suo posto. Ogni volta che Raphael vedeva un nuovo palo conficcarsi nel terreno temeva che la prossima testa appesa potesse essere quella di suo fratello. Non sapeva se avrebbe retto il colpo. Così come non sapeva che reazioni avrebbe avuto loro padre. Roy ancora soffriva la perdita di Frejdis nonostante fossero passati più di dieci anni. Non avrebbe retto anche quello.

Entrò nella tenda, rossa come ogni cosa. Rossa come la Convenzione, rossa come l'Impero. Rossa come il sangue che bagnava le campagne di Solletic. Non gli stava per niente bene il rosso addosso!

Raphael entrò, senza annunciarsi, con il miglior sorriso che potesse mettere in mostra. «Fratellino, non pensi anche tu che stiano iniziando a saltare un po' troppe teste?»

Cristian sussultò ma non si voltò nemmeno, era chino sul tavolo a leggere pezzi di pergamena strappata. «Dove sei stato? Puzzi di stalla».

«Ero a divertirmi».

«Puoi farlo anche in altri modi».

«Ma non sarebbe lo stesso.» Raphael scoppiò a ridere. «Allora? Che cosa vuole fare il vecchio Kerselmo?»

«Secondo te?»

Raphael sbuffò. «Prima o poi, a forza di stanare traditori si ritroverà a governare da solo su un mucchio di paglia. Ancora mi sorprendo di come la gente sia così stupida».

«Non dovresti sorprenderti. Basta solo avere metodo».

«E noi?» Raphael si avvicinò a suo fratello. «Abbiamo metodo? Seguiamo un piano, giusto?»

«Alla lettera».

«Mi fido, mi fido.» Lo disse con tono troppo scherzoso, a giudicare dal volto smorto del fratello. Non avrebbe potuto fare altrimenti. Cristian era quello delle idee geniali, e lui quello bello. «Però sappi che ci tengo al mio bellissimo collo».

«Se ti può rassicurare, queste potrebbero essere le ultime teste che Kerselmo farà cadere.» Cristian provava ancora ad unire i pezzi di pergamena per mettere insieme un messaggio. Quando ci riuscì esultò con pacata compostezza, come sempre.

«Spiegati meglio».

«I Foconero non resteranno a guardare i loro lord morire come dei cani in mezzo alla campagna».

«Qualcuno salverà Celestino?»

«No, nessuno vuole che Celestino sopravviva, nemmeno i suoi figli. A noi serve un martire. Un motivo per poter dire che Kerselmo sta superando il limite e che la Convenzione ha bisogno di equilibrio».

Stava iniziando a capire.

«Quindi...»

Cristian prese Raphael per il braccio e lo accompagnò all'uscita. «Ne parliamo dopo. Non vorrai di certo perderti lo spettacolo!»

«Gli spettacoli a cui mi porti sono sempre noiosi» scherzò Raphael. «Sangue, morte e chiacchiere. Uffa...»

«Non fare il piagnucolone. Manca poco...»

I due vagarono per l'accampamento alla ricerca del luogo più caotico nella speranza di trovare Kerselmo e il ceppo per le esecuzioni. Da quando era nata la Convenzione, Raphael aveva visto più morti che nel resto della sua vita. Si stava instaurando un periodo del terrore nel quale anche il compagno più fidato avrebbe potuto vendere chiunque pur di allontanare i sospetti da sé. Era un tipo di gioco perverso che avrebbe potuto gratificare Raphael, se solo il tutto non fosse finalizzato a sedere su una sedia scomoda in una sperduta sala di Goldenknowes.

I soldati dei Bai e quelli della Convenzione banchettavano alla vittoria schiacciante contro l'avanguardia dei Foconero. Cristian non si fermò neppure per fare le congratulazioni.

Raphael e Cristian salirono su una torretta di avvistamento. Il legno sotto i loro piedi scricchiolava e la tenuta della struttura suggeriva di non appoggiarsi al fragile parapetto a meno che non si volesse precipitare per più di cinque metri. Da lì si sarebbero goduti lo spettacolo della decapitazione di lord Celestino Foconero. Mancava solamente un bicchiere di vino e tutto sarebbe stato perfetto.

Il ceppo era pronto, così come il corteo trionfale messo in piedi da Kerselmo solo per sentirsi importante. Celestino, sconfitto e rassegnato, era già in ginocchio in attesa della fine. Lo sporco della battaglia ancora insudiciava la sua armatura. Dialogava con Remigio Foconero. Il Colonnello era sempre stato reticente nel tagliare la testa ai suoi famigliari, eppure finiva sempre con l'alzare la sua alabarda ed eseguire gli ordini. Era un personaggio bizzarro che ostentava umanità. In realtà era il più disumano di tutti. Se qualcuno avesse chiesto a Raphael di alzare la spada contro i suoi fratelli, piuttosto si sarebbe ucciso lui. Quello che Remigio chiamava senso del dovere era pura e semplice codardia.

«Ultima fila, come piace a me» scherzò Raphael. «Mi aspettavo che avresti interpretato la parte del cagnolino fedele anche questa volta».

«La fedeltà è merce rara».

«Non mi dirai che il brillante Cristian Carold vuole mandare tutto all'aria con la sua filosofia spicciola».

Cristian sorrise. «Tutt'altro. Da qui posso aiutarti a vedere che cosa sta succedendo davvero nella Dolcina».

«Ehi! Non sono stupido».

«Non ho detto questo».

«È come se lo avessi detto!»

Cristian sospirò e si mise una mano davanti alla faccia. Raphael amava esasperarlo. Riusciva sempre a distruggere i suoi pensieri articolati con un po' di leggerezza. Visti i tempi ce n'era un disperato bisogno.

«Celestino morirà oggi e a ruota seguirà anche Fabian.» Cristian fece un cenno in direzione dell'algido capostipite dei Foconero. Il vecchio era irrigidito al fianco di Kerselmo e non apriva bocca da molto tempo. Raphael si chiedeva perché non fosse sul ceppo di fianco al fratello Celestino. Forse Kerselmo aveva deciso di graziarlo.

«Arguto da parte tua. Hai altre ovvietà da insegnarmi?» domandò Raphael.

«Se conosco Kerselmo abbastanza da fare questa previsione è perché so cosa lo spinge».

«Sarebbe stupido ammazzare anche Fabian» disse Raphael con voce calma. «Si rivolterebbe mezza Dolcina contro il potere che sta accumulando Kerselmo».

«Certo che sarebbe stupido. Ma stiamo sopravvalutando il nostro Presidente. Kerselmo non è mai stato un genio e dalla sua aveva solamente le armate dei Bai e il gradimento popolare dopo i suoi anni alla Corte dei Notabili. Niente di più».

«Reggerà anche questa volta la storiella dell'attentato alla stabilità della Convenzione? Non so gli altri lord, ma io inizio a sentirmi preso in giro.» Raphael sbuffò.

«Funzionerà sempre meno. Soprattutto perché Kerselmo non sta prendendo in considerazione nessun nome avanzato per la nomina di Principe».

«Sarebbe come togliere l'osso al cane».

«Esatto» confermò Cristian.

«Quindi? Il tuo brillante piano?»

«Ogni cosa a suo tempo».

Raphael sospirò e incrociò le braccia. Era già la decima volta che concludeva il discorso con quelle parole. «Sembra che tu non ti fidi. Guarda che sarò muto come una tomba. Lo giuro».

«Non prenderla sul personale, Raphael. Non mi fido nemmeno delle mie congetture. È per questo che non ho ancora molto da dirti».

Sul luogo dell'esecuzione sembrava che le acque si fossero agitate. Mirco Sdayl si intrattenne in una discussione animata con Kerselmo, sotto lo sguardo attonito di Fabian e Remigio. Il diverbio durò una decina di secondi, ma le parole se le portarono via il vento. Da lassù, Raphael poteva vedere fin troppo bene il rancore di Mirco nei confronti di Kerselmo. Andava avanti e indietro e faceva scatti con le mani agitando il dito con fare accusatorio. Alquanto buffo.

«Secondo te stanno parlando delle voci che girano? Sarebbe un duro colpo per Kerselmo ammettere di aver preso accordi con i De Frel» disse Raphael.

«Sembrerebbero solo voci, ma da Dolcina confermeranno il contrario. È più probabile che Mirco sia in disaccordo per la decisione di Kerselmo di giustiziare anche Fabian. L'ultima volta che ci siamo riuniti Kerselmo non ci ha dato nessuna possibilità di parola».

«Non molto democratico».

«La Convenzione non nasce per essere democratica. O meglio, nasce per dare la parvenza di democrazia, ma ha così tanti difetti che non vedo l'ora di fare peggio di quello che sta facendo Kerselmo».

«Per poi ritrovarti anche tu un giorno con un coltello piantato nella schiena? Prima Giovanni, ora Kerselmo… Non penso che sia una buona idea forzare la mano».

«È solo una questione di prudenza. Kerselmo avrebbe tutte le carte in regola se solo non avesse la solita paura che lo contraddistingue».

Raphael si voltò in direzione di Cristian. «Paura?»

«Sì, perché credi che possa prendere accordi con Tiberio De Frel? Perché sa che presto o tardi non reggerà la pressione e vuole portare a casa almeno un risultato. Non farti fregare dal fare despotico di Kerselmo, è solo un debole che prova a mostrare i muscoli».

«Ho visto muscoli migliori…»

«Sei un idiota.» Cristian scosse la testa, rassegnato.

«Non ti piacciono le mie battute?»

«Non mi piace che tu sia così tranquillo in un momento simile».

Raphael fece cenno al luogo dell'esecuzione. «Quando ci sarà la mia testa su quel pezzo di legno mi vedrai preoccupato, fino ad allora, ti dovrai accontentare di questo bel visino e di questo sorriso».

La discussione sul patibolo si animò. I soldati si strinsero sempre di più attorno al ceppo per presenziare al momento che molti di loro stavano aspettando da tutta la vita. C'erano cori, fischi, sputi e insulti nei confronti di Celestino. Si poteva percepire tutta la rabbia dei soldati di Brunellin nei confronti del lord di Solletic. La rivalità fra Bai e Foconero era più simile a un'eterna lotta fra bene e male. Peccato che nessuno dei due fosse il bene.

Un colpo secco, poi un altro. Le teste di Celestino e Fabian caddero a terra e un boato si levò dall'accampamento. Raphael ebbe una stretta al cuore nel vedere Remigio farsi largo fra la folla con volto mesto. C'era chi esultava, chi lo strattonava, chi lo derideva dandogli del traditore pur avendo eseguito gli ordini. Era una cosa molto triste. Una di quelle cose che tutti ignoravano ma che Raphael riusciva a cogliere talmente bene da stigmatizzarne l'angoscia.

«Non mi dirai che ti stai per mettere a piangere?» domandò Cristian.

Raphael ebbe un fremito. D'istinto sorrise e ricacciò in gola il nodo. «Io? Non piango mai».

«Stessa frase di quando avevi dieci anni. Piagnucolavi sempre».

«Non è vero!»

«E invece sì.» Cristian si voltò e scese la scalinata in legno della torre di avvistamento. «Dovrai abituarti a questo genere di cose. Il mondo è una gigantesca fiera».

«Altra filosofia spicciola?»

«Sì» confermò Cristian, «forse dovrei smetterla. Andiamo fratellino, credo di aver capito come si sta delineando la situazione. È il momento di fare la nostra mossa».

«Nostra?» Raphael raggiunse Cristian e si gettò su di lui con un braccio sulla spalla. «Io non ho deciso un bel niente!»

«Lo so, ed è per questo che sono tranquillo».

Quel sorriso valeva più di ogni toccata e fuga con gli stallieri, più di ogni giornata dissoluta. Cristian era la sua famiglia, il suo faro, il suo amore più grande. Riusciva a rievocargli momenti del passato che pensava di non rivedere mai più.

Nessuno si era ancora mosso dall'accampamento. I festeggiamenti per la vittoria dei Bai continuarono per due giorni e due notti. Le teste di Celestino e Fabian penzolavano ed erano bersagliate da ogni tipo di oggetto contundente. C'era chi ne aveva fatto un gioco su cui scommettere. Dalla vicina Solletic tutto taceva, come se l'intera città fosse ammantata nel lutto e covasse rabbia. Non poteva reagire, ma aveva la certezza di non poter cadere contro i superstiti del contingente di Kerselmo e Remigio.

Il Colonnello se ne era andato a Fostgard insieme a Mirco Sdayl per mettere fine alle proteste che erano scoppiate anche lì. Ormai era più un arginare i disastri che governare sulla Dolcina. La Convenzione stava fallendo e il tracollo di Kerselmo era sotto gli occhi di tutti. Eppure lui se ne restava sempre lì, a festeggiare la morte dei suoi acerrimi nemici.

Raphael passava il suo tempo al fiumiciattolo che lambiva la strada di campagna. I campi di grano mossi dal vento gli ricordavano i suoi momenti a Doràl. Scosse la testa. Si era ripromesso tantissime volte di non crollare nell'autocommiserazione, che quei momenti erano stati bellissimi ma che ora appartenevano al passato.

Si specchiò sul velo dell'acqua, il coltello fra le mani, e l'immagine riflessa che si distorceva per il lento scorrere. Il sole dava quel giusto tepore per permettergli di stare senza vestiti. Si bagnò il braccio e si passò il coltello sulla pelle. Ad ogni passaggio la lama mieteva i peli che a poco a poco erano ricresciuti. Non sapeva il perché, ma l'idea che gli esseri umani dovessero avere dei peli come gli animali lo faceva rabbrividire. Era un qualcosa di snervante, di ripetitivo e di antiestetico.

Ogni volta ci metteva ore a estirpare ogni singolo pelo dal suo corpo con cura maniacale. Forse era una delle poche cose che faceva con attenzione e con rigoroso metodo. Né troppo superficialmente, né con troppa foga. Ci teneva alla sua pelle. Forse più di ogni altra cosa.

Si sciacquò al fiume e rigirò fra le mani il coltello. Glielo aveva regalato suo padre a tredici anni. Si ricordava ancora oggi il suo sguardo serio e il dito puntato contro. «Ogni due giorni, altrimenti nessuno ti vorrà più.» Sul momento non aveva compreso quelle parole, ma con il passare del tempo le aveva fatte sue.

«Non c'è freddo per il bagno nel fiume?» Cristian si avvicinò al fiume con un improbabile sorriso. Era vestito di un elegante corpetto rosso, dei pantaloni di cuoio decorativi e degli stivali dalla punta all'insù.

Raphael scoppiò a ridere alla vista di suo fratello. «Li hai rubati a Mirco?»

«Perché, non mi stanno bene?»

«No, ti stanno bene. Solo che... fa ridere che tu sia vestito così».

«Così come?»

«Come un signorotto alla ricerca disperata di qualcuno che gli faccia un applauso.» Raphael uscì dal fiume, nudo. Cristian era abituato a quel tipo di scene, sicuramente non avrebbe avuto nulla da ridire.

«Kerselmo deve morire» sibilò Cristian.

«Accidenti! Che acume!» Raphael si passò un telo sulla pelle e si asciugò i capelli con forza. «Dimmi di più».

«Non sto scherzando. Deve morire ora».

«Proprio ora? Non sai che esistono delle regole per il tradimento?»

Cristian si mise a braccia conserte. «Sentiamo, chi ti ha detto questa idiozia».

«Un ragazzo molto carino».

«Raphael...»

«No davvero, è stato proprio incredibile. Non il ragazzo, intendo quello che mi ha detto. Insomma, anche lui lo è stato, ma...»

«Non voglio sapere altro. Dai, seguimi.» Cristian sospirò e prese da terra i vestiti di Raphael.

«Dove mi porti di bello?»

«Ovunque tranne che qui. Ho come l'impressione che qualcuno ci stia guardando».

Raphael, con fare discreto, si guardò attorno. Era ovvio che qualcuno avesse puntato gli occhi su di loro: erano in mezzo all'accampamento del Presidente di Convenzione. Si meravigliò della banalità delle parole di suo fratello. Di solito non era così. Il troppo pensare lo stava facendo diventare più stupido e stanco.

«Pensi di tenerteli per te i vestiti?» Raphael fece cenno ai suoi indumenti e alla fibbia della sua cintura.

«Da quando sei pudico?»

«Non lo sono mai stato, ma sono sempre stato un tipo freddoloso.» Si accorse solo dopo qualche istante di aver detto una stupidaggine. «D'accordo, il fiume non conta».

«Sbaglio o eri tu quello che girava per casa nudo?»

«Sì, però ora non mi sembra il momento di recriminare ogni cosa!» Raphael incrociò le braccia e finse di essersi offeso.

Cristian gli porse i vestiti e lo aiutò a non farli cadere. «Farò in fretta: le voci su Kerselmo sono vere. A Dolcina è arrivato un messaggio da parte di Fabrizio De Frel e firmato da suo padre Tiberio. Vogliono unire le famiglie in un matrimonio».

«Se lo sai tu lo sa anche Louise».

«Sì, lo sa anche lei. Ma c'è chi non lo sa, cioè Kerselmo. Abbiamo letto il messaggio prima di lui e lo abbiamo conservato prima che potesse disfarsene. Abbiamo margini di tempo».

«Fammi indovinare: intendi usarlo per rovesciare il Presidente.» Raphael finì di rivestirsi, si infilò il coltello nella fibbia e restò con sguardo sognante a guardare il viso impassibile di suo fratello.

«Sì, ma ho bisogno anche del tuo aiuto: devi andare a Solletic questa notte. Porta questa lettera. È una copia. Voglio che tu la consegni solo nelle mani di Fred o Sacrin. Non so chi dei due sia ora il nuovo lord, ma queste prove convinceranno uno dei due ragazzi a scendere in battaglia non più contro i Bai di Brunellin, ma contro la Convenzione stessa».

«E gli altri? Pensi che mezza Dolcina resterà a guardare?»

«Agli altri penserò io. Proverò a convincere Louise a mandare missive a tutti gli altri castelli della Dolcina. Li bombarderemo con così tante informazioni che non sapranno riconoscere più cosa sia vero e cosa falso. Se la gente smette di riconoscere in Kerselmo una figura autorevole, forse ho qualche possibilità di prendere il suo posto».

Cristian parlava già da Principe. Aveva una visione tutta sua del popolo e del potere. Non era né un trascinatore, né un guerriero, lo conosceva bene. Era semplicemente un astuto affarista che sapeva gestire al meglio l'oro che gli veniva messo a disposizione. E così come con l'oro, ora stava facendo un ottimo lavoro con le informazioni in suo possesso e i sentimenti delle persone. Era così crudele e carino allo stesso tempo.

«Non ti vedo proprio proclamare un discorso dal balcone di Goldenknowes» scherzò Raphael.

«Nemmeno io. Sto passando nottate intere a scrivere un discorso che regga di fronte a quello che la Dolcina ha vissuto. È un vero incubo. Ogni frase che scrivo è imbarazzante…»

«E che Presidente sarai? Magnanimo ed equilibrato?»

Cristian storse il naso. «No».

«Beh, sappi che gli esempi di Giovanni De Nillis e Kerselmo dovrebbero convincerti a essere un po' più morbido».

«Forse dovrebbero, ma Kerselmo, per quanto avventato, non sta sbagliando tutto. Bisogna prima fare terra bruciata intorno per costruire un culto della personalità.» Cristian si avvicinò a Raphael e gli prese il braccio. «Io ho la fortuna che qualcun altro sta facendo il lavoro al posto mio prendendosi le colpe».

Si sedettero in riva al fiume. Raphael si distese e contemplò il cielo focalizzandosi sulle nuvole che rapidamente gli passavano davanti. «Cristian, tutto questo mi annoia» ammise. Sapeva che Cristian non gli avrebbe nemmeno risposto, che niente al mondo avrebbe potuto piegarlo e fargli ammettere il suo fallimento. Proprio come Aliros, avrebbe fatto di tutto pur di non deludere suo padre. Era una sorta di omaggio nei confronti di loro sorella Frejdis. L'onore era un tratto distintivo della famiglia Carold. Pur vivendo con loro dall'età di sette anni, proprio non riusciva a far suoi quei valori.

Cristian se ne andò, senza dire una parola. Il suo passo leggero venne tradito dallo spezzarsi di rametti secchi.

«Lo faccio lo stesso» gli disse Raphael, senza mai distogliere lo sguardo dal cielo. «Non mi diverte ma lo faccio».

Era cresciuto con un'unica idea in testa: divertirsi prima della fine. Solo crescendo aveva imparato che non poteva bastare solo quello, che le persone cercavano anche altro, che non tutto era un gioco.

Se dovevano rischiare di finire sul patibolo anche loro, Raphael doveva metterci tutto se stesso per fare la sua parte. Finiva sempre così: con lui che doveva eseguire degli ordini che non capiva fino in fondo pur di salvaguardare un obbiettivo più grande.

Non voleva farlo, ma lo faceva per salvare Cristian dall'esecuzione. Per salvare se stesso, per salvare suo padre. E poi chissà, magari una volta finita questa follia tutto sarebbe tornato come prima e avrebbe potuto continuare a divertirsi.

Lo stalliere da lontano gli fece un fischio. Raphael si guardo intorno. Stava chiamando proprio lui. Sapeva che non poteva resistere a quella chiamata, soprattutto ora che il sole era ancora alto e la guardia vigile. Aveva sempre risposto ed era sempre tornato all'ovile da buon agnellino. Alzò le spalle.

"Dopo tutto perché non dovrei?"

Solletic poteva aspettare ancora qualche ora.

GABRIEL

Fuoco dentro

I predoni avevano preso d'assalto la Magione di Lonte. Ogni coppa dorata, quadro o pezzo di antiquariato era stato trafugato da razziatori. Uomini e donne che fino a qualche ora prima si definivano leali a lady Tamara. Se Gabriel avesse avuto l'opportunità avrebbe ammazzato tutti e ridipinto quelle tetre pareti con il sangue dei suoi nemici.

Chi erano i suoi nemici?

Tutti. Tutti tranne la sua Zaltys e il fodero che la teneva al caldo nei momenti di tregua. Più si guardava attorno e più Gabriel si sentiva solo. Nemmeno Versantius poteva capire come si sentisse in quel momento. Fra loro la distanza non era mai stata così ampia. Avevano idee diverse su tutto e Versantius aveva sempre quell'aura di mistero, di non detto, che Gabriel non riusciva a sopportare. Perché diavolo aveva strappato dal collo la collana di Julian? E perché insisteva con il nascondere alla loro vista lo scialle rubato a Tamara? Davvero credeva che fossero tutti così idioti da non accorgersene?

La magione era lugubre e stranamente colma di candele. I pavimenti erano pieni di cera rappresa e armature decorative rovesciate a terra. La luce lunare non osava mettere piede nelle polverose stanze, lasciando quel compito ingrato alle torce dei razziatori che vagavano di stanza in stanza portandosi via qualche ninnolo. Solo così avrebbero potuto cantare vittoria. Codardi e assassini…

233

Anche Pieros se ne andava in giro per i diversi piani della magione a litigarsi effigi raffiguranti cavalieri sconosciuti. Non perché volesse davvero rubarli, quanto per una strana concezione di rispetto dell'arte che né Gabriel, né i ladri riuscirono a capire. Ne abbatté due a suon di pugni con quella scusa.

Nella Sala delle Comunicazioni di Lonte, Fabrizio e Versantius confabulavano senza condividere con nessuno le loro scelte. Ormai Gabriel ci era abituato. La cosa lo snervava, ma la decisione era stata presa. In un primo momento Versantius sembrava aver avuto qualche ripensamento sul mandar quella lettera a Dolcina, ma non c'era altra soluzione. Proprio in quel momento, Fabrizio stava scrivendo di suo pugno ciò che Versantius stava dettando.

Un'ombra superò Gabriel, costringendolo a voltarsi di scatto. Distese i muscoli e disperse l'energia accumulata nel pugno. Era solo Lucretio che come al solito se ne stava con il naso all'insù come un babbeo a guardare gli affreschi. Più passava il tempo e più sembrava che ci fosse qualcosa che non andava in lui.

Quella guerra, tutta questa storia, stava esasperando ognuno di loro. Solo Gabriel resisteva, solo lui non abbassava la guardia e continuava a combattere.

Lucretio si accostò a Versantius e Fabrizio chinando il capo. «Dobbiamo fermare questo massacro. Kerselmo sta impazzendo e la nostra gente muore. Vi prego».

Fabrizio ebbe un fremito. Lo sguardo appesantito, la barba impiastricciata dal pulviscolo che vorticava nella stanza, l'armatura macchiata dal fango. Quelle parole lo facevano soffrire.

Solo Versantius sembrava non curarsi di quel dato di fatto. A lui importava solo giocare con i sentimenti degli altri e vivere di nostalgia. Era patetico, se solo non fosse stato un bastardo.

«Dobbiamo fermare la Convenzione. Costi quel che costi» ribadì Gabriel. E questa volta Versantius non avrebbe potuto stare in silenzio e farsi scivolare tutto addosso.

Versantius alzò lo sguardo gelido. Non ci aveva provato nemmeno per un istante a mostrare la sua umanità. «Non siamo venuti qui a prendere parte al conflitto. Ci sono già abbastanza invasati pronti a tagliarsi la gola a vicenda senza che ci immischiamo anche noi. La Convenzione finirà appena Fabrizio prenderà il suo posto sposando Mirandolina».

«Quindi ce ne freghiamo della vita delle persone?» contestò Gabriel.

«Non ho detto questo».

«È stato come se lo avessi detto.» Gabriel diede un pugno a un vaso su una credenza per scacciare tutta la rabbia. Il vaso andò in frantumi quasi quanto la spavalderia di Versantius. «Siamo nella merda fino al collo, Versantius, non possiamo ignorare questa gente che soffre. Capisco che a te importi solo di salvare quei disperati che chiami amici, ma anche la vita degli altri ha valore. A proposito…» Gabriel si erse di fronte a Versantius. Sperava di intimorirlo e allo stesso tempo di riuscire a trattenersi dal tirargli un pugno in faccia. «Raccontami della storia della fuga di Julian. Perché hai detto quelle parole?»

Versantius smorzò tutto con un sorrisetto nervoso. Trattenersi dal colpirlo sarebbe stato più complicato del previsto. «Non ci posso credere che tu sia stato l'unico a non capirlo… ti devo spiegare proprio tutto».

Gabriel corrugò la fronte. Ora erano muso a muso. «Spiegami, maestro» ringhiò lui.

«Sai, di solito è meglio placare le escalation di violenza, soprattutto se sei solo contro il mondo. Risolvere la questione con qualche bugia non mi precluderà di certo il paradiso se riesco a salvare la vita di centinaia di persone. Capisci?»

«L'unica cosa che capisco è che stai accampando scuse da fin troppo tempo per salvare il culo ai tuoi amichetti. Tieniti pure quella tua collana di merda.» Gabriel si allontanò, senza mai distogliere lo sguardo dal volto impassibile di Versantius. Ancora non si spiegava come il loro rapporto si fosse congelato su quel clima di sospetto.

«Ho tutto il diritto di ricordare un amico».

Gabriel sorrise. Le ultime parole in punto di morte di Julian non sembravano per niente parole di amicizia.

«Avete finito voi due?» si intromise Pieros. «Sempre a litigare, sempre a pugnalarvi alle spalle. Basta! E se sono io a dire basta vuol dire che c'è qualcosa che non va.» Indicò Versantius. «Tu continua a dettare il messaggio e se riesci fa' in modo che quel pazzo di Kerselmo non perda la testa prima del grande giorno.» Poi squadrò Gabriel. «E tu, per Dio, tu sei un vero idiota se non capisci che da soli non riusciremo a far niente!»

«Da soli no, ma forse… se ci dividiamo.» Versantius lanciò una delle sue solite idee assurde.

«Mi sembra un'idea stupida» lo fermò Pieros. «Forse dovemmo parlare di quel giorno in cui abbiamo visto Mirandolina a spasso con il ragazzo della falce, non credi?»

Era difficile per Gabriel capire il riferimento, ma a giudicare dall'espressione di Versantius, doveva essere una questione importante. Nascondeva qualcosa anche su Mirandolina? La conosceva?

«Ne ho già parlato con lei.» Versantius si avvicinò al tabellone in legno sul quale Fabrizio stava scrivendo la lettera per Dolcina. «Mi ha detto che non è mai stata lontana da Silverknowes».

«Confermo» disse Fabrizio.

Molto strano. Perché tutti si ostinavano a proteggere Mirandolina?

«Anche io l'ho trovato strano» sibilò Versantius. «Ad ogni modo, manderemo questo messaggio a Dolcina e ci faremo il segno della croce sperando che non ammazzino il vecchio per tradimento. Con un po' di fortuna lo leggerà solo lui. Nel frattempo però, tu Fabrizio devi tornare a Silverknowes».

Il ragazzo annuì. «Capisco».

«Finalmente qualcuno che lo fa…» commentò stizzito Versantius. «Conosci queste terre, se eviterai le ronde della Convenzione sulle strade principali non dovresti avere problemi. Dovresti avere qualche giorno di vantaggio prima che Kerselmo faccia circolare la voce e prima che i più fanatici o i Foconero provino ad ucciderti».

Fabrizio firmò la missiva per Dolcina. Versantius la rilesse e diede il suo assenso.

Il tempo sembrava essersi fermato e il rumore fastidioso degli ingranaggi e delle luci del marchingegno della Sala delle Comunicazioni copriva ogni bisbiglio fra Fabrizio e Versantius. Il futuro Principe della Dolcina continuava a difendere la sua promessa sposa con insistente veemenza, nonostante Pieros che confermava di averla vista durante il loro viaggio per stanare Marcello a Sturreal.

Fabrizio gli era sembrato un uomo onorevole, semplice e diretto. Forse stava anche lui fingendo come tutti quanti.

Pieros si sedette a un tavolo. Era ancora imbandito dell'ultima cena. A giudicare dalle portate di carne si poteva assumere che Tamara avesse passato lì la sua ultima notte, fra scartoffie e uomini che a distanza di ore l'avrebbero tradita. Polvere e inchiostro si addicevano più a uomini loschi come Versantius, a Gabriel quell'ambiente stava stretto.

Al di là della porta blindata da Gabriel, i rumori delle razzie continuavano. Ogni tanto qualcuno cozzava contro il portone della sala, ma la trave che teneva bloccate le due maniglie respinse i ladri ogni volta.

«Questo potrebbe essere interessante?» Lucretio mostrò una pergamena a Versantius. Non aveva fatto altro che vagare per la sala a leggere pezzi di carta e accumularli sotto al braccio. Versantius diede una rapida occhiata.

«Tu, Gabriel, che ne pensi?» Versantius lesse velocemente e rigirò le lettere a lui. Forse sperava di colpirlo sul personale costringendolo a perdere tempo su testi scritti in grafia quasi incomprensibile.

Gabriel accolse la sfida, prese la pergamena con entrambe le mani e si concentrò lettera per lettera.

"Tamara, che stai facendo? Ti ricordo che hai firmato anche tu gli accordi e che la Convenzione è vincolante. Smetti immediatamente di foraggiare Vinicio e metterò una buona parola per te. La Convenzione ha deciso che Julian Bai sarà il nuovo Alto Rappresentante alla Salvaguardia. Dà il tuo assenso e smetti di accusare Kerselmo per la morte di Tesar Goich.

Non è il momento di fare pazzie. Mi raccomando. E rispondimi! Mi troverai a Fostgard. Ho delle questioni importanti da portare avanti e mi piacerebbe che tu stessi dalla parte giusta, almeno per ora.

Mirco Sdayl"

Gabriel ci mise fin troppo a leggere quelle righe. Tutti gli occhi erano puntati su di lui.

«Che hai da guardare?» Gabriel spense immediatamente il sorrisetto di Pieros. «Comunque che ci importa, ormai è morta».

«Leggi anche questo.» Versantius gli passò un'altra pergamena.

"Tamara, credo sia arrivato il momento di sdebitarti. Se Lonte è ancora in piedi lo devi solamente a me. Sono io che ho rinunciato all'oro che mi offriva De Nillis, sono io che ho fatto guerriglia alle sue truppe mandate da Arkanthill. Sono sempre io a salvarti dalle situazioni scomode.

Kerselmo mi evita e continua a non rispondere alla mia richiesta di annettere Vecchia Falcara al mio territorio nonostante le lettere. È arrivato il momento per me di agire e prendere ciò che mi spetta. So che puoi capirmi, anche tu non sei rimasta a guardare di fronte alle ingiustizie. Ti chiedo solo di fare ciò che ho fatto per te: non ostacolare le truppe della Convenzione nel caso decidessero di intervenire. Tieni lontano quell'idiota di Remigio dai miei territori e il tuo debito sarà rimesso.

Presto a Vecchia Falcara cadrà il cielo.

Giacomo Aristei, lord di Falcara Imperiale"

«Tutti complottano contro tutti, insomma» concluse Gabriel.

Versantius annuì. «Ed è per questo che dovremmo dividerci. È il momento perfetto per andare a liberare Hansel e Marco Aurelio».

Lucretio sussultò «Li tengono prigionieri a Vecchia Falcara?»

«Nel Cimitero Prigione» confermò Versantius. «E lì tengono prigioniera anche Sharon Tridiel. Se conosco mio padre, sono sicuro che anche lui sa delle intenzioni di lord Aristei e proverà a liberarla sfruttando il caos che si genererà a Vecchia Falcara. Perché mi guardi così, Gabriel? Ti devo forse ripetere che le forze armate di Hansel e Marco Aurelio ci servono?»

«Con che forze pensi di andare a Vecchia Falcara? Con il potere dell'amicizia?» Gabriel sghignazzò.

«In un certo senso sì».

238

Era fastidioso che Versantius avesse sempre la risposta pronta.

«Non ti chiederò nemmeno di spiegarmelo, so già che non lo farai. Ad ogni modo io ho preso una mia decisione».

«Andrai a Fostgard? Hai detto di voler salvare vite umane e di mettere un freno alla Convenzione? Bene, lì c'è bisogno di te da quanto abbiamo letto. Sarà solo questione di tempo prima che la Convenzione dichiari altri traditori. E a noi, paradossalmente, servono vivi».

«Io vado dove mi pare!»

«E andrai a Fostgard. Leggi questo».

"Amica mia, ora capisco perché non riesci a sopportare quegli arroganti dei Bai. Mi sono usciti gli occhi dalle orbite quando Kerselmo mi ha esortato a stringere accordi con suo fratello Hazel. Baia Tresinar non si piegherà mai a Brunellin. Va bene la Convenzione, va bene il ristabilire un ordine e tutte quelle parole che ci diciamo per tenere tutto com'è sempre stato, ma io penso prima alla mia città.

Se tutti facciamo come sto facendo io non ci sarà più bisogno di combattere. Smetti subito di sostenere Vinicio e non ascoltare nessuno.

Più te ne stai estranea, meglio è. Fidati di me, o finirete a fare la fame come a Sommadistesa, o peggio. A Fostgard tutti si preparano per la grande rivolta a causa delle tasse. Quelle imposte da quel cane di Giovanni De Nillis non sono mai state tolte da Kerselmo... Ci credo, ha bisogno di oro come un poppante ha bisogno di latte!

Sapevi che Kerselmo ha inviato a Fostgard Ludovico Dest, Garrett Duster e Carlo Alberto Finrél con un'avanguardia di ottocento uomini? L'intento è quello di ammonire la Congregazione di Fostgard e costringerla ad inginocchiarsi a Kerselmo. Se lo faranno loro, di sicuro lo farà anche Giosué Tutcker. Dicono che sta tramando contro la Convenzione. Ovviamente sono solo voci. Sappiamo tutti che più della metà delle teste che cadono è perché Kerselmo è paranoico.

Gradirei non dover mettere in giro delle voci sul tuo conto. Ci siamo capite.

Cecilia Deferlay, lady di Baia Tresinar"

Non capiva cosa c'entrasse tutto questo con lui. Sembrava il solito pretesto di Versantius per convincerlo a fare qualcosa, eppure questa volta non aveva toccato nessun tasto dolente, nessun ricatto morale. Proprio non capiva dove Versantius voleva andare a parare. Poi si avvicinò Fabrizio.

«Il mio popolo ha bisogno di pace. E io non posso ancora dargliela. So che sei buono, Gabriel, e non sai quanto mi dia dispiacere fuggire davanti alle responsabilità, ma Versantius ha ragione: se ci dividiamo e riusciamo a contenere i danni della Convenzione c'è ancora speranza».

Eccolo il ricatto di Versantius, il suo nuovo burattino vestito di armatura e di un ghigno triste. Giocare con il dolore delle persone era deplorevole, ma non poteva ignorare quella richiesta. C'erano delle vite in ballo, c'era un'intera città che rischiava di essere rasa al suolo per colpa di giochi di potere insensati. Non importava se a Fostgard lo odiavano, se gli imperiali assaltavano le sue terre nell'Evegwall: si parlava di civili.

«C'è qualcuno con cui possa parlare a Fostgard?» domandò Gabriel. Probabilmente Fabrizio avrebbe potuto garantire per lui una volta arrivato in città.

«Convinci Giosuè a stemperare la tensione e a calmare gli animi della Congregazione di Fostgard» disse Fabrizio. «Almeno fino a quando Kerselmo non avrà letto la mia lettera e si sarà deciso a rinunciare a questa follia».

Gabriel non replicò. Era un consiglio banale e vago. Di solito non era un gran negoziatore. Le poche volte che aveva dovuto parlamentare con un lord era quasi finita in rissa. Era più abile ad agitare la spada e far vedere all'altro interlocutore i rischi di eventuali passi falsi.

«Perché la Congregazione di Fostgard si schiera contro la Convenzione?» domandò Lucretio. «Non dovrebbero sostenerla?»

«Anche io mi schiererei contro la Convenzione se venissi a sapere che il mio Gran Maestro è stato assassinato proprio dalla Convenzione.» Versantius sfogliò altre pergamene. «Ma la questione è più complicata del previsto: questa missiva indirizzata a Tamara da parte di Giosuè Tutcker invita la lady a resistere contro gli assassini di Tesar

Goich intenti a rimpiazzarlo con Julian Bai.» Alzò un altro strascico di carta. «Questa invece, a firma di Hazel Bai, lord di Brunellin, accusa Tamara di essere stata lei, in combutta con Vinicio Foconero, ad assassinare Tesar».

Troppi nomi, troppe accuse ed eventi in così poco tempo. Era impossibile stare dietro a tutte queste cose. Gabriel ci aveva rinunciato da tempo. Cambiò discorso. La praticità era il suo pane quotidiano. «Dividerci è una scelta comunque stupida, ma se devo salvare la situazione… porterò un po' di disciplina ducale a Fostgard. Spero solo che quel Giosuè non sia un coglione come quel suo parente servito e riverito a Silverknowes».

«Non lo è» confermò Fabrizio. «Ma sta attento. Mio padre dice che non è troppo stabile mentalmente».

«Dividerci è l'unica via percorribile se vogliamo sfruttare al meglio quest'occasione» replicò Versantius.

Tutti si guardarono per attimi interminabili. Fabrizio sapeva che sarebbe dovuto tornare a Silverknowes e paradossalmente sembrava quello meno teso. Gli altri? Come si sarebbero divisi? Pur di non fare l'intero viaggio in direzione di Fostgard con Lucretio, Gabriel avrebbe passato altri due mesi fermo a Silverknowes a sorbirsi i discorsi melensi dei nobili.

«Hai detto che Hansel e Marco Aurelio si trovano a Vecchia Falcara?» domandò proprio Lucretio.

Versantius annuì.

«Allora verrò con te».

Strano, per una volta Lucretio prendeva una decisione in vita sua! Sembrava concitato. Aveva perso la sua fastidiosa calma. Si sarebbe aspettato che il cavaliere decidesse di andare a Fostgard. Meglio così.

«D'accordo, allora io andrò con il ragazzone.» Pieros diede una sonora pacca sulle spalle a Gabriel e sorrise. Sembrava il suo fratellino scemo a cui badare, ma non avrebbe potuto avere compagno di viaggio migliore. Con Pieros era tutto più semplice.

«È deciso.» Versantius piegò alcune pergamene e se le infilò in tasca. «Partiremo all'alba».

Gabriel avrebbe voluto chiedergli che cosa stesse nascondendo loro, perché continuava a mostrar loro solo scorci della verità e non una visione d'insieme. Se ci avesse comunque provato non avrebbe ricevuto altro che le solite menzogne. Osservò il lento movimento della mano di Versantius dalla tasca del suo vestito.

«Riposatevi. Faccio il primo turno di guardia.» Lucretio si sistemò la cinta.

Nessuno ebbe nulla in contrario da dire. Dopo quella nottata infernale avevano tutti bisogno di un po' di quiete.

Gabriel gettò per terra un mucchio di tovaglie, arazzi e cuscini. Si sarebbe coricato lì, con la schiena contro il muro. Magari con un occhio aperto e uno chiuso per non perdere mai il controllo della situazione. Eppure le palpebre si fecero pesanti e per quanto i rumori di piatti in frantumi, stivali in fuga e sferragliare fossero invadenti nella Magione di Lonte.

Si sdraiò nel giaciglio con la consapevolezza, guardando i suoi compagni dall'altro lato della Sala delle Comunicazioni, che tutto il suo vivere ad Aeternam Clipeus, lo spirito di fraternità e amicizia che aveva coltivato con i suoi affetti stava venendo meno. Ora c'era posto solo per la rabbia e il sospetto. Ora non erano più uniti da un ideale, da una battaglia comune. O meglio, lo sembravano, ma erano profondamente divisi, come se ognuno seguisse un proprio comando, ordini dall'alto da non condividere con nessuno. A Gabriel avevano insegnato, fin da bambino, a condividere le gioie e i dolori, ma sapeva che con quella gente non avrebbe potuto condividere nulla. Ovunque si voltasse trovava solo muri. E più andava avanti questa storia, più gli sembrava di combattere da solo per una battaglia che non esisteva. Erano uniti ma divisi. Insieme ma soli.

A Viola sarebbero sicuramente piaciuti questi controsensi. Ma lei non c'era più. Si addormentò accarezzando il ciondolo di sua moglie. Chissà se lei lo stava guardando? Era e sarebbe sempre stata il suo fuoco dentro.

«Gabriel, svegliati».

Quella voce. Era impossibile.

«Viola?»

«Devi svegliarti».

«Sono sveglio».

«No, stai dormendo. E sei cullato da Versantius».

«Viola, io… non posso farcela senza di te. Non ce l'ho mai fatta e…»

«Gabriel, non devi recriminarti niente».

«È tutta colpa mia! Non avrei mai dovuto lasciarti andare, non avrei mai dovuto dividermi da te. Pagherei per poter tornare indietro, per potermi mettere davanti alle lame e farmi trafiggere al tuo posto. Pagherei…»

«Non puoi cambiare quello che è stato. Ho scelto io. Non potevi prevederlo».

«Ucciderò chi ti ha strappata da me. Perderò la mia vita non il ricordo di te, sappilo».

«E sei davvero convinto che la colpa sia tutta di Lourentius? Apri gli occhi, Gabriel. Che cosa c'entravamo noi con questa storia? Avevamo un futuro, una famiglia, delle persone che ci volevano bene. Ora?»

Gabriel non rispose. Era tutto buio. C'erano solo lui e l'ombra di Viola in quel sogno. Non serviva altro.

«Troverò Valeria, la ucciderò. E lo stesso farò anche con Lourentius».

«E se non fosse Lourentius il problema? Se sei dovuto andare a Derenhalle, quel giorno della morte di Lorenzo, è solo colpa di Versantius. Se ci siamo dovuti affidare a lui per il processo è sempre colpa di Versantius. Se ci siamo trovati in una lotta più grande di noi, costretti a lasciare le nostre terre, è sempre colpa di Versantius. Per ottenere cosa? Sospetto e sdegno? Non dobbiamo niente a persone così. Sono il male del mondo. Hai offerto a lui amicizia, sostegno e una spalla su cui piangere e in cambio che cosa hai ottenuto? Niente, se ne va in giro per il Reame a scodinzolare dietro ai suoi amichetti, alla ricerca di una donna di cui non vuole nemmeno fare il nome. È per questo che sono morta, Gabriel? Per far sì che tu sia l'ennesimo burattino di un figlio di puttana?»

Qualcuno toccò Gabriel e di soprassalto scattò in avanti con il coltello che teneva sotto ai vestiti appallottolati che aveva usato come cuscino.

«Ehi, sta calmo, sono solo io!» Pieros fece un passo indietro. «È il tuo turno. Fino all'alba, poi si parte».

Gabriel, madido di sudore e teso, non accennava ad allentare la presa sul suo coltello. Il respiro era affannoso e l'oscurità che lo aveva avvolto fino a quel momento era scomparsa, lasciando spazio a una disordinata sala nella quale i suoi compagni dormivano beatamente. Anche i rumori della razzia erano terminati.

Era stato tutto un sogno.

Nemmeno il tempo di chiedere come stesse, che Pieros si era già coricato e aveva iniziato a russare. Passò fin troppo tempo prima che Gabriel si rendesse conto della realtà che lo circondava. Si alzò in piedi e iniziò a gironzolare nella sala per distendere i muscoli. Tutta la tensione che aveva accumulato, le parole di Viola in sogno. Non sapeva ancora se era lei mossa dalla collera o semplicemente il suo subconscio che si manifestava attraverso la sua figura. Viola non aveva mai usato parole simili, ma non era mai stata una sprovveduta. Forse desiderava solo vendetta e poco altro.

Gabriel si rivestì e rinfoderò il coltello nella cinta. C'era freddo e le sottovesti madide di sudore non aiutavano. Non sapeva se era l'adrenalina a farlo tremare o il gelo pungente di una città che aveva sofferto fino a quell'innaturale momento di quiete.

Lucretio e Fabrizio dormivano con la schiena rivolta alle pareti. Il cavaliere non si era nemmeno tolto l'armatura e teneva fra le mani la sua spada mentre il laccio bianco gli lambiva il volto. Fabrizio aveva optato per concedersi almeno quella notte un po' di tranquillità.

Poi c'era Versantius, disteso ai piedi del marchingegno dei messaggi, avvolto di tende e stracci, il viso disteso e rivolto verso il soffitto. Il suo respiro era pesante, regolare. Gabriel si avvicinò sempre di più. Dalla sua tasca sporgevano i messaggi che aveva deciso di nascondere a tutti loro. Per un momento, a Gabriel venne in mente di giocare d'anticipo e giocare sporco. Viola avrebbe voluto così.

Trattenne il fiato e si avvicinò chinandosi senza far rumore. Lentamente. Allungò la mano e sfilò la lettera dalla tasca di Versantius prima che questo si accorgesse del tocco e si rigirasse nel proprio giaciglio. Solo allora Gabriel fece un passo indietro e tornò a respirare.

Con cura aprì il foglio di pergamena senza far rumore. Aveva una grafia pessima, ma non era lungo. Ci avrebbe messo poco.

"Carissima lady Tamara Veridiani,
Hai visto che non siamo i soli a sguazzare nella follia?
Nel Regno, la Regina sta sterminando tutti i suoi oppositori, mentre nel Ducato continuano a girare le voci sulla morte del Duca.
Ne hai sentito parlare anche tu? Dicono che Roderick Flores lo abbia tradito uccidendolo a Estur in combutta con la loro nuova lady. E sai perché? Tutto perché il bastardo voleva essere riconosciuto come lord di Estur al posto di suo nipote. Ha fatto uccidere anche lui.
D'altronde sono usanze locali. C'è chi si appassiona al Faelgot e chi predilige l'infanticidio. Poco male, se non altro non dovremo più abbassarci al livello di un ragazzino nelle negoziazioni.
Fammi sapere cosa ne pensi di Julian. Il tuo parere e quello di Lonte è importante.

Hazel Bai, lord di Brunellin"

No. Si rifiutava di crederlo. Si rifiutava di credere che tutto questo fosse vero. Il Duca morto? Orfeo Flores morto? Come? Quando? E perché?

Il perché lo sapeva bene! Era lì che dormiva davanti a lui. Beato e senza macchia, come voleva far credere a tutti. L'origine di ogni male, il problema di tutti!

Ebbe quasi un mancamento. La lettera gli cadde dalle mani tremanti. Questa volta non era né il freddo né l'ansia a smuovere tutto il suo corpo. Era la rabbia, la consapevolezza di essere parte del problema. Versantius avrebbe dovuto proteggere Rolando, avrebbe dovuto guidarlo nei suoi passi, non abbandonarlo alla prima occasione nelle mani di quei bastardi traditori! Ma in fondo che cosa poteva recriminargli? Anche Gabriel aveva abbandonato Orfeo al suo destino. Aveva promesso a suo padre di vegliare su di lui, così come aveva promesso a Boris Raffreddalama di proteggere suo figlio Rolando. Aveva fallito anche lui. E forse era per questo che ora ribolliva di rabbia!

Scosse la testa. No, basta colpevolizzarsi! Non era lui il colpevole. Era Versantius. Lui li aveva trascinati lì. Lui li aveva indirizzati nelle questioni dell'Impero ignorando i problemi del Ducato. Lui aveva deciso per tutti che bisognava scongiurare la guerra. E invece la guerra era arrivata, loro si erano fatti trovare impreparati, lontani dalle loro case, dalle loro responsabilità. Gabriel aveva venduto il suo onore per cosa? Per essere preso in giro? Per essere chi?

Forse Viola aveva ragione. O forse era la sua coscienza? Ad ogni modo una cosa da fare per rimediare a tutto questo c'era.

Gabriel estrasse il coltello dal fodero e lo impugnò con così tanta forza che il sangue parve smettere di circolare nelle dita. Tutta la sua frustrazione era concentrata lì, nelle sue mani e presto si sarebbe sfogata contro Versantius. Quel bastardo non meritava nemmeno di morire nel sonno, avrebbe dovuto patire le pene dell'inferno, implorare di non essere mai nato!

Eppure, qualcosa lo fermava. La forza dirompente che lo chiamava a gettarsi su Versantius gli ribolliva dentro ma non esplodeva mai. Era davvero giusto? Era davvero sensato farlo? Quei raptus di follia lo avevano sempre fatto scivolare nel baratro in passato. Non aveva perso solo la calma e la credibilità, ma anche la sua umanità. Viola glielo aveva ripetuto spesso: «Pensaci dieci secondi prima di fare qualcosa di avventato».

A quale delle due Viola doveva dare ascolto?

Espirò. Per quanto aveva tenuto il fiato?

Versantius si rigirò nel sonno senza mai svegliarsi. Nemmeno sapeva che quello sarebbe potuto essere il suo ultimo giorno in quello schifo di mondo.

"Che stai aspettando?" si domandò Gabriel. *"Fallo e basta!"*

Non ci riusciva. Non sapeva decidersi. Quanto poteva essere giusto farla finita così? Che Versantius fosse un problema era sotto gli occhi di tutti, ma... se avesse avuto torto? Se tutti quei sospetti fossero solo frutto della sua testa? L'unica cosa di cui era sicuro era che Versantius gli aveva mentito quasi sempre, che aveva fatto di tutto per nascondere loro informazioni pur di convincerli a seguirlo. Ma che altro aveva fatto di male? Forse nella sua visione intricata c'era un progetto, forse voleva davvero risolvere la situazione! Forse...

La testa gli faceva male, il braccio ancora di più. Mollò la presa dal coltello facendolo scivolare nel suo fodero. Gli costava rinunciare.

Si era controllato. Era riuscito a domare la sua rabbia, il suo fuoco.

Forse aveva fatto la cosa giusta per una volta, forse no. L'unica cosa certa era che presto o tardi, quel fuoco che si portava dentro, avrebbe scatenato l'inferno.

Per le successive due ore si sforzò di non pensare a Versantius, di non guardarlo. Ripensava solo a Rolando e ad Orfeo.

I fallimenti nella sua vita iniziavano a diventare troppi. Che cosa gli rimaneva ora, se anche le promesse fatte a Boris e al Marchese Flores non erano state mantenute?

Niente. Non era più nessuno.

MARCHI

Salvare un albero

Non era la paura o la preoccupazione il sentimento che animava il trambusto a Solindesti. Le persone che Marchi incrociava nei corridoi avevano perso tutto e avrebbero fatto qualsiasi cosa per restare aggrappati a una casa, qualsiasi essa fosse. Armamenti e puntelli in legno passavano di mano in mano in una lunga catena che continuava fin sulle scale. Dalla Torre Spezzata, Toro aveva richiamato a sé tutti i dardi che i Pariah erano riusciti a costruire in quel poco tempo ed era stata ricostruita una ballista dai resti dei carri e degli aratri.

«Io devo andare di qua» disse Foca. «Raggiungi Toro e andate insieme da Leone. Ci vediamo in infermeria.» Poi si voltò di scatto. «Anzi, no. Speriamo di non vederci in infermeria!» Foca si congedò da Marchi con un sorriso e un'andatura sbilenca per via del peso del grande sacco di misture d'erbe caricato sulla spalla destra.

Marchi fece un lungo sospiro, accogliendo in sé l'odore delle erbe, della polvere e delle persone che lo circondavano. Quel mescolarsi di sensazioni era un corpo estraneo per lui, una visita in un mondo sconosciuto che però lo inebriava ogni volta. Aveva imparato a immedesimarsi nelle persone e aveva imparato che era una pericolosa arma a doppio taglio.

Toro lo raggiunse di corsa scendendo a due a due gli scalini della Torre Spezzata. «Sono circa trecento!» disse con il fiatone. «Ai piedi del castello. Hanno anche quei... come diavolo si chiamano quegli aggeggi di metallo a forma di umanoide?»

Marchi non aveva idea di cosa Toro stesse parlando, ma era ovvio che Vanessa avesse chiesto aiuto al C.R.S..

«Solo trecento?» domandò Marchi.

«A spanne sì, ma sono veri soldati, veri cavalieri. Noi che abbiamo? Due migliaia di contadini, manovali, donne e bambini. Sarà un massacro se riusciranno a fare breccia nella porta».

«Che condizioni ha il portone principale?»

«Il legno è quello che è. Abbiamo provato a rinforzarlo con dell'acciaio temprato ma la base è compromessa dal tempo. Un buon ariete lo butterà giù di sicuro. Per nostra fortuna non ne hanno uno».

I due si districarono per i corridoi di Solindesti. Toro incitava chiunque incontrasse sul suo cammino. Gridava e spendeva parole di incoraggiamento per coloro che erano paralizzati dalla paura. Marchi invidiava tutto quell'ardore. Non sarebbe mai stato in grado di dare coraggio a nessuno, tanto meno a chi sarebbe stato trucidato da lì a poco. E per colpa sua, per giunta.

Il cortile era una bolgia. Tutti avevano qualcosa da fare, anche i bambini che correvano da una parte all'altra a portare pietre agli uomini posti sulle mura. Falco aveva ideato un sistema di drappi bianchi per comunicare con i suoi uomini lungo tutto il perimetro delle mura. Era un continuo sventolare al vento quelle stoffe e dire parole incomprensibili.

«Heish Thaa» continuavano a ripetere i Pariah che incontrava. Non si sarebbe mai abituato a quell'appellativo. Fratello maggiore... Presto o tardi le responsabilità lo avrebbero sommerso.

Al centro del cortile, con le poche centinaia di uomini che sarebbero stati in grado di imbracciare una lancia e uno scudo, Leone organizzava i gruppi di resistenza e dava ai singoli capitani chiare istruzioni sul come difendere la posizione.

«Spero che questo corso accelerato su come si ammazza il proprio nemico senza mai fare un passo indietro vi sia servito, miei signori, perché la seconda lezione ci sarà solamente per chi non avrà la faccia riversa nel sangue dopo questa battaglia.» Sembravano parole dure, eppure i soldati esultarono come se avessero appena infuso fiducia.

«Con comodo, Lucciola» lo schernì Leone. «Tanto siamo solo alle porte del più grande bordello della storia di questo rudere di merda! Ah, fa niente! Ora che sei qui è l'ora di sentire cosa vuole quell'insolente».

Un altro squillo di trombe costrinse tutti a tapparsi le orecchie e a farsi scivolare dalle mani le cose. Alcuni bambini si misero a piangere, altri fecero cadere ciò che portavano scappando di qua e di là per il cortile.

«Che è questa nuova diavoleria?» Leone si batté la mano sull'orecchio per riacquisire l'udito. Bisbigliò anche qualche altra imprecazione, ma nella testa di Marchi risuonò solo il ronzio dello stordimento dopo quel suono.

Marchi non aggiunse nulla. Era il momento di parlare con Vanessa e cercare di capire come avrebbe potuto risolvere la questione. Più passi faceva in direzione della scala di pietra della cinta di mura, più incontrava sguardi fieri e decisi. Perché la gente lo ammirava? Non aveva fatto nulla, non avrebbe potuto salvarli e per di più si era richiuso in se stesso, cullato dalla nostalgia del passato. Aveva portato tutti in quella trappola mortale solo per scoprire che l'uomo che considerava suo padre non era come se lo era sempre immaginato.

Marchi e Leone raggiunsero il corpo di guardia centrale, sul quale Falco osservava il nemico con stoica rabbia. Ogni tanto sventolava il suo drappo bianco per dare ulteriori indicazioni, ma tutte le sue energie ora erano dirette a Vanessa.

La Presidente si era fatta scortare da uomini in armatura pesante e da ragazzi in tuniche blu e bianche. Non c'era presenza di armi d'assedio, ma i dieci automi che accompagnavano ai lati il piccolo distaccamento dell'Ambasciata catturarono le attenzioni di tutti. Davanti a loro un uomo che teneva fra le mani una lavagna luminosa. Sembrava concentrato nel suo lavoro e ogni tanto lanciava qualche occhiata alle mura. Cervo aveva accennato di aver intravisto il C.R. Daniel Corrilampo nei pressi di Solindesti qualche giorno prima. Probabilmente era lui.

«Dannati ricercatori...» Leone sputò per terra. «Cosa diavolo avranno in mente?»

«Non ne ho idea, ma se quegli aggeggi non sono fatti di diamanti l'olio bollente basterà per bruciare i circuiti» lo rincuorò Falco. Sembrava la più calma di tutti.

«Miriam Ray.» Vanessa fece fare qualche passo in avanti al suo cavallo. «Per me è un dispiacere conoscerti in queste circostanze. Ancora una volta mi ritrovo a chiedervi di abbassare le armi e lasciare questo castello. Lo faccio per dovere morale, sia chiaro. Prometto che se lo farai troveremo un accordo diverso per permettervi di continuare a vivere in pace».

Falco si irrigidì. Sembrava tentata di voltarsi per chiedere riscontro ai suoi compagni, ma l'unica cosa che fece fu continuare a guardare dritta di fronte a lei, a odiare con tutto il cuore e a farsi scompigliare i capelli legati nella lunga coda dal vento violento.

«Voglio solo che non ci sia alcuno spargimento di sangue» proseguì Vanessa. «Date ascolto alla voce razionale che avete dentro e abbassate le armi».

«No».

Marchi zittì tutti. Anche la voce interiore, che fino a qualche istante prima gli aveva suggerito fosse una buona idea smetterla con quella resistenza.

«Che intenzioni hai, Cavaliere delle Lucciole? Bruciare l'intera foresta per salvare un albero?» chiese Vanessa, con la solita calma da nobildonna altolocata.

«Sì.» Marchi si rivolse ai suoi compagni. «Perché il mondo che sognavamo ora è cenere. Lo abbiamo bruciato noi. Se potrò salvare anche solo un albero, il nostro albero, come dici tu, allora sarò pronto a bruciare l'intera foresta. Non resterò a guardare in mezzo a gente che aspetta una svolta. Tutti quelli che sono qui oggi aspettano un qualcosa nel domani che voi non potete più dargli. Preferisco un massacro, uno di quelli senza esclusione di colpi, una distruzione che faccia il giro del mondo e torni qui. Preferisco questo».

Leone diede una pacca sulle spalle a Marchi. «Sentito? Decisamente più filosofico di come ve lo avrei detto io, ma il concetto è lo stesso: andate a farvi fottere, noi da qua non ce ne andiamo!»

Vanessa storse il naso e si confrontò con il suo comandante e il C.R. per decidere il da farsi. Non spese altre parole per convincere nessuno. Si limitò ad abbozzare un inchino in direzione del cancello e a scivolare nelle retrovie scortata dalle sue guardie personali. C'era qualcosa in lei che la rendeva affascinante.

«E ora signori miei, al lavoro!» Leone fu il primo ad abbandonare il corpo di guardia. La battaglia sarebbe iniziata a brevissimo e ogni secondo sarebbe stato importante.

Uno degli automi si portò le braccia metalliche al petto e scoperchiò un cuore pulsante di olio ed energia. Prima ancora che Marchi potesse realizzare il rombo che li aveva assordati prima, l'automa costrinse nuovamente tutti a coprirsi le orecchie.

Marchi si congedò da Falco, intenta a riorganizzare i suoi uomini, e fu subito intercettato da Cervo.

«Che ci fai qua?» gli domandò Marchi.

«Lo so, lo so. Dovrei essere all'interno a supervisionare le ampolle con l'acido, ma ho sentito il rumore e sono uscito. Dovrebbe essere un sistema di collegamento etereo applicato al corno del loro comandante. Che è quella faccia? Ah già, proverò a essere più chiaro. Si tratta di un qualcosa per intimorire. Nulla di più. Lo usavano spesso in passato».

Marchi, ancora tramortito dal corno, provò a mettere insieme le informazioni per capirci qualcosa. Non cercava una spiegazione, ma averla lo avrebbe aiutato a sopportare altri stratagemmi dei ricercatori. Per un momento pensò a Leone e alle sue strategie. Forse sarebbero state sufficienti in una battaglia normale, ma di fronte a loro non avevano soldati, bensì studiosi e marchingegni.

Nel cortile centrale chi era in grado di impugnare un'arma se ne stava in allerta. Leone andava avanti e indietro gridando ordini e agitando al vento la spada per richiamare l'attenzione. Le persone sbattevano contro Marchi nel loro concitato mettersi in posizione. C'era chi aveva fra le mani una picca e la tendeva in avanti, chi faceva gesti di preghiera in direzione degli amici sul cortile superiore o sulle mura.

Marchi non si sentiva poi così diverso da loro. La stessa paranoia, gli stessi problemi per la testa. Dalla Torre Spezzata, Toro fece un fischio. Lui era pronto, la ballista era pronta. Qualsiasi automa avesse fatto breccia a Solindesti sarebbe stato abbattuto. Era un piano semplice, ma efficace. Per giorni Toro e Leone avevano dato attenzioni a quell'arma testandone gittata, potenza e stabilità di mira. E per tutti quei giorni, Marchi era rimasto in disparte a guardare i loro occhi accesi dalla passione per le armi.

«È roba da uomini, non ci posso credere che non ti affascini nemmeno un po'» gli aveva detto Toro. Eppure lui, di legno, ferraglia e buchi nel terreno non i sarebbe mai curato.

Sulle mura avevano già iniziato a scagliare sul nemico ogni genere di arma. Pietre, frecce, travi e quelle particolari ampolle esplosive che Gufo e Cervo erano riusciti a fabbricare con le scorte alchemiche rinvenute nel castello e nella foresta circostante.

Leone fermò un gruppo di ragazzi intenti a rifornire le mura e il corpo di guardia. «Più veloci!»

Non se lo fecero ripetere due volte, ma nel farlo lanciarono un'occhiata a Marchi. Lui fece un cenno.

Nel via vai generale, sulle due rampe di collegamento fra cortile inferiore e quello superiore, andavano e venivano gruppi di quattro Pariah con barelle e sacchi colmi di garze e medicamenti. Foca aveva pensato a un sistema a staffetta per soccorrere quanti più feriti possibile e portarli dentro le mura amiche del mastio centrale di Solindesti. Leone l'aveva trovata un'idea assurda, che avrebbe intralciato il naturale battagliare dei difensori, ma fino a quel momento, nessuno dei soccorritori aveva dato preoccupazione al muro di scudi eretto dall'avanguardia predisposta da Leone.

Tutti erano in posizione, tutti in attesa che succedesse qualcosa di diverso dalla pioggia di pietre e bombe. Ogni tanto un'esplosione sconvolgeva un lato delle mura. Miasmi tossici disperdevano i difensori e da lontano Marchi osservava la resistenza di Falco.

Un altro soldato andò a sbattere su di lui riportandolo alla realtà. Che cosa stava facendo? In balia degli eventi e in mezzo alla battaglia non avrebbe potuto fare niente. Era questo quello che cercava? Era questo il grande sogno e il destino che lo rincorreva? La gente moriva e lui se ne stava a guardare. E la cosa peggiore, era che il senso di colpa che provava fino a qualche ora prima era scomparso. Vedeva nell'ardore delle persone il desiderio di riscatto. Per niente al mondo avrebbe potuto costringere tutti alla resa e a farli tornare nelle tenebre.

Chi ha vissuto nell'ombra per così tanto tempo, una volta assaggiato un raggio di sole non può che provare ad afferrarlo e tenerselo per sé.

Un'esplosione inghiottì il portone. Reggeva ancora.

«Mantenete la posizione, bastardi!» gridò Leone. Sul suo volto c'era rabbia, stanchezza e determinazione. Si muoveva ingobbito fra le linee di difesa senza mai curarsi di Marchi. Era la sua battaglia, la sua occasione per dimostrare che i gerarchi imperiali si erano sempre sbagliati sul suo conto.

Una seconda esplosione fece tremare la terra. Dall'interno non si vedeva nulla, ma i volti terrorizzati degli uomini sulle mura bastò a far capire quanto la situazione potesse essere drammatica.

«Questo portone non cadrà mai senza un ariete, com'è vero Dio che...»

Leone non finì nemmeno la frase che il legno del portone principale di Solindesti si frantumò in migliaia di pezzi facendo fuoriuscire un fumo nero. Restò per qualche secondo a bocca aperta. Marchi estrasse Mitridate, schioccò le dita e subito le lucciole lo avvolsero. Non sarebbero bastate per dissipare l'oscurità che si stava facendo largo nella breccia.

Quando a varcare la soglia furono gli automi di metallo del C.R.S. la linea di difesa predisposta da Leone si spezzò. Ognuno avrebbe combattuto per sé e nessuno avrebbe potuto farci niente.

Il primo colpo di ballista fendette l'aria e andò a segno abbattendo uno degli automi. Lo sfrigolio metallico ed elettrico fece fondere l'automa costringendolo ad accartocciarsi su se stesso. Ma quello era solo uno.

Il cortile inferiore venne invaso da altri automi. Alcuni a forma di umanoidi, altri a forma di bestia. Mietevano vittime con dovizia, spargendo olio e polvere ovunque passassero. I più arditi fra i difensori provarono a gettarsi su di loro colpendone il cuore pulsante e gli ingranaggi più esposti, ma solo la ballista e le bombe alchemiche di Cervo potevano realmente rallentarne la marcia.

Leone fece un cenno a Falco, che con il suo drappo bianco agitò il braccio per quattro volte: era il segnale. Dalle feritoie Cervo diede l'ordine agli uomini più esperti di riversare barili di pece nel lato est del cortile inferiore. Falco fece il resto gettando una torcia.

Le fiamme divamparono e con esse i circuiti di quattro automi che andarono a sbattere contro le mura.

Marchi arretrò insieme ai difensori. Era riuscito da solo a fronteggiare diversi cavalieri dell'Ambasciata. Nelle sue mani Mitridate pulsava, come se avvertisse l'energia magica scagliata dai ricercatori nel cortile inferiore. Non guardò in faccia nessuno.

La ballista continuava a fare il suo lavoro, così come i soccorritori. I feriti sarebbero stati incalcolabili e presto la macchina di soccorso si sarebbe inceppata, eppure una cosa Marchi l'aveva notata: gli automi non attaccavano coloro che non imbracciassero armi. Doveva essere una sorta di programmazione.

Un automa scoppiò e i frammenti di ferro ferirono i Pariah nelle vicinanze. Le grida di dolore sovrastarono per qualche istante i suoni della battaglia nel cortile inferiore.

Marchi sudava. Le vampate delle esplosioni, la polvere del cortile nei polmoni, l'elsa di Mitridate che si faceva sempre più pesante e lo sfavillio delle lucciole che gli sfrecciavano intorno, che distraevano tanto i loro nemici quanto lui. La situazione non sarebbe migliorata.

Falco diede l'ordine di ritirarsi dalle mura per non restare isolati. Ormai l'intera battaglia era concentrata nel cortile inferiore. Fecero appena in tempo ad abbandonare la posizione che una scarica di fulmini si abbatté sul corpo di guardia facendolo crollare su se stesso. Ora non esisteva più un ingresso a Solindesti e gli ultimi automi sulla soglia entrarono danzando sulle macerie.

La resistenza nel cortile superiore durò poco. La ballista sulla Torre Spezzata lanciava i suoi dardi a ripetizione, incurante dei bersagli. Leone era stato chiaro: Toro non avrebbe dovuto avere nessun tentennamento nel colpire.

Colpo dopo colpo, Marchi abbatteva i cavalieri dell'Ambasciata lungo il suo cammino. Erano combattenti esperti e pieni di risorse. Alcuni di essi usavano la magia per proteggersi dalle ampolle magiche scagliate dai Pariah del cortile superiore, altri lanciavano fiammate per spezzare la già debole guardia del muro di scudi dei difensori.

Per ogni cavaliere o automa abbattuto c'erano almeno dieci uomini riversi in pozze di sangue. Era una battaglia ingiusta.

Il C.R. chiamato da Vanessa scalò le macerie del portone principale. Teneva fra le mani un marchingegno metallico a forma cilindrica dal quale numerose luci sfavillavano fra la polvere.

Marchi e Leone si scambiarono un'occhiata da lontano. Nessuno dei due sapeva che intenzione avesse, ma era palese che il suo obbiettivo fosse la ballista di Toro. Dal cortile superiore Cervo gridò qualcosa di incomprensibile. Le urla e i rumori metallici della battaglia coprirono ogni sua parola.

L'arma del C.R. acquistò potenza, i sensori dai quali era costituita cominciarono a lampeggiare e ad accumulare energia. Quando le intenzioni del ricercatore divennero palesi, Toro si era già gettato lontano dalla Torre Spezzata.

Un raggio luminoso e incandescente sciolse la ballista in legno e ferro e fece crollare ciò che restava della Torre Spezzata. I calcinacci colpirono i difensori del cortile superiore e lasciarono attoniti tutti. Marchi restò pietrificato. Toro si era salvato?

Ancora una volta il corno amplificato del comandante dell'Ambasciata risuonò nell'aria. Un rombo che a poco a poco distruggeva le speranze di resistenza. Il morale era a terra e Leone aveva smesso da tempo di sbraitare per incitare gli uomini alla resistenza. Forse sarebbe dovuto toccare a Marchi, ma le paranoie tornarono protagoniste nella sua testa.

«Ritirata! Fase due!» gridò Leone. Falco sventolò il suo drappo nella battaglia. Una mano per la spada, altro per quel nastro ora macchiato dal sangue e dalla terra.

«Muoviti!» Leone trascinò Marchi lontano dalla battaglia e insieme agli altri corsero lungo una delle due rampe che portavano al cortile superiore. Avevano smesso anche di soccorrere i feriti del cortile inferiore. Lasciarli morire in quel modo per Marchi era una sconfitta.

Una barriera energetica eretta da Vanessa e dal C.R. permise agli assalitori di resistere ai dardi scagliati dai Pariah dal cortile superiore.

Gli assalitori si ricompattarono nel cortile inferiore. Non un accenno di gioia per il successo del loro attacco, nessuna emozione che potesse essere riconducibile alla battaglia. Erano guerrieri terribilmente metodici che forse non capivano nemmeno le motivazioni per le quali stavano agendo. Gli automi in fiamme e quelli danneggiati vennero accantonati ai lati del cortile in attesa delle riparazioni dei ricercatori, mentre quelli perfettamente funzionanti vennero smistati nei due corridoi che portavano alle rampe di accesso al cortile superiore.

Leone si avvicinò alla porta del mastio centrale. Sulla soglia c'era Gufo che faceva da tramite a una catena di Pariah intenti a passarsi ampolle esplosive e bombe per rifornire i difensori nei piani superiori.

Cervo accorse con un liquido violaceo in provetta e un volto preoccupato. «A destra ce ne sono otto».

«Combattere sul fianco sinistro per noi è più svantaggioso...» constatò Leone.

Marchi conosceva il piano. Da quel momento in avanti non ci sarebbe stata alcuna via di fuga da Solindesti. «Non c'è altra scelta».

«Aspetta.» Leone scrutò il lento marciare degli automi sulle due rampe. I suoi occhietti vispi balzarono da una parte all'altra. Stava prendendo una decisione ma ci stava mettendo troppo.

Marchi strappò la fialetta dalle mani di Cervo e la consegnò a Gufo. «Fa' quel che devi fare.» Non lo guardò negli occhi, si limitò a mettersi in prima linea insieme agli altri. Alla sua destra e alla sua sinistra non vedeva altro che ragazzi impauriti e uomini troppo miti per poter sostenere la rabbia del progresso. Il C.R.S. aveva sempre agito in questo modo: aveva spazzato via tutti coloro che non avevano i mezzi per comprendere il loro assurdo senso di progresso. L'Ambasciata non era poi così diversa.

Il lento avanzare degli automi seguito da quello dei cavalieri e dei ricercatori metteva inquietudine. Ignoravano i feriti. Non li uccidevano né li soccorrevano. C'era qualcosa di disumano in loro. Un certo tipo di insensibilità che era troppo persino per Marchi.

Tutti gli occhi si concentrarono sulla rampa di pietra a destra. Ora toccava a Gufo. Marchi lo vide dal parapetto del mastio. Sembrava riluttante, appesantito dal senso di colpa. Ma non c'era altra scelta.

Marchi fece un cenno a Falco. Ancora una volta il drappo bianco sventolò. Se doveva dare fuoco all'intera foresta per salvare un albero, lo avrebbe fatto.

La fialetta cadde nel cortile inferiore, ignorata da tutti. Non appena si infranse a terra, un'esplosione distrusse le casse stipate sotto la rampa facendola esplodere in migliaia di pezzi. Ferro, pietra e carne piovvero dal cielo sotto gli occhi distrutti di Vanessa Eyers. Per la prima volta i ricercatori e i cavalieri mutarono espressione indossando la maschera del dolore.

Tutte le forze si concentrarono sulla rampa a sinistra. Dal cortile superiore sganciarono tronchi rinforzati sulla rampa per far cadere gli automi, ma il tentativo rudimentale ideato da Leone andò in fumo non appena vennero segati dalla potenza distruttiva degli automi. Nessuno si aspettava che simili macchine di morte potessero essere usate senza remore.

L'unico modo per abbattere gli ultimi automi di avanguardia era colpirli con le bombe nei punti più scoperti, generalmente il petto e gli arti inferiori, eppure, a giudicare dalla pioggia di ampolle sempre meno fitta, dal mastio i rifornimenti iniziavano a scarseggiare.

Lo scontro divampò ancora nel cortile superiore, questa volta con più foga, con più determinazione. I Pariah sapevano che non avrebbero potuto più avere paura, che dietro di loro c'era solo un muro e nessuna via di fuga. Anche Marchi ne era consapevole. Si sarebbe battuto con tutto se stesso pur di non far finire la corsa in quel modo.

Combattere gli dava quel senso di inquietudine e malinconia che poche volte aveva provato in vita sua. C'era chi vedeva nell'ardore della battaglia un motivo di purificazione della propria anima, eppure Marchi, ogni volta che fendeva l'aria con Mitridate e il colpo raggiungeva il corpo di un nemico, si sentiva sempre peggio. Non gli faceva alcun effetto togliere la vita a un altro uomo, ma sentiva che per ogni vita spezzata, in quegli attimi veloci e infiniti, incrinava qualcosa dentro di sé che non si sarebbe mai più rimesso a posto.

Le lucciole gli danzavano intorno in un elogio alla velocità. Il ritmo della battaglia, il caos e il rompersi di ogni regola erano le uniche cose che non lo facevano impazzire in quel frenetico scambio di colpi. Se tutto fosse finito così, nella rapidità dei gesti, nella forza bruta e martellante dell'acciaio degli automi, avrebbe anche potuto sopportarlo e accettarlo. Ma lui sapeva che tutto sarebbe continuato, che non era il suo destino morire per quel rudere, per quelle bugie che lo avevano sostenuto fino a quel momento. Era grazie a quelle bugie che ora si trovava in quel posto. Doveva tutto a quella curiosità e a quell'ossessione, ma lui cercava altro.

Gli spazi angusti del cortile superiore e la vicinanza dalle mura del mastio davano un grande vantaggio ai difensori. Leone aveva ripreso vigore e aveva iniziato a gridare per infondere coraggio, mentre i difensori si ricompattarono con maggior decisione per respingere gli ultimi automi. Ora il problema era la magia dei ricercatori. Miasmi lacrimogeni e fumi colorati costrinsero i difensori a combattere in una polveriera. Marchi restò accecato per qualche istante dall'esplosione luminosa di una bomba lanciata dal C.R.. Fortunatamente per lui, nessuno approfittò della situazione. Alla ripresa della vista, l'orrore si dipinse di fronte a lui. Il cortile superiore era teatro di una carneficina fatta di mostri di metallo, cavalieri in armatura d'argento e straccioni che resistevano con ogni tipo di mezzo. Bombe luminose cadevano dal cielo. E non facevano distinzione su chi colpire. Ogni tanto un automa andava in corto circuito e impazziva colpendo chiunque avesse a tiro, altre volte l'animo dei Pariah si incrinava e li costringeva a gettare le armi, mettersi a urlare e attendere la morte.

Avrebbero potuto combattere con tutte le loro energie, ma difficilmente sarebbero stati in grado di resistere alla supremazia dell'Ambasciata. Leone aveva puntato tutto sulla forza nel numero e sulla capacità dei difensori di colpire dall'alto, ma non aveva fatto i conti con l'invasività del C.R.S..

«Perché Medusa ci mette così tanto?» gridò Leone raggiungendo Marchi al centro della battaglia. «Dio lo stramaledica se ci ha abbandonato proprio in questo momento».

No, Medusa non li avrebbe abbandonati. Forse Milo Stringer sì, ma non Medusa. Ora era un uomo nuovo.

Una pioggia di frecce luminose cadde dal cielo e si infranse contro una barriera trasparente che frantumò l'incantesimo in migliaia di frammenti colorati. Marchi alzò gli occhi in direzione del torrione centrale. Erano stati Falco e Gufo a dissipare la magia del C.R. anche se visibilmente provati dallo sforzo.

«Dobbiamo ritirarci. Ora.» Leone colpì un cavaliere e sbatté contro l'armatura di Lucciola. Si reggeva in piedi a malapena ma non per questo combatteva con meno forza di prima.

«Non so...»

«Lucciola!» Leone gridò in mezzo alla battaglia. «Non è il momento delle tue indecisioni. Prendi in mano la situazione per una volta e non rompere i coglioni!»

Marchi sospirò, ma proprio in quel momento vide sgattaiolare dal mastio Foca, accompagnata da una squadra di soccorritrici. Che intenzioni aveva? Non c'era più il tempo per salvare i feriti.

«Riportala dentro» fu perentorio Marchi.

«Argh, dannata testarda!» ringhiò Leone. «Tu però...»

«Io chiamerò la ritirata, ma tu riportala dentro».

I due si separarono continuando a combattere su lati opposti. Marchi avrebbe voluto voltarsi, osservare con la coda dell'occhio Foca e sperare che niente e nessuno le facesse del male.

Estrasse dalla cinta il suo drappo bianco. Fino a quel momento non lo aveva mai usato. Gridò ordini incomprensibili con quanto più fiato avesse in corpo e come se nulla fosse i difensori iniziarono a stringersi attorno a lui in una cappa di caldo e sudore. Era il centro di tutti, il punto di riferimento da avvolgere con le preoccupazioni, con i tremolii della battaglia. Si ricompattarono quasi tutti e solo allora Marchi ordinò la ritirata dentro al mastio. Aveva ritardato il più possibile quell'ordine, quella decisione irrevocabile. Una volta chiuso il portone non ci sarebbe più stato scampo per coloro che sarebbero rimasti fuori e in mezzo a quella calca, a quel groviglio di persone dai volti più disparati, non c'era traccia di Leone e Foca. Un senso di devastazione lo pervase non appena Toro e Falco richiusero il portone e lo sigillarono con i puntelli in ferro. Stava lasciando dietro di sé una distesa di cadaveri, sangue e sensi di colpa. Un incendio senza precedenti. Era questo l'incendio di cui parlava Vanessa quando con quegli occhi spiritati gli aveva lanciato l'ultimatum?

Forse anche Foca e Leone facevano parte di quella foresta da mandare alle fiamme per salvare l'albero della sua convinzione.

All'interno tornò la quiete per qualche istante. Un silenzio innaturale spezzato poi dalla disperazione degli ultimi uomini rimasti all'esterno. Le suppliche non cessarono, bensì si fecero sempre meno insistenti. Se non altro Vanessa non trucidava gli sconfitti. Sentiva solo i loro lamenti farsi più lontani.

Il buio pervadeva l'interno. Toro e una squadra di manovali puntellarono la porta con tutto ciò che trovarono. Mobili, assi di legno, casse e leggii in ferro non avrebbero fermato il costante martellare degli automi contro la porta del mastio.

Marchi si appoggiò al muro. La sua armatura era coperta di sangue e polvere, il petto gli scoppiava e la mano che brandiva Mitridate iniziava a dare segni di cedimento. Non aveva il coraggio di alzare lo sguardo dall'elsa e incrociare gli occhi dei difensori. Gli bastava vederli indaffarati, vedere i loro piedi andare da una parte all'altra nella speranza di resistere il più a lungo possibile.

«Lucciola» lo richiamò Toro. «Devi svegliarti!»

Marchi aveva il fiatone. Più di quanto non lo avesse in battaglia. Perché la lotta era velocità, era mancanza di pensiero, era azione senza una connessione logica. Ma ora... ora c'era posto solo per i bilanci delle perdite, per la consapevolezza di aver condannato tutti.

Toro lo scosse. «Non ho idea di cosa ti stia passando per la testa ma devi reagire!»

«Toro ha ragione.» Fu Gufo a parlare, da lontano, zoppicante e con il volto fasciato per via di chissà quale ferita. «Tu sei la nostra verità. Non lo dimenticare mai».

Ancora una volta i Pariah si strinsero a lui. Heish Thaa. Quelle parole erano una responsabilità troppo grande per lui.

«Batti la fiacca?»

Marchi si illuminò a sentire quelle parole. Era Foca. Era viva. Malconcia ma viva.

«Io mi faccio in quattro per salvare la gente e tu te ne stai a bighellonare? Impugna quella maledetta spada e fa' il tuo dovere. E tu? Perché te ne stai a boccheggiare?» si rivolse a Leone, piegato in due dalla fatica. «La battaglia non è finita!»

D'istinto Marchi si staccò dal muro e si immobilizzò davanti a Foca. Pensava di averla perduta per sempre. Invece era lì, più forte di prima, temprata dalla fatica e da quell'assurda forza che non si spegneva mai in lei.

«Che hai da guardare?»

«Non uscire più».

«Ottimo consiglio, troppo tardi per darlo...» commentò Leone. «Dove diavolo è Cervo? Abbiamo bisogno di altre erbe medicinali!»

«Farò con quelle che ho a disposizione» disse Foca con una smorfia. «Voi però datevi una svegliata».

Il martellare contro la porta del mastio fece sobbalzare tutti.

«Stanno provando a buttar giù la porta!» ipotizzò Gufo.

«Che è quest'odore?» domandò Toro, allarmato a pochi passi dal portone.

«Miscela di zinco, Sangue di Dei e Fuocantico» intervenne Cervo, consegnando a Foca ciò che rimaneva nella sacca delle erbe mediche. «Lo usano per intimorirci. Non distruggerebbero mai un portone come quello di Solindesti».

«Questo discorso lo hai fatto anche per il corpo di guardia della cinta di mura...» disse sdegnata Falco. «Per poco non saltavamo in aria».

Dovevano decidere il da farsi. Ognuno aveva un'idea diversa e tutti aspettavano solo il parere di Marchi.

Non sapeva cosa fare, come reagire. Avrebbe potuto uscire disarmato, arrendersi a Vanessa e chiedere di risparmiare tutti. Ma sapeva che nessuno della Fratellanza gli avrebbe permesso quel gesto. La resa non era una condizione contemplata.

Il tempo passava, il caos all'interno del mastio si fece sempre più insistente. Grida e ordini coprivano i pianti di donne e bambini stipati ai margini dei corridoi. Mancava l'aria e l'odore del sangue dei mutilati si mescolava con le miscele esplosive nei barili avanzati e alle scarse scorte di impacchi di erbe boschive che Foca era riuscita a mettere insieme.

Se l'Ambasciata fosse riuscita a fare breccia nel mastio sarebbe stata la fine. Leone ne era consapevole. Forse per questo non parlava da un po'. Forse anche lui si stava preparando alla morte.

Non poteva accettarlo. Non ora. Non dopo tutto quello che avevano passato. Al solo pensiero gli girava la testa. Forse era la mancanza di ossigeno, forse era tutto il peso che si era portato dentro per così troppo tempo. La vista a poco a poco iniziò ad annebbiarsi. Si accasciò al muro circondato da tutti. L'ultima cosa che vide fu la sagoma di Foca svanire davanti ai suoi occhi. Una luce in un mondo buio. Ecco ancora una volta il grigio che lo avvolgeva. Non era né il bianco né il nero a tormentarlo. Era sempre il grigio. Proprio come lui.

Davvero stava dando fuoco alla foresta per salvare un albero? Quelle parole di Vanessa lo avrebbero perseguitato all'infinito.

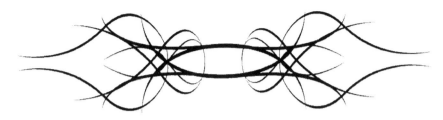

RAPHAEL

Il Principe

Non era stato difficile. Aveva semplicemente consegnato la lettera a Fred Foconero e quest'ultimo aveva radunato l'esercito. Il rampollo Foconero non era tipo da spendere troppe parole e forse era per questo che a Solletic lo volevano anche come Principe della Dolcina.

Avevano appena oltrepassato il fiume Agondros e Raphael era al fianco di Fred e Sacrin alla testa dell'esercito dei Foconero. Ancora non si spiegava cosa avesse spinto Sacrin a lasciare che fosse il fratello minore a pretendere di divenire il nuovo Principe. Forse era il più furbo dei due. D'altronde chiunque si mettesse in mezzo alle questioni di potere faceva una brutta fine.

Cinquemila uomini non sarebbero bastati a far breccia a Dolcina e a deporre Kerselmo, ma se c'era una cosa intelligente che Fred aveva fatto, quella era sicuramente l'aver condiviso con tutti i lord della Dolcina la lettera che incriminava Kerselmo. Pochi avrebbero sostenuto un Presidente disposto a vendersi ancora una volta ai De Frel.

Più osservava Fred Foconero e più lo vedeva come il classico spilungone dal volto squadrato e lo sguardo fiero. Capelli neri come la notte e uno sguardo incattivito da tutte le disgrazie che in poco tempo gli erano capitate. Poteva essere anche carino, se solo non si fosse sempre atteggiato da infame. Raphael aveva sentito parlare di lui per il mantello che indossava. Un accrocchio di stoffe cucite insieme dai colori più disparati, per simboleggiare ogni avversario abbattuto. Sembrava uno straccione, ma non si poteva certo dire che avesse sconfitto pochi nemici.

La marcia per le campagne della Dolcina fu un vero mortorio. Le conseguenze della guerra civile erano già sotto i loro occhi. Casupole distrutte, bandiere in fiamme e messaggi minatori composti con pietre lungo i campi aridi. Per quanto Remigio Foconero si sforzasse di mantenere il decoro nella Provincia c'era sempre chi desiderava vedere tutto bruciare.

Quel tipo di degrado Raphael lo aveva visto molto bene nell'Arkanthill, da bambino. Non era la guerra la discriminante, ma l'animo umano. Chi poteva prendere prendeva, senza nemmeno il bisogno di doversi giustificare. Stava succedendo la stessa cosa nella Dolcina, ma questa volta non stavano prendendo solo a lui, ma a una Provincia intera abituata a non dover rinunciare a niente.

«Mancano dieci miglia» annunciò Sacrin. Parlava solo per dare questo tipo di informazioni. Eppure la sua voce era melodiosa, in perfetto contrasto con il suo volto duro e i capelli arruffati.

Sul suo destriero, Raphael accarezzò Nonspada con un panno umido. Quando lo faceva attirava sempre l'attenzione di tutti. Non capitava tutti i giorni di vedere una lama invisibile ma tangibile. Con quell'espediente era riuscito molte volte ad attirare l'attenzione delle persone più scettiche. Con Fred c'era riuscito, ma Sacrin sembrava non avere nessun interesse per quei tipi di trucchetti.

«Tu e quel tuo fratello.» La voce di Fred era dura e glaciale. «Quanto tempo ruberete alla Dolcina prima di propormi come Principe?»

Raphael scoppiò a ridere. «Io non voglio essere tirato in mezzo in nessun modo in queste cose. Non ne so un bel niente! L'unica cosa che posso sapere è che Cristian vuole voi, e farà di tutto per mettere sul trono di Dolcina te o chiunque Solletic deciderà di mettere. A patto che lo sosteniate ora...»

L'accordo era semplice e sospetto allo stesso tempo. Cristian stava stuzzicando dei segugi a digiuno sventolando davanti al loro muso bistecche sanguinolente. Che cosa sarebbe successo una volta che il copione della tirannia di Giovanni e Kerselmo si sarebbe ripetuto? Un gran bel guaio!

«Non più di un mese, allora.» Tagliò corto Fred. Raphael fece spallucce. Avrebbe potuto dire qualsiasi cosa, ma senza Cristian a confermarla sarebbe stato inutile. Lui sapeva solo che doveva radunare i Foconero e scagliarli contro Dolcina, al resto avrebbe pensato Cristian.

Raggiunsero la città a notte fonda. Vista da fuori, Dolcina sembrava spaventata e cupa. Le mura tremavano a ritmo delle ombre delle torce e il silenzio della città trasmetteva inquietudine come un condannato al patibolo. Era il terrore a far tacere quella che fino a poco tempo fa' era la città più ilare di tutte. Raphael aveva passato i migliori anni della sua vita in quel borgo in festa. Ogni giornata spesa a Dolcina al fianco di Cristian era stata incantevole. Essere il fratello di un membro della corte dava vantaggi incalcolabili. Come quella volta in cui, senza che nessuno avesse nulla da ridire, Raphael fece sfilare per il palazzo di Goldenknowes decine di uomini e donne senza vestiti solo per vedere il Principe Fabiano De Frel sbiancare di fronte ai Vescovi della Chiesa in visita in città. Era stato divertente e memorabile, talmente tanto che ancora Cristian, per quanto fosse arrabbiato ai tempi, sorrideva al rivangare quella storia. Chissà fra quanto Raphael avrebbe potuto ritornare a quei momenti felici.

Il portone principale di Dolcina era spalancato. Strano, dato che un contingente minaccioso con gli stendardi dei Foconero stava per far breccia con l'intento di linciare il loro acerrimo nemico.

Fuori dalla città, un piccolo contingente con gli stendardi dei Bai sembrava ricompattarsi. Fred riconobbe a centinaia di metri di distanza il cavallo immacolato di lord Hazel Bai. Doveva trattarsi sicuramente di uno stratagemma di Cristian. Forse la città era già caduta e ciò che rimaneva delle truppe dei Bai stava battendo in ritirata. Ad ogni modo, Fred non si lasciò sfuggire l'occasione, gridò la carica e presto le forze di Solletic dilagarono nelle campagne come una piaga.

«Sta scappando!» gridò Fred.

«Chi?» domandò Raphael.

«Come chi? Kerselmo, laggiù! Non possiamo lasciarlo andare via. Sacrin, scontro frontale. Tu invece verrai con me».

Aveva ragione. Oltre le schiere dei Bai, un drappello di cavalieri stava abbandonando la città. Non aveva idea di come Fred ci fosse riuscito, ma aveva indovinato anche la cavalcatura di Kerselmo. Doveva essere smisurato l'odio di quell'uomo per i Bai se si era messo a memorizzarne anche i cavalli...

«Non dire altro. Lo riporto dal paparino.» Raphael indossò il suo elmo a forma di ariete e la notte si fece meno luminosa. Era il momento di chiudere questa storia una volta per tutte.

L'alba portò con sé la vittoria. Ora Dolcina era ai loro piedi. Sul suo cavallo bianco Raphael sfilava per le vie della città con in mano l'elmo e nell'altra la corda legata al collo di Kerselmo e Hazel Bai. Sorrideva e lanciava baci in tutte le direzioni. Era sempre bello essere acclamati dalla folla, non importava se erano tutti dei falsi approfittatori ignari di tutto quello che era successo. Anche lui sarebbe saltato sul carro dei vincitori in una situazione simile.

Il corteo di vittoria dei Foconero avanzava lentamente fra le vie della città. Fred e Sacrin erano in testa, lontani, mentre Raphael chiudeva la fila con i due prigionieri costretti a seguirlo a piedi. I fischi e le imprecazioni nei confronti di Kerselmo non riuscivano a coprire le esultanze di chi lo vedeva in catene per la prima volta.

Raphael avrebbe voluto che quel giro panoramico per le strade assolate di Dolcina non finisse mai. Si sarebbe fatto cullare volentieri dal calore della gente per tutta la vita. Se c'era qualcosa che aveva sempre apprezzato quella era la calca. Il contatto con le persone, la mancanza di ossigeno e di spazio vitale rendeva tutto più simile a un grade sodalizio. Costringeva le persone a essere unite, a mescolare i propri odori e i propri movimenti con quelli degli altri. Se solo non avesse bloccato il corteo si sarebbe gettato fra la folla e si sarebbe mescolato a loro come una cosa sola. Invece si limitò a fare occhiolini, mandare baci e a tirare la corda per far vedere che aveva la situazione sotto controllo. Per una volta si sentiva davvero in pace, senza il giudizio di tutti sopra la testa.

Dolcina era vestita a festa. Come se tutti avessero predetto la disfatta di Kerselmo e il suo tentativo di fuga. Gli stendardi con lo stemma dei Bai venivano calpestati dai soldati della Convenzione, la stessa Convenzione che aveva sostenuto le idee di Kerselmo con così tanto spirito di abnegazione. I cittadini lanciavano in aria petali di ciliegio. Kerselmo e Giovanni ne avevano fatti trapiantare a centinaia in città per suggellare il cambiamento. Ora i petali ricoprivano la tomba di Giovanni e volteggiavano come cornacchie attorno alla testa di Kerselmo. Era davvero come diceva suo padre: il cambiamento fa male, ti si ritorce sempre contro.

Le campane della cattedrale di Dolcina suonarono a festa. Ancora una volta nessuna notizia da parte del vescovo Mirius Foemar. Raphael aveva imparato a non fare più domande su quell'uomo. A volte sembrava arroccato nei suoi pensieri illuminati, altre volte fuggiva dalle sue stesse contraddizioni. Erano le persone migliori: ambigue e intriganti. Ma non per questo valeva la pena arrovellarsi per cercare di capirne le motivazioni. A lui bastava solo che gli avesse regalato Nonspada da bambino, per il resto poteva anche morire domani.

La colonna di cavalieri di Solletic continuò a sfilare in città. I quartieri si fecero sempre più luminosi, le donne dai loro balconi sventolavano drappi azzurri, le taverne avevano allestito tavolate lungo tutti i viali bloccando le strade principali della città. C'era chi approfittava del momento di euforia per allestire il proprio banchetto su cui vendere le poche cianfrusaglie raccattate durante il momento di distrazione, chi sgattaiolava fuori dalla città per andare a razziare ciò che rimaneva dei corpi del contingente dei Bai trucidato durante la fuga.

Cristian e gli altri lord della Dolcina avevano fatto le cose in grande. Volantini e pergamene volavano sopra le teste dei passanti. Dicevano tutti sostanzialmente la stessa cosa: sostenere la Convenzione. Raphael ne acchiappò uno spinto dalla corrente e lo lesse.

"Credi nella libertà. Non hai bisogno né di catene né di padroni. La rivolta è ora."

Era facile fare la rivoluzione sulla pelle degli altri. Chissà quanti bei cadaveri si sarebbe portata dietro l'affascinante Convenzione di Dolcina. Era altrettanto affascinante il fatto che ci fossero migliaia di allocchi convinti che potessero speculare sugli ideali della Convenzione. Che a pensarci bene, Raphael faticava anche solo a individuare. Su cosa si basava questo accordo sottoscritto dai lord? Sulla pacifica convivenza in attesa che un Principe piovesse dall'alto? Sul dialogo e sulla reciproca stima? Esilarante.

Se non altro la Convenzione permetteva tutto questo. Gli consentiva di trascinare uno dei lord più potenti della Dolcina con una corda e umiliarlo davanti a centinaia di persone. Chi altro avrebbe potuto togliergli quel capriccio se non la follia della Convenzione?

Kerselmo era nemico della Convenzione, dunque si sarebbe potuto fare di lui qualsiasi cosa. Raphael avrebbe volentieri vissuto in un mondo simile, un mondo in cui tutti avrebbero potuto fare qualsiasi cosa gli passasse per la testa. Avrebbe lanciato il suo cavallo al galoppo travolgendo la folla e sfracellando i poveri Kerselmo e Hazel con il muso per terra solo per avere il vento fra i capelli e sentire l'adrenalina scorrergli in corpo. Ma non poteva, non ancora. C'era un piano da rispettare che non avrebbe ammesso velleità simili. Una vera noia, in sostanza.

Gli stendardi dei Bai erano già caduti dalle guglie del palazzo di Goldenknowes. Il ponte era coperto da fiori di ciliegio e tutti erano pronti ad accogliere i traditori con le lame alzate. Fred e Sacrin non persero occasione per mettersi in mostra, per far vedere davanti agli altri lord quanto fossero potenti. Con la cattura di Kerselmo avevano appena lanciato un segnale all'intera Dolcina: un nuovo ciclo stava per aprirsi. Ormai i vecchi lord erano tutti morti e sepolti, come giusto che fosse.

Troppe volte si dava peso alle opinioni dei vecchi che non avevano fatto altro che rovinare la Dolcina e puntare il dito contro le nuove generazioni. Raphael era stufo delle frasi fatte, delle continue recriminazioni di chi pensava di dover insegnar loro qualcosa, della spasmodica necessità di ribadire che i genitori erano meglio dei figli. Era falso e lo sapevano tutti.

Il patibolo era pronto nella piazza di Goldenknowes. Tamburi e trombe affollavano i margini della piazza. Un ritmo battente accompagnò Raphael nei suoi ultimi passi. Fine della corsa.

Cavalieri in armatura pesante fecero un cordone entro il quale la folla si sarebbe dovuta tenere lontano, eppure non si vedeva nessun ceppo, nessuna ghigliottina o qualsivoglia strumento di morte. Cristian aveva pensato a un'altra delle sue trovate, non c'era altra spiegazione. Remigio era sul ponte, con le mani giunte. Attendeva istruzioni o forse sperava che non fosse la sua testa a cadere insieme a quella di Kerselmo. Di sicuro presto o tardi i vari tiranni e Principi della Dolcina si sarebbero puliti il culo con la sua nomea di eroe di Arkades e avrebbero smesso di perdonare la sua mancanza di spina dorsale.

Le porte del palazzo si spalancarono e Raphael non poté credere ai suoi occhi. Il bianco era sempre stato il suo colore, ma mai avrebbe pensato di vedere Cristian con un simile vestito regale. Spallacci in argento decorati con finiture bianche, abito immacolato con decorazioni floreali in bombatura, orpelli d'argento gli pendevano sul petto confluendo in spille e bottoni raffiguranti rose bianche. Ai polsi due bracciali d'argento arrotolati in un gioco di incastri con i guanti in velluto. Nessun anello. Cristian odiava gli anelli. Lo aveva scoperto quando gliene aveva regalato uno per i suoi diciotto anni. Il mantello bianco portava con sé i petali, li accompagnava lungo il tappeto rosso steso appositamente per far uscire lui e gli altri lord alle sue spalle. Degli altri Raphael non si accorse nemmeno. C'erano occhi solo per quel principe immacolato, per i suoi lunghi capelli color della notte, per la sua andatura decisa e per lo sguardo capace di far crollare qualunque convinzione. Sembrava proprio che guardasse lui. Sì, stava guardando lui. Raphael gli sorrise e scese da cavallo. Avrebbe voluto corrergli incontro, abbracciarlo, dirgli che aveva ragione, che insieme avrebbero potuto fare qualsiasi cosa, ma sapeva anche che quel momento era fondamentale, che non poteva mettersi in mezzo. Per i momenti di festa ci sarebbe stato tempo dopo, ora la priorità era consegnare i traditori a Dolcina e lasciare che la rabbia degli uomini facesse il resto. Lui si sarebbe goduto volentieri lo spettacolo al fianco del suo principe.

Kerselmo e Hazel furono portati al centro della piazza e legati attorno a un pilone di roccia fatto portare appositamente per la loro esecuzione. I tamburi iniziarono a battere a ritmo, le persone smisero di fare baccano e a poco a poco Remigio si avvicinò al centro della piazza.

Tutti gli occhi erano puntati su di lui, sulla sua alabarda brandita con indecisione. Si prese fin troppo tempo per arrivare a pochi passi dai due prigionieri. Il Colonnello della Dolcina e Kerselmo parlarono per qualche istante, ma il martellare dei tamburi coprì ogni parola. Trasparivano solo il volto preoccupato di Remigio e la rassegnazione di Kerselmo.

Fred si mise al fianco di Cristian e con un cenno della mano ordinò ai tamburi di smettere di suonare. Ora c'erano solo Remigio e il suo titubare.

«Ammazza i traditori!» gridò lui. Eppure Remigio non mosse un dito, restò a guardare Kerselmo negli occhi e a subire gli insulti della folla che era venuta solo per bramare un po' di sangue.

Anche Raphael raggiunse Cristian. Fino a quel momento era rimasto in disparte per permettergli di lanciare un messaggio chiaro all'intera Dolcina: era lui il nuovo centro, il nuovo sole con cui accecarsi.

«Come mai continuiamo a… insomma, a fare questo tipo di spettacoli dell'assurdo» sussurrò Raphael. Vedere Remigio in difficoltà era impagabile, ma forse non avrebbe giovato alla Convenzione tutto quel titubare di fronte agli ordini.

«Perché Remigio è un simbolo. E noi abbiamo bisogno di simboli per legittimarci».

«Sembra proprio che il tuo simbolo si stia tirando indietro…»

Il titubare di Remigio fece infuriare ancora di più la folla che, a poco a poco, ruppe il cordone creato dai cavalieri e fece breccia nell'area centrale della piazza. Il Colonnello si incamminò nella direzione contraria alla folla, scostando chiunque gli capitasse a tiro. Centinaia di popolani si scagliarono contro Kerselmo e Hazel soffocando le loro risate folli con pugni e calci. Quando la folla si disperse, di Kerselmo e Hazel non rimase che una poltiglia informe e stracci zuppi di sangue.

La Dolcina aveva avuto la sua giustizia, ma era evidente che qualcosa non andasse. E Cristian lo aveva già capito.

«Parlo a te, Dolcina!» Cristian gridò non appena la situazione si calmò anche grazie all'intervento delle truppe della Convenzione. Raphael fece un passo indietro non appena Cristian aprì bocca. Era arrivato il suo momento, quello per il quale non aveva chiuso occhio per giorni. Già pregustava il discorso fuoriluogo…

«Mi rimetto di fronte a voi, ancora una volta. Immacolato come la neve, con la volontà di chi sa cosa significa sentirsi tradito. Kerselmo ha tradito tutti noi, così come lo hanno fatto i nostri fratelli di Brunellin!

271

Ma non siamo venuti qui per trucidare e basta. Siamo qui per dare speranza, per vedere fiorire la nostra città e la nostra terra, per proporre soluzioni. Sono tempi duri, il mondo è un posto pericoloso. Non è facile restare in questo mondo e sarebbe molto più semplice dormire e lasciarsi cullare da un infinito sonno senza preoccupazioni.» Cristian la stava prendendo più larga del previsto, a giudicare dalle occhiate dei lord e delle lady accorse. «Noi sogniamo, anche da svegli. E soprattutto, sogniamo qualcosa di reale. Sogniamo una Dolcina stabile, un posto sicuro per i nostri figli, una casa da poter chiamare tale. Sogniamo un cielo stellato e un piatto caldo sotto al nostro naso, un bagno nel fiume Agondros, l'odore delle spezie dei mercati cittadini. Sogniamo la realtà, perché negli ultimi tempi ci è stata portata via. La Convenzione fa questo: preserva la realtà, l'avvicina alle nostre vite e ci permette di dare una direzione in attesa che ci si metta d'accordo su cosa sia meglio per la nostra terra. Kerselmo ha sbagliato, ha sempre pensato che si potesse avere una via di fuga, che si potesse chiudere tutto con un grande accordo meschino. Avrete sicuramente sentito parlare delle voci del matrimonio di sua figlia con il rampollo dei De Frel, giusto?» La folla rispose a gran voce. «Io vi dico che questo non succederà mai. Perché la libertà di decidere è quanto di più caro abbiamo ora, e non lo baratteremo con nessun ninnolo e nessuna riconoscenza. La rivoluzione che stiamo facendo passerà alla storia, una storia che continuerà su pezzi di carta, che continuerà a strappare vite dalle spire della rassegnazione! Io, Cristian Carold, decido per tutti oggi.» Il mormorio riprese all'udire quelle parole. Anche Raphael abbozzò un sorriso. «Vi vedo. Storcete il naso, credete che siano parole troppo ardite, ma oggi decido io, non perché io sia un despota, né perché c'è qualcuno dall'alto a manovrarmi e a farmi dire queste cose. I lord della Dolcina ne sono testimoni e ne sono consapevoli: è nei momenti di crisi che serve qualcuno che prenda delle decisioni, e oggi prenderò queste decisioni. Per il vostro bene, e di conseguenza anche per il mio.» Cristian indicò i corpi martoriati di Kerselmo e Hazel. Aveva fatto passare un messaggio chiaro. Raphael sbiancò al solo pensiero. Se Cristian crollava, lui avrebbe fatto altrettanto.

«La Convenzione, per come la conoscete, seguirà una nuova fase. Non più strutturale, ma ideologica.» Cristian aprì una pergamena e iniziò a elencare un infinito numero di valori d'ispirazione per la Convenzione. Erano tutte ipocrisie scritte per incendiare i cuori della gente e ci stava riuscendo. Cecilia Deferlay aveva gli occhi lucidi, come se il sentire quelle parole fosse per lei il coronamento di una vita. Cristian aveva addirittura attirato l'attenzione di lord Giacomo Aristei e di sua sorella Bianca. Lei non smetteva di ammiccare in direzione di Cristian con fare odioso.

"Giù le mani da mio fratello..."

Dopo il discorso di Cristian sfilarono per Goldenknowes tutti i lord e le lady che trovarono riscontro nella nuova versione della Convenzione firmata. Cristian chiamò uno ad uno. La festa era appena iniziata e ovviamente c'era chi non vedeva l'ora che arrivasse questo momento per mettere in mostra il nome della propria famiglia.

Fred Foconero e Sacrin furono i primi a riunire i ranghi e a percorrere tutta la piazza. Due file ordinate di cavalieri dall'armatura nero pece. Stendardi neri, un drappello di ragazzine che agitavano nastri rossi al vento al loro passaggio. Le due colonne passarono sopra ai corpi dei Bai sconfitti senza mai abbassare lo sguardo. Fu una scena molto evocativa, fino al momento in cui Sacrin firmò il trattato di Convenzione e le fila di Solletic si dispersero con l'acclamazione della folla.

Seguirono tutti gli altri lord o presunti tali. Una sorta di pellegrinaggio alla sacra pergamena. Ogni tanto uno dei lord barrava la firma dei defunti. Catherine Sdayl ci impiegò più di un minuto a cercare personalmente la firma di lady Tamara Veridiani per coprirla con uno scarabocchio. Non era solo un impegno politico, era anche un monito per tutti coloro che avrebbero voluto andare contro alla Convenzione.

Anche Raphael firmò. Non poteva fare altrimenti, dato che presto o tardi sarebbe stato nominato Alto Rappresentante alla Salvaguardia. Una scocciatura in più, ma che non poteva evitare in alcun modo senza urtare la sensibilità di Cristian. I due ne avevano già parlato fino all'esasperazione senza riuscire a trovare una soluzione che potesse soddisfare Raphael.

Come fece Kerselmo a suo tempo, Cristian lesse i nomi delle nuove nomine della Convenzione. Anche quella volta ci fu più di una manifestazione di malcontento.

"Cristian Carold, Presidente di Convenzione
Carlo Alberto Finrél, Vicepresidente di Convenzione
Philip Hirasol, Membro della Corte di Convenzione
Mirco Sdayl, Membro della Corte di Convenzione
Louise Foster, Membro della Corte di Convenzione
Joaquin Dest, Membro della Corte di Convenzione
Garrett Duster, Membro della Corte di Convenzione
Remigio Foconero, Colonnello di Convenzione
Raphael Carold, Alto Rappresentante alla Salvaguardia
Cabar Grey, Tutore al Benessere del Popolo della Convenzione.

Lord e lady riconosciuti dalla Convenzione e legittimati a governare sui feudi della Dolcina:

Beatrix Indral, lady di Lonte
Ashtreid Bai, lady di Brunellin
Fred Foconero, lord di Solletic
Giacomo Aristei, lord di Falcara Imperiale
Stephan Indral, lord di Sommadistesa
Mirco Sdayl, lord di Fostgard
Paride Hirasol, lord di Gemelli dell'Agondros
Cecilia Deferlay, lady di Baia Tresinar

Vecchia Falcara rimarrà sotto il diretto controllo di Dolcina fino a nuova disposizione del futuro Principe della Dolcina. Fino all'attesa di tale evento sarà amministrata dal castellano di Dolcina o in sua assenza da Ulrich Melner".

Le facce attonite e allo stesso tempo fintamente divertite dei lord sarebbero state degne di un affresco di dimensioni stratosferiche da commissionare sulla facciata principale di Goldenknowes!

L'atto di reintegrare i Bai e riconoscerli parte della Dolcina nonostante la congiura orchestrata da Kerselmo fu spiegata poco dopo da Cristian: «Non possiamo in alcun modo dimenticarci delle nostre radici. Non siamo venuti a cancellare le identità di nessuno, anzi, ci facciamo paladini della difesa delle libertà, entro i limiti del ragionevole, ovviamente. Per questo, assieme alla futura Corte di Convenzione, abbiamo convenuto che la famiglia Bai avesse ancora il pieno diritto di governare sulle sue terre. Confidiamo che questo gesto di riconoscenza nei loro confronti sia ricambiato da una profonda collaborazione fra la Convenzione e Brunellin. So che la giovane Ashtreid non è presente e che nemmeno intende tendere l'orecchio in nostra direzione dopo gli ultimi eventi, ma faremo di tutto per annunciarle la nostra decisione».

La questione dei Bai non era l'unica crepa che l'annuncio di Cristian aveva generato. Mirco si fece sempre più cupo ogni minuto che passava. Forse non aveva digerito molto bene la nomina di Philip Hirasol. Questo probabilmente perché minava la sua autorità, ma soprattutto perché garantiva al Vescovo Mirius Foemar uno spiraglio all'interno delle decisioni della Dolcina.

Ma chi volevano prendere in giro? Si vedeva lontano un miglio che Cristian aveva raccattato persone a caso per la sua nuova Corte di Convenzione solo per poter dettare sempre la linea. Una prova lo era la presenza di Joaquin Dest, un vanitoso che credeva che il latte venisse magicamente dalle mucche per natura, e non per via dell'inseminazione.

Fred e Sacrin provarono in ogni modo a lanciare occhiatacce a Cristian. Evidentemente gli accordi presi non erano stati rispettati in nessun modo e Cristian aveva deciso di nominare comunque Fred. Forse sperava che così facendo avrebbe spento le sue mire a diventare Principe della Dolcina, eppure le fiamme nei suoi occhi, in quel momento, suggerivano proprio il contrario.

Per non farsi mancare nulla, anche Giacomo Aristei sembrava indispettito dal mancato accorpamento di Vecchia Falcara nei suoi possedimenti. Cristian non lo avrebbe mai ammesso, ma se lui era Presidente oggi lo doveva in gran parte alla decisione di Giacomo di non invadere Dolcina per distruggere la Convenzione. Giacomo era più il tipo da farsi gli affari suoi, accumulare potere nell'ombra e governare sul suo piccolo appezzamento di terra. Sempre che Falcara Imperiale potesse essere paragonata a un piccolo appezzamento di terra, sia inteso.

Le spiegazioni di Cristian continuarono per più di un'ora. Se non altro a differenza di Kerselmo si stava mettendo in gioco per spiegare nei particolari il perché di quelle nomine. Nonostante ciò, non riuscì a convincere nessuno se non le entusiaste Beatrix Indral e Cecilia Deferlay. Raphael, almeno per quella volta, aveva capito quali fossero le intenzioni di Cristian nel guidare la Convenzione.

I festeggiamenti continuarono all'insegna della falsità. Cristian si fece il suo bagno di folla per dare la parvenza di essere un Presidente attento alle preoccupazioni del popolo e a poco a poco i più scontenti inventarono scuse per andarsene a rimuginare e a borbottare nei loro castelli di merda.

Il primo a fuggire dall'imbarazzo fu proprio Mirco. A detta sua in partenza per Fostgard per sedare l'ennesima ribellione contro la Convenzione. Assomigliava molto alle scuse che usavano gli uomini con le loro mogli per passare una serata insieme a lui. Da piccolo ne aveva sentite a centinaia, ma la più esilarante era quella di un certo Guglielmo Sorrehal, amico di suo padre Roy, che per discolparsi per essere stato visto insieme a Raphael nudo sul letto di un ostello, si inventò di essere un medico per orfani e che lo stesse visitando. Nessuno gli credette. Così come nessuno stava credendo alla storiella di Mirco nelle vesti del paladino della giustizia.

Remigio passò tutta la festa chiuso in una casa popolare. Nessuno sapeva che cosa passasse per la testa del nuovo Colonnello di Convenzione. Nuovo si faceva per dire, dato che era la quarta nomina di fila che lo vedeva costretto a imbracciare la sua alabarda e andare contro se stesso. Raphael si chiedeva quando il popolo si sarebbe stancato di vederlo andare da una parte all'altra delle convinzioni altrui senza mai voltargli le spalle.

Ora però non c'era spazio per le preoccupazioni e i musi lunghi degli scontenti. Raphael prese un corno di birra, lo batté contro quello di suo fratello Cristian e si lanciò nella ressa della folla festante. Per le preoccupazioni ci sarebbe stato tempo dopo, così come per le lunghe chiacchierate con Cristian.

La notte era ancora lunga e lui non era per niente stanco.

Erano passati tre giorni e Goldenknowes era diventata casa loro. Le riunioni della Corte di Convenzione occuparono la maggior parte del tempo di Cristian e Raphael aveva preso un po' troppo alla lettera il consiglio di suo fratello.

«Fa' come se fossi a casa tua. Perché ora lo è».

Proprio non capiva quelle facce quando camminava nei corridoi. Raphael era abituato a stare nudo in casa e a girovagare senza il minimo pensiero. Se i servitori di Goldenknowes o i rappresentanti degli altri feudi della Dolcina storcevano il naso era solo un problema loro. Erano ospiti.

Con fare altezzoso, senza guardare in faccia a nessuno, Raphael fece irruzione nella sala del trono di Dolcina con in mano una bottiglia di vino e due calici. Non era la prima bottiglia che finiva in quella serata, ma non poteva precludersi di brindare alla vittoria di suo fratello. Insomma, erano passati tre giorni e i due non si erano quasi mai parlati. Troppo lavoro, diceva Cristian, ma forse lo stava evitando.

«Raphael...» Cristian si allontanò dalla finestra e percorse la sala con lo stesso sguardo che aveva Roy quando lo vedeva girare nudo per casa.

«Lo sai che a casa faccio così, ormai non dovresti più vergognarti».

«Non è per me. Ormai…» Cristian si avvicinò sempre di più e prese i calici. «Hai bevuto?»

Raphael scosse la testa, più energicamente del dovuto. Passò qualche secondo. Attimi interminabili in cui lo sguardo giudicante di Cristian non smetteva di balzare in ogni dove, poi Raphael scoppiò a ridere e fece cenno di sì con la testa.

«Raphael…» si limitò a dire nuovamente Cristian.

«Che noia, Cristian! Smettila di essere così rigido e goditi un po' la vita. Che senso ha quel tuo vestitino bianco che costa come mezza Dolcina se poi hai paura a sporcartelo un po'».

«Vieni, beviamo qualcosa, credo che sia arrivato il momento di sfruttare un minimo quello che abbiamo guadagnato fino ad oggi. Ma solo un bicchiere. E non ciondolare così!» Cristian accompagnò Raphael al tavolo. «Ti porto una vestaglia?»

«Sto meglio così».

«Non avevo dubbi».

«Che c'è fratellino, ti mette a disagio?»

«Assolutamente no. So che ci vai a nozze con il disagio. Mi viene da pensare che tu lo faccia proprio per vedere il rossore sulle guance delle persone».

«Mi conosci troppo bene!» Raphael versò il vino per entrambi facendolo strabordare dai calici e bagnando il tavolo intagliato. Mesi di lavoro di chissà quale rinomato artigiano infangati così.

«Com'è andata?» domandò Raphael.

«Dici l'ultima riunione della Corte o la lettera che mi ha inviato nostro padre?»

«Papà ha inviato un'altra lettera?»

«Sì, ma nessuna novità. Dice di fare attenzione e di non fidarsi. A volte mi domandò come abbia fatto a nascere da un imbecille del genere».

Raphael scoppiò a ridere, più forte del dovuto. «Siamo già passati al momento in cui offendiamo il nostro vecchio?»

«Hai ragione, parliamo di altro. La Corte è manipolabile. Ho scelto bene i miei uomini».

«Non ho visto né Mirco Sdayl né Carlo Alberto Finrél. Non mi sembrano poi così manipolabili come pensi... Non quanto quell'idiota di Joaquin Dest. Lui lo è fin troppo».

«Carlo Alberto crede veramente nella Convenzione. O meglio, crede in quello che dico io. Mirco invece... ho come l'impressione che mi ritenga troppo stupido da capire che vorrebbe tutto il potere per lui. Non farò l'errore di Kerselmo: riuscirò a stroncare sul nascere ogni tentativo di tradimento».

«Più di quanto non abbia fatto Kerselmo? I miei complimenti! Ammazziamo mezza Dolcina, così magari possiamo governare sulla sterpaglia come Re Jaden...»

«Non avere paura. Basterà solo seguire la linea che ho seguito fino a questo momento: trovare nemici immaginari per coprire le nostre colpe e dare la parvenza di aver troncato con il passato».

«Ad ogni costo?»

«Ad ogni costo, Raphael. Ma non ti preoccupare, lo farò a modo mio».

«Non al modo di nostro padre?» sghignazzò Raphael. «Magari trovi anche tu un bimbetto con il quale abbindolare certi lord».

«Raphael...»

«Che c'è? È la verità!»

Cristian e Aliros, quando scoprirono la verità su di lui ci rimasero peggio di quanto non ce ne fosse rimasto Raphael stesso. Roy lo aveva salvato da una vita di stenti, lo aveva portato a casa con sé e non aveva mai preteso nulla in cambio. Quella storia coi lord amici di Roy era più un gioco che altro, e poi... lo aveva fatto per la famiglia.

«Ci sono rimasto male, anzi, noi ci siamo rimasti male.» Cristian si fece serio e scuro in volto. Ancora con quella storia...

«Suvvia, ormai... e poi a me piaceva. Sono fatto così e non ci vedo alcun problema. Ho giocato con il fuoco e mi sono divertito».

«Parliamo di altro, ti va?»

«Timidone...di cosa vuoi parlare? Di cose noiose? Ti ricordo che questa, anche se triste e siamo solo noi due, è una festa!»

«Che pensi che dovrei fare con Louise Foster?» domandò Cristian.

«Non lo so, sei tu la mente di solito. Io sono quello che si diverte e fa divertire. Perché? Ha creato problemi?»

«È scettica per la nomina a castellano di Dolcina. La vede come una punizione. E per di più sta facendo di tutto per non trovare prove sull'illegittimità della nomina di Sacrin Foconero a lord di Solletic. Ho nominato Fred e voglio che sia così. Non per questioni di vanità, ma perché Fred deve essere relegato a Solletic, non deve essere libero di annunciarsi come il futuro Principe della Dolcina».

«Perché quel Principe sarai tu».

«E chi sennò, tu?»

«Molto divertente! Se fossi principe ci sarebbero feste ogni sera!»

«Se fossi Principe dilapideresti l'oro delle casse in due settimane, Raphael».

«Le due settimane più belle mai vissute a Dolcina, però!»

«Tornando a Louise…» Cristian sorseggiò il suo vino. «Penso proprio che debba morire».

«Uffa, sono stanco di far morire persone, non è che potremmo coinvolgere Remigio? Di solito non giustizia mai nessuno!»

«Molto divertente.» Se non altro Cristian capiva l'ironia. «Ma non preoccuparti, ci penserò io a questo. Da te voglio solo una cosa».

«Non sai quante persone me lo hanno detto. Io gli ho sempre dato anche qualcosina di più».

«Raphael…»

«Cristian…» gli fece il verso.

«Voglio che tu raggiunga Mirco a Fostgard. Prendi tutti gli uomini che ti servono, non importa quanti, ma stronca sul nascere la sua congiura. Sua figlia Catherine mi ha detto tutto».

«Vedo che non è solo la nostra famiglia ad andare allo sbando…»

«Catherine è furba. Ma soprattutto, odia suo padre. Sono sicuro che non abbia mentito».

«Beh, che dire…» Raphael si scolò l'ennesimo bicchiere. Tutta la stanza girava, eppure l'unica cosa che riusciva a mettere a fuoco era Cristian. Era il suo sole.

«Lo farai?»

«Se pensi che Catherine abbia ragione…»

«Ha ragione. Tu arriverai a Fostgard e sventerai la congiura. Giustizia Mirco e Stephan Indral. Anche lui è coinvolto. Ma soprattutto voglio lasciare un segnale.» Cristian fece una pausa troppo lunga. Non prometteva nulla di buono. «Voglio che tu distrugga Fostgard. Completamente».

«Sei impazzito? E la Congregazione? I cavalieri non te lo…»

«Sono d'accordo con Ryad Dort, il nuovo Gran Maestro. Loro ci appoggeranno».

Raphael scosse la testa, sebbene le tempie gli martellassero e tutto sembrava confuso dai fumi dell'alcol. «Che strano…»

«Già, il mondo è strano. Ma ho imparato a controllarlo».

Raphael sorrise. «Megalomane da parte tua esordire con questo tipo di frase. Immagino che tu abbia già appuntato per filo e per segno le nostre prossime mosse. Aspetta! Non dirmele, non voglio morire di noia e non voglio rovinarmi alcuna sorpresa».

«Tu fa' quello che ti dico e tutto andrà per il meglio».

«Amo quando mi dici cosa devo fare».

Raphael si avvicinò sempre di più a Cristian. Si era finalmente deciso. Che senso aveva aspettare? Ora erano a Goldenknowes, al massimo del loro splendore. Senza nemici, senza paura e soprattutto insieme. Era il momento perfetto.

«Che stai facendo?» Cristian scostò la testa e indietreggiò con la schiena.

«Sto provando a baciarti.» Lo disse nel modo più naturale e innocente possibile, ma la verità era che stava morendo dentro.

«Raphael… sei mio fratello. E poi… mi sembrava di essere stato chiaro».

«Avevamo solo tredici anni. Ho pensato che ora, forse… senza che nessuno possa…» Raphael titubò. «E poi non siamo fratelli per davvero. Voglio dire… non naturalmente».

Cristian si passò una mano fra i capelli per l'imbarazzo. Ora sì che stava tutto prendendo una piega spiacevole.

«Va' a letto, Raphael. Sei troppo ubriaco per parlarne ora».

Fu un duro colpo. Tutto si fece sfocato e i colori della sala del trono si mescolarono fra loro. Quello che sembrava luminoso perse colore dopo quelle parole. Anche il suo sorrisetto, che mai aveva abbandonato quelle labbra, gli voltò le spalle. Dentro Raphael una voce gridava: «Coraggio, non puoi arrenderti!» ma restava immobile. Non poteva che dare ascolto a suo fratello e ritirarsi con l'amaro in bocca.

«Io non mi arrendo» riuscì a dire prima di andarsene.

Cristian non gli rispose mai. Un altro schiaffo ai suoi sentimenti.

Sarebbe stato difficile fare finta di niente il giorno successivo. Continuare come se tutto fosse solo un gioco. Ma ormai ci era abituato a prendere le cose con leggerezza.

Avrebbe superato questa fase, così come l'avevano superata quella volta a tredici anni.

Sembrava tutto come allora.

LUCRETIO

Strade inquietanti

«Cosa ne pensi di Gabriel?»

Era una domanda difficile. Come mai Versantius, dopo così tanto viaggiare insieme in silenzio, se ne usciva con questo argomento? Lucretio avrebbe preferito parlare di tutto tranne che di quello, gli eventi di Baia Tresinar ancora lo scuotevano al solo pensiero.

«Gabriel è il solito Gabriel» rispose. Erano in viaggio per Vecchia Falcara, di certo non si sarebbe potuto sottrarre alla conversazione.

«Intendi dire testardo e avventato?» Versantius cavalcava al suo fianco e lo scrutava con il suo solito sguardo indagatore. Era diverso dal solito, sembrava più teso.

«Non solo testardo e avventato, ma anche buono. Il fatto di voler salvare le persone dopo tutto quello che gli è capitato… chiunque al suo posto avrebbe dato di matto e se ne sarebbe uscito in veste di macellaio».

«Non penso che Gabriel stia reggendo al meglio la pressione che sente. Non mi sta più a sentire».

Quello era vero, ma era anche ormai palese che Versantius stava deliberatamente nascondendo loro qualcosa. Lucretio poteva anche capire il nervosismo di Gabriel, la sua voglia di sapere le cose e di voler fare di testa sua. Un po' lo invidiava: lui non ci era mai riuscito.

«Sarà solo un momento passeggero. Quando capirà la situazione…» Ma che stava dicendo? Era arrivato a giustificare Versantius? «Posso chiederti una cosa?»

«Certo».

«Cosa hai fatto la scorsa notte? Ti ho visto andare via dalla locanda. Sei tornato a chissà che ora e adesso guardati. Hai delle occhiaie da far paura».

«Non riuscivo a dormire. Sono andato a trovare un amico».

Lucretio strinse le redini. «Hai tanti amici».

«Amici non è proprio il termine giusto, forse sarebbe meglio dire conoscenti».

«In piena notte?»

«In piena notte» tagliò corto Versantius. Con Gabriel non si sarebbe mai permesso di lasciar morire così il discorso o se non altro ne sarebbe nato un interminabile litigio fondato sul nulla. Eppure, ancora una volta, la pacatezza di Lucretio sembrava una debolezza.

«Quel Julian…» Lucretio voleva almeno fugare quel dubbio.

«So cosa mi vuoi chiedere. No, non lo avrei fatto fuggire per davvero».

«Mentivi, dunque?»

«Sì.» Versantius sospirò. «Vorrei tanto non doverlo fare, ma… è l'arma migliore che ho in questo momento».

«E c'era bisogno di demolire tutte le sue speranze in quel modo? In punto di morte…»

«Non aveva idea di cosa stava dicendo. E nemmeno io».

«Versantius, so che è una domanda strana, ma… credi che nel tuo subconscio sia nascosto qualcosa che ti convince a voler lasciare tutto e pensare solo a te stesso?»

Versantius lo squadrò per qualche secondo, poi sorrise. «Mi hanno dipinto come il peggiore dei figli di puttana, come un egoista con smania di potere, ma non penso che arriverei fino a questo punto. La Dolcina è importante e se sono qui a prendere certe decisioni, anche se non mi capite, è perché voglio salvare delle vite, proprio come Gabriel. Abbiamo solo modi diversi».

Versantius aveva altri fini. Glielo si leggeva negli occhi nonostante provasse a negarlo. Non conosceva quali, ma ancora una volta ammirava il fatto che andasse controcorrente, che avesse una sua idea in testa, per quanto contorta, e la seguisse con convinzione.

«So a cosa stai pensando».

Lucretio sussultò. «Nemmeno io, certe volte, so a cosa sto pensando. È tutto un gran caos».

«Ti capisco. Neanche per me è facile fare un passo dopo l'altro su un sentiero divorato dalle spine. Sto provando a fare troppe cose qui a Dolcina. Vorrei poter salvare quelle stesse persone che mi hanno regalato almeno un sorriso, un momento di gioia nel mio passato. Dolcina per me...» Versantius si interruppe. Forse l'emozione, forse uno dei suoi trucchi per ingannare gli altri. Ormai Lucretio lo aveva capito come tutti, ma come mai ci cascava ogni volta?

«Voglio solo salvare i miei amici in prigione. Amici che hanno lasciato le loro case e le loro mogli per venire a darci una mano. Non posso abbandonare Hansel e Marco Aurelio al loro destino. Se posso aiutare in qualche modo a portare la pace e allo stesso tempo salvare le persone che amo, perché dovrei essere io il mostro di questa storia, te lo sei mai chiesto?» domandò Versantius. «Vorrei tanto paralizzarmi, restare a guardare mentre gli altri si compiacciono del mio non fare niente e del mio tremare di fronte alle difficoltà. Ma non posso, perché per quanto possa essere sbagliato agli occhi degli altri, ho delle emozioni da seguire che prevaricano sul bene comune. Non fraintendermi, Lucretio, il mio pensiero va anche a tutti gli altri, dico solo che è umano pensare a se stessi. Non credi?»

E ora? Versantius aveva riassunto in poche parole tutti i dilemmi della sua vita. Aveva sempre sopito la voce interiore che spingeva per uscire dal suo cuore e aveva sempre messo davanti a tutto gli altri. Ma chi erano questi altri se non una massa indefinita di persone che davano tutto per scontato? Di tutte le maschere che Lucretio aveva incontrato durante la sua vita, nessuna si era mai degnata di guardarlo per più di qualche secondo. Guardarlo per davvero. Guardarlo come lo guardava Ennika. Forse Versantius aveva ragione.

«Credo solo che chi ha l'ardire di sognare chissà quale gloria personale o insegue trofei immaginari finisce con il mettersi in cammino su strade inquietanti».

«L'inquietudine è solo quella che provi al bivio di quella strada, Lucretio. È il fatto di rimanere fermi davanti al cartello che potrebbe condurci dalla felicità a renderci inquieti. Se hai un'idea in testa seguila. Non pensare a nient'altro. Ti assicuro che sarai finalmente felice».

Non erano poi così diversi, in fondo. Erano umani, con i loro pensieri, le loro ambizioni e le loro emozioni da inseguire. Per tutta la vita aveva ripetuto come una filastrocca distorta la stessa frase per convincersi del contrario: "Non si può correre soltanto dietro ai sentimenti". Quando mai lo aveva fatto? Mai. Era sempre fuggito da ciò che portava nel cuore. Non erano solo marionette al servizio di sovrani. Questo Lucretio lo stava scoprendo troppo tardi.

In lontananza intravide Vecchia Falcara e il discorso morì così, con il nascere di un nuovo paesaggio lunare. Chissà come lo avrebbe dipinto Ennika. Di sicuro non con i colori tetri di quella città, nemmeno con i bagliori delle fiamme che divampavano in alcuni punti delle campagne circostanti. Avrebbe reso ancor più maestoso quell'eremo sul cucuzzolo della collina, talmente tanto da mettere in ombra la città. Lei era fatta così, dava importanza alle piccole cose. Se era lì, era solo per poter avere anche solo la speranza di rivederla.

Più passava il tempo insieme a Versantius, più si convinceva che il viaggio per quella strada tanto inquietante era l'unico possibile per raggiungere la felicità.

«Tutto bene? Come mai quel sorriso?» domandò Versantius.

«Niente».

Versantius sorrise a sua volta e diede un colpetto sul fianco al cavallo. Scesero dall'altura per avvicinarsi alla città. Era davvero così palese che anche lui aveva dei secondi fini?

"Ennika, sto arrivando".

Le campagne che circondavano Vecchia Falcara erano invase di bivacchi e fuocherelli. A giudicare dagli stendardi bianchi e oro di Falcara Imperiale l'invasione stava già avendo luogo. Ne avevano sentito parlare lungo la via di come Giacomo Aristei volesse fare di tutto per riuscire a riunificare Falcara in un unico grande feudo sotto il suo controllo.

Non tirava un filo di vento e la luna, per quanto irraggiungibile, accarezzava con i suoi raggi la pelle e accecava la vista di chi fosse così sfrontato da sfidarla. Restarono qualche minuto ad analizzare la situazione.

Avrebbero potuto raggiungere il cimitero-prigione di Vecchia Falcara passando per i tumuli esterni. Quelle collinette ricoperte di fiori e arcate in legno erano il vero motivo per il quale le truppe di Falcara Imperiale non erano riuscite a creare un unico campo base. Lucretio aveva sentito parlare di come quelle tombe immerse nella vegetazione fossero divenute un simbolo. I ricercatori del C.R.S. sostenevano che a Vecchia Falcara, proprio per la presenza di quei tumuli, l'aria avesse proprietà diverse, terapeutiche, secondo i loro campioni raccolti. Alcuni sostenevano addirittura che fosse come se i defunti del passato vegliassero sui vivi scacciando le impurità. Solo una cosa era certa: piuttosto che distruggere quei luoghi sacri la Convenzione avrebbe raso al suolo il resto.

Poco fuori la città, le mura rettangolari del cimitero-prigione dividevano ciò che era vita da ciò che era morte. Dalla città un afflusso costante di persone sembrava intenzionato a rifugiarsi proprio fra i tumuli data l'assenza di mura a Vecchia Falcara. Era tradizionalmente riconosciuto che in caso di conflitto, la città fosse il posto peggiore nell'organizzare una resistenza. La conformazione delle abitazioni, accatastate fra loro e le vie strette e scoscese, rendevano Vecchia Falcara facile preda delle armi da assedio. Un buon trabucco avrebbe potuto distruggere l'intera città da solo.

Versantius si incantò nel guardare in una direzione differente da quella di Lucretio. Sembrava fosse un altro accampamento, nascosto alla vista dei soldati di Falcara Imperiale grazie alla corona di pietre poste in mezzo a una dozzina di tumuli erbosi ai piedi dell'Eremo di Vecchia Falcara. Non sembravano né rifugiati, né emissari della Convenzione. Senza dire una parola, Versantius spronò il cavallo per andare in quella direzione.

Anche l'Eremo era un posto conosciuto. Casa di uomini anziani dediti al silenzio e alla contemplazione della polvere. Lucretio aveva sentito parlare più volte dei loro scritti, soprattutto quelli più disfattisti, secondo i quali presto o tardi l'intero universo sarà racchiuso in un pugno di polvere. Forse era stato tutto questo disfattismo a guidare i lord di Vecchia Falcara alla decrescita del feudo fino all'avvento di una nuova Falcara.

C'era sicuramente qualcosa di losco nelle intenzioni di Versantius. Dopo tutto il suo parlare di giustizia, di riconoscenza nei confronti dei suoi amici, stava prendendo la strada opposta per ricongiungersi con qualcuno. Lucretio avrebbe anche potuto chiedere spiegazioni, ma non avrebbe avuto nessuna risposta se non le solite menzogne. Preferì aspettare a farsi trovare pronto.

«Devi farmi un favore.» Versantius scese da cavallo e insieme si ripararono dietro a un tumulo. Erano ormai vicini all'accampamento di quel drappello di mercenari.

«Quale?» domandò con sospetto.

Versantius si sfilò un anello dal dito e lo consegnò a Lucretio. Sembrava rame decorato con qualche brillante di rubino. «Fallo vedere al ragazzo coi capelli neri lunghissimi. Capirà e ci darà una mano».

«Che intenzioni hai?»

«Far breccia nel cimitero-prigione, ma non ci riusciremo senza una distrazione. Né senza compromessi».

Lucretio prese l'anello senza battere ciglio. Ormai la sua intera vita era un compromesso, non vedeva il perché smettere proprio ora.

Uscì allo scoperto con le braccia alzate. Tutti i mercenari, circa una cinquantina, si allarmarono. Qualcuno gli puntò l'arco contro, altri smisero di giocare a carte o a dadi, infastiditi da quell'inopportuna intromissione. Lucretio non si scompose, né si giustificò. Si limitò ad alzare l'anello e farlo vedere a chiunque avesse avuto la capacità di riconoscerlo. Solo un ragazzo, pressappoco della sua età, si avvicinò e lo prese fra le mani. Aveva i capelli neri, lunghi fino alle spalle e un'armatura di ferro ammaccata dal tempo. Solo il mantello azzurro e gli intarsi degli schinieri suggerivano che si trattasse di qualcuno di più di un semplice soldato di ventura.

«Ti vuole vedere» disse Lucretio.

Il ragazzo non accennò ad alcuna risposta. Strinse l'anello nel palmo e seguì Lucretio. Il resto dei mercenari si limitò a borbottare insulti.

L'incontro fra Versantius e quel cavaliere fu strano. I due rimasero immobili senza dirsi nulla per molti secondi. Solo il vento frusciava fra i papaveri disseminati nei campi sacri dei tumuli di Vecchia Falcara disturbando la quiete. Lucretio percepiva la distanza fra i due come se fosse nel suo stesso cuore. I loro sguardi facevano intendere che c'era qualcosa di più di tutte le questioni politiche della Dolcina, degli schieramenti e di tutti i problemi. C'era sempre qualcosa di più.

«Che cosa sta succedendo, Aliros?» domandò Versantius.

«Non lo sai? Kerselmo è morto e mio fratello è il Presidente».

Versantius si irrigidì. Per Lucretio fu strano vederlo così allarmato, di solito non si scomponeva mai, nemmeno di fronte alle notizie peggiori.

«Dunque il nostro accordo salta?»

«No, Versantius. Non sono qui per conto di mio fratello per portarti a Dolcina. Sono qui per ordine di mio padre, che a sua volta prende ordini dal tuo».

«Siete qui per Sharon, giusto?»

Aliros annuì.

Il volto di Versantius restò immutato. «Sai che abbiamo un patto».

«Lo so benissimo. Io sto facendo la mia parte, Quentin la sua. Ma qui si tratta di qualcosa di diverso. Ti darò una mano come posso ma non ho altra scelta se non tornare a Naviglio con Sharon al mio seguito. Una volta dentro, dovremo separarci dagli altri solo per il tempo necessario».

Parlavano come se Lucretio non fosse nemmeno presente, eppure nessuno dei due si stava lasciando sfuggire le reali intenzioni di quell'incontro. Sapeva solo che c'erano patti segreti e altre intenzioni. Era ovvio che Lourentius, dopo la sconfitta a Engaddi, provasse a liberare Sharon dalla sua prigionia, proprio come voleva fare Versantius con i suoi amici Hansel e Marco Aurelio. Per quanto Versantius lo ribadisse, non era poi così diverso da suo padre. Orgoglioso, vanitoso, egoista. Ma anche leale.

«Se Cristian controlla la Convenzione, come mi spieghi questa occupazione da parte di Falcara Imperiale?» domandò Versantius.

«Giacomo Aristei non ha preso troppo bene la decisione della Convenzione di affidare il feudo agli eremiti dell'Eremo. Mio fratello conosce molto bene Ulrich e si fida di lui, ma Giacomo aveva previsto una fine diversa per questa storia: la riunificazione di Falcara».

«Questo può essere un vantaggio».

«Quando ci sarà il finimondo, noi saremo lì. Tu non tardare».

«Posso stare tranquillo?» Forse per la prima volta in assoluto, Versantius sembrava non avere il controllo della situazione.

«Sì. Penseremo noi a sbaragliare ciò che rimane delle truppe di Giacomo» rispose Aliros. «Ora devo andare, altrimenti Luz e Alexa verranno a cercarmi. Se ti trovano…»

«Grazie, Aliros».

Il ragazzo si congedò con un debole sorriso. Lucretio non conosceva la sua storia, non lo aveva mai sentito nominare ma sicuramente si trattava di qualcuno di importante per Versantius.

Non stava capendo il piano, non aveva idea di quali fossero le reali intenzioni di Versantius, né che patto ci fosse fra lui e questo Aliros. Ma una cosa era certa: iniziavano a essere tanti gli obbiettivi in gioco e continuando a seguire Versantius avrebbe finito con il trascurare il vero motivo per il quale aveva deciso di viaggiare fino a Vecchia Falcara.

Presto ci sarebbe stato l'inferno e lui doveva trovare Ennika prima che le capitasse qualcosa. Al diavolo le macchinazioni di Versantius, i suoi non detti e il bene comune. Per quanto potesse essere inquietante la nuova strada da percorrere, era il momento di allacciarsi gli stivali e iniziare a camminare.

Lucretio guidò Versantius fra i tumuli. Non ci aveva messo molto a farsi un'idea della zona e a capire che senza i loro cavalli avrebbero fatto breccia nel cimitero-prigione. A giudicare dai rumori di battaglia, sembrava che gli scontri stessero avvenendo proprio lì. Dall'alto di Vecchia Falcara, l'Eremo li guardava. Dava l'impressione di essere lì da centinaia di anni e che vi sarebbe rimasto, impassibile, per altrettanto tempo. Per quei torrioni un po' diroccati tutte le scaramucce degli uomini sembravano un non nulla. Si limitava a dare rifugio, a resistere alle intemperie del tempo e a ignorare tutti i vessilli che gli uomini gli infilavano fra i merletti e le insenature. Avrebbe sempre preferito il muschio agli stendardi, la polvere ai banchetti dei potenti.

Versantius si rivelò un compagno meno loquace del previsto ma era comprensibile. Aveva qualcosa da nascondere e tutte le sue energie erano indirizzate a far breccia nel cimitero-prigione. Più si avvicinavano, più il baccano si faceva assordante. Intravidero una colonna di sfollati scortati agli ingressi del cimitero-prigione. Versantius non ci pensò due volte a strapparsi le vesti, accodarsi e lanciare a Lucretio lo stesso segnale. Lucretio prese da terra un mantello di tela logoro, probabilmente usato da un bracciante nel campo brullo su cui si trovavano ora, e se lo avvolse sulle spalle. Una mano teneva salda la spada, l'altra il mantello. Provò a non incrociare mai lo sguardo con i miliziani di Falcara Imperiale, indifferenti a ciò che stava succedendo all'interno. Quella che da fuori poteva sembrare una deportazione di civili, dai rumori poteva essere solo una cosa: carneficina.

Varcarono la soglia del cimitero-prigione. Nessun portone, nessuna palizzata, solo un drappello di uomini armati a coordinare i flussi dall'esterno. Sembrava strano che nessuno facesse nulla per gli scontri che si udivano dall'interno. Forse erano divisi in reparti, oppure i comandanti avevano deciso di non interrompere le operazioni di evacuazione. Ne aveva conosciuti tanti ad Arkanthill di simili pazzi.

Lo spazio vitale si assottigliava sempre di più. I corpi divennero grovigli e le voci di dissenso crebbero costringendo i soldati a menar fendenti per distruggere gli animi più coraggiosi. Ogni volta che qualcuno cadeva a terra senza vita, Lucretio stringeva il suo stocco con ancor più foga. Il sangue iniziava a pulsargli nelle vene per quanto si stesse trattenendo.

Sembrava che non ci fosse un vero e proprio piano. I miliziani di Falcara Imperiale si limitavano a spingere sempre più in profondità i civili e ad abbandonarli al loro destino, guidandoli come agnelli al macello. Capitava che qualcuno riuscisse a svicolare dal controllo dei militari nascondendosi dietro a qualche lapide o sfruttando le irregolarità dei muri dei mausolei delle famiglie più importanti. Il caos architettonico poteva essere la chiave di volta per sfuggire da questa impasse.

Lucretio diede una spallata a Versantius non appena il momento fu propizio. Caddero insieme a terra e si raggomitolarono dietro a una gigantesca lapide rettangolare. Malika Aristei, suggeriva la targhetta commemorativa. Che curioso scherzo del destino.

Nessuno si accorse della loro assenza. Le guardie sembravano troppo impegnate a gestire i flussi e a tendere l'orecchio in direzione degli scontri armati. Chi sfuggiva al controllo dei militari finiva inevitabilmente per ingrossare le fila di chi mal sopportava questa deportazione.

«E ora? Questi non hanno un esercito e non hanno armi.» Lucretio sbirciò in tutte le direzioni per capire quale fosse la migliore in cui gettarsi a capofitto.

«Li senti i rumori? Stanno combattendo» replicò Versantius.

«Li sento, ma non capisco».

«Le vedi quelle tombe?»

Lucretio sforzò la vista. Ce ne erano alcune più scure e altre più chiare. Tutte maestose, adorne di tulipani, rose e corone di alloro e pigne decorate. Su alcune in particolare erano stati legati nastri rossi e neri. In una addirittura un'anfora collegata a uno strano meccanismo che le permetteva un ricircolo di acqua da una tinozza più grande.

Lucretio abbozzò un sorriso non appena vide i nomi. «Ma come, non erano nemici giurati?»

«Bai e Foconero si odiano da sempre, ma nessuno ha mai rinunciato al prestigio di essere seppellito a Vecchia Falcara. Per la Dolcina questo luogo è tradizione. Ogni casata importante ha la pretesa di marcire sotto questa terra e lo farà fino alla fine dei loro giorni».

«Potevano almeno scegliere i lati opposti del cimitero».

«Da quel che ricordo dovrebbe essere frutto di un accordo fra Gabersen Foconero e Vilfrido Bai. Per suggellare una tregua. Come vedi non ha funzionato».

Lucretio continuò a guardarsi intorno in attesa di un momento di quiete. «Ho sentito parlare di uno strano omicidio che riguarda queste due famiglie. La voce era giusta anche a Foprad quando avvenne».

«Parli di Leroy Bai e Tristan Foconero. Li conoscevo bene… Forse, se loro fossero ancora vivi, tutto questo non sarebbe mai successo».

«Non volevo…» Lucretio non sapeva di aver toccato un argomento spinoso. «Guarda! Al mio tre corri in quella direzione. Ci ripariamo dietro a quel muro e voltiamo l'angolo. Le prigioni dovrebbero essere verso il centro, giusto?»

Versantius annuì. «Non avremo un'accoglienza buona, ma con un po' di fortuna…»

«Ora la fortuna porta il nome di Aliros Carold? Dai, al mio tre: uno, due, tre!» Lucretio non fece in tempo a dire altro. Corse senza mai voltarsi. Era certo che anche Versantius avrebbe fatto altrettanto. Il mantello di tela cadde a terra attirando l'attenzione di due soldati. Niente che un paio di affondi non potessero gestire. Lucretio ferì al polpaccio il primo e abbatté il secondo con un pugno alla gola. La via era libera, ma di fronte a lui uno spettacolo mai visto. Lucretio si paralizzò e ancora non capiva se fosse per la paura, per la rabbia o per lo sconforto. Forse un'esaltazione di tutti questi sentimenti assurdi.

Eccola la vera inquietudine, la strada da non percorrere.

Barricate rovesciate, torrioni sbriciolati, corpi che si ammassavano e venivano dati alle fiamme. Fughe disperate e uomini più simili a diavoli che rincorrevano gli inermi fino a cadere nelle trappole di chi faceva della forza del numero la propria arma vincente. Le salve di frecce trafiggevano in modo indistinto chiunque. Civili, prigionieri, soldati. Non faceva alcuna differenza.

A Lucretio salì il vomito. Ne aveva viste di battaglie cruente, ma quella era diversa. Quella non aveva alcun senso. Si voltò per capirci qualcosa, ma fu subito aggredito da alcuni miliziani. Costretto a difendersi nella calca, perse di vista Versantius. Non appena ebbe uno spiraglio di visuale oltre alla ressa che lo divideva dai torrioni delle prigioni si accorse di lei. Sì, proprio lei.

Versantius gli diede uno scossone. «Dobbiamo andare!»

Lucretio sapeva che non si sarebbe mai mosso, perché di fronte a lui non c'era solo l'inferno, ma anche Ennika. La sua chioma rossa sbucava in mezzo a quella massa informe di persone. Probabilmente per ordine di Giacomo Aristei i dissidenti della città erano stati fatti scortare nel cimitero-prigione. Aveva una luce differente se messa a confronto con tutti i volti tetri e contratti dalla paura che incontrava. Paralizzata dalla paura mentre intorno a lei tutto crollava.

«Veloce!» Lo strattonò Versantius. Ancora una volta Lucretio non reagì.

«Dobbiamo fare qualcosa!»

«E cosa? Pensavi avremmo salvato tutti?»

«Salviamo lei.» Lucretio indicò Ennika.

293

«Abbiamo un patto, dobbiamo andare a salvare Marco Aurelio e Hansel!»

«No! Tu hai un patto, io non ho nessun patto».

«Lucretio! Ragiona per una volta e non fare l'idiota come Gabriel. Tu sei diverso!»

«E che ne sai come sono io? Quando scalerai le montagne del tuo ego gigantesco ti accorgerai che da lì non si vede niente.» Lucretio lo folgorò con lo sguardo, ma solo per un istante. Non meritava più di quello. Di tutta risposta Versantius lo abbandonò sul posto svicolando in direzione delle prigioni.

Perché? Era una domanda così semplice: perché tutto questo male attorno a un bocciolo innocente? E perché a nessuno importava niente se non del proprio tornaconto? Forse anche lui avrebbe dovuto dire basta e seguire solo quello che gli suggeriva il cuore. «Trova la tua strada!» gli gridava il cuore in quel momento. E quel cuore aveva la voce di Ennika.

Lucretio si gettò nella mischia. Il peso dell'armatura lo opprimeva, i fumi gli penetrarono in gola strozzandogli tutte le grida che avrebbe voluto lanciare. Sperava solo di fare in tempo per portare Ennika lontano da lì. Lontano milioni di anni luce, ovunque, ma lontano da lì, dalla distruzione, dall'inadeguatezza del mondo che continuava a versare sangue sopra ai loro capi candidi. Lucretio era stanco di essere macchiato dal male. Era stanco di camminare sulle strade tracciate da altri.

Ora che non c'era più nessuna nube a intralciargli la vista, sapeva quale strada percorrere. Nessuna inquietudine, nessun egoismo. Solo verità. Forse su questo Versantius aveva ragione: si doveva seguire il proprio cuore, guadagnarsi la propria felicità e pensare un po' di meno alle conseguenze delle proprie azioni sugli altri.

Nessuno degli uomini armati che si parò davanti a Lucretio riuscì a fermarlo. Avrebbe ucciso chiunque pur di proteggere Ennika. Lo aveva promesso e avrebbe mantenuto quella parola data. Fosse anche solo per il suo onore, per il poter vedere quel sorriso imbarazzato un'altra volta, per poter passare ore intere in silenzio, cullato dal solo rumore delle tempere infrante contro le tele della donna che amava.

Era questo quello che voleva. Da sempre e per sempre.

Afferrò la mano di Ennika nella bolgia. Non importava quanta morte ci fosse intorno a loro, finché le loro mani erano giunte Lucretio vedeva solo la vita. La speranza di fuggire da quel posto era un'illusione, ma con un po' di fortuna, nascondendosi dietro a qualche tomba avrebbero potuto aspettare che la situazione si fosse placata. Stava pensando troppo.

A testa bassa Lucretio ed Ennika corsero in direzione opposta alla folla di rifugiati. Con il suo corpo Lucretio proteggeva lei, prendendosi tutti gli spintoni, i pugni, i calci. Gli bastava lo sguardo di Ennika per non crollare, per fare un altro passo verso la felicità.

«Sei qui» constatò lei. La sua voce era come i cipressi sui monti dei Salti del Nord, come lo scorrere dolce del fiume Agondros.

«Sono qui».

Trovarono rifugio dietro a un mausoleo distrutto da chissà quale esplosione. Lucretio crollò a terra, dolorante e con la schiena madida. La corazza si rigò al contatto con la pietra in uno stridio fastidioso e liberatorio. Ennika, al suo fianco, gli prese la mano e con altrettanta stanchezza alzò gli occhi al cielo. Erano nell'occhio del ciclone di una devastazione che non c'entrava nulla con loro. Non vedeva più nulla se non un muro e le ombre distorte delle persone in fuga. Ma i rumori… se avesse potuto non udire le suppliche, le grida straziate di donne e anziani e le maledizioni che i figli lanciavano contro i padri…

Ennika strinse la mano di Lucretio ancora più forte. «Un mondo così non ci merita».

«Questo è quello che abbiamo» replicò Lucretio. «Fa schifo, sì, non ci merita. Sono stanco della violenza, sono stanco di tutte queste marionette infide che si fingono senza fili. Possiamo esserlo davvero!»

«Senza fili?» Ennika sembrava non capire.

«Sì, senza fili».

«Fuggiamo insieme allora. Sai già dove. Verso l'infinito, dove scorre il miele nei letti dei fiumi e le stelle sono fatte di zucchero. Verso un mondo in cui ci si saluta abbracciandosi e nel quale la violenza è solo una brutta storia da non raccontare ai bambini. Te li immagini, Lucretio, mondi così? Mondi in cui ci si può perdere nella bellezza. Come… sì, come il dormire tutti nello stesso lettone e scaldarsi con gli altri. Ti prego, Lucretio, fuggiamo insieme».

«Ennika...» Lucretio la tirò a sé. La sua testa era sulla spalla destra. «Io non so se quello che dici è possibile. Se il nostro è solo un sognare. Ma ti prometto che farò di tutto per spingerci insieme oltre i confini del tempo. Saremo come le maree, come certe idee che vengono e illuminano le giornate. Come le promesse».

«Come le promesse.» Ennika si avvicinò ancora di più. Quel bacio era l'infinito, il modo più dolce per placare tutte quelle voci nelle loro teste. Se restavano uniti nessun male li avrebbe corrotti. Quella non era la loro guerra, non erano i loro destini. Non si era mai interessato alle questioni di potere. Comandare e governare su cosa? Su altre persone infelici da non poter chiamare amici ma sudditi? Non era quello che cercava. Cercava solo una persona che lo amasse per quello che era, e quella persona era Ennika. Era giunta l'ora di riporre i panni dell'eroe nel vecchio scrigno polveroso della camera dei suoi genitori. Quei panni non lo rendevano di certo felice. Non quanto la semplicità e la purezza. Non quanto l'essere dalla parte della ragione.

«Conosco un modo per andarcene via di qua» sussurrò Ennika, sebbene non ci fosse alcun bisogno di parlare così piano. «Andarcene da Arkades».

«È quasi impossibile, ma...»

«Forse per me no. Hai presente quando non sono riuscita a controllarmi?»

«Quella volta che ci hai stesi, sia me che Gabriel, sulla spiaggia a Baia Tresinar?»

Ennika annuì. «Forse sono forte abbastanza».

«Sarai forte abbastanza. Io sono pronto».

Ennika si commosse. «Davvero lascerai tutto per me? Non hai paura che tutto quello a cui ti aggrappi adesso prima o poi dovrà morire?»

«Ora sei tu il mio tutto. E no, se tu sei al mio fianco, non avrò più paura di morire. Perché il nostro amore è strano, ma è vero. Ci divide e ci riallaccia sempre. Si sporca le mani ogni giorno con il fango. È sospeso nel vuoto ma ha i piedi ben saldi a terra».

Doveva fare almeno un tentativo, per quanto assurdo fosse, provare a spezzare il sigillo della Porta Spirale. Se avessero fallito non avrebbe comunque avuto il rimpianto di essere rimasto inerme senza far nulla.

L'amore era davvero in grado di far fare follie, ma d'altronde, quelle che per tutta la vita gli erano sembrate follie, ora non erano altro che la strada giusta da seguire.

Già immaginava i pensieri di tutti: gli avrebbero dato del codardo, del traditore, del debole. Avrebbero detto che si era lasciato ammaliare da una strega.

Avrebbero potuto dire qualsiasi cosa, ormai la sua scelta l'aveva presa.

La scelta di essere finalmente felice.

SEFIRO

Lumi

«Che cos'è quella faccia, Sefiro? D'altronde anche io avrei attentato alla vita di chi conosce tutti i miei segreti».

Monosiklo stava prendendo la questione troppo alla leggera, come sempre. E per quanto Sefiro non fosse interessato alle vicissitudini dell'ormai ex reggente del Duca, doveva ammettere che si trattava di una variabile alquanto rilevante sul piano decisionale.

«Non sembra un comune diario.» Sefiro lo prese fra le mani e lo rigirò. La copertina era solida e le rilegature sul dorso facevano intendere che fosse un oggetto magico. Con qualche apparecchiatura in più avrebbe anche scoperto la natura di quell'oggetto e le sue potenzialità. «Grandi segreti necessitano luoghi sontuosi per essere custoditi».

«Sontuosi è l'aggettivo che preferisci dare a quello che ho letto?» Monosiklo sorseggiò del vino, noncurante di tutto.

«C'è qualcosa che varrebbe la pena condividere con gli altri? Sono ben conscio che questa richiesta possa figurare come una squallida caduta di stile, ma i sospetti che nutro in questo momento non possono essere limitati dal concetto di riservatezza».

Sefiro sperava di imparare qualcosa di più su Quentin Moyer, di capire se tutte le parole spese da Versantius per farlo rimanere attaccato a lui avessero valore o meno. Per ora aveva solo quella pista, solo una meta: Naviglio.

«Potrei starmene qui a parlarne per ore. Versantius ha avuto una vita... diciamo scoppiettante. Un po' cinica, ma comunque divertente da leggere».

«Permettimi di dirti che sei stato un incosciente».

Monosiklo sembrava spaesato. «Non capisco. Da quando lo hai capito?»

«Già a Castel Gigante si notava che c'era qualcosa che non andava. Passavi troppo tempo da solo e facevi fin troppe domande su Versantius».

«Dovresti conoscermi, Sefiro, sono fatto così: non amo troppo la compagnia. E per quanto riguarda le domande, mi hanno insegnato che rispondere è cortesia».

«Cortesia che può essere ripagata con del veleno.» Sefiro sfogliò qualche pagina di diario con fare stanco. Gli occhiali dorati gli scivolavano lungo il naso, come attirati da quei fogli di carta. Versantius aveva una bella grafia, ma Sefiro era più che certo che non fosse nemmeno lui a scrivere quelle lettere. La magia poteva tutto.

Sefiro richiuse il diario e lo consegnò a Monosiklo. Restò immobile, in attesa che il Granduca capisse da sé il passo successivo. Sapeva che non avrebbe ricavato altro che informazioni a lui inutili, ma avrebbe potuto fare le giuste domande nel caso in cui non fosse stato soddisfatto di quanto condiviso da Monosiklo.

«Vuoi davvero che lo faccia? La riservatezza è un valore per me».

«Monosiklo, potrei passare ore a puntualizzare su quanto queste tue ultime parole siano in realtà un tentativo di fuggire dalle responsabilità, ma preferirei che fossi tu a parlare. Se c'è qualcosa che dobbiamo sapere, parla pure. Possiamo decidere insieme cosa è giusto che anche gli altri sappiano e cosa è meglio mantenere segreto.» Sefiro tirò fuori un blocchetto degli appunti e una matita. «Non siamo persone che si intromettono con le vite degli altri. Ma adesso dobbiamo farlo».

Monosiklo sorrise, con fare rassegnato. «Non siamo proprio il tipo di persone che possono permettersi di giudicare gli altri per il proprio passato. Forse tu sì, Sefiro. Con quel fascino da bravo ragazzo educato, ma io…. Beh, io sono io.» Monosiklo si sdraiò sul letto e accavallò le gambe. «Mettiti pure comodo, perché di cose interessanti e strane ce ne sono da sentire».

Sefiro lasciò parlare Monosiklo parlò per ore. Scrisse solamente su due pagine e tracciò a mezz'aria delle scie luminose per cercare di fare mente locale coi nomi e con le relazioni intrattenute da Versantius. Sperava che così facendo tutto gli sarebbe stato più chiaro, ma delle peripezie dell'ormai ex reggente a Doràl e nei vari tornei cavallereschi non gli importava granché. Tutti avevano avuto una vita complicata e il continuo piangersi addosso di Versantius lungo le pagine del suo diario erano l'esatto contrario di quanto Sefiro aveva sempre sostenuto. Non si sentiva nemmeno in grado di giudicare la dubbia condotta morale di Versantius lungo gli anni. Ogni tanto alzava lo sguardo dal foglio per vedere l'espressione di Monosiklo mentre gli raccontava aneddoti indicibili sulla vita di Versantius. Il Granduca sembrava più entusiasta che preoccupato per quelle rivelazioni che avrebbero fatto rabbrividire chiunque. Sembrava come se la stesse prendendo come una grande opera di narrativa, non come la realtà dei fatti. Riuscì a interpretare con entusiasmo anche il passaggio dell'uccisione di Leroy Bai e Tristan Foconero e il morboso attaccamento nei confronti di quelle persone che infestavano la mente di Versantius. C'era qualcosa di sbagliato tanto nella relazione con Raphael quanto in tutte quelle con le altre persone citate nel diario. La gelosia, il senso di possesso, il continuo indossare delle maschere per nascondere la propria inadeguatezza e la snervante componente di autocommiserazione. Tutto questo intervallato dalle azioni spregevoli sue e dei suoi amici, dalla lotta con il padre ai pensieri più o meno condivisibili sul senso della vita. Versantius ne aveva di cose da raccontare, ma Sefiro non si sentiva in alcun modo interessato a prendere appunti su una vita corrosa dal rimorso di non aver fatto abbastanza.

Quello che Versantius sognava, un ritorno idilliaco al passato, nel suo piccolo mondo in cui lui era il centro, non era possibile.

Quando Monosiklo rivelò del momento in cui Versantius avrebbe dovuto uccidere Rolando per garantire il potere a suo padre Lourentius, la noia prese il sopravvento. Monosiklo spendeva più parole con le sue opinioni personali che a riferire i fatti oggettivi. Sosteneva che, nonostante il momento di sbandamento, Versantius fosse stato più che capace di mantenere la lucidità per fare la cosa giusta.

La cosa giusta per chi?

Per Sefiro la cosa giusta era solo una: fare di tutto per salvare se stesso e Ilary dalla morte. Anche Versantius sembrava avere una sua direzione, un suo senso nella vita. Perché la verità che nessuno aveva ancora avuto il coraggio di dire era una sola: non c'era nulla che li legava, nessun bene comune e nessuna missione eroica da compiere. Ognuno aveva una sua direzione e la consapevolezza di non poter camminare da solo per raggiungerla.

«Ti sto annoiando?» domandò Monosiklo, sepolto da coperte e sete preziose. Era notte fonda, ma la stanchezza non si fece sentire per nessuno dei due.

«Continua pure.» Forse la parte interessante sarebbe arrivata dopo.

«Bene! Perché ora viene la parte più divertente. Sono sicuro che un inguaribile curioso come te troverà strane queste cose.» Monosiklo riprese il segno alla pagina che si era appuntato e continuò nella sua narrazione.

Finalmente vennero pronunciati quei nomi: Quentin Moyer e Albin Moyer. Sempre collegati da una strana linea invisibile, la stessa tracciata proprio da Mayaner nella sua mente in quella visita sui Monti Pinhar. Quello che lei sosteneva essere il Futurismo del Non Nome non trovò riscontro fra le pagine di Versantius, eppure, anche in virtù delle vicende legate alla morte di Edward Finrél e della promessa fatta da Versantius di recuperare la fantomatica Triade del Caduto, tutti i nodi stavano venendo al pettine.

Il Caduto. Quel nome lo aveva pronunciato anche Mayaner e l'unica cosa che sapeva era che non era lui, né colui che avrebbe dovuto prendere il posto di Menelag per contenere il Futurismo. Tutto sembrava ricollegare Edward a questo nome. Era lui il prescelto, era lui che si sarebbe dovuto mettere alla ricerca della Triade del Caduto. Da quanto aveva appreso Sefiro studiando nella biblioteca di Silverknowes, si trattava di spade dai poteri nella norma. Che venissero citate nel diario, proprio da Edward, e che fossero oggetto della ricerca di Versantius, fece sorgere più di un dubbio nella mente di Sefiro. Avrebbe continuato a indagare in merito.

C'era qualcosa di più grande di quanto sospettava. Le maledizioni, il Gregario, Quentin Moyer, la Triade del Caduto. Era ancora presto per formulare un'ipotesi, ma poteva asserire con abbastanza margine di errore che Quentin era l'uomo che stava cercando, colui che, una volta conclusa quella storia, gli avrebbe garantito il potere necessario da incanalare per la vita eterna.

«Curioso, non credi?» Monosiklo indicò un passaggio del diario. «Qui Versantius ripete più volte che Edward sosteneva che queste tre spade dovevano essere riunite per salvare il Reame».

Sefiro fece finta di consultare i suoi schemi per ricordarsi di chi stesse parlando Monosiklo e non destare sospetti. «Edward è il ragazzino morto per quel male incurabile, giusto? Numerosi studi da noi condotti affermano che la mente è labile negli ultimi momenti di una degenza che porterà alla morte».

«Se Versantius ci ha tenuto a specificarlo, qualcosa dovrà pur dire. C'è scritto che una di queste lame, secondo quanto dice Versantius...» Monosiklo sfogliò il diario per ritrovare la pagina giusta. «Ecco qua! Una di queste lame si trovava a Fostgard, presso la Congregazione. L'ho sempre detto che quei cavalieri non me la raccontavano giusta!»

«Le altre?»

«Una, la più pericolosa, dovrebbe essere...» Monosiklo provò a rintracciare la pagina giusta. «Nel Regno, nelle mani di un assassino, poi tramandata al figlio. Penso proprio che stia parlando della spada di Rodwel Torrente. Dunque qui. Comodo non credi?» disse in tono sarcastico.

«La terza?»

«Della terza nessuna informazione. Anche Versantius sembra brancolare nel buio. O più probabilmente ha fatto la promessa a Edward in punto di morte per dargli un ultimo sollievo per poi dimenticarsi delle tre lame, anche se...»

Come sospettava, anzi, meglio di quanto si fosse immaginato. La lama che aveva resistito al suo potere a Pindel Kor doveva essere sicuramente quella che Versantius chiamava Mitridate. Quel cavaliere che aveva scambiato per il mago di Campodiviole aveva comunque un ruolo in tutta questa storia, ne era sicuro. Per quanto riguardava la terza spada, avrebbe trovato maggiori informazioni approfondendo la questione in biblioteca.

«Compare mai la parola Futurismo?» Sefiro alzò lo sguardo per cogliere le sfumature dell'espressione di Monosiklo.

«Solo un paio di volte. Si parla di come sia una corrente di pensiero, letteraria e artistica di un pianeta chiamato Terra. Ne hai mai sentito parlare?»

«Sì, la storia di quel pianeta è nell'Archivio. Non ho mai avuto la fortuna di poterne approfondire le usanze, eppure mi è sempre stato detto che si tratta di un mondo molto simile al nostro. Addirittura, c'è chi sostiene che la nostra razza discenda da lì».

Monosiklo sorrise. Ormai il suo volto trasudava stanchezza, eppure non perdeva quel sorriso beffardo. «Dovremmo fare più spesso queste lezioni accelerate di astronomia».

Altre conferme sulle parole di Mayaner. Sefiro faticava a trovare i collegamenti logici per i quali questa corrente di pensiero si fosse sviluppata e radicata in qualcosa di catastrofico come raccontava Mayaner. Aveva sentito parlare, molto spesso, della degenerazione di certe ideologie, nate come qualcosa di rivoluzionario, di protesta e poi sfociate in culti oscurantisti e volti alla distruzione senza criteri. Questo Futurismo del Non Nome sembrava esaltare i concetti di un modo di pensare già estremo di per sé.

«Tornando al discorso delle tre lame, hai letto questa pagina?» Monosiklo aprì il diario e mostrò una pagina diversa dalle altre. Sembrava un elenco.

"Ereshkigal degli Illuminanti
Ciondolo di Simplicio
Anello della Fugace Ombra
Scialle dei Venti
Libro Tomo "Liberi dai Mondi"
Ceneri di un intimidatore delle tradizioni
Ascendente Trasposto nato nei Gemelli
Sangue di Mistico
L'elsa di una Principessa del Niente
Mitridate
Leo Obscure
Nonspada"

«Nonspada... il fabbro aveva un sottilissimo senso dell'umorismo a quanto pare.» Monosiklo si tenne la pancia dalle risate. «Che ne pensi?»

Sefiro prese appunti. Non poteva sprecare nemmeno un barlume della sua concentrazione per rispondere a una domanda retorica e a qualche battuta di pessimo gusto.

Nessun'altra indicazione, solo una serie di oggetti, alcuni conosciuti e altri meno. A lungo al C.R.S. aveva sentito parlare dell'Ereshkigal degli Illuminanti, di come fosse un orpello senza particolari proprietà eccelse millantato dai più rinomati teorici della Chiesa. Si trattava pur sempre di un manufatto di nicchia, conosciuto fra le cerchie degli accademici. Che fosse entrato nella sfera di influenza di Versantius faceva riflettere molto.

«Pensi che abbiano un senso queste cose?» Sefiro ne aveva la certezza. Era più per sentire un parere di Monosiklo.

«Deve avere un senso per forza. E ci sono indizi che aiutano a capire che al di là di tutto quello che ci accade intorno, Versantius sembra muovere verso altri lidi. Lo vedi questo?» Monosiklo indicò sulla pagina. «Liberi dai Mondi. Un giorno al C.R.S., quando ero giovane e aitante, ho studiato che si tratta di un Libro Tomo. E di recente, si parla di circa dieci anni fa, Mirius Foemar ha confermato di essere il possessore di questo Libro Tomo. Perciò, se dovessi pensare con il mio solito giudizio critico, mi verrebbe da dire che Versantius ha organizzato questa deviazione per Dolcina solo per recuperare questo Libro Tomo. Come non lo so».

«Interessante».

Deduzione ineccepibile. Nonostante i continui richiami al legame che Versantius aveva con Mirius, non sarebbe stato difficile immaginare che l'ex reggente avrebbe fatto di tutto per mettere le mani su quel Libro Tomo. Certi manufatti, nelle mani sbagliate, potevano essere una catastrofe. Ma non era questo il caso.

«I Libri Tomi esauriscono la loro capacità di trasmissione magica una volta che un possessore ne legge i segreti. Se quello che dici è verosimile, Versantius non cercherebbe di prendere questo Libro Tomo per assorbirne le capacità, bensì per un qualcosa che al momento ci sfugge».

«Si parla di un rituale» lo interruppe Monosiklo.

«Non esistono rituali che abbiano avuto successo che richiedessero simili sacrifici a livello magico. O Versantius è fuori strada, oppure c'è qualcosa che continua a sfuggirci.» Sefiro restò perplesso a osservare la fiammella di una candela. Era immobile, come le loro idee in quel preciso momento. Tutto quel chiacchierare e formulare teorie non avrebbe portato lontano. Doveva concentrarsi sulla Triade del Caduto. Il fatto che ne avesse visto il simbolo inciso sulla tomba di Edward Finrél e alla Porta Spirale non poteva essere un caso. Monosiklo continuava a parlare di come anche Versantius e i suoi amici fossero entrati in possesso di un Libro Tomo, di come quello di Versantius, Il Senso Lato, donasse la capacità di leggere nella mente altrui e di come Versantius, da pavido e limitato che era, aveva fatto di tutto per fuggire da questo dono inestimabile. A Sefiro persone così poco ambiziose davano il voltastomaco.

E poi c'era la questione delle colonne di luce di Campodiviole e Pindel Kor. Il mondo stava cambiando velocemente e i regni avevano occhi solo per la spada sanguinolenta del proprio nemico.

«Come la risolviamo?» Monosiklo si mise a braccia conserte. «Perché è palese che siamo io e te e basta in tutta questa storia. Dovremmo dire qualcosa anche agli altri? Scommetto che Gabriel non sarà contento di venire a conoscenza di certe cose».

«Per il momento dobbiamo riflettere su cosa dire e cosa no».

«Quando fai così assomigli più a lui che a te stesso, Sefiro».

«Lo prendo come una velata critica ai miei modi di fare prudenti.» Sefiro si spostò gli occhialetti e li pulì con un panno per prendere tempo. «Ad ogni modo, se questo Rodwel ti ha salvato la vita non è detto che ci riuscirà un'altra volta. Il tuo attentatore è ancora in circolazione a Silverknowes e non appena Versantius tornerà e ti troverà vivo, proverà in tutti i modi a nascondere il suo stupore. Ma quando arriverà, noi ci faremo trovare pronti e chiariremo una volta per tutte questa storia».

«Non va più di moda la sincerità, Sefiro?»

«Solitamente no. Solo quando è urlata nelle piazze. Ma non sarà questo il caso».

«Sai, Sefiro.» Monosiklo richiuse il diario e lo infilò nel cassetto. «Provo un po' di pena per Versantius. Lo capisco ma non riesco a giustificarlo. La nostalgia è un vortice che ci risucchia al minimo accenno di insicurezza. Certe persone si portano dentro un abisso che gli altri fanno fatica a guardare con serenità».

«Vorresti salvarlo?» Sefiro non capiva.

«Io? Figuriamoci! Non riesco nemmeno a salvare me stesso. No, no. Non sarò io la ragione per cui alla fine si salverà. Volevo solo dire che... lascia perdere».

Per tutta la notte Sefiro non si era mai legato emotivamente alle scelte di Versantius e alla sua storia travagliata. Era indubbio che Monosiklo, a contatto giorno dopo giorno con la storia scritta su pezzi di carta di un uomo in carne ed ossa, avesse iniziato a empatizzare con lui, a cercare giustificazioni per ogni tipo di comportamento folle. A Sefiro non importava di quella storia. C'era solo spazio per la sua e per quella di Ilary nella sua mente. Una volta capito che cosa Quentin c'entrasse con tutto questo, si sarebbe sfilato da tutto e avrebbe abbracciato l'eternità, la conoscenza. Tutto.

Avrebbe abbracciato un'idea di tempo che nessuno avrebbe potuto immaginare. Non ci sarebbe stato passato, né presente, né futuro. Solo l'infinito. E non c'era spazio per nessun concetto di Futurismo nel suo infinito.

Capire chi fosse e cosa volesse Versantius era importante, ed era innegabile che fosse l'obiettivo di Monosiklo. Ma Sefiro aveva altre intenzioni. C'era qualcosa di più importante di cui occuparsi, perché sospettava che dietro tutto questo ci fosse ben più di un'anima nostalgica alla ricerca del passato, bensì quello che Mayaner chiamava Gregario del Futurismo. Se fosse Quentin Moyer, questo non lo sapeva, ma al momento era l'unica deduzione sensata.

«Si è fatta una certa ora.» Sefiro raccolse la sua giacca dall'appendiabiti e fece un inchino a Monosiklo. «Una nottata di studio mi attende».

«Studio?» Monosiklo sussultò. «Ma è quasi l'alba!»

«Le domande non aspettano, Monosiklo. E nemmeno la ricerca delle risposte».

Il Granduca fece spallucce. «Come preferisci. Non farti cogliere accasciato sui libri dai domestici, daresti una pessima immagine del tuo amato Centro».

«Tieni nascosto il diario. E non aprirlo mai più.» Sefiro abbozzò un sorriso e si congedò da Monosiklo.

«Vorrà dire che passerò a letture meno entusiasmanti».

A Silverknowes le prime luci invasero le sale. Gli ultimi banchetti erano conclusi e i domestici di turno pulivano ciò che ospiti avevano insudiciato con le loro mani avide. Silverknowes era tutto quello che Sefiro aveva odiato della sua vita da Governatore di Elorin. Se mai avesse avuto l'opportunità sarebbe fuggito il prima possibile da quell'ambiente ipocrita.

Per fortuna la biblioteca lo confortava. Aveva così tante cose su cui rimuginare che non gli sarebbe bastato lo spazio della sala in cui si trovava ora per disegnare i suoi schemi mentali luminosi. Vagava avanti e indietro per la biblioteca. Il solo rumore dei suoi passi echeggiava. Ogni tanto sfilava da una libreria un tomo polveroso e lo aggiungeva alla già imponente pila di quelli riversi sul tavolo. Sefiro non poteva di certo lamentarsi della biblioteca di Silverknowes. Se non altro c'erano quasi tutti i libri di cui aveva bisogno, e anche qualche altro volume che al C.R.S. si faticava a reperire. Avrebbe passato tutta l'alba e anche il mattino seguente su quei libri alla ricerca della verità.

La verità su cosa? Sefiro se lo domandava dal momento in cui si era risvegliato su quel letto a Pindel Kor, dopo lo scontro con il Cavaliere delle Lucciole. Aveva come l'impressione che Versantius lo stesse sviando con i suoi patetici sentimenti. Non si era mai fidato veramente di lui e sperava di sganciarsene non appena gli avesse indicato Naviglio e Quentin Moyer. Ora però la questione sembrava più complicata del previsto. Le parole di Mayaner avevano trovato conferma, sebbene in parte, con quanto scritto da Versantius sul suo diario. Che l'ex reggente sapesse qualcosa del Futurismo del Non Nome non era nemmeno contemplabile, ma Sefiro aveva imparato a interpretare queste coincidenze come un qualcosa di fatale. Il quadro delineato fino a questo momento portava ad un'unica pista: c'era qualcuno, al di fuori di tutto e di tutti, che stava provando a manovrare i fili di questa storia.

Sefiro si sedette al centro del tavolo a gambe incrociate e aprì quanti più libri potessero starci attorno a lui. Con una mano tracciava a mezz'aria teroie, con l'altra scriveva su un taccuino, senza leggere nemmeno cosa stesse scrivendo. Aveva occhi solo per quella distesa di carta ingiallita e polverosa.

Se voleva dare un senso al suo tempo a Silverknowes e avvicinarsi sempre di più al potere di Albin doveva studiare e capirci qualcosa di più.

Combinando le parole di Mayaner, gli scritti di Versantius e gli appunti e le teorie di Monosiklo, Sefiro era giunto alla conclusione che il burattinaio che stava cercando, colui che tesseva i fili di questa storia non era né Lourentius, né Versantius. Era Quentin. Lui era il Gregario del Futurismo inviato su Arkades, colui che Mayaner e Menelag avevano combattuto. O meglio, il figlio di colui che avevano combattuto, perché, come scritto anche da Versantius, il nome di Albin Moyer era una costante.

Passarono le ore. I primi raggi di sole filtrarono dalle finestre accecando Sefiro. Le gambe indolenzite chiedevano perdono. La pergamena ritrovata fra i resti di Corvo lo osservava da tutta la notte. Sefiro ne sentiva il richiamo, sapeva che nascondeva un qualcosa di particolarmente bizzarro, che era impregnata della stessa magia che lo costringeva a limitare i suoi poteri. Era giunto alla conclusione che quella stessa pergamena fosse frutto di una maledizione scagliata proprio da Quentin. Aveva perfino individuato la formula per spezzare quell'incantesimo, eppure sarebbe stato poco prudente sciogliere un incantesimo di tale portata. A suo tempo, solo in caso di estrema necessità, avrebbe osato di più. Ora no.

Le prime luci dell'alba si tramutarono in mattino. Il cinguettio degli uccelli e i primi assoli di archi e cetre riempirono di gioia l'esterno e lo aiutarono a tenere gli occhi aperti. In biblioteca ancora nessun'anima viva se non lui. La conoscenza era un fascino per pochi, ma nel dubbio Sefiro decise di chiudersi a chiave dentro per non essere disturbato.

Sefiro si diede dei colpetti alle guance per rimanere sveglio. Era il momento di fare il punto della situazione.

Oltre ogni ragionevole dubbio le parole di Mayaner erano vere. Esisteva un culto chiamato Futurismo del Non Nome che ambiva ad annullare qualsiasi tipo di identità, proponendo in alternativa uno scorrere indefinito di sensazioni e azioni. Fin qui tutto regolare. Dai libri e dagli appunti presi da Monosiklo, si poteva asserire che questo movimento avesse preso ispirazione da una corrente letteraria di un pianeta chiamato Terra, eppure per Sefiro era più verosimile pensare che fosse il contrario, che questo movimento fosse una variante meno estrema del Futurismo del Non Nome. In alcuni libri, fra i quali quello trovato da Monosiklo, Sefiro lesse diverse cose interessanti proprio su questo Futurismo di derivazione terrestre. Ad una prima e semplice conclusione, si sarebbe potuto dire che il movimento ideato da Filippo Tommaso Marinetti fosse un tentativo più o meno strutturato di un qualcosa di più grande. Forse addirittura era Marinetti stesso a fungere da Gregario del Futurismo per il pianeta terra e che, una volta compresa l'impossibilità dell'impresa, avesse passato il testimone ad altri possibili Gregari.

Fra gli appunti di Monosiklo c'era un'intera e prolissa speculazione secondo la quale Marinetti, esausto e privato di ogni entusiasmo, avesse ceduto il posto di Gregario a un'altra persona, un tale Lev Trockij. Poteva avere un senso, soprattutto, secondo quanto Sefiro aveva letto in un altro tomo storico, Trockij aveva in mente un'idea di mondo collettivista e privato di identità singole. Erano pur sempre speculazioni di Monosiklo, ma dovette ammettere che poteva anche essere una buona idea.

Per non parlare della fine di Trockij, assassinato con una picconata da un suo dissidente politico. Se era dunque vero che i Gregari del Futurismo potevano essere uccisi solamente da una delle lame della Triade del Caduto, e se era vero che la terza lama aveva la capacità di mutare forma e assumere le più disparate dimensioni, allora, logicamente, si poteva affermare che quel piccone fosse effettivamente la terza lama e che Trockij fosse l'ultimo Gregario del Futurismo sulla Terra.

Forse stava correndo troppo con la fantasia o forse stava assecondando troppo la linea di pensiero di Monosiklo, ma poteva esserci un fondo di verità in queste speculazioni.

Sefiro approfondì gli studi su questa terza lama. Si fece aiutare anche da Tiberio nei giorni successivi. Se non altro per capire qualcosa di più sulla prima e sulla seconda lama.

«Se questa lama chiamata Mitridate è tramandata dalle famiglie più nobili di Fostgard, devo assumere che questo cavaliere fosse figlio di un qualche lord?» gli domandò Sefiro.

Tiberio fugò anche quel dubbio. Il Cavaliere delle Lucciole non poteva essere figlio di Darren Sdayl, bensì figlio di un suo amico.

Interessante…

Restava però il dubbio su dove fosse la terza lama. Se Mitridate era nelle mani del Cavaliere delle Lucciole e la seconda lama, Leo Obscure comodamente nel fodero di Rodwel Torrente, la terza dov'era?

Forse Versantius non sapeva la sua ubicazione, ma una cosa la sapeva: il nome. Nonspada. Un nome bizzarro per un'arma cangiante in grado di attirare su di sé così tante attenzioni.

Ancora non capiva le motivazioni che spingevano Versantius alla ricerca di quegli oggetti. Per Sefiro era palese che fosse solo un modo per riaggregare le tre lame e servirsi di Versantius per farlo. Era sorprendente il fatto che Versantius stesso non se ne fosse accorto, d'altronde l'amore fa compiere scelte affrettate e poco logiche. Sefiro lo sapeva bene che per vincere bisognava mantenere vivo il lume della ragione. E così avrebbe fatto fino alla fine. Senza sentimentalismi, senza azzardi o slanci emotivi. Se avesse dovuto nascondersi nell'ombra lo avrebbe fatto, se questo avesse comportato il sacrifico di tutti tranne Ilary non ci avrebbe pensato due volte. Ilary era il suo lume. E finché c'era possibilità di tenere accesa quella luce assieme a quella del suo genio, nulla sarebbe stato impossibile. L'immortalità era solo questione di tempo.

Lo studio di libri e pergamene rendeva il soggiorno a Silverknowes meno opprimente, ma con il passare del tempo i ragionamenti di Sefiro si fecero sempre meno accompagnati da prove e sempre più fumosi. Era arrivato addirittura a pensare che il Vescovo Mirius Foemar fosse in possesso di Nonspada, o che l'avesse donata a un ragazzino anni addietro pensando che quest'ultimo fosse la reincarnazione dell'Arcangelo Raffaele. Gli stava scoppiando la testa a forza di questo mescolarsi di culture, mondi e speculazioni.

Le conclusioni di tutti quei ragionamenti e di quelle speculazioni potevano essere molteplici, ma Sefiro doveva guardare solo alla conclusione che avrebbe voluto dare lui a questa storia. Se era vero che Quentin era il Gregario del Futurismo, nonché colui in grado di sprigionare un potere così immenso da generare colonne di luce perenni sparse nel Reame, e se era vero che l'unico modo per poterne rubare i poteri era ridurlo in fin di vita, non c'era altra soluzione: doveva battere Versantius sul tempo per trovare la Triade del Caduto e uccidere Quentin. Solo allora avrebbe potuto avere quel potere, solo allora avrebbe potuto vivere in eterno.

Lui e Ilary, per sempre. Per l'eternità. Poteva esserci desiderio più dolce di quello? No. Altro che futuro e passato. Loro due insieme avrebbero trasceso il tempo, avrebbero reso inutile ogni concezione del tempo. La conoscenza, il sapere e l'ambizione sarebbero state le uniche nozioni di cui il mondo si sarebbe fatto memoria.

Sefiro si bloccò di fronte a un quadro posto poco distante dalla porta della biblioteca. Veniva raffigurata una guerriera ferita e aggrappata alla sua lancia. Attorno a lei i suoi compagni caduti e le lame di centinaia di guerrieri nemici. Sulle sponde del fiume Agondros resisteva. Contro il tempo e contro le ingiustizie. Sefiro aveva sentito parlare più volte di Frejdis Carold, l'eroina che resistette a Gemelli dell'Agondros durante la Ribellione di Tecnho. Il mondo insegnava, anche attraverso questa storia, che simili imprese di coraggio sarebbero state ricordate con malinconia solo nei quadri. Sefiro puntava a qualcosa di più. Puntava a restare immemore nel tempo e nello spazio.

Uscì dalla biblioteca dopo tre giorni. Era distrutto, psicologicamente compromesso da quell'immersione nelle speculazioni.

«Grandi rivelazioni richiedono menti salde» gli ripeteva il vecchio Archivista Dimitri Freyas. Non potevano esserci parole più vere in un momento del genere.

Nei giorni successivi nulla cambiò per davvero. Studio, isolamento e tanti inchini e sorrisi alle persone che incrociava a Silverknowes. Sefiro aveva fatto dell'autorevolezza e dell'aria da topo di biblioteca apparentemente innocuo la sua corazza per tutta la vita. Era vantaggioso mostrarsi cauti e pacati di fronte agli altri. Le persone, secondo studi antropologici condotti negli anni, avevano bisogno di rassicurazioni in maniera costante. Senza andavano nel panico. E Sefiro sapeva come rassicurare tutti con il suo modo di fare moderato.

I preparativi per il matrimonio fra Mirandolina Bai e Fabrizio De Frel erano entrati nel vivo. I domestici allestivano gli addobbi in preparazione del grande evento nonostante le voci della dipartita di Kerselmo Bai si fossero fatte assordanti. Era alquanto strano vedere Mirandolina sorridente nei corridoi intenta a rendere il suo matrimonio perfetto. Sembrava che della morte del padre non le importasse più di tanto. Monosiklo sosteneva che il matrimonio si sarebbe comunque celebrato per provare fino all'ultimo a dare una possibilità a Fabrizio di governare su Dolcina, ma dati gli ultimi avvenimenti con la Convenzione e la salita al potere di un nuovo Presidente, il tutto sembrava ben lontano dal trovare una conclusione.

Sefiro vagò tra festoni, portate e domestici impacciati per molto tempo prima di individuare Monosiklo. Si fermò di fronte a un grande specchio a muro per sistemarsi il fazzoletto sul giustacuore azzurra. Nascose il monocolo nell'altra e si raddrizzò il cilindro spostandolo con la mano guantata. Più guardava quei guanti, più odiava il momento in cui aveva osato così tanto quel giorno a Pindel Kor.

Sovrappensiero, andò a sbattere proprio contro Monosiklo all'incrocio di un corridoio. Meglio lui che un cameriere distratto.

I due si sorrisero con fare imbarazzato, poi Sefiro scorse Fabrizio al fianco del Granduca. Strano. Molto strano.

«Fabrizio, già di ritorno?» domandò Sefiro. Si scambiò un'occhiata con Monosiklo, il quale sotto a un sorrisetto sornione mostrava anch'egli tutta la sua diffidenza.

«Ho un messaggio da parte di Versantius. Lui e gli altri sono ancora a Lonte ma... la situazione è degenerata e io sono scappato».

«Degenerata, dici?» Sefiro avrebbe voluto fare altre domande. Fabrizio, Gabriel, Versantius, Pieros e Lucretio erano partiti alla volta di Lonte due settimane prima. Calcolando che il viaggio, salvo imprevisti, sarebbe dovuto durare all'incirca una settimana, era quantomeno improbabile pensare che la questione di Lonte fosse durata solo un paio di giorni. Per non parlare dell'assenza di tutti gli altri e del modo di fare particolarmente irruento di Fabrizio.

Qualcosa non andava, ma non riusciva a capire cosa.

«Degenerata. Ma non sono qui per parlare di questo.» Fabrizio gesticolava, roteava lo sguardo prima in direzione di Monosiklo, poi in direzione del lungo corridoio, come se avesse paura di incrociare qualcuno.

«Sei qui per parlare del matrimonio!» esclamò squillante Monosiklo. «Ricordati che io voglio il posto d'onore. Anzi, ho un'idea grandiosa! Testimone di nozze, che ne dici? Potrai vantarti per tutta la vita di avermi avuto come testimone di nozze, non credi?»

Fabrizio abbozzò un sorriso, ma la fronte lucida e i muscoli contratti nascondevano qualcosa.

«Ti vedo teso, Fabrizio. Sicuro di stare bene? Di che messaggio stavi parlando prima».

«Sto bene, sto bene.» Fabrizio ignorò completamente le parole del Granduca. Anche quello era un segno da non tralasciare. «Versantius mi ha detto di lasciar perdere Silverknowes. Che c'è una missione più importante».

«Più importante della... ehm, sicurezza di Mirandolina?» Monosiklo si contenne. Di sicuro avrebbe voluto dire di più sul comportamento promiscuo della futura sposa di Fabrizio.

«Sì. Hai mai sentito parlare della barriera di Naviglio, giusto?» Fabrizio si rivolse a Sefiro. Che domanda semplice, al limite del banale...

«Certo. Il sistema di protezione magico eretto attorno a Naviglio dall'Arcimago Menelag. Progettato insieme ad alcuni ricercatori del C.R.S. e alimentato da un generatore di energia sostenuto dalla forza solare e dai Nuclei di Beehar. Dicono sia in disuso e i regolamenti del C.R.S. ne impediscono l'utilizzo».

«I regolamenti ne impediscono gli utilizzi, ma Versantius è convinto che suo padre possa usare la barriera come ultima arma per isolarsi in caso le cose si mettessero male».

«Dunque Versantius ci fa notare un problema ma non la sua soluzione?» Monosiklo sbuffò. «Sai che novità. A meno che...» Monosiklo lanciò un'occhiata eloquente a Sefiro. Anche lui stava intuendo la stranezza di quelle parole. «A meno che il buon Versantius questa volta non abbia una soluzione».

«Dice di averla. C'è un bastone magico. Un manufatto chiamato Inibit in grado di neutralizzare quella barriera».

«Interessante…» Sefiro incrociò le braccia e finse stupore. «E dove lo troviamo questo bastone?»

«Ma che domande sciocche, Sefiro! È ovvio che Versantius ha pensato anche a questo, no?»

«Ovvio» gli fece eco Sefiro.

«Non so se questo nome vi dice qualcosa, ma…» Fabrizio lo appuntò su un pezzo di carta. «Albin Moyer. Lui ha questo bastone. Non potete sbagliarvi. È frondoso, di legno secco e senza alcun tipo di decorazione. Da quanto ne sa Versantius dovrebbe essere con lui nella sua casa a Vecchia Falcara».

Albin Moyer. Ancora una volta quel nome. E per di più nominato da un Fabrizio in evidente stato confusionale che riportava le parole di Versantius. Chissà se Versantius sapeva per davvero di questo Inibit.

L'unica cosa certa era che le informazioni di Fabrizio erano palesemente sbagliate. Fabrizio non avrebbe mai parlato con così tanta convinzione di Inibit, né vi era la certezza che questo bastone fosse anche solo nella mente di Versantius. Se c'era una cosa che Sefiro sapeva su quella barriera di Naviglio era che non poteva essere infranta se non da Menelag stesso. Fu per questo motivo che durante i suoi anni come Archivista ne proibì il funzionamento a lady Cassandra Vezarium. Inoltre, era più che certo che il vecchio Arcimago si fosse portato il segreto nella tomba. Letteralmente.

Eppure… sebbene tutto questo bizzarro incontro puzzava di trappola da lontano un miglio, Sefiro non avrebbe mai potuto rinunciare all'occasione di incontrare Albin e capirci qualcosa di più sul Futurismo del Non Nome. Se non altro per capire la veridicità delle parole di Mayaner e dare riscontro a tutte le teorie che aveva formulato durante le nottate in biblioteca.

Cadere nell'inganno di Fabrizio sarebbe stato accettabile se di contropartita avrebbe potuto smascherare Albin e avvicinarsi ancora di più a Quentin. Ma una domanda assillava Sefiro: cosa spingeva Fabrizio a fare tutto questo?

«Immagino tu possa contare su di noi, vero Sefiro?» Monosiklo sorrise con fin troppo entusiasmo.

«Se è per raggiungere Naviglio...»

Fabrizio annuì. «Inibit è la vostra unica speranza».

«Ci metteremo in viaggio il prima possibile» concluse Monosiklo.

«Sapevo che su di voi avremmo potuto contare!»

«Sempre!»

Fabrizio si congedò in rapidità, con fare baldanzoso e schivando tutti. Non appena voltò l'angolo Sefiro e Monosiklo smisero di sorridere e si guardarono con preoccupazione.

«Non so cosa sia preso a Fabrizio, ma se era un tentativo di raggirarci devo ammettere che è venuto fuori molto male. Molto male, ripeto.» Monosiklo si mise a braccia conserte, scuotendo la testa come un professore deluso.

«Questo Inibit non spezza realmente la barriera. È una trappola».

«Sì, è una trappola. Ma come mai vedo nei tuoi occhi quella strana voglia di cascarci con entrambi i piedi in questa trappola?»

«Albin Moyer» sentenziò Sefiro.

Monosiklo gli fece un occhiolino. «Proprio come immaginavo! È lo stesso motivo per cui anche io farei questa follia».

«Dunque andiamo?» Non poteva credere che Monosiklo potesse essere così incosciente da viaggiare per la Dolcina solo per incontrare Albin Moyer.

«Ovvio che andiamo. Anche se di Inibit il diario non parla e Fabrizio sembra non essere Fabrizio, questo non vuol dire che non dovremmo sfruttare il nostro vantaggio».

«Il nostro vantaggio?»

«Ma sì, Sefiro. Sappiamo che qualcuno vuole Inibit e non vuole farcelo sapere. Di sicuro non Versantius, altrimenti lo avremmo letto nel diario. Forse potrebbe essere... Non lo so. Ad ogni modo andremo a parlare con Albin, gli porteremo via il suo bastone e ci prepareremo a questa fantomatica resa dei conti. Sarà facile come battere un vecchietto a carte! Anche perché, sia chiaro, per quanto questo bastone sia al di là delle nostre conoscenze, è ovvio che non deve finire nelle mani sbagliate. Ma tu sai già tutto, immagino: dovremo giocare d'astuzia e approfittare di questo vantaggio. Hey, Sefiro, mi stai ascoltando?»

Certo, aveva sentito tutto. Sefiro sospettava che potesse esserci Quentin dietro a tutto questo.

Ora più che mai avrebbe dovuto tenere acceso il lume della ragione.

VERSANTIUS

Il luogo e il tempo per loro

Non poteva starsene lì, in balia della battaglia, a far ragionare Lucretio. Voleva fare l'eroe e farsi ammazzare in quel cimitero? Liberissimo di farlo, ma Versantius aveva altri piani. Aveva sperato che Lucretio lo accompagnasse fino alla fine. Non tanto per la sua presenza, quanto per la sua spada. Dovette ricredersi.

Nella devastazione totale e nei massacri fra dissidenti e truppe di Falcara Imperiale, Versantius si trovava costretto a tenere un basso profilo. Ignorava qualsiasi richiesta di soccorso, si mescolava con il resto della folla in fuga sganciandosi solamente quando quest'ultima deviava in direzione opposta alle prigioni. Con qualcuno in grado di maneggiare una spada sarebbe stato più facile, ma non per questo Versantius si sarebbe tirato indietro.

Raccolse una spada da terra e la impugnò con tutta la sua forza. Era tanto che non ne usava una. Sperava di non doverla usare mai. Non tanto per il dispiacere di macchiarsi la coscienza con il sangue, lo aveva già fatto, quanto per non rischiare di soccombere sotto i colpi delle lame altrui. La guerriglia era uno strumento da burattini. E di sicuro lui non lo era, come non era un guerriero.

Il via vai generale rendeva impossibile una corsa in direzione delle prigioni, il fumo ostruiva la visuale e seccava la gola e il sangue macchiava gli stivali e insudiciava le tombe dei defunti senza alcun ritegno. Per un momento Versantius fu catturato dall'immagine di Luk Foconero dipinta sulla sua lapide. Più la osservava più si prometteva che non sarebbe morto da idiota come lui. Prese coraggio, trattenne il fiato e si gettò in mezzo alla mischia.

Seguire i ritmi disomogenei di una fuga non era semplice. Ancora meno lo erano i momenti di violenza inaudite nei quali i soldati puntavano le proprie prede e facevano di tutto per far rimpiangere loro di essere nati.

Un torrione andò in frantumi e i detriti crollarono su una delle uscite del cimitero-prigione. Un grande tonfo, rumori di ossa frantumate, un sussulto da parte dei presenti, prede e cacciatori. Tutti si stupirono, anche se solo per qualche istante. Versantius ne approfittò per sganciarsi dal gruppo che stava seguendo e deviare dal tragitto. Si nascose dietro a un mausoleo. Fu costretto a colpire a morte due uomini in fuga che lo avevano scambiato per un miliziano di Falcara Imperiale. Nel momento esatto in cui la lama si conficcò nel cranio del secondo malcapitato il cuore di Versantius perse un battito. Fece forza per staccare la spada dal cadavere, ma vi rinunciò non appena la macchia di sangue dal cervello si propagò fino a bagnargli gli stivali. Raccolse un'altra spada e scappò il più velocemente possibile.

Non appena svoltò l'angolo per raggiungere lo spiazzo che avrebbe portato all'ingresso del complesso di strutture delle prigioni una ventata d'aria calda lo costrinse a chiudere gli occhi. A giudicare dalle grida doveva trattarsi di un'altra esplosione. Quando aprì gli occhi si accorse troppo tardi di quello che stava succedendo.

Un uomo lo travolse facendolo rovinare a terra. La spada gli cadde dalle mani e solo le dita riuscirono a sfiorarle l'elsa. Versantius lottava con tutte le sue forze per tenere la mano di quell'uomo lontano dal coltello riposto nella sua cinta. Un pugno lo raggiunse al costato, poi un altro gli tolse il fiato. Per un momento allentò la presa, permettendo all'energumeno sopra di lui di raggiungere il coltello. Lo estrasse e lo affondò in direzione del volto di Versantius.

Con il braccio bloccò il colpo. Ossa contro ossa. Il dolore fu lancinante. Con tutta la forza che gli rimase in corpo, Versantius oppose resistenza cercando a tastoni di afferrare la spada e salvarsi.

Lo raggiunse un altro pugno, ma questa volta non batté ciglio. C'era in gioco la sopravvivenza.

L'uomo dal volto incattivito fece forza sul braccio. La punta del coltello era ormai a pochi centimetri dal suo viso, ma la sua mano raggiunse qualcosa di ruvido. Con un rapido gesto afferrò la freccia e senza nemmeno pensarci la piantò alla nuca dell'assalitore facendogli strabuzzare gli occhi. Il coltello cadde sulla faccia senza ferirlo. A poco a poco la forza dell'uomo che lo sovrastava si fece sempre meno opprimente fino ad estinguersi. Versantius si liberò scostando quel corpo morto e arretrando a gattoni in direzione del primo riparo utile. Le mani sporche di sangue gli tremavano, il braccio pulsava e lo sterno sembrava scricchiolare ad ogni movimento. Ad ogni respiro riviveva il dolore di quegli attimi così lontani eppure così vicini. C'era mancato poco. Non aveva mai temuto di morire come in quel momento. Se solo quell'idiota di Lucretio non lo avesse abbandonato in mezzo alla battaglia tutto quello non sarebbe mai successo.

Doveva muoversi, doveva avvicinarsi sempre di più alla prigione. Più volte aveva pensato di voltarsi e fuggire, ma non poteva. Non poteva abbandonare Hansel e Marco Aurelio, non poteva lasciare che Aliros fallisse la missione.

Andò a sbattere contro qualcuno e di istinto, alzando la punta della lama, lo trafisse. Si accorse solo troppo tardi di aver appena condannato a morte un prigioniero in fuga. Tentennò per qualche istante, poi la consapevolezza di non dover provare alcun senso di colpa lo costrinse a distogliere lo sguardo da quel volto attonito e a correre lontano. Non aveva mai ucciso nessuno per sbaglio. Faceva tutto un altro effetto.

Versantius voltò l'angolo e raggiunse l'accesso del complesso delle prigioni. Ancora una volta andò a sbattere contro qualcuno. Tese la spada in avanti, preoccupato. Lo stesso fece anche la donna che aveva appena urtato.

Quei tre nei sulla guancia, quella treccia, quel corpo che seppur cambiato dal tempo ricordava quello di una guerriera. A poco a poco Versantius abbassò la lama. Stava sognando, non c'era altra spiegazione.

Anche lei abbassò la spada. Bastava il suo sguardo gelido per trafiggerlo.

«Lucille» riuscì a dire Versantius, con voce talmente flebile che pensava di esserselo appena immaginato.

«Versantius» rispose lei.

Doveva essere un sogno, o un tragico scherzo del destino. Per notti intere aveva sognato un incontro con Lucille senza nemmeno sapere più nulla di lei. Ora che era di fronte a lui, in mezzo alla devastazione, ogni parola sembrava superflua, ogni tentativo di dialogo sarebbe apparso come nostalgico.

«Sono anni che ti aspetto, Lucille».

«È passato troppo tempo».

«Lo so» sussurrò Versantius. «Lo so».

«Io sono qui a combattere per la mia casa e tu sei diventato quello che sei diventato».

«So anche questo.» Era dura accettarlo. «Ci pensi mai? Saremmo potuti diventare una famiglia».

«Ci ho creduto fino alla fine. Poi tu hai deciso per entrambi».

Nessuno dei due sembrava intenzionato a fare un passo in direzione dell'altro. Come immobilizzati dal rimorso, dal timore di aver perso l'occasione di sfiorarsi già troppo tempo addietro. Avevano avuto la loro occasione, avevano deciso di prendere strade separate, di non soffrire più. Lui lo aveva fatto per lei, per salvarla, per assicurarle una vita al riparo da tutto il male che lui stesso era stato costretto a catalizzare su di sé. Se avesse avuto la possibilità di tornare indietro non ci avrebbe pensato due volte.

Il silenzio era diventato una condanna per Versantius.

«Tu lo sai, vero?» Lucille piegò la testa di lato, come faceva a Doràl, come faceva sempre.

«Lo so. So che eravamo quelli giusti ma nel momento sbagliato».

«Non credo ci sarà mai quel momento giusto per noi due. Abbiamo accumulato troppe colpe per meritarci una fine diversa» disse sconfortata, ma perentoria.

«Non in questo mondo, non in questo tempo. Ma chi vince non ha colpe e io ti prometto che…»

«Noi non abbiamo vinto niente, Versantius. Perché è tutto già deciso. La nostra storia era decisa, il nostro futuro era deciso. Noi non siamo fatti per vincere. Siamo solo fatti per non soccombere e basta».

Quelle ultime parole gli frantumarono il cuore. La sua Lucille non avrebbe mai parlato in quel modo. Il tempo si era divertito a cambiare anche lei, non solo lui. Forse era addirittura colpa sua.

«Ci sarà un luogo e un tempo anche per noi. Lo cerco da una vita. E lo troverò. Forse non in questa vita, ma lo troverò».

Era per questo che aveva smosso tutto. Per quella convinzione, per restare aggrappato a quella speranza, a quel tempo, Doràl, in cui tutto sembrava essere dorato, in cui tutto risplendeva di luce propria e quella luce faceva da nido per loro due. Ricordi pieni di luce e amori che non sentivano minacce: era quello il loro tempo.

«Ti sei affidato dunque a Dio?»

«No. Mi sono affidato al mio cuore. Chi ama non ha regole».

«Ormai è tardi, Versantius. Allo scoccare del tempo vedrai solo il mio spettro. E io il tuo. Nessuna regola».

«Lo vedo ogni giorno, ma non posso ignorare le strade che il destino ha disegnato per noi» sibilò Versantius.

«Non parlavamo di destino, da giovani intendo. Parlavamo di futuro. Parlavamo di come non esista una coppia perfetta...»

«Noi eravamo perfetti, Lucille».

«Lo pensavo anche io, ma... forse non esiste una coppia perfetta perché nessuno è perfetto da solo».

«Erano le nostre imperfezioni a renderci tali. Avevamo i nostri problemi, ma non ci ferivamo».

La guerriglia si avvicinò. Passo dopo passo l'occhio del ciclone era diventato quell'incontro irreale. Lucille era davvero lei, sebbene diversa e più cinica. Ma era lei. E tutto intorno a loro stava crollando come era crollato a Doràl. Versantius avrebbe voluto anche solo abbracciarla o baciarla per l'ultima volta prima del grande giorno, prima di poterla riavere al suo fianco per sempre, ma non voleva rovinare il ricordo di lei e di quei momenti a Doràl. Era sempre la stessa storia: meglio un ricordo felice che un lento trascinarsi moribondo.

Lucille rialzò la spada. «Versantius… non voglio uccidere i ricordi, ma qui, con molta forza, si guarda avanti. Mi dispiace per tutto. Non tornare mai più. Salvati almeno tu».

Versantius titubò per qualche istante. Vederla combattere, anche solo per qualche istante gli riportò alla mente i momenti di Doràl. La stessa leggiadria, la stessa foga. Era sempre la sua Dea e per sempre lo sarebbe stata. Corse in direzione della porta distrutta che conduceva alle segrete. Mentre tutti correvano fuori, lui era l'unico a sfidare la corrente e gettarsi dentro. Si voltò per l'ultima volta per cercare Lucille con lo sguardo. Lei non c'era più, così come non c'erano più le schermaglie. Solo una grande ressa, le grida e il tanfo della morte

Il suo non era un addio a Lucille. Ce l'avrebbe fatta a tornare da lei, a tornare alla fonte, a tornare alle origini. Non le aveva nemmeno chiesto dove avrebbe potuto incontrarla nuovamente, perché non gli serviva nemmeno. Non era quello il luogo e il tempo per loro. Tutto quello che stava facendo, la scia di cadaveri con la quale aveva lastricato le strade del Reame. Era tutto per tornare a vivere per davvero.

Nell'oscurità delle segrete spezzata dal tremolio delle torce, Versantius appoggiò la schiena contro la dura roccia della parete. Troppe cose assieme. Il cuore non avrebbe retto.

Proprio come succedeva i primi anni a Derenhalle. Si bloccò. La paura aveva avuto ancora una volta la meglio. Si aggrappò al muro, con il petto dilaniato dalle preoccupazioni e ripeteva dentro di sé, come una cantilena, la stessa frase.

«Grazie a Dio non mi ha visto nessuno».

Le lacrime scendevano dal suo volto senza che potesse controllarle. Non sapeva se era per l'incontro con Lucille o se la colpa fosse di tutto quello che gli pesava sulla coscienza. Sapeva solo che dopo quei momenti di immobilismo nel quale il panico aveva preso il sopravvento si era sempre mosso. Ora doveva muoversi. Doveva ricongiungersi con Aliros e assicurarsi che le ceneri di Gabersen fossero al sicuro con lui. Solo dopo avrebbe potuto liberare Marco Aurelio e Hansel dalla loro prigionia.

Si staccò dal muroa fatica e continuò a camminare fino a che da lontano non intravide Sharon intenta a fuggire dal cimitero-prigione. Era un prezzo accettabile se messo a confronto con i suoi amici.

Versantius e Aliros si incrociarono al punto prestabilito.

«Sapevo che era un errore. Avresti dovuto vegliare su Federico» lo rimbeccò Versantius.

«Il ragazzo è al sicuro. Non mi sarei perso per nulla al mondo la possibilità di fare uno sgarbo a mio fratello».

«Naviglio non sarà mai un posto sicuro. E stai pur certo che adesso Cristian ha altro a cui pensare».

«Paradossalmente è il posto più sicuro dell'intero Reame al momento. Non ti preoccupare».

«Le hai prese?»

«Sì.» Aliros alzò una sacca. «Non farò domande».

«Tienile tu. Consegnale a Quentin appena lo vedi a Naviglio».

«Perché?»

«Ho paura che possa succedermi qualcosa. Ho come l'impressione che presto o tardi mi si rivolteranno contro. Non voglio che tutto il nostro lavoro vada in fumo».

«Ma...»

Versantius lo zittì. «Manca poco, Aliros. Ti chiedo di avere ancora pazienza».

Ci sarebbe stato un luogo e un tempo per loro. Per tutti loro.

MARCHI

Chi sbiadisce

«Ci sei? Rispondi!» Leone lo schiaffeggiava con forza.

A poco a poco la vista tornò a farsi nitida e attorno a Marchi un capannello di facce sbigottite lo scrutava in un misto di delusione e paura.

«Aiutatemi ad alzarlo.» Leone si caricò del peso di Marchi aiutato da Toro e Falco. Solo il martellare di chissà quale bomba esplosiva fece sussultare tutti. Erano assediati e non avrebbero dovuto dimenticarlo.

I suoni ovattati, i battiti del cuore che pulsava e gli dava quella sensazione di quiete. Il caldo persistente del mastio e l'umidità delle mura intrise di condensa. Tutto questo era reale. Terribilmente reale.

Marchi si riprese in fretta e non disse neanche una parola. Si limitò a scostarsi dagli altri e ad appoggiarsi con la schiena contro il muro. Si sarebbe tolto l'armatura per aderire completamente alla pietra della sua casa, se solo quello non fosse stato interpretato come un gesto di debolezza.

Da quando dava peso ai gesti che compiva?

Si slacciò l'armatura sotto gli occhi attoniti di tutti e premette la schiena contro il muro adiacente al portone puntellato da Toro e Falco.

Nessuno aveva il coraggio di chiedergli direttamente cosa stesse facendo, ma il mormorio si fece sentire presto: «Ma che ha ora? Si riprenderà? Moriremo tutti».

Sarebbe stato tutto più semplice: fondere il proprio corpo con quella roccia, essere per sempre parte immortale di un luogo e dei ricordi. Forse in un mondo lontano c'era davvero chi fondeva la propria vita con qualcosa di immortale, chi spezzava il senso di definito mescolando la propria essenza con qualcos'altro di inanimato.

Non gli importava se a pochi metri i cavalieri dell'Ambasciata e i ricercatori del C.R.S. stavano bombardando la loro porta, finché era appoggiato al muro si sentiva parte integrante del castello. E quel castello sarebbe sopravvissuto a tutti loro. Da quella posizione, Marchi credeva di avere il controllo della situazione. I volti dei Pariah erano tutti uguali, tutti come un'unica storia da raccontare. Nessun nome da ricordare, nessuna vita fatta di ricordi o di possedimenti. Solo la figura che Marchi aveva davanti, un sogno e la tenacia di portarlo avanti. Quelle erano vite dinamiche, vite che non si curavano di piantare radici, che vedevano nel futuro la speranza. La speranza di lottare insieme e di essere il futuro a lungo sognato.

Le armi scarseggiavano, impugnate da mani tremanti che fino a pochi mesi prima imbracciavano solo falcetti o corde di aratri. Anche le frecce, le ampolle e i sassi da scagliare contro gli assalitori si contavano in poche casse contingentate vicino alla scalinata. Marchi aveva ormai perso il conto dei minuti da quando aveva sentito l'ultima ampolla infrangersi contro i loro nemici nel cortile superiore.

L'immobilismo di Marchi costrinse Leone e Gufo a prendere l'iniziativa. Il cavaliere ci aveva provato in tutti i modi a spiegare con le buone una formazione difensiva per il momento in cui gli assalitori avrebbero fatto breccia. Ora stava dispensando conoscenze militari a forza di grida e pugni. La sua faccia era paonazza, come sempre, eppure di una tonalità più accesa. Ancora una volta Marchi si perse in un particolare a cui pochi avrebbero dato un significato.

Lo sguardo di Marchi fece infine breccia oltre la marmaglia di gente pronta a difendersi. Lì c'era Foca, china su una distesa di moribondi, intenta a salvare quante più vite possibile. Era la madre di tutti, l'esempio perfetto su come essere nella vita: solare, solidale, ironica e coraggiosa.

Se Marchi fosse stato chiamato a salvare il mondo non avrebbe mosso un dito, ma per lei avrebbe fatto qualunque cosa. Qualunque pur di preservare un briciolo di umanità in quel mondo infame.

E così avrebbe fatto.

Si staccò dal muro e si rivestì dell'armatura seguito dallo sguardo di tutti. Gufo smise di dare direttive per scrutarlo con apprensione. Gli tese una fiaschetta e Marchi bevve quel liquido dolce e viscoso.

«Miele di Tissa. Ti farà bene» specificò Gufo. Cervo fece un cenno a sua volta.

Nonostante gli impiastricciasse tutta la bocca, già arida per la polvere inalata e per la fatica, Marchi mandò giù il dolce boccone per poi avvicinarsi a Leone, con quanta più determinazione avesse. Si bloccò davanti a lui, avendo cura di mantenere la giusta distanza, il distacco necessario per far capire che non era cambiato, che era lo stesso Marchi di sempre.

«Arma tutti» disse con tono gelido. «E tu, Toro, preparati ad aprire il portone».

«Sei per caso impazzito?» Leone diventò così paonazzo da sembrare una bomba pronta a scoppiare. Si rivolse a Gufo con uno sguardo interrogativo. «Si può sapere che diavolo gli hai dato da bere? Acquavite?»

«Miele» ribadì Marchi.

«Miele alquanto psicotico! Non vedi come siamo messi? Abbiamo il triplo dei feriti di quanti possano imbracciare le armi, siamo in terreno sfavorevole e per di più i nostri nemici controllano le postazioni strategiche del cortile superiore. Abbiamo una vaga speranza di possibilità solo bloccando il flusso dei cavalieri poco per volta all'interno del mastio. E questo ovviamente sacrificando questi moribondi qua dietro!»

La schiettezza di Leone fece scatenare il panico fra i Pariah. Le grida spaventate dei feriti coprirono la risposta di Foca e Cervo, e allo stesso tempo paralizzarono Marchi per qualche secondo.

«Leone, fa' quel che ti dico. E basta».

«D'accordo!» Leone si sbracciò cercando approvazione nei suoi compagni. «Sei completamente impazzito. Lo accetto. Non tutti riescono a sopportare questo tipo di situazione, lo capisco bene. Ma non ci condannerai a morte per la tua follia. Anzi no, aspetta. Sentiamo quale idea brillante ti è venuta in mente, visto che per tutto il tempo non hai fatto niente.» Leone incrociò le braccia.

«Apriremo il portone e riprenderemo il cortile superiore. Dobbiamo dare il tempo a Medusa di raggiungere il suo obiettivo».

«Ah, ecco!» esclamò sarcastico Leone. «Quindi la tua brillante idea è quella di fare l'eroe e morire come uno stronzo contro le schiere nemiche in superiorità numerica! Un classico per gli idioti che pensano che il bene debba sempre trionfare. Parlamene di più, sentiamo…»

«Leone, smettila» si intromise Gufo. «Lucciola ha solo espresso la sua opinione».

«La sua opinione è solo un'opinione, appunto. Sono io il tattico militare, sono io che…»

Non c'era altra opzione. Era l'ora di agire. «Ho già deciso, Leone».

Quella situazione Marchi l'aveva già vissuta. Quel giorno a Meliede il cavaliere si era opposto a lui e fra i due era partito un combattimento. Si aspettava la stessa identica conclusione, ma qualcosa andò diversamente.

Il volto corrugato di Leone si distese a poco a poco. Lui tese il palmo della mano e sorrise. «Sei un gran bastardo senza cuore e cervello, Lucciola. Ma poche volte ti sbagli quando sei così inquietante. Allora?» Leone si rivolse a tutti. «Pronti a fare i fottuti eroi?»

Nessuno rispose.

«Avanti!» gridò Leone. «I damerini dell'Ambasciata vi hanno per caso mozzato anche la lingua oltre che le braccia? Siete pronti a rispedire questi bastardi lontano da casa nostra?»

Toro alzò l'ascia e gridò, lo stesso fecero anche Cervo e molti altri. A poco a poco un boato avvolse tutto il mastio. Non era tanto il caos a cullare Marchi in quel momento catartico, quanto il tepore del fiato delle persone che usciva dalle bocche. Quel mescolarsi di goccioline, di odori e di voci era il sodalizio per cui lottava. Si scambiò uno sguardo con Foca. Anche lei esultava all'idea di non essere più un topo in trappola.

«Io non vi ho promesso niente.» Marchi si rivolse a tutti e qualcuno smorzò l'entusiasmo al sentire quelle parole. «Nulla. Ma voi avete continuato a credere nel vostro futuro, a costruire con le vostre mani un domani migliore. Per tutta la vita siamo stati schiacciati, siamo rimasti nascosti dietro a mura invisibili mentre gli altri martellavano per costringerci a uscire. Oggi no. Perché oggi combattiamo e ci salviamo. Gli uomini là fuori non possono più ignorare la nostra voce. Non possono più metterci a tacere. Andiamoci a prendere il nostro futuro».

Contrariamente a quanto successo con il discorso di Leone, tutti restarono attoniti, con sguardo fisso su Marchi. Era uno stato di ammirazione che Marchi faticava a capire. Parlava raramente e ogni volta che lo faceva aveva l'impressione di dire cose senza senso, di avanzare troppe ipotesi e di dare false speranze. Là fuori c'erano cavalieri, maghi e ricercatori del C.R.S. che avrebbero potuto spazzarli via da un momento all'altro. Ma loro avevano un vantaggio sul quale Marchi non aveva mai fatto grande affidamento: la forza nel numero.

Era l'ultima carta che si poteva giocare. L'ultima arma su cui poteva contare. Gli infelici sapevano essere pericolosi.

Falco si avvicinò a Marchi. Si tenne a debita distanza. Forse era l'unica ad aver capito quanto lui ci tenesse ai suoi spazi. «Non ti lascerò cadere nelle crepe del mondo, Heish Thaa.» Alzò la spada seguita da molti altri, poi un cinguettio insistente bloccò ogni conversazione.

Era il segnale. Medusa ce l'aveva fatta.

«Apri il portone, Toro.» Marchi schioccò le dita e le lucciole tornarono a volteggiargli intorno. I piccoli lampi generati si riflettevano sulle pareti del mastio in un luccichio confuso. Avrebbe dato luce a chi sbiadiva, anche solo un piccolo lume, anche solo una fiammella di speranza.

Leone e Marchi uscirono dal mastio seguiti da una fiumana di persone. Avrebbero potuto travolgere tutti se fossero stati disposti a pagare il prezzo del sangue, eppure non era per quello che erano usciti. Non ancora.

Vanessa Eyers e i suoi comandanti se ne stavano seduti sul parapetto del cortile superiore. Restarono talmente interdetti che nessuno osò cogliere l'occasione e sferrare il primo fendente. Vanessa si limitò a scacciare tutti con la mano e ad avvicinarsi a Marchi.

«Ci hai ripensato, Cavaliere delle Lucciole? Mi dispiace dover puntualizzare sul fatto che i miei avvertimenti avrebbero potuto scongiurare tutto questo, ma è proprio quello che intendo fare».

Marchi si guardò intorno. I due schieramenti erano sistemati. Nessuno fra i suoi tremava più, non alla vista della distesa di automi distrutti che costellavano il cortile superiore e quello inferiore. Era stata opera loro. E se potevano fronteggiare automi d'acciaio e magia perché mai avrebbero dovuto avere paura di studiosi in abiti di tela o soldati?

«E a me dispiace, Presidente, che fra non molto sarai orfana.» Leone indicò oltre il cortile inferiore, in direzione del portone e del corpo di guardia distrutto. Medusa e un gruppo di uomini teneva in ostaggio una signora anziana legata ad un cavallo baio.

«Cosa? Mamma!»

«Già. Piaciuto lo scherzetto?» si intromise Toro. «Succede quando lasci casa aperta a persone con cattive intenzioni».

«Dimmi, Presidente Eyers.» Anche Gufo fece un passo. «Chi sta difendendo l'Ambasciata, dato che voi siete qui?»

Vanessa sbiancò. Si fece prendere dal panico e lanciò sguardi a tutti i suoi ufficiali. Il C.R. Daniel Corrilampo provò a dire qualcosa ma lei lo zittì immediatamente.

«Dicci, Presidente Eyers.» Leone enfatizzò il titolo per prendersi gioco di lei. «Come mai non fai più la saccente? Niente alberi o foreste che bruciano ora?»

Marchi non disse nemmeno una parola. Era la rivincita degli altri, non la sua.

Vanessa fuggì in fretta e furia agitando un braccio per dar l'ordine al suo comandante di prendere parte dei cavalieri per lanciarsi all'inseguimento insieme a lei. Ciò che accadde dopo fu quello che Marchi sperava di non vedere mai.

Una fiumana di persone che si abbatteva contro le corazze dei cavalieri dell'Ambasciata. Non c'era più alcuna disciplina e sembrava proprio che Leone non si curasse di niente. Anche Marchi fu travolto dall'onda, costretto a combattere nel cortile superiore.

Erano in superiorità numerica. Vanessa era concentrata nel dare la caccia a Medusa e al suo gruppo, ormai in fuga in direzione dell'Ambasciata. Le lucciole vorticavano come schegge impazzite distraendo gli ultimi automi ancora funzionanti guidati dai ricercatori del C.R.S..

Senza più una voce a cui dare ascolto, gli assalitori assecondarono la guerriglia venutasi a creare nel cortile superiore. Ogni tanto un colpo di fulmine scuoteva l'aria, altre volte le fiammate disperdevano gli assalti dei Pariah costringendoli a combattere a distanza lanciando ogni sorta di oggetto contro i ricercatori.

Marchi sentiva quello scontro come una corsa contro il tempo. Sapeva che doveva inseguire Vanessa e salvare Medusa, ma tentennava nel vedere i suoi compagni combattere ancora contro i marchingegni del C.R.S.. Toro aveva ingaggiato battaglia con il C.R. e sembrava in difficolta. Leone correva da una parte all'altra del cortile cercando di sostenere il fronte meno compatto. Falco, seguita da Cervo, guidava i suoi uomini sulle mura per tenerli lontano dalle lame nemiche.

Lui invece era ancora lì, al centro della battaglia, incurante dei cadaveri che crollavano davanti a lui. Suo padre diceva che la libertà si conquistava con il sangue. Era esattamente quello che stava accadendo.

Mai avrebbe pensato che i luoghi della sua infanzia potessero tingersi di rosso. Mai avrebbe pensato di essere colui che avrebbe macchiato il cortile con odio e violenza.

Un drappello di ricercatori, dal cortile inferiore, caricò uno strano cannone metallico e lo puntò in direzione dell'unica rampa di collegamento con il cortile superiore. Una strana energia elettrica azionò una turbina e a poco a poco una raffica di colpi trucidò tutti coloro che stavano correndo all'inseguimento di Vanessa.

«Gufo!» Leone gridò nonostante il fiatone e il sangue che gli impasticciava i capelli sul volto. «Distruggi quel coso!»

Gufo e Falco si guardarono. E quella fu l'ultima cosa che Marchi riuscì a scorgere prima che un colpo di mazza lo colpisse al petto.

Cadde più per la sorpresa che per il contraccolpo. L'armatura si era ammaccata, ma al di là del male per la caduta sembrava che tutto fosse andato per il meglio. Schivò il secondo colpo di mazza rotolando da un lato. Al terzo colpo, Marchi si protesse con il cadavere di uno dei compagni del cavaliere impigliandogli la mazza fra gli schinieri e l'osso sacro del malcapitato.

Marchi strinse Mitridate e con un balzo l'affondò nella gamba del suo nemico, che cadde in un rantolo sommesso.

Non poteva distrarsi. Gli altri se la sarebbero cavata da soli. E così fu.

Falco si era destreggiata fra le mura, saltellando da un pezzo all'altro delle rovine. Sulle spalle portava un'urna di ceramica sulla quale erano incisi diversi simboli concentrici.

L'urna si frantumò e al contatto con il metallo del cannone generò una fiammata azzurra che mandò in mille pezzi quell'ammasso di ferraglia. Una vampata di calore investì Marchi, al pari delle grida dei ricercatori in fuga nell'intento di cercare sollievo dalle fiamme. Uno di loro si gettò un secchio d'acqua addosso, ma questo lo fece avvampare ancora di più. Decise di farla finita schiantandosi contro le macerie del corpo di guardia distrutto.

«Ora!» Leone guidò l'avanzata. Dovevano riprendere il cortile inferiore ora che ne avevano l'opportunità. Le forze dell'Ambasciata erano in rotta, indecise se seguire Vanessa o mantenere la posizione. Marchi sapeva benissimo come ci si sentiva a provare quel genere di indecisione.

I Pariah dilagarono nel cortile inferiore. Falco e Leone davano loro coraggio. Il coraggio che Marchi non avrebbe mai saputo garantire. Era diventato a poco a poco un simbolo impolverato. Un punto di riferimento lontano al quale aggrapparsi solo nei momenti disperati. Non aveva mai sognato di essere alla testa di un esercito, di fare l'eroe e di essere osannato dalla gente. Sapeva che quelle sensazioni non avrebbero fatto altro che metterlo a disagio, eppure… in quel quadretto di morte e riscatto, sentiva di essere l'unico a non venire illuminato dallo splendore dell'impresa che stavano facendo. Se Leone e Falco brillavano di luce propria, lui continuava a sbiadire e non riusciva a spiegarsi il perché.

Forse tutto quello non gli apparteneva. Forse non era chiamato a combattere in quel modo, a mischiarsi negli affari degli altri. Ma allora a cosa era chiamato?

Combatteva. Colpiva i suoi nemici senza emozioni, senza alcun trasporto. Nemmeno la rabbia animava i suoi colpi. Tantomeno la paura di perdere i propri fratelli. «Heish Thaa» diceva ancora qualcuno al suo fianco, in mezzo alla battaglia. Era arrivato il momento che i suoi fratelli combattessero per loro stessi e basta.

Marchi scavalcò le macerie del corpo di guardia distrutto. Una decina di altre persone lo seguirono, incuranti di dove stesse andando. Forse nemmeno lui lo sapeva per davvero. Avrebbe raggiunto Vanessa e Medusa all'Ambasciata. Era più che certo che Medusa avrebbe provato ad attirarla là, il più lontano possibile da Solindesti. Ma dopo? Dopo cosa sarebbe successo?

La battaglia si era dimenticata di lui. Leone gli gridò qualcosa dall'interno, ma Marchi non sentiva che il vento fra i capelli e l'umidità della foresta che si faceva sempre più fitta. Davanti a lui, almeno qualche chilometro di corsa lo separava dall'Ambasciata. Chiuse gli occhi, inspirò con decisione. Odore di sangue, muschio e cenere. Si sentiva come se stesse affidando tutto al destino, come se correre dritto davanti a lui, verso l'ignoto, fosse l'unica cosa sensata da fare.

Lo faceva da una vita, ma questa volta era diverso. Questa volta, per qualche strano motivo, il suo cuore batteva più forte, come attirato da chissà quale energia. Tutti gli parlavano di destino, di grandi cose, del fatto che fosse il salvatore del mondo. Aveva dimostrato di non riuscire a salvare nemmeno l'idea che aveva della sua infanzia, di suo padre. Ora però, qualcosa poteva salvarlo. Poteva salvare il futuro, poteva far vedere al mondo che anche chi sbiadiva, anche chi veniva lasciato ai margini di tutto, poteva ancora decidere le sorti di Arkades.

Correva, non sapeva verso dove, ma correva.

La boscaglia si infittiva sempre di più. Gli stivali affondarono più volte nella terra umida e a poco a poco la corazza ammaccata dai colpi della battaglia lo soffocava sempre di più. Alle sue spalle, lo scricchiolio dei rami spezzò il flusso di pensieri di Marchi. Le voci si fecero sempre più nitide. Per quanto Marchi volesse dare una conclusione a questa storia da solo, c'era sempre chi prendeva l'iniziativa e si metteva al suo fianco.

Cervo lo raggiunse. I capelli appiccicati alla fronte per il sudore, il mantello logorato e le vesti di cuoio rinforzato sporche di fuliggine. Nella mano destra reggeva un pugnale, mentre la sinistra non si staccava nemmeno un secondo dalla cinta nella quale conservava le ultime fialette esplosive che aveva lui stesso fabbricato.

«Torna indietro.» Marchi continuò a correre.

«No.» Il fiatone stava avendo la meglio su Cervo, eppure continuava a seguire Marchi sbattendo i piedi. «Abbiamo iniziato questa cosa insieme, e la finiremo insieme».

Cosa avrebbe potuto dire di fronte a quella determinazione? Di solito avrebbe alzato le spalle, avrebbe rinunciato a capire il perché delle cose. Ma in quell'occasione, qualcosa stava cambiando. Da quando si curava degli altri? Da quando il suo cuore batteva per l'incolumità dei suoi fratelli?

Quel giorno avevano combattuto a Solindesti. Tutti. Marchi però aveva combattuto un'altra battaglia: quella con se stesso.

Continuarono a correre. Fianco a fianco. Cervo rispettava il suo silenzio. Marchi provava disagio nel dover condividere quel momento con qualcuno. Lo sentiva solo suo, come se nessun altro potesse capire. Come se ci fosse un divario fra lui e tutti gli altri che nessun'avventura poteva colmare.

Arrivarono all'Ambasciata distrutti. Marchi si piegò in due per la fatica e i muscoli delle gambe erano doloranti. Con la faccia rivolta a terra, solo allora si rese conto delle lucciole che lo avevano seguito fino a quel momento, nonostante tutto, nonostante la battaglia. Alzò gli occhi in direzione del cancello dell'Ambasciata, poi oltre le mura. Era aperto e dentro si stava replicando la stessa guerriglia di Solindesti, eppure Marchi, oltre il cancello, oltre il battagliare dei cavalieri e degli uomini di Medusa, oltre alle bizzarre strutture in marmo e alle statue di esseri umanoidi, vedeva solo quel portale.

Il muschio copriva la scalinata che lo affiancava. Simboli stilizzati, solchi e rami frondosi avvolgevano quello che un tempo era il passaggio per gli altri mondi. Riconobbe il simbolo che lo tormentava. Non poteva sbagliarsi: era lo stesso che aveva visto a Campodiviole, lo stesso sul suo cavallo, lo stesso che era impresso sulla coppa a Pindel Kor e che lo tormentava nelle lettere di Darren Sdayl. Ora tutto sembrava avere un senso. Tutto conduceva lì.

I sigilli d'acciaio, le stole protettive e gli incantesimi contenevano il potere della Porta Spirale e allo stesso tempo reclamavano la libertà. Marchi si avvicinò, varcò il cancello, catturato completamente da quella visione. E se fosse quello il suo destino? Era pericoloso e stupido anche solo pensarlo, ma se fosse stato veramente così?

La Porta Spirale lo chiamava per nome. Non lo chiamava Lucciola, non lo chiamava Cavaliere delle Lucciole, né lo giudicava. Lo chiamava come essere umano, come entità. Se ne infischiava del bagliore bianco dei finti buoni o dello sbiadire di chi aveva fatto prevalere l'egoismo. Lo chiamava dal profondo del cuore per come era.

Qualcosa lo scosse, un sibilò lo distraeva. Forse era Cervo. Nulla da fare. Marchi non sentiva che il richiamo della Porta Spirale e del simbolo che lo risucchiava a sé. Era come se fosse immerso oltre i confini del mondo, attratto dalla velocità dei pensieri, dal mutamento delle forme che attorno alla Porta Spirale sembravano saettare mantenendo nitido solo il centro. Tutto era scomparso: la guerra, le grida, Cervo, l'Ambasciata. Tutto. Nulla sembrava avere importanza se non quel richiamo. Perché parlava di lui, a lui soltanto e dava un senso di appagamento.

Dopo anni di domande, finalmente ecco una risposta.

Era il vento che stava aspettando, era tutto ciò che avrebbe potuto dare una spiegazione al suo peregrinare nel mare della vita senza una meta. Era quella la meta.

Alcuni cavalieri provarono a fermare la sua inesorabile marcia in direzione della Porta Spirale. Nulla da fare, Mitridate li abbatteva tutti. Non capiva il perché, ma sentiva di dover avvicinarsi sempre di più, di dover toccare quei sigilli, di entrare in comunione con quel simbolo biforcuto.

«Lucciola.» Cervo lo seguiva, avendo cura di non essere di intralcio. «Che ti prende?»

Marchi non gli rispose, né lo guardò. Aveva la possibilità di capire qualcosa di più, di spezzare quelle catene e quel tormento che lo accompagnavano da sempre. Poteva dare un senso a tutto!

Per un istante il mondo si fermò. La voce di Medusa paralizzò la schermaglia e di tutta risposta Vanessa gridò. «Non ti avvicinare!» Sembrava rivolgersi a Marchi, ma lui aveva occhi solo per la Porta Spirale.

«Incoccare!» gridò il comandante dell'Ambasciata.

«Lucciola! Fa' qualcosa!» gridò Cervo.

Lui non fece niente, se non continuare a sognare.

«Scoccare!»

Cervo si mise fra lui e la Porta Spirale spezzando quell'incantesimo dal quale sembrava essere rapito. Marchi sussurrò qualcosa, distese il volto e incrociò lo sguardo con Cervo. Ormai era troppo tardi. Chiuse gli occhi abbandonandosi per la prima volta alla paura.

Numerose frecce sibilarono vicino a Marchi. Nessuna lo colpì. Riaprì gli occhi e la prima cose che vide fu Cervo cadere di fronte a lui trafitto da diversi dardi.

In quel momento, in quel preciso momento, una parte di lui morì.

GABRIEL

Fare l'eroe

La situazione politica della Dolcina era un susseguirsi di nomi che per Gabriel avevano poco significato. Nel viaggio che aveva portato lui e Pieros a Fostgard molte cose erano cambiate, la Convenzione era cambiata, ma una cosa sarebbe rimasta sempre uguale: la guerra. Quella non cambiava mai, anzi, peggiorava con il passare del potere di mano in mano.

Erano arrivati a Fostgard con l'intento di convincere Giosué Tutcker a risolvere la delicata situazione della Dolcina, ma non appena Gabriel mise piede in città constatò che la situazione era mutata di molto. Sui muri delle strade c'erano scritte contro la Convenzione, i bassifondi erano diventati campi sterminati di pali sui quali erano lasciati a marcire i dissidenti e la brezza spostava i drappi azzurri come monito per tutti coloro che osavano tramare contro la Convenzione di Dolcina.

Di Giosué nemmeno l'ombra, anzi, nelle vie della città non si faceva che parlare di un nuovo lord venuto da Dolcina per mettere a posto la situazione.

«Bella gita, non trovi?» Pieros era appoggiato al muro di un vicoletto dei bassifondi. «Ora che non c'è più nessuno da far ragionare e i nostri contatti sono tutti morti e sepolti, che ne dici se ce ne torniamo a Silverknowes? Con un po' di fortuna potremmo fare in tempo per il matrimonio».

«Proprio non ci arrivi, Pieros?» Gabriel si alzò di scatto dalla cassa sulla quale era seduto. «Se anche Kerselmo Bai è morto quello stupido matrimonio non servirà a niente!»

«Sì, ma non ti arrabbiare».

Gabriel strinse i pungi e fece qualche passo nel vicolo per trovare la calma. Odiava quando qualcuno gli diceva di fare qualcosa, a maggior ragione se quel qualcosa era il non doversi arrabbiare! «Hai idee migliori? Della resa intendo».

«Per l'amor di Dio, non dobbiamo sempre combattere!»

«Se non lo facciamo noi lo faranno altri. Non sei stanco di vedere la morte?»

«Proprio perché sono stanco di vedere la morte vorrei un po' di pace. Vorrei una tavola imbandita, della buona musica e qualche risata dopo una damigiana di vino. E invece sono qui, come te, a provare a salvare delle vite. Ma noi siamo in due, Gabriel, e gli altri sono migliaia».

«Hai ragione».

«Cosa?» Pieros squillò e corrugò la fronte. «Da quando mi dai ragione?»

«Non ti ci abituare, sto solo dicendo che… forse né io né tu dovremmo essere qui. Io non ci capisco niente di queste cose e se non c'è una zuffa faccio anche solo fatica a risolvere la situazione».

«Vuoi una zuffa? Ti basterà aspettare il prossimo figlio di puttana che vuole fare l'eroe sfidando apertamente la Convenzione. Ah, la Convenzione… chissà se ha un senso e qualcuno ci crede davvero. Ad ogni modo è un capolavoro di Lourentius!»

«Non dire neanche per sogno una cosa del genere!» Gabriel ringhiò al compagno. Non si doveva in nessun modo esaltare quel pazzo. I suoi non erano lampi di genio, bensì azioni sconsiderate che stavano condannando a morte decine di migliaia di innocenti.

«Te la prendi troppo.» Pieros sorrise e con il coltello iniziò a incidere il muro poroso del vicolo. "Viva Monosiklo" scrisse.

Gabriel lo guardò con imbarazzo.

«Che c'è?» si sorprese Pieros.

«Credevo non sopportassi nemmeno tu Monosiklo».

«Dico tante cose, Gabriel, non dovresti prendere sempre tutto alla lettera quello che dicono gli altri. Monosiklo è il meno peggio. Certo, è un egoista, narcisista con manie di grandezza. Per non parlare del fatto che ha tradito mezzo Reame solo per potersi far portare le brioches a letto, ma se sono qui, se molti come me sono ancora vivi, lo devo a lui».

«Tutto molto commovente...» sbuffò Gabriel. «Se è tanto magnifico come dici. Se si fa chiamare "Il Grande", perché non schiocca le dita e non manda alla forca Lourentius e tutti gli altri ratti che ci fanno dannare l'anima?»

«E io che ne so?» Pieros alzò di nuovo le spalle. «Non ci capisco niente proprio come te».

«Grandioso! Siamo due zotici in attesa di una zuffa, quindi».

«Parla per te, io questa la faccio funzionare.» Pieros si picchiettò il dito sulla tempia.

Rumore di passi. Voci. Qualcuno stava correndo nella loro direzione inseguito da soldati. O così sembrava, dato il rumore e il cozzare metallico che riverberava lungo i muri delle case fatiscenti.

«Facciamoci un giro».

Almeno per quella volta, Gabriel si trovò d'accordo con Pieros. Per quanto il ragazzo facesse di tutto per farlo innervosire, Gabriel non riusciva a non volergli bene. Gli ricordava John e il suo spirito libero, ma ancor di più gli ricordava i tempi in cui anche lui seguiva lord Gideon Vannar come un'ombra e lo tediava con questioni che a suo tempo riteneva di fondamentale importanza. Anche Gabriel, da ragazzo, aveva la testa piena di ideali e speranze. Ne aveva ancora, ma con il passare del tempo e con tutte le cicatrici che si portava nel cuore, a poco a poco stava diventando sempre più arido.

Non c'era sutura, impacco medico o incantesimo che potesse riportargli il sorriso come quando c'era Viola.

Si nascosero dietro a la staccionata di una catapecchia, coperti dai fili e dal bucato steso. Gabriel intravedeva la scena scostando le lenzuola ancora umide e Pieros, sdraiato a terra per osservare anch'egli la situazione, sembrava più una salamandra in trappola che il capo delle guardie di uno degli uomini più potenti di Arkades. Ma che diavolo stava dicendo? Da quando portava così tanto rispetto per Monosiklo?

«Ehi! Mi hai pestato il piede!» sibilò Pieros.

«E tu non muoverti, cazzo».

«L'erba punge!»

«Non ti ho detto io di sdraiarti, potevi nasconderti dietro a quei mutandoni».

«E dove? Sei così grosso che occupi tutto lo spazio».

«Silenzio, sono qui!» Gabriel diede un colpetto allo sterno di Pieros.

«Ahia!»

«Non ti ho fatto niente!»

«E invece...»

«Taci, arrivano».

Un uomo in abiti eleganti fu sbattuto contro il muro da due armigeri dai paramenti rossi della Convenzione. Altri soldati affollarono quella strada braccando altri due uomini. Sembravano essere importanti. Uno con gli occhialetti, un'armatura d'ebano e un mantello color paglia, l'altro con lunghi capelli neri e schinieri aguzzi tanto da far allontanare le guardie per paura di pungersi con quelli speroni. I tre uomini erano con le spalle al muro. Davanti a loro qualche guardia e più di una picca puntata contro.

«Bene bene bene...» Un ragazzo si tolse l'elmo a forma di ariete. Gabriel lo aveva già visto. Era il ragazzo che era arrivato a Engaddi dopo l'intromissione di Remigio. «Ora, Mirco, saresti così gentile da farti scortare al patibolo?»

L'uomo con gli occhialetti staccò la schiena dal muro e fece cenno a un uomo ricoperto di acciaio dalla testa ai piedi fra i ranghi degli assalitori. «Figlio di...»

«No, no!» lo interruppe ancora una volta il ragazzo dall'elmo a forma di ariete. «Non prendertela con Ryad. Lui ha solo fatto la cosa giusta».

«La cosa giusta per la Congregazione di Fostgard» l'eco ovattato da oltre la visiera dell'armatura metallica di Ryad riecheggiò.

Mirco ostentava una calma fuori dal comune. «Chi te lo ha detto, Raphael? Carlo Alberto? Sai che dovevo tutelarmi.» Al suo posto Gabriel si sarebbe gettato contro il ragazzo e gli avrebbe tolto quel sorrisetto dalla faccia a forza di testate.

«Acuto osservatore! Ma no, è stata tua figlia» esclamò Raphael.

«Impossibile» tentennò Mirco. «Catherine non avrebbe motivo di...»

«Non vi stancate mai voi vecchi di pensare di sapere cosa vogliamo noi giovani?» domandò Raphael, deluso.

«Lei non lo farebbe...»

«Mi dispiace deluderti, ma lo ha fatto. Ma torniamo a noi: se devo essere sincero, ci hai messo anche troppo a ordire questo attentato. Davvero pensavi che Cristian non se ne rendesse conto? Ma soprattutto, davvero pensavi di poter comprare la Congregazione di Fostgard? Noi saremo anche figli di nessuno, ma ricordati che tu vieni dal nulla almeno quanto noi».

«Va a farti fottere, Raphael!» gli gridò l'uomo dai capelli neri.

«È una proposta, lord Stephan?» Raphael inclinò la testa e qualcuno fra i soldati sghignazzò. «No? Bene, anche perché non sono proprio in vena oggi. Né di scherzi né di... beh, ci siamo capiti».

«Che vuoi?» Mirco fu preso per le braccia dai soldati. «Dolcina ha finito gli spettacolini e vuole vedere un'altra testa ruzzolare da Golden-knowes?»

«No, semplicemente ha finito la pazienza» gli rispose Raphael. «Sai qual è la parte migliore del giustiziare i cospiratori? È che dopo che vengono decapitati e bruciati il loro tanfo se ne va da sotto al nostro naso».

«Sei in vena di chiacchiere, oggi?» Stephan sputò per terra e di tutta risposta un soldato gli piantò una picca nel polpaccio facendolo rovinare al suolo. Raphael si limitò a guardarlo con un sorriso inquietante.

Pieros diede un colpetto allo stivale di Gabriel e sussurrò qualcosa. «Meglio filare».

Gabriel scosse la testa. Voleva continuare ad ascoltare per capirci qualcosa. Fuggire non era contemplato.

«Ora vi spiego cosa succederà adesso.» Raphael si fece passare un machete e uno dei soldati della convenzione si avvicinò con una torcia, intento a scaldare la lama. «Voi mi direte chi altro ha preso parte alla congiura e io vi darò una morte veloce».

«Non puoi!» gridò Stephan.

«Certo che posso, sono l'Alto Rappresentante e tu non sei più nessuno. Sei niente. E lo sei perché lo hai scelto tu».

«Non mi piegherò mai a una puttana come te!»

«Oh e invece lo farai.» Raphael avvicinò il machete arroventato alla faccia di Stephan, tenuto fermo dagli uomini della convenzione. «Come si sono piegati tutti gli altri…»

O sfrigolio e le grida disumane riempirono l'intero vicolo. Gabriel si trattenne dall'uscire allo scoperto e dall'affrontare Raphael solo perché Pieros gli teneva le caviglie, altrimenti avrebbe fatto follie pur di zittire quell'insolente.

«Che cosa sta succedendo qui?» Remigio Foconero, seguito da un drappello di altri uomini della Convenzione, sbucò alle spalle di Raphael. La prima cosa che fece fu togliere il machete dalle mani di Raphael e gettarlo a terra.

«Remigio, mi togli per caso il divertimento?»

Il Colonnello scrutò attorno. Gabriel aveva come l'impressione che notasse la sua presenza, come se fossero legati da una diatriba che andava oltre le questioni politiche della Dolcina.

«Questa violenza non ha senso» commentò Remigio.

«Parleranno. Sono sicuro che Mirco lo farà.» Raphael cercò di riprendere il machete da terra, ma Remigio lo pestò. Sembrava intenzionato a non muoversi da lì.

«Remigio, io sono…»

«Non importa chi sei. Questa è la nostra gente. Con la propria dignità e le loro idee. Per quanto sbagliate possano essere non meritano tutto quello che vorresti fargli. Pagheranno per ciò che hanno fatto a Dolcina e all'ordine costituito, ma non verrà inferta loro alcuna umiliazione».

Raphael scoppiò a ridere. «Ora sei anche un santo, Remigio?»

Il tentativo di Raphael di ridicolizzare Remigio non bastò per smuovere il Colonnello. Si creò un forte imbarazzo fra gli uomini della Convenzione. E non appena Raphael si rese conto di non poter trattare con Remigio alzò le spalle e si voltò.

«E va bene, fa' pure a modo tuo. Ma Cristian lo verrà a sapere. Sai cosa dobbiamo fare e sai che non possiamo mostrare pietà. Fa' i tuoi soliti riti, le tue paroline magiche, ma ricordati di fare in fretta, perché entro l'alba questa città dovrà essere rasa al suolo».

Fostgard sarebbe stata distrutta? Perché la Convenzione era arrivata a una simile conclusione?

Raphael abbandonò Remigio come un cane e le suppliche di Mirco e Stephan non sortirono alcun effetto.

«Io, Remigio Foconero, Colonnello della Dolcina e Figlio dell'Impero, vi condanno a morte nel nome dell'Imperatore Tecnho I».

Sputò quelle parole a fatica, fendendo l'aria con la sua alabarda e mozzando tutte le teste con un colpo netto.

«Continuate a cercare» ordinò Remigio, guardando i cadaveri di Mirco e Stephan.

«Mio signore, non dovremmo davvero distruggere la città?» domandò uno dei soldati della scorta di Remigio.

«Cominciate a setacciare da questo vicolo.» Non rispose alla domanda.

Allora faceva sul serio.

«Cazzo, e ora che facciamo?» Pieros sgattaiolò fra la biancheria caduta indietreggiando nel nascondiglio che si erano trovati.

Gabriel si guardò intorno. Tutte le porte erano sigillate, così come le finestre. Avrebbero potuto sgusciare fino alla fine del vicolo, ma non oltre. Un cancello divideva il vicolo da una magione più grande e abbatterlo avrebbe attirato troppe attenzioni.

Sembravano in trappola e i soldati della Convenzione stavano già iniziando a marciare nella loro direzione.

«Sfondiamo una porta e ci rifugiamo» suggerì Gabriel.

«Ci sentiranno!»

«Shhh, se urli tu è ovvio che ci sentono».

«Prova a partorire idee migliori, zuccone di un ducale!»

«Possiamo farcela. Ne ho contati otto».

«Sei per caso idiota? Ci correrà dietro mezza Convenzione se usciamo di qui. E poi non lo vedi Remigio? Ha ammazzato quei tre con un solo colpo!»

«Al bastardo penserò io…»

«Il solito spaccone. Non…»

«Aspetta!» Gabriel zittì Pieros e tese l'orecchio in direzione del vicolo buio. «Hai sentito?»

«Cosa?»

«Silenzio».

Il cigolio di una porta attirò l'attenzione di Gabriel come una gazzella catturava lo sguardo di un predatore. Da uno spiraglio di luce un ragazzo fece cenno ai due di correre nella sua direzione e di entrare. Poteva essere un azzardo, un'altra trappola. Chiunque li avrebbe consegnati per avere salva la vita. Troppe volte Gabriel era caduto in simili trucchetti.

«Al mio tre» suggerì Pieros. «Se stiamo radenti al muro non ci vedono».

«Ci consegneranno con i polsi legati».

«Se non hai idee migliori è meglio che taci e ringrazi tutte le entità divine di questo mondo di merda per questa occasione. Anzi, se vuoi farti ammazzare fa' pure. Ma io non sono venuto a Fostgard per questo. Anzi, non ho nemmeno capito perché mi trovo qui!» Pieros si appiattì al muro e scivolò con cura fra le pareti. «Muori da eroe anche per me, Gabriel» gli sussurrò Pieros, ormai vicino allo spiraglio lasciato aperto dal loro misterioso salvatore.

Era assurdo quanto Pieros riuscisse a fuggire davanti a ogni cosa, ma doveva ammettere che, a mente più lucida, quella era la cosa migliore da fare. Lo seguì replicandone i movimenti e trovando nei barili e nelle casse i nascondigli ideali per raggiungere la porta aperta.

Non appena la porta si richiuse dietro di loro, Gabriel diede un colpo a terra con il pugno, come se volesse sfogare tutta la rabbia che aveva accumulato nel vedere la scena inerme dietro a delle lenzuola. Era rimasto con le mani in mano, senza fare niente, mentre Raphael annunciava la distruzione della città e la morte di migliaia di persone. Si faceva schifo per questo.

La frustrazione durò poco. Decine di occhi erano puntati contro di loro nella penombra di quello che sembrava un seminterrato. C'era chi tossiva, chi si lamentava del dolore e chi piangeva. Sembrava un ospedale abusivo intriso di odori pungenti e afa.

Qualcuno gli toccò la spalla. Di tutta risposta, Gabriel gli prese il polso e sbatté con forza l'assalitore contro il muro ancor prima che potesse dire una parola. Estrasse Zaltys e gliela puntò alla gola nel clamore generale.

«Chi sei?!» gridò Gabriel, più per la rabbia di non avere il controllo della situazione che per la paura.

«Guardati intorno... sei fra i rifugiati» faticò a parlare il ragazzo che aveva sotto scacco. Capelli rasati, un volto spigoloso e due enormi occhi verdi che in quel momento gridavano stupore.

«Sei impazzito?» Pieros si mise a braccia conserte. «Abbassa la spada, ci sono donne e bambini!»

«Forse dovevamo lasciarti morire...» Il ragazzo braccato da Gabriel si dimenò. Non avrebbe potuto niente contro la forza di Gabriel.

«Indro, non dirlo neanche per scherzo.» Una donna dal lungo vestito verdognolo si avvicinò. «Noi proteggiamo la gente, non la facciamo morire.» Era sporca di sangue e polveri strane che le imbrattavano le mani. Sul suo viso degli occhialetti sporchi di fuliggine, come quelli indossati dagli alchimisti del Pindels. Per un momento Gabriel si perse in quel dettaglio. Bastò quell'incertezza per convincerlo a mollare la presa e calmarsi. Forse stava davvero esagerando.

Gabriel fece cadere la spada e si immobilizzò. Cosa stava diventando? Un mostro. Un mostro a tal punto che anche le persone lo vedevano come una minaccia e non come un eroe. Vedeva negli occhi dei feriti la stessa paura che avrebbero dovuto avere di fronte a un macellaio. E ancora una volta tutto questo era colpa di Versantius. Era diventato così per colpa sua, ne era certo.

«Abbiamo ancora qualcosa di caldo?» domandò la donna.

«È avanzata della zuppa. Ma è da riscaldare.» Indro sgattaiolò in direzione del calderone posto sul camino spento. Schioccò le dita e una fiammella riaccese i tizzoni spenti. «Detto fatto!»

Pieros sembrava seguire passo dopo passo tutti i movimenti di Indro, mentre Gabriel continuava a restarsene immobile avvolto dal calore di quelle quattro mura. Aveva contato almeno cinquanta rifugiati, fra feriti e sfollati.

«Mi chiamo Elisa. Elisa Linsei. O almeno questo è il nome con il quale mi hanno messo al mondo.» La donna si pulì le mani su un panno e la tese a Gabriel con fare fin troppo solenne. Dal portamento e dal modo di parlare sembrava una nobile, anche se i suoi vestiti e le sue intenzioni suggerivano il contrario. Capitava raramente che una nobile parlasse così male del suo nome di famiglia.

«Perché salvarci?» Gabriel era stanco di cadere nelle trappole.

Elisa raggiunse un tavolo da lavoro dagli angoli smussati, rovistò fra le sue tasche e posò alcune fialette di vetro di fianco ad alti alambicchi. «Questo l'ho già detto: non facciamo morire le persone».

«Se mi trovano qui morirete tutti.» Gabriel riprese Zaltys e dopo qualche occhiata ai civili sfidò Elisa con lo sguardo. «Devo andarmene, sempre che io non sia un tuo ostaggio. Ma ne dubito».

«C'è il coprifuoco di notte. Vi troveranno appena usciti dal vicolo».

«Rischierei solo di mettervi nei guai. E tu non vuoi, giusto?».

«E perché mai?» Elisa si accomodò sul primo sacco di farina usandolo come sedia.

«Non sai chi sono? Sono Gabriel Gariboldi. Mi danno la caccia e se...»

«Eccolo che ricomincia!» Pieros si intromise sbuffando. «Non ci hanno visto e non sanno che siamo qui. Quindi nessuno ti dà ancora la caccia».

«Ti immaginavo più vecchio.» Indro tese una scodella di zuppa a Gabriel e un'altra a Pieros. Era più acqua che verdure, ma era pur sempre qualcosa di caldo da mettere nello stomaco.

Elisa non sembrava stupita. «Non sono brava a ricordare nomi. Il culto degli eroi è qualcosa che non mi appartiene. Rende le persone normali meno responsabili, in un certo senso le giustifica a non muovere un dito di fronte alle ingiustizie. È quello che sta succedendo qui a Dolcina...»

Gabriel ci rifletté a lungo, ma sembrava non capire dove Elisa volesse arrivare. «Che intendi dire?»

«Intendo dire che si dà fin troppo peso agli atti eroici dei singoli. Potremmo essere tutti eroi se solo volessimo. Non serve vincere battaglie o essere ricordati come dei martiri, basta vivere giorno per giorno con il sorriso fra le labbra e fare la propria parte quando si è chiamati a farla».

Gabriel sogghignò. «Dunque è questo quello che sei? Un'eroina?» Quello che diceva Elisa non aveva alcun senso!

«Sono solo una persona che non guarda al nome degli altri per salvarli. Non mi fermo a ragionare, non perdo tempo a giudicare il passato degli altri. Salviamo tutti, per quanto possiamo. Dolcina ha bisogno di questo, forse l'intero Reame ne ha bisogno. Quella che chiamano Convenzione di Dolcina è sbagliata. È diventata un mostro troppo ingombrante che soffoca tutti, ma soprattutto soffoca chi non ha voce per poter gridare, come queste persone. C'è chi ci ha creduto, lo vedo negli occhi di chi incontro, ma come molte cose, la Convenzione si è rivelata essere un abbaglio, il solito strumento di potere per chi ha potere».

Gabriel annuì. Non tanto per darle ragione, quanto per sentire cos'altro avesse da dire Elisa. Il suo ragionamento era lo stesso di tanti altri: fare la cosa giusta, solo perché era la cosa migliore da fare. Era una filosofia che lo stesso Gabriel aveva cercato di portare avanti per anni, salvo poi andare a sbattere contro il muro della realtà.

Non sempre si poteva fare la cosa giusta. Non sempre si poteva guardare negli occhi una persona e non farne una questione di nomi o importanza. Ci aveva provato. Solo lui sapeva quanto ci aveva provato.

«È un vero schifo! Non la zuppa, dico questa roba.» Pieros aveva già trangugiato tutta la zuppa per evitare fraintendimenti. «Quelli che avevano giurato di difendere la Dolcina e di metterla nelle mani del popolo la stanno distruggendo».

«E questo è solo l'inizio» commentò sconsolato Indro. «Avete sentito cosa è successo a Gemelli dell'Agondros?»

«No.» Gabriel si fece duro. Ascoltare storie di soprusi non lo avrebbe aiutato a calmarsi. «Altre morti, immagino».

«Hanno giustiziato Paride Hirasol. Forse l'ultimo a prendersi davvero cura della sua gente. Un simbolo della città, senza alcun dubbio. Durante la recente carestia a Fostgard era stato lui a convincere Giovanni De Nillis a intervenire cedendo le proprie riserve di grano. Di uomini così, ce ne sono sempre meno. E mi vergogno della mia stessa famiglia».

«Quale famiglia?» domandò Pieros. «Aspetta! Mi sono appena reso conto che non farebbe alcuna differenza: sono tutti dei bastardi».

«Come darti torto.» Indro sospirò. «Mio padre è Hazel Bai. Era Hazel Bai».

«Pace all'anima sua…» Pieros provò a fare le sue condoglianze, il che rendeva la scena ancor più surreale. Gabriel invece proprio non se la sentiva di ricordare un assassino.

«Ne avrà bisogno. Non è stato un brav'uomo, come non lo sono gli altri» sentenziò Indro.

Sembrava come se Elisa e Indro pensassero di essere gli unici buoni in tutta questa storia. Poteva anche essere così, potevano anche essere stati gli unici a non scendere a compromessi pur di mantenere un'integrità, ma di certo le ingiustizie tanto assurde quanto ingiustificate che facevano storcere loro il naso non si sarebbero dissolte restandosene rintanati in un seminterrato a ripetersi che stavano facendo del bene. Qualcuno doveva salvare quegli sfollati. E non solo a parole.

«Vedo che c'è chi resiste.» Gabriel si soffermò sui volti di alcuni rifugiati. Erano uomini spaventati, alcuni di loro mutilati, altri abbattuti nello spirito. Aveva visto musi così lunghi solamente durante l'assedio di Aeternam Clipeus, ma capiva la loro situazione: il mondo li braccava e l'unica via di fuga era in mezzo alle fiamme.

«Resistere è l'unica cosa che possiamo fare.» Elisa lanciò qualche fialetta ad alcuni feriti accasciati contro il muro ammuffito del seminterrato. «Almeno il tempo necessario per vedere la Convenzione distruggersi con le sue mani».

«Ci vorrà del tempo» si intromise Indro. «Ma non così tanto tempo. Presto uno dei due Principi prenderà il sopravvento sull'altro. E quando arriverà quel momento a nessuno importerà quali editti verranno firmati a Goldenknowes e quale Presidente siede a Dolcina. Tutto finirà».

«Due Principi?» domandò Pieros. «Già la Dolcina si sta sfasciando con nessun Principe. Non oso immaginare una diarchia».

«Nessuna diarchia. Sono semplicemente proposte. Pessime proposte» disse Elisa.

«Spiegati meglio.» Gli occhi di Gabriel divennero due fessure. La cosa iniziava a farsi interessante, seppur le nomine e le ambizioni degli altri non lo avessero mai particolarmente entusiasmato.

«I Bai e i Foconero sono gli unici che possono avere la forza di sostenere un loro Principe. Gli unici che potrebbero convincere le persone e la corte ad Arkanthill che per ritrovare la pace basti uno di loro».

«E gli Aristei?» domandò Pieros. «Il Granduca mi ha confidato che anche Falcara Imperiale potrebbe avere questo potere. Se non altro militare. Dal momento che tutti, da De Nillis a Kerselmo Bai, si sono premurati di non averlo come nemico, perché mai non dovrebbe ambire a questo titolo?»

«Perché Giacomo Aristei è un conservatore.» Elisa faticò a celare il suo disprezzo nella voce roca. «L'ordine costituito è ciò che desidera con tutto il cuore. Meno seccature e meno speranze per tutti, questo dovrebbe essere il suo motto! È sempre stata così disdicevole la sua linea di pensiero. Un meschino e pavido asservito solo alla sua tesoreria. E pensare che c'è addirittura chi lo considera un lord saggio e moderato. Sono tutti sicuri che stia tramando qualcosa con Cristian Carold».

«Non siamo qui per parlare di Giacomo Aristei...» Gabriel voleva sapere altro. «Che mi dici dei Bai e dei Foconero? I loro lord concimano i campi di Brunellin e le colline di Solletic. Chi guida ora gli eserciti? Immagino gli stessi che hanno la pretesa di governare».

«I loro figli.» Elisa sembrava quasi sbigottita dopo quella risposta.

«Ragazzini con ancora il moccio al naso?»

Indro lo folgorò con lo sguardo, ma la sua voce restò calma. «Lo eri anche tu quando ti sei asserragliato ad Aeternam Clipeus e hai costretto Boris Raffreddalama a un assedio estenuante. O forse sono io a non ricordare bene la ballata?»

Gabriel scattò in avanti, ma la vergogna e il vuoto che si venne a creare nella sua mente lo placarono immediatamente. Aveva ragione Indro. Non c'era età per fare cose straordinarie, ma questi ragazzi ne sarebbero stati in grado?

«Avrai sicuramente già sentito parlare di Fred Foconero.» Elisa si alzò e andò a prendere un manifesto logoro per mostrarlo a Gabriel. «Il mezzano dei figli di Celestino. Dicono sia un grande combattente e una persona che ha fatto dell'onestà la sua bandiera. Se non fosse che non abbia un minimo di compassione o senso di pietà sarebbe anche la persona giusta per la Dolcina».

«Ne ho sentito parlare!» Pieros le strappò il manifesto di mano prima che Gabriel potesse iniziare a leggerlo. «Dicono che mantenga sempre le promesse e che usi i mantelli dei suoi nemici per mettere paura agli altri…» Pieros mostrò a Gabriel il volto di Fred abbozzato sul manifesto. Era giovane e determinato anche nell'illustrazione, non solo a parole. Per qualche istante a Gabriel era parso di vedere la sua stessa immagine su quel manifesto.

«Lo hai memorizzato?» domandò Pieros. «Bene, quindi il condottiero impavido e che non guarda in faccia a nessuno ce l'abbiamo. Per quanto riguarda i Bai?»

«I Bai hanno scelto una via tutta loro…» commentò Indro.

«Non hanno avuto scelta affatto» rettificò Elisa. Ormai lo sguardo di Gabriel balzava da uno all'altro. Per quanto si contraddicessero spesso fra i due sembrava correre buon sangue, forse li legava qualcosa di più che una missione di salvataggio. Lo si capiva dai loro lunghi sguardi.

«Quindi?» Gabriel dovette ricordare ai due della sua presenza.

«Ashtreid Bai è l'unica figlia rimasta a Brunellin».

«E Mirandolina?» Gabriel alzò un sopracciglio. «Nessuno pensa più a lei?»

«Come lei non pensa più alla sua famiglia» replicò Indro. «Ashtreid è giovanissima, ma ha la forza della natura dentro. Potrebbe essere…»

«Ma non ha…» Pieros fece dei calcoli con le dita. «Diciassette anni? Monosiklo si conficcherebbe un coltello da formaggi nell'occhio piuttosto che vedere un'altra bambina prendere il titolo di Principessa».

Elisa sorrise. «Lei non è come Elinor. Nulla a che vedere con lei».

«E com'è?» Gabriel si inarcò in avanti. Davvero non capiva se Elisa e Indro stessero spendendo parole al miele o meno su questi presunti Principi autoproclamatisi.

«Lei reagisce. Ad ogni cosa. La guida la rabbia, l'orgoglio della sua famiglia. Si crede una divinità».

Gabriel scosse la testa. «Un'esaltata, dunque. Non ne abbiamo bisogno».

Elisa si sistemò la lunga gonna e si rimise a sedere sui sacchi di farina. «Lo hai detto tu: non ne abbiamo bisogno. Ma meglio uno qualunque di questi due che la guerra che sta colpendo tutti. Cristian Carold sta giocando d'astuzia. Mette Bai contro Foconero nella speranza che qualcuno riesca a prevalere sull'altro. Lo fa solo perché sa che non potrebbe nulla se i due unissero le forze».

«Santo cielo, non un altro matrimonio!» Pieros alzò gli occhi al cielo.

«Su questo puoi stare tranquillo. Non è mai avvenuto e non avverrà mai.» Indro abbassò lo sguardo. «Purtroppo per tutti... Molto più semplice ammazzare gli oppositori e sostituirli con dei pupazzi, come fatto con Paride. Non c'è più spazio per pensatori e altre opinioni. Figuriamoci per il perdono».

Sembrava tutto troppo grande, tutto al di fuori della portata di Gabriel. L'unica cosa che poteva fare era conservare la sua granitica posa e fingere che tutto fosse sotto controllo. La verità era che capiva meno della metà delle argomentazioni di Elisa e Indro. Ancora non capiva da che parte fossero schierati, ma non ci voleva molto a comprendere che volessero fare del bene e liberarsi del peso dei drammi della guerra.

Al sentire le storie sui Bai e sui Foconero, così come quelle dei loro rampolli, Gabriel tornò con la mente al suo passato, a quando poco prima della dichiarazione di indipendenza di Tecnho Valazdar, più di dieci anni prima, tutto sembrava potesse risolversi in pochissimo tempo, e invece non fu che l'inizio dello stravolgimento del Reame. La storia si stava ripetendo, ancora una volta. Solo che questa volta era lui a dare per scontate molte cose, era lui a essere il potere costituito. Era lui quello obsoleto, quello che non stava combattendo per la sua terra, anzi, quello che stava fuggendo invece che combattere. Quella storia aveva altri eroi, non di certo lui.

Un brivido gli corse lungo la schiena al solo pensare che la guerra civile della Dolcina potesse essere l'alba di una nuova ribellione.

Le ore successive Gabriel le passò in silenzio, seduto a rimuginare sul perché, nonostante tutto, non muovesse un dito per salvare quelle persone. La testa gli diceva di non fare follie e Pieros non perdeva occasione con lo sguardo per ribadirglielo, ma il cuore gli gridava di fare qualcosa, di guidare quelle persone lontano da Fostgard, di tenere alta la spada e combattere. Aveva ancora molto da dimostrare al mondo. Ma ancor di più da dimostrare a se stesso.

Le ultime torce nel seminterrato si spensero. Indro teneva fra le mani una candela e l'avvicinava ai feriti per permettere ad Elisa di lenire le piaghe e le bruciature. Faceva tutto lei: alleviava il dolore con le pomate, dava da bere a coloro che non potevano muoversi, consegnava medicinali e spalmava unguenti sulle bruciature piene di pus. E faceva tutto senza battere ciglio, senza un sorriso o senza un minimo di disgusto. Ogni tanto alzava la testa per ricercare il parere di Indro, altre volte appoggiava il capo su quello delle persone che non ce l'avevano fatta nonostante i suoi sforzi. Chissà quale specie di ideale guidava le sue azioni? Cosa spingeva una nobile donna a piegarsi, a impolverarsi il vestito e a macchiarsi i capelli di sangue pur di dare qualche ora di vita in più a chi poteva ripagarla solo con uno sguardo carico di gratitudine.

Forse era vero: bastava poco per fare l'eroe.

Il sudore colava dal collo di Gabriel e si insinuava nel colletto della corazza in cuoio. Non era solo il calore dei corpi umani a rendere l'aria insostenibile, né quello dei miasmi dei medicamenti di Elisa o la magia di Indro. C'era qualcosa che non andava.

Un odore soffocante gli seccò la gola. Ad accompagnarlo ci fu una sinfonia di starnuti, grida e colpi di tosse. Era chiaro: del fumo stava entrando dalle finestrelle del seminterrato. Gabriel si alzò di scatto. Forse troppo velocemente a giudicare dal dolore alla gamba che lo costrinse a rallentare il passo. «Pieros, non possiamo più aspettare».

«Vuoi abbandonarli?» si sorprese il ragazzo. «Io...»

«No, cretino!» Gabriel lo scosse. «Lo senti anche tu il fumo? Non odora né di sterpaglia, né di carne. Sta prendendo fuoco la città intera. E questo significa che dobbiamo portare fuori tutti il prima possibile».

Elisa li raggiunse. «Cosa state confabulando?»

«Dobbiamo andarcene! Ora.» Gabriel afferrò il braccio di Elisa, quest'ultima non si scompose.

«E i feriti?»

Gabriel lasciò il braccio di Elisa. Non era la prima volta che quella domanda lo metteva in crisi. Già durante la Guerra delle Ali

351

dell'Aquila, a poche miglia da Surad, John gli aveva rivolto quella domanda. «E i feriti, Gabriel? Mica vorrai lasciarli morire qui?» Allora non era riuscito a prendere una decisione e Teseus Hansbert quasi perse la vita, ma ora non si sarebbe fatto prendere dai sensi di colpa, né dall'indecisione.

«Ti prometto che condurrò al sicuro quante più persone riusciranno a seguirmi. Me ne caricherò anche due per spalla se necessario, ma quelli che non riusciranno... Elisa, cerca di capire!»

Indro si allineò ad Elisa. I due erano come due statue di sale. Gli occhi fissi su Gabriel e il suo disagio.

«Cazzo, non potete non capire!» Gabriel diede un pugnò al puro facendo cadere una mensola. Alcuni sussultarono. Una delle donne iniziò a singhiozzare con fare isterico. Gabriel tornò in sé solo rientrando a contatto con gli occhi impassibili di Elisa.

«Portali via, Gabriel. Ai feriti penseremo noi».

Il sangue gli andò alla testa. Nessuno poteva dirgli che cosa fare e cosa non fare. Non avrebbe avuto sulla coscienza nessuno. Gabriel inchiodò Indro al muro, immobilizzandolo con l'avambraccio sul collo. «Voi due verrete con me! Basta martiri! Basta con tutto questo protagonismo che fa venire solo il voltastomaco! Vi metterete in salvo come tutti e ripartirete da qui».

Elisa mise la mano sulla spalla di Gabriel. «Nessuno sceglie sempre, Gabriel».

Un tocco delicato. Talmente tanto che Gabriel trasalì riprendendo il lume della ragione. Cosa stava facendo? Come poteva pretendere di costringere le persone a seguirlo contro i loro stessi ideali?

Gabriel allentò la presa. «Io... scusa, non so cosa mi sia preso. Io...»

«Va'.» Indro tossì e si piegò in due per il fumo esalato. «Ci penseremo... noi...»

«Vi prometto che li salverò!» Era più il senso di colpa a parlare per Gabriel. «E una volta portati in salvo, io...»

«Non fare promesse, Gabriel. Tu non devi salvare noi. Hai un altro destino» lo interruppe Elisa. Era quasi come se sapesse che tutte le parole di Gabriel spese al vento come promesse avessero tutte una triste fine. Prima Orfeo, poi Rolando. Ora Elisa e Indro. Basta promesse! Ma Elisa parlava di destino. Quale destino, maledizione!

«Non sono una persona da destino...»

«Nemmeno io. Ma il mondo ci lancia dei segnali, Gabriel. Sta a noi coglierli...» Elisa tossì.

«E il tuo di destino?» Gabriel era convinto che non l'avrebbe mai più rivista.

«So che esiste per me un destino. Devo ancora capire qual è».

«Gabriel andiamo!» Pieros gridò oltre la coltre di fumo, nel marasma di persone che attendevano solo un segnale e una fiammella di coraggio per fuggire.

«Addio Elisa.» Forse non era il fumo a fargli lacrimare gli occhi, ma le figura di quella donna venne stravolta dal prurito agli occhi. «Addio Indro, proteggila ad ogni costo».

Nessuno dei due rispose. Si limitarono a creare una cupola attorno ai pochi feriti rimasti non in grado di fuggire dal seminterrato.

Pieros spalancò la porta con un calcio. Finalmente aria pulita da respirare. I rifugiati sciamarono verso l'unica uscita sgomitando per trovare la salvezza. Gabriel non sapeva come avrebbe potuto salvarli, ma doveva comunque fare un tentativo.

Per Elisa. Per Indro. Per un bene che albergava in sempre meno persone.

Una volta spalancata la porta, ben pochi accettarono di farsi guidare da Gabriel verso l'uscita della città. Tutto andava a fuoco. Le case crollavano su se stesse divorate dalle fiamme, le strade principali erano diventate cumuli di detriti e ferraglia e i pochi vicoli che non erano affollati dai rifugiati venivano bloccati dalle truppe della Convenzione e dei dissidenti che si davano battaglia. Non ci sarebbe stato spazio per nessuna esecuzione, per nessun nastro azzurro o rito formale pronunciato dal maledettissimo Remigio Foconero. C'era spazio solo per la morte.

I soldati erano troppo impegnati nell'appiccare le fiamme in città. Nemmeno il Tempio della Congregazione di Fostgard fu risparmiato. Era l'edificio che scintillava di più fra le fiamme della città. Stava succedendo proprio come a Surad, tre anni fa'. Devastazione e desiderio di cancellare il nemico per affermare la propria verità.

«Non attaccheranno i civili sono tutti troppo presi dal massacrarsi a vicenda!» Pieros continuava a correre in direzione della corrente d'aria nella speranza di trovare una via di uscita dalle fiamme. Gabriel, ancora sovrappensiero, si limitava a seguirlo.

«Ho promesso a...»

«Non hai promesso un bel niente, Gabriel. Quante volte te lo devo ripetere: smettila di fare l'eroe e pensa a cosa possiamo fare.» Il fiato corto costrinse Pieros a rallentare e procedere a passo svelto. «Elisa e Indro vogliono che ci salviamo, vogliono che riportiamo la pace. Li hai sentiti, no? Il modo migliore che abbiamo è tornare a Silverknowes e capire cosa fare con gli altri. Monosiklo avrà sicuramente un asso nella manica. Non si farà mettere i piedi in testa da tre o quattro rivoltosi della Dolcina. Lui non sbaglia mai!»

«E se questa volta... si sbagliasse? Anche Jaden pensava di essere intoccabile, anche lui pensava di vincere la Ribellione. Sappiamo tutti come è andata a finire!»

«Cazzo, Gabriel, pensa positivo per una volta! Aspetta! Li vedi?»

«Cosa?»

«Come cosa? Sei per caso cieco? Sono stallieri. E se ci sono stallieri ci sono anche delle scuderie».

«Avranno già rubato tutti i cavalli, non vedi che stanno scappando anche loro a piedi?».

«Hai idee migliori?»

Gabriel continuò a correre. Pieros sapeva essere snervante, ma senza di lui non ce l'avrebbe mai fatta. «Andiamo, fratellino, mal che vada ci mangeremo carne di cavallo alla brace...»

«Poca confidenza. Per te sono Pieros Leondorato.» Ammiccò in modo scherzoso e di tutta risposta Gabriel gli diede una pacca sulla schiena.

«Ahi!»

«Zitto e corri, Pieros Leondorato».

Raggiunsero la scuderia districandosi fra travi carbonizzate e sacchi dati alle fiamme. Di cavalli nemmeno le carcasse.

«Che ti dicevo?» Gabriel riprese a correre seguendo le orme dei cittadini di Fostgard.

«Sempre pronto a rinfacciare le cose!» Pieros lo superò, per poi bloccarsi alla vista di un posto di blocco. «Meglio trovare un'altra strada».

Nulla da ridire.

Corsero fra vicoli e piazze per un tempo incalcolabile. Il sudore appiccicava i vestiti e il fumo stava a poco a poco diventando l'unico lord di Fostgard. Di tanto in tanto qualcuno aveva la faccia tosta di pararsi di fronte a Gabriel. Zaltys risolveva sempre la situazione tingendosi di rosso. A Fostgard un paio di morti in più non avrebbero fatto alcuna differenza. Ogni volta che Gabriel metteva al tappeto qualcuno si sentiva un uomo diverso, rinnovato. In cuor suo sapeva che poteva ancora combattere, che poteva ancora salvare la situazione nonostante i trabucchi e le fiamme.

Gabriel stese l'ennesimo soldato della Convenzione e rimase a guardarlo con livore, il pugno chiuso nell'elsa di Zaltys e il petto che si alzava e si abbassava più per la rabbia che per la fatica dello scontro.

«Non ci pensare neanche!» lo ammonì Pieros. «Guarda, sembra che tutti stiano fuggendo da là. Se non ricordo male è il cancello esterno della chiesa, quello che porta fuori le mura».

Gabriel si rassegnò alla fuga. Per quanto odiasse ammetterlo, quella rivoluzione non era cosa sua. «Fa' strada».

Raggiunsero la chiesa di corsa. Tutto era distrutto. Metà della facciata era imbrattata di pece, mentre il campanile, spezzato in più parti, incrinava la cancellata in ottone sul quale era affisso uno stendardo della Convenzione. Gabriel ci mise più del dovuto a leggere cosa ci fosse scritto.

"Mirco Sdayl, nemico del popolo, brucia fra i maiali!"

L'esodo di persone che correvano in direzione del cancello spalancato era incessante, si sparpagliavano nelle campagne di Fostgard come blatte terrorizzate dal suono della mietitrebbia. Era quello la Convenzione: una mietitrebbia che avrebbe falciato chiunque sul suo cammino.

Non appena Gabriel e Pieros varcarono la soglia del cancello qualche soldato sbarrò loro la strada.

«Ma tu sei il fottuto Gabriel Gari…»

Gabriel non gli fece finire nemmeno la frase. Qualche colpo ben assestato, un fendente e una ginocchiata. Niente di complicato, se non fosse che una delle guardie lo aveva strattonato allentandogli uno dei due spallacci.

«Corri!»

Dalle mura Raphael gridò nella loro direzione. «Ma io ti conosco! Eri con Versantius a Engaddi! Remigio, non fartelo scappare!»

Il Colonnello al suo fianco non se lo fece ripetere due volte e subito dopo scomparve dalla visuale di Gabriel.

«Catherine! Usa quel maledetto arco una volta tanto!»

La ragazza al fianco di Raphael non se lo fece ripetere due volte. Scoccò la prima freccia. Andò a finire per terra, molto lontano dalla traiettoria di Gabriel.

«Merda…» Pieros riprese a correre. Lo stesso fece Gabriel.

La seconda freccia trafisse una donna in fuga, poco più avanti rispetto a Pieros. Questo fece tentennare il ragazzo.

«Non fermarti!» Gabriel lo trascinò in avanti di peso.

Anche la terza freccia di Catherine fallì e nonostante il caos l'aria si impregnò delle imprecazioni della ragazza e di Raphael.

Erano ormai lontani dalle mura di Fostgard. Ma per quanto sarebbero stati in grado di fuggire a piedi? Non era così che si immaginava il suo scontro con Remigio. Nella fuga il suo unico pensiero rivolto ai momenti in cui con Viola parlava di come un giorno gli avrebbe spaccato la faccia. Con la mano liberà si toccò il petto alla ricerca del ciondolo di Viola. Gabriel avvampò, la sua corsa si fece sempre più blanda fino a fermarsi. Il panico lo prese. Il ciondolo non c'era più.

«Che ti prende?» Pieros fu costretto a fermarsi, vedendo il compagno immobile.

Gabriel si voltò e proprio in quell'istante intravide Remigio raccogliere da terra il ciondolo, proprio nel punto esatto in cui aveva ingaggiato battaglia contro la guardia che lo aveva riconosciuto. Il Colonnello se lo rigirò fra le mani con aria curiosa.

«Figlio di…»

«Gabriel!» Pieros lo trascinò via prima che potesse fare follie. «È quello che vogliono! Non cascarci»

Un grido di rabbia squarciò la notte di fuoco di Fostgard. Sapeva che ogni giuramento che faceva andava in frantumi e che non avrebbe dovuto farne altri, ma quella volta era diverso.

Strinse i pugni e riprese a correre. Le lacrime gli rigarono il volto ma non poteva fermarsi, non poteva fare l'eroe in un momento come quello. Fuggire gli faceva schifo. Perdere lo rendeva un vigliacco. Ma Pieros aveva ragione. Avrebbe ripreso quel ciondolo prima o poi.

Fosse stata anche solo l'ultima cosa che avesse fatto.

SEFIRO

L'Uomo Moltiplicato

Se ci fossero stati dei ricercatori a coordinare la ricostruzione degli edifici distrutti in città, Vecchia Falcara sarebbe stata come nuova. Invece le macerie soffocavano le sementi dei campi, l'Eremo scrutava dall'alto della collina la devastazione nel cimitero-prigione e la città era permeata da un nauseante odore di cenere. Da quanto avevano scoperto lungo il viaggio, la deportazione dei dissidenti di Vecchia Falcara per opera di lord Giacomo Aristei era stata ultimata e la transizione dei poteri aveva avuto luogo anche in via ufficiale. E Monosiklo questa cosa non l'aveva presa troppo alla leggera.

«Mi chiedo cosa diavolo stiano aspettando Casimiro e gli altri a intervenire. Possibile che debba fare tutto io? La sovranità di Vecchia Falcara è questione della Corona centrale di Arkanthill, non di qualche signorotto che sogna la gloria, insomma!»

Sefiro si era sempre limitato ad annuire e a dargli ragione. Nella sua testa c'era solo il pensiero di un incontro con Albin Moyer. Aveva riflettuto a lungo sulle possibilità che avrebbe avuto di fronte a lui: avrebbe potuto chiedere conferma delle parole di Mayaner, avrebbe potuto domandare di suo figlio Quentin e sui Gregari del Futurismo, avrebbe potuto indagare con maggior decisione su Inibit e sul perché Fabrizio, o il presunto tale, aveva insistito così a lungo perché cambiasse proprietario. Oppure semplicemente avrebbe potuto ucciderlo, sperare di assorbirne i poteri e insabbiare il tutto nel caso in cui Monosiklo avesse ritenuto ignobile tale decisione.

Arrivati a questo punto della storia, non si poteva più fare distinzione fra cosa fosse giusto o sbagliato. Ma solo su cosa fosse necessario.

Durante il viaggio gli effetti della maledizione di Quentin non lo avevano fatto dormire la notte, ma non per questo Sefiro aveva ammesso di essere in difficoltà. Monosiklo non avrebbe capito e se lo avesse fatto di certo non avrebbe potuto fornire alcuna soluzione. C'era solo un modo per liberarsi di quell'incantesimo, ma la certezza che fosse stato proprio Quentin a scagliarlo, come sosteneva Versantius, si assottigliava ogni giorno di più.

Arrivarono in città a sole ormai alto. Nonostante il caldo, Monosiklo si era coperto dalla testa ai piedi per evitare di essere riconosciuto.

«Sefiro, mettiti il cappello».

Si infilò il cappello con forza avendo cura di nascondere le ciocche di capelli argentei. Avrebbero destato fin troppe curiosità. Eppure gli mancava il suo cilindro

La guerra aveva smesso di tormentare Vecchia Falcara, ma le strade erano pattugliate da ronde di soldati della Convenzione che sfilavano in parate cicliche al solo scopo di ricordare quanto fosse onorevole appartenere a una patria. Monosiklo si incantò più volte nel vedere quei soldati sventolare i loro vessilli.

«Maledetti ingrati…» Monosiklo si appoggiò a un muretto, ignorato dal corteo e da tutti gli altri popolani che si erano scostati per far passare i soldati. «Quando tornerò ad Arkanthill mi ricorderò di voi».

«Scusami se controbatto, Monosiklo, ma questa situazione è dovuta anche alla causa della vostra negligenza.» Sefiro abbassò lo sguardo di fronte ai soldati che gli sfilavano di fronte. Nessuno di quegli zotici sembrava riconoscerlo.

«La mia non è mai negligenza, è solo un complicato sistema informativo che avrebbe dovuto coinvolgere anche il popolo. Ma come si sa, il popolo quando ha il pane non ha i denti e viceversa, e ora l'uomo che avevamo mandato noi a salvare la situazione è sepolto sotto metri di terra e la gente fa a gara per correre sulla sua tomba e sputare sulla sua lapide. Non lo capirò mai, il popolo intendo».

Sefiro si pietrificò alla vista di un manifesto. Non era possibile.

«Che c'è? Non rispondi? Sai che non mi piace lasciare a metà i discorsi filosofeggianti».

«Io la conosco» commentò Sefiro.

«Conosci chi? Ah, lei? Elektra Finrél? La pazza omicida di cui abbiamo sentito parlare lungo la strada? Mi avevano detto che avevi conoscenze eccentriche come Governatore di Elorin, ma credo che tu abbia superato anche i tuoi standard.» Gli occhi di Monosiklo si fecero come due fessure per scrutare meglio il manifesto affisso dall'altro lato del marciapiede. «È proprio vero che ormai Cristian Carold sta riempiendo la Dolcina di pupazzi. Potrei suggerirgli il titolo di burattinaio ad honorem, se solo fosse anche solo un briciolo più sveglio di quello che vorrebbe far vedere».

In un brivido i momenti passati nel mausoleo dei Finrél gli tornarono alla mente. Il cuore iniziò a battere all'impazzata facendogli pulsare l'estremità dell'anulare mancante. Per quanto provasse a mantenere la calma e a ripetersi che non poteva più fargli nulla, il solo pensiero di dover rivedere Elektra lo inquietava. Ci sarebbe stato il tempo per regolare i conti anche con lei, se il tempo fosse stato galantuomo.

Sefiro attraversò la strada e si mise a braccia incrociate di fronte al manifesto.

"Se in una terra in fiamme non vedi quale sia il problema.
Il problema sei tu."

- Elektra Finrél

Tutore al Benessere del Popolo della Convenzione

«Tutore al Benessere del Popolo...» Monosiklo scosse la testa. «Non ci siamo. Non ci siamo per niente. Casimiro mi sentirà questa volta!»

Nel continuo lamentarsi di Monosiklo, Sefiro aveva occhi solo per il ghigno inespressivo di Elektra dipinto sul manifesto. Capelli scombinati, tagliati male, viso sporco e un pallore alle guance che incuteva più timore che benessere. C'era una strana concezione di benessere nelle menti illustri dei pensatori della Convenzione se quella donna rappresentava il loro concetto di benessere. A nulla servivano la posa autoritaria e l'armatura cerimoniale con la quale l'avevano agghindata per il ritratto.

«So che non me ne vuoi parlare...» Monosiklo tornò serio.

Era vero. Non voleva parlare di Elektra, non voleva parlare di quel momento. Per tutta la vita era riuscito a non implorare pietà, era riuscito a mostrarsi forte ed elegante di fronte a ogni genere di situazione avversa. Ammettere di essere stato nelle grinfie di qualcuno e di aver supplicato perché tutto finisse avrebbe spezzato la magia che si era venuta a creare attorno alla sua persona nel corso dei secoli a venire. Lui era Sefiro Majeskorm, il brillante ragazzo prodigio che non aveva bisogno di chiedere mai. Nessuno doveva scordarselo.

Restò in silenzio a fissare il manifesto. Aveva elaborato una frase quasi perfetta per cambiare discorso. «Parleremo di me a tempo debito. Davanti a una buona tazza di tè e a musica che ci ricordi qualcosa di migliore».

«E magari davanti a qualche buon dolce!» Monosiklo fece il primo passo allontanandosi dal marciapiede. Sefiro non era sicuro, ma sentiva come se il Granduca lo avesse fatto apposta per fargli un favore, per allontanarlo dalla vista di Elektra. Monosiklo poteva anche sembrare un ingenuo, ma queste cose le capiva al volo.

«Sai cosa si dice su Vecchia Falcara?» Monosiklo passeggiava non curante su una delle strade principali della città, guardandosi a destra e a sinistra alla ricerca della casa di Albin.

«Stai per caso alludendo all'Eremo? Non ho letto molto a riguardo ma si dice che un tempo fossero i depositari di una moltitudine di Libri Tomi e che si rifiutassero di consegnarli al C.R.S. per una questione morale. Questione morale che sfugge tutt'ora ai miei ragionamenti.» Sefiro si sistemò gli occhialetti. Per un momento si accorse che Monosiklo ci era riuscito a distrarlo dalle preoccupazioni di poco prima. Meglio così.

«Avremo tempo durante il viaggio di ritorno per le tue prolisse lezioni di storia, che per la cronaca io trovo sempre molto ispirazionali. Hai mai pensato a rivederle un minimo con... diciamo dei ritocchi?» Monosiklo gesticolava. Almeno si rese conto della banalità di quanto avesse appena chiesto...

«Ad ogni modo, Sefiro, mi riferivo a qualcosa di più recente. So che a nessuno piace parlare di politica. Ancora non mi capacito del fatto che tutti ignorino la politica. Un vecchio saggio un giorno mi disse: "occupati della politica o la politica si occuperà di te." Penso possa essere una delle frasi più azzeccate da scrivere sulla mia lapide quando sarò crepato».

«Un pensiero tanto azzeccato quanto macabro. Immagino che tu stia alludendo però alla gestione di Vecchia Falcara. Ho visto le affissioni nelle campagne: nessuno dei cittadini di questa contea apprezza il controllo diretto di Falcara Imperiale».

«E ancor di meno apprezzano che in assenza di lord Giacomo Aristei sia uno degli Eremiti a governare sulla città».

«Ulrich Melner.» Sefiro pronunciò quel nome come se stesse rispondendo a un'interrogazione. Di conseguenza si spostò nuovamente gli occhialetti, soddisfatto della risposta esatta.

«Bravo. Vedo che inizia a familiarizzare con tutti i manigoldi che affollano le mie terre».

«Le terre dell'Imperatore, volevi dire?» Sefiro abbozzò un sorriso.

«No, no.» Monosiklo accelerò il passo. «Le mie terre! Vedi Sefiro, finché Tecnho è rinchiuso ad Arkanthill tutto questo è mio. So cosa starai pensando: "Alla fine avevano ragione gli altri, è solo un bastardo, un dittatore, un egoista" No, anzi, sì, sono tutto questo ma... non è questo il punto. Finché non c'è l'Imperatore io ho la responsabilità di quello che succede nell'Impero. Le sue terre sono le mie terre. E credimi, questa cosa mi sta dando più grattacapi che altro».

«Lo capisco perfettamente.» Quella pronunciata da Sefiro non era per niente una frase di circostanza. Sapeva benissimo cosa comportasse avere poteri e responsabilità politiche. E le odiava.

«Hai poi fatto altri studi... insomma, hai capito.» La voce di Monosiklo si fece più incerta.

«No, mi dispiace. Non penso esista nessuna cura o medicinale in grado di combattere quello che sta passando Tecnho. È una malattia della mente, curabile solo con il sostegno dei propri cari e il rinnovato slancio alla vita. Qui la scienza e la magia non possono avere nulla a che fare. Vincono i sentimenti in situazioni come queste».

«Peccato…» Monosiklo continuò a passeggiare, a testa bassa. «Un vero peccato.» A differenza di molte altre volte, sembrava sinceramente preoccupato.

«Parlami ancora di politica, Granduca.» Sefiro sottolineò l'ultima parola. Un po' per ricambiare il favore di averlo distratto poco prima, un po' per cambiare discorso ed evitare toni troppo cupi nella loro conversazione. Le confidenze lo avevano sempre lasciato con un velo di vergogna.

«Di cosa vuoi che ti racconti?» domandò Monosiklo.

«Del perché, nonostante ci siano titoli nobiliari, politica, corti e sistemi decisionali, ho come l'impressione che ci sia sempre qualcuno al di sopra a controllare tutto».

«Perché vogliamo così. Le cose semplici e lineari non piacciono a nessuno. Se l'uomo può, si complica la vita e si fa abbindolare dal primo allocco che trova. Lourentius, la Convenzione, Versantius… Chiunque possa dare un po' di speranza viene osannato. E intanto la gente si ammazza nelle guerre».

«Ho come il sentore che ci sia comunque qualcosa di più grande dei nostri interessi».

«Questa è una frase da megalomane.» Monosiklo sorrise, ma non incrociò lo sguardo di Sefiro. «Quando si inizia a parlare di "qualcosa di più grande" di "bene superiore" mi scatta sempre un campanello d'allarme. Oserei sperare che almeno tu abbia ben impresso nella mente che non ci possiamo permettere voli pindarici in direzione di assurde profezie o movimenti settari».

«Sai che seguo solo ciò che è ragionevole. Ma il mio pensiero critico mi spinge a non escludere nessuna delle eventualità che potrebbero venirsi a creare».

Monosiklo si fermò a controllare alcune finestre. Mancava poco secondo le indicazioni. E il Granduca dava tutta l'impressione di star prendendo tempo per controbattere a Sefiro. «Questo Albin Moyer è una vera ossessione per te».

«Lo è più suo figlio. Se sono qui è per lui e per questo bastone miracoloso. E, lasciami indovinare, se anche tu sei qui vuol dire che reputi il volo che stai facendo insieme a me meno pindarico di quanto tu dica a parole».

Monosiklo tentennò, salvo poi scoppiare a ridere attirando qualche occhiataccia. «Mi hai beccato! Non ci sto capendo un bel niente, ma odio che qualcuno stia al di sopra di tutto. E ancor di più odio che qualcuno provi a manovrare le mie azioni. Quindi, credo proprio che prenderò in prestito un briciolo del tuo pensiero critico per dare la caccia a questo burattinaio Futurista che crede di giocare con le nostre esistenze impunemente».

Sefiro si bloccò. Non era più il momento dei lunghi giri di parole. «Credi che sia Quentin?»

«Il Gregario, dici? Non lo so».

Monosiklo non aggiunse altro e continuò a guardarsi attorno alla ricerca della casa di Albin. Il fatto che nemmeno uno logorroico come lui, che amava campare ipotesi per aria, non avesse alcuna opinione al riguardo, nessuna teoria confusionaria, rendeva il dubbio di Sefiro ancor più inquietante. Sperava solo di non sbagliare.

«Ehilà!» Monosiklo si sbracciò. Era ormai una decina di metri più avanti di Sefiro. «Devi darmi una mano a trovare la casa prima che indìcano il coprifuoco! Per i dubbi avremo tempo tutta la vita. O almeno fino a che qualcuno non proverà a farti fuori con una zuppa velenosa… Aspetta! Forse l'ho trovata!»

Sefiro lo raggiunse a passo lento. Una mano sul cuore per contenere il dolore al petto. Erano davvero arrivati, lo sentiva.

Il Granduca spostò una cassa, vi salì sopra e sbirciò da una finestra della casetta color panna che faceva angolo. L'insegna indicava due nomi: Albin ed Ennika.

Sefiro si appoggiò al muro, cercando di dare meno nell'occhio possibile. Quando incrociava lo sguardo di qualche guardia sorrideva, faceva un cenno e si toccava il cappello in segno di rispetto. In occasioni più formali avrebbe anche abbozzato un inchino e si sarebbe tolto il cappello, eppure sarebbe stato stupido mostrare i suoi capelli argentati. Meglio sembrare un normalissimo signorotto elegante.

«Che cosa vedi?»

«Aspetta! Questa maledettissima tenda!» Monosiklo barcollava sulla cassa. «Ecco, perfetto. Sefiro, metti il piede qui. Non qui, più a destra! Perfetto. Oh...» Monosiklo abbozzò un sorriso. «Proprio non me lo sarei immaginato così».

«Che cosa vedi?» Sefiro odiava ripetersi. La riteneva una caduta di stile, ma l'impazienza ebbe la meglio.

«Vedo un vecchietto che gioca a carte con altri tre vecchietti. Devo dire che non incute alcun timore visto sotto questa prospettiva. A giudicare dal muso lungo che porta oserei ipotizzare che sta addirittura perdendo!»

«Sai chi è dei quattro?»

«No, ma posso ipotizzarlo. Credo sia quello che sta dando di mazzo. Ma che diavolo di gioco è? Perché sta distribuendo cinque carte e non sette?»

«Monosiklo, cerca di guardare meglio. Il bastone?»

«La fai facile tu! Questa tenda mi blocca quasi tutti gli angoli di visuale e preferirei non spaccarmi l'osso del collo. Metti il piedi più a destra. Piano! Non vorrai mica ammazzarmi! Perfetto. Ah, ora si che si vede meglio. Comunque confermo: il mazziere sembra il padrone di casa, sta portando altro vino. Ma guarda un po'!» Monosiklo sussultò così forte che quasi Sefiro perse il controllo del bilanciamento del peso della cassa. «Sembrerebbe che abbiamo trovato anche il nostro bastone miracoloso!»

«Descrivimelo».

«Oddio, non sono mai stato bravo in queste cose. D'accordo: sembra frondoso, in legno di betulla, con... credo qualche intaglio e figure geometriche. Linee e triangoli penso. Il diametro è più importante di un banale bastone da passeggio. Forse anche più grande dei bastoni magici da quattro soldi che i maghi ambulanti propinano agli stolti. Però sembra essere più corto. A occhio e croce direi un metro e trenta».

Sefiro non aveva mai sentito parlare di un bastone simile. La descrizione data da Monosiklo sarebbe potuta andar bene per qualsiasi manufatto magico a forma di staffa. E al C.R.S. ne erano presenti a centinaia di bastoni con le stesse caratteristiche. Dunque perché questo Inibit sembrava essere importante? L'unica cosa sicura era che erano nel posto giusto.

«Entriamo a fare una partita?» Monosiklo scese dalla cassa. «Forse ci darà il bastone se usiamo un po' di cortesia».

«Se le storie che ho sentito sono vere, non ci sarà spazio per alcun tipo di cortesia. Prima di bussare, sarebbe meglio capire come agire. Per quanto Albin possa non essere un problema, se dovessimo essere costretti ad usare la forza, non sottovaluterei l'opzione che il vecchio sia protetto da qualche tipo di magia. Dovremmo bussare e semplicemente parlare con lui?».

«Mi sembra un vecchietto così innocuo».

Sefiro si sistemò gli occhiali e fece un sorriso a una signora che si era bloccata davanti a loro e si era messa a scuotere la testa con fare canzonatorio. «Sembra…»

«La famosa teoria delle apparenze?»

«Niente è come appare perché niente è reale, diceva un vecchio autore studiato fin troppo poco».

«Parli per esperienza personale, Sefiro?» Monosiklo mostrò il sorriso più ebete che potesse sfoggiare.

Che avrebbe potuto dire?

«È permesso?» Monosiklo bussò alla porta, salvo trovarla aperta. Si voltò in direzione di Sefiro e alzò le spalle. Entrarono insieme.

La casa era accogliente, profumava di lavanda e la corrente delle finestre aperte scombussolava tutte le tende e le tovaglie presenti in casa. Solo uno dei vecchi si voltò in direzione della porta, gli altri tre sembravano come stregati e con sguardo perso sulle carte giocate sul tavolo.

«Chiediamo scusa per il disturbo e per la spiacevole visita senza preavviso, ma avremmo necessità di parlare con un certo Albin Moyer. Abbiamo visto l'insegna al di fuori dell'abitazione e ci chiedevamo… Insomma, qualcuno di voi quattro è Albin Moyer?»

Sefiro abbassò lo sguardo. Era partito bene il discorso di Monosiklo, non capiva il perché di quella caduta di stile.

«Sono io.» Il vecchio dalla pesante tunica grigia si infilò il cappuccio e si alzò dal tavolo. Gli altri tre restarono a biascicare qualcosa fra di loro. C'era qualcosa che non andava nei loro comportamenti, così come nei loro occhi. Nessun battito di ciglia, nessun respiro.

«Molto piacere!» Monosiklo si avvicinò con fare affabile. «Bel bastone! Potresti parlarcene di più».

Albin restò a guardarli per qualche istante, poi rovinò di nuovo sulla sedia in un sorriso criptico. «Capisco. Prima o poi sarebbe dovuto accadere.» Tese il braccio e Inibit si staccò dalla teca cerimoniale appesa al muro per finire dritta nelle mani di Albin. I tre vecchi si dissolsero nel nulla, mentre tutto attorno a loro diventò nero. Un nero divorante che non lasciava altre forme se non i loro corpi, se non lo sgomento negli occhi di Monosiklo. Sembrava qualcosa di simile alla visione avuta a Pindel Kor, nell'esatto momento in cui aveva provato ad assorbire i poteri della colonna di luce apparsa nell'Arena delle Acque.

Tutto era avvolto dalle tenebre. Nessuna via di fuga. Il dolore al petto si acuì, ma la sete di conoscenza di Sefiro era più forte.

Gli occhi vispi di Albin balzarono su loro. «Sapevo che mio figlio prima o poi avrebbe reclamato la sua parte di eredità. Non gli spetta. Non gli spetterà mai.» Le sue mani rugose si strinsero all'unisono attorno a Inibit ad accentuare la sua gobba.

Eredità? Inibit era l'eredità di Quentin? Ora Sefiro iniziava a capire: la presenza di Fabrizio, il suo strano comportamento e l'ossessione per quel bastone, le menzogne sulla barriera eretta da Menelag. Quello non era Fabrizio in combutta con qualcuno, ma lo stesso Quentin sotto mentite spoglie...

Interessante.

«Che cos'è questo luogo? Dove ci troviamo?» Sefiro si guardò attorno. Ne aveva lette di teorie su piani paralleli e dimensioni occulte che facevano della magia il loro nucleo di esistenza. Ma mai come quelle. Ogni suono sembrava ovattato, tutto era definito e luminoso in discontinuità al buio che avvolgeva ogni cosa. Sefiro si guardò i piedi e si sorprese di star galleggiando sospeso sul nulla.

«Dove ci troviamo?» Albin scrutò entrambi con fare annoiato. «Questo è il futuro».

«Un'idea di futuro decisamente spoglia...» farfugliò Monosiklo.

«Con che promessa mio figlio Quentin vi ha convinto a venire fin qui e sottrarmi Inibit?» Albin artigliò la cima del bastone con le unghie ingiallite.

«Nessuna.» Sefiro fece un passo avanti, non senza timore di sprofondare nel nulla. «Se devo essere del tutto sincero, Albin Moyer, la mia presenza qui esula delle vostre questioni familiari. Anzi, oserei dire che ne sono annoiato. Quello che certamente mi interessa sapere di più è come ti riesce tutto questo».

«Tutto questo è nulla per chi abbraccia l'idea di un futuro, per chi esulta insieme agli allegri incendiari dalle dita carbonizzate. Ho dedicato l'intera vita a questa idea, ogni singolo istante a dare fuoco alle ammuffite biblioteche solo per la gioia del vedere fluttuare come pulviscolo alla deriva le vecchie tele gloriose dei tempi passati che chiamate tradizioni!»

Monosiklo storse il naso. Anche Sefiro faticava a seguire quelle argomentazioni confuse, eppure Albin sembrava crederci veramente.

«Conosci una donna di nome Mayaner?» domandò Sefiro.

«La conosco. Abbiamo combattuto a lungo. Così a lungo che gli anni sembravano giorni. Così a lungo che alla fine lo scorrere del tempo ha attanagliato entrambi. Ho combattuto per un'idea, per un raptus, per un qualcosa che sembrava non avere fine! Quando il Primo Gregario mi ha mandato su Arkades, secoli fa', nel mio cuore non esisteva la stanchezza. La spossatezza era solo un nemico da ricacciare nell'ombra! Il mio cuore era nutrito dal fuoco, dall'odio che provavo nei confronti dei vostri concetti di progresso, dallo sdegno di veder passare davanti ai miei occhi uomini che al termine della loro vita non possono nemmeno affermare di aver vissuto davvero.» Albin si prese qualche secondo di silenzio. Nessuno osò interrompere il suo delirio. «Ho combattuto per rendere questo mondo coraggioso, per spronarlo a lanciare la propria sfida alle stelle, per convincerlo che non siamo il prolungamento dei cadaveri che giacciono sotto terra, bensì siamo coloro che, ritti con la schiena, sulla cima del mondo, gridiamo che non vi è speranza se non nella glorificazione dell'istinto, dell'individuo che è e non che sembra».

«Quello che affermi è senza ombra di dubbio una teoria ardita...» Sefiro incrociò le braccia. Non sapeva cosa pensare. Voleva solo saperne di più.

«L'ardire è alla base del Futurismo del Non Nome. Noi insegniamo l'eroismo incondizionato. Non il putrescente concetto di eroismo che Arkades ha inteso lungo i secoli, bensì quel tipo di eroismo che si abbandona alla vertigine, che si lascia guidare dalla bellezza della velocità, dall'anima lanciata contro il corpo inerme del proprio nemico. Questo ho provato a insegnare al vostro popolo. E ho trovato resistenze».

«Come ha fatto il mondo a non accorgersi di te e di Mayaner e Menelag? Se come dici sono passati secoli e vi siete dati battaglia. Come ha fatto il C.R.S. a non accorgersi di nulla?»

«Perché siete troppo miopi per riconoscere la bellezza. Troppo intenti a generare il vento quando le vostre potenzialità vi permetterebbero di tenerlo al guinzaglio. Io ho offerto agli Archivisti di ogni epoca la possibilità di entrare nella storia, la possibilità di afferrare il timone di questa barca e proclamarlo guidatore del mondo! La noia e la monotonia delle vostre scartoffie stantie finirà con il seppellire tutto lo slancio finendo per coprire il giusto grido di ribellione che noi Futuristi lanciamo al mondo. Al solo ripensare ai momenti del passato, nei quali ho combattuto con Mayaner e Menelag, mi ribolle il sangue nelle vene. Io combattevo contro la religione, contro l'adorazione spasmodica dei vecchi miti, contro l'entusiasmo per tutto ciò che è sudicio e corroso dal tempo. Eppure, c'è ancora chi adora questa sozzura... c'è chi adora dare un nome alle cose e venerarle in quanto pompose imitazioni di ciò che non sono. Se sono stato mandato qui è per rendere l'individuo dinamico e finalmente libero, scevro da ogni logica passatista che costringe le persone come schiavi devoti al culto dell'antico. Il Futurismo ricerca un tutto. Non i singoli».

Monosiklo sospirò, sembrava aver seguito ogni singola riflessione di Albin con trasporto. «Quindi, se ho capito bene, il Futurismo del Non Nome ha come scopo quello di diffondere una visione della società in quanto frutto omogeneo di singoli individui attraverso l'eliminazione del concetto stesso di singolo individuo? Se mi è consentito il paragone, intendendo la società come un frappé alla fragola, il Futurismo del Non-

Nome vorrebbe fare in modo che essa venisse intesa come frappé e non come agglomerato di fragola, latte e zucchero. E questo avverrebbe eliminando il concetto di "ingrediente" così che ciascun ingrediente venga percepito non come tale, ma in quanto costituente della "ricetta finale", e perciò venga considerato in relazione all'insieme generato. Senza considerare la memoria storica del ricettario...»

Di tutte le assurdità dette fino a quel momento, quella di Monosiklo sembrava l'analisi meno bizzarra.

«Più che altro, mi chiedo» continuò Monosiklo. «Com'è possibile distruggere tutto ciò che contraddistingue gli individui? Voglio dire, comporterebbe una quasi totale rinuncia perfino alla propria identità...»

Sefiro si intromise nella discussione. Non voleva essere da meno. «Distruggendo la cultura che sostiene una società, e ricostruendone una nuova che esalti il tutto invece che l'individuo. Non si tratta di cancellare il concetto di ingrediente, ma l'idea stessa di ricetta come la conosciamo. Ho capito bene, signor Moyer?»

«Non si tratta di generare un caos, ma di creare un ordine nuovo che rivoluzioni il modo stesso di pensare, che affondi le proprie zanne nelle marcescenti carcasse dell'antico e superato modo di pensare. Il concetto di identità esiste solo nel momento in cui pensiamo a noi ma svanisce quando si entra in relazione con gli altri; dunque, si crea uno stato in cui il concetto di individuo e l'identità appaiono e scompaiono secondo regolamenti casuali e non scritti. La perfetta rappresentazione di ogni concetto di originalità, seppur espressa in modo violento. Sapete perché sono fermamente convinto di questo? Perché vi ho osservato nei secoli e posso affermare che la vostra, che la nostra, brama di verità non può essere appagata né dalle forme né dai nomi tradizionali che conferiamo al tutto. Tutto si muove, tutto corre velocissimo ed è in movimento. Tutto volge rapido sotto i nostri sguardi. Di fatto una figura, un individuo, non è mai stabile davanti a noi, ma appare e scompare con velocità incessante. Questo è quello che definiamo come Non Nome. Le verità di ieri, se prima erano convenzione, ora non sono che pura menzogna».

Sefiro avrebbe voluto annotare ogni singola parola di quanto si stava dicendo. Era comunque certo che quei concetti e quelle convinzioni sputate con così tanto orgoglio da quel vecchio apparentemente innocuo eppure tremendo, non avrebbero abbandonato presto la sua mente.

Sefiro si tolse il cappello. Iniziava a sudare, non tirava un filo di vento. «Supponendo che tu sia il Gregario del Futurismo invitato qui su Arkades più di quattrocento anni fa, e supponendo che, alla chiusura della Porta Spirale tu non sia stato più in grado di lasciare il nostro mondo, posso dedurre che tu sia l'ultimo Gregario. Eppure hai parlato di Primo Gregario...»

«Quattrocento anni di battaglie. Quattrocento anni in cui ho provato in tutti i modi a persuadere i Re del vostro infimo regno corrotto. Quando pochi anni fa si parlò di Ribellione, di un nuovo ordine costituito, quasi sono scoppiato a ridere. I tempi non erano maturi allora e non lo sono oggi. E ora... quel debole di mio figlio crede di poter mettermi da parte solo perché ha cieca fiducia in quel vecchio moribondo che sogna solo il trono».

«Parli di Lourentius Vezarium, giusto?» domandò Monosiklo.

«Parlo di lui. Un abbaglio vivente. Nemmeno lui può essere il veicolo per costituire una società volta al futuro».

Sefiro iniziava a collegare tutte le informazioni. Ma certo! Era tutto così chiaro. L'immobilismo di Albin aveva spinto Quentin a prendere in mano la situazione. Il figlio credeva fermamente nel successo di Lourentius nel riunificare il Reame, talmente tanto che lo vedeva come il mezzo per convertire tutta Arkades agli assurdi ideali del Futurismo. Non c'era da stupirsi: Lourentius incarnava a tutti gli effetti una società che avrebbe annullato gli individui e che avrebbe raso al suolo ogni sorta di tradizione e conoscenza. Dunque Inibit... rappresentava in un certo senso un rito di passaggio da Gregario all'altro?

«E il Primo Gregario?»

«Lui ci guarda sempre. Lui è l'Uomo Moltiplicato. Anche quando non vogliamo. Mi ha mandato su Arkades dopo il successo a Hisolatorveg. Lì il Futurismo ha già vinto».

Hisolatorveg. Sefiro aveva già sentito parlare di quel mondo dagli studi di astrologia di Niccolò Servante. «Uomo Moltiplicato?»

«Ha talmente tanti nomi e così tanti volti che noi ci rivolgiamo così a lui. Lui è colui che apre gli occhi assonnati dalla penombra, colui che non ha confini, colui che fulgido si contrappone alla notte più cupa».

«Voi siete pazzi...» disse Monosiklo, con voce spezzata.

«Pazzi? Voi ci credete pazzi, ma noi invece siamo i primitivi di una nuova sensibilità completamente trasformata. Siamo noi Futuristi ad ascendere verso le vette più eccelse e ci proclameremo in tutto l'universo come signori della luce! Poiché già beviamo dalle fonti vive del sole che rischiara la terra».

«Inibit.» Sefiro puntò il bastone. «Tuo figlio lo vuole per rivendicare il mandato che il Primo Gregario, o Uomo Moltiplicato che sia, ha affidato a te».

«È come dici.» Albin strinse ancora di più il bastone. «È il sigillo del nostro impegno a purificare l'universo intero. Mondo dopo mondo. Galassia dopo galassia. Noi vogliamo guarire e cicatrizzare questo mondo putrescente, questa piaga magnifica del passato».

«Le piaghe di Arkades non si leniranno aprendo nel cielo colonne di luce.» Sefiro alzò la voce, se ne rese conto troppo tardi. «Né dando alle fiamme la conoscenza che il C.R.S. ha tenuto in piedi per secoli. Sei stato tu a generare le colonne di luce di Campodiviole e Pindel Kor?».

«No».

«E sei stato tu a uccidere Menelag?»

«Avrei voluto, ma i meschini individui che popolano il vostro mondo mi hanno tolto anche questa soddisfazione. Non so in quale modo, ma ci sono riusciti».

«E hai mai provato a rompere i sigilli custoditi dall'Ambasciata? Tornare nel tuo mondo e dichiarare la sconfitta al tuo Uomo Moltiplicato?»

«Non c'è sconfitta nel cuore di chi lotta» ringhiò Albin. «Ho provato in tutti i modi a rompere i sigilli. Senza risultati».

Sefiro avrebbe voluto fare centinaia di domande. E sicuramente lo stesso avrebbe fatto Monosiklo, eppure il tempo stringeva, le idee erano poche e quell'oscurità metteva sempre più pressione. Il cuore batteva all'impazzata, come se inconsciamente sapesse di trovarsi a tu per tu con il responsabile di quel maleficio. Non c'era alcun dubbio che fosse stato Albin a maledire a suo tempo Maximilian Potrik, ma lo stesso non poteva dire di tutto il resto.

Ad un tratto, un lampo si accese nella sua mente. «Conosci un certo Lucciola? Il cavaliere errante che guida un gruppo che si fa chiamare la Fratellanza?» Se il Primo Gregario poteva assumere davvero infiniti volti e nomi, Sefiro non poteva escludere che fosse proprio quel cavaliere. Eppure… No, era impossibile, aveva fatto una domanda ingenua. La Porta Spirale era sigillata e nessuno avrebbe potuto varcare le soglie di Arkades. E se questo Uomo Moltiplicato fosse approdato ad Arkades ancor prima che Re Helder III De Godart ordinasse la chiusura della Porta Spirale? No, era del tutto impossibile.

«Mai sentito nominare» sentenziò Albin.

Sefiro abbozzò un sorriso nervoso. «Come immaginavo. Se la vostra idea di progresso è inginocchiarsi e accendere un cero… complimenti. Complimenti davvero. Tutto questo vostro elucubrare sulla concezione di progresso, di futuro e di nome è fuori da ogni logica razionale».

«Tu non puoi capire, Sefiro Majeskorm. Chi definisce i nomi non è infallibile e spesso lo fa senza oggettività. Bisogna distruggere questi giudizi di valore conferiti ai singoli, solo così ci sarà la vera pace, l'ordine. Non esiste ordine duraturo finché i nomi bloccheranno il progresso con i loro giudizi. Volete un esempio?» Albin aprì le braccia. «Secondo voi dove siamo?»

Monosiklo lanciò qualche occhiata in direzione di Sefiro, ma quest'ultimo era troppo immerso nei suoi pensieri. «Beh, ci troviamo in un luogo... o forse neanche questo. Potrei dire che ci troviamo dentro la casa di prima, ma è evidente che ci sia qualcosa in più. Da come appaiono e scompaiono oggetti a piacimento, direi che forse non ci troviamo neanche più nel "reale" ma siamo sospesi in una sorta di luogo onirico o illusorio... Se è così che intendete il futuro voi Futuristi del Non Nome, mi duole avvisarvi che la gente potrebbe rimanerne parecchio delusa. Pregherei per i poveretti di Hisolatorveg, se solo mi importasse qualcosa di loro e del vostro Primo Gregario…»

«Visto? Non ne conosci esattamente il nome o il significato, ma sai esattamente tutto ciò che questo luogo è».

Sefiro estrasse dal taschino del corpetto la pergamena piegata che era stata rinvenuta nei resti di Corvo. «Noi conosciamo solo il suo nome, ma qual è allora il suo "senso", il suo ruolo in tutto ciò che sta succedendo? Finirà con l'essere un'altra gabbia come quella che tengo fra le mani? Chi hai imprigionato qua dentro?»

Aveva studiato a lungo quella pergamena ed era giunto alla conclusione che fosse un vincolo spaziale per una o più persone. Al C.R.S. non si vedeva nulla del genere da secoli, in quanto tecnica proibita dai regolamenti.

Albin scrutò con attenzione la pergamena, come se i suoi occhi zaffiro bucassero la carta e le incisioni scritte sopra. «Quella pergamena... so dove l'hai trovata».

«Chi c'è dentro?» ripeté Sefiro.

«Non capiresti».

Nelle mani di Sefiro iniziarono a incanalarsi fasci di energia. Era stanco delle solite frasi. «Io capisco ogni cosa. Sempre.» I flussi magici scorrevano lungo le dita, facendogli il solletico. Doveva fare almeno un tentativo. Provare ad assorbire quel potere o comunque fermare le farneticazioni di quel pazzo. Se non era Quentin colui che era depositario di tutto il potere che aveva sperimentato lungo il viaggio, doveva essere per forza Albin.

«So cosa proverai a fare.» Albin sorrise, mostrando una dentatura perfetta. «Non ci riuscirai. Siete solo abbozzi dell'Uomo Moltiplicato che stiamo preparando. Vedrete gli uomini di metallo volare. Vedrete i nuovi angeli, ruggenti e spietati».

Sefiro si sistemò gli occhiali. «Esistono già. Si chiamano automi e il C.R.S. li costruisce da trecento anni. Ma bando alle chiacchiere. È arrivato il momento di mettere fine a questa conversazione».

L'energia defluì dalle braccia di Sefiro divampando in un raggio luminescente che trafiggeva il buio circostante. Il raggio si divise in due, poi in quattro, fino a frammentarsi in scintille luminose inghiottite dalla sfera grigiastra creata da Inibit. Nonostante la difesa, Sefiro era riuscito a creare un contatto con Albin.

Nessuna trasfusione di poteri, nessun incanalamento magico sufficientemente stabile per riuscire a sottrarre l'energia magica da Albin.

Come quella volta al mausoleo dei Finrél, Sefiro dovette fare i conti con variabili non prese in considerazione nei suoi calcoli, eppure questa volta non si sarebbe fatto cogliere impreparato.

Interruppe la connessione magica con Albin prima che quest'ultimo lo corrompesse. Evocò stalattiti di cristallo per poi scagliarle contro l'inerme vecchio, il quale si limitò ad agitare il suo bastone e a mandare in frantumo i cristalli con esplosioni di energia grigiastre.

«Ho affrontato i maghi più potenti negli ultimi quattrocento anni. Non hai speranze...» Albin roteò Inibit e con la mano sinistra liberò una scarica elettrica dai colori spenti. Il buio sembrava nutrirsi di tale energia.

Sefiro si fece trovare pronto contrastando l'energia con una formula di protezione. Numeri e calcoli si frapposero fra lui e i fulmini disinnescando le saette che sfuggivano al controllo di Albin. Scongiurato il pericolo, Sefiro concentrò quante più energia magica fosse in grado di contenere senza rilasciarla in una sfera luminosa. A fatica riuscì a comprimerla al petto e a liberarla al momento opportuno contro il tremendo incantesimo di Albin. L'esplosione derivata dai due incantesimi in collisione fra loro costrinse tutti a sobbalzare all'indietro.

Sefiro si rialzò facendo leva sul ginocchio. Tutto intorno a lui era cambiato. Il buio aveva preso connotati differenti. Un'oscurità dinamica, fatta di rombi assordanti, figure geometriche spigolose che correvano all'impazzata sullo sfondo di quella battaglia surreale. Sembrava tutto come nella visione lucida a Pindel Kor, le stesse cose: le forme, l'oscurità, l'uomo con il cappuccio.

Le mani gli tremavano, le energie stavano iniziando ad abbandonarlo, di già, eppure Albin se ne restava impassibile a preparare il suo ultimo colpo. Le vesti svolazzanti, l'energia cupa e grigiastra contenuta nella sua mano sinistra rinsecchita.

Monosiklo approfittò dello scontro fra i due maghi per sbucare alle spalle di Albin e piantargli un coltello alla schiena. Il vecchio sobbalzò in avanti in un'espressione sorpresa. Poi sorrise e si dissolse nel nulla lasciando alla vista di Sefiro un Monosiklo inerme e sbigottito.

«Ma che...» Monosiklo fece cadere il pugnale.

Albin si materializzò poco più lontano da loro e una risata inquietante assordò l'intera dimensione oscura che li aveva intrappolati.

«Nessuno può fermare il futuro. Nessuno» sibilò Albin.

Lo scontro fra Albin e Sefiro riprese. Il secondo sempre più sfinito dalla violenza dei colpi del vecchio. Sentiva il battito accelerato, la salivazione quasi azzerata. Con la mente ripercorreva tutti gli incantesimi che avrebbero potuto almeno limitare Albin, eppure, le poche volte che Sefiro riusciva a perforare la sua difesa, vedeva la sua magia infrangersi contro il corpo di Albin senza alcun effetto. Iniziava a capire il senso di certe profezie, di certe supposizioni. Se solo avesse avuto più tempo...

Uno squarcio nell'oscurità rivelò uno scorcio della casa di Albin. Un ragazzo rovinò dentro alla crepa che si venne a creare prima che questa si riformasse riportando l'oscurità assoluta.

«Santi numi! Non tu! Non ora! Anzi, proprio ora!» Monosiklo si fece il segno della croce.

Sefiro deviò un flusso di energia lontano per prendere fiato dallo scontro con Albin e si meravigliò alla vista di Rodwel. Allora si poteva ancora fuggire!

Rodwel si coprì il volto dalle luci magiche. Alla vista della spada di Rodwel puntata in avanti, alla cieca, Albin mutò immediatamente espressione. Sefiro iniziava a capire.

Incanalò quanto più potere gli fosse rimasto e bersagliò Albin con una pioggia di frecce luminose. Albin sbatté Inibit per terra con la punta e un'ondata gelida travolse tutti spezzando loro il fiato. Monosiklo fu sbalzato lontano, Rodwel fu colpito in pieno, come se non avesse visto l'onda gelida arrivargli dritto in faccia.

I successivi colpi di Albin vennero neutralizzati da Sefiro che ormai aveva capito il vero obiettivo del vecchio: fermare Rodwel prima che potesse avvicinarsi troppo.

Passo dopo passo. Incantesimo dopo incantesimo. Il volto di Albin diventò bianco come quello di un cadavere alla vista di Leo Obscure. Era la lama che cercava Edward Finrél, la stessa che nominava Versantius. Era indubbiamente quello l'unico modo per uccidere Albin.

Non appena fu abbastanza vicino, Rodwel si gettò di peso sul vecchio trafiggendolo con la spada. Al solo contatto con la sua carne, Leo

Obscure si illuminò di rosso ed esalò fumo. Rodwel lasciò andare la lama, come scottato da chissà quale energia che si stava accumulando attorno all'elsa. Il corpo di Albin svanì, ma Sefiro non fece in tempo a indagare ulteriormente che l'energia accumulata da Leo Obscure spazzò via tutta l'oscurità riportandoli nella modesta casetta nella quale erano entrati.

Dolorante, Sefiro si alzò e si guardò intorno. Era tutto intatto, perfino le padelle accatastate sul lavabo e i grappoli di aglio appesi dietro alla porta della cucina. Tutto era come prima, tranne Inibit e la tunica di Albin. Il bastone giaceva per terra di fianco al Granduca e a Rodwel, entrambi accasciati e storditi

D'istinto Sefiro fece uno scatto e lo afferrò. Non accadde nulla. Sembrava un normalissimo bastone. Non capiva perché Albin ci desse così tanta importanza.

«Ahi, ahi, ahi…» Monosiklo si alzò da terra e si fece crollare sulla sedia del tavolo della cucina. Eppure il suo sollievo durò ben poco.

«Mi devi dei soldi, ricordi.» Rodwel puntò Leo Obscure al collo di Monosiklo, lasciando tutti di sasso.

«Tu non hai idea di quanto sia contento di vederti!» Monosiklo si sporse in avanti, ma di tutta risposta Rodwel lo inchiodò alla sedia con un pugno allo sterno.

«Paga. Sono stanco di aspettare».

«Ci hai seguito per…»

«Seguo sempre i miei investimenti.» Rodwel si sistemò i capelli unti di lato ed esibì un sorriso sghembo. «Per me siete tutti come sacchetti di monete che andate in giro a fare cazzate per il Reame. Meglio assicurarsi che nessuno vi buchi, altrimenti le monete si spargeranno a terra e se le fregheranno i ratti».

«Sicuro! Fai bene!» Monosiklo annuì, scosso e ancora grato per quella visione. Anche Sefiro restava impassibile a guardare l'assurdo teatrino che aveva sotto gli occhi. Erano stati fortunati: l'avarizia di Rodwel aveva salvato loro la vita.

«Dunque, parliamo di affari. Ora tu mi darai le mie diecimila monete d'oro che mi aspetto da te».

«Ma certo, ma certo! Solo che dovrai aspettare che arriviamo a Silverknowes... Sai, al momento siamo senza...»

Rodwel diede uno schiaffo a Monosiklo di rovescio.

«Ma che...»

«Tutte subito.» Rodwel prese per il colletto il Granduca e lo avvicinò alla lama. «E non dire che non le hai, ti ho osservato durante il viaggio: quella tua sacca farebbe venire la gobba anche a un cavaliere».

«E va bene, e va bene!» Monosiklo si divincolò dalla morsa per raggiungere la sacca. E Rodwel glielo lasciò fare solo all'udire il tintinnio delle monete. «Però c'è modo e modo...»

«Voglio anche la grazia del fottuto Imperatore Tecnho. Sai, la fama mi si addice, ma sono stanco di vedere il mio ghigno in tutte le locande dell'Ambracia e non potermi gustare un piatto caldo quando mi pare e piace».

«Ragionevole... ragionevole...»

Passò qualche istante in cui Rodwel restò immobile, con il busto inarcato in avanti, in attesa che Monosiklo facesse qualcosa.

«Oh, intendi proprio ora?»

«E quando, se no? Quando ti avranno appeso per le palle? C'è molta gente che ti vuole morto e io ho dedicato anche troppo tempo a quest'investimento.» Rodwel sbatté con forza una pergamena vuota e una penna. «Scrivi».

Monosiklo prese la penna senza fiatare e iniziò a redigere l'atto di amnistia. Nel suo sguardo non c'era terrore, né rabbia. In fondo sapeva anche lui che si erano salvati per miracolo. Non era il momento di recriminare niente. Conoscendo Monosiklo, Sefiro era sicuro che avrebbe invalidato l'atto non appena si fosse messo al riparo delle mura di Arkanthill, oppure avrebbe scritto qualcosa per inventarsi cavilli legali successivamente.

«Firmato: Monosiklo Von Moria, Granduca dell'Impero di Arkanthill. Il Grande».

«Sì» Rodwel strappò la pergamena dalle mani di Monosiklo, «il Grande Figlio di Puttana. Lo sappiamo tutti...»

«Aspetta.» Sefiro fermò Rodwel prima che varcasse la soglia. Doveva almeno fare un tentativo. «Ti diamo altri diecimila monete d'oro in cambio di quella spada».

«Bel bracciale...» Rodwel si avvicinò a Sefiro con aria beffarda.

L'ex Archivista, seppur a malincuore, si slacciò il bracciale e lo tese a Rodwel, che se lo infilò nella sacca delle monete rubate a Monosiklo. Forse in quel modo avrebbe accettato più volentieri quello scambio. «Affare fatto?»

Il brigante non rispose nemmeno. Sorrise, fece un cenno a Sefiro e se ne andò.

Era quasi tentato di raggiungerlo, colpirlo alle spalle e sottrargli Leo Obscure. Se non altro per riprendersi il bracciale! D'altronde, se Albin poteva vantarsi di essere immortale, di certo non sarebbe valso lo stesso per Rodwel. Sefiro rimase immobile a contemplare Inibit. C'erano migliaia di domande che reclamavano risposta nella testa di Sefiro. Quasi si sentiva scoppiare le tempie.

Non era il momento di perdere tempo. Avevano preso quello per cui erano giunti a Vecchia Falcara. Non c'era motivo di avere fretta di reclamare risposte, né di farsi ammazzare per l'avidità di un uomo qualunque.

Albin Moyer era morto.

E se le sue parole erano vere, se Quentin non fosse mai stato al suo livello, significava che l'ultimo Gregario del Futurismo presente su Arkades era stato ammazzato. Questo poteva essere tanto un bene per il Reame, quanto un male per Sefiro.

Nel viaggio di ritorno aveva taciuto spesso, anche di fronte alle miriadi di domande e di argomentazioni di Monosiklo. Il Granduca aveva una teoria per qualsiasi cosa. Alcune erano anche parecchio interessanti, ma Sefiro non riusciva a smettere di pensare di aver perso l'occasione di assorbire quel potere che tanto bramava. Eppure, c'era qualcosa che non tornava in tutte le farneticazioni di Albin. Se il Cavaliere delle Lucciole non era il diretto responsabile della comparsa delle colonne di luce su Arkades, e se Albin aveva ammesso di non aver alcun rapporto con lui, questo non poteva che portare a tre opzioni: o il vecchio Albin stava sottovalutando suo figlio Quentin, o c'era un'entità che dall'altro lato della Porta Spirale stava manovrando le cose. Oppure, come ipotesi peggiore, il Primo Gregario era già presente in mezzo a loro da oltre quattrocento anni. Trovava l'ultima opzione alquanto improbabile, così come a poco a poco si stava convincendo sempre di più che il finto Fabrizio non fosse altro che Quentin sotto mentite spoglie. Di sicuro non si sarebbe fatto trovare impreparato, anzi, lo avrebbe sorpreso. Ci aveva lavorato per notti intere, ma era riuscito a fabbricare quel tracciatore.

«Ci avete messo molto.» Fabrizio, o per lo meno, la figura del finto Fabrizio, li intercettò ancor prima che varcassero i possedimenti di Silverknowes. Probabilmente perché il vero Fabrizio era già a brindare nella sua reggia insieme ai suoi amici in un imbarazzante addio al celibato.

«Siamo stati, come dire… intrattenuti per una partita di carte» rispose Monosiklo. Ormai si erano studiati cosa dire.

«Fabrizio, tutto a posto?» domandò Sefiro con finta apprensione. «Sembra quasi che tu sia sorpreso di vederci».

"E invece siamo qui, sorpreso, Quentin? Saresti anche meno sospetto se solo non te ne stessi lì imbambolato a fissare Inibit…"

«I preparativi al matrimonio mi distruggono» replicò Fabrizio.

«Capisco, capisco.» Monosiklo annuì. «Guarda che cosa ti abbiamo portato di bello? Il bastone magico spacca barriere che ci hai chiesto».

«È stato difficile? Albin ha opposto resistenza?»

«Assolutamente no.» Si intromise Sefiro. «A dire il vero non abbiamo avuto alcun problema».

«Meglio così…» Fabrizio sorrise. Mascherava davvero male la sua preoccupazione. «Sarà meglio che lo conservi».

«Sarà meglio così…» Sefiro consegnò Inibit a Fabrizio. Notò lo sconforto di Monosiklo. Non era per niente d'accordo con il piano di Sefiro, sebbene l'ex Archivista ci avesse provato più volte a far ragionare il Granduca sull'impossibilità di smascherare Quentin. Non avevano i mezzi per contrastarlo. Non ancora.

Fabrizio rigirò il bastone fra le sue mani con gioia. «Grazie. Ci vediamo a Silverknowes, allora? Sicuramente vorrete riposarvi. Nel frattempo andrò a caccia. Un po' per stemperare la tensione e un po' per... beh, perché mi va».

Sefiro alzò un sopracciglio. «Ma certo... buona caccia».

Fabrizio si dileguò in fretta e furia. Non si era nemmeno preso la briga di inventare una scusa decente.

«Secondo me abbiamo fatto un errore...» Monosiklo si mise a braccia conserte, a guardare dal sentiero Fabrizio allontanarsi sempre di più.

«Fidati di me. Con il tracciatore che ho messo dentro Inibit sapremo sempre dove si trova. A noi non costa nulla, d'altronde quel bastone sembra avere per i Futuristi un valore più che altro simbolico e lo possono confermare gli studi che ho compiuto sulla via del ritorno».

«Sarà, Sefiro, ma personalmente la reputo come una sconfitta...»

«Invece è la nostra miglior vittoria».

Entrambi ripresero il cammino. Sefiro diede un'occhiata all'orologio da taschino dorato che aveva costruito per mantenere il segnale con Inibit. Aveva tutto sotto controllo.

«Sefiro! Monosiklo! Si può sapere dove eravate finiti? Torno da Lonte e voi sparite poco prima del mio matrimonio? Non mi direte che non siete più interessati, vero?»

Monosiklo si sbracciò e scoppiò a ridere come poche volte aveva fatto durante il viaggio. «Fabrizio! Ma che bello rivederti!» Si voltò in direzione di Sefiro con fare divertito. «È come se avessi la sensazione di averti visto pochi istanti fa! Che strano! Ad ogni modo certo che siamo ancora interessati. L'amore è un sentimento meraviglioso!»

Sefiro ripose l'orologio nel taschino, si sistemò il corpetto e seguì Monosiklo. «Già... proprio una strana sensazione».

Forse era arrivato il momento di mandare una lettera all'Archivista.

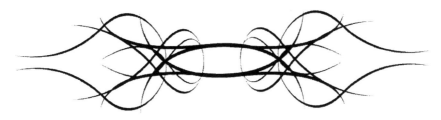

RAPHAEL

Guai a Dio

Si era lasciato sfuggire Gabriel Gariboldi.

Magari se fosse riuscito a catturarlo, Cristian lo avrebbe degnato di uno sguardo. A nulla era servita la distruzione di Fostgard e la morte dei traditori. Erano settimane che suo fratello lo evitava, e per quanto Raphael facesse finta di niente ogni volta ci rimaneva sempre più male.

Non riusciva a smettere di pensare al momento in cui Cristian lo aveva allontanato senza dargli troppe spiegazioni. Perché non poteva essere tutto semplice come un tempo?

Raphael camminava con decisione per i corridoi di Goldenknowes. Si era vestito di un pomposo abito grigio al quale aveva fatto appuntare una rosa d'argento al petto. Ancora non aveva capito se la rosa bianca fosse lo stemma della sua famiglia o meno. Probabilmente suo padre Roy glielo aveva detto migliaia di volte, ma tutto quello che usciva dalla sua bocca era noioso o falso.

Di solito non era tipo da indossare simili diavolerie patinate e ingombranti ninnoli, ma Cristian avrebbe sicuramente apprezzato lo sforzo. Sotto al braccio teneva ben saldo l'elmo a forma di ariete e con lo stesso sorriso di sempre fingeva che le persone che incrociava lungo i corridoi fossero pezzi di legno inanimati. Lo aiutava ad avere meno vergogna. Ovunque si girasse, sentiva il peso del giudizio degli altri. Lo chiamavano burattino, puttana, strumento nelle mani di chiunque. C'era addirittura chi rideva alle sue spalle, quando lui se ne andava. Non se ne era mai curato in vita sua, eppure quella volta era diverso, quella volta il mormorio delle persone lo trascinava a fondo come non mai. Perché non aveva nessuno pronto a sostenerlo, a dirgli che non doveva avere paura, che non c'era nulla di cui preoccuparsi. Nemmeno la sua famiglia, nemmeno Roy.

Un tempo quella persona era Versantius Vezarium, ma erano tempi appartenenti al passato. Si andava avanti.

Cecilia Deferlay, lady di Baia Tresinar, andò a sbattere contro Raphael al primo angolo del corridoio per raggiungere lo studio di Cristian. Lei imprecò e sorrise, in imbarazzo. «Che sbadata che sono! Raphael, già qui? Com'è andata a Fostgard?»

«E tu che ci fai?»

«Ma come, mi ha invitata Cristian.» Cecilia inclinò la testa con fare interrogativo. «Davvero non sai niente? Ti sei anche vestito elegante!»

Raphael non capiva. E quando non capiva restava immobile con un sorriso da ebete stampato in faccia. Sicuramente era quello che ora stava ammirando Cecilia.

La lady strabuzzò gli occhi in assenza di una risposta. «Mi ha comunque fatto piacere vederti. Ci vediamo al matrimonio.» Se ne andò senza dare nemmeno il tempo a Raphael di realizzare cosa stesse succedendo.

«Ehi, no. Aspetta.» Troppo tardi. Cecilia aveva già svoltato l'angolo e non sembrava intenzionata a voltarsi.

Confuso e ormai senza più il suo solito sorriso, si guardò intorno trovando solamente lo sguardo perso di un servitore. Gli lanciò l'elmo e continuò a camminare nel corridoio ad ampie falcate.

In che senso matrimonio?

Più saliva le scale in direzione dello studio, più la fatica si faceva sentire. Li aveva contati, quei maledetti scalini. Erano trecentoquaranta. E ognuno di essi portava con sé paranoie e dubbi. Perché Cristian non gli aveva detto niente? Ma soprattutto, perché diavolo lo stava evitando e non gli parlava? Erano arrivati a Dolcina insieme, con lo stesso obbiettivo! Era stato Cristian a dire che era più importante avere la lucidità di seguire il piano piuttosto che farsi annebbiare da tutto il resto. Era lui a essere infantile in quel momento! Avrebbero dovuto prendere Dolcina, vivere lì per sempre felici e contenti e portare di nuovo gloria alla loro Casata. Quello era il piano, non tenere il broncio e non comunicare più. E pensare che gli aveva anche fatto un favore partendo come volontario per andare a risolvere il problema del tradimento di Mirco Sdayl! Aveva raso al suolo l'intera Fostgard per cosa? Per essere ignorato? Per qualche parola di circostanza e nessun sorriso? Rivoleva il Cristian di prima!

Raphael spalancò la porta dello studio di Cristian ignorando i divieti delle due guardie. Li folgorò con lo sguardo non appena uno dei due osò posare la mano sulla spada.

«Provaci e ti assicuro che sarà l'ultima cosa che farai».

Bastò quello per convincere la guardia a farsi da parte e a chiedere perdono a Cristian, che seduto al tavolo circolare osservava la scena con un velo di vergogna. E faceva bene a vergognarsi! Come poteva non avergli detto niente su quel suo incontro con Giacomo Aristei?

Il lord di Falcara Imperiale si alzò in piedi. «Sembrerebbe che il tempo concessomi sia finito, Presidente Carold...» Lanciò una rapida occhiata a Raphael. «Abbiamo comunque un accordo».

«Abbiamo un accordo.» Cristian strinse la mano a Giacomo.

Che accordo? Quale stramaledetto accordo?

Raphael fulminò Giacomo con lo sguardo per tutto il tempo che ci mise a raggiungere l'uscita con fare trionfante. Avrebbe voluto pugnalarlo alle spalle e gettarlo giù dal balcone come monito per tutti coloro che osavano frapporsi fra lui e la felicità. Ma non poteva.

«Allora? Devi dirmi qualcosa?» Cristian si sedette sopra la scrivania non appena le porte dello studio si richiusero dietro Giacomo.

«Devo dirti qualcosa?» Raphael trattenne a malapena un ghigno beffardo. «Secondo te? Perché mi eviti? Non starai ancora pensando a quella sera?»

«Ho tante cose a cui pensare, Raphael. Sono comunque contento di vedere che stai bene. Remigio mi ha aggiornato su Fostgard».

«No!» Raphael si avvicinò a lui con passo furente e gli puntò il dito al petto. «Non cambiare argomento. Ora tu mi dici che accordi hai preso con Giacomo Aristei!»

Cristian fissò il dito puntato sul suo petto agghindato di decorazioni fino a quando Raphael non lo ritrasse. Solo allora parlò. «Non posso fare lo stupido errore che ha fatto Kerselmo Bai come Presidente. Devo ascoltare la voce dei lord, se non altro quelle dei lord che potrebbero metterci in difficoltà».

«Eri tu a dire che non avresti risparmiato nessuno, che avresti usato il pugno di ferro contro tutti quelli che ci avrebbero ostacolato».

«E l'ho fatto.» Cristian fece cenno alle scartoffie sulla sua scrivania. «Ho deposto, allontanato e fatto ammazzare tutti quelli che remavano contro alla nostra causa e li ho rimpiazzati con chi non oserebbe mai contraddirmi. Ho tutti dalla mia parte, adesso, ma non è arrivato il momento di smettere di essere intelligenti. Ho messo Bai e Foconero gli uni contro gli altri per vederli scannarsi come in una gabbia di leoni, ma basterà? Ora devo tutelarmi in qualche modo contro l'unico esercito che potrebbe rovesciare tutto quello che abbiamo costruito fino ad oggi».

«Avevamo promesso che non ci saremmo alleati con nessuno» insistette Raphael. Strinse i pugni per la rabbia. Non aveva nemmeno il coraggio di guardare Cristian negli occhi per la paura di scoppiare a piangere per il nervoso.

«Nostro padre dice di giocare sempre con le inimicizie dei nostri nemici».

«Sono le stupide parole di Lourentius! Non di nostro padre!» gridò Raphael.

«Pensala come vuoi, Raphael, ma se avessi prestato un po' di attenzione ti saresti accorto dell'astio fra gli Aristei e i Bai e Foconero. Giacomo è solo l'ultimo dei lord di quella Casata che si è visto guardare dall'alto verso il basso. Vuole indubbiamente rispetto, riscatto. E io ho giocato su questo».

«E in che modo?» Raphael si trattenne dal tormentarsi la mano. Voleva proprio sentire quale fosse il fantomatico accordo risolutorio di tutte i problemi della Dolcina.

«Io sposerò Bianca Aristei».

D'improvviso i muscoli di Raphael si sciolsero, la mente si liberò da ogni tipo di maldicenza per far spazio a un senso di desolazione che non provava da anni. Perché quella decisione? Perché non dirgli niente? Era sicuramente per quella sera, per i festeggiamenti dopo la nomina a Presidente. Non aveva mai temuto di perdere suo fratello, aveva sempre pensato che avrebbero vissuto insieme, con il sorriso sulle labbra. Non era il finale che si sarebbe aspettato da tutta questa storia. Si sentiva messo da parte, un oggetto. Tutti potevano usarlo e gettarlo a loro piacimento, e a questo Raphael non aveva mai dato importanza perché sapeva che sarebbe stato prezioso per sempre almeno agli occhi della sua famiglia. Ma ora? Ora Cristian gli stava dicendo la stessa cosa che gli avevano detto tutti gli uomini che incontrava. Si sarebbe scusato, avrebbe giurato che Raphael avrebbe trovato la sua strada, qualcosa di meglio, che tutto si sarebbe risolto. E invece non avrebbe fatto altro che passare di mano in mano, ancora una volta, come un oggetto qualsiasi.

«Lo so, Raphael. Lo so.» Cristian si avvicinò per abbracciarlo, lui non si scostò, ma rimase inerme senza muovere nemmeno un muscolo. Trattenne persino il respiro per non dover sentire il profumo della giacca di suo fratello. C'erano giorni in cui quel profumo gli faceva perdere la testa. Non oggi.

«Ce la possiamo fare anche da soli» riuscì a dire Raphael.

«Vorrei poterti dire che hai ragione...» Cristian si staccò. «Le forze della Convenzione sono limitate. Giorno e notte Remigio cavalca per le terre della Dolcina. Vorrei facesse di più, vorrei che sradicasse dalle menti di tutti il concetto che esiste una Dolcina all'infuori di quella guidata da me. Ma non basta. Non posso sfidare Giacomo apertamente e non posso nemmeno ignorarlo. Se lo facessi non posso garantire che vivremo abbastanza a lungo per...» Si bloccò. Forse nemmeno lui sapeva cosa dire e tutte quelle erano parole pronunciate solo per farlo stare zitto. Raphael distoglieva lo sguardo ogni volta.

Non avrebbe retto quei maledetti occhi pieni di compassione.

«Bastava che me ne parlassi, Cristian» disse Raphael con voce calante. «Se stavo per diventare un peso, se il nostro rapporto non era più come prima... bastava che me ne parlassi...»

«Raphael...» Cristian scosse il fratello per le spalle.

«Potevamo risolvere tutto. Insieme. Potevamo... sì, se me ne avessi parlato avrei fatto visita a Giacomo Aristei. Avrei raso al suolo Falcara Imperiale per te se solo me lo avessi chiesto. E invece...»

«Non volevo metterti in pericolo.» Ancora una volta quelle parole. Sapeva benissimo difendersi anche da solo!

«Quindi…» Raphael trovò il coraggio di guardarlo negli occhi, ma solo per qualche istante. «Non sono più niente per te?»

Si sentiva un idiota. Amare era stupido e dannoso. Non dava che delusioni e ogni volta che apriva il cuore vi entrava un vento gelido pronto a lasciare graffi e cicatrici. Forse era per questo che non si era mai legato a nessuno, forse aveva paura delle conseguenze dell'amore, dell'impossibilità di dire veramente quello che si pensava. Meglio vivere in un idillio che rischiare.

«Tu per me sarai sempre il mio fratellino».

«E basta? Sembra così poco».

«Non è poco. Per me significa tanto».

Era deluso da quelle parole, come se tutto il suo essere potesse limitarsi a un legame di sangue. Avrebbe voluto essere di più per Cristian. Non aveva la pretesa di trascinarlo in un letto e vivere con lui un'idilliaca vita che non esisteva, ma per lo meno sperava che vi fosse amore sincero fra loro.

Raphael spintonò Cristian allontanandolo. Si voltò per non mostrare le lacrime. Odiava farsi vedere debole, farsi vedere diverso, sensibile. Sconfitto. Fece per andarsene, ma Cristian lo raggiunse e lo contenne con un abbraccio. Raphael provò a divincolarsi, singhiozzando. Non aveva parole se non di rabbia. Perché lo tratteneva ancora? Aveva scelto Bianca, aveva scelto di non vederlo, di volgere lo sguardo dall'altra parte nonostante lui l'avrebbe seguito in capo al mondo per amore.

«Resta.» sussurrò Cristian. «Resta con me, fratellino».

«Non sono nemmeno tuo fratello… non so più chi sono» singhiozzò.

«Tu sei mio fratello. Sei la gemma della nostra famiglia. Rallegri le nostre giornate da quando nostro padre ti ha portato a casa. Hai acceso il sorriso sul volto triste del ragazzino che ero. Hai dato speranza a nostra madre, hai dato forza a nostro fratello, hai reso orgoglioso nostro padre. Nostra sorella Frejdis sarebbe orgogliosa dell'uomo che sei diventato.» Lo strinse ancora più forte. «Tu per me sei importante e ti voglio bene».

Non si aspettava quelle parole, né quel modo sincero di pronunciarle. Era il massimo che Cristian avrebbe potuto dire, duro e freddo com'era, eppure, per quanto belle potessero essere quelle parole, tutto quel sentimentalismo, Raphael voleva qualcosa di più. Non sapeva nemmeno cosa, sapeva solo che voleva qualcosa di più. Una dimostrazione, un gesto lampante. Non aveva idea.

«Io non credo di essere importante…»

«E invece lo sei».

«No, non lo sono. Smettila di guardarmi come se fossi un miracolo. Sono solo…»

«Solo cosa?» Cristian si commosse a sua volta.

«Sono solo una puttana utile a rovinare le vite degli altri. Questo è come mi vedono. Tutti. È quello che mormorano quando mi incrociano nei corridoi, quello che mi sono sentito dire fin da bambino! Questo sono. Prova a dire il contrario, coraggio!» Raphael sbottò nel vedere il fratello indeciso sul da farsi. «Avanti dillo! Dillo come tutti gli altri!»

«Sei solo una puttana.» La voce di Cristian si fece apatica. Passò qualche secondo di silenzio. «Ma lo siamo tutti senza nemmeno accorgercene. Lo sono anche io. Vendiamo solamente parti diverse di noi».

Sembrava non voler dire nulla. Quelle ultime parole di Cristian erano state una pugnalata al cuore. Non avevano rincuorato e non avevano nemmeno creato quella spaccatura che lo avrebbe logorato dall'interno. Nemmeno il dolce cullare della malinconia… Era semplicemente la verità, un altro punto di vista. Ma Raphael vedeva solo la sua di sofferenza in quel momento. E vedeva solo quanto fosse ingiusto tutto questo dolore.

Tutti vendevano parti di sé per qualcosa. Per qualunque cosa. Tutti, nessuno escluso. Raphael credeva di essere il migliore, di aver accettato di essere questo nella vita, di potersi voltare indietro e sorridere nel vedere la strada lastricata di pezzi di sé. Aveva disseminato pezzi della sua anima nei cunicoli più sudici delle città, aveva frantumato il cuore e ne aveva distribuito pezzi a uomini che da lui volevano solo un attimo di distrazione. Per Raphael non era mai stato importante. Era un gioco. Ma quel gioco lo aveva portato a questo. Stava lasciando ogni cosa e prima o poi si sarebbe trovato con niente in mano se non il giudizio delle persone. Finché aveva qualcuno al suo fianco non gliene sarebbe importato nulla del fottuto giudizio degli altri. Ma ora?

Non ebbe la forza né di rispondere, né di scoppiare a piangere fra le braccia di Cristian. Scappò prima che le guance rigate dalle lacrime diventassero un fiume in piena. Corse nei corridoi con sguardo basso. Che importava se gli altri vedevano? Era solo la puttana che eseguiva gli ordini e che infangava il nome di chiunque. Più in basso di così non ci sarebbe mai arrivato, anzi, attendeva proprio di toccare il fondo per potersi dare lo slancio e risalire la melma che lo ricopriva. Raphael aveva sempre amato tutto, specie il buio delle persone. Ma ora questo buio stava inghiottendo pure lui. Non c'era più nessuno a salvarlo.

Di cosa aveva paura? Che i suoi amici lo scordassero e di quelli che scordava lui. Aveva paura del buio e di tutto quello che non si poteva illuminare con una risata e con un gesto leggero. Aveva paura che tutto quello a cui si era aggrappato nella vita fosse già finito.

Di questo aveva paura.

Avevano visto l'abisso che si portava dentro? Almeno qualcuno lo aveva visto? Perché a giudicare da come la città fosse a festa sembrava proprio che tutti fossero ciechi.

Era come se tutti si fossero dimenticati della guerra civile e delle morti al di fuori della città, come se Dolcina dovesse conoscere solo quel maledetto matrimonio di convenienza. Il dramma era che non solo i popolani qualsiasi sembravano entusiasti dall'unione fra Cristian Carold e Bianca Aristei, ma anche tutti i lord e le lady che suo fratello aveva posto nei vari feudi per controllarli. Sembravano tutti una massa di idioti senza cervello. Nella Dolcina Ashtreid Bai e Fred Foconero continuavano ad ammassare forze per proclamarsi Principi e tutti pensavano al vestito che indossava Bianca.

E quel vestito fu la vera ossessione di Raphael.

Per tutta la sfilata di Cristian e Bianca per le strade di Dolcina, Raphael non aveva fatto altro che guardare il fruscio di quel vestito. Le pieghe, le decorazioni brillanti apposte agli orli, il riflesso della seta sui sampietrini delle strade della città. Ad ogni passo Bianca spostava ciottoli e polvere, eppure il suo vestito rimaneva immacolato per chissà quale stregoneria. Ora anche i sarti si erano messi a maneggiare incantesimi?

Per non parlare di suo fratello Cristian. Si era vestito di tutto punto con medaglie, spallacci dorati, mantello porpora con ricamato lo stemma della Convenzione. Raphael era stanco di vedere quel maledettissimo simbolo, portava solo sciagure e separazioni. I lunghi capelli di suo fratello erano raccolti in una treccia che gli ricadeva sulle spalle, mentre sul capo un diadema di bronzo e argento separava l'attaccatura dei capelli dalla fronte incipriata. E pensare che era Cristian quello che aveva sempre disprezzato il trucco in faccia!

«Stai bene? Ti vedo arrabbiato?» Roy camminava al fianco di Raphael, seguendo il corteo nuziale. Anche lui era vestito a festa.

«Sto bene» rispose secco Raphael.

Suo padre decise di lasciar perdere e di continuare a mostrare il suo sorriso da ebete a tutti. Poverino, doveva essere davvero felice di veder suo figlio in matrimonio ad una giumenta qualsiasi…

Raphael avrebbe volentieri fatto a meno di restarsene lì a guardare i sorrisi falsi di tutti e le strette di mano di circostanza fra Cristian e gli ufficiali militari, così come si sarebbe risparmiato anche tutta la falsità di Cecilia Deferlay. Si era presentata al matrimonio con una cesta di pesce, a suo dire simbolo di pace e alleanza fra la Convenzione e Baia Tresinar, e con un paio di pendenti in zaffiro da regalare alla futura sposa. Fosse stato Raphael al suo posto avrebbe appeso alle orecchie di Bianca i branzini della cesta, non simili gioielli! Ancora non si spiegava tutto questo servilismo nei confronti di una donna che per ora aveva dimostrato solo di saper fare cenni con la mano, sorridere a comando e non cadere dai tacchi che le avevano dato. Sì, perché Bianca dava proprio l'impressione di non aver potuto scegliere nemmeno come vestirsi. Sempre sotto lo sguardo vigile del fratello, poco più avanti di Raphael e Roy nel corteo.

C'era qualcosa che continuava a ferire Raphael in tutto quel tripudio di falsità. Era il volto disteso di Cristian. Per quanto gli avesse detto che per lui quel matrimonio era una costrizione, sembrava davvero in pace con se stesso. Avrebbe almeno potuto avere il coraggio di dirgli che era rimasto ammaliato da Bianca, d'altronde chiunque avrebbe esultato se una simile meretrice si fosse proposta come consorte. Viso innocente, corpo esile, oro a non finire e personalità al pari di una saponetta decorativa. Tutto quello che un uomo di potere avrebbe potuto desiderare.

L'interminabile corteo fece l'intero giro di Dolcina circumnavigando Goldenknowes, come se tutti fossero costretti a essere felici per i futuri sposi. Remigio Foconero, da bravo cagnolino, aveva organizzato le difese della città e i cordoni entro i quali Cristian e i suoi invitati avrebbero dovuto camminare per raggiungere la cattedrale di Dolcina. Chissà se il vescovo Mirius Foemar avrebbe apprezzato che una folla di zotici arrivasse a distruggere tutto.

Ogni tanto, nel suo trascinarsi in avanti, Raphael lanciava qualche occhiata a Roy e a sua moglie intenti a commentare ogni singolo abito dei presenti. Criticarono a lungo il vestito lugubre e stracciato di Elektra Finrél. Se non altro aiutava Raphael a distrarsi da tutta la rabbia che aveva represso.

«Guarda invece il padre come è rispettoso del momento...» commentò Roy.

Non c'era paragone in ermini di eleganza, ma se c'era una cosa che Raphael aveva imparato di Elektra, era che si doveva evitare di pretendere da lei anche solo il minimo accenno di decenza. Non era umana, Raphael ne era convinto.

Poco prima di varcare la soglia della cattedrale di Dolcina, una delegazione della Congregazione di Fostgard aveva organizzato una parata militare per far vedere ancora una volta di essere bellissimi e integerrimi. Credevano veramente che esibire ragazzini in armatura e stendardi dorati potesse far cambiare idea a Cristian? Erano solo l'ennesimo braccio armato di qualcuno e Ryad Dort un'idiota troppo legato alle tradizioni. Probabilmente stava anche friggendo dentro alla sua armatura di piastre. Meglio così, nessuno avrebbe avuto piacere nel vedere il suo grugno corrucciato.

Si levò un boato non appena lo spettacolo della Congregazione di Fostgard finì con una simulazione di combattimento. Lampi magici, giavellotti scagliati in cielo e polverizzati da palle di fuoco e polvere luminosa coprirono la folla attonita. Si stupivano tutti con troppo poco...

Al termine dell'esibizione Ryad donò a Cristian una spada di bronzo talmente pacchiana da sembrare finta. E suo fratello non ci pensò due volte ad accettarla e a darne dimostrazione duellando per finta con un bambino tra la folla. Cristian aveva pensato a tutto. Anche a mettere in mostra il suo buon cuore e a fingere di quanto ci tenesse alle nuove generazioni. Raphael non sapeva perché, ma tutto questo mostrare buoni sentimenti lo faceva infuriare sempre di più. Tutti ridevano, tutti erano felici e non si chiedevano nemmeno il perché. Per un momento si sentì lui quello sbagliato. Forse stava perdendo un'occasione. Forse avrebbe potuto semplicemente essere felice per Cristian e godersi il momento come stava facendo in quell'istante suo padre.

La cattedrale rifletteva la luce e la scalinata in marmo che conduceva all'interno era ammantata da un'aura di calore che bruciava le suole sotto alle scarpe. Quasi tutta la marmaglia che aveva seguito il corteo fino a quel momento si fermò alla vista di lupi posti a guardia del perimetro dei possedimenti della Chiesa.

A giudicare dai ringhi e dalla mancata accoglienza del Vescovo Mirius Foemar, sembrava proprio che ci fosse qualcuno contrariato da questa unione. Lo si vedeva dal comportamento lascivo di Martelao Linden, ora a colloquio con Remigio Foconero per gestire l'afflusso di persone nella cattedrale e la relativa difesa. Raphael non aveva mai capito come fosse possibile che lupi grossi il doppio di quelli normali seguissero le direttive di un ragazzino esile che non accennava a crescere nonostante il passare del tempo. Martelao era sempre stato un affascinante mistero per tutti, ma in una giornata simile non aveva alcun interessa a pensare a un ragazzino indottrinato che accarezzava lupi rabbiosi per combattere gli infedeli.

Roy trascinò Raphael nei primi banchi della chiesa. Tutto era addobbato a festa con stendardi bianchi, rossi e oro. Chi aveva pensato fosse stata una buona idea impreziosire le panche con rose bianche dovette ricredersi non appena quasi tutti i presenti le strapparono per non ferirsi con le spine. Lo stesso Roy fece altrettanto, nonostante avesse insistito a lungo per quel becero simbolismo. Lungo il tappeto che conduceva all'altare fiori di ciliegio venivano sparsi da due bambine vestite allo stesso modo: lunghe trecce dorate e completo rosa. Roy farfugliò qualcosa sul fatto che fossero simili a Frejdis da piccola. Raphael si limitò a non scivolare dalla panca per l'idiozia appena sentita.

Cristian si liberò dagli ultimi saluti falsi e raggiunse la panca della sua famiglia.

«Sono orgoglioso di te.» Roy lo abbracciò con forza, mentre Cristian ebbe cura di allontanarlo per non rovinarsi il vestito.

La madre scoppiò a piangere per l'emozione e Cristian si precipitò ad avvolgerla nel suo abbraccio. Lo sguardo di Raphael e Cristian si incrociò. Raphael si sforzò di fare un sorriso per non dare a vedere il suo disappunto. Tutto sembrava surreale.

«Vieni qui.» Cristian aprì le braccia e controvoglia Raphael si avvicinò per farsi intrappolare da quella morsa. Non voleva né essere un problema, né fingere che tutto andasse per il meglio. Si limitò a subire quell'abbraccio in modo passivo.

«Dov'è Aliros?» domandò Cristian.

«Tuo fratello non farà in tempo ad arrivare. Ci raggiungerà per i festeggiamenti questa sera, se il tempo sarà clemente» rispose Roy. «Ma ora non farla aspettare. Non vorrai scordarti della tua sposa il giorno del vostro matrimonio come ho fatto io».

«Roy!» sussultò Eva. «Non tirare fuori di nuovo questa storia».

Scoppiarono a ridere tutti e tre. Raphael si limitò a sorridere per non sembrare strano.

Cristian prese le mani di entrambi i genitori. «Grazie mamma, grazie papà».

Non c'era più nulla da dire. Cristian si ricongiunse a Bianca ai piedi dell'altare, in attesa che Mirius si facesse vedere e celebrasse questa unione. Ci stava mettendo fin troppo a mettere la parola fine a questa buffonata.

Il tempo passava e il mormorio delle persone si fece sempre più insistente. Di tanto in tanto qualcuno si accostava a Cristian per aggiornarlo sulla situazione. A giudicare dall'espressione tesa di suo fratello pareva proprio che Mirius avesse altro di meglio da fare. E Raphael proprio non ce la faceva a non sorridere di fronte a quell'imbarazzo generale.

Roy gli diede una gomitata. «Compostezza, figliolo.» Anche lui sembrava irritato da quell'affronto, tanto che diede l'ordine ai musicisti di suonare qualcosa per distrarre tutti. Quella sinfonia rappresentava al meglio la delusione di Cristian, il quale continuava a guardarsi intorno per intercettare gli accoliti del Vescovo. Lasciò Bianca all'altare ancora una volta e si mise a parlare con un sacerdote. La musica copriva le loro voci, ma il continuo picchiettare col dito sulla gamba di Cristian faceva trasparire un certo disappunto. I due si separarono con freddezza e Cristian tornò al suo posto con il sorriso.

«Amici miei» annunciò Cristian. «Sembrerebbe che il Vescovo Mirius non si sia sentito bene, ma non per questo il matrimonio non si farà. D'altronde è solo un uomo e io sono qui per dire il mio sì davanti a Dio».

Ma certo… davanti a Dio. Raphael scosse la testa e posò il suo sguardo su un compiaciuto Giacomo Aristei. Sembrava che non vedesse l'ora di concludere quella formalità e gettarsi nel primo tavolo del banchetto nuziale che Cristian aveva organizzato a Goldenknowes. Al solo pensare che il supplizio sarebbe continuato fino al giorno dopo, Raphael si abbandonò sulla scomoda panca sulla quale era seduto.

Il sacerdote con il quale aveva parlato Cristian fece il suo ingresso dalla sagrestia, seguito a uno stuolo di accoliti, cerimonieri e portatori di turiboli. Tutti si alzarono in piedi. Anche Raphael.

Per tutta la durata della celebrazione, nel suo susseguirsi di riti inutili e devozioni forzate a figure santificate e presenze onnipotenti, Raphael non fece altro che pensare al fatto che non valesse la pena soffrire per suo fratello. D'altronde lui aveva scelto, lo aveva ferito e stava andando per la sua strada. Raphael avrebbe potuto semplicemente fingere e lasciare che tutto scorresse come sempre. Fare finta di nulla e non cambiare mai. Poteva addirittura darsi per vinto. Ma lui odiava perdere. Soprattutto se perdere significava darla vinta a Giacomo Aristei e a sua sorella. No, avrebbe fatto la sua mossa il prima possibile per tirare fuori Cristian da quella trappola. Perché era sicuro che si trattasse di una trappola! Possibile che nessuno se ne stesse rendendo conto? No, tutti intenti a fare segni strani con le mani, ad alzarsi e a sedersi a comando e a pensare che questo matrimonio fosse la risoluzione di tutto. Non avrebbe risolto un bel niente. Le spade dei Bai e dei Foconero non si sarebbero fermate alla vista di una nuova famigliola costruita a tavolino.

Il momento che tutti stavano aspettando arrivò. Il sacerdote alzò le mani al cielo e con fare solenne pronunciò la frase per la quale tutti erano rimasti con il fiato sospeso.

«Davanti a Dio e agli uomini di questa terra, io oggi vi benedico e testimonio l'amore che vi renderà un'entità unica agli occhi del Signore. Perché questa unione non si dissolva mai, guai a quell'uomo che oserà separare ciò che Dio unisce. Ora siete marito e moglie».

Uno scroscio di applausi invase la cattedrale, la musica si intensificò e il disgustoso bacio fra Cristian e Bianca divenne l'ultimo imbarazzante spettacolo al quale assistere.

Roy lo folgorò con lo sguardo, senza mai smettere di applaudire. «Sorridi, Raphael!»

Un sorriso amaro e un battito di mani sempre più forte. Talmente forte da fargli male ai palmi.

"Guai a quell'uomo che oserà separare ciò che Dio unisce... Parla proprio di me..."

Le parole del sacerdote rimbombarono nella mente di Raphael. Ora non era più solo una sfida a Cristian o una sfida con se stesso. Avrebbe sfidato Dio e avrebbe dimostrato che non c'era motivo per aver paura di lui.

Guai a Dio per essersi messo contro Raphael Carold.

MARCHI

Chiamata

«Abbassate le armi! Bastardi! O giuro che...» Medusa strinse il coltello attorno al collo della madre di Vanessa.

La Presidente dell'Ambasciata si pietrificò e fece cenno ai suoi uomini di non incoccare altre frecce.

La battaglia all'Ambasciata continuava senza che nessuno si curasse più di tanto della morte di Cervo e del ricatto di Medusa. Tutti avevano altro a cui pensare. Primo fra tutti: non morire.

La Porta Spirale chiamava Marchi e lui per qualche istante sembrava vedere solo l'arcata di pietra di fronte a lui. Veder morire Cervo sotto ai suoi occhi era stato un duro colpo, eppure c'era una luce, un moto dentro che lo spingeva sempre di più su quelle scalinate frondose.

«Non ti muovere da lì!» Vanessa lo ammonì, ma solo a parole.

«Lucciola, che fai? Non è il momento delle tue crisi mistiche!» Anche Medusa non capiva.

Come poteva dare ascolto alla voce degli uomini quando c'era qualcosa di ancestrale a chiamarlo per nome? Oltre quei sigilli, oltre il vero limite del mondo, c'era quel legame che lo aveva guidato fino a quel giorno. E non poteva più ignorarlo.

Passo dopo passo, percorse tutti i gradini che conducevano alla Porta Spirale. Tese la mano in avanti, come alla ricerca di qualcosa, come se una volta spezzati quei sigilli potesse essere in grado di trovare le risposte ai suoi dubbi più profondi.

«Fermo! Non sai cosa stai per fare!» gridò Vanessa.

«Silenzio!» Medusa si frappose fra lei e la Porta Spirale, tenendo ben saldo l'ostaggio. «Fa' quel che devi fare, Lucciola, ma fallo in fretta».

Marchi sfiorò le rocce della Porta Spirale, con i polpastrelli ripercorse le insenature dei legni e della simbologia scavata sopra di essi. Il suo braccio venne accarezzato dall'edera e dalle stoffe svolazzanti dei sigilli apposti dall'Ambasciata.

Non aveva idea di come spezzare quei vincoli. Tutto si fece bianco. Un'esplosione di luce lo investì. I rumori della battaglia si tramutarono in grida di sgomento e l'incredulità prese il sopravvento. Marchi si coprì gli occhi con le mani, ma nemmeno questo bastò per contenere la forza accecante della luce del portale. Si sforzò di tenere gli occhi aperti, di osservare il miracolo che aveva sempre sperato di vedere. Gli occhi lacrimavano, le tempie pulsavano e il calore dell'energia sprigionata dalla Porta Spirale scoppiò in un inquietante rimbombo costante che coprì la voce di Vanessa.

Una figura apparve ammantata di splendore. Forse era solo un gioco di luci, eppure Marchi aveva come l'impressione che si stesse avvicinando nella sua direzione. Scosse la testa per cercare di mettere a fuoco. Ma non appena provò a sforzare gli occhi, solo la luce riempì la sua visuale.

Era quella figura che lo chiamava?

Una voce nuova ridestò Marchi per un istante. «È il momento, Ennika! Corri».

«Non vedo niente!»

«Segui la luce, hai detto tu di seguire la luce».

«Io...»

«Non puoi avere ripensamenti. Abbiamo detto di gettarci e basta».

«Dammi la mano, non vedo niente».

Le immagini si fecero più nitide nonostante le lacrime agli occhi. Due ragazzi superarono Marchi e si gettarono nel varco luminoso della Porta Spirale per poi scomparire. Lui non mosse un dito, estasiato da quella visione di energia.

Dietro di lui, le annose questioni degli uomini, davanti a lui la bellezza della dinamicità, la forza del divenire e il mistero della luce. Una forza luminosa dettava legge nell'Ambasciata, valicava il tempo e lo spazio, come a simboleggiare qualcosa di definitivo. O così sembrava.

Qualcuno prese l'iniziativa. Un tonfo, poi un altro. Vanessa corse ai piedi della Porta Spirale, alzò le braccia al cielo, il volto distrutto dalla paura. Sembrava invocare chissà quale rito magico. In quel quadretto bellissimo e surreale, Vanessa sembrava la sola a voler zittire ogni cosa. Ci riuscì. Fasci di luce colorata vorticarono attorno alla Porta Spirale a velocità forsennata. Sembravano contenere non solo l'energia sprigionata dal portale, ma anche l'intensità della luce avvolgendola come un bozzolo.

Marchi venne attraversato sia dall'energia della Porta Spirale, sia da quella di Vanessa, uscendone indenne. Tese la mano in direzione della luce che aveva inghiottito i due ragazzi, ma non appena entrò in contatto con il portale niente fu come aveva immaginato. Dal punto di contatto si generò un'increspatura nell'energia del portale senza che quest'ultimo portasse Marchi lontano da Arkades. L'increspatura si intensificò fino a deformare il ciglio dell'energia e a cozzare contro i limiti dei nuovi sigilli invocati da Vanessa. Il resto fu un accumularsi di potenza che sfociò in una grande esplosione che coinvolse tutti.

Come tutto si illuminò, tutto si fece nero.

Marchi aprì gli occhi e la prima cosa che vide fu una colonna di luce. La terza. Nel cuore dell'Ambasciata. Della magnificenza della Porta Spirale erano rimaste solo rovine incandescenti e le fondamenta del portale.

Vanessa era di fronte alla devastazione, piegata su se stessa e con il fiato corto. Aveva chiuso il passaggio prima che potesse essere troppo tardi. La gravità della situazione aveva fatto abbassare le armi ai pochi cavalieri rimasti e anche i più temerari fra i Pariah che avevano preso d'assalto l'Ambasciata se l'erano data a gambe alla vista di quel potere apocalittico.

Se la Porta Spirale era stata aperta e Vanessa era riuscita a richiuderla poco dopo, a cosa era servito tutto questo viaggio?

Marchi non riusciva a pensare ad altro. Credeva di aver finalmente sentito il richiamo, di aver trovato la via verso qualcosa di irrazionale ma comunque esistente. Quella voce, quella che lo chiamava per nome, doveva esistere. Doveva esserci per forza.

Vanessa barcollò per la stanchezza e venne soccorsa da alcuni dei suoi cavalieri. Lo stesso fece Medusa con Marchi, sostenendolo sulle sue spalle nonostante le ferite.

Sembrava tutto così assurdo. Quella che era iniziata come una battaglia si stava trasformando in una sconfitta per tutti: per Vanessa con l'apertura della Porta Spirale e per Marchi per l'inutilità di tutte quelle morti.

«Si è aperta.» Medusa spezzò il silenzio. Il suo sguardo non era mai stato così greve. «Come hai fatto?»

«Non lo so» ammise Marchi.

Vanessa si voltò di scatto. «Tu non hai idea della sciagura che ci colpirà ora! La Porta non è mai stata aperta negli ultimi quattrocento anni! Sarebbero potute entrare specie avverse alla nostra, o peggio...»

«Come sei riuscita a richiudere la Porta?» Quelle parole uscirono senza nemmeno che Marchi dovesse pensarci. Era deluso da quel fallimento.

«Io conosco questo potere. Speravo di non doverlo mai usare. Ho fallito...» Vanessa abbassò lo sguardo.

«Hai visto qualcuno uscire dalla porta?» domandò Marchi.

Vanessa tentennò per qualche istante. Forse nemmeno lei era riuscita a vedere oltre quella luce immensa. «Ho visto qualcuno entrarci».

«Quello anche io» confermò Medusa.

«Ma uscirci?» insistette Marchi.

«Impossibile... Per fortuna.» Nemmeno Vanessa sembrava convinta di quel verdetto. «Cosa pensavi di fare?»

«Non lo so.» Marchi posò lo sguardo per la prima volta sul corpo di Cervo, poco più distante. Avrebbe voluto esserne indifferente, ma un peso nel cuore lo trascinava sempre giù, nei sensi di colpa. «So solo che non sono pronto. So solo che non sono pronto a questo mondo che va a un ritmo folle e io non faccio altro che fuggire, che chiudermi in me stesso e vedere tutto sotto una luce che vedrò solo io. Forse quel richiamo...»

«Quale richiamo? Che stai dicendo?»

«Fuggo da un dolore assurdo».

«Solo perché esiste, il dolore è assurdo.» Vanessa si avvicinò a Marchi, ma Medusa e altri uomini le puntarono la lama al petto. «In un altro mondo, Cavaliere delle Lucciole, nulla sarebbe diverso da ciò che è qui. Dolore compreso. Se speri di fuggire, di trovare un'apertura lontano da qui, rimarrai deluso. Non ci sono voci che possano dirci cosa dobbiamo fare, non ci sono entità che guidano le nostre azioni. Sarà fatalista dirlo, ma siamo sempre noi a decidere. Nel bene e nel male. Questo è: il dolore è assurdo perché esiste».

Marchi avrebbe fatto a meno di quella lezione di vita. Aveva sempre cercato di fuggire dalle opinioni convinte della gente. Troppa convinzione portava all'appiattimento delle idee. Ed era molto meglio non avere idee o averne di confuse che farsi carico dei pensieri altrui. Se le parole di Vanessa erano vere, se non avesse potuto trovare nulla al di là di quello che già c'era sotto al suo naso, avrebbe comunque lottato per continuare a sperare di avere un cuore diverso altrove. «Chiunque nel niente si sente rinnovato» diceva suo padre, nei momenti di sconforto.

Forse cercare quel niente, quel senso di rinnovamento, era la sua vera missione, eppure l'unica cosa che rimaneva di tutta quella storia erano macerie, una terza colonna di luce che pulsava in cielo e un compagno morto assieme a tanti altri. Era arrivato a Solindesti per cercare di fugare almeno un dubbio e se ne stava andando con ancor più domande di prima. Chi era quella figura e perché non si era fermata da lui, se era lui che stava cercando? Era sicuro che anche Vanessa l'aveva vista. Ma allora perché tacere? Probabilmente per mascherare il suo fallimento.

Aveva disperatamente bisogno di un altro segno. Uno qualunque. Perché per quanti dubbi avesse nella testa, a poco a poco affiorava una certezza: quella figura luminosa uscita dalla Porta Spirale era il suo destino.

«Cavaliere delle Lucciole.» Vanessa spezzò il lungo silenzio che si era venuto a creare. «Sarai contento di aver aggiunto un'altra impresa alla tua collezione» disse con tono amaro.

«La mia non era una battaglia ideologica».

«Non vorrai per caso dirmi che tutto questo peregrinare e portare sciagure deriva solo da una tua convinzione interiore? Mandare nel caos tutta Arkades per rispondere a una chiamata del cuore non solo è da irresponsabili, bensì anche arrogante».

«Non c'è arroganza nelle mie intenzioni. Ho sentito una chiamata. Ho risposto.»

«E ora sei deluso della risposta» continuò Vanessa. «Mi ricorda qualcosa del mio passato…»

«Io e te non condividiamo niente» disse sprezzante Marchi.

«Ti sbagli.» Vanessa sembrava avere occhi rivolti solo per sua madre. «Abbiamo condiviso uno dei capitoli più bui della storia recente. Siamo stati luce contro oscurità, ragione contro intuizione. E sono davvero costernata nel dover ammettere che alla fine non sono stata in grado di fermare questo tuo atto di follia, fortunatamente senza danni. O quasi.» Vanessa alzò lo sguardo al cielo, come se si sforzasse a trovare la fine del pinnacolo di luce sopra le loro teste.

«Voi non siete la luce. Siete solo il riflesso delle delusioni delle persone. Vi definite la punta di diamante del progresso del Reame, eppure ci tenete rinchiusi nei nostri confini da più di quattrocento anni».

«Lo facciamo per il bene di tutti».

«Lo fate perché avete paura».

«Chiamala come vuoi.» Vanessa si sistemò la veste. Aveva occhi sbarrati, come se fosse in preda di un demonio. «Ma tu non sai cosa può nascondersi al di là del nostro mondo. Non hai studiato le cronache e la discesa dei Caotici nelle nostre città. Non hai letto di madri che uccidevano i propri figli per non doverli vedere morire di fame e non hai udito di uomini pronti a farla finita pochi istanti prima della salvezza. No, voi non avete sentito niente di tutto ciò. Vivete nel presente e non vedete al di là del prossimo plenilunio. Amate brandire le armi, munirvi di martelli e scalpelli per dare forma al mondo, per rivendicare qualcosa che non vi appartiene».

Marchi la interruppe. «Parli sempre troppo».

«Dico come stanno le cose».

«Hai la pretesa di insegnarci come stanno le cose? Hai perso, Presidente. Questa è l'unica cosa che so».

Un sorriso forzato strappò l'espressione imperturbabile di Vanessa. «Ho perso, Cavaliere delle Lucciole. E anche io so un'unica cosa dopo tutta questa nostra storia».

«Cioè?»

«Che hai perso anche tu. È stato comunque un piacere condividere queste pagine oscure della storia di Arkades. Insieme. Chi lo avrebbe mai detto…»

L'Ambasciata venne occupata dai Pariah guidati da Falco e Leone e a poco a poco i cavalieri di Vanessa furono costretti a gettare le armi e ad arrendersi di fronte alla superiorità numerica. I pochi ricercatori del C.R.S. che erano rimasti al fianco dei combattenti dell'Ambasciata se ne stavano mogi in attesa di un verdetto finale che di certo non sarebbe stato di loro gradimento.

Falco si mise a braccia conserte di fronte a Vanessa. «L'Ambasciata è nostra, Presidente».

«Non avete idea del disastro che state avallando».

«Non siamo stati noi a muovere guerra per primi. Né a scomodare gli automi dei vostri amici ricercatori».

«L'occupazione di Solindesti non poteva essere contemplata. A onor del vero, mi sono mossa di conseguenza…»

«L'unica cosa che chiedevamo era una casa per i nostri figli. Solindesti era lasciata in balia della polvere da anni. Da voi, non da altri. Non avevamo pretese se non il poter ricominciare finalmente a vivere».

Vanessa roteò lo sguardo cercando consiglio nei volti di alcuni dei suoi sottoposti. Sembrava cercare le parole giuste per non aggravare ancora di più la situazione.

Eppure Marchi ripensava ancora a quello che Vanessa Eyers gli aveva appena rivelato. Forse era vero che aveva perso anche lui. Aveva sentito la chiamata e aveva risposto, ma ora? Ora cosa sarebbe cambiato? Sembrava tutto uguale a prima ma con l'unica differenza che aveva sulla coscienza centinaia di morti. Falco lo avrebbe sicuramente consolato dicendo che stavano combattendo per la loro libertà, per trovare finalmente la pace, ma c'era qualcuno che combatteva per lui e solo per lui. Combattevano e morivano per le menzogne che lui aveva sempre covato nel cuore. Prima suo padre, ora questa chiamata. Ad averne pagato il prezzo era stato Cervo.

Era per motivi come questo che cercava di distaccarsi il più possibile dagli affetti. Per non far soffrire nessuno.

Gli stendardi dell'Ambasciata bruciavano e i Pariah ululavano un inquietante canto tribale per commemorare la vittoria. Era la voglia di riscatto quella che li stava guidando. Lo stesso guizzo negli occhi di Falco, che vedeva una speranza per la sua gente. Marchi non aveva mai capito molto di quella ragazza. Non si era nemmeno mai interessato a lei se non nei momenti in cui la vedeva di notte a far compagnia a Foca. Entrambe irrequiete per il futuro, entrambe forti. Avrebbe mai avuto quella forza?

«Che te ne pare, Presidente, parliamo di affari?» Medusa puntò il coltello alla tempia della madre di Vanessa.

Né Vanessa né sua madre si dissero nulla. Si limitarono a guardarsi e a stare in silenzio. Gli sguardi e la tensione dei loro volti sembrava che bastassero a far sì che entrambe capissero cosa fosse giusto fare.

Vanessa riprese il contatto visivo con Medusa. «Mi chiederete di cedere Solindesti a chi? A un carrozzone itinerante senza alcun diritto di proprietà?»

«Ti chiederemo di scegliere fra l'essere umana e disumana. Parliamo pur sempre di chi ti ha messa al mondo».

«Un ricatto in pieno stile».

Medusa abbozzò un inchino. «Deformazione professionale, Presidente Eyers».

«Ancora una volta…» Vanessa sospirò. «Ancora una volta mi si chiede di fare una scelta, seppur obbligata, fra me e ciò che amo. Morirei per tenere fede al mio giuramento, per proteggere il Reame dalle minacce che si nascondono al di là della Porta Spirale. Nella vita ho sempre sacrificato me stessa per far splendere ancora di più quel diamante che noi del C.R.S. chiamiamo progresso. Una luce di cui il Reame ha bisogno, la speranza delle future generazioni. Restiamo sempre in meno a curarci del futuro delle nostre vite. Oggi si preferisce vedere il futuro come un qualcosa di scontato. Ebbene, se è così, per la prima volta ascolterò ciò che dice il mio cuore e farò cadere l'ultima spada a difesa di quest'idea nostalgica. Tenetevi pure il castello di Solindesti, vivete, fate figli e continuate nell'ignoranza a pensare di essere gli unici vessati in questo mondo. Vi corromperete come tutti e capirete troppo tardi i vostri errori. E ora, lasciate che mia madre torni alle cure di cui ha bisogno».

Medusa non si fidava a lasciare andare l'ostaggio dopo quel discorso confuso. Cercava l'approvazione di Marchi, che non arrivò mai. Vanessa fece un passo avanti, incurante di tutte le lame che le vennero puntato addosso. «Come vedete, con mia somma disapprovazione, ho fallito. Ho perso per tutti voi. E quel che rimane non è che un ammasso di energia indecifrabile che potrebbe esplodere da un momento all'altro. Cavaliere delle Lucciole» si fermò a un palmo da Marchi, «vorrei sperare che tu sia contento, ora».

Non lo era. Per niente.

La loro era stata una battaglia di cui nessuna ballata avrebbe parlato. Forti contro deboli, passato contro futuro. Cuore contro mente. Come lui aveva le sue buone ragioni per impugnare la spada e seguire le scie delle sue lucciole, anche Vanessa aveva fatto di tutto per cercare di tenere in piedi la menzogna che le era stata raccontata. La Porta Spirale non era la causa dei mali di Arkades, lo erano le persone che l'abitavano.

Fu Vanessa a scostarsi per prima. Andò a soccorrere la madre strappandola dalla morsa di Medusa. Le due donne si riunirono in un abbraccio. Solo Marchi sembrava non aver nulla per cui criticare quel gesto. Anzi, invidiava il fatto di non avere la forza per mettere i suoi sentimenti in mostra in quel modo.

Per qualche istante Marchi rivolse il suo sguardo alla colonna di luce pulsante. Si perse nei bagliori riflessi sulle foglie, negli echi che il rumore generava, nel fruscio del vento che spostava le chiome contro quella stessa luce, costringendo i rami a venire inghiottiti dall'energia. Quel che sarebbe successo ora lo tormentava.

«Non so come funzionano certe cose.» Medusa si mise a braccia conserte di fronte a Vanessa. «Ma visto che siete così tanto amanti delle cose messe nero su bianco direi che possiamo procedere alle firme».

Falco corrugò la fronte. «Firme?»

«Sì, un documento, o qualcosa. Un contratto, ecco.» Medusa gesticolò per far intendere che avesse la situazione sotto controllo. «Firmerai, Presidente?»

Vanessa non rispose. Si limitò a tenere vicino a sé la madre e ad attorniarsi di quanti più cavalieri superstiti avesse vicino. Per quanto provasse a darsi un tono, sapeva anche lei che non ci sarebbe stato niente da fare se non assecondare le loro richieste.

«Lo prendo come un sì.» Medusa rinfoderò il coltello. «Ma visto che non sono esperto, lascerò che sia Gufo a redigere l'atto. Cederete Solindesti e l'Ambasciata e tornerete strisciando nei vostri laboratori portandovi tutte le cianfrusaglie che ritenete valide. Dovreste essere grati che non diamo alle fiamme i vostri studi di una vita».

Vanessa strinse i pugni. «L'Ambasciata è neutrale e impignorabile».

«Solindesti e l'Ambasciata» ribadì Medusa. «Un piccolo prezzo per la vostra arroganza».

«Sarei quasi tentata di firmare solo per vedere tutte le schiere Reali esultare quando vi impaleranno per l'affronto. Ma sarei solo meschina e priva di qualsivoglia senso della decenza.» Vanessa esibì un sorrisetto fastidioso. «Perciò sarò onesta con voi e vi spiegherò il perché l'Ambasciata non può cadere sotto il controllo di nessuno».

Falco fece un passo avanti, con fare minaccioso. «Parla…»

«Di quel castello insulso che avete occupato non si cura nessuno se non noi, i legittimi proprietari, ma dell'Ambasciata… Ci sono interessi più grandi della mera proprietà dei possedimenti dell'Ambasciata. È un simbolo di pace, di neutralità. Voi avete calpestato senza ritegno ciò che più rappresentava, ossia l'egida contro le minacce esterne, ma se anche i lord del Reame non credono che possano esserci bestie pronte a varcare le soglie della Porta Spirale, credono di sicuro che l'Ambasciata debba essere un luogo di dialogo e confronto fra le potenze del Reame».

«Menzogne» la zittì Falco. «L'Ambasciata aveva questo compito, ma nessuno dei sovrani ha mai inteso l'Ambasciata come un luogo di riconciliazione come dici tu».

«L'Imperatore Tecnho Valazdar era solito mandare delle delegazioni a discutere con altri diplomatici proprio presso la nostra sede…» ribadì

Vanessa con estrema calma. «Mi sarei aspettata che la figlia di Raimond Ray sapesse queste cose».

«Come dice Falco» Medusa calcò molto su quest'ultimo nome, «sono tutte menzogne. Avremo entrambi i castelli con o senza le vostre merdose firme se continuerete a insistere».

I successivi tentativi di Vanessa di spiegare la situazione furono sommersi da fischi e insulti da parte dei vincitori. Medusa rideva in modo così sguaiato da ricordare una poiana in procinto di strozzarsi con gli avanzi trovati lungo la strada. Più passavano i secondi, e più le argomentazioni di Vanessa toccavano temi razionali e numerici, più la mano di Falco si avvicinava pericolosamente alla cinta.

C'era chi invocava l'intervento di Marchi con lo sguardo, chi lo citava nella speranza che mettesse la parola fine alle assurde contrattazioni di Vanessa. Aveva perso eppure continuava a fare la voce grossa. Marchi poteva anche capire il suo punto di vista: abbandonare le proprie convinzioni e perdere casa propria faceva male.

Le voci si mescolarono agli insulti e Vanessa restava lì, immobile a subire tutte le maldicenze con stoica rassegnazione. Presto tutto quel vociare si fece martellante nella testa di Marchi.

Fece un passo ma ebbe come la sensazione che il mondo stesse girando vorticosamente. Aprì le braccia per ricercare l'equilibrio e strabuzzò gli occhi, sempre in direzione della luce, per rimanere cosciente. Qualcuno lo tenne per la vita e gli prese il volto per distoglierlo dalla grande luce. Il volto preoccupato di Falco, i suoi capelli legati in una coda, la sporcizia della battaglia sotto agli occhi. Le sue labbra si muovevano, ma gli unici suoni erano quelli ovattati della colonna di luce.

Marchi rallentò il respiro, scosse la testa e si sforzò di chiudere gli occhi, almeno per qualche istante. Le questioni del mondo lo stavano sommergendo e quelli erano gli effetti. Avrebbe volentieri sotterrato tutta questa velleità, avrebbe gettato tutto a terra e si sarebbe lanciato verso il suo destino, se solo ce ne fosse stato uno.

«Heish Thaa» rimbombavano quelle parole nella sua testa, e più si sforzava di non sentirle, più quella voce indefinita le gridava.

«Sei il salvatore! Il prediletto di Huginn!» gridò Falco.

Marchi si portò le mani alla testa. Falco disse altre cose, ma lui non vedeva che le sue labbra muoversi.

«Chiunque morirebbe per te, Lucciola. Tu ci hai salvato».

«Basta!» gridò Marchi. E tutto finì, negli sguardi attoniti della gente.

La colonna di luce continuò a pulsare con il suo ritmo costante, i mormorii dei Pariah e dei cavalieri continuarono a riempire l'aria della loro cattiveria e il fruscio del vento ricordava a tutti quanto fosse immensa la Foresta Folta.

Quelle voci erano scomparse, così come la sensazione di malessere che aveva colto Marchi. Ma quando sarebbero passati i dubbi?

«Stai bene?» domandò Falco. Questa volta non erano solo le sue labbra a muoversi.

«Sto bene.» Marchi si divincolò dalla presa della ragazza e fece un passo indietro per riprendersi il suo spazio vitale, ma nell'indietreggiare la vista del corpo di Cervo lo costrinse a fermarsi. Si avvicinò a lui, a quel suo fratello morto per proteggerlo, e si chinò, in ginocchio.

Cosa avrebbe potuto dire in una situazione simile se non chiedere perdono? Marchi posò una mano sul volto di Cervo per entrare in comunione con lui, come se quel gesto bastasse a non spezzare quel legame che le frecce avevano reciso. Non gli importava di cosa avrebbero pensato gli altri, non si curava del fatto che nessuna lacrima gli sarebbe caduta dal viso e avrebbe bagnato il corpo sanguinolento di Cervo. Non si curava nemmeno dei suoi schinieri macchiati dalla terra e dalla mistura di sangue e foglie che facevano da bara a Cervo in quel momento surreale.

Soffriva in silenzio, mentre tutti restavano a guardare in attesa del da farsi.

«Torniamo a Solindesti. Non ci importa niente dell'Ambasciata» sentenziò Marchi, ancora chino su Cervo.

«Devono capire che…»

«Così ho parlato.» Marchi interruppe subito Medusa e il suo opportunismo. «Non ci prenderemo di più di quanto non ci spetti già. Sono stanco di vedere dei morti, sono stanco di… Basta con tutto questo. Non saranno le firme su pezzi di carta a ribadire che Solindesti sia nostra. Quel castello merita di essere affidato a chi una casa l'ha persa. Falco,

Medusa, accettate quello per cui avete combattuto e basta.» Marchi si alzò e tagliò con Mitridate il mantello di uno dei cadaveri dei cavalieri dell'Ambasciata. Coprì Cervo, nel silenzio degli altri, e lo tirò su di forza.

Nonostante la fatica e le insistenze dei Pariah nel volerlo aiutare, passo dopo passo, voltò le spalle a tutti in direzione di Solindesti. Solo Falco lo seguì, senza pronunciare una parola. Era il rispetto per quel momento, per quella quiete dopo la tempesta.

Aveva un compagno da seppellire.

Sarebbe venuto a piovere, non c'erano dubbi. Si intuiva dalla brezza che filtrava dalle chiome degli alberi, dalle foglie umide che cadevano lungo il sentiero e che venivano calpestate. C'era un senso di pace dopo tutta quella distruzione. Era come se la notte avesse inglobato tutti e avesse deciso di cullare sia i vincitori sia i vinti.

Nessuno aveva ben capito chi fossero gli uni e chi fossero gli altri.

Nella testa di Marchi rimbombavano le parole di Vanessa: «Hai perso anche tu».

Aveva perso l'idea di suo padre, aveva perso la bussola che lo avrebbe condotto verso il suo destino, aveva perso la possibilità di vedere oltre, di rispondere alla chiamata. Aveva perso Cervo.

Però aveva vinto la battaglia. Se questo significava vincere...

Falco era stata al suo fianco per tutto il tempo. Né un passo avanti, né un passo indietro. Non aveva mai fiatato e ogni tanto rivolgeva lo sguardo alla salma di Cervo in segno di rispetto.

Lei era una delle poche a capirlo senza nemmeno pronunciare una parola.

In lontananza si intravidero alcuni uomini alla ricerca di qualcosa fra i cespugli. Non appena si accorsero della presenza di Marchi e Falco smisero di setacciare l'area e accorsero nella loro direzione.

Erano dei loro.

«Si può sapere dove diavolo...» Leone si fece largo fra i Pariah, ma il suo sguardo duro andò a sbattere contro il mantello blu che ricopriva il corpo di Cervo. «Lucciola...»

«Cervo si è sacrificato. Per me».

Leone abbandonò il suo modo di fare aggressivo e si avvicinò a Marchi. Senza nemmeno chiedere il permesso si fece carico di Cervo sulle spalle, gettando a terra di proposito il mantello con gli stemmi dell'Ambasciata.

«Bastardi...» Leone pestò ciò che rimaneva del mantello. Marchi e Falco restarono a guardare.

«È finita» sentenziò Marchi.

«È finita» confermò Leone.

Erano tutti stremati. Nessuno avrebbe dovuto fare della guerra la sua ragione di vita.

«Leone!» Una voce echeggiò fra i sentieri della Foresta Folta. «Leone!»

«È Gufo» riconobbe Falco.

Il vecchio li raggiunse in modo claudicante. Forse per la fatica, forse per la vista del volto stravolto di Cervo. Strinse i denti e si abbandonò a un ringhio strozzato in gola per contenere il dolore.

«Che succede?» domandò Leone, allarmato.

«Foca non sta bene.» Gufo lanciò un'occhiata a Lucciola. «Una freccia l'ha colpita al petto, ai polmoni e ai muscoli intercostali. Nulla di grave all'apparenza, ma una delle sue crisi si è ripresentata e ora... ha perso conoscenza. Potrebbe non farcela».

«Come sarebbe a dire potrebbe non farcela?» Leone si voltò in direzione di Marchi, ma quest'ultimo aveva già preso la sua decisione.

Non poteva perdere anche lei. Era la sua fortezza, il suo esempio.

Non poteva abbandonarlo proprio ora, nel momento del bisogno.

Con il vento fra i capelli e l'umidità che gli appiccicava i vestiti alla pelle, Marchi abbandonò tutti sul posto e si mise a correre.

«Lucciola, aspettaci!» gridò Leone.

Sul suo viso una lacrima. Ancora una volta versata per lei.

«Ti prego, Foca. Non tu».

MONOSIKLO

Finché morte non vi separi

Avevano tutti vestiti sgargianti, ma nessuno avrebbe potuto battere il suo. Monosiklo aveva passato i giorni precedenti a scegliere quale abito avrebbe dovuto indossare al matrimonio fra Mirandolina Bai e Fabrizio De Frel, totalmente incurante di tutte le altre questioni.

Aveva seguito da vicino tutti i preparativi. Non tanto per l'emozione della cerimonia, bensì per monitorare che Mirandolina non avesse dei ripensamenti o delle distrazioni. Sicuramente aveva passato il suo tempo a corteggiare Cavalier Tutcker, ma si era impegnata anche nell'organizzazione di ogni aspetto del matrimonio.

Ora gli invitati erano tutti nella distesa erbosa di Silverknowes a sventolare ventagli ricamati per resistere agli ultimi caldi della stagione. I tendoni decorati con gli stemmi dei Bai e dei De Frel non facevano altro che creare cappe di calore e costringere gli invitati a litigare per avere il proprio spazio vitale, ma questo era un problema dei nobili stracci oni che sedevano in fondo. Monosiklo aveva preteso da Tiberio un posto d'onore ai margini del ruscello che costeggiava il giardino. Avrebbe avuto una buona visuale e allo stesso tempo avrebbe permesso a tutti di ammirare il suo vestito rosso tempestato d'oro. Ci aveva messo due giorni a scegliere il corpetto e la cintura da abbinare. Giorni in cui aveva dimenticato tutte le congetture di Sefiro sul finto Fabrizio che li aveva accolti di ritorno a Silverknowes.

Gli uccelli cinguettavano come se fosse anche la loro festa e il brusio delle persone stava incominciando a farsi insistente per l'assenza dello sposo. Che la sposa fosse in ritardo era prassi ormai consolidata nella cultura imperiale, ma se anche Fabrizio si atteggiava a prima donna, di certo i festeggiamenti non sarebbero finiti prima del sorgere del prossimo sole. E a Monosiklo facevano già male i piedi. Forse scegliere i calzari in cuoio di montone e pizzo non era stata la mossa migliore.

Il ritardo di Fabrizio aveva costretto Tiberio a prolungare i suoi sorrisi e a continuare a stringere mani agli avvoltoi che chiamava amici. Chissà se si rendeva conto che le persone qui presenti non vedevano l'ora della fine delle formalità per andare a strafogarsi al banchetto nuziale.

Era sicuro che fra gli invitati ci fosse qualche lord importante. Monosiklo riconobbe qualche volto famigliare e si sforzò di sorridere e bofonchiare qualche frase di circostanza non appena li incrociava, nella speranza che qualcuno facesse il loro nome.

Non era mai stato bravo a ricordare i nomi. Era in momenti come quelli che gli mancava la fastidiosa voce di Ellina.

Di sicuro non si sarebbe scordato i nomi di lord Gunter Freyas di Guado del Flaerio e di lord Alcide Marti di Medioborgo. Sarebbe stato divertente vederli al matrimonio della donna che avevano corteggiato fino alla nausea. Peccato che il loro senso del pudore li avesse trattenuti dal presentarsi e dal sorbirsi quell'ennesima umiliazione.

«Come mai quella faccia? Siamo pur sempre a un matrimonio. Non mi dirai che avevi iniziato anche tu a perdere la testa per la nostra bella Mirandolina.» Monosiklo accavallò le gambe e si concentrò sul volto mesto di Pieros, al suo fianco.

«Guardare ma non toccare.» Un sorriso amaro si dipinse sul volto di Pieros. «Comunque no».

«Non mi dirai che sei preoccupato per il buon Lucretio.» Monosiklo sorrise al solo pensiero. «Sono sicuro che tornerà presto.» L'assenza di Lucretio e Versantius non era un buon segno, ma non sarebbe servito a niente allarmare anche Pieros. Meglio far finta di niente.

«Io preoccupato per lui? Non farmi ridere!»

«Se preferisci posso anche smettere di cercare di indovinare che cosa ti turba».

«Sono preoccupato per Gabriel».

411

«E da quando mai, di grazia, ti preoccupi per lui? Ah, aspetta, fammi indovinare. Siete grandi amici ora?»

«Noto del sarcasmo nelle tue parole...»

«Suvvia, Pieros, mi conosci. Sai che sei libero di fare tutto. O quasi».

«E ora noto della gelosia».

«Ricordati solo chi ti ha salvato quando eri solo un bambino e chi era pronto a piantarti una spada nel cuore nella precedente guerra.» Monosiklo si fece serio. Ogni tanto lanciava qualche sorriso ai nobili che incrociavano il suo sguardo per rassicurarli e non dare nell'occhio. «Hai capito cosa voglio dire?»

«Sì, sì, ho capito» sibilò Pieros.

«Bene».

Monosiklo cercò tra la folla di invitati. Non era difficile individuare Gabriel: era l'energumeno schiacciato fra la signora sovrappeso e il ragazzino smilzo. Sembrava in imbarazzo sulla panca, con il suo umile vestito in pelle, probabilmente rubato da chissà quale orribile armadio degli ospiti di Silverknowes.

Non aveva ancora parlato con lui, ma ora che la notizia della morte del Duca si stava diffondendo, era sicuro che tutte le certezze nella vita di Gabriel fossero crollate. Un po' gli dispiaceva, ma proprio non riusciva a empatizzare con chi fino a qualche anno prima non si era fatto scrupoli a umiliarlo davanti a tutto il Reame. Provava solo una grande e distaccata pena per un uomo del genere. Chissà come avrebbe reagito uno volta scoperto degli inganni di Versantius. Ancora doveva ponderare bene come e cosa rivelargli del diario di Versantius. Sarebbe stato il colpo di grazia per l'animo di Gabriel, ma sarebbe stato necessario per scoprire le vere intenzioni di Versantius e capire come muoversi.

Aveva già umiliato più volte Versantius da quando lo conosceva e ogni volta era sempre meglio della precedente. Era il momento giusto per mettere da parte le menzogne, unire le forze e smantellare la Convenzione di Dolcina una volta per tutte.

Monosiklo strinse il diario di Versantius, nascosto in una delle ampie tasche sotto al corpetto.

Poi c'era Sefiro, seduto in ultima fila, quasi come se volesse ribadire di essere di troppo in tutta quella questione. Non faceva che parlare di poteri oscuri e della necessità di fermarli. Si vedeva lontano un miglio che se avesse potuto si sarebbe arraffato tutto il potere di Arkades per mera curiosità scientifica. Poteva pure nascondere le sue intenzioni sotto il velo della necessità e della pace, ma di certo Monosiklo non si sarebbe fatto ingannare da ideali annunciati con così tanta lascività. Certo, quello che era successo a Vecchia Falcara non poteva essere ignorato, e le parole di Albin Moyer erano un monito, ma non era compito del Granduca speculare su antiche profezie di distruzione. Doveva arginare i problemi della Dolcina prima che si diffondessero in tutto l'Impero. Non era una situazione bella per nessuno, ma avrebbero dovuto tutti sforzarsi e indossare il loro miglior sorriso per omaggiare il matrimonio fra Mirandolina e Fabrizio. Era il minimo che potessero fare dopo tutti i pasticcini offerti.

Tutto era pronto: le panche sulle quali erano stipati gli ospiti erano state poste a semicerchio in direzione dell'altare, un lungo corridoio era stato creato nel prato per permettere agli sposi e ai loro paggi di essere ammirati da tutti e i tendoni decorati davano ristoro dal sole a coloro che avevano esagerato con le vesti ornamentali.

Il brusio si fece insistente. Qualcuno domandava dove fosse Fabrizio e perché ci stesse mettendo troppo. Anche Monosiklo iniziava ad avere qualche languorino. Si fece aria con il ventaglio in pizzo per combattere la noia e si guardò intorno. Non c'era traccia nemmeno di Ortensia Foconero, segno del fatto che la sposa non aveva ancora completato i suoi preparativi. In compenso, nelle ultime file, c'era Joseph Lerrant. Con lui avrebbe fatto i conti non appena fosse tornato anche Versantius…

Fra i grandi assenti c'era anche Girolam Tutcker. Meglio così. Questo avrebbe aiutato a non far cambiare idea a Mirandolina una volta arrivata all'altare. Si diceva che fosse rimasto all'interno di Silverknowes, sempre barricato nella sua stanza.

Per quanto il clima fosse di festa e alcuni camerieri girassero per rinfrescare gli invitati con coppe di vino, qualcosa non andava.

La calma di Tiberio era eccessiva. Sorrideva e brindava con chiunque gli capitasse a tiro e rassicurava gli ospiti sull'imminente inizio della cerimonia.

Sembrava troppo lucido e poco coinvolto per essere al matrimonio del figlio.

«Mi annoio…» sbuffò Pieros.

Monosiklo si mise una mano davanti alla bocca per coprire il labiale.

«Vuoi fare un gioco interessante per ingannare il tempo?»

«Tipo?»

«Li vedi i mercenari che fanno da guardia alla cerimonia?»

«Sì.» Pieros lanciò qualche occhiata con fare circospetto. «Ti prego, dimmi che non è come penso».

«Non lo so, ma nel dubbio contali e trova una via di fuga veloce. Sta per succedere qualcosa di strano, me lo sento».

«Solo perché è in ritardo lo sposo?»

«Non solo lui».

«La sposa è normale che arrivi dopo».

«Mancano anche Ortensia e Girolam. O Tiberio ci ha venduto a Lourentius, o stiamo per assistere al più grande e imbarazzante rifiuto sull'altare che Arkades possa ricordare. E ti giuro che da un certo punto di vista non vorrei mai perdermelo, ma…»

«Sono trentacinque, trentasei se mi sono sbagliato a contare».

Monosiklo annuì.

Tiberio aveva più volte ribadito come la compagnia mercenaria di Zoe Grandedrago fosse il suo braccio armato e la sua ultima difesa contro le ripicche del fratello Fabiano. Peccato che, come tutti i mercenari, chiunque si sarebbe fatto corrompere al giusto prezzo. E in quei tempi in cui i lord e le persone di spicco morivano come mosche, la prudenza non era mai troppa.

I camerieri avevano portato fuori una quantità spropositata di vino per celare il ritardo degli sposi. Qualcuno degli ospiti aveva anche abbandonato il suo posto a sedere per andare a fumare lontano dai tendoni, altri invece, di soppiatto, abbandonarono la celebrazione inventando scuse che non avrebbero ingannato neanche un mezzadro della Drosera.

Erano tutti stanchi di aspettare. E Monosiklo più di tutti.

Il Granduca si alzò, ritrasse il ventaglio e si avvicinò a Tiberio con passo deciso e volto serio. Quasi tutti gli sguardi si posarono su di lui. Quello di Gabriel era il più eloquente. Forse anche lui aveva paura di come tutta quella storia si sarebbe conclusa. Era sicuro che Tiberio non fosse il tipo da fare brutti scherzi o architettare congiure alle spalle degli altri, ma non poteva lasciare al caso nemmeno quell'eventualità.

«Un bicchiere di vino, Granduca?» Tiberio gli porse una coppa.

Monosiklo la rifiutò senza nemmeno rispondere e si chinò per sussurrargli qualcosa all'orecchio. «Se ci vendi a Lourentius, sappi che la tua testa finirà su una picca ancor prima di vedere tuo figlio con la fede al dito.» Tornò alla sua postura fiera e sorrise per non destare sospetti in tutti coloro che li stavano osservando, ma il volto corrucciato di Tiberio parlava da sé. Forse si era sbagliato.

Prima che Tiberio potesse replicare, l'orchestra musicale coprì Silverknowes delle sue sinfonie. Fabrizio era pronto e si stava dirigendo all'altare. Ora era lui al centro dell'attenzione.

Sovrastatati dagli applausi e dal suono dei cembali, delle cetre e delle trombe, Tiberio e Monosiklo restarono faccia a faccia per un tempo indefinito. Era difficile sostenere lo sguardo di Tiberio. Non tanto per il timore che incuteva, quanto per la consapevolezza di Monosiklo di aver minacciato un povero storpio che non voleva altro che godersi il matrimonio del figlio.

Era una di quelle figuracce che avrebbe raccontato con orgoglio, una volta tolto l'imbarazzo del momento.

«Domando scusa...» Monosiklo si inchinò, si voltò e sbarrò gli occhi per l'imbarazzo. Pieros lo osservava da lontano e sembrava deriderlo con il solo sguardo. Che figura bislacca!

Tutti tornarono ai loro posti con fare frettoloso per godersi la sfilata di Fabrizio davanti al loro naso. Il rampollo della Casata De Frel si atteggiava già da gran signore sul sentiero ricoperto da petali di rose bianche, e dava come l'impressione che il mantello dorato sulle sue spalle gli fosse più d'intralcio di quanto non lo rendesse imponente. Ci mancò poco che non lo pestasse.

Indossava delle spalline bianche con cuciture dorate, un corpetto tempestato di pepite d'oro e argento e dalle strane decorazioni in acciaio raffiguranti delle girandole. Sul capo era adagiata una corona dorata, sulle cui punte aguzze si alternavano pietre preziose e foglie dorate. Erano un vero e proprio pugno in un occhio, quasi quanto le sue scarpette a punta dalle striature bianche e blu, come se avesse voluto rendere omaggio alla Casata della sua sposa. Monosiklo aveva visto diplomatici vestiti con più buon gusto, ma non negò un cenno di approvazione sul vestiario non appena incrociò lo sguardo dello sposo. Sapeva che Fabrizio ci teneva. Una piccola bugia nel giorno del suo matrimonio non gli avrebbe fatto alcun male.

Pieros gli sussurrò qualcosa all'orecchio. «Se ti può strappare un sorriso, prima avevo inventato un numero».

«Non avevo dubbi.» Monosiklo tirò fuori il suo ventaglio e riprese a farsi aria. «Speriamo duri poco. Quella roba del "Finché morte non vi separi" e poi tutti a mangiare».

«Ucciderei per uno di quei cosciotti di maiale».

Monosiklo si coprì la bocca con il ventaglio per poter sorridere senza spezzare quel momento solenne. «Speriamo che la sposa abbia il buon gusto di farci aspettare di meno».

«Sembrerebbe proprio che abbia buon gusto.» Pieros fece cenno di guardare al di là delle panche, all'ingresso della reggia di Silverknowes. Anche Mirandolina avrebbe fatto presto il suo ingresso.

Per giorni Monosiklo si era posto l'incresciosa domanda su chi avrebbe accompagnato all'altare Mirandolina dopo la morte di suo padre Kerselmo. Lei aveva chiesto che fosse Girolam a condurla all'altare, ma il Cavaliere non si era degnato nemmeno di risponderle. Solo dopo aveva chiesto a Ortensia, senza nemmeno rendersi conto di quanto quella richiesta fosse di cattivo gusto. Possibile che Mirandolina lo avesse fatto apposta? Davvero non vedeva i sentimenti di Ortensia per Fabrizio? Non avrebbe mai avuto la risposta, ma veder Mirandolina e Ortensia camminare verso l'altare per ricongiungersi allo stesso uomo ignorato da una e amato dall'altra faceva sorridere.

Amava queste contraddizioni.

C'era qualcosa che non andava. Mirandolina e Ortensia tentennarono nel percorrere il sentiero che le avrebbe condotte all'altare, anzi, sembravano litigare in modo animato. Monosiklo quasi cadde dalla sedia pur di vedere cosa stava succedendo.

Da lontano sembrava che Mirandolina stesse gesticolando per far infuriare Ortensia. Fece una giravolta su sé stessa e presto Ortensia le diede uno strattone. Fra gli invitati c'era chi continuava a sostenere che fosse qualcosa di normale, ma non appena Ortensia colpì Mirandolina e il suo vestito si tinse di rosso, a Silverknowes si alzò un boato. Nessuno dei famigliari di Mirandolina accorse quando la ragazza si accasciò a terra. D'altronde né Ashtreid Bai né i suoi cugini avevano accettato l'invito al matrimonio.

L'orchestra smise di suonare, il panico si scatenò fra i presenti e Monosiklo non si scompose, intento a guardarsi attorno nella speranza che i mercenari di Zoe non procedessero al massacro come simulato nella sua testa. Nessuna guardia armata fece in tempo a raggiungere Ortensia, eppure qualcuno fermò la sua fuga. Monosiklo dovette aguzzare la vista per capire che quell'uomo scoordinato e urlante fosse Girolam Tutcker.

Fra Ortensia e Girolam ci fu un breve scambio di battute prima che il secondo facesse calare la sua spada su Ortensia. Il primo colpo fece cadere il pugnale dalle mani della ragazza, i successivi la inchiodarono a terra in una pozza di sangue sotto gli occhi esterrefatti di tutti.

Girolam abbandonò la spada e si accasciò sul corpo di Mirandolina disperandosi come se avesse appena perso la cosa più preziosa della sua vita.

Monosiklo era sbigottito più dal comportamento di Girolam che dall'inaspettata sequenza di omicidi. Dopo tutto quel tempo a ignorare Mirandolina, davvero Girolam si comportava così? Perché? L'amore era una cosa davvero bizzarra. Per fortuna il loro non avrebbe nemmeno dovuto svicolare dal sacro vincolo del "Finché morte non vi separi" perché né lei né Fabrizio avevano mai annuito a quelle parole. Per un attimo si sentì un idiota insensibile a fare quei ragionamenti.

Monosiklo lanciò un'occhiata a Fabrizio. Sembrava confuso almeno quanto lui.

La scena del dolore straziante di Girolam sul corpo di Mirandolina e di Fabrizio in piedi, a bocca aperta come un allocco, sarebbe stata divertente se solo la tragicità del momento e il moralismo degli sguardi degli invitati non avesse imposto all'ormai non più futuro sposo di intervenire.

Fabrizio corse in direzione di Silverknowes ignorando tutto e tutti. Si tolse le scarpette scomode ed estrasse la spada. Sembrava avere le fiamme negli occhi.

«Qui finisce male...» Monosiklo fece qualche passo per mescolarsi nella folla.

«Non mi sembra che stia andando bene, per ora. Guarda! Stanno andando tutti là».

«Seguiamo la massa».

«Non dovremmo ricongiungerci con Gabriel e gli altri? Andiamocene via».

«Dovremmo fare tante cose, Pieros, ma se continuiamo a stare a guardare il futuro Principe della Dolcina potrebbe rimanerci secco».

La morsa della mano di Pieros strinse la veste del Granduca, che si sentì tirare nel marasma di persone. Chiedeva scusa distrattamente a tutti coloro che colpiva, sebbene dovessero essere gli altri a chiedere perdono a lui anche solo per esistere e per intralciare lo spazio con i loro corpi addobbati da abiti da quattro soldi.

La situazione era quasi comica: gli invitati si erano messi a semicerchio per vedere la scena tragicomica di Girolam in lacrime sul corpo di Mirandolina e il futuro sposo che non sapeva bene cosa fare. Sefiro, in prima fila, prese appunti sul suo taccuino, di Gabriel e Tiberio nemmeno l'ombra.

Fabrizio spintonò Girolam lontano dalla sua sposa, si accasciò e le prese il braccio. Il suo volto mutò non appena strinse la mano al polso. Davvero sperava di trovarla viva dopo una pugnalata al cuore? Ottimista...

Il silenzio rendeva la situazione ancor più imbarazzante di quanto non lo fosse già: due uomini in piedi a piangere la stessa donna nel giorno del suo matrimonio. Se Alcide e Gunter erano uomini patetici, quale aggettivo si poteva conferire a Fabrizio e Girolam?

«Vattene da qui, sciacallo!» Fabrizio riprese in mano la sua spada. Andava avanti e indietro, senza mai perdere il contatto visivo con Girolam.

«Tu sapevi! Sapevi e non hai fatto niente» singhiozzò Girolam. Con altrettanta rabbia estrasse un gladio dalla sua cinta.

«Mia moglie è morta e tu accusi me?»

«Sapevi che Ortensia non ti avrebbe mai lasciato andare!»

«Quella puttana mi ha rovinato la vita!» Fabrizio sputò in direzione del corpo di Ortensia, tumefatto e riverso in una pozza di sangue.

«E dovresti ringraziarmi per averla ammazzata. Mentre tu te ne stavi come un'ebete vestito da buffone io ho agito».

«Da quanto seguivi Mirandolina? Dimmelo, scopavate? Era tutta una copertura quella tua aria da bastardo insensibile?»

«Io la amavo!»

«Hai sempre trattato Mirandolina come se fosse la tua cameriera. Lo chiami amore quello? Ma che dico? Non dovevi nemmeno osare di amare Mirandolina, lei era mia e basta, non di un bastardo venuto dal niente che ha prolungato anche troppo il suo soggiorno qui. Cosa pensi, che non me ne sia accorto? Te ne stavi chiuso nella tua stanza e non uscivi quasi mai. Dimmi, cosa speravi? Che Mirandolina venisse alla tua porta per poterla insultare e cacciare via un'altra volta. Ancora e ancora? Ti eccitava la cosa, vero?».

«E a te eccitava vederla circondata da decine di uomini? Ammiccava a tutti e sorrideva anche all'ultimo degli stronzi tranne che a te» Girolam sfidò Fabrizio con un sorriso beffardo. «Ti avrebbe anche sposato, ma non ti avrebbe mai amato. Io invece… io ho capito troppo tardi quello che ho nel cuore».

Fabrizio scoppiò in una risata nervosa. «Quello che hai nel cuore è solo merda. Rispondi e basta!»

«Non devo giustificare niente perché non sei nessuno! Ho fatto molti errori e…» Girolam abbassò lo sguardo in direzione del corpo di Mirandolina. «E li ho pagati cari».

Monosiklo non riusciva a capire che cose avesse fatto cambiare idea a Girolam in modo così repentino. Forse la vecchia storia della volpe e l'uva? D'altronde chi non amava essere adulato dalle persone? Forse il cavaliere amava di più il suo potersi permettere di trattare a pesci in faccia Mirandolina mentre lei provava a corteggiarlo che la ragazza in sé. Era una sorta di amore alquanto narcisista, ma poteva anche capire le motivazioni del cavaliere. Meno le lacrime e il suo struggersi su una donna che aveva sempre ripudiato. Anche da morta Mirandolina poteva dire di aver vinto e aver conquistato finalmente l'amore di quello zuccone di Girolam Tutcker. Ad un prezzo caro, ma ce l'aveva fatta.

«Vattene dal corpo di mia moglie!» Fabrizio puntò la lama in direzione di Girolam. «Ora».

«Altrimenti?»

Fabrizio non rispose. Fu la sua spada a parlare per lui.

Il duello si accese nel cortile di Silverknowes e l'arena era il cerchio delimitato dagli invitati e dal ruscello alle spalle dei cadaveri di Mirandolina e Ortensia. Per tutti sembrava una follia, ma nessuno si prodigò per fermare quello scontro.

Monosiklo si sforzava di capire quale fosse la mossa migliore da fare per evitare che Fabrizio ne uscisse ucciso. Fermare lo scontro e mettersi a parlare con quelle teste calde sarebbe stato impossibile, ancor di più di quella volta in cui si costrinse a voler filosofeggiare con il suo koala Ruffo.

I colpi di Fabrizio erano violenti, ma il più delle volte sfioravano il terreno senza nemmeno avvicinarsi a Girolam, allo stesso tempo, i fendenti del gladio di quest'ultimo sibilavano l'aria tenendo tutti con il fiato sospeso.

Monosiklo doveva pensare in fretta prima che tutto finisse in tragedia.

«Fermi!» gridò. Avrebbe voluto evitare quel modo di fare brusco ma non c'era alternativa. «È il vostro Imperatore a ordinarvelo!»

Girolam fece una piroetta e si mantenne a distanza da Fabrizio. Sorrise a quell'ammonizione. Monosiklo avrebbe voluto sbatterlo nelle segrete anche solo per quel gesto maleducato, ma si trattenne.

«Tu non sei… l'Imperatore…» Fabrizio boccheggiava. Sul suo volto lacrime e sudore imperlavano i muscoli della faccia contratti per lo sforzo.

«No, hai ragione.» Monosiklo fece un passo in avanti. «Ma lui parla attraverso me. Abbiamo già superato il limite per oggi. Due ragazze sono morte e un matrimonio non è stato celebrato...» Abbassò lo sguardo, pensoso. «La Corona Imperiale non può accettare che anche tu muoia. Piangete pure la vostra perdita, cavalieri, ma fatelo senza i modi degli zotici delle caverne. E ora giù le spade».

Girolam gettò il gladio per terra e si fece largo fra la folla con passo furente. Nessuno osò fermarlo, complice anche il cenno di Monosiklo. Era un omicida, certo, ma aveva fatto la cosa giusta.

Il tintinnio degli orpelli delle dame invitate e il brusio delle persone accalcate per vedere quel disastro erano troppo per Fabrizio. Crollò su se stesso e si accasciò sul corpo di Mirandolina.

Finalmente poteva piangere la sua donna. La morte li aveva separati.

Era difficile non destare l'attenzione di tutti dopo quelle parole, ma Monosiklo ci provò a sfilarsi dalla folla per evitare di essere al centro. Solitamente non gli dispiaceva, anzi, faceva di tutto affinché gli sguardi meravigliati di tutti si posassero su di lui. Non quella volta. Quella volta non poté che constatare che anche i piccoli battibecchi amorosi potessero generare voragini gigantesche pronte a scombussolare i suoi piani. Cos'era Fabrizio senza una sposa di alto lignaggio? Solo l'ennesimo De Frel che puntava al potere. Monosiklo lo avrebbe anche aiutato ad ottenerlo, d'altronde vederlo sul seggio di Dolcina rappresentava il male minore, ma che ne sarebbe stata della stabilità della Provincia? Nessuno dei presenti si domandava cosa sarebbe successo dopo. Erano tutti imbambolati e con le lacrime agli occhi per la tragedia appena avvenuta. Nessuno capiva che si andava avanti, che i problemi non sarebbero finiti prendendosi qualche giorno di riposo per il vezzo dei bei pianti.

Non tutto ruotava attorno al potere, d'altronde. Anche la gelosia, il ravvedimento e il cuore giocavano quella partita. E Monosiklo non era mai stato bravo a controllare quelle variabili.

Trascorsero due giorni dalla tragedia del matrimonio. Girolam era partito. Le malelingue non rispettarono il silenzio nemmeno al funerale di Mirandolina, per il quale Monosiklo aveva sfoggiato uno dei suoi abiti a lutto preferiti. Adorava talmente tanto quelle sete da sperare che i vecchi lord delle città imperiali in visita a corte morissero di crepacuore davanti a lui pur di indossarlo.

Monosiklo trovò di cattivo gusto, a posteriori, il fatto che durante tutta la funzione religiosa lui non avesse fatto altro che pensare a quanto Mirandolina, anche da morta, gli stesse facendo perdere del tempo. Aveva decine di lettere da Arkanthill da leggere con gli aggiornamenti sulla guerra e per di più non aveva ancora condiviso con Sefiro cosa dire e cosa non dire a Gabriel sulle loro ultime scoperte.

Era come se quelle vicende a Silverknowes fossero solo una grande distrazione dalle cose importanti. E nessuno a parte lui sembrava rendersene conto. Gabriel preferì chiudersi nel suo mutismo, mentre Sefiro passava più tempo con il naso sui libri che a dar luce al suo volto pallido. Solo Pieros ogni tanto gli dava qualche soddisfazione sfidandolo a scacchi. Se non altro gli faceva dimenticare di Lucretio e della sua scomparsa. Nella peggiore delle ipotesi non sarebbe mai tornato e lo stesso avrebbe fatto Versantius, a giudicare da quanto scritto sul suo diario.

Nella sua stanza degli ospiti di Silverknowes, in uno dei rari momenti di quiete in quei giorni, Monosiklo prese fra le mani la prima delle lettere a lui indirizzate. Il sigillo era ancora intatto.

"All'egregio Granduca Imperiale Monosiklo Von Moria, il Grande,

Sarà bene che io ti illustri nel dettaglio quella che è la situazione dell'Impero allo stato attuale delle cose, per cui mi limiterò a questo e non a fare domande sul perché mi è stato detto di inviare queste missive alla Sala delle Comunicazioni di Culla di Arkantha.

Immagino che possa essere cosa gradita partire dalle buone notizie: la guerra nell'Ambracia sta andando bene. Lady Linda Brendel è riuscita a liberare Riongrad e a ricongiungersi con le truppe del compianto Colonnello del Foprad Doroteo Fasolaro. Ad oggi il suo esercito conta più di cinquemila unità e presto accrescerà grazie alle negoziazioni che sta portando avanti il nostro esimio collega Carlo Maria Neor nella città di Meliede. Sembrerebbe proprio che il Lord Rettore Perci-

val Draconis di Meliede prenderà parte allo scontro inviando diversi distaccamenti per dare manforte sul fronte.

Per quanto riguarda gli altri insediamenti nell'Ambracia, puntiamo a risollevare la loro fedeltà una volta che lady Brendel avrà ripercorso la Via dell'Ambra e ricacciato Keylor Ascas fino alla città di Agavia, nella quale il Colonnello Tullio Ferrer e la Principessa Elinor Crepapelle sono riusciti a scoraggiare a tal punto gli assedianti che il loro comandante in capo, lady Isotta Martelli, è stata costretta a fuggire prima di un'insurrezione da parte del nuovo Lord Protettore del Tianamor nominato per l'occasione dalla neo autoproclamatasi Duchessa di Apharos, tale Carolina Parolidis.

A proposito degli eventi che intercorrono nel Ducato, Percival ci tiene a informarci che le voci sulla morte del Duca sono vere e che al momento Estur sia occupata dalla stessa Isotta Martelli, in fuga e dichiarata l'assassina del giovane Duca. Azzarderei a dire che i nostri nemici non siano messi così bene come pensavamo.

Ma ora, Granduca, se posso infastidirti con altre parole, vorrei illustrare anche ciò che non va a nostro favore. La presa di Aeternam Clipeus è fallita, così come il tentativo di rallentare l'avanzata dalle montagne degli uomini dell'Evegwall. I nostri avamposti in terra nemica sono stati tutti riconquistati e il Principe Menelao Aeste è stato costretto a fare ritorno nella Drosera con ciò che rimaneva delle sue truppe. Al momento i nostri nemici stanno prendendo d'assedio la fortezza di confine di Valleombrosa, ma stimiamo che presto o tardi potrebbero fare breccia e dilagare per puntare direttamente alla presa di Safes. Lia propone di inviare un distaccamento dalla capitale alla Drosera per riuscire a contenere le perdite. Conoscendo la tua opinione, ho aspettato a dare il via libera, ma sarebbe opportuno che ne parlassimo il prima possibile in una seduta del Concilio.

Cattive notizie anche da Alessandro degli Argoni e da Bucefalo Bronte: il nostro tentativo di incursione nel Tianamor è stato respinto sulle coste con una perdita di circa mille uomini. In accordo con il Colonnello Antares e con Erebo Ganesson abbiamo convenuto ad accettare la ritirata di Alessandro e la sua flotta. So quanto ci tenessi a questa manovra militare, ma siamo stati costretti a fare un passo indietro per non perdere ulteriori uomini.

In ultimo, ti scrivo per chiederti cosa dovremmo fare in merito a quella che si sente nominare come Convenzione di Dolcina. Le voci qui a corte sono preoccupanti, e mi chiedo se non potesse essere conveniente per noi nominare Principe Cristian Carold per concentrarci maggiormente sulla guerra in corso. Non abbiamo bisogno di una guerra civile e le truppe del Colonnello Remigio Foconero ci servono per fronteggiare eventuali incursioni delle forze ducali nel caso dovessero conquistare la Drosera. Si tratterebbe ovviamente di una soluzione temporanea, ma fra i Duchi l'eventualità è caldeggiata sia da Osvaldo sia da Licio. Nel frattempo, sono con gioia a riferirti che l'Imperatore ha accettato di parlare con Osvaldo qualche giorno fa' e a detta di quest'ultimo sembrerebbe in gran forma.

Attendo risposte in merito e indicazioni."

Casimiro Farinata

Alto Lord Imperiale

Dovevano essere tutti impazziti.

Monosiklo prese carta e penna e iniziò a scrivere di getto.

"Al caro collega, nonché amico, l'Alto Lord Casimiro Farinata,

Ti ringrazio per gli aggiornamenti, come sempre concisi e puntali, ma trovo quanto meno bislacca la tua proposta di legittimare Cristian Carold come Principe della Dolcina. Mi meraviglio che l'idea sia stata avallata da Licio. Quasi non vi riconosco più. Se solo l'Imperatore sapesse della vostra proposta gli prenderebbe un crepacuore, se già non gli è preso. Detto questo, sono fortemente intenzionato a risolvere la questione di persona dando continuità alla dinastia dei De Frel, perciò l'unica cosa che vi domando è non fare danni fino al mio rientro nella capitale e allo stesso tempo non bloccare i confini di accesso alla Dol-

cina. Potrebbe essere che avremo bisogno di supporto esterno per portare la volontà dell'Imperatore in quelle terre. Ovviamente per supporto esterno intendo dire eserciti dei lord che non sono stati ancora direttamente coinvolti nel conflitto, non preoccupatevi. Dunque, se notate dei dispiegamenti di forze in direzione della Dolcina sarà vostra cura che non vengano bloccati a meno che non si tratti di armate con il vessillo viola, anche se dubito che quei vessilli sventoleranno ancora alla guida di chissà quale battaglione. Sai benissimo a chi mi sto riferendo...

Ciò detto, mi auguro che al mio rientro tutto sia a posto e che non ci sia necessità di incontrarci per altre interminabili riunioni.

Mi raccomando, ricorda ai servitori di dare da mangiare a Ruffo solo le migliori erbe. Lo noto subito quando gli danno la solita robaccia!

Sempre gradita l'occasione per porgerti cordiali saluti."

Monosiklo Von Moria

Granduca Imperiale

Fece asciugare l'inchiostro e vi appose della cera marchiandola con il sigillo che portava al dito. Sperava che Casimiro capisse le sue intenzioni e non continuasse a covare dubbi sul suo operato. L'unica cosa che poteva rovinare tutto era l'irruenza degli altri membri del Concilio dei Duchi. E Monosiklo non si sarebbe mai fatto mettere i bastoni fra le ruote da loro, che nemmeno capivano l'importanza della conservazione, della prevenzione di altri disastri.

Prese con sé la lettera e uscì dalla camera per raggiungere quella di Pieros, di fianco alla sua. Bussò con forza.

«Chi è?» La voce assonnata di Pieros fece sorridere Monosiklo. Era pieno pomeriggio.

«Il tuo magnifico Granduca».

«E che vuoi?»

Monosiklo infilò la lettera sotto lo spiraglio della porta. «Voglio che tu vada a Culla di Arkantha a consegnare una lettera».

«Non può andarci un paggio?»

«No, mi raccomando, entro stasera».

Monosiklo non restò nemmeno a sentire le successive lamentele di Pieros. Si meravigliò piuttosto di quanto potesse essere stupido. Se qualcuno avesse intercettato quella lettera non solo avrebbe scoperto degli aggiornamenti sui fronti, ma avrebbe anche rivelato quanto fossero inetti e confusi i membri del Concilio dei Duchi. Se c'era una cosa che l'Impero non doveva far trapelare a nessuno era proprio la sua incertezza. Dovevano mostrare unità, dovevano mostrare forza.

Camminando nei corridoi, Monosiklo stringeva fra le mani il diario di Versantius. Ormai non lo nascondeva nemmeno più. Raggiunse la camera di Sefiro e si limitò a bussare e a dire: «Fra cinque minuti nella camera di Gabriel».

Non ricevette risposta, ma era sicuro che Sefiro stava covando più di qualche dubbio su quell'iniziativa. Anche Monosiklo avrebbe voluto confrontarsi con lui per capire cosa valesse la pena dire e cosa era meglio tenere nascosto, ma non c'era tempo da perdere. Si sarebbe assunto lui tutte le responsabilità.

Un rumore metallico fece trasalire Monosiklo. Era Sefiro che usciva dalla sua camera facendo tintinnare il suo ingombrante mazzo di chiavi. Abito elegante, matita sull'orecchio e un taccuino in mano. Sebbene sembrasse il solito paranoico era pronto, seppur a modo suo, a fronteggiare tutte le sfuriate di Gabriel. Perché entrambi sapevano che ce ne sarebbero state.

«Sai che non amo le improvvisazioni.» Sefiro fece strada. Fu davvero sorprendente, per uno riflessivo e cauto come lui.

Monosiklo si limitò a seguirlo fino a raggiungere la camera di Gabriel. I corridoi erano come sempre affollati, ma nessuno dava più importanza alla loro presenza. Erano tutti presi dall'organizzazione della logistica di Silverknowes dopo le morti di Mirandolina e Ortensia.

Arrivarono alla porta della camera di Gabriel. Monosiklo e Sefiro si guardarono a lungo.

«Lascia parlare me.» Monosiklo strinse il diario con ancor più forza, si sistemò la gorgiera e bussò.

«Non voglio altro vino» si sentì al di là della porta.

«Gabriel siamo noi» intervenne Sefiro.

Passò qualche istante e Gabriel aprì la porta e si mise a squadrare entrambi. «Nuovo piano? Perché quello di riprendere la Dolcina con un matrimonio del cazzo non ha funzionato»

«Dobbiamo parlare...» Monosiklo mostrò il diario. «Prima che arrivi Versantius. So che anche tu inizi a essere stufo delle sue mezze verità. Che ne dici, ci lasci entrare?»

Gabriel incrociò le braccia con fare nervoso, ma si scostò per farli entrare.

Era il momento di vederci chiaro, di scoperchiare tutte le menzogne e di abbattere una volta per tutte le barriere che li dividevano. Per il bene della Dolcina, ma soprattutto per il bene dell'Impero. Il resto non importava.

Certo, avevano ancora bisogno di Versantius, d'altronde era l'unico a conoscere Cristian, ma Monosiklo non si sarebbe abbassato a compromessi o ad alimentare ulteriori inganni. Aveva sopportato fin troppo le macchinazioni di Versantius.

Era il momento. Ed era elettrizzato dal conoscere le reazioni spropositate di Gabriel.

Il momento di far crollare il castello di carte dell'ormai ex reggente del Duca ormai morto.

Sfogliò il diario. «Dunque, da dove iniziamo?»

VERSANTIUS

Tutto per tutto

Prendere l'Ereshkigal era stato facile. Meno facile il riuscire a destreggiarsi nelle terre della Dolcina senza alcuna scorta e con Bai e Foconero pronti a dar tutto alle fiamme.

Versantius aveva fatto un pezzo del tragitto insieme a Marco Aurelio Potrik prima di separarsi con la promessa di rivedersi. I due non si sarebbero lasciati in quel modo. Versantius aveva ancora bisogno di lui, così come di Hansel Kandoriel.

Mancavano sempre meno oggetti per il rituale e ciò che un tempo sembrava impossibile raggiungere, ora aveva un piano per finire nelle sue mani.

Non aveva dubbi sul fatto che presto o tardi si sarebbe trovato faccia a faccia con Mirius Foemar. Solo allora gli avrebbe strappato di mano il Libro Tomo e se ne sarebbe andato.

Al suo arrivo a Silverknowes la situazione era cambiata. Non aveva mai visto così tanta disorganizzazione come in quei giorni e venne a scoprire solo dopo del matrimonio e della morte di Mirandolina.

Aveva chiesto solo una cosa a Monosiklo... Non era riuscito nemmeno a controllare quella ragazza e tutte le persone che le ronzavano attorno. Poco importava, avrebbe convinto ugualmente Fabrizio a reagire. Se non con una promessa o con un matrimonio, con il desiderio di vendetta. A tutti piaceva la vendetta.

Aveva una carta vincente con tutti loro. E per giocarla sarebbe bastato mostrarsi dispiaciuti e offrire una soluzione. Ne aveva più di una, al momento, ma era difficile concentrarsi su quello dopo ciò che era successo a Vecchia Falcara. Non si sarebbe mai più tolto dalla testa l'ultimo sguardo di Lucille.

Quello non era un addio.

Versantius sapeva che avrebbe dovuto dare delle spiegazioni per la sua assenza, eppure ogni volta che qualcuno chiedeva spiegazioni su dove si trovasse Lucretio lui glissava e insisteva nel dire di essere stato abbandonato dal cavaliere a Vecchia Falcara. Aveva enfatizzato talmente tanto il suo successo nell'aver liberato Hansel e Marco Aurelio da solo a tal punto da far storcere il naso anche a Sefiro. Stavano tutti iniziando a guardarlo con sospetto.

Era evidente che qualcosa era cambiato in sua assenza. E poteva anche immaginare cosa.

Il tepore del sole stava iniziando a svanire nel giardino di Silverknowes e Versantius aveva trovato riparo dal vento sotto una quercia. Si sedette e restò a guardare lo scorrere lento del fiume. Presto sarebbe arrivato Joseph a dare spiegazioni. Il suo fallimento era intollerabile.

A fargli visita non fu però Joseph.

«Dove sei stato?» Gabriel sbucò da dietro la quercia.

Versantius trasalì. Come aveva fatto a non notarlo?

«Te l'ho già detto. A Vecchia Falcara a liberare i nostri alleati».

«I tuoi amici.» Gabriel gli si parò davanti. Il vento scombussolava i suoi capelli e i lineamenti duri del suo volto venivano levigati dal sole facendo risplendere la barba incolta.

«Sì, i miei amici. Almeno loro lo sono.» Versantius restò immobile, a sedere. Poteva benissimo gestire quella situazione. «A differenza di Lucretio».

«Che ne è stato di Lucretio?»

«Non lo so. Speravo avesse fatto ritorno, che ci saremmo visti qui a Silverknowes».

«Speravi male.» rispose secco Gabriel.

«Dimmi,» Versantius si alzò da terra e si appoggiò all'albero, «da quando sei così strano? Se c'è qualcosa che devi dirmi, puoi dirmela liberamente senza scenate da ragazzini».

«Proprio tu parli di scenate?» Un sorrisetto nervoso si dipinse sul volto di Gabriel. Non riusciva a tenere ferme le mani. «Quando cazzo pensavi di dirmi che il Duca è morto!?» Gettò a terra una pergamena. Versantius sbiancò. Eccola dov'era la lettera di Hazel Bai che aveva nascosto a tutti. Avrebbe potuto indignarsi, appellarsi alla fiducia mancata e continuare quel duello di forza con Gabriel, ma sapeva di essere nel torto, così come sapeva che non avrebbe potuto avere la meglio su un testardo come Gabriel.

«Te l'ho nascosto per proteggerti».

«Proteggermi da cosa?» gridò Gabriel. «Dalle mie responsabilità? O dalle tue? Sono mesi che vaghiamo in queste terre di merda, che ce ne stiamo a bere vino e a immischiarci negli affari che non ci riguardano solo per andare alla ricerca di un mostro che ci hai indicato tu! La verità è che il mostro lo abbiamo sempre avuto in casa e tu non hai fatto niente!»

«Ho affidato ad Alicia...»

«Alicia era una rincoglionita!» Gabriel inchiodò Versantius al tronco della quercia e per quanto Versantius provasse a rimanere calmo, non gli riusciva. «Sapevi che non avrebbe retto la pressione della corte, che presto o tardi avrebbe fatto un passo falso. Dimmi la verità, Versantius, non ti è mai importato un cazzo di quello che succedeva a Derenhalle. Erano tutti un pretesto per... per cosa? Si può sapere?»

«Se credi che non abbia sofferto per la morte del Duca ti sbagli.» Versantius non oppose resistenza. Si limitò a fissare Gabriel negli occhi per metterlo sotto pressione. «Se pensi di essere l'unico a soffrire, a spezzare patti, a rimetterci ogni giorno, ti sbagli. Ho perso talmente tante persone care che non basterebbe nemmeno la tua vita anche solo per ricordare gli aneddoti che mi legavano a loro. Pensi che non abbia pianto? Che non mi importasse niente di quel ragazzino? L'ho sempre trattato come se fosse mio figlio, l'ho salvato dalla fossa dei leoni di Derenhalle, a costo di macchiarmi di qualsiasi tipo di crimine!» Versantius si divincolò dalla morsa di Gabriel e si sistemò la veste. «Quando ho lasciato Derenhalle l'ho fatto con la consapevolezza di aver lasciato a Rolando degli insegnamenti in grado di farlo governare con consapevolezza. Credi che mi diverta a girare per il Reame a rischiare la vita? A malapena so come si impugna una spada. Non credi che per me sarebbe stato più comodo restarmene a corte a far combattere gli altri? Veder morire centinaia di migliaia di persone, così, seduto comodamente sul mio seggio porpora. So che avresti avuto qualcosa da ridire anche in quel caso. Ho scelto di combattere. Come lo hai scelto tu...»

Gabriel scosse la testa, sospirò per scacciare la rabbia. «Quello che chiami tu non è soffrire. Né combattere. È inseguire degli spettri. Non mi importa più niente di quello che dici o quello che pensi. Per me puoi anche andare a farti fottere, per quanto mi riguarda. Ho già preso la mia decisione».

«Sentiamo...»

«Me ne torno nel Ducato. Fanculo tutti».

Versantius per un attimo si allarmò. Strabuzzò gli occhi, ma si accorse appena in tempo di aver lanciato un segnale fin troppo evidente. Ci fu un lungo silenzio.

«Non puoi tirarti indietro ora».

«E invece è proprio quello che farò. Non è la mia battaglia».

«Lo è. E lo sai. O mi lascerai qui da solo a combattere nel nome di Viola?»

«Non nominarla nemmeno» ringhiò Gabriel.

Versantius fece un passò indietro, consapevole del fatto che stava rischiando grosso. «Sai che non posso farcela senza di te».

«Dovrai inventarti scuse migliori».

«Scuse?» Versantius tirò fuori dalla tasca delle pergamene e le gettò al vento. «Queste le chiami scuse? È da quando sono tornato che non faccio altro che scrivere lettere supplicando e omaggiando i peggiori farabutti del Reame. E sai per cosa? Per trovare alleati che ci sostengano, che sostengano Fabrizio nella sua conquista di Dolcina. Tutti i nostri piani stanno fallendo, ma non posso fartene una colpa, non a te, se non altro, ma ora non abbandono la posizione, anzi, cerco di rimediare all'incoscienza di Monosiklo. Gli avevo chiesto solo una cosa: vegliare su Mirandolina ed evitare che facesse idiozie. Non ci è riuscito, e ora abbiamo un cadavere illustre sepolto in un campo di fiori e un futuro Principe sempre più solo che ribolle nella sua stessa rabbia. Non vorrai dirmi che anche tu intendi abbandonare...»

«La mia battaglia è nel Ducato. Contro Carolina».

«La tua battaglia è qui, al nostro fianco, per porre fine a questa storia. Te li ricordi i nomi?» Versantius sapeva su cosa fare leva. «Lourentius Vezarium, Valeria Portner, Maximilian Potrik. Sono loro ad averti portato via Viola e tuo figlio. Rifugiarti in una scaramuccia minore è come fuggire e sputare sulla loro memoria».

Gabriel scattò in avanti, fino ad arrivare a un palmo di naso da Versantius.

I due restarono immobili. Il cuore di Versantius batteva all'impazzata. Sapeva che stava scherzando con una bestia furiosa, ma era pronto a qualsiasi cosa.

Versantius fece un passo indietro e distolse lo sguardo. «Se non vuoi farlo per me, per la pace o per qualsiasi cosa, fallo per loro. Altrimenti...»

«Altrimenti cosa?» sibilò Gabriel. «Farai uccidere anche me?»

«Gabriel...»

Che avesse scoperto del tentativo di avvelenamento di Monosiklo? Lo trovava improbabile, conoscendo Gabriel sarebbe stata la prima cosa che gli avrebbe recriminato.

«Non sarebbe la prima volta».

«Non fingerò dicendoti che i buoni di tutta questa storia siamo noi.» Versantius si sforzò di stare immobile con le mani per non mostrare la sua inquietudine. «Però non mi sognerei mai di fare del male a nessuno di noi».

Gabriel non rispose. Il suo volto, per quanto impassibile, tradiva un senso di rabbia costante, come se avesse voluto esplodere ma non potesse farlo. «Dicevi? Altrimenti cosa?» Spezzò il silenzio.

«Quando torneremo nel Ducato, avremo bisogno di una persona forte. Di un eroe che sappia prendere in mano la situazione, che sappia cosa significa stare sul trono».

Gabriel scoppiò a ridere. Versantius smise di parlare. Avere a che fare con idioti come Gabriel era davvero difficile. Se solo avesse potuto ne avrebbe fatto a meno. Ma non poteva.

«Gabriel, non sto scherzando... Se mi aiuterai posso farti arrivare dove meriti»

«Davvero arriveresti a svendere il trono del Ducato di Apharos pur di…» Gabriel riprese a ridere, facendosi beffe di Versantius e attirando l'attenzione di alcuni ospiti che passeggiavano lungo il fiume. «Pur di…» riprese a parlare. «Che ne so, chi cazzo lo sa che cos'hai nella testa. Sicuro non il bene del Ducato».

Racimolando tutta la calma che gli rimaneva, Versantius si mise a braccia conserte, senza mai smettere di guardare Gabriel negli occhi. Sperava che così facendo la smettesse di prendersi gioco di lui. «Tutto quello che ho fatto ha un senso. Che tu lo capisca o no, non mi importa nemmeno più. Vuoi credermi, bene. Non mi credi, fa niente. Ma sappi che nessuno al mondo più di me sa quanto vorrei vedere mio padre nella polvere e tornare a vivere in pace a Derenhalle. Ho fatto di tutto pur di mettere i bastoni fra le ruote a Lourentius. Ho dovuto usare i suoi stessi mezzi, per quanto tu li odi, per evitare che tu e quell'altro idealista di Monosiklo ci faceste ammazzare. I buoni non vincono mai in queste guerre, Gabriel, quando lo capirai potrai anche scoppiare a ridere per prendermi in giro».

Gabriel si fece serio e nervoso. «Bah…»

«Non siamo amici, Gabriel. A quanto pare non lo siamo mai stati. Ma a differenza di tutti voi, non la prenderò sul personale. E quando sarà l'ora di indicare una persona valorosa, buona, combattiva e che sappia tenere alti gli stendardi di Derenhalle, non faticherò a indicare te».

«Lo ammetti, dunque? Il tuo tornaconto personale…»

«Se ti riferisci a Hansel e Marco Aurelio ti blocco subito. Queste scenate di gelosia me le aspetterei da una moglie, non da un eroe di Arkades…»

«Non mi importa un cazzo di te!» Gabriel diede un pugno all'albero. Si era fatto male, ma fece finta di niente. «Io degli amici li avevo prima di conoscerti! Sono tutti morti seguendo il tuo piano!»

«Sai che menti… era il tuo di piano».

Gabriel si zittì subito e abbassò lo sguardo come per riflettere. «E tu non hai esitato un secondo ad approfittartene…»

Fra i due si creò una distanza incolmabile. Era come se tutto intorno a loro si fosse congelato e Versantius non sapesse nemmeno come sarebbe potuta andare a finire quella discussione. Avevano scoperchiato tutti i loro dissapori, si erano detti ciò che ognuno aveva solo pensato. Forse Gabriel non aveva nemmeno giocato tutte le sue carte, ma Versantius si stava già giocando il tutto per tutto.

«Basta…» Versantius si sforzò per farsi venire le lacrime agli occhi. Era una delle sue ultime armi in quella discussione. «Siamo tutti stanchi e la guerra continua. Litigare non ci servirà a nulla».

L'ira di Gabriel non si placò nemmeno alla vista delle lacrime di Versantius. Aveva fatto di tutto per mostrarsi vulnerabile, ma ormai il lord di Aeternam Clipeus lo conosceva talmente bene da non cadere più vittima di questi trucchi.

«Dimmi del piano, Versantius. Perché so che hai un piano…»

«Ho un piano» ammise senza ricorrere a mezzi termini. Era riuscito a convincerlo, nonostante le occhiatacce torve. Era il momento di essere chiari. «Lo condividerò con voi quando ci rivedremo tutti».

«Ci siamo già tutti».

«No, Sefiro è impegnato. Dice che la Presidente dell'Ambasciata sia venuta da lui con urgenza».

«Vanessa Eyers?»

«Sì.» Versantius non poté fare a meno di notare come il focus sulla discussione si fosse spostato su temi meno emotivi. Questo per lui era un vantaggio. «Dicono che l'Ambasciata sia stata coinvolta in una guerriglia nella Foresta. Non so il perché Vanessa sia qui».

«Puoi accennarmi qualcosa del piano?»

Avrebbe potuto, ma preferì restare sul vago. «Dobbiamo attirare Cristian Carold fuori da Dolcina, il come non ti piacerà».

Gabriel non insistette. Il che era strano. Era sempre stato in prima linea a urlare e a lamentarsi di non essere messo al corrente dei piani completi, eppure quella volta si era limitato a lanciare l'ennesima occhiata intimidatoria e a voltarsi.

Si allontanò con l'aria di una persona che sapeva più di quanto avesse confessato in quel loro diverbio. E questo poteva essere un male.

Ancora una volta Versantius provò a insinuare il seme del dubbio in lui. «Gabriel, aspetta!» Era un'infamata, ma in guerra tutto era lecito.

Lui si voltò, senza mai smettere di allontanarsi.

«Sei la mia unica speranza, non dimenticarlo».

Gabriel riprese il suo cammino senza dire nulla. Le cose stavano davvero andando così male?

Erano tutti diventati parecchio sfuggevoli in quei giorni, motivo per il quale Versantius aveva deciso di giocare le sue carte a colloquio con Tiberio e Fabrizio invece che con Monosiklo. Era ancora presto per affrontarlo e allo stesso tempo doveva avere la certezza di avere i De Frel dalla propria parte.

Tutte le lettere che doveva spedire erano state spedite. Aveva usato le sue ultime monete d'oro per pagare dei messaggeri di tasca propria pur di non dire niente a nessuno e non essere vincolato a nessuna richiesta. Difficilmente Monosiklo avrebbe acconsentito a fargli usare la Sala delle Comunicazioni di Culla di Arkantha senza che leggesse ciò che aveva scritto. Sarebbe stato un gesto di fiducia, certo, ma aveva optato per un più spettacolare effetto sorpresa.

Fuori da uno degli studi di Tiberio, all'ultimo piano di Silverknowes, dove nessuno osava andare ormai da giorni, Versantius indossava la sua maschera migliore per mostrarsi il quanto più empatico possibile. Era da tanto che non fingeva un lutto, sperava di esserne ancora capace.

Bussò alla porta. Non ricevette alcuna risposta, ma non esitò.

Non appena entrò un'ondata di incenso e polvere lo travolse. Tentennò per qualche istante, sotto gli sguardi mesti di Fabrizio e Tiberio, ma non poté fare a meno di ringraziare per quelle misture di menta ed erbe montane che gli facevano lacrimare gli occhi. Avrebbero dato un tocco in più alla sua messinscena.

«Sono venuto a portarvi le mie condoglianze.» Versantius si inchinò, tenendosi a debita distanza, come se sapesse cosa significasse portare rispetto per il dolore altrui. Ormai erano passati giorni dal funerale di Mirandolina, ma la ferita non si era rimarginata neanche un po'.

«Ti ringrazio.» Fabrizio sciolse tutti i suoi muscoli.

«Era una donna formidabile. Avreste governato con giustizia» continuò Versantius.

«Lo era...» Tiberio se ne stava immobile, con le braccia ancorate alla sua sedia a rotelle. Fulminava con lo sguardo entrambi. Forse era l'unico dei due a capire a cosa avrebbe condotto quella visita.

Versantius si avvicinò con più convinzione. «Se posso essere d'aiuto in qualche modo, io vorrei che...»

«Che vuoi ancora?» sibilò Tiberio.

Versantius fece di tutto, per quanto fosse contrariato da quella risposta, per rendere il suo volto un tremito. Doveva fingere stupore, dolore, fraintendimento. Era sicuro che ci stava riuscendo, ma abbindolare Tiberio non era facile come con il figlio.

«Voglio solo aiutare» si giustificò Versantius.

«Non puoi più aiutare.» Tiberio si scambiò una lunga occhiata con il figlio. «Tu non c'eri e non puoi capire».

«Non c'ero, è vero. Ma sappi che capisco perfettamente. E nel mio piccolo ho provato a fare di tutto».

«Di cosa parlavi con Girolam, quando eri qui a Silverknowes?» Fabrizio alzò il capo, così come la voce.

Era una domanda fastidiosa, ma Versantius non si sarebbe sottratto a niente. «Del nostro passato. Io e lui ci siamo incontrati al torneo di Doràl, tanto tempo fa'. Ero un idiota ai tempi, ma questo sicuramente lo saprete già, non penso che queste voci scompaiano del tutto per davvero».

Il comportamento di Tiberio mutò. Anche il suo volto si fece più morbido. Che sapesse anche lui del diario? Improbabile. Era più plausibile che fosse stato invece colpito da quello slancio di verità.

«Ad ogni modo...» continuò Versantius, cavalcando l'onda delle sue parole. «Abbiamo parlato di come mai si sia ritrovato a perdere tempo vagando per il Reame invece che prestare giuramento a qualche nobile causa. Ne aveva tutte le capacità».

«Sapevi cosa stava facendo?»

«Cosa stava facendo?» Versantius finse di essere contrariato. «Intendi con Mirandolina? Io credo che lei sia stata la chiave per sbloccare il suo cuore. Quello che ha fatto è stato un affronto a te, Fabrizio, questo non lo metto in dubbio, ma non penso sia stata una cosa premeditata. Persone come lui non credono all'amore. Sono tormentate e deluse. Credo che abbia avuto la sua giusta punizione e che sconterà la sua pena per tutta la vita, anche senza che siamo noi a rinfacciarglielo».

«E tu, Versantius?» Tiberio incrociò le braccia. «Credi nell'amore?»

Tutto si aspettava, fuorché una domanda simile.

«Non saprei risponderti, Tiberio. Forse ci credevo, ma ora...»

«Come immaginavo. Non potrai mai capire».

«Posso capire, invece. Ho perso la donna che amavo. Che amo ancora.» Versantius crollò su una sedia per dare maggior enfasi. Avrebbe voluto guardare Tiberio negli occhi e vedere la sua reazione a quelle parole, ma sapeva che avrebbe fatto ancor più effetto distogliere lo sguardo e sembrare imbarazzato. La delusione aveva una morsa ancor più convincente della spavalderia in situazioni come quelle.

«Mi dispiace...» Fabrizio sussurrò quelle parole nel silenzio della stanza polverosa. «Ma so che non sei qui solo per condividere il dolore, o sbaglio?»

«Nel mio cuore vorrei tanto fermarmi e lasciarmi cullare dalla malinconia.» Versantius sospirò. Era il momento per illustrare il piano. «Però siamo rimasti troppo tempo fermi a non fare niente per piegare la Convenzione».

«Non dobbiamo fare niente» prese parola Tiberio. «I Bai e i Foconero si mangeranno pezzo dopo pezzo la Dolcina. Se prima lo facevano nelle sedi di potere, ora lo fanno nelle campagne ammazzando e dando alle fiamme ogni cosa».

«Ed è questo quello che sogna il Principe per la sua terra?» Versantius si rivolse a Fabrizio. Sapeva che era lui l'anello debole, quello da poter irretire. «Voi avete ancora a disposizione un migliaio di soldati, giusto? Il comandante della vostra compagnia mercenaria è conosciuta in tutta Silverknowes».

«Zoe deve difendere Silverknowes!» ringhiò Tiberio.

«E io devo difendere la mia gente...» Fabrizio fulminò il padre con lo sguardo. «Che hai in mente?»

Per un momento, un senso di leggerezza si fece largo nel petto di Versantius. Avrebbe sorriso se solo la situazione non fosse stata così tesa.

«Dobbiamo porre fine a questa Convenzione di Dolcina nel modo più veloce possibile prima che si trascini con sé tutta la Dolcina e mandi in malora tutto. Se aspettiamo, come dice tuo padre, Ashtreid Bai o Fred Foconero vinceranno la guerra e tutti si dimenticheranno di voi. E fidatevi se vi dico, anche se non sono il Granduca Monosiklo, che per l'Impero non sarebbe per niente auspicabile».

«Salta alle conclusioni, Versantius» lo interruppe Tiberio.

«Le conclusioni sono che dobbiamo riuscire ad attirare lontano da Dolcina Cristian Carold e costringerlo a un confronto. E ho proprio idea di cosa potrebbe farlo cadere nella nostra trappola…»

Passò qualche istante in cui i tre si guardarono. Fabrizio era catturato da quelle parole, mentre il padre non nascondeva il nervoso per il modo di fare di Versantius, sempre pronto a tenerlo sulle spine per avere il controllo della situazione.

«Dunque?» domandò Fabrizio.

«Cristian è sicuramente una persona scaltra.» Versantius fece avanti e indietro nello studio, come se stesse illustrando con orgoglio il suo grande piano. «E se non ha ceduto alle provocazioni di Fred Foconero e ha sempre usato Remigio Foconero o i suoi burattini come vassalli un motivo c'è. Ma se ci presentassimo a Gemelli dell'Agondros e occupassimo la tomba di sua sorella Frejdis, nemmeno lui potrebbe ignorare quella provocazione. Dio solo sa quanto la famiglia Carold sia orgogliosa di aver avuto un'eroina nella loro linea di sangue».

Sul volto di Fabrizio si dipinse lo sgomento.

«Lo so» continuò Versantius. «Va contro i vostri valori e i vostri principi, ma non abbiamo altra possibilità. Un'azione forte e decisa può ribaltare le sorti di questa guerra».

«È blasfemia…» sussurrò Tiberio.

«Sì, Tiberio, lo è. E lo so perfettamente. Ma non ci possono essere mezze misure che possano funzionare».

«Tu chiedi quindi di mandare al macello gli uomini che pago e mio figlio per infangare la memoria di un'eroina di Arkades?» Se solo ne avesse avuto la forza, Tiberio si sarebbe alzato per mettere le mani addosso a Versantius.

«Vi chiedo di fare la vostra parte, così come io sto facendo la mia. Sto mandando missive a tutti i miei contatti per chiedere aiuto a vari lord che mi devono più di un favore.» Versantius estrasse dalla tasca le trascrizioni dei messaggi inviati. Li consegnò a Tiberio e presto passarono anche nelle mani di Fabrizio. «Hanno schiere numerose, ma anche un singolo soldato potrebbe fare la differenza contro le truppe della Convenzione. Per questo vi chiedo, ancora una volta: possiamo fare affidamento sugli uomini di Zoe Grandedrago e mettere la parola fine a questa storia fin troppo lunga?»

Fabrizio e Tiberio si guardarono, questa volta con ancor più indecisione sui loro volti.

Non era una decisione da prendere a cuor leggero e Versantius era stato abile a metterli in quella situazione spinosa.

Era sicuro che anche loro avrebbero tentato il tutto per tutto.

Trovare delle distrazioni, in una situazione tesa come quella, era impossibile. Versantius faceva di tutto per non dare a vedere le sue paranoie, spesso circondandosi di persone nei giardini di Silverknowes. Osservare i comportamenti degli altri lo aiutava a non concentrarsi sui suoi.

Era seduto al solito tavolo, quello più centrale nei giardini di Silverknowes. Ed era curioso come con la dipartita di Mirandolina i camerieri avessero deciso di mantenere i ritmi di prima, come se la lady li guardasse tutti dall'alto dei cieli.

Un cameriere posò due coppe di vino in modo frenetico al suo tavolo, ostruendo per un attimo la visuale che Versantius aveva sul tavolo di Sefiro e Vanessa.

«Secondo te cos'hanno così tanto da parlare?» Joseph, seduto al suo fianco, allungò la mano per prendere una delle due coppe e rigirarsela fra le mani.

«Non mi interessa granché» Versantius rimase a fissarli, avendo cura di non essere visto.

«Sembra importante».

«Hai ragione, sembra».

«Potrei andare a sentire cosa dicono».

Versantius si portò alle labbra la coppa. Una goccia di vino gli scese dai bordi delle labbra senza che lui facesse niente. Era troppo concentrato a resistere dall'insultare Joseph per la sua stupidità.

Joseph posò la coppa. «Ti ho già detto che non è colpa mia per quella storia di Monosiklo. Ho fatto tutte le cose con attenzione».

«Hai trovato Girolam?» Versantius cambiò discorso. Non era il momento delle giustificazioni inutili di Joseph. Non avrebbero portato a niente ora che tutto era segnato.

«Non ne vuole sapere niente. Nemmeno della vendetta...»

Peccato. Versantius sperava di poter contare anche su di lui per stanare Cristian. Avrebbe fatto diversamente. Bevette tutto il vino, d'un fiato e tintinnò la coppa con quella di Joseph prima di alzarsi.

«Stasera cambierà tutto, Joseph».

«E perché?» Anche lui bevette tutto il vino per non essere da meno. Ma a differenza di Versantius non si alzò. Forse avrebbe voluto che quella conversazione durasse di più.

Versantius non aveva tempo per persone come lui. Non gli servivano più. «Affronterò le conseguenze dei tuoi errori. E forse anche qualcosa di più».

Joseph scattò dalla sedia, preoccupato. «Posso aiutarti in qualche modo? Potrei...»

«No.» Versantius bloccò subito l'amico e gli consegnò altre due missive. «Devo riuscire a convincerli io. Nel frattempo, tu consegna queste a due messaggeri. Una per Gunter Freyas e l'altra per Alcide Marti».

«Non ci aiuteranno».

«Lo so, ma devo far vedere che ho provato in tutti i modi a salvare il salvabile».

«Io proprio non capisco, Versantius...»

«Non devi capire. Aiutami e basta».

Versantius diede un'occhiata ancora una volta al tavolo di Sefiro. Questa volta lo sguardo dell'ex Archivista si incrociò con il suo, anche se solo per qualche istante. Stava prendendo appunti, quasi come se lo stesse spiando. No, Versantius era più che sicuro che Sefiro non si sarebbe mai abbassato a tanto. La presenza di Vanessa Eyers doveva essere importante.

Si congedò da Joseph senza aggiungere altro. Si rifiutava di ripetere quanto detto e allo stesso tempo di sprecare preziose energie che gli sarebbero servite quella sera.

Non appena si voltò, fra i tavoli e i nobili intenti a sorseggiare vino e a mangiare pasticcini, intravide Monosiklo, al suo tavolo rialzato e protetto dai raggi del sole da una pagoda rossa. Lo salutava con la mano, con la stessa euforia di un ragazzetto che vede tornare il padre dal fronte militare.

Lo odiava sempre di più. Ma giurò che quella sera tutto sarebbe cambiato, che avrebbe tolto quel sorriso dalla faccia e l'avrebbe fatta pagare a chi gli aveva sottratto con l'inganno i suoi ricordi, la sua storia. Tutto.

Abbozzò un sorriso a sua volta, tormentato dalla paura e dai pensieri che tutto sarebbe potuto andare storto. No, non si sarebbe risparmiato.

«Ci vediamo stasera» sussurrò.

Sapeva che cosa sarebbe successo. Si sarebbe fatto trovare pronto.

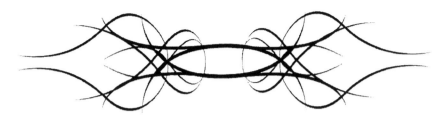

RAPHAEL

Frejdis

L'acqua della tinozza era l'unica cosa a dar calore a Raphael nelle sue stanze. Anche il camino sembrava non scaldare nulla, un po' per la mancanza di legna, un po' perché se ne stava ostinato davanti allo specchio dall'altro lato della stanza.

Passò il coltello su ogni parte del corpo, come una gelida carezza intenta a spazzar via qualsiasi cosa sul suo cammino. La pelle d'oca avrebbe aiutato a togliere tutti i peli dal suo corpo e allo stesso tempo lo avrebbe mostrato per quello che era.

Non era tanto il freddo a farlo tremare, quanto il peso nel cuore che stava portando in quel periodo. Dopo il matrimonio di Cristian, tutti facevano finta che le cose andassero per il meglio, che nulla fosse cambiato se non l'assetto delle alleanze nella Dolcina. Tutte le volte che Cristian gli sorrideva o gli rivolgeva la parola, Raphael combatteva con l'inquietudine di dover dimenticare tutti i suoi sentimenti per lui.

Era come se fare finta di niente fosse il gioco preferito da entrambi. Eppure ci rimaneva male, soprattutto perché aveva più volte provato a far capire a Cristian che, se solo avesse voluto, lui si sarebbe fatto da parte. Aveva sempre risposto che non c'era altro posto che al suo fianco, ma Raphael sapeva, come se lo avesse sempre saputo, che presto o tardi sarebbe stato lui stesso a fare un passo indietro. Se non per coerenza, per non soffrire ancora.

La lama fece arrossare la coscia e Raphael si diede conforto con una spugna imbevuta d'acqua. Ancora una volta il freddo non fu nulla se paragonato ai mille pensieri per la testa. Non c'era nulla di più freddo del pensiero di Cristian, eppure era l'unica cosa a dargli calore. Perché diavolo non riusciva a smettere di pensare a lui anche se sapeva che era sbagliato? Forse perché era l'unica certezza in quella sua testa fuori posto. L'unico confidente mentre sopravviveva al mondo. Quando avrebbe abbandonato quell'idea? Amare Cristian era egoismo? Si rifiutava di scendere con i piedi per terra e ricominciare a camminare nella realtà.

Raphael posò il coltello e si passò la spugna sulla pelle. Restò per qualche istante a osservare il suo corpo arrossato dalla lama e a contemplarlo. Era il suo concetto di perfezione. I tagli e gli arrossamenti sarebbero stati celati dalle stoffe, proprio come i suoi sentimenti. Non poteva fare a meno di pensare quanto potesse essere bello abbandonarsi alla realtà e lasciare tutto, quanto il confronto potesse essere l'unica soluzione. Si coprì il petto con le mani: non voleva perdere tutto, anche se era niente.

Raphael si gettò nudo sul letto a guardare il soffitto. Il suo corpo era una fragile foglia, ma non c'era bisogno di nasconderlo sotto le lenzuola. Nessuno avrebbe bussato, nessuno lo avrebbe cercato, perché non era nei pensieri di nessuno e questo lo tormentava. Aveva passato l'intera vita a giocare con i sentimenti degli altri, a dimenticarsi delle persone che pur di averlo al loro fianco avevano passato notti intere a custodirlo e a guardarlo respirare mentre dormiva. Solo ora capiva il tormento di quegli uomini che si affliggevano per lui. Solo ora capiva quanto potesse essere frustrante essere ignorati.

Le domande erano come confidenti dalla lingua biforcuta. Sussurravano, strisciavano nella sua testa, scivolavano fra lo scoppiettio dei tizzoni, fra i passi delle persone fuori nei corridoi e nello scricchiolio del letto. Non si poteva fuggire dalle domande.

"Se ne saranno resi cono che non ci sono? Forse dovrei farmi vedere per far capire che non sto bene? Quanto è giusto che io pretenda di avere Cristian solo per me? È più possesso che amore?" Quelle maledette voci... ogni volta erano come una pugnalata e ogni volta cercava di pensare ad altro pur di non doversi arrovellare a trovare una risposta. C'era una risposta? C'erano tante risposte, ma sorrideva al solo pensare che nessuna di quelle avrebbe previsto un lieto fine per lui. Perché men-

tire? Perché Cristian non poteva dire come stavano le cose, cacciarlo da Goldenknowes e decidere per entrambi? No, lui preferiva averlo al suo fianco, ferito e abbandonato allo stesso tempo.

Se solo avesse avuto un cuore lo avrebbe abbandonato, avrebbe detto le cose come stavano. Certo, Raphael avrebbe sofferto, ma non per sempre.

Basta! Non poteva continuare a starsene nella penombra a pensare. Doveva occupare i suoi pensieri con qualcosa. Qualsiasi cosa.

Si rivestì in fretta e si mise a camminare per i corridoi di Golden-knowes con una sola meta in testa: le locande cittadine. Forse lì avrebbe trovato conforto, almeno per quella sera.

Nessuno lo fermò, così come lui stesso non degnò di uno sguardo nemmeno le guardie a difesa del palazzo. Non doveva spiegazioni a nessuno, tantomeno a Cristian.

La notte in città era come una culla per chi riusciva ad abbandonare i problemi della giornata. C'era chi si lasciava alle spalle le ansie del futuro e chi i pesi del passato. Sarebbero potute cambiare anche tutte le prospettive sul piano politico, ma nulla avrebbe spento l'entusiasmo della gente nelle taverne e nei vicoli dei quartieri più in ombra. Lì c'era tutta un'altra vita, un senso diverso di concepire le cose.

Raphael si immerse in una delle strade più trafficate, attratto da uno spettacolo di mangiafuoco intenti a replicare la distruzione di Fostgard. Scoppiò a ridere, non tanto perché si sentiva al centro della becera satira cittadina, ma per scaricare la tensione, essere una cosa sola con quel popolo che aveva tutto il diritto di criticare nella maniera più dissacrante possibile. Poco importava se lui era raffigurato come una donna e Remigio come un cane. Voleva solo non avere pensieri, come tutti loro.

Ai bordi delle strade, tappeti logori ospitavano le cianfrusaglie più varie e le urla dei venditori avevano il potere di dissipare anche i pensieri più nefasti nella testa di Raphael. C'era spazio solo per la realtà in quel momento. Ed era cruda. Talmente cruda da convincere le persone a pagare le prostitute sul posto pur di scrollarsi di dosso tutte le tensioni. Per qualche momento Raphael restò a guardare uomini e donne ammucchiarsi dove le torce cittadine o le lanterne delle case non illuminavano.

Si sentiva già più libero, immerso in un bagno di folla, fra il mescolarsi di odori di spezie e lo spintonare della gente. C'era una realtà che lo rapiva ogni volta. Non avrebbe mai pensato di avere nostalgia della miseria e della decadenza, eppure apparteneva a quel mondo.

Uomini e donne, soldati e manovali, contadini e nobili. Tutti insieme a glorificarsi della notte, tutti incuranti di mostrare il lato peggiore di sé, perché nell'attesa del nuovo sole potevano essere quello che volevano.

A testa alta e con il sorriso, Raphael si fece largo fra gli ubriaconi davanti a una locanda. Entrò e venne investito da un'ondata di calore. Ben presto le suole dei suoi stivali si fecero appiccicaticce e il rumore divenne assordante. Sudava e sbatteva contro persone con boccali di birra grandi quanto un neonato.

Sapeva che non si sarebbe ricordato molto di quella serata. Ed era proprio quello che voleva.

Fu come rinascere.

Una brezza lo costrinse a svegliarsi, se non altro per trascinarsi sul suo corpo nudo un lembo della coperta che si ritrovò fra le mani. Aprì gli occhi e una distesa di corpi si stagliò nella stanza in cui stava dormendo. Abbozzò un sorriso, crollando nuovamente con la testa per terra. Non aveva idea dei dettagli di ciò che era successo la scorsa sera ma poteva benissimo immaginarsi cosa aveva fatto.

Si alzò a fatica, inciampando su un uomo e una donna sonnecchianti che, nonostante il degrado, sembravano appartenersi in un romantico abbraccio.

«Te ne vai di già?» Un ragazzo dai capelli rasati e con una cicatrice al petto prese Raphael di soprassalto. «Potremmo fare il bis...»

Raphael lo squadrò per qualche istante. Sembrava che la stanza avesse vita e che gli altri addormentati roteassero intorno alla figura di quel ragazzo per quanto la sua testa fosse annebbiata. Aprì la bocca, ma l'unica cosa che ne uscì fu un conato di vomito che soppresse con le lenzuola rubate da terra.

«Non ti facevo così schifo poco fa...» replicò malizioso il ragazzo.

«Nemmeno adesso, fidati.» Raphael individuò i suoi vestiti e la sua spada. «Dev'essere stato incredibile».

«Vuoi che ti aiuti a rivestirti? Ti vedo in difficoltà.» Il ragazzo si alzò ed ebbe cura di non calpestare nessuno sul pavimento.

«E perché? Mi sembra di capire che mi hai già scopato, no? Di solito le persone che incontro mi aiutano a spogliarmi e dopo avermi fottuto lasciano che sia io a rivestirmi da solo.» Raphael si spostò i capelli di lato per guardare meglio quel ragazzo. «A cosa devo tutto questo romanticismo?»

«Speravo che…»

Raphael si mise a ridere, ancor prima di sentire la risposta. Ne aveva irretito un altro e proprio non riusciva a provare pena per lui. «È stato bello… immagino. Rifacciamolo qualche volta.» Prese Nonspada e ciò che restava dei suoi vestiti e si trascinò fino alle scale che conducevano al piano terra. Non era la stessa locanda in cui era entrato.

Le tempie pulsavano, la gola era asciutta e per quanto cercasse nell'oscurità una brocca d'acqua o qualcosa su cui appoggiarsi, non trovava che calici e coppe riverse a terra. Sembrava una casa, forse la stessa casa di quel ragazzo che aveva sperato in qualcosa di più.

Andando a tastoni, afferrò la maniglia della porta e uscì. Una folata gli seccò gli occhi e le deboli luci delle lanterne lo accecarono nonostante fosse notte fonda. Gli sbandati si trascinavano muti nei vicoli laterali, qualcuno picchiato da qualche guardia per chissà quale ingiuria.

Si sentiva come uno di loro.

Trovare le energie per staccarsi dalle pareti era impossibile. Barcollava e si trascinava contro le case per avere la dignità di non crollare a terra. Era solo questione di tempo prima che riacquisisse la lucidità necessaria per fare ritorno a Goldenkowes e rimettersi sotto alle lenzuola calde del suo letto, eppure più passava il tempo e più i fumi dell'alcol cedevano il passo alle solite domande pronte a metterlo in crisi.

Vomitò altre volte. Talmente tante che le ultime era come se il suo stomaco si fosse rivoltato e fosse stato pronto a uscirgli dalla gola. Si passò una mano sulla fronte sudata. Ardeva sotto le vesti, eppure aveva la faccia ghiacciata dal vento. Proprio mentre vedeva Goldenkowes e il suo ponte in lontananza cadde a terra inciampando in un ceppo di legna.

Una mano guantata di metallo gli si parò davanti e Raphael imprecò in silenzio.

446

Remigio era lì, davanti a lui, con il solito sguardo accusatorio. Per quanto non lo desse a vedere, Raphael non riusciva a non sentirsi giudicato da lui.

«Ce la faccio anche da solo.» Raphael si rialzò senza l'aiuto del Colonnello.

«Stai bene?»

«Che ti importa se sto bene?»

Remigio fece cenno ai suoi uomini di scorta, poco più lontani, di continuare la ronda senza di lui. «Al Presidente non farà piacere vederti in queste condizioni».

«E credi che mi importi qualcosa? Che mi guardi, forse sarebbe l'unica volta in cui non distoglie lo sguardo per la vergogna. Beh? Perché anche tu mi guardi così? Non dirmi che non ti sei mai divertito!»

Nessuna risposta. Raphael non aveva dubbi.

«Tieni.» Remigio gli porse un fazzoletto, ma Raphael rifiutò anche quello.

«Tu ci difenderai? Hai giurato di difenderci!» Raphael non sapeva il perché di quelle parole. Si morse la lingua per averle pronunciate.

«Sì, ho giurato».

«E allora che ci fai a vagare come un miliziano qualsiasi in città? Dovresti essere al fianco di mio fratello. Intorno a lui ci sono solo traditori e tu te ne stai qui nei vicoli a far vedere la tua alabarda!»

Remigio lo scrutò per qualche istante. Se aveva qualcosa da dire, che la dicesse subito, senza musi lunghi!

«Perché non parli?» Raphael scattò in avanti, ma barcollò al lato di Remigio con la testa annebbiata. «Perché il grande eroe imperiale Remigio Foconero, l'ultimo stronzo che ci rimane da chiamare eroe, non fa niente se non il cane di chiunque? Hai giurato di proteggerci, lo hai detto tu.» Raphael sorrise ed inclinò la testa di lato. «Di difendere Goldenkowes ad ogni costo. Fallo, o muori provandoci...»

Raphael si trascinò contro le pareti delle case. Quasi fuggì da un'eventuale risposta di Remigio, che non arrivò mai. La verità era che aveva paura. Un terrore viscerale che Cristian potesse perdere il controllo della situazione e che qualcuno facesse come egli stesso aveva fatto con Kerselmo Bai. Il matrimonio con Bianca Aristei doveva essere la panacea di tutti i mali, ma gli unici effetti che aveva riportato era di avere la corte degli Aristei in pianta stabile a Goldenknowes.

Era notte fonda, i cani ululavano alla luna e nessuno osava fermare Raphael nelle strade. Eppure sapeva che quel buio non era solo fuori, intervallato dalle stelle. Quel buio era sempre di più il suo destino e più barcollava verso il castello, più un rabbioso sentimento gli ardeva dentro: se non poteva avere Cristian per sé, nessuno avrebbe dovuto averlo.

Spalancò la porta con un calcio e sorprese in piena notte le puttane di lord Aristei. Nel suo letto sembrava ancora più viscido e la situazione non sarebbe cambiata nemmeno se si fosse circondato da decine di fanciulle, al posto di quelle due donne che ora lo guardavano impaurito.

La mano di Giacomo cercava disperatamente una lama sul comodino, ma non appena l'unico pugnale cadde a terra per la frenesia, il suo volto si distese nel trovarsi di fronte a Raphael.

«Sei tu...» Giacomo si accasciò nuovamente sul letto. «Per un momento ho temuto che quel figlio di cagna di tuo fratello avesse deciso di giustiziare anche me. Ma se manda te... Come mai guardi loro? Guarda me. Non credevo che ti piacessero così tanto».

Nessuna provocazione avrebbe smosso Raphael in quel momento. «Cosa ti fa pensare che non abbia il coraggio di ucciderti qui, sul momento».

«So che non sei un idiota. Mi basta sapere questo.» Giacomo accarezzò le fanciulle per cercare di tranquillizzarle. Non ci riuscì. Una sembrava paralizzata dalla paura, l'altra fu trattenuta per un braccio dalla morsa di Giacomo per evitare che facesse follie.

«Non sai niente» ringhiò Raphael.

«So abbastanza. So che senza il mio esercito non potete nulla e che le teste da far mozzare al vostro caro Colonnello stanno per finire. So che le terre della Dolcina sono in perenne guerra e che la fame dilaga mentre ce ne stiamo qui fra vino e puttane.» Giacomo si tirò su, appoggiando la schiena alla testiera in mogano del letto. «So anche che tu non approvi le scelte di tuo fratello. Come biasimarlo, del resto. Chi avrebbe resistito al fascino di mia sorella? E ora eccoti qui. Immagino che tuo fratello non sappia niente».

Raphael si pregustava il momento in cui avrebbe scannato il lord. Perché lo avrebbe fatto, era già tutto deciso. Per quanto la testa gli suggerisse di mantenere il controllo, il cuore aveva già deciso. L'unica cosa che si domandava, mentre Giacomo provava in ogni modo a insultarlo, era perché rimanesse ancora ad ascoltare le sue parole. Forse sperava che attraverso la sua voce, qualcosa di interiore scattasse, qualche verità venisse a galla.

«Hai proprio la faccia di uno che vorrebbe scoparsi il fratello» continuò Giacomo. «Mi domando solo da quanto covi questo sentimento. Mi aspetto di tutto da uno che da bambino si divertiva a mandare in rovina uomini traviati».

«Quelli non erano uomini, erano mostri».

«Mostri con i quali hai condiviso tutto. Dimmi la verità, Raphael, ti piaceva. Ti piaceva sentirti importante, sentirti il padrone della vita di qualcun altro. Un Dio da proteggere. Una cosa che però non so, e che per curiosità vorrei sapere, è se hai mai perdonato tuo padre. Quel padre che ti ha accolto e che ti ha costretto a continuare a dare il culo per ricattare gli altri lord».

Un moto di rabbia investì Raphael, senza che potesse farci nulla. Un calore che lo scuoteva, alimentato dalla rabbia e dalla verità allo stesso tempo. Sarebbe stato per sempre riconoscente a Roy. Sempre.

«Che faccia strana…» Giacomo abbozzò un sorriso. «Mi fai intendere che lo hai perdonato? D'altronde, al posto tuo, anche io avrei perdonato chi mi ricopre d'oro e mi permette di usare il nome della Casata. Se ci aggiungiamo il fatto che ha messo sempre a tacere le voci al torneo di Doràl… capisco perché non odiare Roy».

«Quali voci?»

Giacomo scoppiò a ridere. «Quali voci, dici? Lo sai benissimo, non farmelo dire, che di cose ovvie ne ho già dette abbastanza questa sera. Ti piaceva il torneo, eh? Ti sentivi libero? Ma guardati ora. Sei cresciuto e le persone che avevano giurato di amarti ti hanno abbandonato. E Cristian farà lo stesso».

Raphael si avvicinò con pacatezza al letto di Giacomo. Non lo guardò nemmeno, aveva occhi solo per le due ragazze terrorizzate e si cibava di quel terrore perché sarebbe stata l'unica cosa umana che avrebbe visto quella sera.

«Ti unisci a noi?» Giacomo tirò a sé la ragazza paralizzata dalla paura per far spazio a Raphael. «Ti avviso che non mi…»

La mano scattò senza che potesse controllarla. Un rapido gesto e Nonspada si conficcò nel petto di Giacomo inchiodando il lord al materasso e bloccando le ragazze dalla paura. Una di queste tentò la fuga ma Raphael la intercettò con una folgore che la lasciò morta a terra prima che potesse raggiungere l'uscita. Un vecchio trucco che Aliros gli aveva insegnato.

«Che…» Giacomo schiumò saliva.

«Ti uccido. E ti guardo morire.» Raphael fu su Giacomo, con entrambe le mani a tenere ferme le sue e Nonspada ancora conficcata. L'elsa era come sospesa in aria e la lama trasparente bagnata dal sangue del lord. A poco a poco una chiazza di sangue si propagò nelle lenzuola.

«La vedi questa ombra di morte che cala?» Raphael si avvicinò al volto di Giacomo, avendo cura di tenerlo ben saldo per evitare che il suo dimenarsi funzionasse. «Sono tutto quello che hai detto tu, è vero. Il mondo ha fatto di me una puttana ma ora del mondo farò un bordello».

Ormai vomitava sangue e le parole gli si strozzarono in gola, gli occhi iniettati di rabbia non potevano far altro che balzare da una parte all'altra del volto di Raphael, furiosi per le energie che lo stavano abbandonando.

Guardare con il sorriso sulle labbra Giacomo Aristei morire era una gioia indescrivibile. L'alcol, la rabbia, l'adrenalina. Avrebbe glorificato quella violenza per sempre se solo ne avesse avuto l'occasione. Capiva solo ora, in quel momento di riscatto e follia, che cosa volesse dire distruggere la vita di qualcuno e farlo con tutta la felicità di questo mondo.

«Che c'è, Giacomo?» Raphael gli sussurrò a pochi centimetri dal volto. «Sarò l'ultima cosa che vedrai prima di morire?»

Giacomo provò a colpirlo, ma il colpo fu troppo debole e non fece altro che allargare la ferita nel petto. Ormai non opponeva più alcuna resistenza.

«Anche tu provi a baciarmi?» Raphael sorrise. Non gli importava se aveva il volto sporco del sangue di quel bastardo, né che avrebbe pagato per quello che stava facendo. Era semplicemente felice di aver preso una decisione, per quanto azzardata. Baciò Giacomo, in un ultimo gesto sconsiderato, come se nel cuore qualcosa gli avesse detto di farlo per distruggerlo completamente.

Lo aveva sempre fatto: distruggere qualcuno con i gesti che universalmente erano riconosciti come d'amore. Era il controsenso a creare scalpore, e lui avrebbe voluto vedere Giacomo morire proprio con quella sensazione: la confusione più totale.

Le labbra impregnate di sangue, gli occhi di Giacomo che ormai non rispondevano più ad alcun segnale. Anche le sue mani avevano perso la forza. Era morto.

Raphael si lasciò cadere sul letto, immerso nel sangue e nelle lenzuola arrotolate. I singhiozzi della ragazza rimasta ad assistere la scena spezzavano lo scandire dei grilli fuori dalle mura di Goldenknowes. Era una notte di violenza, ma quella liberazione lo aveva salvato.

Le ragnatele sul soffitto erano come rami di gigli e le ombre che proiettavano sulla pietra mostri che avevano deciso di abbandonare gli armadi per banchettare insieme alla depravazione di Raphael. Era sicuro che non fosse solo l'alcol a ricreare quelle immagini, ma anche la scarica di adrenalina che lo teneva paralizzato in quella pozza di sangue e che gli faceva formicolare le gambe. Sentiva un calore addosso che non sapeva descrivere. Che fosse per lo sforzo, il sudore o il sangue non gli importava: era come venire al mondo.

La ragazza fuggì e Raphael non si curò nemmeno di fermarla. Aveva solo in mente una cosa. Solo un ronzio nella sua testa, solo un'ossessione. Prese Nonspada dal corpo di Giacomo e si trascinò fuori dalla stanza come un mietitore.

Sguardo basso, il gocciolio del sangue sulla sua schiena a scandire i passi nel silenzio dei corridoi di Goldenkowes. Nessuno lo avrebbe fermato, non in quell'ala del castello. Sapeva benissimo che ormai l'errore era stato fatto, dunque perché fermarsi?

Salì con fare mesto la scala a chiocciola che conduceva fino agli alloggi degli ospiti. Era lì che Bianca dormiva quando Cristian non aveva voglia di averla nel suo letto. Barcollò, gradino dopo gradino, con il cuore che esplodeva nel petto. Avrebbe dato tutto pur di sentire quella sensazione. Anche la vita.

Aprì la porta della camera da letto di Bianca. Era tutto rosa: i tappeti, le rilegature dei libri, le lenzuola e i vestiti esposti. Fu il cigolio dei cardini a svegliarla, ma la vista di Raphael a farla scattare dal letto. Era vestita di pizzo e i suoi capelli erano arruffati. Raphael non capiva perché, ma furono gli unici dettagli che riuscì a vedere, tutto il resto era soppresso dall'euforia.

«Che ti è successo?» Bianca si avvicinò a lui preoccupata. «Vado a chiamare qualcuno, resta qui».

«Non è niente».

«Lascia che ti aiuti…» Bianca portò al volto di Raphael un fazzoletto per pulirlo, ma al tocco della ragazza, qualcosa scattò in lui.

Con una ginocchiata in pancia piegò Bianca in due. Bastò un solo altro ceffone per farla rovinare a terra sulla pelliccia di orso bianco che attutì la caduta. A carponi si trascinò in direzione del terrazzo, come se la luce lunare potesse essere l'unica sua speranza.

Con il sorriso sulle labbra, Raphael la raggiunse, la sollevò e le mise le mani al collo, senza stringere. Voleva solo guardarla negli occhi e dissetarsi della sua paura.

«Non capisco!» Bianca piangeva. «Non ho sbagliato niente e non sono una traditrice. Amo mio marito e non gli ho arrecato alcun disonore. Darò alla luce i suoi eredi e mai metterò in discussione la sua autorità! L'ho giurato e lo giuro ancora! Ti prego dì a tuo fratello di risparmiarmi!»

«Ami mio fratello?»

«Con tutto il mio cuore, mio signore!» singhiozzò lei.

«E lui ti ama?» Raphael inclinò la testa.

«Mi ama».

Raphael strinse con una sola mano il collo di Bianca contro il capitello del terrazzo delle sue stanze. «Ora non potrà più amarti, neanche volendo!» La mano libera di Raphael premette contro il volto di Bianca soffocandola. A poco a poco tutte le vibrazioni del suo corpo si concentrarono in quella mano facendola diventare incandescente. I muscoli della faccia di Bianca, da tesi e scivolosi per le lacrime, si fecero molli, fino a che l'intera faccia di Bianca non si sciolse. Più lei gridava, più Raphael strozzava i lamenti con la sua mano di fuoco e si avvicinava sempre di più alle ossa e ai denti.

Quando anche l'ultimo gemito di lei venne meno, in un raptus di odio scaraventò ciò che rimaneva di Bianca dal terrazzo.

Il suo corpo si sfracellò al suolo sotto gli occhi attoniti dei servitori che erano accorsi.

Tutti gli occhi puntavano su di lui.

«Guardatemi!» gridò nella notte. «Guardatemi tutti! Sono fradicio di gioia!»

Era pronto a pagarne le conseguenze.

Quando i soldati della Convenzione lo catturarono, Raphael non era uscito nemmeno dalla camera da letto di Bianca. Fu scortato fino alla sala del trono di Goldenknowes, ma non come un traditore qualsiasi, bensì con lo stesso timore reverenziale che tutti portavano nei confronti di Cristian. Raphael aveva visto con i suoi occhi il terrore di chi veniva condotto in quella sala nell'attesa della decapitazione. Era successo con quasi tutti quelli che fino al giorno prima dell'esecuzione avevano inneggiato alla rivoluzione.

A testa alta e con passo volutamente spedito, ripercorreva i corridoi nella notte più profonda. Sul suo volto madido di sangue, un sorriso che non riusciva a togliersi. Il cuore batteva all'impazzata, le ginocchia tremavano ad ogni passo che faceva, ma sul volto, i muscoli tesi, disegnavano un sorriso che nemmeno lui avrebbe potuto spiegare

Aveva fatto la cosa giusta. Aveva seguito il cuore.

Cristian era già in piedi davanti al trono. Non si sedeva mai, non tanto per umiltà, quanto per opportunismo. Era un altro dei comportamenti che non gli piacevano di Cristian. Se c'era qualcosa che doveva prendersi, lo doveva prendere e basta, come aveva fatto lui quella notte.

I soldati, con fare stanco, condussero Raphael davanti a Cristian. I loro passi rimbombavano nella sala vuota, riempita solo dalle ombre delle candele accese. Di Remigio o di chissà quale altro boia, nessuna traccia.

Venne accolto a braccia conserte, con un'espressione delusa e uno sguardo rivolto verso il basso. Odiava quando suo fratello non lo guardava nemmeno, quando non si degnava di lui nemmeno dopo tutto quel trambusto.

Raphael ne era sempre più convinto: niente lo avrebbe ferito di più dell'essere ignorato da lui.

«Tutti fuori.» ordinò Cristian.

«Presidente, vorremmo…»

«Ho detto tutti fuori!»

Raphael sussultò e per la prima volta da quando aveva varcato quella soglia, i muscoli si distesero e il sorriso scappò dal suo volto. Solo le ginocchia continuarono a tremare. Era per la paura o per l'eccitazione?

Nessuno obiettò a quell'ordine. La decina di soldati che lo aveva condotto con timore fino a lì se ne uscì di scena senza far troppo rumore, forse contenti di dedicare le ultime ore della notte al loro giaciglio. Raphael si domandava se avrebbe mai potuto dedicare altro tempo al suo, di giaciglio.

La porta si richiuse e il rumore metallico sancì l'inizio di quella che prevedeva essere una ramanzina.

Cristian si sedette sul trono, questa volta il suo sguardo era fisso su di lui. «Avvicinati».

Raphael non se lo fece ripetere due volte. Abbandonò il timore per abbracciare la frustrazione che aveva in corpo. Era pronto a tutto.

«Ti chiederò solo il perché.» Cristian spezzò ancora una volta il silenzio.

Raphael fece un lungo sospiro. Sapeva che aveva come unica arma la verità. «L'ho fatto per amore».

Seppur in maniera impercettibile, Cristian mutò espressione, come se nemmeno lui sapesse come reagire. «Tu ci hai appena condannato tutti, lo sai?»

«Ho solo fatto quello che avresti dovuto fare tu!» Raphael abbassò i toni non appena si rese conto di aver reagito male. «Voglio dire… erano una seccatura, no? E presto o tardi te ne saresti dovuto liberare. Vederti così, tenuto alle strette dagli Aristei…»

«Non era il tempo giusto».

«E quando mai lo è? Non mi parli mai, mi ignori e...» Raphael strozzò in gola le ultime parole. «È difficile volerti bene, volere il meglio per te quando tu non mi consideri neanche. Lo sento nelle tue parole, Cristian, nel tuo tono di voce. Il tuo sorriso si spegne non appena il tuo sguardo incrocia il mio. E io continuo a sorridere facendo finta di niente. Mi dico che per te è complicato, che governare ti logora, che non capisco i tuoi problemi, ma... Io non so più cosa fare».

Cristian non rispose. Anche quella volta, stette zitto.

«Per favore... dimmi qualcosa».

«Cosa dovrei dire?»

«Qualunque cosa!»

Silenzio. Ancora una volta. Il rumore era tutto nel cuore di Raphael, ormai nero per la rabbia.

«Perché non ti interessa niente di me?» La voce di Raphael si spezzò.

«Non è vero».

«Invece è vero. E sapere che non te ne rendi nemmeno conto mi fa male al cuore».

«Mi chiedo solo perché me...»

«In che senso? Ti pesa sapere che c'è qualcuno che ti ama sopra ogni cosa? È da quando siamo piccoli che cerco in tutti i modi di farmi carico delle tue preoccupazioni, di stare al tuo fianco. So tutto di te e vorrei darti il sostegno che meriti. Ci sono giorni in cui mi domando quali siano i tuoi pensieri e perché sia così difficile per te condividerne il peso con altri. Sai quanto mi fa male vederti in confidenza con qualcuno che non sia io?»

«E per questo la ammazzi?»

«Ucciderei il mondo intero per averti per me.» Raphael abbassò lo sguardo. «Berrei anche il mare, non mi importa. Così come non mi importa che questo non ti farà cambiare idea. Avanti!» Raphael fece un passo verso il trono. «Giustiziami. Sei costretto ormai, no? Se ho capito anche solo un po' guardando tutti questi valzer di potere, direi proprio che sei costretto a uccidermi per distaccarti da quello che è successo».

«Non perderò un altro fratello, Raphael.» Cristian si alzò dal trono, ma il suo sguardo restò glaciale. «Sei la nostra rovina. Il tuo essere possessivo e...» scosse la testa con disgusto. «Avevo fatto di tutto per mettere in equilibrio la situazione. Pensavo che dopo che le cose ci erano sfuggite di mano, di aver risolto con quest'alleanza. C'è un motivo, Raphael, se faccio quel che faccio. Per me, per la nostra famiglia. Anche per te. Se sedessi su una qualsiasi sedia dorata di questo Reame in sfacelo ma lo facessi senza la mia famiglia, senza di voi, tutto non avrebbe più senso. Voglio che tu mi stia a sentire molto bene, ora: non si può correre soltanto dietro ai sentimenti».

«Dunque che dovrei fare?» Raphael strinse i pugni. Le parole di suo fratello mandavano in frantumi tutto: la sua anima, le sue convinzioni. Tutto.

«Dovrai lasciarmi andare».

«Ma io...»

«Non te lo sto chiedendo.» Cristian tornò a sedere, crollando sul trono come affaticato anche da una notte di follie. «Non ti rendi nemmeno conto in che situazione mi hai messo. Non posso proteggerti, quindi abbandonerai la Dolcina e farai ritorno da nostro padre».

Prima che potesse replicare, la porta si spalancò. Raphael d'istinto estrasse Nonspada e la puntò in avanti. Non sapeva se lo stava facendo per proteggere se stesso o per proteggere Cristian. Al solo pensiero il braccio gli si fece pesante.

«Presidente Carold!» Un messaggero fece irruzione nella sala. «Ho una lettera urgente da parte del Colonnello!»

Cristian superò Raphael e prese fra le mani la pergamena. La lesse e nel farlo la sua espressività riprese vigore. Era la rabbia a far balzare quei meravigliosi occhi da una parte all'altra della pergamena. Quando ebbe finito si rivolse a Raphael. «Leggi».

"Ti ricordi quando da bambino, al torneo di Doràl, mi dicesti che non ti importava di giocare sporco per battere gli altri? Ti faccio i miei complimenti perché sei arrivato lontano tradendo e ammazzando chi ti sosteneva pur di rimanere al potere. E se te lo dico io, puoi prenderlo come un complimento.

A proposito di giocare sporco, se avrai voglia potremo parlarne meglio sulla tomba di tua sorella Frejdis. Sai quanto mi addolora infanga-

re così la sua memoria, ma mi sono visto costretto ad alzare ancora di più l'asticella.

Giusto perché che tu lo sappia: questo messaggio è stato mandato a tutti i castelli della Dolcina. Per cui se sei un uomo, vieni a prenderci. E fa' presto, prima che i soldati dei De Frel decidano di mettere da parte la loro fede negli eroi e inizino a pisciare sopra alla lapide di tua sorella.

Ti aspettiamo.

Versantius Vezarium"

Raphael strinse con rabbia il messaggio. Che diavolo c'entrava Frejdis con tutto questo? Sapeva anche lui che era una trappola, ma come si poteva ignorare una presa di posizione così senza sembrare dei deboli? Ormai tutta la Provincia lo avrebbe scoperto e Cristian sarebbe stato costretto ad agire.

«Sai anche tu che è una trappola».

Entrambi sembravano essersi dimenticati della discussione di prima. Raphael aveva accantonato i suoi sentimentalismi e Cristian il suo modo di fare duro.

«Raphael, convoca Remigio e prepara i vessilli».

«Io?» Raphael si sorprese.

«Sì, tu. È il momento che ripaghi per i tuoi errori».

Per la famiglia tutto si doveva fermare.

Per Frejdis e la sua memoria.

GABRIEL

Ricordi pericolosi

Da quanto fosse nervoso, Gabriel aveva piegato la forchetta che si rigirava fra le mani per far passare il tempo. Mentre tutti se ne stavano a confabulare, fra una coppa di vino e chicchi d'uva, lui aveva occhi solo per quel maledetto diario al centro della tavolata.

Avrebbe voluto sapere qualcosa di più di quanto non gli avessero già accennato Monosiklo e Sefiro, ma il Granduca lo aveva più volte liquidato con la solita frase arrogante.

«A tempo debito saprai tutto».

Quella fredda sera, tutti riuniti ad una tavola che sapeva fin troppo di discordia, era il tempo debito.

Erano tutti presenti, o almeno quelli che sembravano essere completamente con gli stivali immersi nello sterco di quella questione.

Monosiklo si era seduto a capotavola e si era già fatto portare ogni sorta di vettovaglia con la scusa di dover avere una posata per ogni piatto della cena. Al suo fianco, Pieros era già al terzo calice di vino e l'unica cosa che faceva era lanciare occhiate a Gabriel nella speranza che quest'ultimo gliene restituisse di rimando. Forse era un modo elegante per attirare la sua attenzione sul seno di Vanessa Eyers, la quale non aveva ancora spiegato a nessuno, se non a Sefiro, il perché della sua presenza a quel tavolo. Quei due erano fin troppo criptici, ma chi non lo era?

Erano arrivati tutti tranne Versantius.

Monosiklo aveva insistito affinché si trovassero prima senza di lui per avere una linea comune. Quale linea? A quanto pareva nessuna, dal momento che tutti si pisciavano addosso anche solo a posare lo sguardo su quel diario.

Il tempo passò inesorabile nell'attesa che Versantius si presentasse alla sua gogna. Perché Gabriel non aveva dubbi che quella cena avrebbe distrutto qualsiasi cosa. Sfiorò la coppa di vino, ma si bloccò. Si era ripromesso di non bere niente, di essere lucido. Era sufficiente la rabbia che si portava dentro per creare problemi.

Versantius si presentò nella sala dei banchetti, il brusio si spense e persino sul volto di Pieros iniziarono a farsi largo le preoccupazioni.

«Accomodati pure, Versantius, aspettavamo solo te.» Monosiklo si alzò e accolse l'ex reggente con la stessa malignità che solo i venditori di ninnoli al mercato avrebbero potuto avere. Si sentiva davvero l'eroe di quella situazione. La solita spocchia…

Versantius si trascinò fino alla tavolata. Quel vestito nero e oro lo avrebbe accompagnato nel lutto di quella serata. Non appena fu abbastanza vicino per notare il diario sopra al vassoio d'argento, sorrise in modo nervoso e distolse lo sguardo.

"Troppo tardi, bastardo. Ormai ti abbiamo preso".

«Vedo che hai fatto le cose in grande, Monosiklo.» Versantius si sedette con calma, senza mai distogliere lo sguardo dal Granduca come in una lotta psicologica a due. «E che le hai fatte senza nemmeno un minimo di rispetto».

«Rispetto?» Gabriel scattò in piedi. «Rispetto per cosa, bastardo? Sei solo uno stronzo manipolatore. Ci hai portato fin qui per recuperare la tua lista dei giocattoli, per ottenere cosa, poi? Non ti è mai importato di nessuno di noi, di Rolando, del Ducato! Ti importa solo di te stesso e non smetterò mai di dire, anche se dovessi crepare domani, quanto tu sia un inetto. Il vero mostro sei tu, non tuo padre!»

«Dunque continuiamo a fingere?» Versantius lanciò una rapida occhiata a Monosiklo.

«Sono io a fingere?» Gabriel gettò sul tavolo la lettera rubata a Versantius a Lonte. «Il Duca è morto e tu non mi hai nemmeno voluto guardare negli occhi per dirmelo! E mia madre… forse non la rivedrò mai più per questa guerra di merda! Avrei dovuto ucciderti quando ne avevo l'occasione!»

«Ora sono anche la causa della guerra, scommetto?» Versantius alzò i toni. Non succedeva spesso. «Monosiklo, mi sorprende che tu te ne stia zitto, perché sulla dichiarazione di guerra c'è la tua firma e quella dell'Imperatore. Se ve lo siete scordati ve lo ricordo io».

«Non siamo qui per parlare della guerra» rispose il Granduca.

«Siete qui per cosa allora? Per domandare scusa per aver letto ciò che non dovevate leggere? Mi sento decisamente tradito».

«Ah, tu ti senti tradito?» Gabriel crollò a sedere e si versò da bere. Aveva rinunciato a mantenere la lucidità. «Tu che hai fatto ammazzare chi credeva in te mentre te ne vai in giro a scodinzolare fra i nostri nemici? Mia moglie è morta!»

«Gabriel…» Sefiro gli mise una mano sul polso. Bastò quel gesto a tranquillizzarlo.

«No, Sefiro, diciamo le cose come stanno!»

«Sì, diciamo le cose come stanno.» Monosiklo sorrise. «Come ad esempio il fatto che hai provato ad ammazzarmi».

Monosiklo dava tutta l'impressione di avere il controllo della situazione, ma che stesse girando attorno al discorso per pregustarsi il momento del tracollo di Versantius.

Gabriel voleva tutto e subito.

«Lo avresti fatto anche tu, se avessi saputo che tutta la tua vita è nelle mani del più grande figlio di puttana del Reame…» Versantius sbatté le mani sul tavolo. «Chi volete prendere in giro? Siete come me, dei mostri. Vogliamo fare un gioco? Avanti, facciamolo. Tu.» Puntò la forchetta in direzione di Gabriel. «Sei un violento assetato di sangue, troppo stupido per capire cosa è giusto e cosa è sbagliato. Ti faresti trascinare da chiunque abbia anche solo qualche frase con più di cinque parole da mettere insieme. Ma se fosse solo questo, saresti solo un buon idiota da mandare al macello, invece ti ergi come paladino degli indifesi, senza nemmeno renderti conto di quanto marcio c'è sotto alla tua espressione da duro. Vuoi fare l'eroe senza macchia? Raccontalo a tutti quelli che hai umiliato in guerra, a chi hai ammazzato nei vicoli di Dolcina. Pensi che non sappia cosa la tua irruenza e la tua coda di paglia ti hanno costretto a fare? Quando hai dovuto scegliere se ammazzare un innocente o preservare il tuo orticello non hai avuto alcun dubbio sul cosa scegliere. Sia chiaro, non ti biasimo nemmeno un po', ma almeno risparmiami la morale, perché ognuno di noi ha i suoi segreti da proteggere, io i miei, tu quelli di tua madre. Sì, Gabriel, inutile che mi guardi così, almeno sai come ci si sente ad essere smascherati. Io avrò anche fatto cose orribili, ma tu hai difeso per tutta la vita una donna che ammazzava e divorava altri esseri umani. Come dovrei chiamarti, protettore dei cannibali?»

«Taci!» ringhiò Gabriel.

«E perché dovrei?» Versantius si rivolse a tutti. «Voi non vi siete fatti alcuno scrupolo a rovistare nei miei ricordi e a giudicarmi».

«Per l'amor del cielo, cosa tocca sentire alle mie orecchie!» Monosiklo alzò la voce. «Davvero puoi pensare di scaricare su di noi le colpe? Lascia che ti ricordi tutte le malefatte che hai fatto. Non dico anni fa', anche perché il tuo continuo piangerti addosso misto a desiderio di onnipotenza mi fa venire il voltastomaco, piuttosto mi piacerebbe sapere di più sul tuo rapporto coi Carold, soprattutto ora che ci siamo dentro con tutte le scarpe».

«Quelli che sono i miei rapporti con le persone non devono riguardarvi…»

«Mi piacerebbe darti ragione, Versantius» continuò Monosiklo, «ma non è per niente così. È imbarazzante dover ricollegare i pezzi scritti sul tuo diario per capirci qualcosa di quelle che sono le tue intenzioni e le tue prossime mosse. Soprattutto perché quando non parli della tua Lucille non fai che dare la colpa agli altri per la tua inettitudine. Ma mi sono ripromesso di non giudicare le tue scelte del passato. Certo, trovo quanto meno inquietante il fatto che ti rivolgessi a certe persone con fare ossessivo, considerato il contesto in cui ti trovavi, ma mi preme piuttosto sapere cosa ti ha spinto a far ammazzare la tua guardia personale, Haggo, a Derenhalle. Forse aveva visto qualcosa che non doveva vedere? Sai a cosa mi sto riferendo».

«No, Monosiklo, a cosa ti stai riferendo?» La sfida fra i due era già iniziata e Gabriel stava ancora lottando contro se stesso dopo che Versantius aveva sbandierato il segreto di sua madre.

L'aveva protetta per tutta la vita e avrebbe continuato a farlo, se solo fosse stata ancora viva.

«Te le devo proprio dire?» Monosiklo giocherellò con l'anello al suo indice. «Il fatto che tu riveda in Federico quello che un tempo era Raphael è malsano. Considerato che hai smosso intere corti per poter riavere l'ebrezza di sentirti importante per un ragazzino è disgustoso. Per non parlare dei tuoi sotterfugi.» Monosiklo si rivolse a Gabriel. «Lo sapevi che a dare l'ordine a Lorenzo Deferlay di uccidere Ildebrando è stato proprio Versantius? Naturale, oserei dire, soprattutto perché senza padre in mezzo ai piedi Federico sarebbe potuto essere sempre legato a lui. Meschino a dir poco…»

«Cosa?!» Gabriel sbottò. Non poteva credere a quanto Monosiklo avesse appena detto. «Tutta questa merda è colpa solo di… non so neanche come cazzo dirlo!»

«Pensatela come volete!» Versantius si ritrovò a urlare, probabilmente per mettere a tacere le accuse. «Non devo giustificarmi con nessuno. Tantomeno con te, Monosiklo. E… per favore, basta fingere che siamo tutte brave persone, siamo degli egoisti e tu sei il più grande di tutti. Dimmi, Monosiklo, saresti pronto a mettere la mano sul fuoco se ti chiedessi se non sei stato tu a far crollare l'Imperatore in questo stato di letargo? No? Come immaginavo. E se proprio vogliamo rivangare il passato, perché non ci parli di come hai trafugato tutto l'oro della tesoreria a Surad condannando a morte migliaia di persone. Quando tu te ne stavi a mangiare arrosti ad Arkanthill ancora le persone dovevano riprendersi dal duro colpo della carestia. Ora vieni qui a insegnarci lezioni di umiltà e buonsenso. Mi dispiace che le persone si siano dimenticate di chi tu sia veramente, ma io non dimentico. Come non dimentico che a differenza tua ho un cuore e dei sentimenti. Chi ama non ha regole e non sa giocare pulito, ma almeno, a differenza tua, gioco sporco per un obbiettivo che sia diverso dal solito accumulo di potere».

«Quello che cerchi di fare è impossibile tecnicamente.» Sefiro intervenne nella discussione.

Gabriel storse il naso. Che cosa c'entrava lui?

«Ho letto di un certo rituale che, a detta di Albin Moyer, come scrivi tu, dovrebbe essere in grado di trasporre la tua essenza in un punto indefinito e fuori dai canoni di spazio e tempo per permetterti di vivere il tuo idillio. Non mi importa niente delle motivazioni per cui lo fai, ma sappi che tutto questo non è possibile».

«E ora lasciamo la parola anche ai megalomani?» Versantius scoppiò in una risata nervosa. «Parlami ancora di come hai abusato del tuo potere per condurre i tuoi esperimenti, Archivista Sefiro» lo disse con tono sprezzante. «Mi sembra che invece che trovare il tuo tanto agognato potere ti sia invece ritrovato con una bomba in mano pronta ad esplodere. Giusto per ricordare una lezione di storia importante, dato che so che ti appassionano molto, la Guerra delle Ali dell'Aquila è scoppiata proprio perché tu non hai vigilato sulla magia. E ora vieni qui, in combutta con questi tuoi rinnovati amici, e mi dici che quello che cerco è impossibile? Non solo non ti credo, ma mi sento anche tradito».

«Tradito? Tu? Ancora una volta usi questa parola?!» Gabriel rovesciò un piatto e lo mandò in frantumi. «Cosa cazzo dovrei dire io che ho perso tutto per seguire un idiota come te? Tu che credevi sempre di avere il controllo di tutto e sei finito con il farti prendere a pesci in faccia da chiunque? E tutto questo per cosa, eh? Per il bel pensiero di potertene tornare chissà dove a scopare con la tua donna e con un ragazzino che faceva la puttana nelle strade. Mi fai schifo! Avrei dovuto ammazzarti quella notte…»

«A proposito di tentati omicidi…» Monosiklo si sistemò il bavaglio. «Vorresti spiegarmi adesso il tuo tentativo di avvelenamento qui a Silverknowes o dopo? Perché mi piacerebbe molto risparmiare quel tuo amico dalla pena capitale, ma questo dipende solo da te».

«Credi di intimidirmi, Granduca? Patetico.» Versantius aveva comunque solo occhi per Gabriel. «Avresti fatto la stessa cosa se avessi saputo che i tuoi ricordi erano in mano di una persona che fa finta di non sapere nulla».

«I tuoi, Versantius, sono ricordi pericolosi. Non piccoli problemi da massaia».

«Sono ricordi miei. Miei e di nessun altro».

«E questo tuo vivere nei ricordi sarà una rovina. Meglio se solo la tua. Lo è stata già in varie occasioni, se devo tornare indietro con la mente. Basti pensare alla fiducia accordata a Valeria.» Monosiklo giocherellò con la coppa che aveva di fronte a sé.

«Quella puttana! Giuro su Dio che...» Gabriel venne contenuto da Pieros. Solo ora si ricordò quanto la morte di Viola fosse colpa delle ambizioni di Versantius. «Lasciami!»

«Meglio di no, ragazzone» rispose Pieros.

«Lascia che spacchi la faccia a questo bastardo!» Gabriel si dimenò, ma per qualche bizzarra magia, le sue caviglie erano ancorate al pavimento. Solo dopo la fine di quel raptus si accorse che Sefiro lo aveva immobilizzato.

«Gabriel, per piacere, siamo persone civili.» commentò Monosiklo, folgorando Versantius. «Almeno noi...»

«Non eri tu ad essere stanco di passare di mano in mano come una marionetta?» Versantius lanciò un'occhiata a Gabriel.

Odiava che Versantius fosse così sicuro di sé. Ancora una volta si ritrovava ad essere controllato da qualcuno, ma in momenti come quelli non era importante: Monosiklo stava facendo bene a cuocere Versantius nella sua stessa vergogna e Gabriel avrebbe rischiato di rovinare tutto come sempre.

Agire d'impulso era la sua unica arma, sempre, ma anche in quell'occasione, la battaglia era diversa. Servivano altri tipi di guerrieri.

«Dimmi la verità, almeno questa volta!» ringhiò Gabriel. «Che è successo a Vecchia Falcara. Perché Lucretio non è tornato con te!»

«Questione curiosa, per giunta» puntualizzò Monosiklo.

Versantius scosse la testa. «Siete davvero ciechi, dunque. Non biasimo Lucretio per avermi lasciato da solo, anzi, sono contento che per una volta nella vita abbia mostrato le palle e abbia deciso di fare di testa sua».

«Di testa sua?» Monosiklo si sorprese. «Ma lui non lo farebbe mai...»

«Ovvio che non lo farebbe mai» replicò Versantius. «Sei così pieno di te che non ti accorgi nemmeno delle persone che ti stanno intorno. In condizioni normali Lucretio avrebbe mandato giù l'ennesimo boccone amaro e avrebbe continuato ad essere triste al tuo fianco».

«Tu non lo conosci!» Pieros puntò il dito contro Versantius. «Non conosci niente di lui e non conosci niente di me! Non avrebbe mai voltato le spalle a nessuno di noi, non ci avrebbe mai tradito e avrebbe fatto di tutto per salvare ciò che di buono è rimasto in questo mondo di merda! La verità è che tu e i tuoi amici lo avete ammazzato quando ne avete avuto l'occasione»

«Perché dovrei mentirvi? Ormai dovreste sapere tutto di me e io di voi».

«Perché so come potresti agire.» Monosiklo riprese il filo del discorso. «Uccidere Lucretio non sarebbe stato un problema per te, se questo avesse significato toglierti una seccatura. È la stessa cosa che hai fatto con Tristan Foconero e Leroy Bai, no? Curioso come l'astio fra Bai e Foconero, ben più vecchio di me e te, continui anche grazie a un tuo gesto sconsiderato quando eri un ragazzino. Se credessi nei fenomeni a catena e nel susseguirsi delle cose, correggimi se sbaglio, Sefiro, oserei dire che sei la fonte di tutti i mali che ci affliggono».

«Non ho ucciso Lucretio, né io né Marco Aurelio e Hansel».

«I tuoi amichetti...»

«Sì, Gabriel, i miei amichetti.» Versantius lo interruppe e incrociò le braccia. «Lasciati dire che è patetico vederti comportare come un poppante che scalcia e piange perché gli altri bimbi non lo accettano nel gruppo. Quale senso di inferiorità ti affligge? Mi date del mostro eppure sono il solo a capire veramente cosa sono i sentimenti... I veri sentimenti».

«Veri sentimenti, dici?» Monosiklo mostrò un sorriso amaro. «Come quelli che hai cercato di captare con il tuo strano Libro Tomo? È facile parlare di veri sentimenti quando sai già cosa gli altri pensano di te, non credi? Ringrazio Dio che hai avuto la decenza di liberarti di questo potere quanto prima, di danni ne hai già fatti abbastanza».

Sefiro prendeva appunti e la cosa riusciva a far infuriare tanto Versantius quanto tutti gli altri. Cosa diavolo c'era da scrivere? Le menzogne e lo sfacelo di quella discussione?

Sefiro alzò la testa dal foglio. «Quei rituali che hanno rimosso il potere...»

«Non sono affari tuoi» lo bloccò Versantius.

«Ora tutto è diventato di nostra competenza...»

Versantius si limitò a scuotere la testa e a roteare lo sguardo altrove. Sembrava che la cosa gli desse fastidio esattamente come le accuse ricevute. Monosiklo non aveva mai voluto insistere su quell'argomento, e il fatto che Sefiro andasse sempre a finire i suoi discorsi con una malsana curiosità nei confronti di poteri arcani e rituali bizzarri faceva sì che le parole di Versantius acquisissero più valore.

Forse era vero che erano tutti dei bastardi, ma di certo Gabriel non avrebbe preso lezioni dal peggiore di tutti. Da uno che mitigava le parole con non detti, che chiamava le sue ossessioni "spettri del passato" per poi pugnalare alle spalle le uniche persone che gli avevano dato fiducia. Gabriel era stato un allocco a pensare che Versantius potesse essere una brava persona, sotto sotto, ma, volente o nolente, aveva imparato la lezione.

Pieros approfittò del silenzio che si venne a creare per dire la sua. «Potevi sempre parlarne con noi, avremmo potuto...»

«Potuto cosa?» Versantius interruppe anche lui. Iniziava ad essere fastidioso. «Risolvere che cosa di preciso? Vogliamo continuare a fare finta che siamo tutti qui per un obiettivo comune? E quale sarebbe? Fermare Lourentius? La guerra? Il buonsenso? La verità, visto che è quella che volete a tutti i costi, è che sono stato l'unico con un minimo di senno a guidare le nostre azioni per salvare il salvabile. Spero di non sorprendervi se vi dico che siamo qui tutti per motivi diversi.» Si rivolse a Gabriel. «Tu sei qui per vendetta e perché non desideri altro nella vita che fare del male e sentirti migliore degli altri. Tu, Monosiklo, venderesti anche tua madre pur di arraffare quante più cose per il tuo Impero. Il tuo, ormai, perché solo un idiota non si renderebbe conto che la causa del male dell'Imperatore Tecnho sei sempre tu. Perché mi guardi così, Pieros? Ho per caso offeso l'unica persona al mondo che ha creduto in te? Che ti ha salvato dalla guerra quando eri un bambino? Beh, non ho detto altro che la verità.» Versantius fece spallucce. «E tu...»

Sefiro aveva già smesso di scrivere e il riflesso dei suoi occhialetti dorati nascondeva lo sguardo.

«Tu, Sefiro, sei il più astuto di tutti, non credi? Che ti importa delle questioni degli uomini quando la tua aspirazione è accumulare potere e risposte ai tuoi dubbi. Il Regno brucia e tu pensi ancora una volta a te stesso, a trascendere il tempo. Non siamo poi così diversi io e te... E poi...» Si soffermò su Vanessa Eyers. «E poi c'è lei, e ancora mi domando perché sia qui».

Vanessa non si scompose. Per tutta la durata della discussione non aveva fatto altro che osservarli con curiosità, senza mai dare la sua opinione. «Sono qui perché aspetto che voi bambini capricciosi la smettiate di litigare e iniziate a parlare di cose importanti».

«Più importanti della sorte della guerra? Ma chi cazzo ti ha chiamata?» Gabriel sbottò contro di lei. Ne aveva le palle piene dei sapientoni che credevano cosa fosse importante e cosa no. «La gente muore e tu te ne sei stata a guardare una porta di pietra sigillata da secoli».

«Una porta di pietra che si è riaperta, Lord Gabriel. E gradirei che i toni venissero moderati.» Vanessa incrociò le braccia e si mise a guardare Sefiro con sguardo torvo.

«Abbiamo una questione importante di cui parlare».

«No, Sefiro, non ci importa un bel niente delle tue storielle e delle profezie di mondi lontani.» Gabriel sapeva dove l'ex Archivista sarebbe andato a parare e non era per niente il momento di parlarne. «Abbiamo già i nostri fottuti problemi qui!»

Sia Sefiro che Vanessa rinunciarono a portare avanti la discussione. E ciò era un sollievo. Gabriel non avrebbe sopportato la spocchia di nessuno dei due e per di più, ora che avevano Versantius in pugno non poteva di certo mettersi a fare congetture su antiche sciagure venute dalla mente di chissà quale paranoico con troppa fantasia. No, la priorità era incastrare Versantius.

«Dunque?» Versantius aspettava una replica da parte di Monosiklo, che appariva più pensoso del solito. «Vogliamo continuare con questa farsa?»

«L'unica farsa qui è la tua vita».

«Ti facevo più elegante di così, che ti prende? Nemmeno una velata accusa o una parola criptica in grado di destabilizzare la mente? Da quado hai fatto tuoi i modi da zotico di Gabriel?»

«Ti faccio vedere io i modi da zotico, stronzo!» Gabriel lanciò a Versantius un piatto in ceramica, ma la foga del momento ebbe la meglio sulla mira. I cocci si dispersero sul pavimento ancor prima che Versantius potesse proteggersi con le braccia.

Monosiklo lasciò il suo posto a sedere per dirigersi verso il lato corto del tavolo. Prese fra le mani il diario e lo lucidò con la sua veste. Lo tenne fra le braccia come un neonato. «Sarebbe carino se ci leggessi un passaggio del tuo diario, non credi? Ormai non ci sono più segreti fra noi, no?» Tornò al suo posto. Intervallava occhiate alla copertina del diario e a Versantius. «È questo che intendevi con velata accusa o parola criptica?»

Silenzio. Il volto di Versantius si riempì di spasmi per il nervoso e si notava quanto con le unghie faticasse a non scorticarsi i palmi. Il tremolio venne contenuto dalle decorazioni del tavolo che collegavano la superficie alle gambe. Anche la sua pazienza era crollata di fronte a quel gesto. E Gabriel non avrebbe potuto godere di più.

«Il mio passato non è affar tuo! Quello che è accaduto non ti riguarda!» gridò Versantius. «Siete tutti qui a fare i finti buoni mentre ce ne stiamo immobili a giocare a chi è più figlio di puttana fra noi. Vinceremmo tutti se solo almeno uno di noi ammettesse la propria colpa. Monosiklo, mi sono stancato di assecondare le tue ipocrisie. Con la bontà e le buone intenzioni non si ottiene niente, e tu sei un maestro in questo».

«Cosa mi tocca sentire…» Monosiklo scrollò le spalle e distolse lo sguardo con fare disgustato.

«Non me ne frega un cazzo del tuo passato!» Gabriel strinse la coppa con tutta la forza che aveva in corpo. «O almeno, vorrei che non me ne fregasse niente ma ci siamo dentro fino al collo per colpa tua. Ma che cazzo di problemi avevi?»

«Non ti rispondo neanche» replicò Versantius.

«Ci credo...» Monosiklo giocherellò con la copertina del diario. «Anche io troverei difficile giustificare un attaccamento così morboso nei confronti di certe persone».

«L'amore è diventato un problema?» Versantius sbuffò. Era al limite.

«Scopare nelle campagne indistintamente con donne e ragazzini non lo definirei proprio amore».

«Ripeto, che cazzo di problemi hai?» Gabriel mollò la presa dal calice per lasciare che l'afflusso di sangue proseguisse lungo le dita.

Versantius deviò argomento. «Vogliamo starcene qui a parlare di questo o avete in mente una soluzione al bordello in cui siamo dentro?» Si tenne con le mani al tavolo e il suo sguardo cercava ogni cosa tranne il volto delle persone. «Per tutta la durata della nostra permanenza qua mi avete assillato chiedendo se avessi in mente un piano per riuscire a ribaltare la situazione nella Dolcina. Ora ce ne stiamo qui a recriminarci cose a vicenda? Ve lo ripeto un'altra volta, qualora non fossi stato abbastanza chiaro.» Versantius alzò lo sguardo. Era furente, debilitato da quel confronto e con una luce negli occhi che trasudava follia. «Noi non siamo amici, non siamo niente. Siamo solo un gruppo di persone che con i propri egoismi ha pensato di poter rosicchiare dagli altri qualcosa nella speranza di risolvere i problemi propri e i problemi del mondo. Ce lo diciamo da quando ho messo piede in questa trappola! Vi ho usato fino a questo momento? Sì, e allora? Ma poniamo la stessa domanda anche a Monosiklo. Oppure a Sefiro. Ci usiamo a vicenda e sembra che l'unico che ci rimane male ogni volta, senza neanche capire il perché delle cose, sia sempre tu, Gabriel. Perciò basta fingere. Basta ipocrisie. Anche perché se non fosse stato per me, Rolando sarebbe morto ancora prima di poter raggiungere il seggio ducale e l'Imperatore sarebbe stato deposto da mio padre! Dimmi, Monosiklo, quando c'è stato bisogno gli eserciti di Castel Gigante e Bastion Forte hanno fatto comodo alla Corona Imperiale, eh? Ma torniamo a noi: l'unica cosa che possiamo fare ora è seguire il piano che ho in mente, liberare la Dolcina e poi separarci di nuovo. Questa volta per sempre, spero».

«Sentiamo questo piano illuminante, mio caro doppiogiochista...» Monosiklo si esibì in uno dei sorrisi più snervanti della serata, come se volesse ignorare le accuse di Versantius e allo stesso tempo giustificarsi.

Possibile che solo Gabriel avesse voglia di concludere tutto con un fendente e lasciare per sempre quella terra? Se solo gli spettri dei defunti non lo avessero tormentato di notte avrebbe voltato le spalle a tutti e se ne sarebbe tornato ad Aeternam Clipeus. Non poteva più. Ormai il suo stivale era immerso nel cumulo di merda più grande di Arkades, tornare indietro non avrebbe fatto altro che insudiciare tutto.

Versantius tirò fuori dalla sua veste delle pergamene spiegazzate. Le gettò sul tavolo con la stessa stizza di quando un giocatore d'azzardo lascia al banco la sua ultima puntata. E forse era davvero così.

«Queste sono missive che ho recapitato a tutti i nostri alleati. A differenza tua, Monosiklo, mi sono dato da fare cercando di mettere da parte me stesso per chiedere aiuto a qualcuno».

Monosiklo ne prese in mano una e iniziò a leggerla, intervallando la lettura a qualche smorfia di sdegno. «Come ti salta in mente di fare una cosa del genere?»

«È la tua ultima occasione per liberare la Dolcina dalla piaga della Convenzione».

Gabriel rinunciò a prendere in mano quei pezzi di pergamena. La carta non vinceva certo le battaglie. «Parla chiaro, Versantius».

«C'è un solo modo per tirare fuori Cristian Carold da Dolcina. Ed è con una provocazione. Prendere il controllo della tomba di sua sorella Frejdis a Gemelli dell'Agondros ci dà la sicurezza che presto o tardi interverrà».

Monosiklo strappò una pergamena dopo averla letta. «Questo non è solo un affronto alla famiglia Carold, lo è a tutto l'Impero e il suo buon costume».

«E da quando ti importa del buon costume, Monosiklo?» domandò Versantius. «Di solito lo usi come maschera per abbindolare i fessi, ma adesso non c'è più niente da nascondere. Ho già convinto Tiberio e Fabrizio ad intervenire e sicuramente gli altri saranno già in marcia. Non mi aspetto che tu dica ai tuoi uomini di venire a depredare una tomba, ma se ti conosco so che non ti farai troppi pensieri a guardare dall'altra parte pur di salvare la faccia».

«Davvero credi che ci fideremo ancora di te e dei tuoi amici?» Gabriel si portò una mano alla cinta, dove l'unico coltello che aveva con sé gli urlava di essere estratto e di poter dire la sua. «Ci pugnalerete ancor prima che la battaglia sia finita, come i codardi che siete. Sei un uomo senza onore…»

«Se fino ad oggi, Gabriel, ti ho dato l'illusione di avere una scelta, oggi te lo dico chiaramente: non ce l'hai.» Versantius si rivolse poi a tutti. «Nessuno di voi ce l'ha! Vogliamo risolvere la situazione? Allora la mia idea è la migliore!»

Gabriel scattò dal posto e ribaltò la sedia. Estrasse il coltello e lo conficcò nel tavolo facendo tremare tutto. «Dopo tutto quello che ho fatto per te! Le menzogne che dicevi, i tuoi pianti simulati, il… Non so nemmeno che cazzo dire, mi fai solo schifo.» Sputò a terra, incurante dello sguardo ammonitore di Sefiro.

Anche Versantius si alzò. Con più calma, ma con lo stesso odio negli occhi che lo contraddistingueva in quel momento. «Io e te non saremmo mai potuti andare d'accordo. Il mondo gioca coi sentimenti delle persone, e mi stupisce che tu non te ne sia mai reso conto. Mi servivano pedine, e chi meglio di un cavaliere idiota che crede davvero che i giuramenti servano a qualcosa?»

Gabriel balzò sul tavolo e si lanciò contro Versantius, ma fu intercettato da Pieros ancor prima che potesse sferrare un pugno contro il ghigno maledetto di quel verme.

La tavola si ribaltò e Vanessa fu la prima ad allontanarsi, con il vestito sporco di salsa. Il rumore metallico delle posate accompagnava le grida di Gabriel e lo scalpitio dei suoi stivali.

Versantius fece un passo indietro. Vederlo preoccupato per davvero gli dava forza, ma per quanto Gabriel scalciasse, Pieros e Sefiro riuscirono a contenerlo.

«Togli queste catene di merda, Sefiro! Gli spacco la faccia!»

Sefiro ignorò lo sfogo, continuando ad alimentare i vincoli magici alle caviglie di Gabriel. Non c'era niente di più frustrante.

«Non ci serve più! Lasciatemelo ammazzare!»

Contro la parete, dopo essere sfuggito al raptus di Gabriel, Monosiklo scosse la testa con preoccupazione. «Fammi pensare…»

«Pensare a cosa?» commentò Versantius, anch'egli a debita distanza da Gabriel. Si avvicinò a lui in un faccia a faccia. «Se è la pace la cosa che cerchi davvero, anche se ho i miei dubbi, non hai scelta. E lo sai.» Si rivolse a tutti gli altri, tradendo il terrore che le sue parole celavano con voce decisa. «Fate la vostra scelta, ma domani io e gli uomini dei De Frel partiremo per Gemelli dell'Agondros. Con o senza di voi».

Monosiklo fu il primo dei due ad abbandonare la posizione, come se anche solo la presenza di Versantius gli desse il voltastomaco. Si avvicinò di nuovo al suo posto e prese il diario. Lo tese a Versantius. «Non avere paura, Versantius. Noi ci faremo trovare pronti, e ti faremo vedere una volta per tutte quanto il gioco a cui stai giocando possa ritorcertisi contro».

Versantius squadrò il volto serio di Monosiklo prima di strappargli dalle mani il diario. Ci fu un istante nel quale tutte e quattro le mani sfiorarono quel tomo. Nessuno dei due avrebbe voluto separarsene. Alla fine, Monosiklo cedette abbandonandosi a un sorriso liberatorio. Alla vista di quel gesto, Gabriel scalciò, ancora imprigionato dai gioghi di Sefiro.

«Tienilo ancora» disse Monosiklo.

Gabriel scalciò più forte.

«Versantius.» Prima che Versantius varcasse la soglia, con passo lesto, il silenzio fu rotto ancora una volta da Monosiklo.

Lui si fermò. Non disse nulla.

«Davvero vivi per questo? Per una bugia?» Monosiklo non era mai sembrato così serio. «Le persone che cerchi non esistono più, sono cambiate, sono cresciute. Tu stesso dici che tutti vanno avanti tranne te. Perché non sai camminare come tutti. Ti vincoli da solo e ti piangi addosso. Se speri di vivere nella tua bolla di cose belle, nel tuo essere una persona orribile ma impunita, significa che non sei mai cresciuto».

Versantius non si voltò nemmeno, restò immobile a incassare quelle ultime parole e se ne andò a passo spedito.

Tutti si scambiarono una serie di occhiate preoccupate. Sefiro e Monosiklo sembravano in una specie di trance. Non era andata come speravano, ma la cosa più fastidiosa era che nessuno gli aveva detto niente.

«Ti sei calmato?» Monosiklo si rimise a sedere al suo posto e sistemò le vettovaglie di fronte a sé. «Perché se non ti sei calmato ti teniamo legato come un tacchino per qualche altro minuto».

Quelle dannate parole! Sortivano sempre l'effetto contrario. Però aveva ragione. Gabriel distese i muscoli. Il calore sul volto per lo sforzo e per la rabbia era ancora la sua migliore compagna.

«Toglimi questa merda, Sefiro!»

L'ex Archivista schioccò le dita e i gioghi luminosi scomparvero in un rumore di vetri rotti.

Gabriel si ricompose, si stiracchiò per dissipare il dolore alle gambe e trascinò con sé due ciotole e i centrini ai bordi del tavolo. Pieros provò a dargli una mano, ma per istinto Gabriel gli diede un pugno allontanandolo. Sperava di poter contare almeno su di lui in quello scontro; invece, era stato il primo a voltargli le spalle.

Tutto si fermò per qualche istante. L'equilibrio di prima sembrava essersi ripristinato, anche solo in apparenza. Erano tutti seduti, ancora una volta al loro posto. E i cocci dei piatti per terra non erano le uniche cose in frantumi in quella sala. Tutti avevano perso qualcosa. Nulla sarebbe più tornato come prima.

Gabriel tornò con la mente al momento in cui il segreto di sua madre era stato sbandierato da Versantius. Non faceva che pensare a come gli altri lo avrebbero giudicato, eppure lo sguardo di tutti era rivolto al tavolo in sfacelo che separava le distanze fra loro.

Odiava ammetterlo, ma forse aveva ragione Versantius: erano tutti degli ipocriti e avrebbero dovuto accettarlo.

«Che facciamo?» Pieros spezzò il silenzio.

«Sefiro, tu che dici?» Monosiklo si confrontò con lo sguardo con l'ex Archivista. «Siamo con le mani legate».

Sefiro rispose, tentennando qualche istante. «Siamo tutti soli. E quel che ha detto Versantius non è del tutto falso. Non siamo amici, non siamo niente, ma una cosa possiamo farla, per il bene comune. Possiamo unire le forze. Dobbiamo unire le forze».

«Per fermare la guerra?»

«Per salvare Arkades».

Nessuna battuta, nessuna parola fuori luogo da parte di Monosiklo. Solo una domanda. «Tu, Gabriel, che ne pensi?»

La verità era che non riusciva a pensare ad altro se non al momento in cui avrebbe visto Versantius attonito disperarsi alla morte di una persona che amava. Anche solo per rendere viva quella scena avrebbe continuato ad andare avanti.

«Combatterò».

MARCHI

La scelta

Il vento spirava in tutte le direzioni spostando le fiamme delle pire in una danza funebre. Il crepitio dei ceppi secchi, l'odore dei corpi bruciati e il fumo che oscurava la colonna di luce che emergeva al tramonto infondevano una quiete irreale.

Foca non ce l'aveva fatta e Marchi non era riuscito nemmeno a darle l'ultimo saluto. Nemmeno quello. E la colpa era sua.

Tutti riuniti nel cortile inferiore di Solindesti, ancora devastato dalla battaglia, se ne stavano a vegliare sui loro morti. I pianti non vennero risparmiati e ben presto un canto di dolore avvolse tutti.

Il cuore di Marchi batteva all'impazzata. Era come se non avesse mai smesso di combattere, come se la vera battaglia fosse iniziata adesso. Lui contro i sensi di colpa. Non capiva perché, ma sentiva di aver perso un pezzo di sé in quella battaglia. Prima Cervo, poi Foca. Quando sarebbe finito tutto questo? A dove lo avrebbe condotto?

Non si era mai interrogato sul perché il male colpisse le persone più inaspettate, né aveva mai maledetto nessuno per le coincidenze della vita, eppure la morte di Foca gli sbatté in faccia per la prima volta quei pensieri. Doveva per forza esserci un responsabile! E più ci pensava più nella sua mente gli compariva il suo stesso volto, triste e stanco, riflesso da una pozza d'acqua che con il tempo diventava sangue. Il sangue di tutti quelli che aveva condannato per la sua pretesa di avere di nuovo una casa.

Cosa aveva ottenuto? Una verità amara e un castello che ne proteggeva le menzogne.

«Fratelli miei.» Gufo si fece forza e prese in mano la situazione. «Un antico detto dice "non cercate fra i morti, chi la morte sconfisse"».

I sopravvissuti si ricomposero per prestare attenzione a quelle parole e Marchi non poté fare a meno di notare come quel detto ricordasse molto alcune parole di suo padre. Anche in quel funerale, anche quando niente aveva più senso, pensava a lui.

«Perché questi nostri fratelli» continuò Gufo, «hanno sconfitto davvero la morte. Non piangiamo per chi ha combattuto e vinto. Piangiamo per chi rimane, per chi resta a condividere i dolori e la fatica di tutti i giorni. Lo dobbiamo ai cari che hanno dato la vita per noi!»

Marchi ebbe un fremito. Era contento che Gufo si fosse fatto carico del peso di quel discorso. Sapeva che era responsabilità sua, ma sapeva anche che sarebbe crollato alla prima parola. Non ce l'avrebbe fatta a mantenere la lucidità in quel momento.

Leone raggiunse Marchi. Si pulì il volto con una pezza per nascondere le lacrime versate e si strinse a lui.

Marchi non oppose nessuna resistenza, si limitò a restare in balia di quel gesto. Lo vedeva come un tentativo di confortarlo, di renderlo più umano. Ma nulla in quel momento lo avrebbe aiutato, tantomeno una dimostrazione d'affetto. Era l'affetto stesso ad averlo ridotto in quelle condizioni.

Non era fatto per amare.

«Per i nostri fratelli.» Gufo chiamò a sé due ragazzi e versò in un turibolo d'argento una miscela dorata. Al contatto con il metallo uno sfrigolio riempì l'aria e un fumo giallastro si sprigionò fino a far compagnia alla coltre grigia sopra le pire.

Era una cerimonia che non capiva. I Pariah intonarono canti in una lingua sconosciuta. Una nenia fatta di pianti e grida a cori alterni che avevano il potere di incutere timore e solennità allo stesso tempo. C'era chi si segnava la fronte con sangue e cenere e chi gettava nelle fiamme un simbolo, un oggetto, come per commemorare e accompagnare il defunto nel proprio cammino.

Per un istante Marchi pensò di uniformarsi alla massa, di mettersi davanti alla grande pira che presto o tardi avrebbe portato con sé Foca e gettare qualcosa nel fuoco. La verità era che non sapeva come comportarsi.

Nella lunga processione che accompagnò tutti a rendere omaggio alle pire, Marchi restò fermo a contemplare quella scena di desolazione. Uomini e donne ferite che si trascinavano mesti in direzione delle pire a ritmo di un canto inquietante, i bambini, per vedere meglio, si arrampicavano sui rottami degli automi del C.R.S. e restavano sbalorditi alla vista del grande funerale. Le sfaccettature di luce del fuoco venivano riflesse dalle lacrime e dal sudore sui loro volti. In quei volti Marchi vedeva la vita.

Toro gettò nelle fiamme della pira di Cervo la sua ascia facendosi un segno sulla fronte. Lo stesso fece Medusa con uno dei suoi libri e Falco con il drappo che durante la battaglia aveva legato al polso.

Tutti gettarono qualcosa nel fuoco. Tutti tranne Marchi.

Leone si avvicinò alla pira di Foca e restò per qualche istante immobile, come combattuto. Estrasse da una sacca una coppa di legno e una scacchiera e li adagiò a terra. Sul suo volto un sorriso amaro e una lacrima. La stessa che ora scendeva sul volto di Marchi.

Per quanto si fosse ripromesso di non piangere, non ci stava riuscendo. Marchi si pulì il volto con la manica della sua veste che sporgeva dalla placca metallica dell'armatura e si ricompose. Non voleva che qualcuno vedesse più di quanto avesse già visto.

Avrebbe sofferto in silenzio, ma soprattutto, avrebbe sofferto da solo, ma non per questo avrebbe abbandonato Leone in quel gesto. Tentennò per qualche istante, le gambe si fecero pesanti, ma alla fine si decise a fare il primo passo, poi un altro e infine un altro ancora fino a raggiungerlo alla pira.

Le fiamme avevano già portato con sé la carne di Foca, ma il suo spirito aleggiava ancora in mezzo a loro. Marchi ne sentiva la forza, l'intensità. Era sicuro che se avesse chiuso gli occhi ne avrebbe sentito anche le parole. Gli mancava terribilmente quella sua tenacia, quel suo non fermarsi di fronte a niente.

Non avrebbe mai avuto la stessa forza.

«Io l'ho abbandonata…»

«Lucciola, non dire stronzate.» Leone restò immobile, la sua voce era dura.

Erano entrambi con il viso rivolto in direzione delle fiamme. Tutto scorreva, galoppava nelle luci del fuoco.

«Non meritava questo».

«No» replicò Leone, «non lo meritava. Era una persona semplice come noi. Sono sempre i peggiori a sopravvivere, non credi? Non riuscirò mai a togliermi dalla testa le sue parole. Ti voleva bene, lo sai questo, Lucciola? Sentirla borbottare mentre pestava le erbe officinali o vederla sul carretto con le gambe a penzoloni... credo che non mi abituerò mai a non rivedere tutto questo...» La voce di Leone si fece calante. Forse per la prima volta aveva deciso di abbandonare il fare da duro per mostrare i suoi sentimenti.

Marchi si chiedeva se avesse dovuto seguire il suo esempio. Ci aveva provato: non ci era riuscito.

«Ti ricordi» continuò Leone, rivolto alla pira di Foca, «di quella volta in cui avete ballato in una taverna nelle campagne? Io ero ubriaco da fare schifo e brindavo ogni volta che lei ti pestava i piedi. Ricordo il tuo disagio in quei momenti, ma ricordo con ancor più forza il luccichio nei suoi occhi, possa il buon Dio fulminarmi se non è così».

Marchi sospirò, avendo cura di non dare a notare il tormento che gli faceva da compagno in quel momento. «Perché mi dici questo?»

«Perché queste cose, queste piccolissime cose, saranno sempre parte di me, parte di noi.» Leone allungò per un istante la mano sulle fiamme. «Eravamo felici, quando vagavamo senza meta, e lo sapevamo. Ora non voglio che tu te ne faccia una colpa se è successo quel che è successo. Presto o tardi le nostre strade si sarebbero dovute separare lo stesso. Foca ha solo deciso di farlo nel mondo che le si addice di più: come una guerriera. La migliore fra noi. L'unica a sopportare un male silenzioso senza mai farlo pesare su di noi. Io non ce l'avrei fatta a non pisciarmi addosso dalla paura. Avrei gridato come un poppante tutta la notte in cerca di conforto. Lei, invece...»

Quelle parole furono come un nodo in gola. Se anche avesse voluto, Marchi non avrebbe potuto replicare. Stava dando tutto se stesso nel sopprimere le emozioni. Poteva dare la colpa al fumo per il rossore agli occhi e alle lacrime, ma non per la voce spezzata. Sapeva di non ingannare nessuno, ma a lui bastava ingannare se stesso.

Sapeva solo una cosa: non voleva più vedere una scena simile, non voleva più sentire il peso della colpa sul suo cuore. D'istinto si avvicinò a Leone, tentennando.

Il cavaliere lo guardò con imbarazzo e sotto i suoi baffi si dipinse un sorriso stupefatto. «Vieni qui, timidone».

I due si abbracciarono e la morsa di Leone era la cosa più rassicurante che potesse trovare, ma allo stesso tempo lo faceva sentire debole. Tutto quell'amore non aveva senso. Quello incondizionato di Foca e ora quello di Leone. Un amore che sapeva essere disonesto con le sue parole, perché infestavano il mondo di sentimenti che non potevano essere controllati, che giocavano con le falsità della mente. Se ne restò inerme, sconfitto ancora una volta, a chiedersi cosa avesse fatto lui per la Fratellanza. Non si meritava questo amore, così come loro non si meritavano di morire per qualcosa che nemmeno lui aveva capito. Se davvero c'era un destino per lui, ancora non si era palesato. Se davvero c'era una strada da seguire, una scelta da fare, stava tardando ad arrivare e questo ritardo stava costando la vita alle persone che amava. Sì, ora lo ammetteva pure: le persone che amava.

Si staccò dall'abbraccio con Leone. Era durato anche troppo e se Leone non aveva mai smesso di stringerlo forte, lui si era presto irrigidito sentendosi di troppo. Se solo avesse deciso di lasciar perdere, di non mettere mai piede a Solindesti... Tutto questo non sarebbe successo, suo padre avrebbe continuato a vivere nei ricordi e lui se ne sarebbe tornato nelle campagne, a vagare e a vivere senza più problemi.

Lanciò un'occhiata alla colonna di luce dell'Ambasciata. Ora erano tre. E nessuna delle tre sembrava avergli indicato la via, proprio come non gliel'aveva indicata la Porta Spirale.

Cosa c'era di sbagliato in lui? Perché continuava a non capire?

Il funerale continuò con queste paranoie in sottofondo. Tutto sembrava ovattato, la testa gli girava e un forte senso di stretta allo stomaco lo inchiodò davanti alla pira di Foca anche dopo che Leone se ne era già andato. Toro provò a consolarlo con parole molto simili a quelle pronunciate da Leone. Altri aneddoti sulla vita di Foca insieme a loro, altri groppi in gola per Marchi.

Forse sarebbe stato più semplice scoppiare a piangere e stringersi forte come stavano facendo ora Medusa e Falco, eppure Marchi sapeva che un amore così, improvviso e inspiegabile, non lo avrebbe mai avuto, né lo cercava. Non avrebbe mai potuto accettare quell'amore immenso. Per quanto tutti gli dicessero che fosse speciale, che fosse un dono divino, si sentiva soltanto un riflesso. Il pallido riflesso di quelle colonne di luce quando volgeva la sera.

Quello che cercava lui era un senso, un disegno generale che esplode e diventa dettaglio. Una tela da poter ammirare in ogni suo angolo senza dover dare spiegazione di niente. Era un azzardo pensare che tutto avesse un senso, forse anche una pretesa. Ma doveva essere per forza così, altrimenti tutta la sua vita si sarebbe ridotta a un'affannosa corsa in preda all'ansia di raggiungere l'impossibile per poi scoprire solo dopo che la meta era il punto di partenza.

Forse era il momento di dimenticare la posta in gioco e tornare alle origini. Questo era quello che la mente gli suggeriva, il cuore invece… il cuore continuava a puntare a quella luce che lo aveva accecato attraverso la Porta Spirale.

Lì, ai piedi della pira di Foca, ancora una volta, osservò dal lembo di una delle pergamene di Darren Sdayl il simbolo che a lui, e solo a lui, parlava.

Doveva accettare questo suo destino. Doveva abbracciarlo. Anche se non sapeva come, anche se non aveva idea di dove continuare a cercare né come. Sapeva che c'era qualcosa di più, ma soprattutto sapeva che non avrebbe più fatto correre alcun rischio alla Fratellanza.

Quella era una cosa sua, e solo sua.

Consegnò alle fiamme la lettera. Era il suo omaggio a Foca. Era sicuro che avrebbe apprezzato il fatto che, forse per la prima volta in tutta la sua vita, stava per compiere una scelta.

Sofferta, ma pur sempre una scelta. La mente lo riportò a quel momento in cui insieme a Foca aveva condiviso la sua vita. A quella capanna nelle campagne dell'Ambracia, a quella lanterna difettosa e a quella porta cigolante. Una lacrima gli rigò il viso, ma questa volta non la levò.

Era la sua prima ruga sull'anima.

Per quanto si fosse rigirato nel letto, non sembrava destinato a trovare un sonno consolatore. Si era piuttosto scontrato con la dura realtà.

I concetti di passato e futuro non avevano alcun significato e ogni volta che qualcuno provava a tirarli in ballo nelle discussioni, Marchi abbassava lo sguardo, come terrorizzato dal raccontare quale fosse il proprio posto nel mondo e nel tempo. C'era solo il presente. Un presente pieno di domande, sempre le stesse.

Il buio lo avvolgeva, le cavallette balzavano da una parte all'altra della stanza scandendo il ritmo dei suoi dubbi, mentre il letto di Darren Sdayl lo soffocava nelle menzogne con cui aveva camminato per anni.

Marchi si alzò nel cuore della notte. Non poteva più aspettare oltre per prendere quella decisione. Si rivestì degli unici vestiti puliti che gli rimanevano e si infilò quell'armatura d'acciaio che lo aveva accompagnato come un fratello. Era ammaccata, scomoda da indossare e con dei difetti sulle cinghie al costato, eppure non se ne sarebbe mai separato. Si allacciò la cinta e sollevò la lama di Mitridate dal fodero il tanto che bastava per specchiarsi nel dorso della spada. Chissà se anche quella spada apparteneva a Darren Sdayl...

Fece un lungo sospiro e varcò la soglia della camera che per anni aveva creduto essere dei suoi genitori. Si voltò solo una volta, incredulo di come tutti i suoi ricordi fossero stati manipolati dal trauma della distruzione di Fostgard. Quel mondo non gli apparteneva più. C'era qualcosa di più, lo sapeva, e doveva continuare a viaggiare per scoprire cosa, per lottare per esso.

Solindesti era deserta. Faceva un certo effetto vederla nel cuore della notte in quelle condizioni, soprattutto dopo che nei giorni scorsi si faticava anche solo per camminare nei corridoi. Ad ogni passo, Marchi aveva come l'impressione che le voci dei Pariah morti per difendere quel castello gridassero ancora il suo nome. «Heish Thaa» gli ripetevano.

Non era stato un buon fratello maggiore. E questo lo aveva sempre saputo.

Con malinconia percorse per l'ultima volta tutti i luoghi della sua infanzia. Non gli importava se i ricordi fossero annebbiati o falsi. Erano comunque miele che scendeva giù per la gola, una terapia per quei tempi incerti. Non ci sarebbe più stato spazio per i momenti di gioco sulla Torre Spezzata, per il calore condiviso nel grande lettone di famiglia o per le fabbricazioni assurde dei suoi fratelli, tutte fatte con legno e corde tanto da far innervosire gli scudieri e i loro figli. Non era la fine di tutto. Era solo un nuovo capitolo di quella storia.

«Te ne vai di già? E lasci Solindesti in mano a straccioni e visionari?» La voce di Leone risuonò nei corridoi prima che Marchi potesse varcare la porta del Mastio e uscire nel cortile superiore.

Marchi sussultò. «Devo farlo».

Non aveva alcuna paura di lasciare Solindesti nelle mani della Fratellanza. Medusa avrebbe coronato il suo sogno di regnare su qualcosa e Falco avrebbe finalmente dato una casa al suo popolo. Tutti i cerchi sembravano essere chiusi, tutti tranne il suo.

«Non hai mai dovuto fare niente. Il senso del dovere non ti appartiene.» Leone si avvicinò a lui. Era vestito, pronto come se dovesse anche lui mettersi in viaggio. «Allora? Dove si va?»

«Non puoi seguirmi questa volta. Ho già fatto abbastanza male a tutti voi».

Leone imprecò. «Le tue paranoie del cazzo… quasi dimenticavo. Argh, al diavolo! Avevamo detto per sempre, no? E per sempre è».

«Non ho più niente da darti, Leone».

«E chi ti ha mai chiesto niente? Quando ho deciso di seguirti l'ho fatto per opportunismo, per scherzo e per altre mille stronzate che avevo in questa testa bacata. Ovvio, quella buon'anima di Foca ha anche rincarato la dose, ma quando ci siamo scontrati a Meliede per Cervo, pace all'anima sua, ho capito molte cose. Cose che ho approfondito e… insomma, non sono mai stato bravo con questi discorsi».

Marchi si concentrò sulle ammaccature dell'armatura di Leone per distrarsi da quel momento di imbarazzo. «Neanche io».

«Tutto questo per dirti che non sei tu che devi darmi qualcosa, ma forse io posso aiutarti. Ho già dato in pasto ai vermi Doroteo, che altro posso chiedere?».

«Non so nemmeno io che cosa cerco».

«Nessun uomo lo sa, Lucciola. E per di più immagino che uno strano come te dovrebbe essere ancora più confuso. Luci, segni, pretese, sogni. Io sarei impazzito al tuo posto!»

«Va' a letto, Leone.» Marchi si voltò e fece qualche passo in direzione del cortile, ma Leone gli prese il braccio e strinse.

La stessa morsa, la stessa intensità di quella promessa fatta con il sangue. Però era tutto diverso. Loro erano diversi, i presupposti lo erano.

«Io non ti lascio.» Leone strinse ancora più forte. Ora i loro occhi non potevano non incrociarsi, non parlarsi al pari delle bocche. «Non lascio un fratello brancolare nel buio del suo cuore, non lo lascio con i suoi tormenti, non permetto che fugga nella notte abbandonandoci tutti perché crede di essere più debole dei sensi di colpa che ha. Foca avrebbe fatto lo stesso, ti avrebbe dato due sberle e ti avrebbe detto che senza di lei ti saresti perso al primo bivio e saresti tornato a chiuderti in te stesso, magari parlando con il tuo cavallo. Non ti dirò di circondarti di persone che ti amano o altre stronzate simili, ma qualcosa ci lega. Me, te, Toro, Gufo e tutti gli altri che non ci sono più. Non so cosa, non so se è una sorta di idillio che ci sta accecando, ma è sotto gli occhi di tutti che il tuo destino non è qui a Solindesti. E lo stesso vale per noi.» Leone mollò la presa. «Il mio posto è al tuo fianco, Dio mi fulmini se mi costringerai a dire di nuovo queste parole, ma è così».

Quelle parole... non erano solo di Leone. Erano di Foca, di tutta la Fratellanza. L'unica replica che uscì dalla sua bocca fu un sospiro sommesso, come sempre. Ogni volta che qualcuno provava a parlargli, a condividere con lui dei sentimenti si sentiva come inadatto ad accogliere quell'essenza di dubbi e speranze. Perché c'erano persone che gli volevano bene, che si interessavano a lui anche se lui per primo non si curava dei loro tormenti? Qualcuno particolarmente irriconoscente avrebbe additato questi comportamenti come pesanti, fuori luogo e vittimistici, ma Marchi sapeva quanto bene ci fosse in quei momenti e quanto poco fosse in grado di saperli gestire. I sentimenti lo travolsero anche quella volta.

«Non dici niente?» Leone aveva gli occhi lucidi.

«Che cosa dovrei dire?»

«Qualunque cosa!»

«Grazie, Leone.» Marchi gli mise un braccio sulla spalla e insieme varcarono la soglia del Mastio. Credeva per davvero ai legami, al fatto che quel destino non fosse solo suo, in fondo.

Leone si propose per andare a prendere i cavalli nel recinto improvvisato nel cortile inferiore.

Per un istante, Marchi alzò gli occhi al cielo per ammirare le stelle combattere contro la luce della colonna dell'Ambasciata. Quei riflessi gli ricordavano la Fratellanza. Lui era la colonna di luce che svettava in chissà quale direzione, persa e comunque ammirata da tutti. Le stelle erano i suoi compagni: piccoli, ostinati e comunque luminosi, anche più della colonna stessa. Le luci delle stelle erano il vero spettacolo in quel mondo strano.

Nessuno era di guardia, nessuno dormiva fuori. Ormai erano talmente pochi che il flebile caldo del castello era sufficiente ad accogliere tutti i superstiti. Si fermò ad ammirare le mura di Solindesti, si chinò per accarezzarne la pietra del cortile, per annusare la paglia accatastata insieme alle provviste.

Sarebbe stata per sempre casa sua.

Fece qualche passo, aggirando le macerie dei parapetti del cortile superiore e si ritrovò di fronte alle pire ormai spente dei caduti. Si sorprese nel vedere Gufo vegliare ancora sulla pira di Foca. La veste del vecchio sventolava al vento, marcando le bruciature ai lembi, come se volesse mostrare con orgoglio quanto vicino fosse stato alla donna.

«Lucciola. Sei sveglio.» Non si voltò nemmeno. Era come se sapesse tutto e non volesse sprecare fiato.

Marchi gli si avvicinò. «Sto andando».

«Lo so.» Gufo diede un'ultima carezza alla legna ormai carbonizzata della pira. «Sono pronto da ore».

«Come facevi a saperlo?»

«So quando uno è destinato a grandi cose, Lucciola. E so anche che sei deluso da come è andata a finire con la Porta Spirale. Ma ricordati sempre: per me sarai sempre quella Volpe che salverà il mondo e io sarò sempre il tuo Gufo».

Non aggiunse altro, e non c'era bisogno nemmeno di farlo. Gli spasmi sul suo volto parlavano da sé, così come quegli occhi arrossati dal dolore e allo stesso tempo forti come le scogliere dell'Arkanthill.

«Devo capire troppe cose...» Marchi abbassò la testa. «Forse so cosa voglio ma, mi chiedo ancora una volta se è giusto che io lasci tutto il resto. Abbandonare tutto per cosa poi? Per un qualcosa che non so».

«Non struggerti, ragazzo mio.» Gufo distese i muscoli e si sciolse in un'espressione dolce al pari di quella di suo padre quando lo consolava dopo un pianto. «Altri segni arriveranno, perché tu sei il salvatore».

«Gufo, io...»

«So cosa mi stai per dire. Non ti devi preoccupare neanche per questo. Non c'è gioia più grande per un vecchio che ha tanto sbagliato come me, di seguire te».

«Indicami almeno una via, un qualcosa».

«Non so dove cercare, né in che modo. Ma se sono i segni quelli per cui andiamo alla ricerca, possiamo ricercarli andando verso Izal.» Gufo prese Marchi per un braccio e insieme passeggiarono per il cortile.

«Izal?»

«L'Isola di Izal. L'antica isola maledetta qualche anno fa'. È lì che riposa mio figlio. Vedere la sua tomba, almeno una volta prima di morire, per me sarebbe importante».

Raggiunsero nel silenzio il varco creato dagli automi del C.R.S.. Lì avrebbero preso i cavalli e avrebbero lasciato Solindesti per sempre. Marchi non aveva provato nemmeno a fermare Gufo. Gli doveva quell'ultimo desiderio e allo stesso tempo sapeva che qualunque strada sarebbe andata bene se gli avesse messo davanti a sé un simbolo o una strada da seguire. Qualunque essa fosse stata.

Marchi si soprese quando al punto di ritrovo Leone si presentò con Toro e quattro cavalli. Tutti sembravano aver capito che quella notte se ne sarebbe andato. Fissò per qualche istante Toro, ormai senza più parole per il bene che voleva a quei suoi fratelli.

485

«Sei tutto per noi» si limitò a dire Toro, salendo a cavallo.

Marchi scoppiò a piangere. Non c'era più niente a trattenerlo. Non c'era più paura, orgoglio o senso di inadeguatezza. Era solamente lì, accolto dalle persone che lo amavano, che avrebbero fatto di tutto per lui nonostante i mille difetti. E si sentiva bene. Si sentiva amato.

Leone consegnò le briglie dei cavalli a Toro e abbracciò Marchi. Questa volta senza alcuna parola. Erano i loro cuori a parlare.

Essere amati era meraviglioso. Così come amare senza dover avere paura di perdere nessuno. Perché qualsiasi cosa sarebbe successa, il loro legame sarebbe vissuto per sempre.

Marchi si asciugò le lacrime e si staccò dal calore di quell'abbraccio. «Vi voglio bene».

«Anche loro.» Gufo fece un cenno a Marchi suggerendogli di voltarsi. Lo fece e dall'alto delle mura diroccate di Solindesti, due figure lontane e abbracciate fra loro gli fecero cenno con la mano. Erano Medusa e Falco, anche loro commossi.

Sapeva che Solindesti sarebbe stata in buone mani con loro.

Partirono in quattro quella notte, sui loro rispettivi cavalli. Ma nel loro cuore avrebbero viaggiato anche Cervo e Foca.

Ci vollero settimane a superare la lontananza con Solindesti. Una parte di Marchi sarebbe stata per sempre fra quelle mura e il pensiero che nessun segno si sarebbe più palesato lungo il loro viaggio verso Izal annebbiava il cuore di Marchi con altri dubbi.

Cos'erano ora? Erano ancora la Fratellanza o erano solo quattro erranti alla ricerca del futuro? Era strano per Marchi ricercare il futuro in direzione della tomba di un uomo morto. Nessuno avrebbe mai dovuto legare il proprio corpo o il proprio spirito a un luogo ben definito. Tutti prima o poi sarebbero stati il passato e contemplare qualcosa di superato era un concetto che non avrebbe mai capito. Aveva provato sulla sua stessa pelle quanto questo glorificare il passato potesse essere dannoso.

Quei pensieri cupi lo accompagnarono per tutto il loro viaggio nelle campagne dell'Ambracia. Ancora una volta il suo peregrinare fra campi di grano e strade in terra battuta lo costringeva a chiudersi in se stesso.

C'era stato un periodo, non troppo tempo prima, in cui quella culla rurale era stata casa sua. Era lì che aveva conosciuto Foca e Leone, era lì che per la prima volta aveva visto quel simbolo, era lì che era iniziato tutto. Ogni tanto alzava lo sguardo al cielo per ammirare la luce: la colonna di luce di Campodiviole si stagliava in lontananza con la stessa intensità che aveva dimostrato il primo giorno.

Erano cambiate molte cose da quel giorno.

Il loro viaggio continuò senza soste. Giorno e pomeriggio a cavallo e la sera a riposare all'aperto, lontani dallo sguardo del mondo e dai problemi che affliggevano quella terra. Non avrebbero dovuto più accettare nessun lavoro per racimolare qualche moneta. Ne avrebbero avute a sufficienza per anni.

Un giorno, uno di quelli in cui aveva diluviato per tutto il mattino e tutto il pomeriggio, decisero di mettersi in viaggio la notte.

Toro si sorprese quando un ragazzino sbarrò loro la strada sull'ennesimo sentiero di campagna costeggiato da frumento. «Ti sei perso?»

Il ragazzo dai capelli neri sembrava non essere intimorito dalla mole dei loro destrieri. Si limitò a guardare Marchi con fare vispo, tenendo fra le mani un bastone frondoso alto quanto lui.

«Chi sei?» domandò Marchi.

Il ragazzo strinse il bastone con entrambe le mani e disegnò un simbolo sulla strada polverosa

«Ho molti nomi. Così come non ne ho nessuno.» La voce era quella di un'adolescente, ma nelle sue parole c'era qualcosa di più. «Ma tu, Lucciola, mi chiamerai Margian de San Doanne, destino che dona al mondo».

VERSANTIUS

Agondros e il 20 luglio

Versantius si sentiva ancora un idiota per come aveva condotto le sue argomentazioni durante l'ultima cena a Silverknowes. Aveva passato tutte le notti del viaggio a riformulare frasi che avrebbe potuto dare come risposta a Monosiklo e a Gabriel. Era stato un vero idiota a tentennare su certi temi, ma soprattutto a cambiare discorso quando il Granduca aveva puntualizzato i suoi rapporti coi Carold.

Con il senno di poi avrebbe potuto fare di meglio.

Per quanto si ripetesse che quell'agguato non lo aveva scombussolato, proprio non riusciva a farsi scivolare di dosso le parole di Monosiklo, tanto che anche solo il tenere il suo ritrovato diario fra le mani lo faceva sentire a disagio. Pensare che per mesi era stato Monosiklo a tenerlo per sé e a leggerlo senza nemmeno farsi scrupolo alcuno era un colpo al cuore, un senso di inquietudine che non riusciva a dissipare, un trauma che lo costringeva ogni volta a limitarsi ad ammirare la copertina senza mai aprire lo scrigno dei suoi ricordi.

Non sentiva più suo quel diario. Non c'era motivo per continuare a scriverci sopra. Si era ripromesso per tutta la vita di scrivere, giorno per giorno tutti gli attimi importanti della sua vita. Non sapeva bene il perché lo faceva, sapeva solo che un giorno si sarebbe ritrovato, vecchio e stanco, a rileggere la sua vita e a piangere di fronte alle meraviglie vissute. Eppure non aveva fatto i conti con il prezzo di questa nobile intenzione. Trovava disgustoso il fatto che dietro ogni buon proposito o iniziativa assennata si nascondesse sempre il germe del fallimento.

Non c'erano scusanti per quello che era successo: era stata la sua debolezza, il suo sentimentalismo ad averlo condotto in quella situazione.

Il cielo era terso sopra le loro spalle e i cavalli faticavano a proseguire nella fanghiglia delle strade di confine dell'Arkanthill. Avevano allungato di tre giorni la marcia per evitare di far breccia nei territori dei Bai e dei Foconero e raggiungere Gemelli dell'Agondros senza dover rischiare le ronde del Colonnello della Dolcina o di qualche lord assoggettato alla Convenzione.

La stanchezza del viaggio aveva assopito tutti i dissapori fra Versantius e gli altri. Si limitavano a non comunicare o a farlo usando Fabrizio De Frel come tramite. Nessun tentativo di mediazione sarebbe servito per lenire le ferite che si erano inferti quella sera e a Versantius stava bene così, non aveva più motivo per fingere.

Distaccati dalla colonna di cavalieri e dai carri di rifornimento, Versantius e Joseph Lerrant cavalcavano fianco a fianco con il reggimento delle retrovie. Versantius non avrebbe mai pensato di ritrovarsi in una situazione simile. Una persona normale avrebbe benedetto l'amicizia con Joseph e si sarebbe commosso a vederlo al suo fianco nonostante tutto, eppure lui non faceva altro che pensare a come quella situazione fosse disperata. Davvero l'unica persona su cui poteva fare affidamento era Joseph? E perché mai?

«Mi dispiace per quello che è successo, credevo di essere stato attento.» Joseph spezzò il silenzio. Vederlo in armatura, senza alcuno strumento musicale fra le mani, era strano.

«Ti ho già detto che non ti devi preoccupare. È importante invece che tu sia qui con me».

«Ci ripensi al passato?»

«Intendi a noi come amici?»

«Sì, a quelle fantastiche serate ad Arkanthill, a come ci godevamo la vita. Quando eravamo piccoli era tutto più semplice, non credi?»

Versantius annuì con malinconia. «Era davvero tutto più semplice, amico mio. Ci bastava bere, far vedere agli altri qualche moneta e metterci a ridere nel vedere i poveracci rincorrerle nelle strade quando le lanciavamo».

«Mi sarei gettato anche io in mezzo ai porci per raccoglierle, ma voi siete stati gentili»

Versantius scoppiò a ridere. «Eri tropo bravo a suonare e cantare».

«Ah, quindi ero solo questo?»

«Lo sai che scherzo».

«Tu sì, ma gli altri...»

«Anche gli altri ti volevano bene».

Joseph strinse le redini. «Cosa pensi che ci abbia cambiati?»

«Le circostanze. Tu meglio di chiunque altro sai quanto avrei voluto che nulla cambiasse, che io, te, Daisy, Hansel, Catherine e tutti gli altri stessimo insieme per sempre. Sono stato male, sai, quando ognuno di noi ha preso strade diverse. Perché credevo davvero che potevamo essere felici semplicemente stando insieme».

«Forse tu sì, ma io... sono finito a intrattenere nobili come quei poveracci a cui lanciavamo le monete».

«Tu non sei da meno, Joseph. Per me eri importante come tutti gli altri. E se sei qui al mio fianco significa molto. Monete o no, tu sei un uomo onorevole».

«Mi ricordo di quella volta in cui siete andati proprio a Gemelli dell'Agondros senza di me...»

«Abbiamo quasi rischiato la vita».

«Ma la cosa vi ha legati. Siete tornati... diversi».

Versantius annuì ancora una volta. «Già, diversi. Se solo potessi tornare indietro...».

Parlava con il cuore. Non sapeva il perché, ma quelle parole erano sincere. Solo con Joseph aveva usato parole di sincerità tali da mettere in dubbio anche la sua razionalità, ma ogni volta che parlava con lui si sentiva di dover ribadire quei concetti.

In un attimo, tutte le paranoie e i pensieri negativi di poco prima scomparvero come le foglie secche tranciate dalle ruote dei carri davanti a loro.

Il viaggio continuò fra aneddoti e sentimentalismi vari. Passare il tempo con Joseph riusciva a trasmettere a Versantius le stesse sensazioni che provava quando leggeva il diario. Non aveva più bisogno di immergersi nei ricordi su pezzi di carta, aveva la fortuna di avere di fianco a sé un amico di sempre, pronto a ricordargli quanto la loro vita fosse stata magnifica e ora stesse crollando a pezzi. L'unica cosa di cui Versantius aveva nostalgia erano i ricordi di Lucille e degli altri. Presto tutto sarebbe stato diverso.

Accompagnati da un vago senso di malinconia, suggellarono un patto, certi purtroppo che sarebbe durato poco più di una battaglia: in un mondo che li voleva soli, si sarebbero fatti compagnia a vicenda.

«Credi sopravviveremo?» domandò Joseph.

«Forse i nostri corpi no, ma i nostri sogni sì».

Avrebbe risparmiato a Joseph quella frase inutile, ma le prospettive di vittoria contro gli eserciti della Dolcina erano nulle se nessuno dei lord a cui aveva richiesto aiuto si sarebbe unito alla battaglia.

Si guardò in avanti. Gli eserciti dei De Frel non sarebbero bastati nemmeno se rimpinguati da quelli di Hansel e Marco Aurelio. La speranza era appesa un filo. Più precisamente, un cappio.

L'arrivo a Gemelli dell'Agondros dissipò le preoccupazioni di Versantius. I prati verdeggianti che costeggiavano il fiume Agondros, la spianata di marmo che univa lo spiazzo sui cui si accatastavano gli edifici della città e il ponte che collegava l'isoletta racchiusa fra i due lembi del fiume gli ricordavano solo cose belle.

Per Versantius era un'isola sicura. Non tanto quanto Doràl, ma riusciva a rievocare ricordi che nemmeno le parole scritte sul suo diario erano in grado di portare alla luce. Ricordava di quei giorni in cui con Lucille si nascondeva da tutti nelle intricate vie della città per stare con lei e basta. Anche il vecchio pozzo era lì, immobile e immutato nel tempo. Era stato proprio su quel pozzo che aveva ascoltato Lucille e i suoi sogni di emergere, di diventare qualcuno nella vita. Ascoltava e aspettava in silenzio i momenti in cui ci si abbandonava alla passione.

E poi c'erano i campi di grano, ancora oggi mossi dal vento e illuminati dal chiarore di una luna piena talmente invadente da sembrare proprio come Raphael. Con lui ogni momento passato a mirare le stelle, ogni fuga, ogni suo tentativo di piegarlo al suo volere e farlo con malizia era un tuffo al cuore. Mai quanto il tempo passato a mirare il suo sorriso. Quello era anche più bello della volta celeste e di tutto quello che avevano fatto e che non avrebbero nemmeno dovuto avere il coraggio di pensare di fare.

«Siamo arrivati.» Joseph lo destò dal suo vagare con la mente. Non c'era bisogno che lo annunciasse, ma lo fece ugualmente.

Versantius scese da cavallo e non si curò nemmeno un secondo di cosa avrebbe dovuto fare ora con le tende e con le cavalcature. Non era affar suo. Lui aveva occhi solo per lo spiazzo in marmo fra il ponte e la città. Era lì che avrebbero condotto la loro resistenza, ma tutto dipendeva da come avrebbero reagito gli abitanti di Gemelli dell'Agondros. Era sicuro che nemmeno loro avrebbero tollerato l'affronto al simbolo della loro città.

Gli stendardi della Convenzione sventolavano sul ponte. Nessuna guardia era stata posta lungo la via principale e l'accesso al ponte era libero. Versantius si godeva l'indecisione nei volti di Gabriel e Fabrizio.

«È una trappola» ipotizzò Joseph.

«Siamo più di duemila.» Versantius fece cenno a Joseph di seguirlo e si avvicinò alla testa dell'esercito facendosi largo fra soldati e servitori intenti ad allestire il campo base. «Lo vedi anche tu che Gemelli dell'Agondros non è così grande. Non credo che ci siano più di cinquecento soldati a difesa della città».

«Hanno abbandonato la città?»

«Non penso che Cristian Carold rinunci così a uno dei suoi possedimenti.» Versantius alzò la voce per evitare che il rumore delle correnti dell'Agondros lo sconfiggesse. «Se conosco Elin Duster, avrà insistito per mettere in salvo il popolo, ma credo proprio che si sia rintanata nella città insieme ai nostri nemici».

«Li staneremo».

«Se Gabriel non è stupido li lascerà marcire nei vicoli della città. Gemelli dell'Agondros è indifendibile e combattere nei vicoli che non conosciamo è solo uno svantaggio. E non scordarti il perché siamo qui.» Versantius fece cenno alla statua di Frejdis Carold, imponente e fiera, che si stagliava fra ponte e abitazioni.

«Lì avremo un vantaggio, ma…» Joseph si mise a braccia incrociate. «Quanto potrà durare?»

«Spero abbastanza per permettere ai nostri alleati di distogliere l'attenzione su di noi. Li combatteremo sul ponte, dove la superiorità numerica non conta».

Nemmeno Versantius era convinto di quelle sue ultime parole. Era sicuro che Gabriel avrebbe avuto qualcosa da ridire e lo stesso Sefiro si stava già ingegnando per trovare uno stratagemma in grado di ribaltare le sorti dell'imminente battaglia.

«Si può sapere che è successo con gli altri?» Joseph sussurrò all'orecchio di Versantius. «Il Granduca ci ha scoperto, vero?»

«Sì, ma non ti devi preoccupare. La cosa non ti riguarda».

I due raggiunsero il gruppo degli avanguardisti pur rimanendo in disparte. Non c'era alcuna intenzione di interagire con Monosiklo e Gabriel, per quanto sarebbe stato utile.

«Campo base qua fuori!» gridò Gabriel, in armatura di piastre e con Zaltys legata dietro la schiena. «Abbandoneremo la posizione solo nel momento in cui le truppe della Convenzione si faranno vedere all'orizzonte. Siamo in una piana, quindi sarà facile vedere chi scavallerà per raggiungere la valle. Occhi aperti ai vessilli!»

Monosiklo, anch'egli per l'occasione in armatura, sembrava circondato da soldati con il solo intento di sembrare più minaccioso. Ogni tanto lanciava un cenno o un sorriso a Versantius, ma quest'ultimo si limitava a distogliere lo sguardo e far finta che tutta quella situazione non fosse un peso. Per rincarare la dose, Monosiklo mimò la scrittura di qualcosa, come a ricordargli di documentare sul suo diario i fatti che sarebbero successi da lì a breve. L'avrebbe fatta pagare a quel bastardo!

«Pattugliamo la città?» Fabrizio chiamò a raccolta alcuni dei suoi uomini più fidati, ma attendeva indicazioni da Gabriel. Non le ricevette mai.

Fu Versantius ad avvicinarsi al futuro Principe della Dolcina. «Meglio non rischiare, mio signore. Se vorranno venir fuori, lo faranno».

«Rischiamo di trovarci fra due fuochi. Dovremmo agire!»

«Non mi preoccuperei di questo, se conosco Elin, arriverà lei da noi prima che la battaglia inizi».

Fabrizio si voltò, sbraitando ordini ai suoi soldati per darsi un tono. Era giovane, ma determinato. Quasi gli dispiaceva vederlo fra i morti di quella storia. Perché era più che certo che in quella battaglia avrebbe perso la vita.

«Versantius.» Fabrizio si voltò con fare apprensivo. «Grazie per quello che fai, e per credere in me. Non tutti sanno fare un passo indietro».

Non sapeva se sorridere, rispondere o restare immobile e distogliere lo sguardo in direzione della statua di Frejdis. Sapeva solo che Fabrizio e tanti altri non avevano nemmeno idea di cosa sarebbe successo da lì a poco.

Fabrizio si dileguò con una pacca sulla spalla e si mischiò con i suoi soldati lasciando Versantius nell'imbarazzo.

«Non sei solo, a quanto pare» commentò Joseph.

«Forse no, ma dove sono Hansel e Marco Aurelio?»

«Sono in ritardo?»

«Avrebbero dovuto essere già qui».

«Arriveranno, non ti preoccupare.» Joseph si schiarì la voce e slegò dalla spalla il cembalo che si era portato dietro. Se non altro una melodia avrebbe attenuato i rumori frenetici della preparazione del campo.

Versantius si congedò anche da Joseph. Aveva voglia di stare da solo e di non avere niente a che fare con Monosiklo. Era sicuro che avrebbero fatto del loro meglio anche senza di lui, che non doveva far altro che aspettare e pregare affinché qualcuno decidesse di rispondere al suo grido d'aiuto.

Sotto lo sguardo di Frejdis Carold, il piano stava proseguendo come aveva previsto, ma non senza preoccupazioni.

Passarono due giorni e dei rinforzi nemmeno l'ombra. Si era creato una sorta di cordone fra l'ingresso della città e gli edifici stessi. A quanto si diceva fra i soldati, Monosiklo Von Moria aveva negoziato con Elin Duster per una tregua fino all'arrivo di Cristian Carold. Versantius era più che sicuro che Cristian avesse inviato una lettera minatoria a Monosiklo per ammonirlo, ma il Granduca insisteva nel nascondere quell'informazione e Versantius era troppo orgoglioso per andare a chiedere spiegazioni. Ormai era tagliato fuori da tutte le decisioni e più volte Monosiklo aveva mandato Pieros nella sua tenda chiedendogli espressamente di non presentarsi al concilio di guerra. Poco male, si sarebbe divertito ancora di più nel vedere il tracollo del Granduca e degli altri.

Quel pensiero lo accompagnò per tutte le notti, salvo poi comprendere che una sconfitta di Monosiklo significava anche una sua sconfitta. Odiava essere legato al successo di un uomo del genere, ma ancora una volta doveva relegare i suoi dissapori per qualcosa di superiore. Doveva a tutti i costi liberare Dolcina, o per lo meno entrarci per avere un confronto con Mirius Foemar. Cambiavano le situazioni, eppure il copione era sempre lo stesso. Odiava tutto questo…

Gli uomini al campo base al di là del ponte erano irrequieti e il vento seguiva gli umori fischiando fra i teloni dei carri e le tende degli ufficiali. Una strana nebbia si era alzata coprendo le alture di Gemelli dell'Agondros. C'era chi continuava ad affilare armi nelle forge da campo in attesa della battaglia, chi annegava nell'acquavite i malumori. Fra i militi c'era chi additava Versantius di aver avuto l'idea di screditare la figura di Frejdis e per questo si ritrovò più volte a doversi allontanare da alcuni reggimenti particolarmente patriottici. La protezione di Fabrizio De Frel era l'unico scudo fra lui e la lama di un idealista qualsiasi.

Non c'erano dubbi che fosse stato Monosiklo a scaricare la colpa di quell'idea su di lui. Forse sperava che un soldato devoto facesse il lavoro sporco al posto suo assassinandolo per l'affronto all'eroina…

Era veramente un piano patetico.

Versantius raggiunse l'altare commemorativo della tomba di Frejdis. Nonostante le pattuglie dei De Frel il marmo era ancora lucente e la statua della ragazza sovrastava l'intera area con la sua imponenza. Toccò il marmo e rimase a guardare l'incisione.

FREJDIS CAROLD

"Vera figlia dell'Impero. Colei che ha resistito e non ha ceduto nemmeno un passo all'invasore."

Non l'aveva mai conosciuta di persona, né si era mai domandato il perché ci fosse un culto dietro alla sua persona. Capiva cosa si nascondesse dietro all'idolatria di certe persone, di certi eroi, ma proprio non riusciva a piegare la testa di fronte a coloro che di imprese ne compivano una in tutta la loro vita per poi vivere consacrati dal mito per sempre. Morire combattendo poteva davvero essere un merito? Non proprio.

Il marmo dello spiazzo sembrava tremare al cospetto della scorta di Monosiklo. Il Granduca era arrivato a rendere omaggio a sua volta alla tomba di Frejdis con il suo solito fare tronfio, accentuato dalla sua armatura più ornamentale che altro. D'altronde era certo che si sarebbe nascosto fino alla fine della battaglia.

Versantius si voltò e fece qualche passo per andarsene.

«Ti prego resta, fa sempre piacere vedere un ducale commemorare un'eroina imperiale.» Monosiklo si avvicinò, le mani giunte dietro la schiena. «Se non altro, seppur tardiva, c'è una sorta di conversione nel riconoscere la superiorità di Arkanthill su quelle lande nebbiose che chiami Ducato».

Si mise di fianco a Versantius. I due non si guardarono nemmeno.

«Ma che dico» continuò Monosiklo. «Sappiamo entrambi quanto in cuor tuo lo pensi già. Dimmi, Versantius, ti piace Gemelli dell'Agondros, vero? Mi sembra di ricordare che ti piacesse. O forse era quello che ci facevi a piacerti».

Era troppo. Versantius si voltò e se ne andò senza rispondere alla provocazione. Il formicolio nelle mani, il calore che avvampava nel petto e tutte le sensazioni contrastanti che provava in quel momento non lo avrebbero convinto a fare un passo falso. Non si sarebbe piegato a quella becera provocazione.

«Che modi sgarbati» concluse Monosiklo.

«La senti vero?» Versantius si bloccò. «Quell'aria di morte che passa sul tuo collo e non se ne va più».

Monosiklo si voltò. «E tu, invece? La senti la rabbia perché non c'è niente che va come avevi previsto?»

Uno squillo di trombe interruppe quel diverbio. I soldati si misero sull'attenti agli ordini di Fabrizio e Gabriel. Passò poco tempo prima che sull'intero spiazzo della tomba di Frejdis si organizzasse una difesa.

Versantius dovette alzarsi in punta di piedi per capire quale fosse la situazione. Una ventina di stendardieri di Gemelli dell'Agondros sfilarono fino a fermarsi in semicerchio creando un cordone fra la città e gli eserciti dei De Frel. Altro squillo di trombe e una colonna di soldati appiedati guidati da una ragazza dall'armatura in piastre color smeraldo si apprestò a seguire l'esempio degli stendardieri. Seppur da lontano Versantius riconobbe Elin. Era difficile scordarsi di quel suo passo autoritario, di quel suo viso candido seppur cambiato dal tempo e da quegli occhi verdi che avevano rapito anche lui un giorno lontano. Che idiota che era stato…

Monosiklo fece qualche cenno a Pieros di richiamare a sé i suoi araldi. Gabriel si tenne a debita distanza, senza però mai abbandonare la presa da Zaltys, come se volesse lanciare un'ammonizione a chiunque. Se Monosiklo mostrava calma, sul volto di Fabrizio la preoccupazione non sarebbe mai stata celata da nessuna pomposa marcia araldica. La nebbia che li circondava non poteva permettere distrazione alcuna.

Per la prima volta dopo tanto tempo, Versantius non era al centro delle trattative, bensì fuori a godersi qualsiasi cosa sarebbe andata storta. Perché era inevitabile che sarebbe andata così.

Elin fece qualche passo avanti. «Vedo che la proposta della Convenzione non è stata ascoltata».

Monosiklo si sistemò il mantello per sembrare credibile. «Ascolteremo ogni cordiale proposta della cosiddetta Convenzione di Dolcina unicamente dalla bocca del sedicente Presidente Carold. E a patto che la smetta di chiamarmi traditore. Dopo quello che ha fatto dovrebbe solo strisciare qua e chiedere in lacrime la grazia dell'Imperatore».

«Quel che stai facendo è disgustoso. Profanare così la tomba di…»

«Per cortesia, signorina Duster. Ne abbiamo già parlato. Se Cristian tenesse davvero a sua sorella e alle tradizioni verrebbe qui di persona a negoziare con me».

«Stai pur certo che verrà a sgominarvi. Bisogna avere pazienza…»

Gabriel puntò Zaltys per terra. «Dicono che la pazienza sia la virtù dei forti. Ma per i deboli come me, cosa si può fare?» Gabriel mostrò la sua lama. «Magari potrei mettermi avanti».

«Non avevo dubbi che un macellaio come te potesse rispondere in questo modo» commentò Elin.

«Me ne fotto di quello che pensi, ragazzina».

«Suvvia, Gabriel, stiamo parlamentando…» Monosiklo si rivolse a Elin, ma nel frattempo fece anche un cenno con la testa a Sefiro, poco più distante nel caso in cui la situazione degenerasse.

«A proposito di parlamentare. Posso parlare con Versantius?»

Elin gelò tutti con quelle parole e ben presto tutti gli occhi puntarono su di lui.

La frustrazione sul volto di Monosiklo venne risaltata dal suo sorrisetto falso. «Lady Duster… posso chiamarti lady, giusto? Ad ogni modo, temo che dovrai interfacciarti con me per eventuali negoziati, in quanto Granduca dello splendente Impero di Arkanthill…»

«Il tempo dei negoziati è finito, nel caso non te ne fossi accorto.» Elin folgorò Gabriel con lo sguardo. «Lasciatemi parlare con Versantius, in privato. Di cose nostre, prima che tutto questo abbia inizio».

«È fuori discussione.» Monosiklo spense definitivamente il suo sorriso. Che cosa credeva, che fossero in combutta? Ormai la sua paranoia valicava ogni confine della ragionevolezza. Ma soprattutto, cosa voleva Elin da lui?

«Perché mai vorresti parlare con me?» Versantius gridò per farsi sentire.

«Con te posso ragionare, con loro invece mi risulta difficile».

«Ragionate davanti a noi, allora.» Monosiklo, seppur con qualche esitazione, fece cenno di aprire uno spiraglio fra i soldati. «Non dovrebbero esserci segreti fra amici, non credete? Mi hanno insegnato che dirsi le cose all'orecchio è maleducazione. Dunque parlate liberamente».

Versantius lo percorse come se avesse dovuto andare al patibolo. Sguardi cupi, volti incattiviti dal sospetto e dalle malelingue.

«Sai cosa sta succedendo, vero?» Elin si avvicinò a Versantius. Non aveva perso la sua tenacia, ciò che invece aveva dimenticato era la sua consueta delicatezza nell'affrontare le discussioni. Il tempo aveva cambiato anche lei.

«Lo so benissimo» rispose Versantius.

«E se ti conosco bene sai anche che speri di poter vincere. Non hai nemmeno idea di quanti soldati stiano marciando su Gemelli dell'Agondros per liberarla da questo vostro scherzetto. Le forze di Fostgard sono già qui, presto arriveranno gli eserciti di Lonte, poi Sommadistesa, Falcara Imperiale e tutte le altre città. Speri davvero di farcela questa volta?».

«Il ruolo di lacché di un uomo più giovane di te di dieci anni non ti si addice, Elin. Sai che ho le mie carte da giocare, non siete gli unici ad avere degli alleati. La gente vi odia quasi quanto odiano la corona di Akranthill. Questo vostro tappezzare di sangue le campagne della Dolcina e sgominare i traditori vi si è ritorto contro».

«Dici? Nemmeno il tuo ruolo da servile dama di compagnia si addice a uno come te. Che ti succede, Versantius? Ti avevo lasciato come un vincente e ti ritrovo come un triste figuro alle spalle di un megalomane? Per dirmi cosa, poi? Cose ovvie?»

«Guardate che vi sento!» Monosiklo si intromise, ma nessuno dei due si degnò di replicare.

«Non capiresti.» Versantius si mise a braccia conserte. «Non hai mai capito…» Stava rivivendo nella sua testa tutti i momenti con Elin. I belli, quanto soprattutto i brutti. Quanti errori che aveva fatto.

«Capivo, te l'assicuro. Capivo che ero solo un ripiego per te, ma non credo che siamo venuti a parlare di come la nostra storia sia crollata per le tue paranoie. Noi due siamo legati da qualcosa di più dei sentimentalismi da ragazzini, e questo lo sai perché è proprio qui che è accaduto».

Un altro dubbio si dissipò nella mente di Versantius. Quelle sponde li avevano uniti per davvero. «Il fiume Agondros… Dunque sapevi anche tu?»

«No, io sapevo solo del mio Libro Tomo. Degli altri non sapevo niente. Quando mi sono risvegliata tu non c'eri più ma vicino al corpo degli altri ce n'erano altri. Era ovvio che tu ne avessi uno a tua volta».

Versantius venne distratto dal mormorio di Sefiro e Vanessa alle sue spalle. Perché diavolo Elin gli stava raccontando questo? In un momento simile, per giunta.

«Ti chiedi mai il perché non ce lo siamo mai detti?» domandò Versantius. «Intendo anche con gli altri».

«Perché tutti credevamo di essere speciali. E questo nostro essere speciali superava l'amicizia che ci legava».

«Ci ha rovinati, Elin».

«Lo so. È per questo che me ne sono liberata appena ho potuto. Ti ricordi del libro che ti ho fatto leggere? Si chiamava "Il 20 luglio"».

«Lo ricordo. Ricordo tutti i libri strani che mi hai consigliato».

«Ti ricordi di cosa parlava?»

«Di una ragazza che con la sua voce riusciva a piegare la volontà degli altri».

«Sai anche come finiva?»

«Finiva con la ragazza stessa che si staccava l'orecchio per la disperazione per poi sussurrarsi da sola di farla finita. Non ho mai capito che cosa volesse significare il titolo, ma immagino tu abbia una teoria anche su quel giorno triste».

«Parlava di me, Versantius. Il 20 luglio parlava di me.» Elin si scoprì l'orecchio mozzato, nascosto fino a quel momento dalle ciocche di capelli.

Versantius rabbrividì, non tanto per l'effetto di quel moncherino, quanto per il fatto di non esserci arrivato da solo a quella conclusione. Era da sempre convinto che il suo potere fosse quello più assurdo, ma se Elin diceva il vero e quel libro parlava di lei, allora… No, non poteva credere che…

«Tranquillo. Non l'ho mai usato. Non su di te, almeno. Volevo che la gente mi amasse per come ero, non perché glielo sussurravo all'orecchio. Tu invece?»

Versantius avrebbe voluto dire molte cose, eppure gli occhi puntati addosso lo bloccarono dal pronunciare qualsiasi parola. Come avrebbe potuto dire che non si era fatto scrupoli a usare quel potere, a pentirsene e a disperarsi per aver gettato la sua vita per quell'eccesso? Come poteva ammettere di essere stato più debole di Elin? Non era per niente convinto del fatto che Elin fosse una santa, tantomeno che avesse rinunciato senza mai provarlo su di lui. Sarebbe stato stupido e lei non era stupida. Chissà se Xandra Derrante aveva avvicinato anche lei. Iniziava a pensare che fosse tutta una macchinazione di Xandra e Albin per metterli gli uni contro gli altri, ma perché?

«Tu invece, Versantius?» domandò ironico Monosiklo. «Non lo useresti mai, vero?»

Elin si allontanò da Versantius. «Come pensavo...» La rabbia sul suo volto parlava per lei. Una mano sfiorò la daga dorata che aveva appesa alla cinta mentre l'altra accumulava una strana energia pulsante.

«Non ci provare.» Gabriel balzò in avanti scostando Versantius.

«Troppo tardi.» Elin sparò al cielo la sfera luminosa generando una scia color smeraldo che si disperse nelle nubi. Un rombo scosse tutti e le nuvole si tinsero di un bagliore verde per qualche istante.

La nube si diradò creando scompiglio fra i soldati. Era tutta un'illusione. Il cielo al tramonto si rivelò ai loro occhi.

Due colpi di Zaltys andarono a vuoto e Versantius fu inglobato fra le schiere imperiali prima che potesse vedere il continuo dello scontro fra Elin e Gabriel. Il metallo delle armature e le aste delle lance lo colpivano in ogni dove. Fu salvato solo da Joseph che lo strattonò e lo portò lontano dalla calca dei soldati.

«Alle armi!» gridò Fabrizio. «Difendete il ponte ad ogni costo, abbandonare la posizione del campo e rovesciate le barricate!»

«Che sta succedendo?» Versantius si aggrappò a Joseph. Stava succedendo tutto troppo velocemente.

«Guarda tu stesso» fece cenno di osservare oltre le sponde del fiume Agondros.

I primi eserciti della Dolcina erano arrivati e portavano gli stendardi di Fostgard. Guidati da piccoli battaglioni di cavalleria sembravano avere la stessa imponenza dei guerrieri delle antiche leggende sulla Congregazione di Fostgard. Armature lucenti, spade fiammeggianti e un condottiero che da un capo all'altro delle legioni faceva sfavillare la sua spada contro il cielo terso dell'imminente massacro.

Versantius e Monosiklo si scambiarono uno sguardo. La battaglia stava iniziando e dei loro alleati nemmeno l'ombra. L'astio dei momenti precedenti era scomparso per far largo alla preoccupazione. Non era il momento di mostrare i dissapori, perché entrambi sapevano che il loro destino era legato e a deciderne le sorti erano le stesse sponde che tempo addietro avevano cambiato la vita di Versantius per sempre.

Gli uomini di Gemelli dell'Agondros si ritirarono nella città inseguiti da Pieros e da un reggimento di fanti, mentre Monosiklo sbraitava per attirare l'attenzione di Gabriel alla difesa della tomba di Frejdis.

«Difendi la posizione! Dobbiamo resistere!»

Gabriel fece roteare Zaltys sopra la testa con una maestria tale da far impallidire i suoi stessi uomini e allo stesso tempo metterli in riga.

«Io non voglio resistere. Io voglio distruggerli!»

GABRIEL

Queste gioie violente

Alla calca avrebbe pensato più tardi, così come agli ordini pretestuosi di Monosiklo. Ora aveva in mente solo una cosa: ammazzare quella bastarda e disperdere i nemici al di là del ponte. Solo così avrebbero avuto possibilità in inferiorità numerica.

Gabriel sgomitò per farsi largo fra le schiere e agitò Zaltys come per ammonire i suoi stessi uomini. «Provate a mettervi in mezzo fra questa lama e il suo nemico, avanti!» Gridò e scattò in direzione di Elin.

Stava scappando e non poteva permettersi di lasciarsela sfuggire.

Colpì alla giugulare due soldati nemici lasciandoli esanimi a versare sangue sul marmo. Volente o nolente l'eroina che chiamavano Frejdis Carold avrebbe assistito a un massacro. E Gabriel ci teneva a far bella figura nei confronti di una sua pari.

Colpo dopo colpo Gabriel si ricongiunse con gli ultimi fanti dell'avanguardia di Fabrizio. Per quanto Elin corresse veloce l'avrebbe raggiunta. Morta lei sarebbero morte anche le resistenze da parte di Gemelli dell'Agondros, ma ancor più importante, avrebbe tolto un altro pezzo di anima a quel bastardo di Versantius. Già pregustava il momento in cui gli avrebbe lanciato la testa di Elin addosso solo per il piacere di vederlo sbiancare.

Scoppiò in una risata isterica. La lotta lo chiamava, le mani gli formicolavano e le braccia erano come avvolte da una chissà quale adrenalina che gli gridava di esplodere con quanta più violenza avesse in corpo. Amava quell'energia: la forza della disperazione, del tutto per tutto.

«Vieni fuori!» Gabriel agitò Zaltys e sbaragliò altri nemici. Poveri idioti che speravano di scalfirlo con le loro lance di bassa lega...

Non appena Elin fu spalle al muro le puntò la lama contro come per ammonirla. I muscoli del suo volto gli facevano male per quanto il ghigno sorridente fosse teso all'inverosimile. «Sei mia!»

Il primo colpo frantumò una cassetta di legno e il seguente colpo investì anche gli uomini di Fabrizio. Le grida di dolore e il tonfo delle armature sulla pietra insanguinata fecero tornare Gabriel in sé, almeno per qualche istante. L'esatto momento in cui anche Elin estrasse il suo gladio e fece cenno a Gabriel di farsi avanti.

Nessun tipo di convenevole, nessuna parola da dire. Sarebbero state le loro lame a parlare. E solo Zaltys ad avere l'ultima parola!

Tutti i fendenti di Gabriel andarono a vuoto. Per quanta forza ci mettesse nei colpi, Elin giocava d'astuzia e si teneva sempre a debita distanza per poter schivare i colpi. Non era stupida: sapeva che non avrebbe potuto niente contro Zaltys usando quella specie di stuzzicadenti di metallo.

«Scappi, vigliacca?» La voce di Gabriel divenne roca per la polvere ingerita e per il fumo che a poco a poco stava affiorando dalla città.

«Prendo tempo. Abbastanza per vedervi impiccati a Dolcina!» Elin schivò l'ennesimo colpo finendo con l'inciampare sul cadavere di uno dei suoi stessi uomini.

Gabriel approfittò dell'incertezza, ma un colpo di lancia gli sfiorò il braccio costringendolo ad indietreggiare. Non ci volle molto prima che anche quel soldato facesse la fine di tutti gli altri suoi compagni che si erano messi in mezzo.

Elin si rialzò a fatica, sporca di polvere e del sangue dei suoi soccorritori. Vederla in quello stato dava ancora più forza a Gabriel.

Il combattimento riprese e Gabriel optò ancora per la mera forza bruta. La stava mancando, era vero, ma il colpo che sarebbe andato a segno, presto o tardi, voleva che fosse talmente violento da tranciare la ragazza in due di netto.

Ad andare a pezzi fu invece un giovane scudiero che si mise in mezzo al combattimento. Le sue viscere si sparsero per tutto il vicoletto nel quale stavano battagliando. Pestarle diede una strana sensazione a Gabriel: un misto di raccapriccio e onnipotenza.

«Sei finita!» Gabriel approfittò di un passo falso di Elin. La colpì con un calcio alla coscia facendola crollare per terra. «Muori!» Gabriel caricò tutta la forza che aveva in corpo e fece rovinare Zaltys su Elin. Forse così le avrebbe tolto quel sorrisetto divertito dalle labbra.

La lama colpì la pietra. Il contraccolpo fu più duro del previsto, tanto da far contorcere i muscoli del braccio destro a Gabriel. Sgranò gli occhi, il battito accelerò e il fiato incominciò a diventare pesante. Dove diavolo era sparita?

Gabriel si voltò di scatto. Era certo di averla colpita, non poteva essere scomparsa nel nulla, maledizione!

«Dove stai guardando?» La voce di Elin lo fece rabbrividire. Alzò lo sguardo e la sua espressione attonita si serrò come la sua mandibola per la rabbia. Strinse con ancor più forza Zaltys, tanto da fargli quasi scoppiare i polpastrelli.

«Come cazzo hai fatto?» sbraitò Gabriel.

«Fatto cosa?» Elin sorrise.

Non poteva esserci niente di più fastidioso in una situazione del genere. Non si capacitava di aver visto Elina dissolversi e si dannava perché non stava capendo.

«Sei scomparsa, bastarda!»

«Semplice arte illusoria...» Elin schioccò le dita e scomparve di nuovo sotto gli occhi di Gabriel. «Ehilà! Sono qui!»

Gabriel si voltò di scatto seguendo la fastidiosa voce della ragazza. Ora si trovava dietro a un manipolo di suoi soldati, braccia incrociate e sguardo maligno.

«Vieni a prendermi!» Elin fece il dito medio a Gabriel.

Questo era troppo.

Urlò contro i suoi nemici per infondersi ancor più convinzione nella corsa che stava facendo. La sua foga venne però spezzata dall'ennesimo suono di un corno che squarciò il cielo. Si bloccò, come paralizzato. Il sudore che colava dalle tempie, le mani pulsanti, le gambe rinvigorite dall'adrenalina della battaglia... Avrebbe fatto di tutto per mantenere quella sensazione viva anche solo un secondo di più, eppure Gabriel rinvenne. Non poteva cadere nella trappola. Non poteva fare il gioco di Elin. Gli altri sul ponte avevano bisogno di lui.

«Che fai, te ne vai di già?» Elin scoppiò a ridere.

«Tornerò e ti sfonderò la faccia a forza di cazzotti, aspettami pure!» Gabriel si voltò e corse nella direzione opposta. Si era allontanato troppo dalla tomba di Frejdis. A quel punto Fabrizio e i suoi uomini avrebbero dovuto già sgominare la maggior parte della resistenza di Gemelli dell'Agondros. Far scappare Elin era una sconfitta, bruciante per di più, ma non avrebbe mandato all'aria tutto per inseguire una vigliacca provocatrice.

Gabriel si fece largo fra i detriti e i corpi dei caduti per raggiungere lo spiazzo che divideva il ponte dalla città. Erano tutti in fermento per l'arrivo dei cavalieri di Fostgard e la loro carica. Monosiklo se ne stava imbambolato vicino all'altare di Frejdis, circondato di uomini in armatura e dai trucchetti che Sefiro avrebbe rivelato presto o tardi. Vanessa e Pieros fecero di tutto per non essere travolti dai ranghi dei De Frel, ricompattatisi lungo il ponte.

«Picche davanti e arcieri dietro, lungo le sponde!» Fabrizio aveva fatto ritorno dalla sua incursione in città ed era già pronto a guidare i suoi uomini alla battaglia.

Di Versantius nemmeno l'ombra.

Gabriel strinse i palmi attorno all'impugnatura di Zaltys e si fece largo fra i soldati. Iniziava a pensare che fosse una trappola di Versantius per mandarli a morte, eppure fu smentito non appena scorse il cembalo di Joseph e la mantellina dello stesso Versantius in mezzo alla folla armata.

«In posizione!» gridò Gabriel serrando i ranghi. I cavalieri erano vicini. E la marea li travolse.

L'impatto fu talmente devastante che le prime linee di difesa vennero travolte dall'ondata di cavalieri. Le picche arginarono l'avanzata arpionando i cavalli nemici e catapultando i loro cavalieri nelle acque del fiume. Il mescolarsi dei rantoli dei destrieri e delle grida dei soldati non bastò a coprire il rombo degli zoccoli di altri cavalieri, questa volta con effigi differenti.

«Le vedi?» gridò Fabrizio in direzione di Gabriel. «Sono i nostri!»

Questa volta nessuno squillo di trombe, nessun annuncio in grande stile. I mercenari guidati da Zoe Grandedrago stavano cavalcando nella loro direzione, pronti a fermare l'avanzata delle truppe di fanteria di Lonte. Con il supporto degli arcieri lungo il fiume la vittoria sarebbe stata schiacciante!

«Indossa l'armatura di mio padre...» commentò Fabrizio.

Scaglie d'ebano, squame lungo gli spallacci e una forma che mal si addiceva al fisico di Zoe. Sembrava un'armatura solida. Forse era un monito di Tiberio, del fatto che sarebbe comunque rimasto vicino a loro nonostante la sua impossibilità a scendere in battaglia.

In campo aperto le truppe di Zoe e quelle con i vessilli di Lonte si scontrarono con violenza. Gabriel non aveva mai visto dei mercenari così sprezzanti del pericolo o forse erano gli stessi soldati della Convenzione ad avanzare con scarso interesse. L'unica cosa che vedeva lui, senza distrarsi e finire infilzato dai nemici sul ponte, era la lady di Lonte folgorare con strani fulmini violacei tutti i cavalieri che osassero interferire con le macchinazioni che stavano avvenendo sull'altura di Gemelli dell'Agondros.

C'era qualcosa che non andava. Per un istante Gabriel si voltò in direzione di Sefiro sperando in qualche spiegazione, eppure l'ex Archivista era troppo lontano per fare supposizioni su che cosa stesse accadendo.

D'improvviso diversi fasci di luce illuminarono il cielo per qualche istante. Erano un piccolo gruppo e ad aguzzare la vista sembravano scaturire da quei cavalieri pesantemente armati che per tutto il tempo dell'avanzata di Fostgard erano rimasti immobili sulle alture. Quando la luce svanì diradando anche le nubi in cielo, si lanciarono alla carica contro la cavalleria di Zoe infondendo nuovo coraggio ai propri uomini. Eppure Gabriel non aveva tempo per restarsene a guardare lo scontro epico fra quei paladini luminosi e dei mercenari infervorati: aveva una battaglia da vincere.

Sul ponte la situazione si stava mettendo bene. I corpi dei caduti erano talmente ammassati che chiunque non prestasse attenzione avrebbe finito con il rovinare per terra ed essere calpestato dagli altri. Più di uno dei suoi compagni trovò quella fine, ma Gabriel proprio non riusciva a provare compassione per idioti che non riuscivano nemmeno a coordinarsi sul come mettere i piedi.

Spintoni e fendenti non venivano risparmiati a nessuno. Poco importava che fossero nemici o alleati. C'era in gioco la sopravvivenza. Gabriel afferrò un soldato per il collo e lo gettò nel fiume. Non emerse mai, ma se fosse sopravvissuto ci avrebbero pensato gli arcieri posti da Pieros lungo l'argine destro dell'Agondros a farla finita.

Altro squillo di trombe, altri dannati stendardi di Lonte all'orizzonte. Sembravano non finire mai!

«Dietro il ponte!» gridò Gabriel. Non potevano peccare di superbia. Mantenere la posizione era la loro unica salvezza. Per un istante il suo sguardo andò allo schieramento di Zoe. Era sicuro che Fabrizio avrebbe ceduto e sarebbe corso in soccorso dei suoi compagni, ma la mercenaria se la sarebbe dovuta cavare da sola convergendo nei pressi del ponte per trovare supporto. In caso contrario poteva anche crepare contro la Congregazione di Fostgard.

«Lo conosco.» Fabrizio indicò un ragazzo dall'altra parte del ponte. Indossava un'armatura blu notte e i suoi capelli castani raccolti in una coda erano insudiciati dalla sporcizia della battaglia. «È Joaquin Dest».

Gabriel non lo conosceva ma non se lo fece ripetere due volte. Recuperò una lancia dal corpo di uno dci suoi uomini e la scagliò con tutta la sua forza in direzione del ragazzo.

Joaquin cadde a terra esanime senza nemmeno rendersi conto di che cosa lo avesse colpito.

Gabriel alzò le spalle e sorrise. Era stato facile.

Un grido si alzò sul ponte, tanto da attirare l'attenzione di Sefiro e Monosiklo, ancora intenti a confabulare e a non mostrarsi terrorizzati di fronte alla devastazione che li circondava. Possibile che non sapessero fare altro che nascondersi e aspettare? Poteva capire Monosiklo, ma da Sefiro si aspettava un altro approccio. Basta, si era distratto anche troppo guardando quei due.

Dalla direzione opposta alle schiere dei soldati di Lonte, un altro reggimento di cavalieri fece la sua comparsa. Armature dorate solcavano quelle praterie a grande velocità. Non c'erano dubbi che fosse quel bastardo di Hansel Kandoriel.

Gabriel sospirò, indeciso se essere contento per il supporto o speranzoso di veder il prossimo giavellotto nemico conficcarsi nel petto del lord di Castel Gigante. Si rassegnò al fatto che ci avrebbe pensato la battaglia a punire sia Versantius che Hansel. Al momento ogni lama valeva come alleata.

La carica dei Santi d'Oro travolse diversi plotoni della Congregazione di Fostgard, costringendo il nemico a liberare i soldati di Zoe dalla morsa che li aveva attanagliati contro il fiume Agondros. Acciaio e finto oro si mescolarono nel campo di battaglia fra scontri violenti, lampi magici e scoppi di inaudita potenza. A Gabriel quasi dispiaceva non essere al centro della battaglia per godere a pieno di tutte quelle sensazioni.

Ora che i loro alleati stavano arrivando la speranza divampava come non mai.

Nemmeno il tempo di esultare che i tumulti ripresero all'interno di Gemelli dell'Agondros. Gli arcieri lungo le sponde del fiume scapparono in ordine sparso all'arrivo di imbarcazioni rinforzate in acciaio. Veleggiavano con gli stessi colori di Baia Tresinar e puntavano dritti alla tomba di Frejdis aggirando le linee difensive sul ponte.

Gabriel scattò in direzione della tomba senza curarsi nemmeno di chi avesse davanti. «Tenete la posizione!» gridò ai soldati del ponte. Non aveva bisogno di nessuno se non della sua spada in quel momento.

All'attracco sulle sponde della città, gli uomini di Baia Tresinar dilagarono nello spiazzo in marmo dell'altare commemorativo di Frejdis. Alcune imbarcazioni affondarono sotto i colpi delle sfere infuocate lanciate da Vanessa, altre vennero distrutte dalle rocce e dalla corrente del fiume stesso una volta svuotatesi dei soldati.

Sul volto di Monosiklo la preoccupazione tornò ad essere protagonista, come se si sentisse comunque in pericolo dietro alla barriera protettiva invocata da Sefiro. Gabriel poteva capire la paura della battaglia, lo sgomento che avrebbe potuto far provare negli animi di chi aveva pas-

509

sato tutta la vita nei salotti a mangiare e a bere, eppure non si capacitava del perché il Granduca si fosse messo lì, in bella mostra, ad osservare tutto senza fare nulla. Cosa sperava di suscitare nell'animo dei suoi uomini? Coraggio? Era solo patetico.

Gabriel squarciò di netto il petto di un soldato di Baia Tresinar. Era il suo modo per infondere fiducia agli alleati. Urlò con quanto più fiato avesse in corpo. Un grido contro il fiume, contro i suoi nemici, contro quella donna che in quel momento, su una zattera ancorata ad una roccia nel fiume, gli puntava una freccia contro. Capelli corvini, armatura d'argento impreziosita da stoffe turchesi e una faretra d'ebano alla cinta. Era difficile sbagliarsi, era Cecilia Deferlay, la stronza che lo aveva incastrato al processo a Derenhalle!

«Muori bastardo!» La ragazza scagliò la freccia, che sibilò e superò Gabriel scomparendo tra la folla alle sue spalle.

«Ti ammazzo!» Gabriel strinse Zaltys e abbozzò un sorriso.

Cecilia tese l'arco una seconda volta senza incoccare nessuna freccia. Le acque del fiume si agitarono, le correnti aumentarono d'intensità e non appena mollò la presa sulla corda dei vortici d'acqua abbandonarono il letto del fiume e confluirono in un unico getto.

D'istinto Gabriel si coprì la testa con le braccia senza lasciare la presa da Zaltys. La frenesia del momento non lo aiutò a deviare il flusso e venne sbalzato lontano dalla potenza dell'acqua. Non appena si rialzò da terra, dolorante, Cecilia era già lontana con la sua zattera intenta a ingaggiare battaglia, sponda contro sponda, con Sefiro. Finalmente anche lui avrebbe fatto qualcosa di utile.

«Ci penso io, va' al ponte!» gridò Fabrizio.

Gabriel non poteva essere in più posti contemporaneamente. Avrebbe dovuto affidare a Fabrizio e a Sefiro la gestione dell'incursione di Cecilia e i suoi uomini.

Quell'attimo di distrazione era costato a Gabriel il controllo della situazione. Nella grande distesa di morte oltre il ponte, gli eserciti erano ormai troppi. Fra i vessilli Gabriel riconobbe anche quelli di Sommadistesa e di Vecchia Falcara. Forse le macchinazioni della Convenzione sulle alture avevano celato la loro avanzata fino a quel momento. O forse... No, l'unica cosa che sapeva era che faceva fede solo l'odore del sangue e il disastro che stava avvenendo sotto gli occhi di tutti. Erano anni che non vedeva un simile massacro e nei volti distrutti delle persone che incontrava vedeva sì il dolore e il raccapriccio, ma anche il desiderio di combattere, fosse anche solo per dimostrare la propria forza, dimostrare di essere vivi e liberi. Aveva una gran voglia di lanciarsi al centro della battaglia, ma il suo posto era lì.

«Non pensarci nemmeno.» Monosiklo lo scrutò a braccia incrociate. «Stiamo perdendo».

«Al diavolo...» Gabriel si diresse verso il ponte. Per poco una delle frecce di Cecilia, ancora sulla sua zattera cullata dal fiume, non lo colpì.

Si voltò per riderle in faccia, poi con un balzo si fece largo dei cadaveri sul ponte, colpì l'aria con un fendente e si fece largo fra gli assalitori. Non appena mise piede dall'altro lato del ponte sotto gli occhi attoniti dei soldati della Convenzione, molti dei suoi uomini seguirono il suo esempio.

Un corno in lontananza accese ancora di più le speranze. Era lo stesso che aveva sentito suonare a Bastion Forte. Gli eserciti di Marco Aurelio Potrik erano lì.

Con ancor più spirito di iniziativa, Gabriel e un drappello di soldati si fece largo lungo la piana del campo di battaglia spezzando l'offensiva nemica. Non c'erano più schieramenti, esistevano solo contingenti sparsi che si assottigliavano secondo dopo secondo nell'intento di ricompattarsi.

Quella vista, quel caos, quei momenti effimeri. Era per questo che Gabriel combatteva fino all'ultimo respiro. Per queste gioie violente che gli ricordavano chi era e cosa era in grado di fare. Erano tutti uomini, carne e ossa intenti a inibire tutte le stronzate che la pace aveva inculcato loro. Era dura ammetterlo: la guerra aveva il sapore del miele.

Lo scontro divampò. Fendenti, affondi, spintoni ai nemici e concentrazione. La concentrazione era l'arma in più di Gabriel per riconoscere un nemico da un alleato. Durò solo per i primi momenti, poi si rese conto che nessuno lì intorno poteva essere definito alleato. Zaltys avrebbe colpito chiunque, perché nessuno sarebbe stato dalla sua parte, nessuno avrebbe avuto problemi a colpirlo se assalito dal dubbio.

Le truppe di Bastion Forte spazzarono via gli stendardi di Sommadistesa facendoli bruciare. Il cielo terso si alimentò anche del fumo di quei bastardi. L'abbraccio, seppur rapido, fra Hansel e Marco Aurelio fece venire a Gabriel il mal di stomaco ancor di più dei corpi smembrati sul campo di battaglia. Davvero trovarono il tempo per quelle cazzate?

Un tonfo e Gabriel fu sbalzato senza che potesse capire cosa fosse successo. Un polverone lo costrinse a tossire per non ingerire terra. Che diavolo era successo? Si rialzò a fatica, scacciò la polvere da davanti agli occhi e tossì. Con la spada si fece largo. La lama cozzò più volte contro altre persone, trafiggendone un paio.

«Balliste!» gridò un soldato.

Altri tonfi e altre grida. Non appena Gabriel si accorse da dove stessero sparando, le ginocchia si paralizzarono. Dalle alture l'esercito con i vessilli di Falcara Imperiale era arrivato e aveva circondato l'intera vallata. Gabriel contò una ventina di balliste in tutto intente a colpire chiunque avessero a tiro.

C'era solo una cosa da fare.

«Ritirata!» Corse il più velocemente possibile in direzione del ponte cercando di non inciampare nei cadaveri lungo la via. Nulla avrebbe impedito alle balliste di bersagliarli oltre il ponte, ma era convinto che Cristian Carold non avrebbe bombardato la tomba di sua sorella. Si aggrappò a quella speranza e non si voltò mai indietro.

La polvere e le esplosioni delle gigantesche frecce a contatto con il suolo fecero lacrimare gli occhi a Gabriel. Odiava scappare, odiava indietreggiare. Ma la cosa che odiava con tutto se stesso erano i codardi. Oltre il ponte, sull'altura dalla quale erano giunti i loro eserciti alleati, scorse due uomini a cavallo. Immobili e giudicanti. Erano quegli idioti di Alcide Marti e Gunter Freyas. «Cosa cazzo state aspettando ad aiutarci?»

«Aiutarvi?» Alcide scoppiò a ridere.

«Siamo solo venuti a vedere Fabrizio morire» continuò Gunter. «Che marcisca sotto a questo schifo di fiume!»

Non ci fu nemmeno il tempo di replicare, che entrambi, insieme ai loro uomini, scomparvero dall'altura e abbandonarono lo scontro.

«Bastardi!» Gabriel gridò così forte che anche Versantius e Mono-siklo lo sentirono dall'altro lato del ponte. A giudicare dal volto abbat-tuto di entrambi dovevano averci sperato anche solo per un istante che quei due lord senza spina dorsale facessero la cosa giusta.

Alla fine tutti i giochetti amorosi e le illusioni a quei due idioti non avevano pagato. Cosa diavolo pensava di ottenere Versantius chiedendo aiuto anche a loro dopo averli presi in giro fino alle nozze di Mirandoli-na? Ancora una volta qualcuno lo aveva bastonato. Era l'unica nota po-sitiva di tutta questa storiella inutile di Silverknowes.

Gabriel raggiunse il ponte, così come molti dei superstiti fra i ranghi di Zoe, Hansel e Marco Aurelio. La battaglia decisiva si sarebbe tenuta lì, lontano dalla gittata delle balliste e con i nemici che li circondavano da tutte le direzioni.

Un cavaliere dalla pesante armatura nera si frappose tra Gabriel e il ponte. Il suo mazzafrusto era troppo lento per impensierirlo. A giudica-re dalle effigi e dalle decorazioni dell'armatura si trattava di uno dei ca-valieri della Congregazione di Fostgard.

«Ti scuoierò come un cane!» La voce del cavaliere, ovattata dall'elmo, riverberò nell'aria facendo compagnia al primo colpo di mazzafrusto.

Il colpo nemico andò a vuoto infrangendosi contro il marmo del pon-te. Il secondo si abbatté sul cadavere di un soldato, mentre il terzo fece sibilare l'aria con la stessa violenza con la quale Zaltys annichiliva i suoi nemici. Per quanto fosse forte e veloce, bastò una sola schivata e un colpo ben assestato sullo sterno, dove l'armatura era più carente, per far crollare anche quel nemico. Assicuratosi che fosse morto, Gabriel gli scoprì il volto per scrupolo. Non aveva mai visto quell'uomo in vita sua.

«Ben fatto! Non è da tutti ammazzare il Gran Maestro della Congre-gazione di Fostgard.» Monosiklo esultò dall'altro lato del ponte. «Ora vieni qui però, da bravo, che come vedi siamo in difficoltà».

«Se vengo lì sarà solo per tirarti una testata, brutto...»

«Attento!»

Gabriel si voltò di scatto e si gettò sul ponte. Un'altra freccia di Ce-cilia gli cadde ai piedi. Nel cercare di capire da che direzione stesse colpendo, ripercorse con lo sguardo il corso del fiume, fino a focalizzarsi su una guglia di Gemelli dell'Agondros. Riconobbe Elin, con le gambe a penzoloni nel vuoto, intenta a sorridergli.

Gabriel digrignò i denti. Era lei o un'altra illusione? Poco importava, perché non appena abbassò lo sguardo sullo spiazzo in marmo si rese conto che lì lo scontro erra terribilmente reale.

Tutto era campo di battaglia, anche lo spiazzo che fino a qualche ora prima avevano usato come punto di ritrovo. Le incursioni dai vicoli di Gemelli dell'Agondros non erano mai finite e Fabrizio non si vedeva da tempo. Forse era morto anche lui…

Passo dopo passo gli eserciti della Convenzione schiacciarono la resistenza entro il perimetro del ponte. Per quanto gli arcieri riuscissero ad abbattere i nemici sull'altra sponda dell'Agondros, ben presto anche loro dovettero allontanarsi dal fiume per sfuggire alle inondazioni scatenate dagli effetti collaterali dello scontro fra Cecilia e Sefiro.

Vanessa mantenne salda la barriera magica attorno all'altare commemorativo di Frejdis, e Monosiklo, al sicuro dai tormenti della battaglia, roteava gli occhi da una parte all'altra per cercare una soluzione. Ancora la stava cercando? Possibile che non capisse che ormai erano tutti spacciati se non con in mano un'arma e nel cuore il coraggio?

«Dov'è il bastardo?» Gabriel si fece largo fino a raggiungere Monosiklo. Abbassò lo sguardo non appena si rese conto che il Granduca aveva scelto di stare nell'unica posizione che avrebbe precluso la fuga in caso di sconfitta.

«Dici Versantius? Ti manca già?» commentò Monosiklo.

«Dimmelo e basta!»

Pieros gli fece cenno con la testa di guardare in direzione della città. «Se ne sta imbambolato da un po' a guardare lassù».

«Elin?»

«No, lo vedi? Forse adesso no perché il fumo degli incendi lo copre, ma lì prima c'era il nostro amico».

«Chi?»

«Ma sì, dai, il nostro amico. Quel cavaliere che conosceva Versantius, lo stesso che al matrimonio è impazzito».

«Girolam Tutcker…» Gabriel strinse con ancor più forza Zaltys.

«Ecco!» Il volto di Monosiklo si fece raggiante. «Non mi veniva il nome! Ora che abbiamo indovinato il nostro amico, che ne dite di tornare a combattere? Chi batte la fiacca si ritrova spesso con una spada piantata alla schiena. Credo sia un vecchio detto…»

Non finì neanche la frase che ci pensò la battaglia a ricordare a tutti della situazione in cui erano. Un giavellotto si infranse contro la barriera di Vanessa e diversi soldati caddero sotto i colpi di una meteora bluastra che si frammentò sopra le loro teste.

«Vado a prendere il bastardo, sia mai che fugga…» Gabriel si fece largo fra i soldati alleati.

«Vengo con te.» Pieros fece un passo.

«No, no, no.» Monosiklo lo bloccò immediatamente. «Tu te ne stai qui e mi difendi».

Gabriel non attese la fine del battibecco fra i due e continuò la sua corsa in mezzo alla battaglia. L'unica cosa certa era che se la sarebbe vista da solo, sebbene fossero in pochi ad avere il coraggio di incrociare le lame con lui. I pochi che lo fecero caddero con la faccia riversa sul marmo, già scivoloso di per sé a causa del sangue versato.

Si sarebbe aspettato di vedere tutto, ma non Versantius in fuga nella sua direzione. Gabriel lo intercettò e lo bloccò con l'avambraccio prima che potesse fare follie.

«Dove cazzo è Girolam?»

«Non ci aiuterà».

«Strano…»

«Ci ho provato! Joseph è morto per arrivare fino a lui!»

«Questi sono gli amici che hai scelto».

«Va al diavolo, Gabriel.» Versantius si liberò dalla presa.

Aveva una gran voglia di dargli una botta in testa e lanciarlo nel fiume, la frenesia della battaglia lo avrebbe coperto e tutto sarebbe stato ricordato come un tragico incidente, ma ancora non si sapeva quali altri assi nella manica avesse Versantius. Se tutti i suoi tanto millantati alleati erano come Girolam lo scontro si sarebbe concluso a breve.

Corsero insieme, ancora una volta, come ai tempi in cui tutto era diverso e potevano fidarsi ancora l'uno dell'altro. Come ai tempi in cui

Gabriel credeva ad ogni menzogna propinata e agiva senza fare domande. Come ai tempi in cui tutto era più semplice.

Le imbarcazioni di Baia Tresinar scoppiarono sulle sponde dell'Agondros. I detriti volarono nel già affollato campo di battaglia schiacciando i cadaveri e mettendo in fuga chi stava ancora combattendo.

Gabriel e Versantius raggiunsero appena in tempo l'altare per osservare cosa stava succedendo.

Un ragazzo dai capelli rossi e con una benda sugli occhi guidava un'imbarcazione intenta a farsi largo fra i relitti del fiume. Sul parapetto sinistro Indro Bai ed Elisa Linsei, assieme a una decina di altri uomini e donne, scagliavano fiale di vetro con strani intrugli contro ciò che rimaneva della piccola flotta di Baia Tresinar.

Gli alleati esultarono e Versantius lo guardò con lo stesso sguardo saccente di quando aveva ragione. Gabriel non ebbe nemmeno il tempo di storcere il naso. Era contento che Elisa ed Indro fossero venuti in loro aiuto, per quanto modesto quell'aiuto potesse essere.

«Gabriel li vedi?» gridò Pieros. Si sbracciò per farsi riconoscere da Elisa. «Siamo qui! Venite!»

Elisa fece un cenno. Li aveva visti ma la direzione della sua barca non poteva essere deviata. La corrente del fiume li stava trascinando contro la zattera di Cecilia.

«Riesci a fare qualcosa?» domandò Monosiklo a Vanessa.

Lei annuì senza dare troppe spiegazioni.

Versantius si affacciò sulla sponda. «Alphonse! Continua dritto!»

Il ragazzo bendato non se lo fece ripetere due volte, puntando dritto contro la zattera di Cecilia, la quale incoccando una freccia chiamò a raccolta il potere delle acque del fiume.

Non appena Cecilia scagliò la freccia, i flutti del fiume convogliarono attorno ad essa puntando in direzione dell'imbarcazione. Ci fu un lampo. Gabriel fu costretto a chiudere gli occhi per non farsi accecare. Non appena li aprì, l'impatto fra la zattera e l'imbarcazione costrinse Cecilia a gettarsi nel fiume e ad essere trascinata via dalla corrente.

Tutti esultarono, tranne quelli sopra all'imbarcazione, ancora in balia del fiume Agondros e costretti ad allontanarsi dai loro alleati. Presto o tardi si sarebbero schiantati contro il ponte.

Gabriel si caricò Zaltys sulla spalla. Aveva intenzione di andare a salvarli. Con un drappello di uomini avanzò sul campo di battaglia per cambiare l'esito dello scontro. Più nemici abbatteva, più se ne paravano di fronte. Avrebbe voluto salvare tutti, anche quegli inetti di Hansel e Marco Aurelio che dall'altro lato stavano conducendo la loro resistenza. Sapeva che se li avesse abbandonati il grosso delle forze della Convenzione avrebbe puntato dritto contro Monosiklo e la tomba di Frejdis.

Un corno si udì in lontananza. Era da un po' che non ne sentiva uno. Il sangue gli gelò nelle vene. Non poteva essere un esercito alleato. Si voltò per un secondo in direzione di Monosiklo e Sefiro.

«Quello non è un corno ducale...» sussurrò. Nessuno da Derenhalle aveva risposto alla chiamata alle armi.

Non era nemmeno il corno dei rinforzi del Regno su cui tanto sperava Sefiro. La Regina aveva una guerra civile da portare avanti e, per quanto l'ex Archivista e Versantius potessero essere stati convincenti, difficilmente si sarebbe messa in mezzo a questioni non sue. Come biasimarla: Versantius li aveva trascinati in una battaglia disperata.

«Sono arrivati? Sono loro, no?» gridò Pieros.

Anche Versantius acuì la vista. «No, non sembrano loro».

Pieros scattò in direzione di Versantius e gli strinse le spalle. «Ci avevi detto che Bai e Foconero sarebbero arrivati per uccidere Cristian!»

«Avevo detto che Joseph aveva mandato loro una lettera. Non conosco Fred e Ashtreid!»

«Te lo dico io» Monosiklo si mise a mani giunte, «sia Bai che Foconero non verranno. Se sono furbi vengono a battaglia finita a togliere di mezzo i superstiti. O almeno, così farei io».

«Siamo soli, dunque?» Vanessa non ricevette mai risposta a quella domanda.

I vessilli di Dolcina fecero la loro trionfale marcia. Alla fine Cristian Carold si era deciso a scendere in battaglia.

«Gabriel!»

Una voce lo chiamava in mezzo alla battaglia. Un'altra fonte di distrazione fra squartamenti, grida e litigi. Eppure aveva già sentito quella voce.

«Gabriel! Di qua».

Gabriel tranciò di netto il suo avversario e fece qualche passo indietro fino ad avere la schiena contro uno dei muri delle case di Gemelli dell'Agondros. Non poteva essere...

«Ellie, che ci fai qui?»

La ragazza si nascondeva in uno dei vicoli, sporca di terra. «Abbiamo risposto alla lettera di Versantius. Io e Daisy ci siamo occupate di sigillare le fognature e i cunicoli di Gemelli dell'Agondros per evitare attacchi a sorpresa. Abbiamo fatto appena in tempo».

«Dov'è Daisy?» Il sudore scendeva copioso dalle tempie di Gabriel. Non era solo la fatica, era anche la paura. Temeva il peggio.

«Tranquillo, è coi vostri in città. Eccola!».

Gabriel seguì il dito di Ellie e ciò che vide gli diede il voltastomaco. L'abbraccio fra Versantius e Daisy, in mezzo alla battaglia e sprezzanti di ogni tipo di pericolo, era un vero e proprio insulto alle morti di quel giorno.

«Hai visto Fabrizio?» domandò lui. Cercava di non pensare a cosa avesse appena visto.

Ellie si accasciò a terra. «Combatte ancora. Lui...»

«Merda, ma tu sei ferita!»

«Non è niente...»

Una strada divideva Gabriel dal vicolo in cui si era rifugiata Ellie. Forse poteva soccorrerla, ma poi? Non avrebbe potuto curarla, tantomeno aiutarla a scappare da quella situazione. Dannazione! Gabriel diede un pugno al muro sul quale era appoggiato. Possibile che quelle due stupide si fossero messe in pericolo per Versantius? Che cosa le spingeva a mettere in pericolo la propria vita per aiutare un amico? Forse era solo il suo punto di vista ad essere sbagliato. Se John o Kaarl gli avessero chiesto di rischiare tutto e mettersi in mezzo in un simile bordello non avrebbe esitato un secondo, proprio come non avevano esitato Ellie e Daisy. Era confuso.

«Sei una stupida, Ellie!» Gabriel gridò. Era più la rabbia nei confronti di Versantius che altro.

Lei scoppiò a ridere a fatica. «Sapessi quante volte me lo hanno detto. Va' ora, ammazza Cristian e salvaci tutti».

La faceva troppo semplice, ma amava le cose semplici. Se avesse tagliato di netto la testa di Cristian Carold avrebbe risolto ogni cosa. Avrebbe posto fine a quel massacro, alle rivolte nella Dolcina e avrebbe demolito Versantius. Cosa poteva esserci di più dolce di vedere Versantius piangere sul cadavere di un suo amico?

Era questo ciò che era diventato. Un mietitore.

L'avanzata delle truppe della Convenzione fu inesorabile a tal punto da schiacciare l'intera resistenza fra il ponte e la città. Avrebbero potuto contare su poco più di un migliaio di uomini dopo quella battaglia.

Di fronte a loro, ad occhio e croce, ce n'erano almeno dieci volte tanto. E davanti a loro, quella maledetta alabarda... A Gabriel sembrava di vederla ovunque, lo perseguitava anche nei sogni come una presenza onnisciente.

Remigio Foconero, ancora una volta, guidava gli eserciti della Convenzione. Cristian non si era nemmeno preso la briga di sferrare l'assalto finale. Che codardo... Gli avrebbe restituito indietro la testa del suo fantoccio.

Gabriel aveva già deciso cosa fare. Doveva essere per forza la resa dei conti.

«Che stai facendo?» gridò Monosiklo.

«Risolvo problemi. Come sempre».

Si fece largo nella battaglia sterminando tutti coloro che avevano la faccia tosta di superare il ponte e combatterlo. Poteva contare sul fatto che alle sue spalle ci fossero più alleati che nemici. Al momento bastava solo questo per tranquillizzarlo dopo quello che aveva passato.

Le braccia erano indolenzite per la foga della battaglia, la luna illuminava le sponde dell'Agondros e la fiumana di torce che presto avrebbero invaso Gemelli dell'Agondros erano come serpenti da schiacciare in una guarnigione di feriti.

Puntò lo sguardo in direzione di Remigio, nella sua solita armatura di cuoio, nella mantellina verde scuro che svolazzava per il vento. Quel momento, quel momento specifico, riportò Gabriel alla mente del loro ultimo incontro nella Guerra delle Ali dell'Aquila. Quella volta le loro lame non si erano incrociate.

Questa notte avrebbe rimediato.

Gli uomini posti a difesa della tomba di Frejdis furono costretti a indietreggiare. Anche Gabriel, di fronte alla forza nel numero dei nemici fu costretto a cedere terreno. Aspettava che Remigio superasse il ponte per scagliarsi contro di lui. Era l'unico suo desiderio in quel momento tanto disperato. A poco importava se dopo sarebbero rimasti circondati. Avrebbe avuto la sua vittoria e si sarebbe finalmente tolto l'accostamento che tutti facevano.

Remigio un suo pari? Inaccettabile. Era l'unico eroe ancora vivente degno di essere chiamato tale!

Era il momento!

Gabriel scattò in avanti. Un fendente, una piroetta e un affondo. Schivata, colpo alla giugulare, piroetta. Affondo. Era facile farsi largo fra i nemici, facile uccidere se sospinti dalla gioia della violenza. La stessa gioia che ora stava ribaltando le sorti dello scontro.

Le cappe rosse di Remigio si diffusero come un cancro fra i difensori creando sgargianti quanto inappropriati mescolamenti fra i vessilli.

L'intera Dolcina contro le ultime sacche di resistenza. Non poteva esserci cosa più infervorante per Gabriel che combattere per gli ultimi.

Remigio era lì, poco più distante. I colpi della sua alabarda lasciavano scie luminose sospese a mezz'aria, come se stesse facendo di tutto per risaltare nel campo di battaglia. Povero idiota… le uniche ballate che i poeti avrebbero composto per lui sarebbero state quelle per la sua morte!

Gabriel saltò con quanta più energia avesse in corpo a pochi metri da Remigio e con un colpo di Zaltys generò un circolo infuocato talmente esplosivo da far fuggire tutti.

Il Colonnello della Dolcina si inginocchiò e venne ricoperto da una patina scintillante simile a polvere di stelle. Un altro dei suoi trucchetti.

Ora erano uno contro uno. Chiunque avrebbe provato a mettersi in mezzo sarebbe stato ucciso. C'era ancora un conto in sospeso con lui.

«È finita, Gabriel. Dovete arrendervi.» Remigio si alzò da terra e fece roteare la sua alabarda. «La vostra resistenza sarà spazzata via e smetterete di tormentare l'anima della nostra eroina».

«Altrimenti?»

«Altrimenti morirai qui. E te lo meriteresti pure».

«Stai tranquillo, leccapiedi. Quello a morire oggi non sarò io. Ma non ti preoccupare, c'è posto anche per te nel sarcofago di Frejdis se ci tieni tanto a questo luogo».

Remigio puntò l'alabarda per terra. «Voi non siete altro che gli incubi che disturbano il sonno di queste persone ed io ho il compito di scacciarvi».

Gabriel scoppiò a ridere. «Sono parole tue o le hai imparate a memoria? Non farmi ridere, buffone! Sei solo un miracolato che continua a vivere di rendita dopo una menzogna».

«Menzogna? Se tu avessi visto gli occhi di chi moriva bruciato dal Terrore di Dolcina. Quel drago…»

«Tu non hai ucciso nessun drago! Non avresti potuto».

«Ti disperi così tanto per il fatto che possa esserci qualcuno più forte di te? Ammira, per un'ultima volta, le costellazioni che segneranno la tua fine!» Remigio alzò una mano al cielo, e dalla volta celeste, le stelle sembravano brillare con ancor più intensità. Non appena Gabriel posò lo sguardo sull'alabarda di Remigio, anch'essa si illuminò della stessa energia.

«Tu hai qualcosa che mi appartiene.» Puntò la lama in avanti.

Con una spazzata della sua alabarda, Remigio generò una scia luminosa che si frantumò contro il colpo violento di Zaltys. Le schegge scoppiarono in tutte le direzioni accecando Gabriel per un istante. Fece appena in tempo a gettarsi di lato con una capriola per schivare il colpo dell'alabarda di Remigio.

Gabriel passò Zaltys dalla mano destra alla sinistra. Con una torsione del busto caricò il colpo per annientare Remigio, ma la spada incontrò solo il terreno facendolo sobbalzare. Tutto previsto. Di scatto, dai palmi della sua mano, una folgore luminosa si schiantò contro l'asta di Remigio, il quale deviò il colpo assorbendone l'energia e scaraventandola in cielo come se fosse una cometa.

Finalmente un degno avversario.

Continuarono, colpo dopo colpo, a incrociare le loro armi. Gabriel sperava di fare della forza bruta la sua carta vincente, ma l'alabarda di Remigio sembrava non cedere nemmeno di un centimetro ai suoi colpi. Anche colpendola nella parte dell'asta, sembrava essere inscalfibile.

Lama contro lama. Faccia a faccia. Due eroi. Era destino che ne sopravvivesse soltanto uno.

Gabriel deviò l'alabarda di Remigio e si abbassò per schivare il colpo successivo. D'istinto portò la mano a terra, con l'intenzione di raccogliere della sabbia, ma non appena le sue unghie si infransero sul marmo, fece una capriola all'indietro per schivare il colpo d'asta di Remigio. Tornò in piedi e non ci pensò nemmeno un secondo a gettarsi di nuovo sul suo nemico fino a farlo indietreggiare.

Era terribilmente agile e sicuramente più riposato di lui, ma si sarebbe ammazzato piuttosto che farsi vedere intorpidito o stanco. Un pugno raggiunse il petto di Remigio, eppure il successivo affondo di Zaltys colpì solo la rarefatta aria di Gemelli dell'Agondros.

Un singolo giochetto con la sua alabarda e Remigio tornò a farsi trovare pronto. Alzò l'alabarda al cielo, con sguardo sognante e allo stesso tempo determinato. Scie luminose iniziarono a convogliare dal cielo alla punta della sua stessa alabarda. Gabriel sapeva che cosa sarebbe successo da lì a poco. Non si sarebbe fatto cogliere alla sprovvista.

«Come te la cavi con i riflessi?» Gabriel puntellò contro il marmo prima il tallone destro poi il sinistro. Si toccò entrambe le caviglie, si scrocchiò il collo e iniziò a correre. Avrebbe fatto vedere a Remigio le vere stelle.

Un giro, due giri, dieci giri. Avrebbe corso alla velocità della luce attorno a Remigio fino a confonderlo e lo avrebbe colpito una volta fatto il suo passo falso.

Le comete magiche di Remigio lo mancarono, così come i colpi di taglio successivi. Avrebbe potuto scagliargli contro anche l'intero cielo stellato, ma non si sarebbe fermato. Non appena Remigio azzardò un affondo più deciso dei precedenti, Gabriel puntò i piedi a terra interrompendo la sua corsa folle e abbatté Zaltys su Remigio con quanta più forza avesse in corpo.

Un clangore metallico e una fitta alla spalla spezzarono tutte le speranze di Gabriel. Remigio aveva intercettato Zaltys con l'estremità dell'asta ed entrambi si ritrovarono a terra per il contraccolpo.

Se Gabriel si rialzò immediatamente nonostante il dolore, Remigio si appoggiò alla sua stessa alabarda, sguardo fisso su Gabriel, e temporeggiò per mettersi in piedi.

«Arrendetevi. Mettiamo la parola fine a questa pazzia. Smettiamo di far soffrire queste terre...» Remigio si erse in tutta la sua arroganza. Piagnucolare non lo avrebbe salvato. Non meritava nemmeno una risposta.

Gabriel sputò a terra.

«E sia...» Remigio si arrese alla testardaggine di Gabriel. Impugnò la sua alabarda con entrambe le mani e fu lui, per la prima volta, a scagliarsi su Gabriel.

Lama contro lama. Ancora una volta, ancora immersi in quel duello surreale che estraniava entrambi dalla devastazione che li circondava. Le fiamme lambivano i loro corpi, nessuno aveva ancora interferito.

Era lo scontro più epico che avesse mai affrontato. Quello più emozionante, quello che gli faceva battere il cuore come poche cose al mondo. E avrebbe vinto. Ne era certo.

Gabriel approfittò della parata di Remigio per deviarne l'alabarda e spezzare la sua guardia. Scivolarono entrambi dopo essersi sbilanciati, eppure Gabriel trovò lo spiraglio per assestare una gomitata alla schiena di Remigio e destabilizzarlo ancora di più. Remigio fece una piroetta e schivò l'affondo definitivo.

La punta dell'asta dell'alabarda toccò terra e non appena questo avvenne dal cielo cadde una cometa su Gabriel. Fece appena in tempo a tendere Zaltys a difesa della sua testa e a dissipare quell'energia luminosa. Non appena riaprì gli occhi per non soccombere alla luce, un calcio lo raggiunse e una fitta alla gamba destra lo inchiodò sul posto.

Gabriel agitò Zaltys per scacciare Remigio. Ci mancò davvero poco che non gli mozzasse la testa. Ciocche dei suoi capelli si dispersero in aria, ma era ancora lì. Pronto a combattere.

Sembrava che Remigio non finisse mai le energie. Boccheggiava, come Gabriel del resto, ma non mancava mai di roteare la sua alabarda, come se questo fosse bastato per scoraggiare Gabriel. Non faceva altro che dargli ancor più forza. Sapeva però che doveva tenere i nervi saldi e non cedere all'irruenza come suo solito. Ne andava della vittoria di quel duello.

Una grande esplosione lungo il fiume colse di sorpresa Remigio. Era il momento giusto.

Un fendente andò a vuoto, il secondo si infranse ancora una volta contro la guardia di Remigio. Gabriel ringhiò per la rabbia. Erano volto contro volto. Due facce della stessa medaglia, eppure si rifiutava di condividere con lui tutta questa emozione. La gioia della battaglia, la gioia della violenza. Era come se Remigio non conoscesse queste sensazioni, come se combattesse per dovere e basta. Nessuno lo faceva solo per dovere. Anzi…

Gabriel assestò una ginocchiata a Remigio, il quale la schivò indietreggiando e sbalzando con l'asta Gabriel per sbilanciarlo. Il successivo affondo dell'alabarda di Remigio andò a vuoto, ma costrinse Gabriel a fare due passi indietro per non cadere.

Altri corni, altre grida. La battaglia era ormai persa. Le voci di Monosiklo e Fabrizio si mescolavano alle esultanze dei loro nemici, ma la cosa che più corrodeva l'animo di Gabriel era che non era ancora stato in grado di uccidere Remigio e il tempo stava scorrendo. Strinse Zaltys con tutte e due le mani e si scagliò contro il Colonnello. Avrebbe almeno vinto quello scontro.

Il primo dei colpi si infranse contro l'alabarda, ma fu talmente forte da far subire il contraccolpo a Remigio e metterlo sulla difensiva. Il secondo andò a vuoto, ma la prontezza di riflessi di Gabriel lo portò a fare una piroetta e sfruttare la forza del colpo andato a vuoto per fendere l'aria con una spazzata. Era fatta: non poteva mancarlo.

Gabriel strabuzzò gli occhi. Il cuore saltò un battito. Impossibile.

Remigio si era abbassato per schivare l'attacco. Con un colpo dell'asta colpì alle ginocchia Gabriel facendolo cadere. La successiva spazzata della sua alabarda lo ferì alle braccia e sul petto.

Gabriel fece per alzarsi, ma la punta dell'alabarda di Remigio lo ammonì inchiodandolo a terra senza possibilità di reagire.

«Arrendetevi».

Aveva perso. Impossibile! Inammissibile! Piuttosto la morte.

Di scatto tentò di tirarsi su ma l'alabarda di Remigio lo trafisse alla spalla. Lanciò un grido lancinante. Non tanto per il dolore, quanto per la rabbia.

«Tu...» Gabriel cercò Zaltys con la mano, era troppo lontana per impugnarla e liberarsi. Accasciò la testa per terra e solo allora si rese conto della situazione che lo stava circondando. I suoi alleati erano circondati. La tomba di Frejdis contava a difesa di Monosiklo solo una manciata di soldati e tutti gli altri sparsi a Gemelli dell'Agondros avevano già gettato le armi, incalzati dalle lame dei nemici. Non aveva solo perso lui. Avevano perso tutti.

«Ci arrendiamo!» gridò Monosiklo. Faceva ancora più male detto da lui.

Gabriel distese i muscoli per la prima volta dopo tantissimo tempo. Il suo sguardo cadde su Versantius. *"Che tu sia maledetto..."*

«Ci... arrendiamo» ribadì Gabriel. Non pensava di poter mai dire quelle parole. Ma era obbligato. Niente aveva più senso dopo quella sconfitta. Non era un eroe. Non era niente.

Remigio estrasse la sua alabarda dalla spalla di Gabriel. Il suo sguardo serio, indolenzito dalla fatica dello scontro sembrava sincero. «Ti rispetto. Mi dispiace solo che tu abbia sbagliato tutto».

«Siamo in due, allora...»

MONOSIKLO

Privilegio raro

Paura? Macché! Il Granduca Imperiale non poteva permettersi il lusso di avere paura, nemmeno di fronte ad una sconfitta del genere. Era dovere morale di Monosiklo restarsene lì, impassibile a guardare dall'alto verso il basso quella marmaglia che ora esultava all'ombra dell'altare di Frejdis Carold.

Avevano già tutti smesso di combatte tranne quello zuccone di Gabriel, ma Remigio gli aveva fatto vedere come combatteva un vero imperiale. Monosiklo si sentiva quasi in colpa a vedere come il suo cuore fosse sempre e comunque dalla parte dell'Impero. Anche quando l'Impero non era dalla sua parte e lo tradiva come una sciacquetta qualunque.

Poco male: questo non avrebbe convinto Monosiklo a fare una scenata.

Attorno a lui c'era solo morte e sconforto, come se i corvi attendessero svolazzanti poco più in là per banchettare con i loro cadaveri. Eppure in quel quadretto di musi lunghi c'era spazio anche per la speranza. Forse lontana, ma Monosiklo la vedeva.

Remigio si staccò dal collo un ciondolo e lo tese a Gabriel, ancora sdraiato a terra e sanguinante. «Questo è tuo, non me ne sono dimenticato».

Gabriel ringhiò qualcosa e strappò il ciondolo dalle mani del Colonnello. Perché Monosiklo non riusciva a smettere di essere orgoglioso di

526

quel buon cuore? Forse perché Remigio, come tutti i figli dell'Impero, erano il suo vero orgoglio, la sua vera vittoria.

Con la sconfitta di Gabriel anche l'ultima resistenza era stata spezzata. I vessilli di Dolcina sfilavano oltre il ponte di Gemelli dell'Agondros e le armate fecero un varco alle persone che quella marmaglia considerava di spicco. Non conosceva nemmeno uno di quelli che la Convenzione chiamava lord o lady…

Che brutta fine, caro Impero…

Con le lame puntate addosso e il fiume alle spalle, chi avrebbe visto un futuro? Di certo i giovani che lo avevano appena messo con le spalle al muro. Lo aveva sempre saputo e lo aveva sempre inneggiato quel concetto: il mondo è per i giovani. Nello sguardo dei rivoluzionari della Dolcina brillavano le stesse fiamme che avevano animato Tecnho e gli altri, la stessa forza nel riscatto e il desiderio di costruire. La stessa intraprendenza che aveva avuto lui… Di sicuro non avrebbe mai e poi mai compreso e condiviso le motivazioni della Convenzione, ma non gli serviva condividerle, né comprenderle. Perché non ci sarebbe mai riuscito come non ci era riuscito a suo tempo Re Jaden IV.

Forse era lui il tiranno di questa storia e il suo Impero stava volgendo al termine. Combattere per un mondo vecchio era difficile. Un po' di sana rassegnazione non avrebbe di certo compromesso la sua dignità di Granduca Imperiale, anzi, ne avrebbe accresciuto la caratura di uomo.

«Il mio mondo è dunque a pezzi?» sussurrò.

«Ma che dici?» Pieros gli diede uno scossone. «Sei impazzito?»

Monosiklo si mise a mani giunte per nascondere il tremolio. «Mi dovresti conoscere bene, Pieros. Sai che sono pazzo per natura. Ma credo proprio che sia arrivato il momento di giocarmi le mie ultime carte».

«Quindi ti arrendi così?»

«Chi ha parlato di resa? Suvvia, non diciamo castronerie. Io sono Monosiklo Von Moria, il Grande, se vogliamo essere pignoli. Se dovessi arrendermi e andarmene di certo te ne accorgeresti».

I soldati della Convenzione strattonarono e dispersero gli ultimi temerari che si frapponevano fra Monosiklo e la marcia trionfale dei vincitori. Qualche giovane anima perse anche la vita per proteggere il suo Granduca. Eccoli gli eroi moderni, ma quel giorno aveva visto fin troppo sangue. Monosiklo si consegnò senza opporre resistenza e venne scortato al centro dello spiazzo insieme agli altri.

Era alquanto imbarazzante da ammettere, ma in quella situazione Monosiklo non riusciva che a pensare solo se stesso. Niente Versantius, niente Sefiro, né Fabrizio. Era terribilmente umano pensare solo al proprio stato nei momenti di difficoltà. Non c'era spazio né per l'astio nei confronti dei Versantius, nonostante tutto fosse colpa sua, né per l'apprensione per le condizioni di Sefiro e Gabriel. Erano tutti in pericolo e ognuno avrebbe dovuto pensare a sé. Come diceva il detto? Ognuno per sé e Dio per tutti? Di Dio nemmeno l'ombra in un giorno del genere. Anzi, sembrava proprio che si fosse seduto dalla parte del torto proprio perché dall'altra si sedeva Monosiklo.

Mannaggia anche a questi maledetti dogmi.

Il fiume Agondros scorreva impetuoso trascinando i detriti lungo il suo corso, il vento di morte tagliava la faccia degli sconfitti con la sua crudele brezza e il martellare degli stivali sul marmo di Gemelli dell'Agondros trasmetteva sempre più angoscia. La fiumana di soldati della Convenzione giunti per distruggerli sembrava non avere fine.

La pazza sanguinaria che stava sfilando davanti a loro era molto simile a quella ragazza vista sui manifesti a Vecchia Falcara. Si ricordava che si chiamava Elektra Finrél solo perché lo aveva letto nel diario di Versantius e solo perché in quegli istanti lo sguardo glaciale di Sefiro non smetteva di fissarla. Vestita come un'ufficiale imperiale appena sveglio alla mattina, non incuteva il timore che avrebbe voluto. Stava solo insudiciando una divisa militare appartenuta a uomini più degni.

Elektra sfilava fra gli sconfitti, prendeva fra le mani i loro volti come se selezionasse degli animali e passava oltre. Chi osava rifiutare il suo tocco veniva sgozzato sul posto. Era questo il concetto di salvaguardia del popolo della Convenzione.

Gabriel, per quanto ferito, ribolliva di rabbia ad ogni persona uccisa ingiustamente. All'ennesima morte inutile esplose. «Ci siamo già arresi, che cazzo fai!»

Elektra abbandonò il cadavere di un soldato per avvicinarsi a Daisy. Strattonò la ragazza puntandole il coltello alla pancia e la trascinò fino a

Gabriel. I due si guardarono a lungo, divisi solo dal viso stravolto di Daisy.

«Ti prego, non farlo, Elektra.» Fu Versantius a parlare, poco più distante.

Il pugno di Elektra si abbatté sul ventre di Daisy conficcandogli il coltello in pancia. Avvinghiata alla sua carnefice, Daisy rimase inerme, dilaniata dagli spasmi, senza emettere alcun suono. Solo i suoi occhi trasmettevano tutta la paura e il dolore. Non appena Elektra strappò con forza verso il petto squartando Daisy, Gabriel lanciò un grido di rabbia, smorzato dalle bastonate dei soldati della Convenzione.

«Stai giù, cane!» gli gridarono.

Il corpo di Daisy cadde a terra e Monosiklo distolse lo sguardo da quella barbarie per concentrarsi su Versantius. Alla fine aveva perso anche lui in quella giornata tinta di rosso. Se solo non lo avesse conosciuto così a fondo avrebbe anche potuto empatizzare con la sua perdita. Era disgustoso, anche il solo pensiero, che Versantius fosse riuscito a manipolare i sentimenti di amicizia di quella povera ragazza fino a convincerla a dare la vita per lui in questa battaglia disperata. Ma per quanto potesse essere meschino Versantius, il suo dolore era comunque reale. E un po' Monosiklo lo invidiava. Anche lui avrebbe voluto avere dei legami, poter far valere il suo spirito di attaccamento nei confronti di qualcuno. Dare la vita per i propri amici. Sembravano stupide dietrologie da uomini di chiesa, ma ora, sulla pelle di Daisy, capiva il significato di quelle parole.

Marco Aurelio strinse a sé Versantius. Ellie cadde a terra disperata. Non c'era più nulla da fare per Daisy.

I soldati della Convenzione fecero presto largo ai loro superiori. Finalmente lo vedeva: quello doveva essere Cristian Carold. Era accompagnato dal ragazzo che avevano già visto a Engaddi, quello con l'elmo a forma di ariete, e dal Colonnello Remigio Foconero. Dietro di loro altri anonimi e sedicenti lord e comandanti che insudiciavano i titoli nobiliari dell'Impero. Anche in una situazione del genere, Monosiklo non riusciva a non pensare a quell'affronto.

Non se lo immaginava così. Quando sentiva parlare o leggeva di Cristian si immaginava un uomo possente, dai lineamenti duri e dai gusti poco raffinati. Quello che aveva davanti a sé era invece un ragazzo giovane, elegante, sicuro di sé. Quasi gli sembrava di vedere una versione di se stesso più giovane. Ma che diavolo stava dicendo! Lui era infinitamente meglio! E di certo non avrebbe mai dato la sua benedizione a un traditore del genere.

«Davvero un bel tentativo, Granduca.» Cristian si avvicinò a Monosiklo con fare trionfale. I suoi capelli neri svolazzavano al vento e le sue parole quasi si dispersero in tutta la valle di Gemelli dell'Agondros. «Mandare a morire migliaia di persone per scomodare una nostra eroina morta in guerra. Spero solo che mia sorella abbia visto l'eroismo di questi uomini».

«Se hai intenzione di prendertela con qualcuno per quanto concerne questo affronto, ti consiglio di guardare altrove, magari più a destra. Sono sicuro che il tuo amichetto Versantius Vezarium non faticherà a trovare parole al miele anche per un traditore come te, mio caro Presidente Carold».

Cristian annuì con fare provocatorio e spostò lo sguardo in direzione di Versantius. Fra i due ci fu un lungo silenzio carico di tristezza.

«Hai perso» sentenziò Cristian.

Versantius abbozzò un sorriso amaro. «Sai che io non perdo mai».

«Qui non è Doràl, è la vita vera».

«Anche quella era vita vera, Cristian. Te ne sei forse dimenticato?»

«Ho semplicemente preferito andare avanti, come tutti. Guarda dove sono arrivato.» Cristian si avvicinò ancora di più a Versantius. «Ho detto guardami. Sì, così. Lo vedi? Come distogli lo sguardo da ciò che non va come decidi tu. Tu che vorresti tutti legati a te. Tu che non ami nessuno ma che ti disperi se gli altri non ti amano».

«Sei venuto a filosofeggiare?» Era strano che Versantius non avesse voglia di controbattere.

«Sono venuto a chiudere un capitolo e a iniziarne un altro».

«Chiudi e apri ciò che vuoi, basta che tu sappia che ti ho voluto bene e te ne vorrò comunque».

Cristian lanciò qualche occhiata intorno, come se colto alla sprovvista. «Questo non cambia le cose».

530

Era davvero squallido osservare due persone sentirsi ferire reciprocamente con ricatti emotivi e morali quando a poco meno di due metri c'erano ancora i cadaveri di una battaglia appena conclusa. Possibile che tutti pensassero al proprio tornaconto personale a scapito della stabilità e della grandezza di un sistema superiore? Provava pietà per loro. Non tanto per la loro storia travagliata, dato che ne aveva sentite di più struggenti, ma per il fatto che né Cristian né Versantius si stessero rendendo conto dei loro errori. Poverini...

Monosiklo soppresse un sospiro. *"Ah, quanto avete sbagliato, miei cari..."* Forse quello era il suo modo personale per resistere alla fine che si faceva sempre più vicina. Per quanto potesse ingannare uno stupido come Pieros, sapeva a cosa sarebbe andato incontro alla fine di quello pseudo momento toccante di riavvicinamento. Ma perché farlo in punta di piedi?

«Mi permetterai, mio caro Presidente Carold, di dirti che dei tuoi trascorsi con Versantius, sentimentali o meno che siano, non me ne importa un'accidente. Il vostro continuo anteporre i sentimentalismi davanti al buonsenso sta iniziando a darmi il voltastomaco.» Monosiklo si sistemò i polsini. La polvere, il sudore e le vicissitudini della battaglia li avevano scombinati. Era sicuro che Sefiro avrebbe approvato quel gesto, ma per evitare altre occhiatacce, non lo guardò nemmeno.

«Non c'è nulla da commentare sui nostri trascorsi.» Cristian tagliò corto. «E non sono venuto qui per sentire parlare di voi».

«Sei venuto qui per quale motivo, allora?» domandò sornione Monosiklo. «Scomodarsi da Dolcina solo per il dolce ricordo della tua valente sorella... Questo ti rende giustizia, lo ammetto. Anche io avrei usato il pugno duro al tuo posto, solo non avrei osato con questa sceneggiata della passerella trionfale circondato da... scusate, voi chi siete? Oh, aspetta.» Monosiklo si concentrò sul ragazzo dall'elmo a forma di ariete. «Credo di conoscerti. Non come Versantius, ma credo di conoscerti.» Sorrise e strizzò gli occhi per cercare di squadrare le persone alle spalle di Cristian. Una massa di straccioni in cerca di gloria asservite a un potere che non è quello riconosciuto. Alto tradimento, in gergo.

Cristian non si voltò nemmeno, né si degnò di fare le dovute presentazioni. Si sentiva forte della sua vittoria e nessuno avrebbe osato parlarcli sopra. Fece un cenno con la mano ad alcuni suoi uomini e Fabrizio fu preso di peso e gettato di fronte a loro. «Granduca, un po' mi dispiace vederti in questo stato. Noi non ci siamo mai incontrati prima d'ora, ma la tua storia non è poi così diversa dalla mia».

«Reputo quest'ultima frase come un'offesa».

«E perché mai? Non hai anche tu preso ciò che ti meritavi?»

«Io non ho preso niente. Ho solo servito l'Imperatore con la massima umiltà e la devozione che si confà a un uomo d'onore. D'accordo, d'accordo, forse uomo d'onore è un termine un po' troppo forte, ma non farò silenzio al sentire che la mia fedeltà nei confronti del grandissimo Imperatore Tecnho sia messa in discussione. Tu dici che siamo uguali, Presidente Carold, ma la tua intraprendenza è solo un pallido tentativo di imitare il mio lampo di genio durante la Ribellione».

Cristian fece una smorfia divertita. «Parli bene, per essere in questa situazione».

«Quale situazione?» Monosiklo finse stupore. Sapeva cosa sarebbe successo da lì a poco, ma tutte le sue forze erano concentrate a sminuire quell'arrogante che si credeva già arrivato. Perché non divertirsi ancora un po'? Magari avrebbe disteso i musi lunghi di tutti gli altri. Loro sì che non avevano nemmeno idea di cosa sarebbe successo, oppure lo sapevano fin troppo bene.

«Colonnello Remigio, è arrivato il momento di portare la giustizia della Convenzione, una volta per tutte, nella nostra terra.» Cristian si voltò in direzione di Fabrizio, ancora a terra e furente per il trattamento riservatogli.

«La nostra terra» gli fece eco Fabrizio, ringhiando.

«La nostra» ribadì Crisitan. «La Dolcina ha un nuovo Principe, che lo voglia o meno il Concilio dei Duchi e che lo voglia o meno l'Imperatore Tecnho o il suo burattino.» Fulminò Monosiklo con lo sguardo. «E oggi è venuto il tempo di pagare. Remigio?»

Il Colonnello rimase immobile al fianco di Cristian. Era desolante osservare come con lo sguardo cercasse aiuto in Monosiklo.

«Non sei costretto a farlo» disse il Granduca. «Tu sai cosa è giusto».

«Cosa è giusto?» Cristian si intromise. «È giusto difendere i propri confini, è giusto dare riparo alla propria gente, è giusto spezzare la catena della violenza che alimentate con la vostra presenza. Morto Fabrizio tutto questo sarà finito. Niente più De Frel, niente più spettri del passato che ci tormentano e ci giudicano. È il tempo di una nuova Dolcina».

Ormai Cristian non nascondeva nemmeno più la sua brama di potere, eppure la cosa ancor più inquietante era che nessuno sembrava curarsi delle parole indicibili che stava pronunciando, né di quelle che avrebbe potuto pronunciare. La stupidità era il pane quotidiano di quelle persone e più passava il tempo e l'agonia degli sconfitti aumentava, più Monosiklo si rendeva conto di quanto anche il silenzio dei suoi compagni potesse essere un problema. Che Gabriel non parlasse per via delle ferite era comprensibile, ma che anche Fabrizio chinasse la testa di fronte a uno sbruffone venuto da chissà dove per prendere tutto lo reputava come una ammissione di colpa imperdonabile. Possibile che dovesse essere sempre lui a risolvere la situazione?

«Quindi ci ammazzi qui? Un po' poco lungimirante per un Principe che intende consolidare il suo status...» Monosiklo si mise a mani giunte. Non vedeva l'ora di sentire la risposta di Cristian.

«Remigio, l'alabarda...»

Come immaginava, stava fuggendo dalla domanda.

«Io, Remigio Foconero.» Con tutta la fatica di questo mondo, Remigio fece un passo in avanti, l'alabarda puntata di direzione di Fabrizio. «Colonnello della Dolcina e Figlio dell'Impero... ti condanno a morte nel nome dell'Imperatore Tecnho I».

I tentativi di divincolarsi di Fabrizio vennero contenuti da calci e pugni da parte dei gendarmi della Convenzione. Il tutto sotto le risate sguaiate di alcuni beceri aguzzini e sotto lo sguardo sgomento di Elisa Linsei e degli altri che avevano creduto anche solo per un istante nella causa di Fabrizio. Monosiklo si concentrò invece su Versantius. Lui sembrava impassibile, come se non gliene fosse mai importato niente. Ed era davvero così. Non c'era nulla che gli desse più rabbia in quel momento.

Cristian sorrise e si concentrò su Monosiklo, come se del condannato non gli importasse niente. «Io, Cristian Carold, Principe della Dolcina, lord di Dolcina e Figlio dell'Impero, ti condanno a morte nel nome dell'Imperatore Tecnho I... che lui lo voglia o no».

Era una sfida, quasi una bestemmia. Insultare così la figura dell'Imperatore proprio davanti a una così solenne formula... Ancora una volta Monosiklo si sorprese a infuriarsi di più per i tentativi di insudiciare le formule burocratiche dettate dall'Impero che per la morte di un uomo.

Remigio chiuse gli occhi. A nulla valsero i tentativi di fermarlo a parole. L'alabarda di Remigio troncò di netto la testa di Fabrizio e tutte le velleità sull'importanza dei riti e delle formule burocratiche fuggirono dalla testa di Monosiklo.

Non poteva credere che Remigio lo avesse fatto per davvero.

Il Colonnello si voltò, sguardo basso. Se ne stava andando a passo di marcia, contrariato per quanto avesse appena fatto.

«Rimani. Non abbiamo finito qui» gli ordino Cristian.

Remigio sembrava non voler sentire ragioni, per fermarlo ci volle l'intervento di altri uomini della Convenzione che lo convinsero a non abbandonare tutto.

«Non tormentarti, Colonnello.» Monosiklo sentiva di poter far leva sul di lui per smuovere la situazione. Quel malumore poteva essere la sua salvezza. «Se il tuo nuovo, sedicente, Principe ha un po' di sale in zucca, non ti costringerà a un'altra barbara esecuzione come quella che abbiamo appena visto. Anche perché se è davvero intelligente come vuole far credere, dato che si pavoneggia di essere come me, dunque intelligente, bellissimo e tanti altri aggettivi che non sto a elencarvi per non annoiarvi, immagino che voglia fare le cose in grande e giustiziarci davanti a Goldenknowes. Ovvio, io suggerirei di rilasciare almeno me, per questioni di stabilità politica, ma non ho la pretesa di pensare che sia così intelligente da risparmiarmi la vita. Sarà che questa prova di forza gli serve per compensare la sua debolezza, oppure...»

«Fa silenzio!» Per la prima volta Cristian alzò la voce. Doveva essere davvero in difficoltà. Si era sbagliato: non era sicuro di sé. Tremava come il ragazzino quale era.

Pieros diede un colpo a Monosiklo. Non c'era nemmeno bisogno di voltarsi e guardarlo per capire cosa gli frullasse per la testa. Non avrebbe mai capito il piano di Monosiklo. Forse nemmeno lui stava capendo dove questa faccenda sarebbe andata a parare. La verità era che tutti avrebbero dovuto stare zitti e ringraziare per il privilegio raro che stavano avendo di assistere a quello che sarebbe successo.

Cosa sarebbe successo? Beh, ormai era più che palese. A giudicare dal comportamento di Cristian, dal fare restio di Remigio e da tutti i lunghi silenzi degli sconfitti. Un copione già scritto e rivisto proprio da Monosiklo. Se si doveva per forza assistere a uno spettacolo teatrale di bassa lega travestito da tragedia, almeno che fosse avallato dal Granduca stesso. E anche in quel caso gli altri avrebbero potuto vantarsi di star assistendo con privilegio a un pezzo di storia.

«Sono stato in silenzio un bel po'.» Era esilarante provocare Cristian. Era indubbio che stesse raccogliendo le idee nella sua testa e che stesse provando a formulare delle parole di senso compiuto in modo che nella realtà dei fatti non ripetessero le azioni già previste da Monosiklo.

«Verrete tutti giustiziati. A Dolcina».

«Idea geniale, mi chiedo chi l'abbia avuta!»

«Ti piace scherzare anche di fronte alla morte?»

«Mi piace scherzare e rendere meno pesante quello che in realtà sto vivendo.» Monosiklo sospirò. «Perché quello che stai facendo ora è davvero tutto inutile. Gli applausi li hai già raccolti. Il prezzo? Il mio amato Impero. Perché mi guardi così? Forse perché ho detto mio? Ormai non dovrei nemmeno più nascondermi dietro un dito. Io sono l'Impero. Io sono l'Imperatore. E questo non è un modo sensazionalistico per delirare prima di ricevere l'estrema unzione e morire. È la realtà dei fatti. E no…» Monosiklo riprese fiato. Ormai quel parlare in sicurezza lo stava elettrizzando a tal punto che la tensione aveva la sola forza di togliergli in fiato. «Non ho ucciso l'Imperatore, non gli ho lanciato alcun sortilegio, malocchio o chissà quale altra diavoleria. Quello che ammetto con certezza è che sono l'Impero per meriti, per conclamata superiorità nei confronti di tutti voi. Io sono meglio di voi in tutto e su questo non discuto. Se il mondo è un posto peggiore è per colpa di persone come te, Cristian, che si credono grandi quando in realtà si piegano alla prima brezza o al primo dilemma morale. Che tenerezza che mi fate.» Si rivolse a tutti. «Che mi fate tutti…» Si concentrò su Versantius. Gli sorrise per distruggere ancora di più il suo umore. Che bellezza, vederlo lì, tremante, attorniato dai suoi amichetti d'infanzia infreddoliti e sconfitti. Che bellezza!

Sarebbe anche potuto finire tutto lì: il suo sogno, la sua grandezza, la sua idea. Ma ne sarebbe comunque valsa la pena. Vedere quei volti abbattuti, quegli spiriti fintamente forti, quei rivoluzionari che non rivoluzionavano niente. Non era un inno quello della rivoluzione della Convenzione, era una litania che si trascinava nella menzogna e nelle baracconate di tutti gli uomini che l'avevano vissuta. Una pagina allegorica dell'Impero che sarebbe stato senza la sua magnifica presenza. Se proprio doveva morire, lo avrebbe fatto con ironia.

Tutte le belle storie hanno un finale, prima o poi, no? I più smielati e imbarazzanti individui suggerirebbero di non abbattersi perché una storia finisce, ma di esultare per averla vissuta sulla propria pelle. Ormai ne aveva piene le tasche di quella retorica e l'unica cosa che voleva Monosiklo era franchezza. Proprio quella che stava offrendo ora a tutti, che lo guardavano come si guarda uno svitato o una divinità che non si comprende. Non avrebbe avuto l'ardire di proclamarsi Dio, ma avrebbe potuto farlo tranquillamente senza sfigurare.

«Sono io a provare pietà per un megalomane come te.» Cristian scosse la testa. Ormai era l'unica cosa che potesse fare senza che la sua spina dorsale molle lo facesse crollare. «Hai mai pensato che tutto quello che è accaduto, è accaduto anche per colpa tua? Siamo tutti bravi a scaricare le colpe sugli altri e nasconderci dietro al nostro velo di superiorità. Tu provare pietà per me? Ridicolo. La pietà di un traditore, di un assassino, di un uomo venuto dal niente, guarda caso proprio come me. La pietà di chi aveva giurato di difendere il popolo, di servirlo, di dargli da mangiare. La pietà di chi alla fine si è arroccato nei propri palazzi a mangiare dolci e a lisciare il pelo di un koala pur di non avere un contatto con la realtà».

«Mai detto che il mio credo fosse servire il popolo. Il mio credo è servire l'Impero».

«L'Impero siamo noi».

«Ed è proprio questo il problema. L'Impero è una massa di bambini capricciosi che spacca i sonagli per terra e piange puntando il dito contro gli altri. Io sono solo la balia che ti dà gli schiaffi sul sedere per farti smettere. Vuoi provare? Sarebbe divertente farti vedere come funziona il potere. Anzi, sarebbe una vera e propria lezione magistrale per tutti voi, signori. Anche tu, Sefiro. Credo che a questa lezione possa partecipare anche tu».

«Ma che stai dicendo?» Pieros lo guardava con apprensione. Forse anche lui stava pensando di avere di fronte a sé un pazzo. Povero dolce Pieros...

«Sto dicendo solo la verità, nient'altro che la verità. Per tutta la vita ho sentito gente parlare di potere a sproposito, come se fosse un solo concetto, come se fosse una mela da tenere fra le mani e agitarla agli altri e dire "Ehi, io ho la mela e tu no". Perdonate il paragone discutibile, ma non me ne veniva uno più consono da raccontare a voi plebei. Sta di fatto che quello che voi chiamate potere è solo egoismo e quello che voi vedete in me come egoismo è solo servizio della mia splendente patria. Non mi aspetto che capiate, anche perché già immagino vi siate fermati al paragone della mela...»

Cristian scosse ancora la testa. Che ridere! «Non conti più niente. E crollerai come crollano tutti».

«Come crollerai anche tu. La differenza fra me e te è che quando sarò io a cadere ci sarà un terremoto che creperà anche gli affreschi della cattedrale di Arkanthill».

«Remigio...» Cristian stava per fare quello per cui Monosiklo stava aspettando da fin troppo tempo. Ce ne aveva messo di tempo per decidersi.

«Non mi dirai che ci hi ripensato...» Monosiklo alzò lo sguardo con fare trionfante.

«No. Tu morirai qui».

Il malumore si levò a Gemelli dell'Agondros. Se per Fabrizio la paura aveva attanagliato i cuori della resistenza, per l'ultima folle dichiarazione anche i gendarmi della Convenzione storsero il naso. Il brusio, la discordia, le accuse e le offese da una parte e dall'altra della barricata. La barricata del giusto e dello sbagliato. Non esisteva, ma Monosiklo se la immaginava così: un gran caos con al centro Cristian, spaesato e consapevole di non poter più fare un passo indietro. Ormai quel che aveva detto lo aveva detto.

«Che c'è, Presidente Carold? Inizi ad avere paura che la tua decisione di impulso non abbia sortito gli effetti sperati?» Monosiklo era sicuro che fra il litigare della gente solo Cristian e pochi altri avessero sentito quell'accusa.

Sempre più confuso, il povero autoproclamatosi Principe della Dolcina si voltò da una parte e dall'altra per chiedere consiglio ai suoi tirapiedi. Ne trasse solo la naturale conclusione che era già nella mente di Monosiklo.

«Remigio, ti ordino di giustiziare questo traditore!»

Le lance si schierarono contro Monosiklo, gli uomini della Convenzione lo allontanarono dagli altri per fargli fare la stessa fine di Fabrizio. Gli unici tentativi di resistenza rimediarono a Pieros un pugno sul volto e uno sputo. Per un momento tutto il tempo passato con Pieros aveva un senso, tutto il bene che avevano condiviso insieme era riassunto da quel pugno che il ragazzo aveva incassato pur di non lasciarlo nelle mani del nemico. Quella era la lealtà! Era fiero del suo ragazzone. Era molto meglio di Gabriel…

Monosiklo non batté ciglio. «Signori, calma! Non serve strattonare, so benissimo come arrivare al patibolo anche da solo. Per di qua, giusto? Di fianco al cadavere sanguinolento di Fabrizio, no?»

Il mormorio si fece sempre più fitto e lo spettacolo ancora più divertente. Amava vivere il conflitto delle persone ed esserne la causa. Tutta questa attenzione nei suoi confronti quasi gli fece dimenticare che da lì a poco avrebbe rischiato di perdere la testa. Approfittò di quello slancio di coraggio per prendersi la sua piccola rivalsa anche nei confronti di Versantius.

«Che è quella faccia, Versantius? D'altronde, condividere un'altra sconfitta con te è sempre un piacere. Peccato che tu non vinca mai».

Incassò il colpo, non rispose nemmeno. Monosiklo sapeva di averlo distrutto psicologicamente. Almeno quella gioia!

«Io non lo farò» sentenziò Remigio, sommerso dai fischi e circondato da tutti.

«Lo farai» gli ordinò Cristian. Ormai il nervosismo aveva incrinato anche la sua scorza da finto calcolatore glaciale.

«Remigio...» Fu Monosiklo a chiamarlo. «Dovrai farlo. Non ti porterò rancore. Non potrei mai dare questa colpa a un eroe di Arkades. Al nostro più grande orgoglio. Tu sei un vero figlio dell'Impero e questa deriva non cambia ciò che hai fatto e ciò che sei. Ti supplico di eseguire la sentenzia.» In quelle parole c'erano molte cose, ma sopra ogni altra il grande rispetto che Monosiklo provava nei confronti di Remigio. Quello non sarebbe mai scomparso.

«Granduca Monosiklo, io...»

«Fallo!» gridò Cristian.

«Non fare complimenti...» Monosiklo si inginocchiò a Remigio e si spostò i capelli per mostrare il collo.

I secondi sembravano interminabili. Stava giocando a un vero e proprio tormento psicologico con la labile mente di Remigio e Cristian. Una persona normale avrebbe chiamato quello stratagemma pura follia, ma Monosiklo aveva un nome ancor più azzeccato per quello che stava succedendo: spettacolo. Entrare nella storia non sarebbe mai stato così epico dopo quel giorno.

L'alabarda di Remigio cadde a terra e il clangore dell'acciaio sul marmo di Gemelli dell'Agondros zittì tutti e fece rabbrividire Monosiklo, che in un moto di adrenalina scoppiò a ridere.

Rimasero tutti sbigottiti. Cristian era attonito, lo stesso tutti gli altri. Solo la risata nervosa di Monosiklo riempiva l'aria mescolandosi alla tensione.

«Non posso farlo» sussurrò Remigio, andandosene. Questa volta nessuno lo trattenne.

«Allora, Presidente Carold? Avrai il coraggio di eseguire la sentenza almeno questa volta o scapperai anche tu?»

«Che cazzo fai!» gridò Gabriel. «Sei per caso impazzito?»

Povero idiota... nemmeno si stava rendendo conto che lo stava facendo per loro. Per permettergli di sopravvivere ancora e continuare a combattere al posto suo. Era imbarazzante affidare la salvezza dell'Impero nelle mani di Gabriel, Pieros, Sefiro e al resto della marmaglia, ma questo era...

Cristian raccolse l'alabarda di Remigio da terra e allo stesso tempo Monosiklo sorrise. Aveva in mente un ultimo scherzetto per rendere quel giorno uno dei più memorabili dell'intera storia di Arkades.

Con passo lento, straziato, Cristian trascinò l'alabarda fino al punto in cui Monosiklo era inginocchiato. Il Granduca alzò lo sguardo e quello che si era palesato di fronte a lui non era che un ragazzo indeciso, corroso dal dubbio e dagli spasmi sulla faccia. Dov'era finito il prepotente Cristian Carold che aveva avuto il piacere di conoscere in quella breve conversazione? Ah, sì, sommerso dall'inettitudine che covava in sé e dalla grandezza di Monosiklo stesso.

«Io...»

«Per cortesia, almeno pronuncia la sentenza in modo corretto».

«Hai delle ultime parole, bastardo?»

Pieros gridava, piangeva, addirittura. Lo stesso fecero gli altri, ma Monosiklo non se ne curava. Quello era il momento catartico, la scena cardine, il punto di massimo della sua stessa storia. E non voleva che i sentimenti e le paure gli rubassero la scena, anzi, ne era quasi infastidito.

«Un solo ultimo desiderio, se mi è concesso».

«Parla.» Era adorabile come Cristian si sforzasse ad essere formale. Nemmeno si stava rendendo conto che stava tremando e che tutti lo stavano vedendo.

«Potresti farmi il favore di chiamare uno dei tuoi uomini a tenermi i capelli in avanti mentre avrai il privilegio di tagliarmi la testa? Sai, almeno andarmene da questo mondo infame con un minimo di decenza credo mi sia concesso».

Uno dei lord fasulli della Dolcina si apprestò a raccogliere le ciocche di Monosiklo fra le mani, come da suo ultimo desiderio.

«Un po' meno forte, per cortesia, così mi strappi i capelli».

Il ragazzo allentò la presa. Tutta quella scena era surreale, ma serviva per alimentare ancora di più la rabbia di Cristian.

Tutto era pronto. Monosiklo guardava per terra sorridendo, il ragazzo era di fronte a lui con i suoi capelli fra le mani e Cristian aveva appena alzato l'alabarda a giudicare dall'ombra.

Non appena Cristian fece calare l'alabarda, Monosiklo tirò il collo indietro e la lama dell'arma di Remigio tagliò di netto la mano del caritatevole volontario che aveva acconsentito a non deturpare la sua bella chioma.

Monosiklo scoppiò a ridere fra le grida di dolore del malcapitato. «Ops, scusate.» Rivolse lo sguardo a Cristian e si alzò in piedi prima che potesse colpirlo. Non sarebbe mai morto inginocchiato a uno come lui. «Ora capisci la differenza fra me e te?»

Un grido di rabbia infranse lo sbigottimento generale. Cristian caricò il colpo e piantò l'alabarda nel petto di Monosiklo trapassandolo.

Un colpo di tosse, poi due, poi il sangue uscì dalla sua bocca. «Dieci anni di rincorse ma è in un secondo in cui mi scopro grande per davvero».

Quel giorno sarebbe stato ricordato come il più glorioso dell'intera Arkades. La storia di un uomo, di un magnifico essere, di Monosiklo Von Moria, Il Grande. Una storia d'amore, di devozione, di esempio per tutti e molto altro ancora. Ah, che bella la vita! Che bella! E che bello poter regalare il privilegio raro a tutto il mondo di aver beneficiato della sua presenza!

Chi lo avrebbe detto che a metà di un libro si potesse chiudere?

VALERIA

Stelle buone

Senza oro, senza meta, senza la benché minima idea di dove andare a cercare. Versantius non aveva dato molte indicazioni e Valeria si era ritorvata a peregrinare nel Regno alla ricerca di simboli che a volte c'erano e a volte no.

«Segui gli stracci neri» aveva detto Versantius. Lei avrebbe voluto un consiglio un po' meno vago, ma il seguire le tracce, giorno dopo giorno, lasciate da Marcello dalle Bande Nere l'aveva condotta fino a lì.

Sunine, la città che più volte tornava nei suoi sogni. Una vera e propria isola felice, anche solo a guardare il volto raggiante delle persone. Valeria si chiedeva se un giorno anche lei avrebbe potuto sorridere alla vita in quel modo. Magari un giorno, dopo che si fosse messa l'anima in pace…

Aveva viaggiato per settimane e ogni notte lo spettro di Menelag gli leggeva le parole della sua ultima lettera. Da quando l'aveva trovata al monastero non aveva mai più avuto il coraggio di rileggerla. Sperava di dimenticarne anche le parole, eppure… ogni notte, parola per parola, le sembrava scandita dalla voce di Menelag.

«Ti porto qualcosa?» Un cameriere la destò dai suoi pensieri.

«Sto aspettando un amico» Valeria posò una moneta sul tavolo. «Ma per il momento portami una birra».

Il cameriere prese la moneta con le sue dita tozze e posò un bicchiere di legno vuoto sul tavolo ancora sudicio della locanda che aveva individuato come il luogo di ritrovo.

«Da mangiare?»

«Niente. Per ora niente».

Il cameriere se ne andò, quasi sdegnato. Gli conveniva riempire quel bicchiere il più velocemente possibile perché la pazienza di Valeria era stata messa a dura prova.

Quello era il luogo di ritrovo del biglietto che aveva trovato insieme all'ultimo straccio nero in città.

"Vediamoci dopo il tramonto alla locanda Ancora Arrugginita. Solo nei giorni di carico merci al porto. Vieni sola."

- *Un amico*

Era lì da un'ora e quello era il terzo cameriere diverso che provava a mandarla via. Al quarto Valeria avrebbe preso le sue cose e si sarebbe imbarcata alla volta di Izal. Almeno lì avrebbe ottenuto qualcosa.

Per un momento, seduta al tavolo, sola con tante altre persone intente a far chiasso, strinse il libro degli incantesimi di Menelag. Si era seduta sopra, pur di non perderlo nel marasma di gente o evitare che uno dei tanti borseggiatori di quella topaia si facesse ingolosire dalle rilegature.

Il cameriere tornò e riempì il bicchiere fino all'orlo. Valeria restò a guardare la schiuma brillare sotto le luci delle lampade ad olio appese alle pareti.

«Torno subito con anche il cinghiale».

«Non voglio nessun…»

Non finì nemmeno la frase che il cameriere si era già perso fra la folla. Al diavolo! Non avrebbe pagato per qualcosa che non voleva, non si sarebbe fatta ingannare così.

Abbassò la testa, sospirò per contenere la rabbia e bevve un lungo sorso. La schiuma scivolava lungo la gola dandole pace dai fumi dei sigari e delle pipe.

«Ecco il vostro cinghiale».

Valeria si voltò di scatto. «Ho detto che…»

Impossibile. Aveva immaginato di vederlo ovunque, esule e in perenne fuga da se stesso e dal mondo, e invece Cyril era lì, sorridente e con un vassoio in mano. Il corso degli eventi aveva cambiato tutti, anche lui. Ma era destino che le loro strade dovessero incrociarsi ancora. Era suo fratello, e lo sarebbe stato per sempre.

D'istinto Valeria prese il vassoio e lo posò sul tavolo. Non stava più nella pelle. Un formicolio la colse e il caldo della locanda sembrava una brezza primaverile in confronto all'ardere del suo cuore in quel momento. Perché credeva di aver perso suo fratello e ora lo aveva ritrovato.

I due si abbracciarono. Lei strinse con tutta se stessa, lui l'avvolse nel suo mantello nero come le sue paranoie. E proprio come le sue paranoie era sfilacciato, tagliato, fatto a pezzi. Aveva davanti un nuovo Cyril, ne era sicura. E ne era orgogliosa.

«Sapevo che questa città ci avrebbe riuniti» bisbigliò Valeria.

Fu Cyril il primo a staccarsi dall'abbraccio e a prendere posto a sedere. «Mi dispiace, sorella, per come ci siamo lasciati l'ultima volta».

«Non dispiacerti. Avevi ragione tu».

Cyril scoppiò a ridere. Era da una vita che non lo vedeva ridere. «Avevamo torto entrambi. Seguivamo solo una stella sbagliata».

«La inseguo ancora. E mi chiedo se esistano davvero stelle buone».

«Esistono. Io l'ho trovata».

«Quindi sei tu ad avermi lasciato quei messaggi?»

«No, era Marcello. Lui non voleva incontrarti, voleva fare tutto da solo senza coinvolgerti. Ma io volevo vederti e ho insistito. Volevo farti vedere che tuo fratello non è scappato. Che ha trovato casa e che finalmente mi sento vivo».

Valeria si irrigidì. Non per disapprovazione, né per paura. Provava solo un innato senso di appagamento nel sentire quelle parole uscire dalla bocca di suo fratello. Finalmente aveva tirato fuori il coraggio, aveva cercato una strada e aveva inciso la sua storia su qualcosa. Chiamare casa una cosca di assassini e sentirsi vivo nell'agire nell'ombra era semplicemente una scelta. E Valeria era l'ultima persona sulla faccia di Arkades a potersi permettere di giudicare le scelte degli altri.

«Perché mi guardi così?» Cyril si appoggiò alla sedia. «Quanto hai bevuto?»

«Sicuramente meno di te.» Valeria scoppiò a ridere e poco dopo anche Cyril si unì alla risata. Erano finalmente insieme. Di nuovo. La sua famiglia era lì: lui, lei e Menelag. Il ricordo di Menelag. «Sono fiera di te».

«Posso dire di esserlo anche io ora».

Era contenta di sentire quelle parole. Ora, insieme, avrebbero potuto vendicare il loro maestro e cercarle per davvero quelle stelle buone così ben nascoste in cielo.

«Versantius mi ha mandato qua. Dice che sapete dove si trova Rodwel».

«Marcello è sulle sue tracce in questo preciso momento. Si trova in città, in un'altra locanda del molo di Sunine».

«E che stiamo aspettando?» Valeria si alzò di scatto. «Andiamo».

«Marcello non si fida di te e non vuole farsi vedere. È per questo che sono venuto io».

«Tu invece? Ti fidi? Almeno ora?»

«Mi fido, ma non voglio vederti accecata dalla rabbia come sempre. Marcello predica calma. E poche volte si sbaglia in queste cose».

«Tu sai il perché Versantius e Marcello si interessano di questa cosa?»

«So solo che Versantius vuole la spada e che pur di averla abbia accordato a Marcello di poter uccidere Lourentius. Non che Marcello avesse davvero bisogno del permesso di Versantius, ma il codice morale che si è imposto lo richiedeva. Controversie tra fratelli, le chiama».

«Quando vuoi io sono pronta».

«Marcello ci manderà un segnale. Intanto mangiamo».

Iniziarono a mangiare e a ridere della situazione assurda che si erano creati. Al solo pensiero di Versantius e Marcello come fratelli Valeria rabbrividì. Erano partiti con un'idea in testa: essere protagonisti della propria storia. Eppure sia Valeria che Cyril si erano ritrovati a essere parte di trame più complesse che li coinvolgevano.

Poco importava se Versantius voleva la spada, se Marcello voleva la sua vendetta e se Cyril aveva finalmente trovato la forza di reagire al mondo. Quello che era impostante era mettere la parola fine a questa sterile ricerca e andare avanti.

Cyril aveva ragione: esistevano davvero stelle buone. Era solo questione di alzare la testa e ammirare la volta celeste e non il riflesso del lago.

INDICE

Ringraziamenti

Alla quarta volta che ci si rivede su queste pagine di ringraziamenti cercherò di essere sintetico: siamo quasi alla fine. Manca solo l'ultimo capitolo della saga e i miei ringraziamenti li sapete già. Li rinnovo.

Grazie ancora a Rafael, Michele, Riccardo, Gabriele, Simone, Piero, Nicholas e tutti gli altri costruttori di mondi insieme a me. Siete stati e siete ancora parte della mia vita.

Printed in Poland
by Amazon Fulfillment
Poland Sp. z o.o., Wrocław

34975226R00312